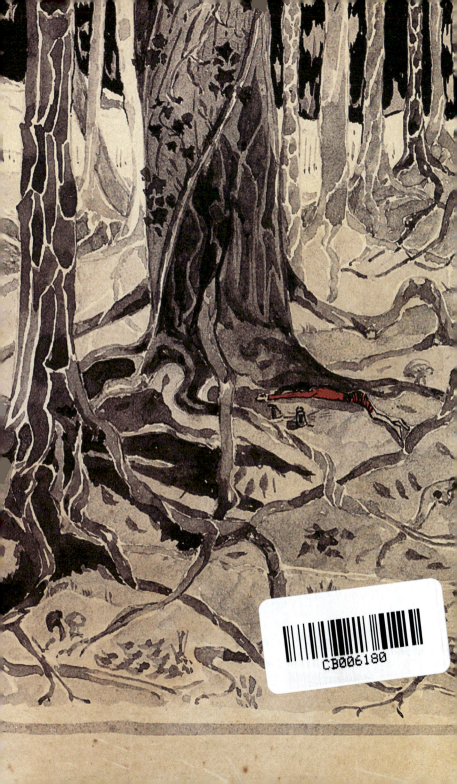

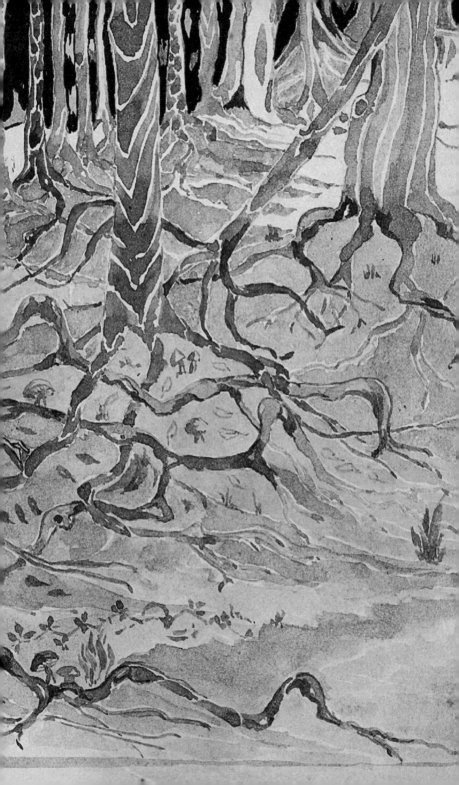

O SILMARILLION

J.R.R. TOLKIEN

Editado por CHRISTOPHER TOLKIEN

O SILMARILLION

Tradução de
REINALDO JOSÉ LOPES

Rio de Janeiro, 2024

Título original: *The Silmarillion*
Copyright © The J.R.R. Tolkien Estate Limited e C.R. Tolkien, 1977
Edição original por HarperCollins *Publishers*. Todos os direitos reservados.
Copyright de tradução © Casa dos Livros Editora LTDA., 2019.

Os pontos de vista desta obra são de responsabilidade de seus autores, não refletindo necessariamente a posição da HarperCollins Brasil, da HarperCollins *Publishers* ou de suas equipes editoriais.

(茶)®, TOLKIEN® e THE SILMARILLION® são marcas registradas de J.R.R. Tolkien Estate Limited.

Publisher	*Samuel Coto*
Editora	*Brunna Prado*
Produção gráfica	*Lúcio Nöthlich Pimentel*
Preparação de texto	*Leonardo Dantas do Carmo*
Revisão	*Guilherme Mazzafera, Gabriel Oliva Brum, Cristina Casagrande*
Diagramação	*Sonia Peticov*
Capa	*Alexandre Azevedo*

**CIP—BRASIL. CATALOGAÇÃO NA FONTE
SINDICATO NACIONAL DOS EDITORES DE LIVROS, RJ**

T589s
    Tolkien, J. R. R. (John Ronald Reuel), 1892-1973
    O Silmarillion / J. R. R. Tolkien; editado por Christopher Tolkien; tradução de Reinaldo José Lopes. — 1. ed. — Rio de Janeiro: HarperCollins, 2019.
    496 p.

    Tradução de: *The Silmarillion*
    ISBN 978-85-9508-437-7
    ISBN 978-65-5511-262-7 (edição especial)

1. Ficção fantástica inglesa   I. Título   II. Tolkien, Christopher   III. Lopes, Reinaldo José

19-0210   CDD: 823
                                   CDU: 82-3 (410.1)

Angélica Ilacqua — Bibliotecária — CRB-8/7057

HarperCollins Brasil é uma marca licenciada à Casa dos Livros Editora LTDA.
Todos os direitos reservados à Casa dos Livros Editora LTDA.
Rua da Quitanda, 86, sala 601A — Centro
Rio de Janeiro — RJ — CEP 20091-005
Tel.: (21) 3175-1030
www.harpercollins.com.br

O Silmarillion é um relato dos Dias Antigos, ou da Primeira Era do mundo, de Tolkien. É o drama antigo que os personagens de *O Senhor dos Anéis* têm como referência, e no qual alguns deles, tais como Elrond e Galadriel, tomaram parte. Os contos de *O Silmarillion* se situam numa era em que Morgoth, o primeiro Senhor Sombrio, habitava na Terra-média, e os Altos Elfos fizeram guerra a ele para recuperar as Silmarils.

As três Silmarils eram joias criadas por Fëanor, o mais hábil dos Elfos. Dentro delas estava aprisionada a Luz das Duas Árvores de Valinor, antes que as próprias Árvores fossem destruídas por Morgoth. Dali por diante, a imaculada Luz de Valinor continuou a viver apenas nas Silmarils; mas elas foram roubadas por Morgoth, postas em sua coroa e guardadas na fortaleza de Angband, no norte da Terra-média.

O Silmarillion é a história da rebelião de Fëanor e de sua gente contra os deuses, de seu exílio de Valinor e retorno à Terra-média e de sua guerra, sem esperança, apesar de seu heroísmo, contra o grande Inimigo. Várias obras mais curtas estão incluídas no livro. O "Ainulindalë" é um mito da Criação, e no "Valaquenta" estão descritos a natureza e os poderes de cada um dos deuses. O "Akallabêth" reconta a queda do grande reino insular de Númenor no fim da Segunda Era, e "Dos Anéis de Poder e da Terceira Era" relata os grandes eventos do fim da Terceira Era, que são narrados em *O Senhor dos Anéis*.

Nota de Tradução

Quando publicou *O Hobbit*, sua primeira obra de ficção, J.R.R. Tolkien decidiu incluir no livro uma nota introdutória que começava dizendo o seguinte: "Esta é uma história de muito tempo atrás." Se essa afirmação vale para as aventuras de Bilbo, ela é incomensuravelmente mais verdadeira para *O Silmarillion*, uma narrativa que começa com as origens de Eä, o Universo, e de Arda, o Reino da Terra, e conta "as estranhas histórias antes do princípio da História", como diz, de novo, o narrador de *O Hobbit*. A linguagem usada por Tolkien nos textos que compõem este livro reflete esse fato de modo muito claro. O narrador e os personagens da obra falam uma língua que está muito longe de ser o inglês coloquial — ou mesmo literário — do século XX. Em muitos aspectos, o estilo e o vocabulário se aproximam do idioma formal de uns 500 anos atrás.

Na presente tradução, tentei refletir ao máximo essa ambição de Tolkien — a de contar uma história do passado primevo numa linguagem que ecoa esse mesmo passado — usando equivalentes que temos à nossa disposição em língua portuguesa. No vocabulário, a opção central foi pelo arcaísmo ou, para ser mais preciso, pelo uso de palavras que possuem uma história relativamente longa no nosso idioma. De fato, Tolkien em geral não usa palavras esquecidas que ninguém mais entende, mas sim vocábulos "clássicos", que um inglês da época de Shakespeare (1564–1616) teria tanta facilidade de compreender quanto uma pessoa comum na Oxford dos anos 1960.

Para alcançar esse objetivo, optei por usar, predominantemente, termos que estão presentes em português pelo menos desde os séculos XVI e XVII, o que equivale de modo bastante preciso ao vocabulário moderadamente arcaico, mas sempre compreensível, de *O Silmarillion*. Também procurei usar palavras que respeitem as origens (majoritariamente) latinas do português, mas que, ao mesmo tempo, são da língua corrente das últimas centenas de anos. Evitei neologismos eruditos forjados diretamente a partir do latim e do grego. Elfos e Homens, por exemplo, são "as Duas Gentes", não "As Duas Etnias".

A influência da Bíblia e do cristianismo medieval, tanto nas ideias quanto no estilo, é inegável neste volume. Por isso, busquei levar em conta boas traduções para o português da Bíblia no meu trabalho. Os reflexos bíblicos (e o de outros autores pré-modernos) em *O Silmarillion* aparecem também na estrutura peculiar dos períodos do livro, seja nas frases construídas com várias conjunções "e" (como no "Ainulindalë"), seja na ordem inversa das palavras (Tolkien adora começar um parágrafo com um objeto indireto, por exemplo). Tentei manter esses detalhes saborosos ao máximo em português.

Os trechos poéticos da "Balada de Leithian" que constam do livro foram traduzidos pelo colega Ronald Kyrmse como parte de seu trabalho em *Beren e Lúthien*, pelo qual eu e todos os entusiastas da obra de Tolkien no Brasil somos muito gratos.

Boa leitura!

Reinaldo José Lopes

Sumário

Prefácio	11
Prefácio da Segunda Edição	15
De uma Carta de J.R.R. Tolkien para Milton Waldman	17
Ainulindalë	37
Valaquenta	49
Quenta Silmarillion	61
1. Do Princípio dos Dias	63
2. De Aulë e Yavanna	73
3. Da Vinda dos Elfos e do Cativeiro de Melkor	78
4. De Thingol e Melian	89
5. De Eldamar e dos Príncipes dos Eldalië	91
6. De Fëanor e de Melkor Desacorrentado	98
7. Das Silmarils e da Inquietação dos Noldor	103
8. Do Obscurecer de Valinor	111
9. Da Fuga dos Noldor	117
10. Dos Sindar	134
11. Do Sol e da Lua e da Ocultação de Valinor	143
12. Dos Homens	150
13. Do Retorno dos Noldor	154
14. De Beleriand e seus Reinos	169
15. Dos Noldor em Beleriand	178
16. De Maeglin	186
17. Da Vinda dos Homens para o Oeste	197
18. Da Ruína de Beleriand e da Queda de Fingolfin	209

19. De Beren e Lúthien	223
20. Da Quinta Batalha: Nirnaeth Arnoediad	256
21. De Túrin Turambar	268
22. Da Ruína de Doriath	305
23. De Tuor e da Queda de Gondolin	318
24. Da Viagem de Eärendil e da Guerra da Ira	327

AKALLABÊTH 339

DOS ANÉIS DE PODER E DA TERCEIRA ERA 371

Genealogias:
A Casa de Finwë 399
Os Descendentes de Olwë e Elwë 401
A Casa de Bëor 403
A Casa de Hador e o Povo de Haleth 405

A Separação dos Elfos 407

Nota sobre Pronúncia 409

Índice de Nomes 413

Apêndice: Elementos em nomes quenya e sindarin ... 475

Nota sobre as Inscrições em *Tengwar* e em Runas
e suas Versões em Português 491

Nota sobre as Ilustrações da Capa 493

Prefácio

O Silmarillion, agora publicado quatro anos após a morte de seu autor, é um relato dos Dias Antigos, ou a Primeira Era do Mundo. Em *O Senhor dos Anéis*, foram narrados os grandes eventos do fim da Terceira Era; mas as histórias de *O Silmarillion* são lendas derivadas de um passado muito mais profundo, quando Morgoth, o primeiro Senhor Sombrio, habitava na Terra-média, e os Altos Elfos fizeram guerra a ele para recuperar as Silmarils.

Não apenas, entretanto, *O Silmarillion* relata os eventos de um tempo muito anterior àquele de *O Senhor dos Anéis*; ele também é, em todo o essencial de sua concepção, de longe a obra mais antiga. De fato, embora não fosse então chamado de *O Silmarillion*, ele já existia meio século atrás; e, em cadernos amarfanhados que se estendem até 1917, ainda podem ser lidas as versões mais antigas, muitas vezes escritas com pressa a lápis, das histórias centrais da mitologia. Mas nunca foi publicado (embora algumas indicações de seu conteúdo possam ser obtidas de *O Senhor dos Anéis*), e, durante a longa vida de meu pai, ele nunca abandonou essa obra, nem cessou de trabalhar nela, mesmo em seus últimos anos. Em todo esse tempo, *O Silmarillion*, considerado simplesmente como uma grande estrutura narrativa, sofreu relativamente poucas mudanças radicais; tornou-se, há muito, uma tradição fixa e um pano de fundo para escritos posteriores. Mas, de fato, estava longe de ser um texto fixo e não permaneceu inalterado, inclusive em certas ideias fundamentais acerca da natureza do mundo que retrata — de modo que as mesmas lendas vieram a ser recontadas em formas mais longas e mais curtas e em estilos diferentes. Conforme os anos passavam, as mudanças e variantes, tanto em detalhes

PREFÁCIO

como em perspectivas maiores, tornaram-se tão complexas, tão ubíquas e tão cheias de camadas que uma versão final e definitiva parecia inatingível. Além do mais, as antigas lendas ("antigas" agora não só por derivarem da remota Primeira Era, mas também em termos da vida de meu pai) tornaram-se o veículo e o repositório de suas reflexões mais profundas. Em seus escritos mais tardios, mitologia e poesia perderam importância perto de suas preocupações teológicas e filosóficas: do que surgiram incompatibilidades de tom.

Após a morte de meu pai, coube-me tentar dar à obra uma forma publicável. Ficou claro para mim que tentar apresentar, entre as capas de um único livro, a diversidade dos materiais — mostrar *O Silmarillion* como, na verdade, uma criação contínua e em evolução que se estendia por mais de meio século — levaria, a rigor, apenas à confusão e à submersão do que é essencial. Pus-me, portanto, a trabalhar em um texto único, selecionando e organizando de tal maneira que me parecesse produzir a narrativa mais coerente e com consistência interna. Nesse trabalho, os capítulos finais (a partir da morte de Túrin Turambar) trouxeram dificuldades peculiares, pois tinham permanecido inalterados por muitos anos e estavam, em alguns aspectos, em séria desarmonia com as concepções mais desenvolvidas em outras partes do livro.

Uma coerência completa (seja dentro do âmbito do próprio livro, seja entre *O Silmarillion* e outros escritos publicados de meu pai) não deve ser procurada, pois só poderia ser obtida (se é que poderia) a um custo alto e desnecessário. Além do mais, meu pai veio a conceber *O Silmarillion* como uma compilação, uma narrativa que é um compêndio, produzido muito depois, a partir de fontes de grande diversidade (poemas, anais e contos em forma oral) que sobreviveram numa tradição de eras; e essa concepção tem, de fato, um paralelo com a história real do livro, pois grande quantidade de prosa e poesia anteriores subjazem a ele, e trata-se, até certo ponto, de um compêndio de fato, e não só em teoria. A isso podemos atribuir a variação na velocidade da narrativa e na completude de detalhes em diferentes partes, o contraste (por exemplo) entre as lembranças precisas de locais e motivos na lenda de Túrin Turambar e o relato elevado e remoto do fim da Primeira Era, quando as Thangorodrim foram destroçadas e Morgoth, derrubado; e também algumas diferenças de tom e detalhes, algumas obscuridades e, aqui e ali, certa falta de coesão. No caso do "Valaquenta", por exemplo, temos de supor que, enquanto o texto contém muita coisa que deve remontar aos primeiros dias dos Eldar em Valinor, foi remodelado em épocas posteriores; e isso explica sua contínua mudança de tempo verbal e ponto de vista, de modo que os poderes divinos ora parecem presentes e ativos no mundo, ora remotos, uma ordem desaparecida que se conhece apenas de memória.

O livro, embora intitulado, como deve ser, *O Silmarillion*, contém não apenas o "Quenta Silmarillion", ou "Silmarillion" propriamente dito, mas também quatro outras obras curtas. O "Ainulindalë" e o "Valaquenta", apresentados no início, têm, de fato, associação estreita com *O Silmarillion*; mas o "Akallabêth" e "Dos Anéis de Poder e da Terceira Era", que aparecem no fim, são (é preciso enfatizar) totalmente separados e independentes. Foram incluídos de acordo com a intenção explícita de meu pai, e, com sua inclusão, a história inteira é apresentada, da Música dos Ainur, na qual o mundo começou, até a partida dos Portadores do Anel dos Portos de Mithlond, no fim da Terceira Era.

O número de nomes que ocorrem no livro é muito grande, e providenciei a publicação de um índice remissivo completo; mas o número de pessoas (Elfos e Homens) que desempenham papel importante na narrativa da Primeira Era é muito menor, e todos esses poderão ser encontrados nas árvores genealógicas. Além disso, forneci um quadro estabelecendo a nomenclatura bastante complexa dos diferentes povos élficos; uma nota sobre a pronúncia de nomes élficos, com uma lista de alguns dos principais elementos achados nesses nomes; e um mapa. Pode-se notar que a grande cadeia de montanhas no leste, Ered Luin ou Ered Lindon, as Montanhas Azuis, aparece no extremo oeste do mapa em *O Senhor dos Anéis*. No corpo do livro há um mapa menor; a intenção disso é tornar claro, em uma rápida olhada, onde ficavam os reinos dos Elfos depois do retorno dos Noldor à Terra-média. Não atravanquei mais o livro com nenhum tipo de comentário ou anotação.

Na tarefa difícil e duvidosa de preparar o texto do livro, recebi grande auxílio de Guy Kay, que trabalhou comigo em 1974-1975.

Christopher Tolkien,
1977

Prefácio
da Segunda
Edição

Provavelmente perto do fim de 1951, quando *O Senhor dos Anéis* estava completado, mas havia dificuldades no caminho de sua publicação, meu pai escreveu uma carta muito longa para seu amigo Milton Waldman, na época editor da Collins. O contexto e o motivo dessa carta vinham das divergências dolorosas que surgiram da insistência de meu pai de que *O Silmarillion* e *O Senhor dos Anéis* deveriam ser publicados em "conjunção ou conexão", "como uma única longa Saga das Joias e dos Anéis". Entretanto, não há necessidade de entrar nesse assunto aqui. A carta, que ele escreveu com o objetivo de justificar e explicar sua posição, se mostrou uma exposição brilhante de suas concepções sobre as Eras mais antigas (a parte posterior da carta, como ele mesmo disse, não era mais do que "um resumo longo e, ainda assim, simplificado" da narrativa de *O Senhor dos Anéis*), e é por essa razão que creio que ela mereça ser incluída entre as capas de *O Silmarillion*, como se faz nesta edição.

A carta original se perdeu, mas Milton Waldman mandou que se fizesse uma versão datilografada dela e enviou uma cópia para meu pai: foi a partir dessa cópia que essa correspondência foi publicada (em parte) em *As Cartas de J.R.R. Tolkien* (1981), nº 131. O texto apresentado aqui é o que aparece em *Cartas*, com correções menores e a omissão de algumas das notas de rodapé. Havia muitos erros no texto datilografado, especialmente nos nomes; em geral, esses foram corrigidos por meu pai, mas ele não observou a frase na página XX: "Não havia nada essencialmente errado no fato de se demorarem e não seguirem o conselho dos Valar, *ainda tristemente com* as terras mortais de seus antigos feitos heroicos." Aqui a datilógrafa

PREFÁCIO DA SEGUNDA EDIÇÃO

certamente omitiu palavras no manuscrito e talvez também tenha lido errado as que recebeu.

Removi certos erros do texto e do índice remissivo que até agora tinham escapado das correções nas reimpressões em capa dura (apenas) de *O Silmarillion*. Entre esses, os principais são os ligados à numeração em sequência de certos governantes de Númenor (quanto a esses erros e uma explicação de como eles surgiram, ver *Contos Inacabados* e *Os Povos da Terra-média*, volume 12 da série "A História da Terra-média").

Christopher Tolkien,
1999

De uma Carta de J.R.R. Tolkien para Milton Waldman, 1951

Meu caro Milton,

Você pediu um breve esboço do meu material que está relacionado com meu mundo imaginário. É difícil dizer qualquer coisa sem dizer demais: a tentativa de dizer algumas poucas palavras abre uma comporta de entusiasmo, o egoísta e artista imediatamente deseja dizer como o material cresceu, como ele é e o que (ele pensa que) pretende ou está tentando representar com tal material. Vou lhe impingir um pouco disso; mas anexarei um mero resumo de seu conteúdo: o que é (talvez) tudo o que você quer ou para o qual terá uso ou tempo.

Em ordem de tempo, crescimento e composição, esse material começou comigo — embora eu não creia que isso seja de muito interesse a alguém além de mim mesmo. Quero dizer, não me recordo de uma época na qual eu não o estivesse elaborando. Muitas crianças inventam, ou começam a inventar, idiomas imaginários. Tenho feito isso desde que aprendi a escrever. Mas nunca parei, e é claro que, como filólogo profissional (interessado especialmente na estética linguística), mudei meus gostos, aprimorei-me em teorias e provavelmente em habilidade. Por trás de minhas histórias há agora um nexo de idiomas (a maioria apenas estruturalmente esboçada). Mas àquelas criaturas que, em inglês, chamo enganosamente de Elfos são designados dois idiomas relacionados bastante completos, cuja história está escrita e cujas formas (que representam dois lados diferentes do meu próprio gosto linguístico) são cientificamente deduzidas de uma origem comum. A partir desses idiomas foram criados quase todos os *nomes* que aparecem em minhas lendas. Isso confere certo caráter (uma coesão, uma consistência de estilo

— DE UMA CARTA DE J.R.R. TOLKIEN PARA MILTON WALDMAN —

linguístico e uma ilusão de historicidade) à nomenclatura, ou assim creio, que está notavelmente ausente em outros materiais similares. Nem todos considerarão isso tão importante quanto eu, visto que sou amaldiçoado com uma aguda sensibilidade em tais assuntos.

Porém, tive uma paixão igualmente básica *ab initio* por mitos (não alegorias!) e por estórias de fadas e, acima de tudo, por lendas heroicas no limiar dos contos de fadas e da história, de que há tão pouco no mundo (que me é acessível) para meu apetite. Eu era um estudante universitário antes que a reflexão e a experiência me revelassem que esses não eram interesses divergentes — polos opostos de ciência e romance —, mas integralmente relacionados. Contudo, *não* sou "versado"[1] nas questões de mitos e estórias de fadas, pois em tais coisas (até onde sei) sempre estive procurando material, coisas de certo tom e atmosfera, e não simples conhecimento. Além disso — e aqui espero não soar absurdo —, desde cedo eu era afligido pela pobreza de meu próprio amado país: ele não possuía histórias próprias (relacionadas à sua língua e solo), não da qualidade que eu buscava e encontrei (como um ingrediente) nas lendas de outras terras. Havia gregas, celtas e românicas, germânicas, escandinavas e finlandesas (que muito me influenciaram), mas não inglesas, salvo materiais de livros de contos populares empobrecidos. É claro que havia e há todo o mundo arthuriano, mas este, poderoso como é, foi naturalizado imperfeitamente, associado ao solo britânico, mas não ao inglês; e não substitui o que eu sentia estar faltando. Por um lado, seu tom "feérico" é demasiado opulento, fantástico, incoerente e repetitivo. Por outro lado e de modo mais importante: está envolto na (e explicitamente contém) religião cristã.

Por razões que não elaborarei, isso me parece fatal. Mitos e estórias de fadas, como toda arte, devem refletir e conter, em solução, elementos de verdade (ou erro) moral e religiosa, mas não explícitos, não na forma conhecida do mundo "real"

---

[1] Embora eu tenha pensado muito *sobre* elas. [N. A.]

primário. (Refiro-me, é claro, à nossa situação atual, não aos antigos dias pagãos, pré-cristãos. E não repetirei o que tentei dizer em meu ensaio, o qual você leu.)

Não ria! Mas, certa vez (minha crista baixou há muito tempo), tive a intenção de criar um corpo de lendas mais ou menos interligadas, que abrangesse desde o amplo e cosmogônico até o nível da estória de fadas romântica — o maior apoiado no menor em contato com a terra, o menor sorvendo esplendor do vasto pano de fundo —, que eu poderia dedicar simplesmente à Inglaterra, ao meu país. Deveria possuir o tom e a qualidade que eu desejava, um tanto sereno e claro, com a fragrância do nosso "ar" (o clima e solo do Noroeste, isto é, da Grã-Bretanha e das regiões europeias mais próximas; não a Itália ou o Egeu, muito menos o Oriente); possuiria (se eu conseguisse alcançá-la) a beleza graciosa e fugidia que alguns chamam de céltica (apesar de raramente encontrada nas antiguidades célticas genuínas), deveria ser "elevado", purgado do grosseiro e adequado à mente mais adulta de uma terra há muito impregnada de poesia. Eu desenvolveria alguns dos grandes contos na sua plenitude e deixaria muitos apenas no projeto e esboçados. Os ciclos deveriam ligar-se a um todo majestoso e, ainda assim, deixar espaço para outras mentes e mãos, munidas de tinta, música e drama. Absurdo.

É claro que uma proposta pretensiosa como essa não se desenvolveu de uma só vez. As próprias histórias eram o ponto principal. Elas surgiam em minha mente como coisas "determinadas" e, conforme vinham, separadamente, assim também cresciam os elos. Um trabalho absorvente, embora continuamente interrompido (especialmente porque, mesmo à parte das necessidades da vida, a mente voava para o polo oposto e desdobrava-se sobre a linguística); porém, sempre tive a sensação de registrar o que já estava "lá" em algum lugar, não de "inventar".

É claro que criei e até escrevi muitas outras coisas (especialmente para meus filhos). Algumas fugiram do alcance desse tema aquisitivo ramificado, sendo fundamental e radicalmente não relacionadas: *Folha de Cisco* e *Mestre Giles*, por exemplo, as duas únicas que foram publicadas. *O Hobbit*, que possui uma

DE UMA CARTA DE J.R.R. TOLKIEN PARA MILTON WALDMAN

vida muito mais essencial em si, foi concebido de maneira bastante independente: quando o iniciei, eu não sabia que ele fazia parte do tema. Mas ele provou ser a descoberta da conclusão do todo, seu modo de descer à terra e fundir-se na "história". Assim como presume-se que as Lendas elevadas do início sejam a visão das coisas através de mentes élficas, a história intermediária do Hobbit assume um ponto de vista praticamente humano — e a última história combina-os.

Desagrada-me a Alegoria — consciente e intencional; todavia, qualquer tentativa de explicar o propósito dos mitos ou dos contos de fadas deve empregar uma linguagem alegórica. (E, é claro, quanto mais "vida" uma história tiver, mais facilmente ela será suscetível a interpretações alegóricas, enquanto que quanto melhor uma alegoria deliberada for feita, mais prontamente ela será aceitável apenas como uma história.) Seja como for, todo esse material[2] diz respeito principalmente à Queda, à Mortalidade e à Máquina. Inevitavelmente à Queda, e esse motivo ocorre em diversos modos. À Mortalidade, especialmente na medida em que esta afeta a arte e o desejo criativo (ou, devo dizer, subcriativo) que parece não possuir qualquer função biológica e estar à parte das satisfações da vida biológica comum, com a qual, em nosso mundo, de fato parece estar geralmente em conflito. Ao mesmo tempo, esse desejo está unido a um amor ardente pelo mundo primário real e, por isso, repleto do sentimento de mortalidade, e mesmo assim insatisfeito com ele. Possui várias oportunidades de "Queda". Podendo tornar-se possessivo, agarrando-se às coisas criadas como "suas próprias", o subcriador deseja ser o Senhor e Deus de sua criação particular. Ele irá rebelar-se contra as leis do Criador — especialmente contra a mortalidade. Essas duas condições (isoladas ou juntas) levarão ao desejo por Poder, para tornar a vontade mais rapidamente efetiva — e, assim, levarão à Máquina (ou Magia). Com a última tenho em mente o uso de planos ou artifícios (aparatos) externos em vez do desenvolvimento dos poderes ou talentos

---

[2]Ele diz respeito, suponho, fundamentalmente ao problema da relação entre a Arte (e Subcriação) e a Realidade Primária. [N. A.]

interiores inerentes — ou mesmo o uso desses talentos com o motivo corrupto da dominação: de intimidar o mundo real ou coagir outras vontades. A Máquina é nossa forma moderna mais óbvia, embora mais intimamente relacionada à Magia do que se costuma reconhecer.

Não usei a "magia" de maneira consistente e, de fato, a rainha élfica Galadriel é obrigada a advertir os Hobbits sobre o uso confuso da parte deles da palavra tanto para os artifícios e operações do Inimigo como para aqueles dos Elfos. Eu não o fiz, pois não há uma palavra para o último caso (uma vez que todas as histórias humanas sofreram da mesma confusão). Mas os Elfos estão lá (em minhas histórias) para demonstrar a diferença. A "magia" deles é Arte, livre de muitas das suas limitações humanas: com menos esforço, mais rápida, mais completa (produto e visão em correspondência sem imperfeições). E seu propósito é Arte, não Poder; subcriação, não dominação e reforma tirânica da Criação. Os "Elfos" são "imortais", pelo menos no que diz respeito a este mundo, e, consequentemente, ocupam-se mais dos pesares e fardos da imortalidade no tempo e das mudanças do que da morte. O Inimigo, em sucessivas formas, sempre se ocupa "naturalmente" da mera Dominação, sendo o Senhor da magia e das máquinas; mas o problema — de que esse mal aterrorizante pode surgir, e surge, de uma raiz aparentemente boa, o desejo de beneficiar o mundo e os demais[3], rapidamente e de acordo com os próprios planos do benfeitor, — é um motivo recorrente.

Os ciclos começam com um mito cosmogônico: a "Música dos Ainur". Deus e os Valar (ou poderes: nome traduzido como "deuses") são revelados. Estes últimos são o que chamaríamos de poderes angélicos, cuja função é exercer uma autoridade delegada em suas esferas (de domínio e governo, *não* de criação,

---

[3]Não no Iniciador do Mal: a sua foi uma Queda subcriativa e, por isso, os Elfos (os representantes da subcriação por excelência) eram, particularmente, seus inimigos e o objeto especial de seu desejo e ódio — e abertos aos seus engodos. A Queda deles está na cobiça e (em menor grau) na deturpação de sua arte em poder. [N. A.]

— DE UMA CARTA DE J.R.R. TOLKIEN PARA MILTON WALDMAN —

fazer ou refazer). São "divinos", isto é, originalmente estavam "fora" e existiam "antes" da criação do mundo. Seu poder e sua sabedoria são derivados de seu Conhecimento do drama cosmogônico, o qual perceberam primeiramente como um drama (ou seja, de certo modo como percebemos uma história composta por outra pessoa) e posteriormente como uma "realidade". Pelo lado do simples artifício narrativo, isso assim se dá, é claro, para proporcionar seres da mesma ordem de beleza, poder e majestade que os "deuses" de uma mitologia mais elevada, que, ainda assim, podem ser aceitos — bem, digamos grosseiramente, — por uma mente que creia na Santíssima Trindade.

Passa-se então rapidamente para a "História dos Elfos", ou o *Silmarillion* propriamente dito; para o mundo tal como o percebemos, mas obviamente transfigurado de uma maneira ainda semimítica: isto é, ele trata de criaturas racionais encarnadas de estatura mais ou menos comparável à nossa. O Conhecimento do Drama da Criação estava incompleto: incompleto em cada "deus" individual e incompleto se todo o conhecimento do panteão fosse reunido, pois (em parte para reparar o mal do rebelde Melkor, em parte para a conclusão de tudo em uma fineza de detalhes definitiva) o Criador não revelara tudo. A criação e a natureza dos Filhos de Deus eram os dois segredos principais. Tudo o que os deuses sabiam é que eles chegariam em determinadas épocas. Dessa forma, os Filhos de Deus são primevamente relacionados e aparentados e primevamente diferentes. Visto que também são algo completamente "diferente" dos deuses, em cuja criação estes não tomaram parte, eles são o objeto do desejo e amor especiais dos deuses. Esses são os *Primogênitos*, os Elfos, e os *Seguidores*, os Homens. O destino dos Elfos é o de serem imortais, amarem a beleza do mundo, conduzi-lo ao florescimento pleno com seus dons de delicadeza e perfeição, durarem enquanto ele durar, jamais o deixando, mesmo ao serem "mortos", mas retornando — com isso, quando os Seguidores chegarem, ensiná-los e abrir caminho para eles, "desvanecer" à medida que os Seguidores crescem e absorvem a vida da qual ambos originaram-se. A Sina (ou a Dádiva) dos Homens é a mortalidade, a liberdade para além dos círculos do mundo.

Posto que o ponto de vista de todo o ciclo é o élfico, a mortalidade não é explicada miticamente: ela é um mistério de Deus sobre a qual nada mais é sabido além de que "o que Deus designou aos Homens permanece oculto" — um pesar e uma inveja para os Elfos imortais.

Como eu disse, o *Silmarillion* lendário é peculiar e difere de todos os materiais similares que conheço por não ser antropocêntrico. Seu centro de vista e interesse não está nos Homens, mas nos "Elfos". Os Homens surgiram inevitavelmente: afinal de contas, o autor é um homem e, se ele tiver um público, este será de Homens, e os Homens devem ingressar em nossas histórias como tais, e não meramente transfigurados ou parcialmente representados como Elfos, Anões, Hobbits etc. Mas eles permanecem periféricos — recém-chegados e, por muito que cresçam em importância, não são atores principais.

Na cosmogonia há uma queda: uma queda de Anjos, diríamos, apesar de evidentemente ser bem diferente, em forma, daquela do mito cristão. Essas histórias são "novas", não são derivadas diretamente de outros mitos e lendas, mas devem possuir inevitavelmente uma ampla medida de motivos ou elementos antigos e difundidos. Afinal, acredito que as lendas e mitos são compostos mormente da "verdade", e, sem dúvida, aspectos presentes nela só podem ser recebidos nesse modo; e, há muito tempo, certas verdades e modos dessa espécie foram descobertos e devem reaparecer sempre. Não pode haver qualquer "história" sem queda — todas as histórias, no fim, são sobre a queda —, pelo menos não para mentes humanas tal como as conhecemos e possuímos.

Assim, prosseguindo, os Elfos sofrem uma queda, antes que sua "história" possa tornar-se histórica. (A primeira queda do Homem, por razões explicadas, não aparece em lugar algum — os Homens não entram em cena até que tudo isso tenha há muito passado, e há apenas um rumor de que, por algum tempo, eles sucumbiram ao domínio do Inimigo e de que alguns se arrependeram.) A parte principal da história, o *Silmarillion* propriamente dito, trata da queda do mais talentoso clã dos Elfos, de seu exílio de Valinor (uma espécie de Paraíso, o lar dos Deuses) no longínquo Oeste, de sua reentrada na Terra-média, a terra de seu nascimento, mas há muito sob o jugo do Inimigo, e de sua luta contra ele, o poder do Mal ainda visivelmente encarnado. A história recebe seu nome porque os eventos estão todos interligados ao destino e significado das *Silmarilli* ("radiância de pura luz") ou Joias Primevas. Pela criação das gemas a função subcriativa dos Elfos é mormente simbolizada, mas as Silmarilli eram mais do que simples objetos belos em si. Havia a Luz. Havia a Luz de Valinor tornada visível nas Duas Árvores de Prata e Ouro.[4] Estas foram mortas pelo Inimigo por malícia e Valinor foi escurecida, embora delas, antes de morrerem por completo, tenham se derivado as luzes do Sol e da Lua. (Uma diferença evidente aqui entre essas lendas e a maioria das demais é que o Sol não é um símbolo divino, mas algo de segunda categoria, e "luz do Sol" (o mundo sob o sol) torna-se um termo para designar um mundo caído e uma visão imperfeita e deslocada.)

Mas o principal artífice dos Elfos (Fëanor) havia aprisionado a Luz de Valinor nas três joias supremas, as Silmarilli, antes que as Árvores fossem maculadas ou mortas. Essa Luz, portanto, desde então, sobreviveu apenas nessas gemas. A queda dos Elfos ocorre através da atitude possessiva de Fëanor e seus sete filhos para com essas gemas. Elas são capturadas pelo Inimigo, engastadas em sua Coroa de Ferro e guardadas em sua fortaleza impenetrável. Os filhos de Fëanor fazem um juramento terrível e blasfemo de inimizade e vingança contra todos ou qualquer um, mesmo dentre os deuses, que ouse reivindicar qualquer quinhão ou direito sobre as Silmarilli. Corrompem a maior parte de seu clã, que se rebela contra os deuses, deixa o paraíso e vai mover uma guerra sem esperança contra o Inimigo. O primeiro fruto

---

[4]Na medida em que tudo isso possui significado simbólico ou alegórico, a Luz é um símbolo tão primevo na natureza do Universo que mal pode ser analisada. A Luz de Valinor (derivada da luz antes de qualquer queda) é a luz da arte não divorciada da razão, que vê as coisas tanto científica (ou filosófica) como imaginativamente (ou subcriativamente) e diz que são boas — como belas. A Luz do Sol (ou da Lua) é derivada das Árvores somente após elas serem maculadas pelo Mal. [N. A.]

da sua queda é a guerra no Paraíso, o assassinato de Elfos por Elfos, e esse fato, bem como seu juramento maligno, persegue todo o seu heroísmo subsequente, gerando traições e arruinando todas as vitórias. *O Silmarillion* é a história da Guerra dos Elfos Exilados contra o Inimigo, que ocorre no Noroeste do mundo (Terra-média). Vários contos de vitória e tragédia misturam-se a ela; mas ela termina em catástrofe e com a passagem do Mundo Antigo, o mundo da longa Primeira Era. As joias são recuperadas (pela intervenção final dos deuses), e os Elfos as perdem para sempre, uma no mar, uma nas profundezas da terra e uma como uma estrela no céu. Esse legendário termina com uma visão do fim do mundo, sua ruptura e reconstrução, e com a recuperação das Silmarilli e da "luz anterior ao Sol" — após uma batalha final que, suponho, deve mais à visão nórdica do Ragnarök do que a qualquer outra coisa, embora não seja muito parecida com ela.

Conforme as histórias tornam-se menos míticas e mais semelhantes a histórias e romances, os Homens são entrelaçados nelas. Na sua maior parte são "Homens bons" — famílias e seus líderes que, ao rejeitar o serviço ao Inimigo e ao escutar rumores dos Deuses do Oeste e dos Altos Elfos, fogem em direção ao oeste e entram em contato com os Elfos Exilados em meio à guerra destes. Os Homens que aparecem são principalmente aqueles das Três Casas dos Pais de Homens, cujos líderes tornam-se aliados dos Senhores-élficos. O contato entre Homens e Elfos já prenuncia a história das Eras posteriores, e um tema recorrente é a ideia de que nos Homens (como o são agora) há um traço de "sangue" e hereditariedade derivado dos Elfos, e de que a arte e a poesia dos Homens são em grande medida dependentes dele ou modificadas por ele.[5] Ocorrem, assim, dois casamentos entre mortal e elfo — ambos posteriormente unindo-se no clã de Eärendil, representado por Elrond, o Meio-Elfo, que aparece em todas as histórias, inclusive em *O Hobbit*.

---

[5]É claro que, na realidade, isso significa apenas que meus "elfos" são simplesmente uma representação ou apreensão de uma parte da natureza humana, mas esse não é o modo lendário de se falar. [N. A.]

DE UMA CARTA DE J.R.R. TOLKIEN PARA MILTON WALDMAN

A principal história de *O Silmarillion*, e que recebe o tratamento mais pleno, é a "História de Beren e Lúthien, a Donzela-élfica". Aqui encontramos, entre outras coisas, o primeiro exemplo do motivo (que se tornará dominante nos Hobbits) de que as grandes políticas da história mundial, "as rodas do mundo", são frequentemente giradas não pelos Senhores e Governantes, ou mesmo pelos deuses, mas pelos aparentemente desconhecidos e fracos — devido à vida secreta que há na criação, e à parte incompreensível a toda sabedoria, exceto Uma, que reside nas intrusões dos Filhos de Deus no Drama. É Beren, o mortal proscrito, quem tem sucesso (com o auxílio de Lúthien, uma mera donzela, apesar de ser uma elfa régia) naquilo em que todos os exércitos e guerreiros fracassaram: ele penetra no reduto do Inimigo e arranca uma das Silmarilli da Coroa de Ferro. Assim, ele conquista a mão de Lúthien, e o primeiro casamento entre mortal e imortal é realizado.

Como tal, a história é (creio que um belo e poderoso) romance de fadas heroico, passível de ser recebido por si só, mediante um conhecimento apenas bem geral e vago do pano de fundo. Mas é também um elo fundamental do ciclo, destituído de seu pleno significado se for retirado do lugar que lá ocupa. Pois a captura da Silmaril, uma vitória suprema, leva ao desastre. O juramento dos filhos de Fëanor torna-se operante, e a cobiça pela Silmaril leva todos os reinos dos Elfos à ruína.

Há outras histórias tratadas quase com a mesma plenitude e igualmente independentes e, ainda assim, ligadas à história geral. Há "Os Filhos de Húrin", o conto trágico de Túrin Turambar e sua irmã Níniel, em que Túrin é o herói: uma figura a qual pode-se dizer (por quem aprecia esse tipo de coisa, embora isso não seja muito útil) que deriva de elementos de Sigurd, o Volsungo, de Édipo e do Kullervo finlandês. Há "A Queda de Gondolin", a principal fortaleza élfica. E o conto, ou contos, de "Eärendil, o Errante". Ele é importante por ser a pessoa que conduz *O Silmarillion* à sua conclusão e que, através de seus descendentes, proporciona os principais elos com pessoas nas histórias de Eras posteriores. Sua função, como representante das duas Gentes, Elfos e Homens, é encontrar uma rota marítima que leve de volta à Terra dos Deuses e, como embaixador, persuadi-los a se preocuparem novamente com os Exilados, a se apiedarem deles e a resgatá-los do Inimigo. Sua esposa, Elwing, descende de Lúthien e ainda possui a Silmaril. Mas a maldição ainda atua, e o lar de Eärendil é destruído pelos filhos de Fëanor. Contudo, esse fato fornece a solução: Elwing, lançando-se ao Mar para salvar a Joia, chega a Eärendil e, com o poder da grande Gema, eles por fim passam para Valinor e completam sua missão — ao custo de nunca mais terem permissão para retornar ou habitar com Elfos ou Homens. Os deuses então agem mais uma vez, e um grande poder surge do Oeste; a Fortaleza do Inimigo é destruída, e ele próprio [é] lançado para fora do Mundo e enviado para o Vazio, para nunca mais ressurgir em forma encarnada. As duas Silmarils restantes são recuperadas da Coroa de Ferro — apenas para serem perdidas. Os dois últimos filhos de Fëanor, compelidos por seu juramento, roubam-nas e são destruídos por elas, lançando a si próprios no mar e nas profundezas da terra. O navio de Eärendil, adornado com a última Silmaril, é colocado no céu como a mais brilhante das estrelas. Assim terminam *O Silmarillion* e os contos da Primeira Era.

O ciclo seguinte trata (ou trataria) da Segunda Era. Mas é na Terra uma era de trevas, e pouco de sua história é (ou precisa ser) contada. Nas grandes batalhas contra o Primeiro Inimigo, as terras foram partidas e arruinadas, e o Oeste da Terra-média tornou-se desolado. Ficamos sabendo que os Elfos Exilados foram, se não ordenados, ao menos severamente aconselhados a retornarem para o Oeste e lá ficarem em paz. Não iriam residir permanentemente em Valinor outra vez, mas na Ilha Solitária de Eressëa, à vista do Reino Abençoado. Os Homens das Três Casas foram recompensados por seu valor e pela aliança fiel com a permissão de residirem ao "extremo oeste" de todos os mortais, na grande ilha "Atlântida" de *Númenóre*. A sina ou dádiva de Deus, a mortalidade, os deuses obviamente não podem anular, mas os Númenóreanos possuem uma vida de grande duração. Fazem-se ao mar e deixam a Terra-média e estabelecem um grande reino de marinheiros no mais longínquo limite

DE UMA CARTA DE J.R.R. TOLKIEN PARA MILTON WALDMAN

da vista de Eressëa (mas não de Valinor). A maioria dos Altos Elfos também parte de volta ao Oeste. Nem todos. Alguns Homens aparentados com os Númenóreanos permanecem na terra próxima à beira do Mar. Alguns dos Exilados não retornam ou adiam seu retorno (pois o caminho para o oeste está sempre aberto aos imortais, e, nos Portos Cinzentos, navios estão sempre prontos para zarpar para sempre). Além disso, os Orques (gobelins) e outros monstros gerados pelo Primeiro Inimigo não estão completamente destruídos. E há *Sauron*. No *Silmarillion* e nos Contos da Primeira Era, Sauron era um ser de Valinor corrompido ao serviço do Inimigo, tornando-se seu principal capitão e serviçal. Com medo, arrepende-se quando o Primeiro Inimigo é derrotado por completo, mas, no fim, não faz conforme o ordenado, que é retornar para ser julgado pelos deuses. Ele continua na Terra-média. Muito lentamente, começando com motivos razoáveis, a reorganização e reabilitação da ruína da Terra-média, "negligenciada pelos deuses", ele torna-se uma reencarnação do Mal e um ser que anseia pelo Poder Completo — e, desse modo, é consumido ainda mais ferozmente pelo ódio (especialmente dos deuses e dos Elfos). No decorrer de todo o crepúsculo da Segunda Era, a Sombra cresce no Leste da Terra-média, disseminando cada vez mais sua influência sobre os Homens — que se multiplicam à medida que os Elfos começam a desvanecer. Os três principais temas são, assim, Os Elfos Retardatários, que se demoravam na Terra--média; o crescimento de Sauron, tornando-se um novo Senhor Sombrio, mestre e deus dos Homens; e Númenor-Atlântida. Eles são tratados através de anais e em dois Contos ou Relatos, "Os Anéis de Poder" e "A Queda de Númenor". Ambos são o pano de fundo essencial para *O Hobbit* e sua continuação.

No primeiro, vemos uma espécie de segunda queda, ou pelo menos um "erro" dos Elfos. Essencialmente, nada havia de errado em sua permanência, a despeito do aconselhamento, ainda tristemente com[6] as terras mortais de seus antigos feitos heroicos.

---

[6][Algumas palavras do manuscrito original foram omitidas pela datilógrafa nesta frase.] [N. E.]

Mas eles não queriam abrir mão de coisa alguma. Queriam a paz, a bem-aventurança e a lembrança perfeita do "Oeste" e, ainda assim, permanecer na terra comum, onde seu prestígio como o povo mais elevado, acima dos Elfos selvagens, dos Anãos e dos Homens, era maior do que na base da hierarquia de Valinor. Tornam-se assim obcecados com o "desvanecer", o modo pelo qual as mudanças do tempo (a lei do mundo sob o sol) eram percebidas por eles. Tornam-se tristes, e sua arte, (digamos) antiquária, e seus esforços na verdade são todos uma espécie de embalsamamento — embora eles também tenham mantido o antigo motivo de sua espécie, a ornamentação da terra e a cura de suas feridas. Ouvimos falar de um reino remanescente, no extremo Noroeste, mais ou menos no que sobrara das antigas terras de *O Silmarillion*, sob o governo de Gilgalad; e de outros povoados, tais como Imladris (Valfenda) junto a Elrond; e de um grande em Eregion, nos sopés ocidentais das Montanhas Nevoentas, adjacente às Minas de Moria, o principal reino dos Anãos na Segunda Era. Lá surgiu uma amizade entre povos geralmente hostis (Elfos e Anãos) pela primeira e única vez, e a ourivesaria atingiu o auge de seu desenvolvimento. Porém, muitos dos Elfos deram ouvidos a Sauron. Ele ainda era belo naquela época remota, e seus motivos e os dos Elfos pareciam coincidir em parte: a cura das terras desoladas. Sauron descobriu o ponto fraco deles ao sugerir que, ajudando-se mutuamente, poderiam tornar a Terra-média ocidental tão bela quanto Valinor. Era realmente um ataque velado aos deuses, uma incitação para tentar criar um paraíso independente em separado. Gilgalad rechaçou todas essas abordagens, como também o fez Elrond. Mas, em Eregion, iniciou-se uma grande obra — e os Elfos chegaram o mais próximo possível de sucumbir à "magia" e ao maquinário. Com o auxílio do conhecimento de Sauron, criaram *Anéis de Poder* ("poder" é uma palavra ominosa e sinistra em todos esses contos, exceto quando aplicada aos deuses).

O principal poder (igualmente de todos os anéis) era a prevenção ou retardamento da *decadência* (isto é, da "mudança" vista como uma coisa lamentável), a preservação do que é desejado ou amado, ou de sua aparência — esse é mais ou menos um motivo élfico. Mas eles também aumentavam os poderes

DE UMA CARTA DE J.R.R. TOLKIEN PARA MILTON WALDMAN

naturais do possuidor — aproximando-se assim da "magia", um motivo facilmente corruptível ao mal, uma ânsia por dominação. E, por fim, tinham outros poderes, derivados mais diretamente de Sauron ("o Necromante": assim ele é chamado enquanto lança uma sombra e um presságio fugidios nas páginas de O Hobbit): tais como tornar invisível o corpo material e tornar visíveis objetos do mundo invisível.

Os Elfos de Eregion criaram três anéis supremamente belos e poderosos, quase que unicamente de sua própria imaginação, e direcionaram-nos à preservação da beleza: não conferiam invisibilidade. No entanto, secretamente, no Fogo subterrâneo, em sua própria Terra Negra, Sauron criou Um Anel, o Anel Governante, que continha os poderes de todos os outros e controlava-os, de modo que quem o usasse podia ver os pensamentos de todos aqueles que usavam os anéis menores, podia governar tudo o que faziam e, no final, podia escravizá-los por completo. Entretanto, ele não contou com a sabedoria e as sutis percepções dos Elfos. No momento em que assumiu o Um, eles ficaram cientes disso e de seu propósito secreto e tiveram medo. Esconderam os Três Anéis, de forma que nem mesmo Sauron jamais descobriu onde estavam, e eles permaneceram imaculados. Os outros, eles tentaram destruir.

Na guerra resultante entre Sauron e os Elfos, a Terra-média, especialmente no oeste, foi arruinada ainda mais. Eregion foi capturada e destruída, e Sauron apossou-se de muitos Anéis de Poder. Estes ele deu, para sua total corrupção e escravização, àqueles que os aceitariam (por ambição ou cobiça). Daí o "poema antigo" que aparece como o tema recorrente de O Senhor dos Anéis,

> *Três Anéis para os élficos reis sob o céu,*
> *Sete para os Anãos em recinto rochoso,*
> *Nove para os Homens, que a morte escolheu,*
> *Um para o Senhor Sombrio no espaldar tenebroso*
> *Na Terra de Mordor aonde a sombra desceu.[7]*

---

[7] *Three Rings for the Elven-King under the sky,* | *Seven for the Dwarf-lords in their halls of stone,* | *Nine for Mortal Men doomed to die,* | *One for the Dark Lord on his dark throne* | *In the Land of Mordor where the shadows lie.*

Sauron tornou-se, assim, quase supremo na Terra-média. Os Elfos resistiram em locais secretos (ainda não revelados). O último Reino-élfico de Gilgalad é mantido precariamente nas costas do extremo oeste, onde ficam os portos dos Navios. Elrond, o Meio-Elfo, filho de Eärendil, mantém uma espécie de refúgio encantado em *Imladris* (em inglês, *Rivendell* [Valfenda]) na extrema margem leste das terras ocidentais.[8] Contudo, Sauron domina todas as hordas crescentes dos Homens que não tiveram contato com os Elfos e, assim, nem indiretamente com os verdadeiros Valar e deuses não caídos. Ele governa um império crescente da grande torre sombria de Barad-dûr em Mordor, próxima da Montanha de Fogo, empunhando o Um Anel.

Mas, para alcançar isso, ele fora obrigado a deixar passar grande parte de seu próprio poder inerente (um motivo frequente muito significativo em mitos e estórias de fadas) para o Um Anel. Enquanto o usava, seu poder na terra era de fato aumentado. Mas, mesmo que não o usasse, esse poder existia e estava em "concordância" com ele mesmo: ele não era "diminuído", a não ser que mais alguém tomasse o artefato para si e fosse possuído por ele. Se isso acontecesse, o novo possuidor poderia (caso fosse suficientemente forte e heroico por natureza) desafiar Sauron, tornar-se senhor de tudo o que ele aprendera ou fizera desde a criação do Um Anel e, assim, derrotá-lo e usurpar seu lugar. Essa era a fraqueza essencial que ele introduzira na sua situação em seu esforço (em grande parte malsucedido) de escravizar os Elfos e em seu desejo de estabelecer um controle sobre as mentes e as vontades de seus serviçais. Havia outra fraqueza: caso o Um Anel fosse realmente *desfeito*, aniquilado, então seu poder seria

---

[8]Elrond simboliza, do início ao fim, a antiga sabedoria, e sua Casa representa o Saber — a preservação em reverente lembrança de todas as tradições a respeito do bom, do sábio e do belo. Não é uma cena de *ação*, mas de *reflexão*. Desse modo, é um local visitado a caminho de todos os feitos ou "aventuras". Pode acabar estando na estrada direta (como em *O Hobbit*); mas pode ser necessário partir de lá em um trajeto totalmente inesperado. Assim, necessariamente, em *O Senhor dos Anéis*, tendo escapado até Elrond da perseguição iminente pelo mal presente, o herói parte em uma direção completamente nova para ir enfrentá-lo na sua fonte. [N. A.]

DE UMA CARTA DE J.R.R. TOLKIEN PARA MILTON WALDMAN

dissolvido, o próprio ser de Sauron seria diminuído, a ponto de desaparecer, e ele seria reduzido a uma sombra, uma mera lembrança de vontade maliciosa. Mas isso ele jamais cogitou nem temeu. O Anel era inquebrável por qualquer ourivesaria menor do que a sua própria. Era indissolúvel em qualquer fogo, exceto no imortal fogo subterrâneo onde fora feito — e este estava inacessível, em Mordor. Além disso, tão grande era o poder de avidez do Anel, qualquer um que o usasse ficava dominado por ele; estava além da força de qualquer vontade (mesmo de sua própria) danificá-lo, jogá-lo fora ou negligenciá-lo. Assim ele pensava. De qualquer maneira, estava em seu dedo.

Assim, conforme a Segunda Era avança, temos um grande Reino e uma teocracia maligna (pois Sauron é também o deus de seus escravos) crescendo na Terra-média. No Oeste — na verdade, o Noroeste é a única parte claramente contemplada nesses contos — situam-se os precários refúgios dos Elfos, enquanto os Homens naquelas partes permanecem mais ou menos incorruptos, ainda que ignorantes. De fato, a melhor e mais nobre estirpe de Homens é a aparentada daqueles que partiram para Númenor, mas que permanece em um estado "homérico" simples de vida patriarcal e tribal.

Nesse ínterim, *Númenor* crescera em riqueza, sabedoria e glória sob sua linhagem de grandes reis de vida longa, que descendiam diretamente de Elros, filho de Eärendil, irmão de Elrond. *A Queda de Númenor*, a Segunda Queda do Homem (ou do Homem reabilitado, mas ainda mortal), ocasiona o fim catastrófico, não apenas da Segunda Era, mas do Mundo Antigo, o mundo primevo das lendas (visto como plano e limitado). Depois disso, começou a Terceira Era, uma Era de Crepúsculo, um Medievo, a primeira do mundo partido e mudado; a última do domínio remanescente dos Elfos visíveis e completamente encarnados, e também a última na qual o Mal assume uma única forma encarnada dominante.

A Queda é, em parte, o resultado de uma fraqueza interior nos Homens — resultante, eu diria, da primeira Queda (não registrada nestes contos) — arrependidos, mas não curados definitivamente. A recompensa na terra é mais perigosa para os homens do que a punição! A Queda é alcançada pela astúcia de Sauron ao explorar essa fraqueza. Seu tema central é (inevitavelmente, creio, em uma história de Homens) uma Interdição ou Proibição.

Os Númenóreanos habitam a vista remota da mais oriental terra "imortal", Eressëa; e como os únicos homens a falar uma língua élfica (aprendida nos dias de sua Aliança), eles estão em constante comunicação com seus antigos amigos e aliados, seja na bem-aventurança de Eressëa, seja no reino de Gilgalad nas costas da Terra-média. Assim, tornaram-se na aparência, e mesmo nos poderes da mente, difíceis de serem distinguidos dos Elfos — mas permaneceram mortais, apesar de recompensados com uma duração de vida tripla, ou mais do que tripla. Sua recompensa é sua ruína — ou o meio de sua tentação. Sua vida longa auxilia suas realizações na arte e na sabedoria, mas gera uma atitude possessiva em relação a essas coisas e desperta o desejo de mais *tempo* para desfrutá-las. Antevendo isso parcialmente, os deuses impuseram uma Interdição sobre os Númenóreanos desde o início: jamais deviam navegar até Eressëa, nem para o oeste fora da vista de sua própria terra. Em todas as outras direções podiam ir conforme quisessem. Não deviam pôr os pés em terras "imortais" e, dessa forma, tornam-se enamorados de uma imortalidade (dentro do mundo) que era contra sua lei, o destino especial ou dádiva de Ilúvatar (Deus), e que sua natureza não podia suportar de fato.[9]

Há três etapas na sua queda em desgraça. Primeiro a aquiescência, a obediência que é livre e desejosa, embora sem completa compreensão. Depois, por muito tempo obedecem contra a vontade, murmurando cada vez mais abertamente. Por fim, rebelam-se — e um cisma surge entre os homens do Rei e rebeldes e a pequena minoria de Fiéis perseguidos.

---

[9] Assume-se a ideia (que claramente reaparece mais tarde no caso dos Hobbits que possuem o Anel por algum tempo) de que cada "Gente" possui uma duração natural de vida, integral à sua natureza biológica e espiritual. Ela não pode realmente ser *aumentada* qualitativa ou quantitativamente; de modo que o prolongamento no tempo (é como esticar um arame com tensão cada vez maior ou "espalhar cada vez mais a manteiga") torna-se um tormento intolerável. [N. A.]

— DE UMA CARTA DE J.R.R. TOLKIEN PARA MILTON WALDMAN —

Na primeira etapa, sendo homens de paz, sua coragem é devotada às viagens marítimas. Como descendentes de Eärendil, tornam-se navegantes supremos e, estando barrados do Oeste, navegam até os extremos norte, sul e leste. Chegam principalmente às costas ocidentais da Terra-média, onde auxiliam os Elfos e os Homens contra Sauron e incorrem no ódio imorredouro deste. Naqueles dias, apareciam entre os Homens Selvagens como benfeitores quase divinos, trazendo presentes de arte e conhecimento, e partindo novamente — deixando para trás muitas lendas de reis e deuses vindos do poente.

Na segunda etapa, os dias de Orgulho e Glória e ressentimento da Interdição, eles começam a buscar riqueza em vez de felicidade. O desejo de escapar à morte produziu um culto dos mortos, e despenderam riqueza e arte em túmulos e memoriais. Estabeleciam agora povoados nas costas ocidentais, mas estes tornaram-se antes fortalezas e "feitorias" de senhores em busca de riqueza, e os Númenóreanos transformaram-se em coletores de impostos que levavam por sobre o mar cada vez mais e mais bens em seus grandes navios. Os Númenóreanos iniciaram a forja de armas e máquinas.

Essa etapa terminou, e a última começou, com a ascensão ao trono do décimo terceiro[10] rei da linhagem de Elros, Tar-Calion, o Dourado, o mais poderoso e orgulhoso de todos os reis. Quando soube que Sauron havia assumido o título de Rei dos Reis e Senhor do Mundo, resolveu depor o "pretendente". Ruma em força e majestade à Terra-média, e tão vasto é seu armamento, e tão terríveis são os Númenóreanos nos dias de sua glória que os serviçais de Sauron não os enfrentam. Sauron humilha-se, presta homenagem a Tar-Calion e é levado a Númenor como refém e prisioneiro. Mas lá ele rapidamente ergue-se, através de sua astúcia e conhecimento, de serviçal a principal conselheiro do rei e seduz o rei e a maioria dos senhores e do povo com suas mentiras. Nega a existência de Deus, dizendo que o Uno é uma

---

[10][Quando esta carta foi escrita, a história original dos governantes de Númenor, na qual Tar-Calion (Ar-Pharazôn) era o décimo terceiro rei e não, como posteriormente, o vigésimo quinto, ainda estava presente.] [N. E.]

mera invenção dos invejosos Valar do Oeste, o oráculo dos próprios desejos deles. O principal dentre os deuses é aquele que habita no Vazio, que triunfará no final e, no vazio, construirá reinos infinitos para seus serviçais. A Interdição é apenas um mentiroso artifício de medo para impedir os Reis de Homens de apossarem-se da vida eterna e de rivalizarem com os Valar.

Surge uma nova religião e adoração da Escuridão, com seu templo subordinado a Sauron. Os Fiéis são perseguidos e sacrificados. Os Númenóreanos levam seu mal também à Terra-média e lá tornam-se senhores cruéis e malignos de necromancia, assassinando e atormentando os homens, e as antigas lendas são toldadas por contos obscuros de horror. Isso, contudo, não ocorre no Noroeste, pois para lá, por causa dos Elfos, vão apenas os Fiéis que permanecem Amigos-dos-Elfos. O principal porto dos Númenóreanos bons fica próximo à foz do grande rio Anduin. De lá, a influência ainda benéfica de Númenor estende-se Rio acima e ao longo das costas ao norte até o reino de Gilgalad, à medida que se desenvolve uma Fala Comum.

Mas, por fim, a maquinação de Sauron concretiza-se. Tar-Calion sente a velhice e a morte aproximando-se e dá ouvidos à última sugestão de Sauron e, ao construir a maior de todas as armadas, zarpa para o Oeste, violando a Interdição e levando a guerra para arrancar dos deuses "a vida eterna dentro dos círculos do mundo". Diante dessa rebelião, de espantosa insensatez e blasfêmia, e também de perigo real (visto que os Númenóreanos, conduzidos por Sauron, poderiam ter causado ruína na própria Valinor), os Valar depõem seu poder delegado e apelam a Deus e recebem o poder e a permissão para lidar com a situação; o antigo mundo é partido e mudado. Um precipício é aberto no mar e Tar-Calion e sua armada são engolfados. A própria Númenor, à beira da fenda, rui e desaparece para sempre, com toda a sua glória, no abismo. Depois disso, não há mais habitação visível dos divinos ou imortais na terra. Valinor (ou Paraíso) e até mesmo Eressëa são removidas, permanecendo apenas na lembrança do mundo. Os Homens podem agora navegar para o Oeste, se quiserem, até onde conseguirem, mas não chegam próximo de Valinor ou do Reino Abençoado,

DE UMA CARTA DE J.R.R. TOLKIEN PARA MILTON WALDMAN

retornando tão somente ao leste e de volta outra vez; pois o mundo é redondo e finito, um círculo inescapável — exceto pela morte. Apenas os "imortais", os Elfos remanescentes, caso queiram, ainda podem, cansados do círculo do mundo, tomar um navio e encontrar o "caminho reto", e chegar ao antigo ou Verdadeiro Oeste, e ficar em paz.

Assim, o fim da Segunda Era avança numa grande catástrofe; mas ela ainda não está totalmente concluída. Do cataclismo há sobreviventes: *Elendil*, o Belo, chefe dos Fiéis (seu nome significa *Amigo-dos-Elfos*), e seus filhos *Isildur* e *Anarion*. Elendil, uma figura semelhante a Noé, que se afastou da rebelião e manteve navios tripulados e abastecidos ao largo da costa leste de Númenor, foge diante da tempestade devastadora da ira do Oeste e é carregado no topo das enormes ondas que levam a ruína ao oeste da Terra-média. Ele e seu povo são lançados como exilados na costa. Lá estabelecem os reinos númenóreanos de Arnor no norte, próximo ao reino de Gilgalad, e Gondor, em torno da foz do Anduin mais ao sul. Sauron, sendo um imortal, escapa por pouco da ruína de Númenor e retorna a Mordor, onde após algum tempo torna-se forte o suficiente para desafiar os exilados de Númenor.

A Segunda Era termina com a Última Aliança (de Elfos e Homens) e o grande cerco a Mordor. Ela termina com a derrota de Sauron e a destruição da segunda encarnação visível do mal. Mas a um custo e com um erro desastroso. Gilgalad e Elendil são mortos ao matar Sauron. Isildur, filho de Elendil, corta o anel da mão de Sauron, cujo poder parte, e seu espírito foge para as sombras. Porém, o mal começa a agir. Isildur reivindica o Anel para si, como "a Paga pela morte de seu pai", e recusa-se a lançá-lo no Fogo próximo. Põe-se em marcha, mas afoga-se no Grande Rio; então, o Anel é perdido, desaparecendo de todo conhecimento. Mas ele não é desfeito, e a Torre Sombria construída com seu auxílio continua de pé, vazia, mas não destruída. Assim termina a Segunda Era, com a vinda dos reinos Númenóreanos e o fim do último reinado dos Altos Elfos.

AINULINDALË

Ainulindalë

A Música dos Ainur

Havia Eru, o Uno, que em Arda é chamado Ilúvatar; e ele fez primeiro os Ainur, os Sacros, que eram os rebentos de seu pensamento e estavam com ele antes que qualquer outra coisa fosse feita. E falou com eles, propondo-lhes temas de música; e cantaram diante dele, e ele estava contente. Mas, por muito tempo, cantaram cada um a sós, ou apenas alguns juntos, enquanto os demais escutavam; pois cada um compreendia apenas aquela parte da mente de Ilúvatar da qual viera, e na compreensão de seus irmãos cresciam devagar. Contudo, enquanto ouviam, chegavam sempre a um entendimento mais profundo e aumentavam em uníssono e harmonia.

E veio a acontecer que Ilúvatar convocou todos os Ainur e declarou a eles um tema poderoso, revelando-lhes coisas maiores e mais maravilhosas do que as que revelara até então; e a glória de seu começo e o esplendor de seu fim deslumbraram os Ainur, de modo que eles se curvaram diante de Ilúvatar e ficaram em silêncio.

Então, Ilúvatar disse a eles: "Do tema que declarei a vós, desejo agora que façais, em harmonia e juntos, uma Grande Música. E, já que vos inflamei com a Imperecível Chama, mostrareis vossos poderes ao adornar esse tema, cada um com seus próprios pensamentos e desígnios, se desejar. Mas sentar-me-ei e escutarei e ficarei contente que através de vós grande beleza despertou em canção."

Então, as vozes dos Ainur, tal como harpas e alaúdes, e flautas e trombetas, e violas e órgãos, e tal como incontáveis corais cantando com palavras, começaram a moldar o tema de Ilúvatar em uma grande música; e um som se levantou de intermináveis melodias cambiantes tecidas em harmonia, que passou além da audição para as profundezas e para as alturas, e os lugares da habitação de Ilúvatar se encheram até transbordar, e a música e o eco da música saíram para o Vazio, e ele não era mais vazio. Nunca, desde então, fizeram os Ainur música alguma semelhante a essa música, embora se diga que outra maior ainda há de ser feita diante de Ilúvatar pelos corais dos Ainur e dos Filhos de Ilúvatar depois do fim dos dias. Então os temas de Ilúvatar hão de ser tocados com acerto, adquirindo Ser no momento de sua emissão, pois todos então hão de entender plenamente o propósito dele em sua parte da música, e cada um há de conhecer a compreensão de cada um, e Ilúvatar há de dar a seus pensamentos o fogo secreto, comprazendo-se neles.

Mas, então, Ilúvatar se sentou e escutou, e durante muito tempo lhe pareceu bom, pois na música não havia falhas. Mas, conforme o tema progredia, entrou no coração de Melkor o entretecer de matérias de seu próprio imaginar que não estavam acordes com o tema de Ilúvatar; pois ele buscava com isso aumentar o poder e a glória da parte designada a si próprio. A Melkor, entre os Ainur, tinham sido dados os maiores dons de poder e conhecimento, e ele tinha um quinhão de todos os dons de seus irmãos. Ele fora amiúde sozinho aos lugares vazios buscando a Chama Imperecível; pois crescia o desejo ardente, dentro dele, de trazer ao Ser coisas só suas, e lhe parecia que Ilúvatar não tinha em mente o Vazio, e ele estava impaciente por esse vácuo. Contudo, não achou o Fogo, pois esse está com Ilúvatar. Mas, ficando só, ele começara a conceber pensamentos só seus, diferentes dos de seus irmãos.

Alguns desses pensamentos ele, então, entreteceu em sua música, e de imediato surgiu o desacordo à volta dele, e muitos dos que cantavam a seu lado perderam ânimo, e seu pensamento foi perturbado, e sua música hesitou; mas alguns começaram a afinar sua música com a dele em vez de com o pensamento que tinham no início. Então o desacordo de Melkor se espalhou cada vez mais, e as melodias que tinham sido ouvidas antes afundaram em um mar de som turbulento. Mas Ilúvatar se sentou e escutou, até parecer que em torno de seu trono havia uma tempestade raivosa, como de águas escuras que fazem guerra umas às outras em uma fúria sem fim, que não quer ser abrandada.

Então, Ilúvatar se levantou, e os Ainur perceberam que ele sorria; e ergueu a sua mão esquerda, e um novo tema começou em meio à tempestade, semelhante e, contudo, dessemelhante ao tema anterior, e reuniu poder e tinha nova beleza. Mas o desacordo de Melkor se ergueu em alarido e contendeu com ele, e, de novo, havia uma guerra de som mais violenta do que antes, até que muitos dos Ainur ficaram desanimados e não cantaram mais, e Melkor tinha o comando. Então, de novo Ilúvatar se levantou, e os Ainur perceberam que seu semblante era severo; e ele ergueu sua mão direita, e eis que um terceiro tema cresceu em meio à confusão, e esse era diferente dos outros. Pois parecia a princípio suave e doce, um mero ondejar de sons gentis em melodias delicadas; mas não podia ser extinto e tomava para si poder e profundidade. E parecia, enfim, que havia duas músicas progredindo de uma vez só diante do assento de Ilúvatar, e elas estavam em completa oposição. Uma era profunda, e ampla, e bela, mas lenta e infundida de uma tristeza imensurável, da qual sua beleza principalmente vinha. A outra tinha então alcançado uma unidade própria; mas era alta, e vã, e infinitamente repetida; e tinha pouca harmonia, mas era antes um uníssono clamoroso como o de muitas trombetas zurrando algumas poucas notas. E buscava afogar a outra música pela violência de sua voz, mas parecia que suas notas mais triunfantes eram tomadas pela outra e entretecidas em seu próprio padrão solene.

Em meio a essa contenda, na qual os salões de Ilúvatar vibravam, e um tremor corria pelos silêncios até então imóveis, Ilúvatar se levantou uma terceira vez, e seu rosto era terrível de se contemplar. Então ele ergueu ambas as suas mãos, e num só acorde, mais profundo que o Abismo, mais alto que o Firmamento, penetrante como a luz do olho de Ilúvatar, a Música cessou.

Então, Ilúvatar falou, e ele disse: "Poderosos são os Ainur, e o mais poderoso entre eles é Melkor; mas para que ele saiba, como todos os Ainur, que eu sou Ilúvatar, essas coisas que cantastes, eu mostrá-las-ei para que vejais o que fizestes. E tu, Melkor, hás de ver que nenhum tema pode ser tocado que não tenha sua fonte última em mim, nem pode alguém alterar a música à minha revelia. Pois aquele que tentar há de se revelar apenas instrumento meu para a criação de coisas mais maravilhosas, que ele próprio não imaginou."

Então, os Ainur ficaram com medo e ainda não compreendiam as palavras que lhes tinham sido ditas; e Melkor estava cheio de vergonha, da qual vinha uma raiva secreta. Mas Ilúvatar se levantou em esplendor e partiu das belas regiões que fizera para os Ainur; e os Ainur o seguiram.

Mas, quando entraram no Vazio, Ilúvatar disse a eles: "Eis vossa Música!" E lhes mostrou uma visão, dando-lhes vista onde antes só havia audição: e observaram um novo Mundo que se tornara visível diante deles, e ele estava englobado em meio ao Vazio, e sustentado lá dentro, mas não era parte dele. E, conforme olhavam e se maravilhavam, esse Mundo começou o desenrolar de sua história, e lhes parecia que ele vivia e crescia. E, quando os Ainur tinham observado por algum tempo e estavam em silêncio, Ilúvatar disse de novo: "Eis vossa Música! Esta é vossa obra de menestréis; e cada um de vós há de achar contidas lá dentro, em meio ao desígnio que dispus diante de vós, todas aquelas coisas que podem parecer que ele próprio planejou ou acrescentou. E tu, Melkor, descobrirás todos os pensamentos secretos de tua mente, e perceberás que eles são apenas uma parte do todo e tributários de sua glória."

E muitas outras coisas Ilúvatar disse aos Ainur naquela hora, e por causa de sua memória das palavras dele, e do conhecimento que cada um tem da música que ele próprio criou, os Ainur sabem muito do que foi e do que é e do que há de vir, e poucas coisas são imprevistas para eles. Contudo, algumas coisas há que eles não conseguem ver, nem sozinhos e nem se aconselhando juntos; pois para ninguém além de si mesmo Ilúvatar revelou tudo o que reserva, e em cada era surgem coisas que são novas e não foram prenunciadas, pois não procedem do passado. E assim foi que, conforme essa visão do Mundo passava diante deles, os Ainur viram que ela continha coisas que não haviam pensado. E viram com assombro a chegada dos Filhos de Ilúvatar e a habitação que estava preparada para eles; e perceberam que eles mesmos, no labor de sua música, haviam se ocupado da preparação dessa morada e, contudo, não sabiam que ela tinha qualquer propósito além de sua própria beleza. Pois os Filhos de Ilúvatar foram concebidos por ele apenas; e vieram com o terceiro tema e não estavam no tema que Ilúvatar propusera no princípio, e nenhum dos Ainur tomara parte na sua criação. Portanto, quando os Ainur os viram, ainda mais os amaram, sendo coisas outras que eles mesmos, estranhas e livres, nas quais viam a mente de Ilúvatar refletida uma nova vez, e aprenderam ainda um pouco mais da sabedoria dele, a qual, de outro modo, teria ficado escondida até mesmo dos Ainur.

Ora, os Filhos de Ilúvatar são Elfos e Homens, os Primogênitos e os Seguidores. E entre todos os esplendores do Mundo, seus vastos salões e espaços e seus fogos volteantes, Ilúvatar escolheu um lugar para a habitação deles nas Profundezas do Tempo e em meio às estrelas inumeráveis. E essa habitação pode parecer coisa pequena para aqueles que consideram só a majestade dos Ainur, e não sua terrível agudeza; como quem tomasse todo o campo de Arda pelas fundações de um pilar e, assim, o elevasse até que o cone de seu topo fosse mais afilado que uma agulha; ou quem considera só a imensurável vastidão do Mundo, que ainda os Ainur estão moldando, e não a meticulosa precisão com a qual eles moldam todas as coisas ali. Mas, quando os Ainur haviam contemplado essa habitação numa visão e observado os Filhos de Ilúvatar a surgir nela, então muitos dos mais poderosos entre eles debruçaram todo o seu pensamento e desejo na direção daquele lugar. E, desses, Melkor era o principal, assim como ele fora no princípio o maior dos Ainur que tomaram parte na Música. E ele fingiu, até para si mesmo no começo, que desejava ir até lá e ordenar todas as coisas para o bem dos Filhos de Ilúvatar, controlando as perturbações do calor e do frio que tinham vindo a acontecer por meio dele. Mas o que desejava de fato era submeter à sua vontade tanto os Elfos como os Homens, invejando as dádivas com as quais Ilúvatar prometera dotá-los; e ele próprio desejava ter súditos e serviçais, e ser chamado de Senhor, e ser um mestre de outras vontades.

Mas os outros Ainur olharam para essa habitação disposta dentro dos vastos espaços do mundo, que os Elfos chamam de Arda, a Terra; e seus corações se regozijaram com a luz, e seus olhos, contemplando muitas cores, ficaram cheios de contentamento; mas, por causa do rugir do mar, sentiram uma grande inquietação. E observaram os ventos e o ar, e as matérias das quais Arda era feita, de ferro e pedra e prata e ouro e muitas substâncias; mas, entre todas essas, a água é que eles mais grandemente louvaram. E diz-se entre os Eldar que na água vive ainda o eco da Música dos Ainur, mais do que em qualquer outra substância que há nesta Terra; e muitos dos Filhos de Ilúvatar escutam ainda insaciados as vozes do Mar e, contudo, não sabem o que ouvem.

Ora, para a água é que aquele Ainu a quem os Elfos chamam de Ulmo voltara seu pensamento, e, de todos, ele foi o que Ilúvatar instruíra mais profundamente em música. Mas sobre os ares e ventos Manwë foi o que mais ponderara, ele que é o mais nobre dos Ainur. No arcabouço da Terra Aulë pensara, a quem Ilúvatar dera engenho e conhecimento pouco menos do que a Melkor; mas o deleite e o orgulho de Aulë está no ato de fazer e na coisa feita, e não na posse, nem em seu próprio domínio; donde ele dá e não entesoura e está livre de cuidados, passando sempre para alguma nova obra.

E Ilúvatar falou a Ulmo, e ele disse: "Não vês tu como aqui, neste pequeno reino nas Profundezas do Tempo, Melkor fez guerra à tua província? De seu pensar veio o agudo e imoderado frio e, contudo, ele não destruiu a beleza de tuas fontes, nem a de tuas claras lagoas. Contempla a neve e a obra sagaz da geada! Melkor planejou calores e fogo sem controle e não secou teu desejo nem de todo abateu a música do mar. Contempla antes a altura e a glória das nuvens e as brumas sempre cambiantes; e ouve o cair da chuva sobre a Terra! E nessas nuvens tu te chegas mais perto de Manwë, teu amigo, a quem amas."

Então, Ulmo respondeu: "Em verdade, a Água agora se tornou mais bela do que o meu coração imaginara, nem meu pensamento secreto concebera o floco de neve, nem em toda a minha música estava contido o cair da chuva. Buscarei Manwë, para que ele e eu possamos fazer melodias para sempre para teu deleite!" E Manwë e Ulmo têm sido desde o princípio aliados e em todas as coisas têm servido mui fielmente aos propósitos de Ilúvatar.

Mas, enquanto Ulmo falava, e enquanto os Ainur estavam ainda observando essa visão, ela foi retirada e escondida da vista deles; e lhes parecia que naquele momento percebiam uma coisa nova, Escuridão, a qual não tinham conhecido antes, exceto em pensamento. Mas tinham ficado enamorados da beleza da visão e enlevados com o desenrolar do Mundo que lá viera a ser, e suas mentes estavam cheias dele; pois a história estava incompleta, e os círculos de tempo, não de todo traçados quando a visão foi retirada. E alguns disseram que a visão cessou antes da plenitude do Domínio dos Homens e do esvanecimento dos Primogênitos; donde, embora a Música esteja acima de tudo, os Valar ainda não viram, como que com visão, as Eras Posteriores ou o final do Mundo.

Então houve desassossego em meio aos Ainur; mas Ilúvatar os chamou, e ele disse: "Conheço o desejo de vossas mentes de que o que vistes possa em verdade ser, não apenas em vosso pensamento, mas tal como vós próprios sois e, contudo, de outro modo. Portanto eu digo: *Eä!* Que essas coisas Sejam! E eu mandarei Vazio adentro a Imperecível Chama, e ela há de estar no coração do Mundo, e o Mundo há de Ser; e aqueles de vós que desejarem poderão descer a ele." E, de repente, os Ainur viram ao longe uma luz, como se fosse uma nuvem com um coração vivente de chama; e souberam que essa não era visão apenas, mas que Ilúvatar fizera uma coisa nova: Eä, o Mundo que É.

Assim veio a se dar que, dos Ainur, alguns residiram ainda com Ilúvatar além dos confins do Mundo; mas outros, e, entre estes, muitos dos maiores e mais belos, despediram-se de Ilúvatar e desceram ao mundo. Mas esta condição Ilúvatar impôs, ou é a necessidade do amor deles, que seu poder deveria dali por diante estar contido no Mundo e a ele atado, para estar dentro dele para sempre, até que esteja completo, de modo que eles são a sua vida, e ele, a deles. E, portanto, o nome dado a eles é Valar, os Poderes do Mundo.

Mas quando os Valar entraram em Eä ficaram, a princípio, espantados e em confusão, pois era como se nada estivesse ainda feito do que tinham observado em visão, e tudo estava como que a ponto de começar e ainda informe, e estava escuro. Pois a Grande Música fora não mais que o crescimento e florescer do pensamento nos Salões Atemporais, e a Visão apenas um prenúncio; mas naquela hora eles tinham adentrado o princípio do Tempo, e os Valar perceberam que o Mundo fora apenas previsto e predito, e que eles deviam realizá-lo. Assim começaram seus grandes labores em ermos imensos e inexplorados, e em eras incontáveis e esquecidas, até que, nas Profundezas do Tempo e em meio aos vastos salões de Eä, veio a ser aquela hora e aquele lugar onde foi feita a habitação dos Filhos de Ilúvatar. E, nessa obra, a parte principal coube a Manwë e a Aulë e a Ulmo; mas Melkor também estava lá desde o começo, e ele se intrometia em tudo o que era feito, voltando as coisas, se pudesse, para seus próprios desejos e propósitos; e atiçou grandes fogos. Quando, portanto, a Terra era ainda jovem e cheia de chama, Melkor a cobiçou e disse aos outros Valar: "Este há de ser meu próprio reino; e nele ponho meu nome!"

Mas Manwë era o irmão de Melkor na mente de Ilúvatar e foi ele o instrumento principal do segundo tema que Ilúvatar erguera contra o desacordo de Melkor; e chamou para si muitos espíritos, tanto dos maiores como dos menores, e eles desceram aos campos de Arda e auxiliaram Manwë, antes que Melkor impedisse o cumprimento do labor deles para sempre, e que a Terra fenecesse antes de florescer. E Manwë disse a Melkor: "Este reino não hás de tomar para ti injustamente, pois muitos outros labutaram aqui não menos do que tu." E houve contenda entre Melkor e os outros Valar; e por aquela hora Melkor se retirou e partiu para outras regiões e lá fez o que queria; mas não tirou o desejo pelo Reino de Arda de seu coração.

Ora, os Valar tomaram para si forma e matiz; e, porque foram atraídos Mundo adentro por amor aos Filhos de Ilúvatar, por quem esperavam, tomaram forma segundo a maneira que tinham contemplado na Visão de Ilúvatar, salvo apenas em majestade e esplendor. Além do mais, a forma deles vem de seu conhecimento do Mundo visível, em vez de do Mundo em si; e não precisam dela, salvo apenas como nós usamos vestimenta e, contudo, podemos estar nus e não sofrer perda alguma de nosso ser. Portanto, os Valar podem caminhar, se desejarem, despidos, e então mesmo os Eldar não conseguem percebê-los claramente, embora estejam presentes. Mas quando desejam vestir a si mesmos, os Valar tomam sobre eles formas que são algumas de macho e outras de fêmea; pois aquela diferença de temperamento eles tinham já desde seu princípio, e ela é só incorporada pela escolha de cada um, não feita pela escolha, assim como conosco macho e fêmea podem ser revelados pela vestimenta, mas não feitos por ela. Mas as formas com as quais os Grandes Seres se trajam não são em todas as horas semelhantes às formas dos reis e das rainhas dos Filhos de Ilúvatar; pois por vezes podem se vestir em seu próprio pensamento, tornado visível em formas de majestade e terror.

E os Valar atraíram para si muitos companheiros, alguns menores, alguns quase tão grandes quanto eles próprios, e labutaram juntos no ordenar da Terra e no acalmar de seus tumultos. Então Melkor viu o que era feito, e que os Valar caminhavam sobre a Terra como visíveis poderes, trajados com a vestimenta do Mundo, e eram adoráveis, e gloriosos de se ver, e ditosos, e que a Terra estava se tornando como um jardim para o deleite deles, pois seus tumultos eram subjugados. Sua inveja cresceu então ainda mais dentro dele; e também tomou forma visível, mas, por causa de seu ânimo e da malícia que queimava nele, aquela forma era escura e terrível. E ele desceu sobre Arda em poder e majestade maiores que os de qualquer outro dos Valar, como uma montanha que vadeia o mar e tem seu cume acima das nuvens e está trajada de gelo e coroada com fumaça e fogo; e a luz dos olhos de Melkor era semelhante a uma chama que faz secar com calor e penetra com um frio mortal.

Assim começou a primeira batalha dos Valar com Melkor pelo domínio de Arda; e daqueles tumultos os Elfos pouco sabem. Pois o que foi declarado acerca dela veio dos próprios Valar, com quem os Eldalië falaram na terra de Valinor, e por quem foram instruídos; pois pouco os Valar desejavam contar das guerras antes da vinda dos Elfos. Contudo, conta-se entre os Eldar que os Valar conseguiram sempre, a despeito de Melkor, reger a Terra e prepará-la para a vinda dos Primogênitos; e eles construíram terras, e Melkor as destruiu; vales cavaram, e Melkor os ergueu; montanhas esculpiram, e Melkor as derrubou; mares encheram, e Melkor os derramou; e nada podia ter paz ou chegar a crescimento duradouro, pois tão certo quanto os Valar começavam um labor, assim Melkor o desfazia ou corrompia. Contudo, o labor deles não foi todo em vão; embora em nenhum lugar e em nenhuma obra tenham a vontade e o propósito deles totalmente se cumprido, e todas as coisas estivessem em matiz e forma diversas do que os Valar no começo pretendiam, lentamente, mesmo assim, a Terra foi moldada e se tornou firme. E assim foi a habitação dos Filhos de Ilúvatar estabelecida, afinal, nas Profundezas do Tempo e em meio às estrelas inumeráveis.

VALAQUENTA

VALAQUENTA

Relato sobre os Valar e os Maiar
de acordo com a sabedoria dos Eldar

No princípio, Eru, o Uno, que na língua élfica tem o nome de Ilúvatar, fez os Ainur de seu pensamento; e eles fizeram uma grande Música diante dele. Nessa Música, o Mundo começou; pois Ilúvatar tornou visível a canção dos Ainur, e eles a contemplaram como uma luz na escuridão. E muitos entre eles ficaram enamorados de sua beleza e de sua história, que viram principiando e se desenrolando, como numa visão. Portanto, Ilúvatar deu à visão deles o Ser e a pôs em meio ao Vazio, e o Fogo Secreto foi enviado para arder no coração do Mundo; e ele foi chamado de Eä.

Então aqueles dos Ainur que o desejaram se levantaram e adentraram o Mundo no princípio do Tempo; e era tarefa deles dar realidade ao mundo e, com seus labores, tornar plena a visão que tinham observado. Longamente labutaram nas regiões de Eä, que são vastas para além do pensamento de Elfos e Homens, até que, no momento designado, fez-se Arda, o Reino da Terra. Então, eles puseram a vestimenta da Terra e desceram a ela; e nela habitaram.

Dos Valar

Aos Grandes entre esses espíritos os Elfos dão o nome de Valar, os Poderes de Arda, e os Homens amiúde os chamaram de deuses. Os Senhores dos Valar são sete; e as Valier, as Rainhas dos Valar, são também sete. Estes são os nomes deles na língua élfica como era falada em Valinor, embora tenham outros nomes na

VALAQUENTA

fala dos Elfos da Terra-média, e seus nomes entre os Homens sejam multíplices. Os nomes dos Senhores, em devida ordem, são: Manwë, Ulmo, Aulë, Oromë, Mandos, Lórien e Tulkas; e os nomes das Rainhas são: Varda, Yavanna, Nienna, Estë, Vairë, Vána e Nessa. Melkor não é mais contado entre os Valar, e seu nome não é pronunciado sobre a Terra.

Manwë e Melkor eram irmãos no pensamento de Ilúvatar. O mais poderoso dos Ainur que entraram no Mundo era, em seu princípio, Melkor; mas Manwë é o mais caro a Ilúvatar e entende mais claramente seus propósitos. Ele foi designado a ser, na plenitude do tempo, o primeiro de todos os Reis: senhor do reino de Arda e regente de todos os que nele habitam. Em Arda, seu deleite está nos ventos e nas nuvens, e em todas as regiões do ar, das alturas às profundezas, das fronteiras últimas do Véu de Arda às brisas sopradas na relva. Súlimo ele é cognominado, Senhor do Alento de Arda. Todas as aves velozes, fortes de asa, ele ama, e elas vêm e vão a seu pedido.

Com Manwë habita Varda, Senhora das Estrelas, que conhece todas as regiões de Eä. Grande demais é a beleza dela para ser declarada nas palavras de Homens ou de Elfos; pois a luz de Ilúvatar ainda vive em seu rosto. Na luz estão seu poder e seu regozijo. Das profundezas de Eä ela veio ao auxílio de Manwë; pois Melkor ela conhecia desde antes da criação da Música e o rejeitou, e ele a odiou e a temeu mais do que todos os outros que Eru fez. Manwë e Varda raro se separam e permanecem em Valinor. Seus salões estão acima da neve sempiterna, sobre Oiolossë, a última torre de Taniquetil, mais alta de todas as montanhas sobre a Terra. Quando Manwë lá ascende a seu trono e olha ao longe, se Varda está a seu lado, ele vê mais adiante do que todos os outros olhos, através da bruma, e através da escuridão, e além das léguas do mar. E, se Manwë está com ela, Varda ouve mais claramente do que todos os outros ouvidos o som das vozes que gritam do leste ao oeste, dos montes e dos vales, e dos lugares escuros que Melkor fez sobre a Terra. De todos os Grandes Seres que habitam neste mundo, os Elfos têm Varda na maior reverência e amor. De Elbereth a designam; e chamam seu nome das sombras da Terra-média e o alevantam em canção ao surgir das estrelas.

Ulmo é o Senhor das Águas. Ele está só. Não habita por muito tempo em lugar nenhum, mas se move como quer em todas as águas profundas à volta da Terra ou sob a Terra. Ele sucede a Manwë no poder e, antes que Valinor fosse feita, era o mais próximo dele em amizade; mas, desde então, foi pouco aos concílios dos Valar, a menos que grandes matérias estivessem em debate. Pois mantém toda Arda no pensamento e não tem necessidade de qualquer lugar de repouso. Além do mais, não ama caminhar sobre a terra e raramente vai se vestir num corpo à maneira de seus pares. Se os Filhos de Eru o contemplavam, ficavam cheios de grande assombro; pois o surgir do Rei do Mar era terrível, como uma onda montante que avança para a terra, com elmo escuro de crista de espuma e cota de malha luzindo entre prata e sombras de verde. As trombetas de Manwë soam fortes, mas a voz de Ulmo é tão profunda quanto o fundo do oceano, que só ele já viu.

Entretanto, Ulmo ama tanto os Elfos como os Homens e nunca os abandonou, nem mesmo quando jaziam sob a ira dos Valar. Por vezes, ele vem sem ser visto às costas da Terra-média, ou passa muito para o interior subindo estreitos do mar, e ali faz música em suas grandes trompas, as Ulumúri, que são feitas de concha branca; e aqueles a quem chega aquela música ouvem-na sempre em seus corações, e a saudade do mar nunca mais os deixa. Mas Ulmo fala mormente àqueles que habitam na Terra-média com vozes que são ouvidas apenas como a música da água. Pois todos os mares, lagos, rios, fontes e nascentes estão sob seu governo; de modo que os Elfos dizem que o espírito de Ulmo corre em todas as veias do mundo. Assim, notícias chegam a Ulmo, até mesmo nas profundezas, de todas as necessidades e tristezas de Arda, as quais, de outro modo, ficariam ocultas de Manwë.

Aulë tem poder pouco menor que o de Ulmo. Seu senhorio é sobre todas as substâncias das quais Arda é feita. No princípio ele criou muito em companhia de Manwë e Ulmo; e a feição de todas as terras foi seu labor. Ele é um ferreiro e um mestre de todos os ofícios e se deleita com obras de engenho, por menores que sejam, tanto quanto com a construção poderosa de outrora. Suas são as gemas que jazem no fundo da Terra e seu é o ouro que é belo na mão, não menos do que as muralhas das montanhas e as bacias do mar. Os Noldor muito aprenderam dele, e ele sempre foi seu amigo. Melkor tinha-lhe ciúmes, pois Aulë era o mais semelhante a ele em pensamento e em poderes; e houve longa contenda entre os dois, na qual Melkor sempre maculava ou desfazia as obras de Aulë, e Aulë se cansou reparando os tumultos e desordens de Melkor. Ambos, ademais, desejavam criar coisas suas que fossem novas e não pensadas por outros e se deleitavam no elogio de seu engenho. Mas Aulë permaneceu fiel a Eru e submetia tudo o que fazia à vontade dele; e não invejava as obras de outros, mas dava e buscava conselho, enquanto Melkor gastou seu espírito em inveja e ódio, até que enfim não podia criar nada que não fosse arremedo do pensamento de outros e todas as obras deles destruía, se pudesse.

A esposa de Aulë é Yavanna, a Provedora dos Frutos. Ela é a amante de todas as coisas que crescem na terra e todas as formas incontáveis delas ela tem em sua mente, das árvores feito torres em florestas de outrora ao musgo sobre pedras ou às coisas pequenas e secretas no solo. Em reverência Yavanna sucede a Varda entre as Rainhas dos Valar. Na imagem de mulher, ela é alta e trajada de verde; mas por vezes toma outras formas. Alguns há que a viram postada como uma árvore sob o céu, coroada com o Sol; e de todos os seus galhos manava um orvalho dourado sobre a terra estéril, e esta se tornava verde, cheia de grãos; mas as raízes da árvore estavam nas águas de Ulmo, e os ventos de Manwë falavam em suas folhas. Kementári, Rainha da Terra, é seu cognome na língua eldarin.

Os Fëanturi, mestres de espíritos, são irmãos e são chamados mais comumente de Mandos e Lórien. Contudo, esses são por direito os nomes dos lugares da habitação deles, e seus verdadeiros nomes são Námo e Irmo.

Námo, o mais velho, habita em Mandos, que fica a oeste de Valinor. É o guardião das Casas dos Mortos e convoca os espíritos dos que foram assassinados. Não esquece nada; e conhece todas as coisas que hão de ser, salvo apenas aquelas que ainda cabem à liberdade de Ilúvatar. Ele é o Sentenciador dos Valar; mas pronuncia suas sentenças e seus julgamentos apenas a pedido de Manwë. Vairë, a Tecelã, é sua esposa, ela que tece todas as coisas que já existiram no Tempo em suas tapeçarias de histórias, e os Salões de Mandos, que sempre se alargam conforme as eras passam, estão revestidos delas.

Irmo, o mais jovem, é o mestre de visões e sonhos. Em Lórien estão seus jardins na terra dos Valar e eles são os mais belos de todos os lugares do mundo, repletos de muitos espíritos. Estë, a gentil, que cura feridas e cansaço, é sua esposa. Cinza é a sua vestimenta; e o descanso é seu dom. Ela não caminha de dia, mas dorme em uma ilha no lago de Lórellin, sombreada por árvores. Das fontes de Irmo e Estë todos aqueles que habitam em Valinor tiram refrigério; e amiúde os Valar vêm eles mesmos a Lórien e lá acham repouso e alívio do fardo de Arda.

Mais poderosa que Estë é Nienna, irmã dos Fëanturi; ela vive só. É experimentada na dor e pranteia cada ferida que Arda sofreu na maculação causada por Melkor. Tão grande foi sua tristeza, conforme a Música se desenrolava, que seu canto se tornou lamentação muito antes do fim, e o som de pranto foi entretecido nos temas do Mundo antes que ele principiasse. Mas ela não chora por si mesma; e aqueles que lhe dão ouvido aprendem piedade e constância na esperança. Seus salões estão a oeste do Oeste, sobre as fronteiras do mundo; e ela raramente vem à cidade de Valimar, onde tudo é alegre. Vai antes aos salões de Mandos, que são perto de sua morada; e todos aqueles que esperam em Mandos gritam a ela, pois traz força ao espírito e faz da tristeza sabedoria. As janelas de sua casa dão para fora das muralhas do mundo.

O maior em força e feitos de bravura é Tulkas, cognominado Astaldo, o Valente. Ele veio por último a Arda para auxiliar os Valar nas primeiras batalhas contra Melkor. Deleita-se na luta corpo a corpo e nos desafios de força; e não cavalga montaria alguma, pois consegue correr mais do que todas as coisas que têm pés e é incansável. Seu cabelo e barba são dourados, e suas carnes, coradas; suas armas são suas mãos. Dá pouco ouvido ao passado ou ao futuro e não é de valia alguma como conselheiro, mas é um amigo firme. Sua esposa é Nessa, a irmã de Oromë, e ela também é esguia e de pés ligeiros. Aos cervos ela ama, e esses estão em seu séquito sempre que vai à mata; mas consegue ultrapassá-los, veloz como uma flecha, com o vento em seu cabelo. No dançar se deleita, e dança em Valimar sobre gramados de um verde que nunca se esvai.

Oromë é um senhor poderoso. Se é menos forte que Tulkas, é mais terrível em fúria, enquanto Tulkas ri sempre, no esporte ou na guerra, e até cara a cara com Melkor riu em batalhas antes que os Elfos nascessem. Oromë amava as regiões da Terra-média e deixou-as de mau grado e veio por último a Valinor; e amiúde outrora se passava de volta para o leste através das montanhas e voltava com sua hoste aos montes e às planícies. Ele é um caçador de monstros e de feras cruéis, e cavalos e mastins são seu deleite; e a todas as árvores ama, razão pela qual é chamado de Aldaron e, pelos Sindar, de Tauron, o Senhor das Florestas. Nahar é o nome de seu cavalo, branco ao sol, prateado luzente à noite. Valaróma é o nome de sua grande trompa, cujo som é como o Sol a se alçar escarlate, ou como o agudo relâmpago fendendo as nuvens. Mais alto que todas as trombetas de sua hoste ele se fazia ouvir nos bosques que Yavanna fez brotar em Valinor; pois lá Oromë treinava sua gente e seus animais na perseguição às criaturas malignas de Melkor. A esposa de Oromë é Vána, a Sempre-jovem; ela é a irmã mais nova de Yavanna. Todas as flores brotam quando ela passa e se abrem se ela as vê; e todas as aves cantam à sua vinda.

Esses são os nomes dos Valar e das Valier, e aqui se conta brevemente de suas semelhanças, tais como os Eldar as contemplaram em Aman. Mas, por mais belas e nobres que fossem as formas pelas quais eram manifestos aos Filhos de Ilúvatar, essas eram não mais que um véu por sobre a beleza e o poder deles. E, se pouco se diz aqui de tudo o que os Eldar um dia souberam, isso é como nada comparado ao ser verdadeiro deles, que remonta a regiões e eras muito além de nosso pensamento. Entre eles, Nove eram de principal poder e reverência; mas um foi retirado de seu número, e Oito permanecem, os Aratar, os Sublimes de Arda: Manwë e Varda, Ulmo, Yavanna e Aulë, Mandos, Nienna e Oromë. Embora Manwë seja seu Rei e lhe caiba a lealdade deles sob Eru, em majestade são pares, sobrelevando, sem comparação, todos os outros, seja dos Valar e dos Maiar, ou de qualquer outra ordem que Ilúvatar enviou a Eä.

Dos Maiar

Com os Valar vieram outros espíritos, cujo ser também começou antes do Mundo, da mesma ordem que os Valar, mas de menor grau. Esses são os Maiar, o povo dos Valar, e seus serviçais e ajudantes. Seu número não é conhecido dos Elfos, e poucos têm nomes em qualquer das línguas dos Filhos de Ilúvatar; pois, embora isso seja diferente em Aman, na Terra-média os Maiar raramente têm aparecido em forma visível a Elfos e Homens.

Eminentes entre os Maiar de Valinor, cujos nomes são lembrados nas histórias dos Dias Antigos, são Ilmarë, a aia de Varda, e Eönwë, o alferes e arauto de Manwë, cujo poder em armas não é ultrapassado por ninguém em Arda. Mas, de todos os Maiar, Ossë e Uinen são os mais conhecidos dos Filhos de Ilúvatar.

Ossë é um vassalo de Ulmo, e ele é mestre dos mares que banham as costas da Terra-média. Não vai às profundezas, mas ama os litorais e as ilhas e se regozija nos ventos de Manwë; pois na tempestade ele se deleita e ri em meio ao rugido das ondas. Sua esposa é Uinen, a Senhora dos Mares, cujo cabelo jaz espalhado por todas as águas sob o céu. Todas as criaturas que vivem nas torrentes salgadas ela ama, e todas as algas que ali crescem; a ela gritam os marinheiros, pois consegue lançar calma sobre as ondas, refreando a selvageria de Ossë. Os Númenóreanos viveram longamente sob sua proteção e a tinham em reverência igual à dada aos Valar.

Melkor odiava o Mar, pois não conseguia subjugá-lo. Diz-se que, na criação de Arda, ele buscou trazer Ossë à aliança consigo, prometendo-lhe todo o reino e o poder de Ulmo se o servisse. Assim foi que, há muito, levantaram-se grandes tumultos no mar, que lançaram ruína sobre as terras. Mas Uinen, a rogo de

VALAQUENTA

Aulë, refreou Ossë e o trouxe diante de Ulmo; e ele foi perdoado e voltou à antiga vassalagem, à qual permaneceu fiel. Na maior parte; pois o deleite pela violência nunca o abandonou de todo, e, por vezes, ele se enfurece, voluntarioso, sem qualquer ordem de Ulmo, seu senhor. Portanto, aqueles que habitam à beira-mar ou sobem a navios podem amá-lo, mas não confiam nele.

Melian era o nome de uma Maia que servia tanto a Vána como a Estë; habitou por muito em Lórien, cuidando das árvores que florescem nos jardins de Irmo, antes que viesse à Terra-média. Rouxinóis cantavam à volta dela aonde quer que fosse.

O mais sábio dos Maiar era Olórin. Também ele habitava em Lórien, mas seus caminhos amiúde o levavam à casa de Nienna, e dela aprendeu piedade e paciência.

De Melian, muito está contado no "Quenta Silmarillion". Mas de Olórin aquela história não fala; pois, embora amasse os Elfos, caminhava entre eles invisível, ou na forma de um deles, e não sabiam donde vinham as belas visões ou as centelhas de sabedoria que ele punha em seus corações. Em dias que vieram depois, foi o amigo de todos os Filhos de Ilúvatar e tinha piedade de suas tristezas; e aqueles que o ouviam despertavam do desespero e punham de lado as imaginações de trevas.

Dos Inimigos

Por último, está o nome de Melkor, Aquele que se alevanta em Poder. Mas desse nome ele foi despojado; e os Noldor, que entre os Elfos sofreram mais por sua malícia, não o pronunciam e dão-lhe o nome de Morgoth, o Sombrio Inimigo do Mundo. Grande poder lhe foi dado por Ilúvatar, e ele era coevo de Manwë. Nas capacidades e no conhecimento de todos os outros Valar ele tinha parte, mas os voltava para maus propósitos e desperdiçou sua força em violência e tirania. Pois cobiçava Arda e tudo o que havia nela, desejando o reinado de Manwë e o domínio sobre os reinos de seus pares.

Do esplendor ele decaiu, através da arrogância, até o desprezo por todas as coisas que não fossem ele próprio, um espírito dissipado e impiedoso. A compreensão ele transformou em sutileza para perverter para a sua própria vontade tudo o que queria usar, até que se tornou um mentiroso sem pudor. Começou com o desejo da Luz, mas, quando não conseguiu possuí-la só para si, desceu através do fogo e da ira, em grande ardência, até a Escuridão. E a escuridão era o que mais usava em suas obras malignas sobre Arda, e a encheu com medo para todas as coisas vivas.

Contudo, tão grande era o poder de seu levante que, em eras esquecidas, ele contendeu com Manwë e todos os Valar e por longos anos, em Arda, teve domínio sobre a maior parte das regiões da Terra. Mas não estava sozinho. Pois dos Maiar muitos foram atraídos a seu esplendor nos dias de sua grandeza e permaneceram seus vassalos em sua escuridão; e outros ele corrompeu depois a seu serviço com mentiras e dádivas traiçoeiras. Horrendos entre esses espíritos eram os Valaraukar, os flagelos de fogo que na Terra-média eram chamados de Balrogs, demônios de terror.

Entre aqueles de seus serviçais que tinham nomes, o maior era aquele espírito a quem os Eldar chamavam de Sauron, ou Gorthaur, o Cruel. Em seu princípio, ele era dos Maiar de Aulë e permaneceu grande no saber daquele povo. Em todos os feitos de Melkor, o Morgoth, sobre Arda, em suas vastas obras e nos enganos de sua astúcia, Sauron tinha parte e só era menos maligno que seu mestre porque, por muito tempo, serviu a outro e não a si mesmo. Mas em anos que vieram depois ele ergueu-se como uma sombra de Morgoth e um fantasma de sua malícia e caminhou a segui-lo na mesma senda ruinosa rumo ao fundo do Vazio.

AQUI TERMINA O VALAQUENTA

Quenta
Silmarillion

A HISTÓRIA
DAS SILMARILS

1

DO PRINCÍPIO DOS DIAS

Conta-se entre os sábios que a Primeira Guerra começou antes que Arda estivesse de todo moldada e ainda antes que houvesse coisa alguma que crescesse ou caminhasse sobre a terra; e por muito tempo Melkor prevaleceu. Mas, em meio à guerra, um espírito de grande força e robustez veio ao auxílio dos Valar, tendo ouvido, no firmamento distante, que havia batalha no Pequeno Reino; e Arda se encheu do som de seu riso. Assim chegou Tulkas, o Forte, cuja fúria passa feito um vento poderoso, espalhando nuvem e escuridão diante dela; e Melkor fugiu diante de sua ira e de seu riso, e abandonou Arda, e houve paz por uma longa era. E Tulkas permaneceu e se tornou um dos Valar do Reino de Arda; mas Melkor conspirava na escuridão de fora, e Tulkas foi alvo de seu ódio para sempre depois disso.

Naquele tempo, os Valar trouxeram ordem aos mares e às terras e às montanhas, e Yavanna plantou, por fim, as sementes que havia muito engendrara. E já que, quando os fogos foram subjugados ou enterrados sob os montes primevos, havia necessidade de luz, Aulë, a rogo de Yavanna, fez duas poderosas lamparinas para a iluminação da Terra-média que ele tinha construído em meio aos mares circundantes. Então Varda encheu as lamparinas e Manwë as abençoou, e os Valar as puseram sobre altos pilares, mais elevados de longe do que quaisquer montanhas dos dias posteriores. Uma lamparina eles ergueram perto do norte da Terra-média e esta recebeu o nome de Illuin; e a outra foi erguida no sul e foi chamada de Ormal; e a luz das Lamparinas dos Valar manou sobre a Terra, de modo que tudo estava aceso como se fosse um dia imutável.

DO PRINCÍPIO DOS DIAS

Então as sementes que Yavanna semeara principiaram rapidamente a brotar e medrar, e assim surgiu uma multidão de coisas que cresciam, grandes e pequenas, musgos e relva e grandes avencas e árvores cujos dosséis estavam coroados com nuvem, como se elas fossem montanhas vivas, mas cujas raízes estavam envoltas em um crepúsculo verde. E feras vieram e habitaram nas planícies gramadas, ou nos rios e lagos, ou caminharam nas sombras dos bosques. Por ora, nenhuma flor tinha desabrochado, nem ave alguma cantara, pois essas coisas esperavam ainda seu tempo no seio de Yavanna; mas riqueza havia de seu imaginar, e em nenhum lugar este era mais rico do que nas partes do interior da Terra, onde a luz de ambas as Lamparinas se encontravam e mesclavam. E lá, sobre a Ilha de Almaren, no Grande Lago, ficava a primeira morada dos Valar, quando todas as coisas eram jovens, e o verde recém-criado era ainda uma maravilha aos olhos dos criadores; e ficaram contentes por muito tempo.

Então veio a se dar que, enquanto os Valar descansavam de seus labores e observavam o crescimento e o desenrolar das coisas que tinham planejado e iniciado, Manwë ordenou que se fizesse uma grande festa; e os Valar e toda a sua hoste vieram a pedido dele. Mas Aulë e Tulkas estavam cansados; pois o engenho de Aulë e a força de Tulkas tinham estado a serviço de todos sem cessar nos dias do labor deles. E Melkor sabia de tudo o que era feito, pois mesmo então tinha amigos ocultos e espiões entre os Maiar, a quem tinha convertido à sua causa; e muito longe, na escuridão, ele estava cheio de ódio, tendo inveja da obra de seus pares, a quem desejava transformar em seus súditos. Portanto, reuniu consigo espíritos vindos dos salões de Eä, a quem pervertera a seu serviço, e considerou que estava forte o suficiente. E, vendo agora sua hora, aproximou-se de novo de Arda e olhou para ela lá embaixo, e a beleza da Terra em sua Primavera o encheu ainda mais de ódio.

Ora, estavam os Valar, portanto, reunidos em Almaren, sem temer mal algum; e, por causa da luz de Illuin, não perceberam a sombra ao norte, projetada de longe por Melkor; pois ele tornara-se escuro como a Noite do Vazio. E canta-se que, naquela festa da Primavera de Arda, Tulkas desposou Nessa, a irmã de Oromë, e ela dançou diante dos Valar sobre a relva verde de Almaren.

Então Tulkas dormiu, estando cansado e contente, e Melkor julgou que sua hora chegara. E passou, portanto, por sobre as Muralhas da Noite com sua hoste e veio à Terra-média no norte distante; e os Valar não o perceberam.

Melkor, assim, começou a escavar e a construir uma vasta fortaleza, no fundo da Terra, sob montanhas escuras onde os raios de Illuin chegavam frios e fracos. Aquela praça-forte recebeu o nome de Utumno. E, embora os Valar nada soubessem dela ainda, mesmo assim o mal de Melkor e a podridão de seu ódio manaram de lá, e a Primavera de Arda foi maculada. O que era verde adoeceu e apodreceu, e os rios foram sufocados com mato e limo, e se fizeram pântanos, cheios de fedor e veneno, lugares onde moscas procriavam; e as florestas se tornaram escuras e perigosas, locais de medo; e as feras se tornaram monstros de chifre e marfim e tingiram a terra com sangue. Então os Valar souberam claramente que Melkor estava à solta de novo e buscaram seu esconderijo. Mas Melkor, confiando na força de Utumno e no poder de seus servos, avançou subitamente para a guerra e assestou o primeiro golpe, antes que os Valar estivessem preparados; e atacou as luzes de Illuin e Ormal, e derrubou seus pilares, e quebrou suas lamparinas. Com a derrubada dos magnos pilares, terras se despedaçaram e mares se levantaram em tumulto; e, quando as lamparinas foram empurradas, chama destruidora se derramou por sobre a Terra. E a forma de Arda e a simetria de suas águas e suas terras foram desfiguradas naquele tempo, de forma que os desígnios primeiros dos Valar nunca foram restaurados depois.

Em meio à confusão e às trevas, Melkor escapou, embora o medo caísse sobre ele; pois, acima do rugir dos mares, ele ouvia a voz de Manwë como um vento poderoso, e a terra tremia sob os pés de Tulkas. Mas ele veio a Utumno antes que Tulkas o alcançasse; e lá ficou escondido. E os Valar não puderam, naquele tempo, sobrepujá-lo, pois a maior parte da força deles era necessária para refrear os tumultos da Terra e salvar

DO PRINCÍPIO DOS DIAS

da ruína tudo o que pudesse ser salvo do labor deles; e, depois disso, temiam fender a Terra de novo até que soubessem onde os Filhos de Ilúvatar estavam habitando, eles que ainda haviam de vir num tempo que estava oculto dos Valar.

Assim terminou a Primavera de Arda. A habitação dos Valar em Almaren foi totalmente destruída, e eles não tinham lugar de morada algum sobre a face da Terra. Portanto, partiram da Terra-média e foram para a Terra de Aman, a mais ocidental de todas as regiões sobre as fronteiras do mundo; pois suas praias a oeste miravam o Mar de Fora, que é chamado pelos Elfos de Ekkaia, circundando o Reino de Arda. Quão largo é aquele mar ninguém sabe além dos Valar; e além dele estão as Muralhas da Noite. Mas as costas a leste de Aman são o fim último de Belegaer, o Grande Mar do Oeste; e, uma vez que Melkor tinha retornado à Terra-média, e eles não conseguiam ainda sobre-pujá-lo, os Valar fortificaram sua habitação e, sobre as costas do mar, ergueram as Pelóri, as Montanhas de Aman, as mais altas sobre a Terra. E, acima de todas as montanhas das Pelóri estava aquela elevação sobre cujo cimo Manwë pôs seu trono. Taniquetil é o nome dado pelos Elfos àquela montanha sacra; e Oiolossë, Brancura Sempiterna, Elerrína, Coroada de Estrelas e muitos nomes outros; mas os Sindar falam dela em sua língua mais recente com o nome de Amon Uilos. De seus salões sobre Taniquetil, Manwë e Varda conseguiam observar Terra afora, até mesmo o Leste mais distante.

Detrás das muralhas das Pelóri os Valar estabeleceram seu domínio naquela região que é chamada de Valinor; e lá estavam suas casas, seus jardins e suas torres. Naquela terra guardada os Valar reuniram grande quantidade de luz e de todas as coisas mais belas que tinham salvado da ruína; e muitas outras coisas ainda mais belas criaram, e Valinor se tornou ainda mais for-mosa que a Terra-média durante a Primavera de Arda; e foi aben-çoada, pois os Imortais lá habitavam, e ali nada esvanecia nem fenecia, nem havia qualquer mácula sobre flor ou folha naquela terra, nem qualquer corrupção ou doença em coisa alguma que vivesse; pois as próprias pedras e águas eram cheias de bênção.

E, quando Valinor estava terminada e as mansões dos Valar, estabelecidas, em meio à planície além das montanhas, eles construíram sua cidade, Valmar de muitos sinos. Diante de seu portão oeste havia um teso verde, Ezellohar, que também é chamado Corollairë; e Yavanna o consagrou, e se sentou longamente sobre a relva verde, e cantou uma canção de poder, na qual foi posto todo o seu pensamento de coisas que crescem na terra. Mas Nienna meditou em silêncio e aguou o solo com lágrimas. Naquela hora, os Valar estavam reunidos todos juntos para ouvir a canção de Yavanna e se sentaram em silêncio em seus tronos de conselho no Máhanaxar, o Círculo do Julgamento perto dos portões dourados de Valmar; e Yavanna Kementári cantou diante deles, e eles observaram.

E, conforme observavam, sobre o teso ergueram-se duas mudas esguias; e havia silêncio sobre todo o mundo naquela hora, nem havia qualquer outro som além do cântico de Yavanna. Sob sua canção, as mudas cresceram e se tornaram belas e altas e vieram a florescer; e assim despertaram no mundo as Duas Árvores de Valinor. De todas as coisas que Yavanna fez, elas têm o maior renome, e à volta da sina delas todos os contos dos Dias Antigos estão tecidos.

Uma tinha folhas de um verde-escuro, que debaixo era como prata brilhante, e de cada uma de suas incontáveis flores um orvalho de luz prateada estava sempre caindo, e a terra sob a árvore estava salpicada com a sombra de suas folhas farfalhantes. A outra portava folhas de um verde jovem, como a da faia cuja folhagem acabara de se abrir; suas bordas eram de um dourado cintilante. Flores pendiam de seus galhos em aglomerados de chama amarela, cada um formando um chifre brilhante que derramava uma chuva d'ouro sobre o chão; e, dos botões daquela árvore vinham calor e uma grande luz. Telperion, e Silpion, e Ninquelótë, e muitos outros nomes era como chamavam a primeira em Valinor; mas Laurelin, e Malinalda, e Culúrien, e muitos outros nomes, em canção, a outra era.

Durante sete horas a glória de cada árvore crescia ao máximo e decrescia de novo a nada; e cada uma despertava mais uma vez para a vida uma hora antes que a outra cessasse de brilhar.

DO PRINCÍPIO DOS DIAS

Assim, em Valinor, duas vezes a cada dia vinha uma hora gentil de luz mais suave, quando ambas as árvores tinham luz tênue, e seus raios dourados e prateados se mesclavam. Telperion era a mais velha das árvores e chegou primeiro à estatura máxima e a florescer; e aquela primeira hora em que ela[1] brilhou, o branco faiscar de uma aurora prateada, os Valar não incluíram na conta das horas, mas a chamaram de Hora Inicial, e contaram, a partir dela, as eras de seu reinado em Valinor. Portanto, na hora sexta do Primeiro Dia, e de todos os dias jubilosos desde então, até o Obscurecer de Valinor, Telperion concluiu seu tempo de florescer; e, na décima segunda hora, Laurelin, o seu desabrochar. E cada dia dos Valar em Aman continha doze horas e terminava com o segundo mesclar das luzes, no qual Laurelin estava decrescente, mas Telperion estava crescente. Mas a luz que era derramada das árvores durava muito, antes que fosse elevada aos ares ou descesse à terra; e os orvalhos de Telperion e a chuva que caía de Laurelin Varda guardava em grandes tonéis feito lagos brilhantes, que eram, para toda a terra dos Valar, como poços de água e de luz. Assim começaram os Dias da Ventura de Valinor; e assim começou também a Contagem do Tempo.

Mas, conforme as eras se aproximavam da hora designada por Ilúvatar para a chegada dos Primogênitos, a Terra-média jazia num crepúsculo sob as estrelas que Varda fizera nas eras esquecidas de seus labores em Eä. E, na escuridão, Melkor habitava e ainda saía amiúde pelo mundo, em muitas formas de poder e medo, e usava frio e fogo, do alto das montanhas às fornalhas profundas que existem debaixo delas; e tudo o que era cruel ou violento ou mortal naqueles dias é atribuído a ele.

Da beleza e do regozijo de Valinor os Valar iam pouco, através das montanhas, à Terra-média, mas davam à terra além das Pelóri seus cuidados e seu amor. E em meio ao Reino Abençoado estavam as mansões de Aulë, e lá ele labutou longamente. Pois

---

[1] No original, "he". Tolkien usa o masculino para se referir a Telperion nesta passagem e fará o mesmo ao falar da Lua, astro derivado da Mais Antiga das Árvores, em sua mitologia. [N. T.]

no criar de todas as coisas naquela terra ele teve o papel principal e fez lá muitas belas e formosas obras, tanto abertamente como em segredo. Dele vem o saber e o conhecimento da Terra e de todas as coisas que ela contém, seja o saber daqueles que não criam, mas buscam apenas o entendimento daquilo que é, ou o saber de todos os artífices: o tecelão, o que dá forma à madeira, e o que trabalha com metais; e ainda o lavrador e o fazendeiro, embora esses últimos — e todos os que lidam com coisas que crescem e dão fruto — precisem aprender também com a esposa de Aulë, Yavanna Kementári. Aulë é aquele que é chamado o Amigo dos Noldor, pois dele aprenderam muito nos dias que vieram depois, e eles são os mais habilidosos dos Elfos; e, à sua própria maneira, de acordo com os dons que Ilúvatar lhes deu, acrescentaram muito ao ensinamento de Aulë, deleitando-se em línguas e escrituras e nas figuras do bordado, do desenho e da escultura. Os Noldor também foram os que primeiro chegaram a criar gemas preciosas; e as mais belas de todas as gemas eram as Silmarils, e elas estão perdidas.

Mas Manwë Súlimo, mais elevado e mais sacro dos Valar, sentou-se nas fronteiras de Aman, não abandonando em seu pensamento as Terras de Fora. Pois seu trono estava posto em majestade sobre o pináculo de Taniquetil, a mais alta das montanhas do mundo, alçando-se sobre a beira do mar. Espíritos na forma de falcões e águias voavam sempre de lá para cá em seus salões; e os olhos deles viam até as profundezas dos mares e penetravam as cavernas ocultas debaixo do mundo. Assim, traziam-lhe novas de quase tudo o que se passava em Arda; porém, algumas coisas estavam escondidas até mesmo dos olhos de Manwë e dos serviçais de Manwë, pois onde Melkor se assentava em seu pensamento sombrio jaziam sombras impenetráveis.

Manwë não pensa em sua própria honra e não é cioso de seu poder, mas rege a todos para a paz. Aos Vanyar ele mais amava de todos os Elfos, e dele receberam canção e poesia; pois a poesia é o deleite de Manwë, e a canção das palavras é sua música. Sua vestimenta é azul, e azul é o fogo de seus olhos, e seu cetro é de safira, que os Noldor lhe fizeram; e ele foi designado a ser o vice-governante de Ilúvatar, Rei do mundo para Valar e

DO PRINCÍPIO DOS DIAS

Elfos e Homens, e a defesa principal contra o mal de Melkor. Com Manwë habitava Varda, a mais bela, ela a quem, na língua sindarin, chamam de Elbereth, Rainha dos Valar, criadora das estrelas; e com eles havia uma grande hoste de espíritos em bem-aventurança.

Mas Ulmo estava sozinho, e ele não tinha morada em Valinor, nem ia jamais até lá a menos que houvesse necessidade de um grande concílio; habitava desde o princípio de Arda no Oceano de Fora e ainda habita naquele lugar. De lá ele governa o fluir de todas as águas e os refluxos, os cursos de todos os rios e o provimento das fontes, o destilar de todos os orvalhos e a chuva em toda terra sob o céu. Nos lugares profundos ele se põe a pensar em música grande e terrível; e o eco daquela música corre por todas as veias do mundo em pesar e em júbilo; pois se é jubilosa a fonte que surge no sol, suas nascentes estão nos poços de pesar desmedido nas fundações da Terra. Os Teleri aprenderam muito com Ulmo, e, por essa razão, a música deles tem tanto tristeza como encantamento. Salmar veio com ele a Arda, ele que fez as trompas de Ulmo, aquelas que ninguém jamais pode esquecer se as ouviu alguma vez; e Ossë e Uinen também, a quem ele deu o governo das ondas e dos movimentos dos Mares de Dentro e muitos outros espíritos. E assim foi que, pelo poder de Ulmo, mesmo sob a escuridão de Melkor, a vida ainda correu por muitos veios secretos, e a Terra não morreu; e a todos os que estavam perdidos naquela escuridão ou vagavam longe da luz dos Valar os ouvidos de Ulmo estavam sempre abertos; nem abandonou ele jamais a Terra-média, e o que quer que tenha desde então ocorrido de ruína ou de mudança, ele não cessou de ter nada em seu pensamento e não cessará até o fim dos dias.

E naquele tempo escuro, Yavanna também não estava disposta a abandonar completamente as Terras de Fora: pois todas as coisas que crescem lhe são caras, e ela pranteava as obras que tinha começado na Terra-média e que Melkor desfigurara. Portanto, deixando a casa de Aulë e os prados floridos de Valinor, ela vinha por vezes e curava as feridas abertas por Melkor; e, retornando, incitava os Valar àquela guerra contra o domínio maligno dele, que certamente deviam travar antes da vinda dos Primogênitos.

E Oromë, domador de feras, cavalgava também, de quando em vez, na escuridão das florestas não iluminadas; como um caçador poderoso, vinha com lança e arco, perseguindo até a morte os monstros e as criaturas cruéis do reino de Melkor, e seu cavalo branco, Nahar, brilhava feito prata nas sombras. Então a terra dormente tremia à batida dos cascos dourados, e, no crepúsculo do mundo, Oromë soava a Valaróma, sua grande trompa, sobre as planícies de Arda; ao que as montanhas ecoavam, e as sombras do mal fugiam, e o próprio Melkor se encolhia em Utumno, pressagiando a ira que viria. Mas, assim que Oromë passava, os serviçais de Melkor se reuniam de novo; e as terras ficavam cheias de sombras e engano.

Agora tudo está dito acerca da maneira da Terra e de seus regentes no princípio dos dias, e antes que o mundo se tornasse tal como os Filhos de Ilúvatar o conheceram. Pois Elfos e Homens são os Filhos de Ilúvatar; e, já que não entenderam completamente aquele tema pelo qual os Filhos adentraram a Música, nenhum dos Ainur ousou acrescentar qualquer coisa à feição deles. Por tal razão, os Valar são para essas gentes mais como seus anciãos e chefes do que seus mestres; e se alguma vez em seu trato com Elfos e Homens os Ainur procuraram forçá-los quando não queriam ser guiados, raramente isso foi para o bem, ainda que fosse boa a intenção. De fato, os Ainur têm tratado principalmente com os Elfos, pois Ilúvatar os fez mais semelhantes em natureza aos Ainur, embora menores em poder e estatura; enquanto aos Homens ele deu estranhos dons.

Pois se diz que depois da partida dos Valar houve silêncio, e por toda uma era Ilúvatar se sentou só, em pensamento. Então ele falou, e ele disse: "Eis que eu amo a Terra, que há de ser uma mansão para os Quendi e os Atani! Mas os Quendi hão de ser as mais belas de todas as criaturas terrenas e hão de ter e conceber e gerar mais beleza do que todos os meus Filhos; e hão de ter a maior ventura neste mundo. Mas para os Atani darei um novo dom." Portanto, desejou ele que os corações dos Homens buscassem para além do mundo e não achassem repouso dentro dele; mas eles deveriam ter a virtude de moldar sua vida,

DO PRINCÍPIO DOS DIAS

em meio aos poderes e acasos do mundo, além da Música dos Ainur, que é como sina para todas as coisas outras; e da operação deles tudo deveria ser, em forma e fato, completado, e o mundo, cumprido até a última e menor das coisas.

Mas Ilúvatar sabia que os Homens, estando postos em meio aos tumultos dos poderes do mundo, desviar-se-iam amiúde e não usariam seus dons em harmonia; e disse ele: "Esses também, a seu tempo, hão de descobrir que tudo o que fazem redunda, no fim, apenas para a glória de minha obra." Contudo, os Elfos creem que os Homens são, muitas vezes, um pesar para Manwë, que conhece mais a mente de Ilúvatar; pois parece aos Elfos que os Homens se assemelham a Melkor mais do que a todos os Ainur, embora ele os tenha sempre temido e odiado, mesmo aqueles que o serviam.

É parte desse dom de liberdade que os filhos dos Homens habitem vivos apenas por um intervalo curto no mundo e não estejam presos a ele, e partam logo para um lugar que os Elfos não conhecem. Enquanto os Elfos permanecem até o fim dos dias, e seu amor pela Terra e por todo o mundo é mais singular e mais pungente, portanto e, conforme se esticam os anos, cada vez mais cheio de pesar. Pois os Elfos não morrem até que o mundo morra, a menos que sejam assassinados ou feneçam de pesar (e a essas duas mortes aparentes eles estão sujeitos); nem a idade subjuga a força deles, a menos que fiquem exaustos após dez mil séculos; e, morrendo, são recolhidos aos salões de Mandos em Valinor, do qual podem, a seu tempo, retornar. Mas os filhos dos Homens morrem de fato e deixam o mundo; por isso, são chamados os Hóspedes, ou os Forasteiros. A morte é sua sina, o dom de Ilúvatar, o qual, conforme se desgasta o Tempo, até os Poderes hão de invejar. Mas Melkor lançou sua sombra sobre esse dom e o confundiu com escuridão, e fez vir mal do bem, e medo da esperança. Contudo, desde outrora os Valar declararam aos Elfos, em Valinor, que os Homens hão de se unir à Segunda Música dos Ainur; já Ilúvatar não revelou seu propósito para os Elfos depois do fim do Mundo, e Melkor não o descobriu.

2

DE AULË
E YAVANNA

Conta-se que, em seu princípio, os Anãos foram criados por Aulë na escuridão da Terra-média; pois tão grandemente desejava Aulë a vinda dos Filhos, para ter aprendizes a quem pudesse ensinar seu saber e seus ofícios, que ele não queria esperar o cumprimento dos desígnios de Ilúvatar. E Aulë criou os Anãos tal como eles ainda o são, porque as formas dos Filhos que haviam de vir não estavam claras em sua mente e porque o poder de Melkor ainda estava sobre a Terra; e desejava, portanto, que eles fossem fortes e impassíveis. Mas, temendo que os outros Valar o censurassem por sua obra, ele trabalhou em segredo; e criou primeiro os Sete Pais dos Anãos num salão sob as montanhas na Terra-média.

Ora, Ilúvatar sabia o que tinha sido feito e na mesma hora em que a obra de Aulë estava completa, e ele se agradava dela e começava a instruir os Anãos na fala que tinha preparado para eles, Ilúvatar lhe falou; e Aulë ouviu a voz dele e ficou em silêncio. E a voz de Ilúvatar disse: "Por que fizeste isso? Por que tentas uma coisa que sabes estar além de teu poder e tua autoridade? Pois tu tens de mim como dom teu próprio ser apenas e nada mais; e, portanto, as criaturas de tua mão e mente podem viver apenas por aquele ser, movendo-se quando pensas em movê-las e, se teu pensamento estiver em outro lugar, ficando paradas. É esse o teu desejo?"

Então Aulë respondeu: "Eu não desejava tal senhorio. Desejava apenas coisas diversas do que sou para amá-las e ensiná-las, para que elas também pudessem perceber a beleza de Eä, que tu levaste a existir. Pois me parecia que há grande espaço em Arda para muitas coisas que poderiam se regozijar nela, mas está, na maior parte, vazia ainda e muda. E, em minha impaciência, caí em insensatez. Contudo, a criação de coisas está no meu coração por causa da minha própria criação por ti; e o menino de pouco entendimento que transforma em brinquedo as ações de seu pai pode fazê-lo sem pensamento de zombaria, mas porque ele é o filho de seu pai. Mas o que hei de fazer agora para que não continues enraivecido comigo para sempre? Como uma criança a seu pai, ofereço a ti estas coisas, a obra das mãos que criaste. Faz com elas o que desejares. Mas eu não deveria antes destruir a obra de minha presunção?"

Então Aulë tomou um grande martelo para golpear os Anãos; e chorou. Mas, por causa da humildade de Aulë, Ilúvatar teve compaixão dele e de seu desejo; e os Anãos se encolheram diante do martelo, e tiveram medo, e curvaram suas cabeças, e imploraram misericórdia. E a voz de Ilúvatar disse a Aulë: "Tua oferta aceitei assim que foi feita. Não vês que estas coisas agora têm uma vida própria e falam com suas próprias vozes? Do contrário, não teriam se esquivado de teu golpe, nem de qualquer ordem de tua vontade." Então Aulë jogou ao chão seu martelo e ficou contente, e deu graças a Ilúvatar, dizendo: "Que Eru abençoe minha obra e a corrija!"

Mas Ilúvatar falou de novo e disse: "Tal como dei ser aos pensamentos dos Ainur no princípio do Mundo, assim agora tomei teu desejo e dei a ele um lugar em Arda; mas de nenhum outro modo corrigirei a obra de tuas mãos e, tal como a fizeste, assim ela será. Mas não aceitarei isto: que esses aqui venham antes dos Primogênitos de meu desígnio, nem que tua impaciência seja recompensada. Eles hão de dormir agora na escuridão sob a pedra e não hão de aparecer até que os Primogênitos tenham despertado sobre a Terra; e até aquela hora tu e eles hão de esperar, ainda que pareça tardar. Mas quando o tempo chegar, eu despertá-los-ei, e eles hão de ser para ti como filhos; e amiúde o conflito há de surgir entre os teus e os meus, os filhos de minha adoção e os filhos de minha escolha."

Então Aulë tomou os Sete Pais dos Anãos e os colocou a descansar em lugares afastados; e retornou a Valinor e esperou conforme os longos anos se estendiam.

Já que deviam surgir nos dias do poder de Melkor, Aulë criou os Anãos para serem fortes e resistentes. Portanto, são duros como pedra, teimosos, de amizade e inimizade estreitas e sofrem trabalhos e fome e ferida de corpo com mais firmeza do que todos os outros povos que falam; e vivem muito, bem além do tempo dos Homens, mas não para sempre. Em antanho, sustentava-se entre os Elfos da Terra-média que, morrendo, os Anãos retornavam à terra e à pedra das quais eram feitos; contudo, não é essa a crença deles. Pois dizem que Aulë, o Criador, a quem chamam Mahal, tem cuidado deles e os recolhe a Mandos, em salões separados; e que ele declarou aos seus Pais de outrora que Ilúvatar vai abençoá-los e dar a eles um lugar entre os Filhos no Fim. Então seu papel será servir a Aulë e auxiliá-lo na recriação de Arda depois da Última Batalha. Dizem também que os Sete Pais dos Anãos voltam a viver de novo entre sua própria gente e a portar uma vez mais seus nomes antigos: dos quais Durin era o mais afamado em eras posteriores, o pai daquela gente mais amiga dos Elfos, cujas mansões ficavam em Khazad-dûm.

Ora, quando Aulë labutava na criação dos Anãos, manteve sua obra oculta dos outros Valar, mas, por fim, ele se abriu com Yavanna e contou a ela tudo o que viera a acontecer. Então Yavanna lhe disse: "Eru é misericordioso. Agora vejo que teu coração se regozija, como de fato pode fazê-lo: pois recebeste não só perdão como mercê. Contudo, porque ocultaste esse pensamento de mim até seu cumprimento, teus filhos terão pouco amor pelas coisas que amo. Amarão primeiro as coisas feitas por suas próprias mãos, como o pai deles. Cavarão a terra, e às coisas que crescem e vivem sobre a terra não darão ouvido. Muita árvore há de sentir o gume do ferro deles sem piedade."

Mas Aulë respondeu: "Isso também há de ser verdadeiro quanto aos Filhos de Ilúvatar, pois comerão e construirão. E, embora as coisas de teu reino tenham valor em si mesmas e teriam valor se nenhum Filho estivesse para vir, ainda assim Eru dar-lhes-á o domínio, e haverão de usar tudo o que acharem em Arda: ainda que não, segundo o propósito de Eru, sem respeito ou sem gratidão."

"Não, a menos que Melkor escureça seus corações", afirmou Yavanna. E ela não se apaziguou, mas se entristeceu em seu coração, temendo o que poderia ser feito sobre a Terra-média nos dias que viriam. Portanto, apresentou-se diante de Manwë, e não traiu o sigilo de Aulë, mas indagou: "Rei de Arda, é verdade, como Aulë disse a mim, que os Filhos, quando vierem, hão de ter domínio sobre todas as coisas de meu labor para fazer com elas o que desejarem?"

"É verdade", declarou Manwë. "Mas por que perguntas, já que não tinhas necessidade da instrução de Aulë?"

Então Yavanna ficou em silêncio e contemplou seus próprios pensamentos. E respondeu: "Porque meu coração se anseia pensando nos dias que virão. Todas as minhas obras me são caras. Não é suficiente que Melkor tenha maculado tantas delas? Será que nada do que planejei há de ficar livre do domínio de outros?"

"Se coubesse a ti decidir, o que preservarias?", disse Manwë. "De todo o teu reino, o que te é mais caro?"

"Todos têm seu valor," seguiu Yavanna, "e cada um contribui para o valor dos outros. Mas os *kelvar* podem fugir ou se defender, enquanto os *olvar* que crescem não podem. E, entre esses, as árvores me são caras. Demoradas a crescer, célere há de ser sua derrubada e, a menos que paguem tributo com frutos em seus galhos, pouco há de ser pranteado o seu fim. Assim vejo em meu pensamento. Quisera que as árvores pudessem falar por todas as coisas que têm raízes e punir aqueles que lhes fazem mal!"

"Esse é um pensamento estranho", replicou Manwë.

"Contudo, já estava na Canção", disse Yavanna. "Pois enquanto estavas nos céus e com Ulmo construías as nuvens e derramavas as chuvas, eu ergui os galhos de grandes árvores para recebê-las, e algumas delas cantavam a Ilúvatar em meio ao vento e à chuva."

Então Manwë se sentou em silêncio, e o pensamento de Yavanna, que ela pusera em seu coração, cresceu e se desenrolou; e foi contemplado por Ilúvatar. Então pareceu a Manwë que a Canção surgia uma vez mais à sua volta, e ele atentava agora a muitas coisas nela que, embora tivesse ouvido, não percebera antes. E por fim a Visão foi renovada, mas não era agora algo remoto, pois ele próprio estava dentro dela e, entretanto, via que tudo estava sustentado pela mão de Ilúvatar; e essa mão adentrou a visão, e dela vieram muitas maravilhas que até então tinham estado ocultas dele nos corações dos Ainur.

Então Manwë despertou, e desceu até Yavanna em Ezellohar, e se sentou a seu lado sob as Duas Árvores. E Manwë comentou: "Ó Kementári, Eru falou, dizendo, 'Supõe então algum dos Valar que não ouvi toda a Canção, mesmo o menor som da menor voz? Vede! Quando os Filhos despertarem, então o pensamento de Yavanna despertará também e convocará espíritos de longe, e eles irão até os *kelvar* e os *olvar*, e alguns habitarão ali e serão reverenciados, e sua fúria justa há de ser temida. Por um tempo: enquanto os Primogênitos estiverem no poder e enquanto os Segundos Filhos forem jovens.' Mas será que não te lembras, Kementári, de que o teu pensamento não cantou sempre sozinho? Será que o teu pensamento e o meu não se encontraram também, de modo que criamos asas juntos, como grandes aves que se elevam acima das nuvens? Aquilo também virá a ser pelo cuidado de Ilúvatar e, antes que os Filhos despertem, também surgirão, com asas como o vento, as Águias dos Senhores do Oeste."

Então Yavanna ficou contente e se levantou, erguendo seus braços aos céus, e exclamou: "Altas hão de subir as árvores de Kementári para que as Águias do Rei façam sua morada nelas!"

Mas Manwë se levantou também e parecia que ele se alçara a tal altura que sua voz descia a Yavanna vinda dos caminhos dos ventos.

"Não", disse ele. "Só as árvores de Aulë serão altas o suficiente. Nas montanhas as Águias hão de fazer sua morada e ouvir as vozes daqueles que chamam por nós. Mas nas florestas hão de caminhar os Pastores das Árvores."

Então Manwë e Yavanna se despediram, por ora, e Yavanna retornou a Aulë; e ele estava em sua forja, derramando metal derretido num molde. "Eru é generoso", disse ela. "Agora, que teus filhos tenham cuidado! Pois há de caminhar um poder nas florestas cuja ira eles atiçarão por sua conta e risco."

"Mesmo assim, terão necessidade de madeira", replicou Aulë e continuou com seu trabalho de ferreiro.

3

da Vinda dos Elfos e do Cativeiro de Melkor

Por longas eras os Valar habitaram em bem-aventurança à luz das Árvores além das Montanhas de Aman, mas toda a Terra-média jazia num crepúsculo sob as estrelas. Enquanto as Lamparinas tinham brilhado, começara lá um crescimento que então tinha se detido, porque tudo estava de novo escuro. Mas as coisas vivas mais antigas já tinham surgido: nos mares as grandes algas e na terra a sombra de grandes árvores; e nos vales dos montes trajados de noite havia criaturas escuras, antigas e fortes. A essas terras e florestas os Valar pouco vinham, salvo apenas Yavanna e Oromë; e Yavanna ia caminhar lá nas sombras, triste porque o crescimento e a promessa da Primavera de Arda tinham parado. E ela lançou um sono sobre muitas coisas que tinham surgido na Primavera para que não envelhecessem, mas esperassem por um tempo de despertar que ainda poderia chegar.

Mas, no norte, Melkor se fortaleceu e não dormia, mas vigiava e labutava; e as coisas malignas que ele tinha pervertido caminhavam pelo mundo, e os bosques escuros e adormecidos eram assombrados por monstros e formas de horror. E em Utumno, reuniu demônios à sua volta, aqueles espíritos que primeiro aderiram a ele nos dias de seu esplendor e se tornaram mais semelhantes a Melkor em sua corrupção: seus corações eram de fogo, mas estavam envoltos em um manto de escuridão, e o terror seguia diante deles; tinham açoites de chama. Balrogs foi o seu nome na Terra-média nos dias que vieram depois. E, naquele tempo escuro, Melkor fez procriar muitos outros monstros de formas e raças várias que por muito atormentaram o mundo; e seu reino se espalhava então cada vez mais para o sul pela Terra-média.

E Melkor fez também uma fortaleza e arsenal, não distante da costa noroeste do mar, para resistir a qualquer assalto que pudesse vir de Aman. Aquela praça-forte era comandada por Sauron, lugar-tenente de Melkor, e recebeu o nome de Angband.

Veio a acontecer que os Valar convocaram um concílio, pois tinham ficado perturbados com as novas que Yavanna e Oromë traziam das Terras de Fora; e Yavanna falou diante dos Valar, dizendo: "Ó vós, poderosos de Arda, a Visão de Ilúvatar foi breve e logo se retirou, de modo que talvez não possamos adivinhar em uma contagem estreita de dias a hora designada. Contudo, assegurai-vos disto: a hora se aproxima, e dentro desta era nossa esperança há de ser revelada, e os Filhos hão de despertar. Havemos então de deixar as terras da habitação deles desoladas e cheias de mal? Hão de caminhar na escuridão enquanto temos luz? Hão de chamar Melkor de senhor enquanto Manwë se assenta sobre Taniquetil?"

E Tulkas gritou: "Não! Façamos a guerra rápido! Será que não descansamos da contenda mais que o devido, e não está nossa força agora renovada? Haverá um sozinho de nos desafiar para sempre?"

Mas, a pedido de Manwë, Mandos falou, e ele disse: "Nesta era os Filhos de Ilúvatar hão de vir, de fato, mas não vieram ainda. Além do mais, é da sina dos Primogênitos que eles hajam de vir na escuridão e olhem primeiro para as estrelas. Grande luz será o sinal de seu desvanecer. Por Varda eles sempre hão de chamar em sua necessidade."

Então Varda saiu do concílio, e olhou para longe das alturas de Taniquetil, e contemplou a escuridão da Terra-média debaixo das estrelas inumeráveis, tênues e distantes. Então ela principiou um grande trabalho, a maior de todas as obras dos Valar desde sua vinda a Arda. Tomou os orvalhos prateados dos tonéis de Telperion e com eles fez novas e mais brilhantes estrelas para a vinda dos Primogênitos; donde ela, cujo nome desde as profundezas do tempo e os trabalhos de Eä fora Tintallë, a Inflamadora, foi chamada depois pelos Elfos de Elentári, Rainha das Estrelas. Carnil e Luinil, Nénar e Lumbar, Alcarinquë e Elemmírë ela

DA VINDA DOS ELFOS E DO CATIVEIRO DE MELKOR

forjou naquele tempo, e muitas outras das estrelas antigas reuniu em grupos, e dispôs como sinais nos céus de Arda: Wilwarin, Telumendil, Soronúmë e Anarríma; e Menelmacar, com seu cinto brilhante, que prenuncia a Última Batalha que há de acontecer no fim dos dias. E, alto no norte, como um desafio a Melkor, ela dispôs a girar a coroa de sete estrelas magnas, Valacirca, a Foice dos Valar e sinal de julgamento.

Conta-se que, assim que Varda terminou seus trabalhos, e esses foram longos, quando Menelmacar caminhou pelo céu pela primeira vez, e o fogo azul de Helluin chamejou nas brumas acima das fronteiras do mundo, naquela hora os Filhos da Terra despertaram, os Primogênitos de Ilúvatar. À beira do lago iluminado pelas estrelas de Cuiviénen, Água do Despertar, levantaram-se do sono de Ilúvatar; e, enquanto habitavam ainda em silêncio à beira de Cuiviénen, seus olhos contemplaram, antes de todas as coisas, as estrelas do céu. Portanto, amaram sempre a luz das estrelas e reverenciaram Varda Elentári acima de todos os Valar.

Nas mudanças do mundo, as formas de terras e de mares foram destroçadas e refeitas; rios não mantiveram seus cursos, nem montanhas permaneceram firmes; e para Cuiviénen não há como retornar. Mas conta-se entre os Elfos que o lago ficava longe, no leste da Terra-média e no rumo norte, e era uma baía no Mar Interno de Helcar; e esse mar ficava onde outrora as raízes da montanha de Illuin estiveram, antes que Melkor a derrubasse. Muitas águas corriam para lá de elevações no leste, e o primeiro som ouvido pelos Elfos foi o som de água corrente e o som d'água caindo sobre a pedra.

Longamente habitaram em seu primeiro lar à beira d'água, sob as estrelas, e caminharam pela Terra em assombro; e começaram a criar uma fala e a dar nomes a todas as coisas que percebiam. A si mesmos deram o nome de Quendi, significando aqueles que falam com vozes; pois até então não tinham encontrado nenhuma outra coisa viva que falasse ou cantasse.

E certa vez aconteceu que Oromë cavalgou para oeste, quando caçava, e virou para o norte nas costas do Helcar e passou sob as sombras das Orocarni, as Montanhas do Leste.

O SILMARILLION

Então, súbito, Nahar soltou um grande rincho e ficou parado. E Oromë se admirou e se sentou em silêncio e lhe parecia que, na quietude da terra sob as estrelas, podia ouvir ao longe muitas vozes cantando.

Assim foi que os Valar acharam enfim, como se fora por acaso, aqueles a quem tinham tanto esperado. E Oromë, contemplando os Elfos, encheu-se de assombro, como se eles fossem seres repentinos e maravilhosos e imprevistos; pois assim sempre há de ser com os Valar. Pois de fora do mundo, embora todas as coisas possam ser pressagiadas em música ou previstas em imagem de longe, para aqueles que entram em verdade em Eä, cada coisa, a seu tempo, há de ser encontrada de repente, como algo novo e não prenunciado.

No princípio, os Filhos Mais Velhos de Ilúvatar eram mais fortes e maiores do que se tornaram desde então; mas não mais belos, pois, embora a beleza dos Quendi nos dias de sua juventude estivesse além de toda outra beleza à qual Ilúvatar deu ser, ela não pereceu, mas vive no Oeste, e pesar e sabedoria a enriqueceram. E Oromë amou os Quendi e lhes deu o nome, na própria língua deles, de Eldar, o povo das estrelas; mas esse nome foi mais tarde dado apenas àqueles que o seguiram na estrada para o oeste.

Contudo, muitos dos Quendi ficaram cheios de temor à sua chegada; e isso foi obra de Melkor. Pois, com o que descobriram depois, os sábios declaram que Melkor, sempre vigilante, foi o primeiro a ficar ciente do despertar dos Quendi, e enviou sombras e espíritos maus para espioná-los e emboscá-los. Assim veio a se dar, alguns anos antes da vinda de Oromë, que se alguns dos Elfos se desgarravam muito, sozinhos ou uns poucos juntos, amiúde desapareciam e nunca retornavam; e os Quendi diziam que o Caçador os pegara e tinham medo. E, de fato, as mais antigas canções dos Elfos, das quais ecos ainda são lembrados no Oeste, contam das formas de sombra que caminhavam nos montes acima de Cuiviénen ou passavam de repente por sobre as estrelas; e do Cavaleiro escuro em seu cavalo selvagem que perseguia aqueles que vagavam para pegá-los e devorá-los. Ora, Melkor odiava e temia grandemente as cavalgadas de Oromë e ele ou mandou de fato seus serviçais sombrios como cavaleiros, ou lançou adiante sussurros mentirosos com o propósito de que os Quendi fugissem de Oromë se quiçá o encontrassem.

Assim foi que, quando Nahar rinchou e Oromë de fato chegou em meio a eles, alguns dos Quendi se esconderam, e alguns fugiram e se perderam. Mas aqueles que tiveram coragem e ficaram perceberam rapidamente que o Grande Cavaleiro não era nenhuma forma vinda da escuridão; pois a luz de Aman estava em seu rosto, e todos os mais nobres dos Elfos eram atraídos a ela.

Mas daqueles infelizes que foram apanhados por Melkor pouco se sabe com certeza. Pois quem dentre os vivos desceu às covas de Utumno ou explorou a escuridão dos conselhos de Melkor? Contudo, isto é considerado verdadeiro pelos sábios de Eressëa, que todos aqueles dos Quendi que caíram nas mãos de Melkor, antes que Utumno fosse destroçada, lá foram postos na prisão e, por lentas artes de crueldade, foram corrompidos e escravizados; e assim Melkor fez surgir a raça hedionda dos Orques, em inveja e zombaria dos Elfos, de quem foram depois os inimigos mais amargos. Pois os Orques tinham vida e se multiplicavam à maneira dos Filhos de Ilúvatar; e nada que tivesse vida por si mesmo, nem a semelhança de vida, podia Melkor jamais criar desde sua rebelião no Ainulindalë antes do Princípio: assim dizem os sábios. E, no fundo de seus corações sombrios, os Orques abominavam o Mestre a quem serviam por medo, criador somente de sua miséria. Pode ser que este tenha sido o feito mais vil de Melkor e o mais odioso aos olhos de Ilúvatar.

Oromë se demorou um pouco entre os Quendi e, então, velozmente cavalgou de volta, através de terra e mar, para Valinor e trouxe as novas a Valmar; e falou das sombras que atormentavam Cuiviénen. Então os Valar se regozijaram e, contudo, estavam em dúvida em meio a seu júbilo; e debateram longamente que alvitre deviam tomar para a guarda dos Quendi da sombra de Melkor. Mas Oromë retornou de imediato à Terra-média e fez morada entre os Elfos.

Manwë se sentou longamente em pensamento sobre Taniquetil e buscou o conselho de Ilúvatar. E, descendo então a Valmar, convocou os Valar para o Círculo do Julgamento, e para lá foi até mesmo Ulmo, vindo do Mar de Fora.

Então Manwë disse aos Valar: "Este é o conselho de Ilúvatar em meu coração: que devemos retomar o comando de Arda a qualquer custo e libertar os Quendi da sombra de Melkor." Então Tulkas se alegrou; mas Aulë estava entristecido com o presságio das feridas do mundo que deviam vir daquela contenda. Mas os Valar se prepararam e saíram de Aman em força de guerra, resolvidos a assaltar as fortalezas de Melkor e pôr fim a elas. Nunca Melkor esqueceu que essa guerra foi travada pelo bem dos Elfos e que foram eles a causa de sua queda. Contudo, eles não tomaram parte naqueles feitos e pouco sabem do avanço do poder do Oeste contra o Norte no princípio de seus dias.

Melkor enfrentou o ataque dos Valar no Noroeste da Terra-média, e toda aquela região foi destroçada. Mas a vitória inicial das hostes do Oeste foi rápida, e os serviçais de Melkor fugiram diante deles para Utumno. Então os Valar passaram através da Terra-média e puseram uma guarda sobre Cuiviénen; e dali por diante os Quendi nada souberam da grande Batalha dos Poderes, salvo que a Terra tremia e gemia debaixo deles, e que as águas se remexiam, e que, no norte, havia luzes como as de fogos magnos. Longo e terrível foi o cerco de Utumno, e muitas batalhas foram travadas diante de seus portões, de que nada além de rumores é conhecido dos Elfos. Naquele tempo, a forma da Terra-média foi alterada, e o Grande Mar que a separava de Aman se fez largo e profundo; e avançou sobre as costas, abrindo um grande golfo no rumo sul. Muitas baías menores se fizeram entre o Grande Golfo e Helcaraxë, no norte distante, onde a Terra-média e Aman ficavam mais próximas. Dessas, a Baía de Balar era a principal; e nela o grande rio Sirion desaguava, vindo dos planaltos recém-elevados ao norte: Dorthonion, e as montanhas à volta de Hithlum. Todas as terras do extremo norte se fizeram desoladas naqueles dias; pois ali Utumno fora escavada a grande profundidade, e suas covas estavam repletas de fogos e de grandes hostes dos serviçais de Melkor.

DA VINDA DOS ELFOS E DO CATIVEIRO DE MELKOR

Mas por fim os portões de Utumno foram quebrados, e os tetos de seus salões, arrancados, e Melkor buscou refúgio na cova mais profunda. Então Tulkas se pôs à frente, como campeão dos Valar, e lutou com ele e o lançou sobre seu rosto; e ele foi atado com a corrente Angainor, que Aulë forjara, e levado como cativo; e o mundo teve paz por uma longa era.

Mesmo assim, os Valar não descobriram todas as magnas câmaras e cavernas escondidas com ardis no mais fundo das fortalezas de Angband e Utumno. Muitas coisas malévolas ainda tinham ficado lá, e outras se dispersaram e fugiram para o escuro e vagaram pelos lugares ermos do mundo, esperando hora mais maligna; e Sauron os Valar não acharam.

Mas, quando a Batalha estava terminada, e da ruína do Norte grandes nuvens se alçaram e esconderam as estrelas, os Valar arrastaram Melkor de volta a Valinor, atado nos pés e nas mãos e vendado; e ele foi trazido ao Círculo do Julgamento. Ali foi lançado sobre sua face diante dos pés de Manwë e suplicou perdão; mas seus rogos foram negados, e o lançaram na prisão na masmorra de Mandos, de onde ninguém pode escapar, nem Vala, nem Elfo, nem Homem mortal. Vastos e fortes são aqueles salões e foram construídos a oeste da terra de Aman. Ali foi Melkor sentenciado a ficar pela duração de três eras, antes que seu caso fosse julgado de novo ou que ele pudesse suplicar outra vez perdão.

Então novamente os Valar se reuniram em concílio e estavam divididos no debate. Pois alguns, e daqueles Ulmo era o principal, sustentavam que os Quendi deveriam ser livres para caminhar como quisessem na Terra-média e, com seus dons de engenho, dar ordem a todas as terras e curar suas feridas. Mas a maior parte deles temia pelos Quendi naquele mundo perigoso em meio aos enganos da penumbra estrelada; e estavam cheios, além do mais, de amor pela beleza dos Elfos e desejavam sua companhia. Enfim, portanto, os Valar convocaram os Quendi a Valinor, para lá serem reunidos nos joelhos dos Poderes à luz das Árvores para sempre; e Mandos rompeu seu silêncio, dizendo: "Assim está decretado." Dessa convocação vieram muitas tristezas que depois se deram.

O SILMARILLION

Mas os Elfos estavam, a princípio, avessos a dar ouvidos à convocação, pois tinham, por ora, visto os Valar apenas em sua ira quando foram à guerra, salvo Oromë apenas; e estavam cheios de temor. Portanto, Oromë foi enviado de novo a eles e escolheu de seu meio embaixadores que fossem a Valinor e falassem por seu povo; e esses eram Ingwë, Finwë e Elwë, que mais tarde se tornaram reis. E, chegando, ficaram cheios de assombro com a glória e majestade dos Valar e desejaram grandemente a luz e o esplendor das Árvores. Então Oromë os trouxe de volta a Cuiviénen, e eles falaram diante de seu povo e o aconselharam a ouvir a convocação dos Valar e partir para o Oeste.

Então se deu a primeira separação dos Elfos. Pois a gente de Ingwë e a maior parte das gentes de Finwë e Elwë foram persuadidas pelas palavras de seus senhores e ficaram dispostas a partir e seguir Oromë; e esses ficaram conhecidos para sempre como os Eldar, pelo nome que Oromë deu aos Elfos, no princípio, em sua própria língua. Mas muitos recusaram a convocação, preferindo a luz das estrelas e os amplos espaços da Terra-média às rumorosas Árvores; e esses são os Avari, os Indesejosos, que foram separados, naquele tempo, dos Eldar e só os encontraram de novo depois que muitas eras se passaram.

Os Eldar prepararam então uma grande marcha a partir de seus primeiros lares no leste; e se arranjaram em três hostes. A menor delas, e a primeira a sair, era liderada por Ingwë, o mais alto senhor de toda a raça élfica. Ele adentrou Valinor e se sentou aos pés dos Poderes, e todos os Elfos reverenciaram seu nome; mas nunca mais voltou, nem viu de novo a Terra-média. Os Vanyar eram seu povo; eles são os Belos Elfos, os bem-amados de Manwë e Varda, e poucos entre os Homens já falaram com eles.

Depois vinham os Noldor, um nome de sabedoria, o povo de Finwë. Eles são os Elfos Profundos, os amigos de Aulë; e têm renome nas canções, pois lutaram e labutaram muito e sofridamente nas terras do norte de antanho.

A maior hoste veio por último, e seus membros recebem o nome de Teleri, pois se demoraram na estrada e não tinham todos a intenção de deixar o ocaso e ir à luz de Valinor. Na água tinham grande deleite, e aqueles que chegaram, enfim, às costas do oeste tinham se enamorado do mar. Os Elfos-do-mar, portanto, tornaram-se, na terra de Aman, os Falmari, pois faziam música à beira das ondas que se quebravam. Dois senhores tinham, pois seu número era grande: Elwë Singollo (que significa Manto-gris) e Olwë, seu irmão.

Essas eram as três gentes dos Eldalië, as quais, passando-se enfim ao extremo Oeste nos dias das Árvores, são chamadas de Calaquendi, Elfos da Luz. Mas outros dos Eldar havia que partiram, de fato, na marcha para o oeste, mas se perderam na longa estrada, ou tomaram outro rumo, ou ficaram pelas costas da Terra-média; e esses eram, na maior parte, da gente dos Teleri, como se conta a seguir. Habitaram à beira-mar ou vagaram pelas matas e montanhas do mundo, mas seus corações se voltavam para o Oeste. Àqueles Elfos os Calaquendi chamam de Úmanyar, já que não chegaram nunca à terra de Aman e ao Reino Abençoado; mas tanto aos Úmanyar como aos Avari eles chamam de Moriquendi, Elfos da Escuridão, pois nunca contemplaram a Luz que havia antes do Sol e da Lua.

Conta-se que, quando as hostes dos Eldalië partiram de Cuiviénen, Oromë ia à frente delas, montado em Nahar, seu cavalo branco com ferraduras de ouro; e, seguindo para o norte em torno do Mar de Helcar, viraram no rumo oeste. Diante deles, grandes nuvens ainda pairavam negras no Norte, acima das ruínas da guerra, e as estrelas naquela região estavam escondidas. Então não poucos tiveram medo, e se arrependeram, e deram meia-volta, e estão esquecidos.

Longa e lenta foi a marcha dos Eldar para o oeste, pois as léguas da Terra-média eram incontáveis e fadigosas e sem caminhos. Nem os Eldar desejavam se apressar, pois estavam cheios de assombro com tudo o que viam e em muitas terras e à beira de muitos rios queriam ficar; e, embora todos estivessem ainda dispostos a vagar, muitos antes temiam o fim de sua jornada do que ansiavam por ele. Portanto, sempre que Oromë partia, tendo, por vezes, outras matérias de que cuidar, eles paravam e não iam mais adiante até que ele retornasse para guiá-los. E veio a se passar, depois de muitos anos de jornada dessa maneira, que os Eldar seguiram seu curso através de uma floresta e chegaram a um grande rio, mais largo do que qualquer outro que já tinham visto; e além dele havia montanhas cujos picos agudos pareciam varar o reino das estrelas. Diz-se que esse rio era o mesmo que depois foi chamado de Anduin, o Grande, e foi sempre a fronteira das terras do oeste da Terra-média. Mas as montanhas eram as Hithaeglir, as Torres de Névoa nas fronteiras de Eriador; eram, porém, mais altas e mais terríveis naqueles dias e foram erguidas por Melkor para atrapalhar as cavalgadas de Oromë. Ora, os Teleri habitaram longamente na margem leste daquele rio e desejavam permanecer ali, mas os Vanyar e os Noldor o atravessaram, e Oromë os levou através dos passos das montanhas. E, quando Oromë partiu adiante, os Teleri olharam para as alturas cobertas de sombra e tiveram medo.

Então se levantou um dos da hoste de Olwë, que era sempre o último na estrada; Lenwë era seu nome. Ele abandonou a marcha para o oeste e levou consigo um povo numeroso, rumando para o sul, descendo o grande rio, e sua gente não soube mais deles até que muitos anos se passaram. Aqueles eram os Nandor; e eles se tornaram um povo à parte, diferente de seus irmãos, salvo pelo fato de que amavam a água e habitavam mormente à beira de cachoeiras e correntezas. Maior conhecimento tinham de coisas vivas, árvore e erva, ave e fera, do que todos os outros Elfos. Em dias que vieram depois, Denethor, filho de Lenwë, voltou-se de novo para o oeste, enfim, e liderou uma parte daquele povo através das montanhas e Beleriand adentro antes do surgir da Lua.

Por fim, os Vanyar e os Noldor atravessaram Ered Luin, as Montanhas Azuis, entre Eriador e a terra mais a oeste da Terra-média, à qual os Elfos depois deram o nome de Beleriand; e as companhias da vanguarda passaram pelo Vale do Sirion e desceram às costas do Grande Mar entre Drengist e a Baía de Balar. Mas, quando o contemplaram, sobreveio-lhes grande medo, e muitos recuaram para as matas e chapadas de Beleriand. Então Oromë partiu, e retornou a Valinor para buscar o conselho de Manwë, e os deixou.

DA VINDA DOS ELFOS E DO CATIVEIRO DE MELKOR

E a hoste dos Teleri passou pelas Montanhas Nevoentas e atravessou as amplas terras de Eriador, incitada por Elwë Singollo, pois ele estava ávido para retornar a Valinor e à Luz que contemplara; e não desejava se separar dos Noldor, pois tinha grande amizade com Finwë, o senhor deles. Assim, depois de muitos anos, os Teleri também atravessaram afinal as Ered Luin, chegando às regiões do leste de Beleriand. Lá se detiveram e habitaram por um tempo além do Rio Gelion.

4

de Thingol e Melian

Melian era uma Maia da raça dos Valar. Habitava os jardins de Lórien e, entre todo o povo dele, não havia ninguém mais bela do que Melian, nem mais sábia, nem mais hábil em canções de encantamento. Conta-se que os Valar deixavam seus trabalhos, e as aves de Valinor, seus festejos, que os sinos de Valmar silenciavam e que as fontes deixavam de fluir quando, no misturar das luzes, Melian cantava em Lórien. Rouxinóis estavam sempre com ela, e Melian os ensinou suas canções; e ela amava as sombras profundas das grandes árvores. Era aparentada, antes que o Mundo fosse feito, à própria Yavanna; e, naquele tempo em que os Quendi despertaram à beira das águas de Cuiviénen, ela partiu de Valinor e veio para as Terras de Cá, enchendo o silêncio da Terra-média antes da aurora com sua voz e a voz de seus pássaros.

Ora, quando sua jornada estava próxima do fim, como já foi contado, o povo dos Teleri descansou longamente em Beleriand Leste, além do Rio Gelion; e, naquele tempo, muitos dos Noldor ainda estavam a oeste deles, naquelas florestas que depois foram conhecidas como Neldoreth e Region. Elwë, senhor dos Teleri, atravessava amiúde as grandes matas à procura de Finwë, seu amigo, nas habitações dos Noldor; e aconteceu, certa vez, que ele chegou sozinho à mata de Nan Elmoth, iluminada de estrelas, e lá, súbito, ouviu a canção dos rouxinóis. Então um encanto caiu sobre ele, e ele ficou imóvel; e ao longe, além das vozes dos *lómelindi*, ouviu a voz de Melian, e esta encheu todo o seu coração com assombro e desejo. Esqueceu então completamente todo o seu povo e todos os propósitos de sua mente e, seguindo os pássaros sob a sombra das árvores, passou-se para as profundezas de Nan Elmoth e se perdeu. Mas chegou por fim a uma clareira aberta às estrelas, e lá Melian estava; e, da escuridão, ele olhou para ela, e a luz de Aman estava em seu rosto.

Melian não disse palavra; mas, estando cheio de amor, Elwë veio até ela e tomou sua mão, e de pronto um feitiço foi posto nele, de modo que ficaram assim enquanto longos anos eram medidos pelas estrelas que giravam acima deles; e as árvores de Nan Elmoth cresceram altas e escuras antes que dissessem palavra.

Assim, o povo de Elwë, que o buscava, não o achou, e Olwë assumiu o reinado dos Teleri e partiu, como se conta mais tarde. Elwë Singollo nunca mais atravessou o mar rumo a Valinor enquanto viveu, e Melian não retornou para lá enquanto o reino dos dois juntos durou; mas dela veio tanto a Elfos como a Homens a linhagem dos Ainur, que estavam com Ilúvatar antes de Eä. Em dias que vieram depois, ele se tornou rei de renome, e seu povo eram todos os Eldar de Beleriand; eram chamados os Sindar, os Elfos-cinzentos, Elfos do Crepúsculo, e Rei Manto-gris era ele, Elu Thingol na língua daquela terra. E Melian era sua Rainha, mais sábia do que qualquer filha da Terra-média; e seus salões ocultos ficavam em Menegroth, as Mil Cavernas, em Doriath. Grande poder Melian conferiu a Thingol, o qual era, ele próprio, grande entre os Eldar; pois só Thingol, de todos os Sindar, vira com seus próprios olhos as Árvores no dia de seu desabrochar, e rei que fosse dos Úmanyar, não era contado entre os Moriquendi, mas entre os Elfos da Luz, poderoso sobre a Terra-média. E do amor de Thingol e Melian veio ao mundo a mais bela de todas as Filhas de Ilúvatar que existiram ou jamais existirão.

5

DE ELDAMAR
E DOS PRÍNCIPES
DOS ELDALIË

Afinal as hostes dos Vanyar e dos Noldor chegaram às últimas costas do oeste das Terras de Cá. No norte, essas costas, nos dias antigos depois da Batalha dos Poderes, curvavam-se sempre no rumo oeste, até que, nas partes do extremo norte de Arda, só um mar estreito dividia Aman, sobre a qual Valinor estava construída, das Terras de Cá; mas esse mar estreito estava repleto de gelo pungente, por causa da violência das geadas de Melkor. Portanto, Oromë não levou as hostes dos Eldalië para o norte distante, mas as trouxe para as belas terras em volta do Rio Sirion, que mais tarde receberam o nome de Beleriand; e dessas costas, de onde pela primeira vez os Eldar olharam em medo e assombro para o Mar, estendia-se um oceano, largo e escuro e profundo, entre eles e as Montanhas de Aman.

Ora, Ulmo, segundo o conselho dos Valar, veio às costas da Terra-média e falou aos Eldar que esperavam ali, contemplando as ondas escuras; e, por causa das suas palavras e da música que fez para eles em suas trompas de concha, o medo que tinham do mar tornou-se antes desejo. Portanto, Ulmo desenraizou uma ilha que por muito tempo estivera sozinha em meio ao mar, distante de ambas as costas, desde os tumultos da queda de Illuin; e, com a ajuda de seus serviçais, fê-la se mover, como se fosse um navio magno, e a ancorou na Baía de Balar, na qual o Sirion derramava suas águas. Então os Vanyar e os Noldor embarcaram naquela ilha, e foram levados através do mar, e chegaram, por fim, às longas praias sob as Montanhas de Aman; e adentraram Valinor e foram admitidos à sua ventura. Mas o cabo leste da ilha, que estava preso ao fundo de bancos de areia

DE ELDAMAR E DOS PRÍNCIPES DOS ELDALIË

ao largo das fozes do Sirion, quebrou-se em dois, e parte dele ficou para trás; e essa, diz-se, era a Ilha de Balar, à qual depois Ossë vinha amiúde.

Mas os Teleri permaneciam ainda na Terra-média, pois habitavam em Beleriand Leste, longe do mar, e não ouviram os chamados de Ulmo até que fosse tarde demais; e muitos buscavam ainda a Elwë, seu senhor, e sem ele eram avessos a partir. Mas, quando souberam que Ingwë e Finwë e seus povos tinham ido, então muitos dos Teleri se apressaram às costas de Beleriand e habitaram, dali por diante, perto das Fozes do Sirion, saudosos de seus amigos que tinham partido; e fizeram de Olwë, irmão de Elwë, seu rei. Por muito tempo permaneceram nas costas do mar do oeste, e Ossë e Uinen vieram até eles e se tornaram seus amigos; e Ossë os instruiu, sentado numa rocha perto das margens da terra, e dele aprenderam toda maneira de saber do mar e de música do mar. Assim veio a acontecer que os Teleri, que eram desde o princípio amantes da água e os mais maviosos cantores de todos os Elfos, depois disso se enamoraram dos mares, e suas canções ficaram repletas do som das ondas na praia.

Quando muitos anos já se tinham passado, Ulmo ouviu os rogos dos Noldor e de Finwë, seu rei, os quais, entristecidos por sua longa separação dos Teleri, pediram que os trouxesse a Aman, se quisessem vir. E a maioria deles mostrou então, de fato, estar disposta a isso; mas grande foi a tristeza de Ossë quando Ulmo retornou às costas de Beleriand para levá-los a Valinor; pois cuidava dos mares da Terra-média e das costas das Terras de Cá e não lhe agradava que as vozes dos Teleri não fossem mais ouvidas em seus domínios. Alguns ele persuadiu a ficar; e esses eram os Falathrim, os Elfos da Falas, os quais, nos dias que vieram depois, tinham sua morada nos portos de Brithombar e Eglarest, os primeiros marinheiros da Terra-média e os primeiros a fabricar navios. Círdan, o Armador, era o seu senhor.

A parentela e os amigos de Elwë Singollo também permaneceram nas Terras de Cá, buscando-o ainda, embora de bom grado tivessem partido para Valinor e para a luz das Árvores, se Ulmo e Olwë estivessem dispostos a se demorar mais. Mas

Olwë queria ir embora; e, por fim, a hoste principal dos Teleri embarcou na ilha, e Ulmo os levou para longe. Então os amigos de Elwë foram deixados para trás; e chamaram a si mesmos de Eglath, o Povo Abandonado. Habitavam nas matas e nos montes de Beleriand, em vez de à beira do mar, que os enchia de tristeza; mas o desejo por Aman estava sempre em seus corações.

Mas, quando Elwë despertou de seu longo transe, saiu de Nan Elmoth com Melian, e eles habitaram, dali por diante, nas matas no centro da região. Ainda que grandemente ele desejasse ver de novo a luz das Árvores, no rosto de Melian contemplava a luz de Aman como num espelho que jamais embaçava, e naquela luz estava contente. Seu povo se reuniu à volta dele em júbilo, e estavam pasmados; pois, belo e nobre como fora, agora parecia como que um senhor dos Maiar, seu cabelo feito prata gris, mais alto que todos os Filhos de Ilúvatar; e uma alta sina o aguardava.

Ora, Ossë seguiu a hoste de Olwë e, quando tinham chegado à Baía de Eldamar (que é Casadelfos), chamou por eles; e reconheceram a voz dele e imploraram a Ulmo que detivesse a viagem. E Ulmo concedeu-lhes seu desejo e, por sua ordem, Ossë firmou a ilha e a enraizou nas fundações do mar. Ulmo fez isso com maior presteza porque entendia os corações dos Teleri e, no concílio dos Valar, falara contra a convocação dos Elfos, pensando que seria melhor para os Quendi permanecerem na Terra-média. Aos Valar pouco agradou descobrir o que ele fizera; e Finwë se entristeceu quando os Teleri não vieram, e ainda mais quando descobriu que Elwë fora abandonado, e soube que não haveria de vê-lo de novo, a menos que fosse nos salões de Mandos. Mas a ilha não se moveu de novo e lá ficou sozinha, na Baía de Eldamar; e foi chamada de Tol Eressëa, a Ilha Solitária. Lá os Teleri moraram conforme desejavam, sob as estrelas do céu, e, contudo, à vista de Aman e da costa imortal; e, por causa dessa longa estada apartados na Ilha Solitária, sobreveio a separação da fala deles daquela dos Vanyar e dos Noldor.

A esses os Valar tinham dado uma terra e um lugar de habitação. Mesmo entre as flores radiantes dos jardins iluminados pelas Árvores de Valinor, eles ainda ansiavam, às vezes, por ver as estrelas; e, portanto, uma fenda foi aberta nas grandes muralhas das Pelóri e ali, em um vale profundo que descia até o mar, os Eldar ergueram uma colina alta e verdejante: Túna é como foi chamada. Do oeste, a luz das Árvores caía sobre ela, e sua sombra jazia sempre do lado leste; e, no leste, ela dava para a Baía de Casadelfos, para a Ilha Solitária e para os Mares Sombrios. Então, através do Calacirya, o Passo da Luz, a radiância do Reino Abençoado manou, acendendo as ondas escuras com tons de prata e ouro, e tocou a Ilha Solitária, e sua costa oeste se tornou verdejante e bela. Lá desabrocharam as primeiras flores que jamais existiram a leste das Montanhas de Aman.

Sobre o cume de Túna a cidade dos Elfos foi construída, as muralhas alvas e os terraços de Tirion; e a mais alta das torres daquela cidade era a Torre de Ingwë, Mindon Eldaliéva, cuja luz prateada iluminava ao longe as brumas do mar. Poucos são os navios de Homens mortais que viram seu lume esguio. Em Tirion, sobre o Túna, os Vanyar e os Noldor habitaram longamente em irmandade. E, já que, de todas as coisas em Valinor, eles amavam mormente a Árvore Branca, Yavanna fez para os Eldar uma árvore semelhante a uma imagem menor de Telperion, salvo que ela não produzia luz de seu próprio ser; Galathilion é o nome dado a ela na língua sindarin. Essa árvore foi plantada nos pátios sob a Mindon e lá floresceu, e suas mudas eram muitas em Eldamar. Dessas, uma foi depois plantada em Tol Eressëa, e prosperou ali, e foi chamada de Celeborn; da qual veio, na plenitude do tempo, como se conta em outro lugar, Nimloth, a Árvore Branca de Númenor.

Manwë e Varda amavam mormente os Vanyar, os Belos Elfos; mas os Noldor eram os bem-amados de Aulë, e ele e seu povo vinham amiúde em meio a eles. Grandes se tornaram seu conhecimento e seu engenho; porém, ainda maior era a sede deles por mais conhecimento, e em muitas coisas eles logo superaram seus mestres. Eram mudadiços em sua fala, pois tinham grande amor pelas palavras e buscavam sempre achar nomes mais adequados para todas as coisas que conheciam ou imaginavam. E veio a se passar que os pedreiros da casa de Finwë, escavando os montes em busca de rochas (pois se deleitavam na construção de altas torres), foram os primeiros a descobrir as gemas da terra, e eles as trouxeram à luz em miríades incontáveis; e criaram ferramentas para cortar gemas e lhes dar forma, e as entalharam de muitos feitios. Não as entesouravam, mas as davam livremente e, por seu labor, enriqueceram toda Valinor.

Os Noldor, mais tarde, voltaram à Terra-média, e esta história conta principalmente os seus feitos; portanto, os nomes e a parentela de seus príncipes podem aqui ser contados naquela forma que esses nomes depois ganharam na língua dos Elfos de Beleriand.

Finwë era o Rei dos Noldor. Os filhos de Finwë eram Fëanor, Fingolfin e Finarfin; mas a mãe de Fëanor era Míriel Serindë, enquanto a mãe de Fingolfin e Finarfin era Indis dos Vanyar.

Fëanor era o mais poderoso na habilidade com palavras e com as mãos, com mais conhecimento que seus irmãos; seu espírito ardia como uma chama. Fingolfin era o mais forte, o mais resoluto e o mais valente. Finarfin era o mais belo e o mais sábio de coração; e, mais tarde, tornou-se amigo dos filhos de Olwë, senhor dos Teleri, e tomou por esposa Eärwen, a donzela-cisne de Alqualondë, filha de Olwë.

Os sete filhos de Fëanor eram Maedhros, o alto; Maglor, o grande cantor, cuja voz era ouvida ao longe na terra e no mar; Celegorm, o alvo, e Caranthir, o moreno; Curufin, o matreiro, o que mais herdou a habilidade de seu pai com as mãos; e os mais novos, Amrod e Amras, que eram irmãos gêmeos, semelhantes em ânimo e rosto. Nos dias que vieram depois, tornaram-se grandes caçadores nas matas da Terra-média; e caçador era também Celegorm, o qual, em Valinor, foi amigo de Oromë e amiúde seguia a trompa desse Vala.

Os filhos de Fingolfin eram Fingon, que mais tarde foi Rei dos Noldor no norte do mundo, e Turgon, senhor de Gondolin; a irmã deles era Aredhel, a Branca. Era mais jovem nos anos dos Eldar que seus irmãos; e, quando chegou à estatura e à beleza plenas, tornou-se alta e forte e muito amava cavalgar e caçar nas florestas. Nelas estava amiúde na companhia dos filhos de Fëanor, seus parentes; mas a nenhum era dado o amor de seu

DE ELDAMAR E DOS PRÍNCIPES DOS ELDALIË

coração. Ar-Feiniel lhe chamavam, a Dama Branca dos Noldor, pois era de tez pálida, embora seu cabelo fosse escuro, e nunca estava ataviada senão em prateado e branco.

Os filhos de Finarfin eram Finrod, o fiel (que mais tarde recebeu o nome de Felagund, Senhor de Cavernas), Orodreth, Angrod e Aegnor; esses quatro tinham amizade estreita com os filhos de Fingolfin, como se fossem todos irmãos. Uma irmã também tinham, Galadriel, mais bela de toda a casa de Finwë; seu cabelo era iluminado d'ouro, como se tivesse prendido em seus fios a radiância de Laurelin.

Aqui há que se contar de como os Teleri vieram enfim à terra de Aman. Por uma longa era habitaram em Tol Eressëa; mas lentamente seus corações foram mudando, atraídos para a luz que manava através do mar para a Ilha Solitária. Estavam divididos entre o amor pela música das ondas sobre suas praias e seu desejo de ver de novo sua gente e contemplar o esplendor de Valinor; mas, no fim, o desejo pela luz foi o mais forte. Portanto, Ulmo, submetendo-se à vontade dos Valar, enviou-lhes Ossë, seu amigo, e ele, ainda que entristecido, ensinou-lhes a arte da construção de navios; e, quando seus navios estavam prontos, trouxe-lhes, como presente de despedida, muitos cisnes de asas fortes. Então os cisnes puxaram os navios brancos dos Teleri por sobre o mar sem ventos. E assim, por fim e por último, chegaram a Aman e às costas de Eldamar.

Lá habitaram e, se desejassem, podiam ver a luz das Árvores e passear pelas ruas doiradas de Valmar e pelas escadarias de cristal de Tirion sobre Túna, a colina verdejante; mas, mais do que tudo, velejavam em seus navios velozes pelas águas da Baía de Casadelfos ou caminhavam nas ondas sobre a costa com seus cabelos chamejando na luz que vinha d'além da colina. Muitas joias os Noldor lhes deram, opalas e diamantes e cristais pálidos, que eles lançavam pela costa e espalhavam nas poças; maravilhosas eram as praias de Elendë naqueles dias. E muitas pérolas ganharam para si próprios no mar, e seus salões eram de pérola, e de pérola eram as mansões de Olwë em Alqualondë, o Porto dos Cisnes, iluminado com muitas lamparinas. Pois aquela era a sua cidade e o porto de seus navios; e esses eram feitos à semelhança de cisnes, com bicos de ouro e olhos de ouro e azeviche. O portão daquele ancoradouro era um arco de rocha viva escavado pelo mar; e ficava nos confins de Eldamar, ao norte do Calacirya, onde a luz das estrelas era brilhante e clara.

Conforme as eras decorriam, os Vanyar passaram a amar a terra dos Valar e a luz plena das Árvores, e abandonaram a cidade de Tirion sobre Túna, e habitaram, dali em diante, sobre a montanha de Manwë ou à volta das planícies e matas de Valinor, e ficaram separados dos Noldor. Mas a memória da Terra-média sob as estrelas permanecia nos corações dos Noldor, e eles moraram no Calacirya e nos montes e vales onde se ouvia o som do mar do oeste; e, embora muitos deles amiúde viajassem pela terra dos Valar, empreendendo longas jornadas em busca dos segredos de terra e água e de todas as coisas vivas, ainda assim, os povos de Túna e Alqualondë se aproximaram naqueles dias. Finwë era rei em Tirion, e Olwë, em Alqualondë; mas Ingwë foi sempre considerado Alto Rei de todos os Elfos. Ele passou a morar, dali em diante, aos pés de Manwë, em Taniquetil.

Fëanor e seus filhos raro ficavam num só lugar por muito tempo, mas viajavam para longe, para os confins de Valinor, chegando até às fronteiras do Escuro e às costas frias do Mar de Fora, buscando o desconhecido. Com frequência eram hóspedes nos salões de Aulë; mas Celegorm ia antes à casa de Oromë, e lá obteve grande conhecimento sobre aves e feras, e todas as línguas delas ele entendia. Pois todas as cousas vivas que existem ou existiram no Reino de Arda, salvo apenas as criaturas cruéis e malignas de Melkor, viviam então na terra de Aman; e havia também muitas outras criaturas que não tinham sido vistas na Terra-média e talvez agora nunca o sejam, já que a feição do mundo foi mudada.

6

DE FËANOR
E DE MELKOR
DESACORRENTADO

Ora, os Três Clãs dos Eldar estavam reunidos enfim em Valinor, e Melkor estava acorrentado. Esse foi o Zênite do Reino Abençoado, a plenitude de sua glória e ventura, longo na contagem dos anos, mas, na memória, curto demais. Naqueles dias os Eldar alcançaram sua estatura plena de corpo e de mente, e os Noldor avançavam sempre em engenho e conhecimento; e os longos anos eram repletos de seus labores jubilosos, nos quais muitas coisas novas, belas e maravilhosas foram criadas. Foi então que os Noldor cogitaram pela primeira vez a feitura de letras, e Rúmil de Tirion era o nome do mestre do saber que primeiro conseguiu fazer sinais adequados para registrar fala e canção, alguns para serem gravados em metal ou pedra, outros para traçar com pincel ou pena.

Naquele tempo nasceu em Eldamar, na casa do Rei em Tirion sobre o cume de Túna, o mais velho dos filhos de Finwë, e o mais amado. Curufinwë era seu nome, mas por sua mãe foi chamado de Fëanor, Espírito de Fogo; e assim ele é lembrado em todas as histórias dos Noldor.

Míriel era o nome de sua mãe, também chamada Serindë, por causa de sua habilidade soberba ao tecer e trabalhar com agulhas; pois suas mãos eram mais hábeis com trabalhos delicados do que quaisquer mãos, mesmo entre os Noldor. O amor de Finwë e Míriel era grande e cheio de alegria, pois começara no Reino Abençoado nos Dias de Ventura. Mas, ao dar à luz seu filho, Míriel foi consumida em espírito e corpo; e, depois do nascimento, ela ansiava por se libertar do labor de viver. E, quando deu nome ao menino, disse a Finwë: "Nunca mais hei de dar à luz um filho; pois a força que poderia nutrir a vida de muitos passou para Fëanor."

Então Finwë se entristeceu, pois os Noldor estavam na juventude de seus dias e ele desejava trazer ao mundo e à ventura de Aman muitas crianças; e indagou: "Decerto há cura em Aman? Aqui todo cansaço pode achar repouso." Mas, quando Míriel continuou enferma, Finwë buscou o conselho de Manwë, e Manwë a entregou aos cuidados de Irmo, em Lórien. Quando se despediram (por um breve tempo, pensava ele), Finwë estava triste, pois lhe parecia um acaso infeliz que a mãe partisse e perdesse o princípio, no mínimo, dos dias de infância de seu filho.

"É de fato coisa infeliz", comentou Míriel, "e eu choraria, se não estivesse tão cansada. Mas me considera sem culpa nisso e em tudo o que possa vir depois."

Ela foi, então, para os jardins de Lórien e deitou-se para dormir; mas, embora parecesse dormir, seu espírito, de fato, partiu de seu corpo e passou em silêncio para os salões de Mandos. As donzelas de Estë cuidaram do corpo de Míriel, e ele permaneceu imaculado; mas ela não retornou. Então Finwë viveu em tristeza; e ia amiúde aos jardins de Lórien e, sentando-se sob os salgueiros prateados ao lado do corpo de sua esposa, chamava-a pelos seus nomes. Mas isso de nada valeu; e, sozinho entre todos os do Reino Abençoado, ele ficou privado de alegria. Depois de algum tempo, não foi mais a Lórien.

Todo o seu amor ele deu, dali por diante, a seu filho; e Fëanor cresceu depressa, como se um fogo secreto se acendesse dentro dele. Era alto, e belo de rosto, e dominador, com seus olhos de um brilho penetrante e seu cabelo negro como o corvo; ao perseguir todos os seus propósitos, ávido e resoluto. Poucos alguma vez mudaram seu curso por conselho, ninguém pela força. Tornou-se, entre todos os Noldor, então ou depois, o de mente mais sutil e o de mãos mais hábeis. Em sua juventude, aprimorando a obra de Rúmil, inventou aquelas letras que levam seu nome e que os Eldar usaram sempre depois; e foi ele que, primeiro entre os Noldor, descobriu como gemas maiores e mais brilhantes que aquelas da Terra podiam ser feitas por arte. As primeiras gemas que Fëanor fez eram brancas e sem

DE FËANOR E DE MELKOR DESACORRENTADO

cor, mas, postas sob a luz das estrelas, chamejavam com fogos azuis e prateados mais brilhantes que os de Helluin; e outros cristais ele também fez, nos quais coisas distantes podiam ser vistas, pequenas, mas claras, como que com os olhos das águias de Manwë. Raramente estavam as mãos e a mente de Fëanor em repouso.

Quando ainda estava no começo da juventude, desposou Nerdanel, a filha de um grande ferreiro chamado Mahtan, entre aqueles dos Noldor o mais caro a Aulë; e com Mahtan aprendeu muito sobre fabricar coisas de metal e de pedra. Nerdanel também era firme de vontade, mas mais paciente do que Fëanor, desejando entender mentes antes que comandá-las, e, no começo, ela o fez amainar quando o fogo de seu coração se tornava quente demais; mas seus feitos posteriores a entristeceram, e eles se afastaram. Sete filhos deu a Fëanor; sua índole ela legou, em parte, a alguns deles, mas não a todos.

Ora, veio a acontecer que Finwë tomou como sua segunda esposa Indis, a Bela. Ela era uma Vanya, parenta próxima de Ingwë, o Rei, de cabelos dourados e alta, e, de todas as maneiras, diversa de Míriel. Finwë a amava grandemente e achou a felicidade de novo. Mas a sombra de Míriel não partiu da casa de Finwë, nem de seu coração; e, de todos a quem ele amava, a Fëanor cabia sempre a parte principal de seus pensamentos.

O casamento do pai não agradava a Fëanor; e ele não tinha grande amor por Indis, nem por Fingolfin e Finarfin, filhos dela. Vivia apartado deles, explorando a terra de Aman ou se ocupando com o conhecimento e as artes nas quais se deleitava. Naquelas coisas desafortunadas que mais tarde vieram a se dar, e nas quais Fëanor foi o líder, muitos viram o efeito dessa cisão dentro da casa de Finwë, julgando que, se o rei tivesse suportado sua perda e ficado contente por ser pai de seu poderoso filho, os cursos tomados por Fëanor teriam sido outros, e um grande mal poderia ter sido evitado; pois o pesar e a tristeza na casa de Finwë estão gravados na memória dos Elfos noldorin. Mas os filhos de Indis foram grandes e gloriosos, e os filhos deles também; e, se não tivessem vivido, a história dos Eldar teria se apequenado.

100

Ora, mesmo enquanto Fëanor e os artífices dos Noldor trabalhavam com deleite, sem prever término algum para seus labores, e enquanto os filhos de Indis cresciam até chegar à sua estatura plena, o Zênite de Valinor se aproximava de seu fim. Pois veio a acontecer que Melkor, como os Valar tinham decretado, chegou ao termo de seu cativeiro, habitando por três eras no calabouço de Mandos, sozinho. Ao cabo desse tempo, como Manwë prometera, Melkor foi trazido de novo diante dos tronos dos Valar. Então contemplou a glória e a ventura deles, e a inveja estava em seu coração; contemplou os Filhos de Ilúvatar que se sentavam aos pés dos Poderosos, e o ódio o preencheu; contemplou a riqueza de luzentes joias e as cobiçou; mas ocultou seus pensamentos e postergou sua vingança.

Diante dos portões de Valmar, Melkor se humilhou aos pés de Manwë e suplicou perdão, jurando que, se pudessem fazer dele não mais que o menor do povo livre de Valinor, auxiliaria os Valar em todas as suas obras e, mais do que tudo, na cura das muitas feridas que fizera ao mundo. E Nienna apoiou seus rogos; mas Mandos ficou em silêncio.

Então Manwë lhe concedeu o perdão; mas os Valar ainda não permitiriam que ele partisse para longe de seu olhar e sua vigilância, e ele foi forçado a habitar do lado de dentro dos portões de Valmar. Mas pareciam belos todos os atos e todas as palavras de Melkor naquela época, e tanto os Valar como os Eldar tinham proveito de seu auxílio e conselho, se o buscavam; e, portanto, depois de algum tempo, foi-lhe dada permissão para andar livremente pela terra, e parecia a Manwë que o mal de Melkor estava curado. Pois Manwë era livre do mal e não podia compreendê-lo, e sabia que, no princípio, no pensamento de Ilúvatar, Melkor fora tal como ele; e não enxergava as profundezas do coração de Melkor e não percebia que todo amor partira dele para sempre. Mas Ulmo não se deixava enganar, e Tulkas cerrava os punhos sempre que via Melkor, seu inimigo, passar; pois, se Tulkas é lento para a ira, é também lento para esquecer. Mas eles obedeceram ao julgamento de Manwë; pois aqueles que desejam defender autoridade contra rebelião não devem eles próprios se rebelar.

DE FËANOR E DE MELKOR DESACORRENTADO

Ora, em seu coração, Melkor odiava muitíssimo os Eldar, tanto porque eram belos e jubilosos como porque neles via o motivo da ascensão dos Valar e de sua própria queda. Portanto, ainda mais fingia amor por eles, e buscava sua amizade, e lhes oferecia o serviço de seu saber e labor em qualquer grande feito que desejassem tentar. Os Vanyar, de fato, tinham-no por suspeito, pois habitavam à luz das Árvores e estavam contentes; e aos Teleri ele dava pouca atenção, achando-os de pouco valor, instrumentos fracos demais para seus desígnios. Mas os Noldor tinham deleite no conhecimento oculto que era capaz de lhes revelar; e alguns deram ouvido a palavras que teria sido melhor para eles jamais ter escutado. Melkor, de fato, declarou depois que Fëanor dele aprendera muitas artes em segredo e tinha sido instruído por ele na maior de todas as suas obras; mas mentia, em sua cobiça e inveja, pois nenhum dos Eldalië jamais odiou Melkor mais do que Fëanor, filho de Finwë, aquele que primeiro o chamou de Morgoth; e ainda que enlaçado estivesse nas tramas da malícia de Melkor contra os Valar, não tinha trato com ele nem dele recebia conselho. Pois Fëanor era dominado pelo fogo de seu próprio coração apenas, trabalhando sempre rapidamente e sozinho; e não pedia o auxílio nem buscava o conselho de ninguém que habitasse em Aman, grande ou pequeno, salvo apenas, e por pouco tempo, os de Nerdanel, a sábia, sua esposa.

7

das Silmarils
e da Inquietação
dos Noldor

Naquele tempo, foram feitas aquelas coisas que, mais tarde, se tornaram as mais renomadas de todas as obras dos Elfos. Pois Fëanor, tendo chegado a seu poder pleno, ficou repleto de um novo pensamento, ou pode ser que alguma sombra de presságio tenha vindo a ele sobre a sina que estava próxima; e ponderou como a luz das Árvores, a glória do Reino Abençoado, poderia ser preservada de modo imperecível. Então começou longo e secreto labor e despendeu todo o seu conhecimento, e seu poder, e seu engenho sutil; e, ao fim de tudo, fez as Silmarils.

Como três grandes joias eram elas na forma. Mas nunca, até o Fim, quando Fëanor há de retornar, ele que pereceu antes que o Sol fosse feito e está sentado agora nos Salões da Espera e não vem mais em meio à sua gente; nunca, até que o Sol passe e a Lua caia, há de se conhecer de que substância elas eram feitas. Semelhante ao cristal de diamantes parecia e, contudo, era mais forte que adamante, de modo que nenhuma violência podia maculá-la ou quebrá-la dentro do Reino de Arda. Contudo, aquele cristal era para as Silmarils não mais do que o corpo é para os Filhos de Ilúvatar: a casa de seu fogo interno, que está dentro dela e, contudo, em todas as partes dela e é a sua vida. E o fogo interno das Silmarils Fëanor fez com a luz mesclada das Árvores de Valinor, a qual vive nelas ainda, embora as Árvores há muito tenham definhado e não brilhem mais. Portanto, mesmo na escuridão do mais profundo salão de tesouro, as Silmarils, de sua própria radiância, brilhavam como as estrelas de Varda; e, contudo, como se fossem elas de

DAS SILMARILS E DA INQUIETAÇÃO DOS NOLDOR

fato coisas vivas, regozijavam-se na luz e a recebiam e devolviam em tons mais maravilhosos do que antes.

Todos os que habitavam em Aman estavam cheios de assombro e deleite pela obra de Fëanor. E Varda consagrou as Silmarils, de modo que, dali em diante, nenhuma carne mortal, nem mãos imundas, nem nada de vontade maligna podia tocá-las, pois era queimado e fenecia; e Mandos predisse que os destinos de Arda, terra, mar e ar, jaziam contidos dentro delas. O coração de Fëanor prendera-se estreitamente a essas coisas que ele mesmo fizera.

Então Melkor cobiçou as Silmarils, e a mera memória de sua radiância era um fogo a lhe consumir o coração. Daquele tempo em diante, inflamado por esse desejo, buscou cada vez mais avidamente modos de destruir Fëanor e pôr fim à amizade entre os Valar e os Elfos; mas disfarçou seus propósitos com cuidado, e nada de sua malícia podia ainda ser vista no semblante que mostrava. Longamente esteve a agir, e lento, a princípio, e sem fruto foi seu labor. Mas aquele que semeia mentiras no fim não há de ficar sem colheita e logo poderá descansar do trabalho, de fato, enquanto outros colhem e semeiam em seu lugar. Sempre Melkor achava alguns ouvidos que lhe davam atenção e algumas línguas que aumentavam o que tinham ouvido; e suas mentiras passavam de amigo a amigo, como segredos cujo conhecimento provava que quem os contava era sábio. Amargamente os Noldor pagaram pela insensatez de seus ouvidos abertos nos dias que se seguiram.

Quando via que muitos se inclinavam a ele, Melkor amiúde caminhava entre esses e, em meio às suas belas palavras, outras eram tecidas, tão sutilmente que muitos dos que as ouviam acreditavam, ao recordá-las, que tinham surgido de seu próprio pensamento. Visões conjurava em seus corações dos reinos magnos que poderiam ter governado à vontade, em poder e liberdade no Leste; e então espalharam-se sussurros de que os Valar tinham trazido os Eldar a Aman por causa de seu ciúme, temendo que a beleza dos Quendi e o poder de criadores que Ilúvatar lhes legara ficasse grande demais para que os Valar os governassem, conforme os Elfos crescessem e se espalhassem pelas amplas terras do mundo.

Naqueles dias, ademais, embora os Valar soubessem, de fato, da vinda dos Homens que havia de acontecer, os Elfos, por ora, nada sabiam; pois isso Manwë não lhes tinha revelado. Mas Melkor falou a eles em segredo sobre os Homens Mortais, vendo como o silêncio dos Valar podia ser distorcido para o mal. Pouco ele sabia ainda acerca dos Homens, pois, imerso em seu próprio pensamento na Música, quase não dera atenção ao Terceiro Tema de Ilúvatar; mas, naquele tempo, sussurrava-se entre os Elfos que Manwë os mantinha cativos para que pudessem vir os Homens e suplantá-los nos reinos da Terra-média, pois os Valar viam que poderiam mais facilmente dobrar essa raça de vida curta e mais fraca, despojando os Elfos da herança de Ilúvatar. Escassa verdade havia nisso, e pouco os Valar jamais prevaleceram ao tentar dobrar as vontades dos Homens; mas muitos dos Noldor acreditavam, de todo ou em parte, nessas palavras malignas.

Assim, antes que os Valar percebessem, a paz de Valinor foi envenenada. Os Noldor começaram a murmurar contra eles, e muitos se tornaram cheios de orgulho, esquecendo quanto do que eles tinham e sabiam viera a eles como dádiva dos Valar. Fortíssima queimava a nova chama do desejo por liberdade e reinos mais dilatados no coração ávido de Fëanor; e Melkor riu em seu segredo, pois àquele alvo dirigira suas mentiras, odiando Fëanor acima de todos e cobiçando sempre as Silmarils. Mas delas não permitiam que ele se aproximasse; pois, embora em grandes festas Fëanor as usasse, luzindo em sua fronte, em outras horas eram guardadas de perto, trancadas nas fundas câmaras de seu tesouro, em Tirion. Pois Fëanor passou a amar as Silmarils com um amor avaro e se recusava a mostrá-las a todos, salvo a seu pai e a seus sete filhos; raramente lembrava agora que a luz dentro delas não era sua.

Altos príncipes eram Fëanor e Fingolfin, os filhos mais velhos de Finwë, honrados por todos em Aman; mas tinham se tornado soberbos e ciosos de seus direitos e suas posses. Então Melkor espalhou novas mentiras em Eldamar, e sussurros chegaram a Fëanor dizendo que Fingolfin e seus filhos estavam tramando usurpar a liderança de Finwë e da linhagem mais

DAS SILMARILS E DA INQUIETAÇÃO DOS NOLDOR

velha de Fëanor e suplantá-los com permissão dos Valar; pois aos Valar não agradava que as Silmarils ficassem em Tirion e não fossem entregues à guarda deles. Mas a Fingolfin e Finarfin foi dito: "Cuidado! Pouco amor teve sempre o soberbo filho de Míriel pela prole de Indis. Agora ele se fez grande e tem seu pai na palma da mão. Não há de demorar para que ele vos expulse de Túna!"

E, quando Melkor viu que essas mentiras ardiam como brasa e que a soberba e a raiva tinham despertado entre os Noldor, falou-lhes acerca de armas; e naquele tempo os Noldor começaram a forja de espadas, e machados, e lanças. Escudos também fizeram, mostrando os emblemas de muitas casas e famílias que rivalizavam uma com a outra; e estes, apenas, usavam diante de todos e de outras armas não falavam, pois cada um acreditava que apenas ele tinha recebido o aviso. E Fëanor fez uma forja secreta, da qual nem Melkor sabia; e lá deu têmpera a espadas cruéis para si mesmo e para seus filhos e fez altos elmos com plumas rubras. Amargamente Mahtan lamentou o dia em que ensinou ao marido de Nerdanel todo o saber sobre o trabalho com metais que aprendera com Aulë.

Assim, com mentiras e sussurros malignos e falso conselho, Melkor inflamou os corações dos Noldor para a contenda; e das querelas deles veio o fim dos grandes dias de Valinor e o anoitecer de sua antiga glória. Pois Fëanor então começou abertamente a pronunciar palavras de rebelião contra os Valar, gritando em alta voz que partiria de Valinor, de volta para o mundo de fora, e que libertaria os Noldor da servidão, se os seguissem.

Então houve grande inquietação em Tirion, e Finwë estava aflito; e ele convocou todos os seus senhores a um conselho. Mas Fingolfin se apressou aos salões reais e se postou diante dele, dizendo: "Rei e pai, será que não reprimirás a soberba de nosso irmão, Curufinwë, que é chamado o Espírito de Fogo, com muito acerto? Com que direito ele fala por todo o nosso povo, como se fosse Rei? Foste tu que há muito falaste diante dos Quendi, pedindo que aceitassem a convocação dos Valar e viessem a Aman. Foste tu que levaste os Noldor pela longa estrada, através dos perigos da Terra-média, rumo à luz de Eldamar. Se

106

não te arrependes de tudo isso, dois filhos ao menos tens para honrar tuas palavras."

Mas na hora em que Fingolfin falava, Fëanor entrou na câmara totalmente armado: seu elmo alto sobre sua cabeça e, em seu lado, uma espada poderosa. "Então é assim, tal como imaginei", disse ele. "Meu meio-irmão deseja estar à minha frente com meu pai, nisso como em todas as outras matérias." Então, voltando-se para Fingolfin, desembainhou sua espada, gritando: "Vai-te daqui e toma teu devido lugar!"

Fingolfin se curvou diante de Finwë e, sem palavra ou olhar para Fëanor, saiu da câmara. Mas Fëanor o seguiu e, à porta da casa do rei, deteve-o; e a ponta de sua espada reluzente ele pôs contra o peito de Fingolfin. "Vê, meio-irmão!", exclamou. "Esta é mais afiada que tua língua. Tenta só mais uma vez usurpar meu lugar e o amor de meu pai, e pode ser que ela livre os Noldor de alguém que busca ser o mestre de servos."

Essas palavras foram ouvidas por muitos, pois a casa de Finwë ficava na grande praça sob a Mindon; mas, de novo, Fingolfin nada respondeu e, passando pelo meio da multidão em silêncio, foi procurar Finarfin, seu irmão.

Ora, a inquietação dos Noldor, de fato, não estava oculta dos Valar, mas sua semente fora semeada às escuras; e, portanto, já que Fëanor fora o primeiro a falar abertamente contra eles, julgaram que dele viera o descontentamento, por ser eminente em vontade própria e arrogância, embora todos os Noldor tivessem se tornado soberbos. E Manwë estava entristecido, mas observava e não dizia palavra. Os Valar tinham trazido os Eldar à sua terra livremente para lá habitarem ou partirem; e, embora pudessem julgar que a partida seria insensatez, não podiam forçá-los a ficar. Mas dessa vez os feitos de Fëanor não podiam ser ignorados, e os Valar estavam enraivecidos e preocupados; e ele foi convocado a aparecer diante deles nos portões de Valmar para responder por todas as suas palavras e todos os seus atos. Para lá também foram convocados todos os outros que tinham alguma parte nessa matéria ou algum conhecimento dela; e Fëanor, postado diante de Mandos no Círculo do Julgamento, recebeu ordens de responder a tudo o que lhe fosse perguntado.

Então, por fim, a raiz foi desnudada, e a malícia de Melkor, revelada; e de imediato Tulkas deixou o concílio para deitar mãos sobre ele e trazê-lo de novo a julgamento. Mas Fëanor não foi considerado inocente, pois ele é que havia quebrado a paz de Valinor, desembainhando a espada contra seu parente; e Mandos lhe disse: "Falas de servidão. Se servidão for, não podes escapar dela: pois Manwë é Rei de Arda, e não de Aman apenas. E tua ação foi contra a lei, seja em Aman ou fora de Aman. Portanto, esta é a sentença: por doze anos hás de deixar Tirion, onde a ameaça foi pronunciada. Nesse tempo, aconselha-te contigo e lembra-te de quem e do que tu és. Mas, depois desse tempo, essa matéria dará lugar à paz e será considerada resolvida, se outros te liberarem."

Então Fingolfin disse: "Eu liberarei meu irmão." Mas Fëanor não pronunciou palavra em resposta, postado em silêncio diante dos Valar. Então se voltou, e deixou o concílio, e partiu de Valmar.

Com ele, para o degredo, foram seus sete filhos, e ao norte de Valinor fizeram um lugar fortificado e salão do tesouro nos montes; e ali, em Formenos, uma multidão de gemas foi entesourada, assim como armas, e as Silmarils foram trancadas em uma câmara de ferro. Para lá também foi Finwë, o Rei, por causa do amor que tinha a Fëanor; e Fingolfin passou a governar os Noldor em Tirion. Assim, as mentiras de Melkor se tornaram verdade em aparência, embora Fëanor, por seus próprios atos, tivesse feito isso acontecer; e a amargura que Melkor tinha semeado subsistiu, e viveu por longo tempo depois disso entre os filhos de Fingolfin e Fëanor.

Ora, Melkor, sabendo que seus ardis tinham sido revelados, escondeu-se e foi passando de lugar a lugar, como uma nuvem nos montes; e Tulkas o buscou em vão. Então pareceu ao povo de Valinor que a luz das Árvores estava enfraquecida, e as sombras de todas as coisas de pé ficaram mais longas e escuras naquele tempo.

Conta-se que, por algum tempo, Melkor não foi mais visto em Valinor, nem se ouvia rumor algum dele até que, subitamente, ele veio a Formenos e falou com Fëanor diante de suas portas. Amizade fingiu com alvitre matreiro, incitando-o a retomar sua ideia anterior de fuga dos empecilhos impostos pelos Valar; e disse: "Eis a verdade de tudo o que falei, e como tu foste banido injustamente. Mas se o coração de Fëanor ainda é livre e ousado como foram suas palavras em Tirion, então vou ajudá-lo e levá-lo para longe desta terra estreita. Pois não sou eu também Vala? Sim, e mais do que aqueles que se sentam em soberba em Valimar; e sempre tenho sido um amigo dos Noldor, mais hábil e mais valente dos povos de Arda."

Ora, o coração de Fëanor ainda estava amargurado por sua humilhação diante de Mandos, e ele olhou para Melkor em silêncio, ponderando se de fato ainda podia confiar nele a ponto de deixá-lo ajudar em sua fuga. E Melkor, vendo que Fëanor hesitava, e sabendo que as Silmarils tinham seu coração por servo, disse enfim: "Este é um lugar forte e bem guardado; mas não penses que as Silmarils ficarão seguras em qualquer tesouro dentro do reino dos Valar!"

Mas sua astúcia atingiu o alvo errado; suas palavras calaram fundo demais e despertaram um fogo mais feroz do que pretendia; e Fëanor olhou para Melkor com olhos que trespassavam sua semelhança gentil e penetravam os mantos de sua mente, percebendo nela a cobiça feroz pelas Silmarils. Então o ódio sobrepujou o medo de Fëanor, e ele amaldiçoou Melkor e ordenou que partisse, dizendo: "Vai-te do meu portão, corvo-da-prisão de Mandos!" E trancou as portas de sua casa no rosto do mais poderoso de todos os habitantes de Eä.

Então Melkor partiu, ultrajado, pois ele próprio corria perigo e ainda não estipulara a hora da vingança; mas seu coração se enegrecera de raiva. E Finwë se encheu de grande medo e, apressado, enviou mensageiros a Manwë em Valmar.

Ora, os Valar estavam assentados em concílio diante de seus portões, temendo o crescimento das sombras, quando os mensageiros chegaram de Formenos. De um golpe, Oromë e Tulkas se levantaram, mas, na hora em que partiam em perseguição a Melkor, vieram mensageiros de Eldamar contando que ele tinha fugido através do Calacirya e que, da colina de Túna, os Elfos o

DAS SILMARILS E DA INQUIETAÇÃO DOS NOLDOR

tinham visto passar colérico, feito nuvem trovejante. E disseram que dali ele virara para o norte, pois os Teleri em Alqualondë tinham visto sua sombra perto do porto deles, indo no rumo de Araman.

Assim Melkor partiu de Valinor e, por algum tempo, as Duas Árvores brilharam de novo sem sombra, e a terra se encheu de luz. Mas os Valar buscaram em vão novas de seu inimigo; e, como uma nuvem ao longe que sobe cada vez mais alto, levada por um vento vagaroso e frio, a dúvida agora maculava a alegria de todos os habitantes de Aman, fazendo-os temer um mal ainda desconhecido que estava por vir.

8

DO OBSCURECER DE VALINOR

Quando Manwë ouviu sobre os caminhos que Melkor tinha tomado, pareceu-lhe claro que seu propósito era escapar para suas antigas fortalezas no norte da Terra-média; e Oromë e Tulkas foram a toda velocidade na direção norte, buscando alcançá-lo, se pudessem, mas não acharam traço ou rumor dele além das praias dos Teleri, nos ermos despovoados que ficavam perto do Gelo. Dali em diante a guarda foi redobrada ao longo das defesas setentrionais de Aman; mas sem proveito, pois, muito antes que a perseguição começasse, Melkor tinha voltado atrás e, em segredo, fora para o distante sul. Pois ele ainda era como um dos Valar e podia mudar sua forma ou caminhar desnudo, como faziam seus irmãos; embora aquele poder ele fosse logo perder para sempre.

Assim, sem ser visto, chegou afinal à região sombria de Avathar. Aquela terra estreita ficava ao sul da Baía de Eldamar, debaixo dos sopés orientais das Pelóri, e suas costas compridas e tristonhas se estendiam rumo ao sul, sem luz e inexploradas. Lá, sob as muralhas íngremes das montanhas, à beira do mar frio e escuro, as sombras eram as mais profundas e espessas do mundo; e ali em Avathar, em segredo e ignota, Ungoliant fizera sua morada. Os Eldar não sabiam donde viera; mas alguns dizem que, em eras muito antigas, ela descera da escuridão que jaz à volta de Arda, quando Melkor primeiro olhou com inveja para o Reino de Manwë, e que, no princípio, fora um daqueles que ele corrompeu para servi-lo. Mas ela tinha repudiado seu Mestre, desejando ser senhora de sua própria gula, tomando todas as coisas para si para alimentar seu esvaziamento; e fugiu para o sul, escapando dos ataques dos Valar e dos caçadores de

DO OBSCURECER DE VALINOR

Oromë, pois a vigilância deles tinha sido voltada sempre para o norte, e o sul ficou muito tempo desprotegido. De lá, ela se arrastara na direção da luz do Reino Abençoado; pois tinha fome de luz e a odiava.

Em uma ravina foi viver e tomou a forma de uma aranha de aspecto monstruoso, tecendo suas teias negras em uma fenda das montanhas. Ali sugava toda a luz que pudesse encontrar e a fiava, transformando-a em redes escuras de treva sufocante até que nenhuma luz podia mais chegar à sua morada; e ficou faminta.

Ora, Melkor chegou a Avathar e a procurou; e pôs mais uma vez a forma que usara como o tirano de Utumno: um Senhor sombrio, alto e terrível. Naquela forma permaneceu para sempre depois disso. Lá, nas sombras negras, além até mesmo da vista de Manwë em seus salões mais altos, Melkor, com Ungoliant, tramou sua vingança. Mas quando Ungoliant entendeu o propósito de Melkor ficou dividida entre a gula e um grande medo; pois era avessa a enfrentar os perigos de Aman e o poder dos temíveis Senhores, e não desejava sair de seu esconderijo. Portanto, Melkor lhe disse: "Faze como te peço; e, se tiveres ainda fome quando tudo terminar, então dar-te-ei o que quer que tua gula possa exigir. Sim, com ambas as mãos." Levianamente fez esse voto, como sempre o fazia; e riu em seu coração. Assim o grande ladrão lançou sua isca para o menor.

Um manto de escuridão ela teceu em torno de ambos quando partiram: uma Desluz, na qual as coisas pareciam não mais existir e os olhos não podiam penetrar, pois era vazia. Então, lentamente, teceu suas teias, corda a corda, de fenda a fenda, de rocha saliente a pináculo de pedra, sempre escalando montanha acima, arrastando-se dependurada até que, por fim, alcançou o próprio cume de Hyarmentir, a mais alta montanha daquela região do mundo, muito ao sul da grande Taniquetil. Ali os Valar não estavam vigilantes; pois, a oeste das Pelóri, havia uma terra vazia ao crepúsculo, e a leste, as montanhas davam (salvo na esquecida Avathar) para as águas escuras do mar sem caminhos.

Mas então, ao topo da montanha, a sombria Ungoliant chegou; e ela fez uma escada de cordas trançadas e a jogou para baixo, e Melkor subiu, e chegou àquele lugar alto, e se pôs ao lado dela, olhando para o Reino Vigiado. Abaixo deles jaziam as matas de Oromë, e a oeste brilhavam os campos e as pastagens de Yavanna, dourados sob o trigo alto dos deuses. Mas Melkor olhou para o norte e viu, ao longe, a planície luzente e os domos prateados de Valmar, que faiscavam ao mesclar das luzes de Telperion e Laurelin. Então Melkor riu em alta voz e saltou rapidamente, descendo as longas encostas ocidentais; e Ungoliant estava a seu lado, e a escuridão dela os cobria.

Ora, era um tempo de festival, como Melkor bem sabia. Embora todos os tempos e estações viessem pela vontade dos Valar, e em Valinor não tenha havido nenhum inverno de morte, mesmo assim eles habitavam, então, no Reino de Arda, e esse era não mais que um pequeno domínio nos salões de Eä, cuja vida é o Tempo, que flui sempre da primeira nota ao último acorde de Eru. E tal como era, então, o deleite dos Valar (como se conta no *Ainulindalë*) trajarem-se como com vestimenta nas formas dos Filhos de Ilúvatar, assim também eles comiam, e bebiam, e colhiam os frutos de Yavanna da Terra, a qual, sob Eru, tinham criado.

Portanto, Yavanna dispôs tempos para o florescer e o amadurecer de todas as coisas que cresciam em Valinor; e, em cada primeira colheita de frutos, Manwë fazia uma alta festa em louvor a Eru, quando todos os povos de Valinor derramavam seu júbilo em música e canção sobre Taniquetil. Era essa agora a hora, e Manwë decretara uma festa mais gloriosa do que qualquer uma das feitas desde a chegada dos Eldar a Aman. Pois, embora a fuga de Melkor fosse um portento de trabalhos e tristezas por vir, e, de fato, ninguém pudesse dizer que feridas mais seriam feitas a Arda antes que ele fosse subjugado de novo, naquele tempo Manwë planejara curar o mal que tinha surgido entre os Noldor; e todos foram chamados a vir a seus salões sobre Taniquetil para ali deixar de lado os rancores que jaziam entre seus príncipes e esquecer de todo as mentiras de seu Inimigo.

Vieram os Vanyar, e vieram os Noldor de Tirion, e os Maiar foram congregados, e os Valar arranjaram-se em sua beleza e majestade; e cantaram diante de Manwë e Varda em seus salões altivos, ou dançaram sobre as encostas verdejantes da Montanha

DO OBSCURECER DE VALINOR

que davam para o oeste, na direção das Árvores. Naquele dia, as ruas de Valmar ficaram vazias, e as escadarias de Tirion ficaram em silêncio; e toda a terra jazia dormida, em paz. Só os Teleri, além das montanhas, ainda cantavam nas costas do mar; pois pouco cuidavam de estações ou tempos e não pensavam nas preocupações dos Regentes de Arda ou na sombra que caíra sobre Valinor, pois não os tinha tocado, por ora.

Uma coisa apenas maculava os desígnios de Manwë. Fëanor viera, de fato, pois apenas a ele Manwë ordenara que viesse; mas Finwë não veio, nem quaisquer outros dos Noldor de Formenos. Pois disse Finwë: "Enquanto a proibição contra Fëanor, meu filho, durar — a de que ele não pode ir a Tirion —, considero-me destronado, e não encontrarei meu povo." E Fëanor não vinha com vestimenta de festival e não usava ornamento algum, nem prata, nem ouro, nem qualquer gema; e negou a vista das Silmarils aos Valar e aos Eldar e as deixou trancadas em Formenos, na câmara de ferro. Apesar disso, encontrou-se com Fingolfin diante do trono de Manwë e se reconciliou com ele, em palavra; e Fingolfin declarou que fora nada o desembainhar da espada. Pois Fingolfin estendeu sua mão, dizendo: "Como prometi, faço agora. Libero-te e não recordo ofensa nenhuma."

Então Fëanor tomou a mão dele em silêncio; mas Fingolfin continuou: "Meio-irmão em sangue, irmão inteiro no coração serei. Tu hás de liderar, e eu seguirei. Que nenhum novo rancor nos divida."

"Eu te ouço", respondeu Fëanor. "Assim seja." Mas não sabiam o sentido que suas palavras ganhariam.

Conta-se que, enquanto Fëanor e Fingolfin estavam diante de Manwë, veio a mescla das luzes, quando ambas as Árvores estavam brilhando, e a cidade silente de Valmar ficou repleta de uma radiância de prata e ouro. E, naquela mesma hora, Melkor e Ungoliant passaram apressados pelos campos de Valinor, como a sombra de uma nuvem negra levada pelo vento adeja acima da terra iluminada pelo Sol; e eles chegaram ao teso verde de Ezellohar. Então a Desluz de Ungoliant se elevou até as raízes das Árvores, e Melkor saltou sobre o teso; e, com sua lança negra, golpeou cada Árvore até a medula, feriu-as fundo, e a seiva delas

114

vazou como se fora seu sangue e se derramou pelo chão. Mas Ungoliant a sugou e, indo então de Árvore a Árvore, pôs seu bico negro nas feridas, até que as secou; e o veneno de Morte que estava nela entrou nos tecidos das Árvores e as fez fenecer, raiz, galho e folha; e elas morreram. E, ainda assim, Ungoliant tinha sede e, indo aos Poços de Varda, bebeu até secá-los; mas ela arrotou vapores negros, conforme bebia, e inchou até chegar a uma forma tão vasta e horrenda que Melkor teve medo.

Assim a grande escuridão caiu sobre Valinor. Dos feitos daquele dia muito está contado no "Aldudénië", que Elemmírë dos Vanyar compôs e é conhecido de todos os Eldar. Contudo, nenhuma canção ou história poderia conter todo o pesar e terror que então sobrevieram. A Luz fraquejou; mas a Escuridão que se seguiu era mais do que perda de luz. Naquela hora, se fez uma Escuridão que parecia não falta, mas uma coisa com um ser só seu: pois era, de fato, feita por maldade a partir da Luz, e tinha poder para penetrar o olho, e adentrar coração e mente, e estrangular a própria vontade.

Varda olhou do alto de Taniquetil e contemplou a Sombra a se elevar em repentinas torres de treva; Valmar tinha naufragado num mar profundo de noite. Logo a Montanha Sacra estava sozinha, uma última ilha em um mundo que se afogara. Toda canção cessou. Houve silêncio em Valinor, e nenhum som se podia ouvir, salvo apenas que, ao longe, vinha pelo vento, através do passo das montanhas, os gemidos dos Teleri, feito o grito frio das gaivotas. Pois o vento soprava gelado do Leste naquela hora, e as vastas sombras do mar rolavam por sobre as muralhas da costa.

Mas Manwë, de seu alto assento, olhou para longe, e somente seus olhos penetravam a noite, até que viram uma Escuridão além do escuro, que não podiam penetrar, imensa, mas distante, movendo-se agora para o norte com grande velocidade; e ele soube que Melkor tinha vindo e se fora.

Então a perseguição começou; e a terra tremeu debaixo dos cavalos da hoste de Oromë, e as faíscas que vinham dos cascos de Nahar foram a primeira luz que retornou a Valinor. Mas

DO OBSCURECER DE VALINOR

tão logo alguém chegava à Nuvem de Ungoliant, os cavaleiros dos Valar ficavam cegos e desnorteados, e se espalhavam, e iam não se sabia para onde; e o som do Valaróma alquebrouse e fraquejou. E Tulkas era como alguém preso em uma rede negra à noite, derrotado, golpeando o ar em vão. Mas, quando a Escuridão passou, era tarde demais: Melkor tinha ido para onde queria, e sua vingança estava consumada.

9

DA FUGA
DOS NOLDOR

Depois de algum tempo, uma grande multidão se reuniu à volta do Círculo do Julgamento; e os Valar sentaram-se nas sombras, pois era noite. Mas as estrelas de Varda agora chamejavam acima deles, e o ar estava claro; pois os ventos de Manwë tinham levado para longe os vapores da morte e empurrado as sombras do mar. Então Yavanna se levantou e subiu Ezellohar, o Teso Verdejante, mas ele agora estava desnudo e enegrecido; e ela pôs suas mãos sobre as Árvores, mas elas estavam mortas e escuras, e cada galho que tocava se quebrava e caía sem vida aos seus pés. Então muitas vozes se ergueram em lamentação; e parecia àqueles que pranteavam que já tinham bebido até o fundo o cálice de opróbrio que Melkor enchera para eles. Mas não era assim.

Yavanna falou diante dos Valar, dizendo: "A Luz das Árvores nos deixou e vive agora apenas nas Silmarils de Fëanor. Previdente foi ele! Até para aqueles que são os mais poderosos sob Ilúvatar há certas obras que podem realizar uma vez e uma vez apenas. A Luz das Árvores eu trouxe ao ser e dentro de Eä não poderei fazê-lo de novo nunca mais. Contudo, se tivera eu não mais que um pouco daquela luz, poderia devolver vida às Árvores antes que suas raízes apodreçam; e então nossa ferida seria curada, e a malícia de Melkor, posta em confusão."

Então Manwë falou, e ele disse: "Ouves tu, Fëanor, filho de Finwë, as palavras de Yavanna? Concederás o que ela quer pedir?"

Houve longo silêncio, mas Fëanor não respondia palavra. Então Tulkas gritou: "Fala, ó Noldo, sim ou não! Mas quem há de se negar a Yavanna? E a luz das Silmarils não veio da obra dela no princípio?"

Mas Aulë, o Construtor, exclamou: "Não sejas afoito! Pedimos uma coisa maior do que imaginas. Deixa-o ainda em paz, por ora."

Mas Fëanor falou, então, e gritou amargamente: "Para o menor, tal como para o maior, há alguns feitos que ele é capaz de realizar apenas uma vez; e nesse feito seu coração há de repousar. Pode ser que eu consiga destrancar minhas joias, mas nunca mais hei de criar coisa semelhante a elas; e, se tiver de quebrá-las, quebrarei meu coração e hei de ser morto; o primeiro de todos os Eldar em Aman."

"Não o primeiro", disse Mandos, mas eles não entenderam suas palavras; e de novo houve silêncio, enquanto Fëanor se remoía no escuro. Parecia-lhe que estava sob o assédio de um círculo de inimigos, e as palavras de Melkor voltaram-lhe à mente, dizendo que as Silmarils não estavam seguras se os Valar desejassem possuí-las. "E não é ele Vala, como são eles," disse em seu pensamento, "e não entende seus corações? Sim, um ladrão há de revelar ladrões!" Então gritou em alta voz: "Essa coisa não farei de livre vontade. Mas, se os Valar me forçarem, então hei de saber de fato que Melkor é de sua família."

Então Mandos disse: "Tu falaste." E Nienna se levantou, e foi até Ezellohar, e lançou para trás seu capuz cinzento, e, com suas lágrimas, lavou as profanações de Ungoliant; e cantou em luto pela amargura do mundo e pela Maculação de Arda.

Mas, no momento em que Nienna chorava, vieram mensageiros de Formenos, e eles eram Noldor e traziam mais notícias de desgraça. Pois contaram como uma Escuridão cega chegara ao norte e que, em seu meio, caminhava algum poder para o qual não havia nome, e a Escuridão provinha dele. Mas Melkor também estava lá, e ele chegou à casa de Fëanor e lá matou Finwë, Rei dos Noldor, diante de suas portas e derramou o primeiro sangue do Reino Abençoado; pois Finwë apenas não fugira do horror do Escuro. E contaram que Melkor destruíra a praça-forte de Formenos e levara todas as joias dos Noldor entesouradas naquele lugar; e as Silmarils tinham sumido.

Então Fëanor se levantou e, erguendo sua mão diante de Manwë, amaldiçoou a Melkor, dando-lhe o nome de *Morgoth*, o Sombrio Inimigo do Mundo; e por aquele nome apenas ele foi sempre chamado pelos Eldar depois disso. E amaldiçoou também a convocação de Manwë e a hora em que viera a Taniquetil, pensando, na loucura de sua cólera e de seu pesar, que, se tivesse estado em Formenos, sua força teria lhe valido mais do que apenas ser morto também, como Melkor pretendera. Então Fëanor correu do Círculo do Julgamento e fugiu noite adentro; pois seu pai lhe era mais caro do que a Luz de Valinor ou as obras sem-par de suas mãos; e quem entre filhos, de Elfos ou de Homens, alguma vez teve seus pais em maior conta?

Muitos ali se entristeceram pela angústia de Fëanor, mas a perda dele não era só sua; e Yavanna chorou ao lado do teso, temendo que a Escuridão fosse engolir os últimos raios da Luz de Valinor para sempre. Pois, embora os Valar ainda não entendessem completamente o que havia ocorrido, perceberam que Melkor tinha convocado algum auxílio que viera de fora de Arda. As Silmarils tinham sumido, e pode parecer que pouca diferença faria se Fëanor tivesse dito sim ou não a Yavanna; contudo, se tivesse dito sim no início, antes que as notícias chegassem de Formenos, pode ser que seus feitos posteriores fossem outros do que os que foram. Mas agora a sina dos Noldor se aproximava.

Enquanto isso, Morgoth, escapando da perseguição dos Valar, chegou aos ermos de Araman. Essa terra ficava ao norte, entre as Montanhas das Pelóri e o Grande Mar, tal como Avathar ficava ao sul; mas Araman era uma terra mais larga e, entre as costas e as montanhas, havia planícies estéreis, cada vez mais frias conforme o Gelo ficava mais próximo. Através dessa região Morgoth e Ungoliant passaram apressados e assim vieram, depois das grandes brumas de Oiomúrë, ao Helcaraxë, onde o estreito entre Araman e a Terra-média estava cheio de gelo pungente; e ele atravessou e voltou, enfim, ao norte das Terras de Fora. Juntos eles continuaram, pois Morgoth não conseguia escapulir de Ungoliant, e a nuvem dela ainda estava à sua volta, e todos os olhos dela o fitavam; e eles chegaram àquelas terras que ficavam ao norte do Estreito de Drengist. Ora, Morgoth estava se aproximando das ruínas de Angband, onde sua grande fortaleza ocidental estivera; e Ungoliant percebeu sua esperança e soube que, ali, ele tentaria escapar dela e o deteve, exigindo que cumprisse a sua promessa.

"Coração-negro," disse ela, "fiz o que pediste. Mas tenho fome ainda."

"O que mais queres?", indagou Morgoth. "Desejas todo o mundo para tua barriga? Isso não jurei te dar. Sou o Senhor dele."

"Não quero tanto", respondeu Ungoliant. "Mas tens um grande tesouro de Formenos. Vou comê-lo todo. Sim, com ambas as mãos hás de dá-lo."

Então Morgoth foi obrigado a ceder a ela as joias que trazia consigo, uma a uma e de má vontade; e ela as devorou, e sua beleza pereceu do mundo. Ainda mais imensa e escura ficou Ungoliant, mas sua gula era insaciável. "Com uma mão me deste," disse ela, "com a esquerda apenas. Abre tua mão direita."

Em sua mão direita, Morgoth segurava apertado as Silmarils e, embora estivessem trancadas dentro de uma arca de cristal, tinham começado a queimá-lo, e sua mão se cerrava de dor; mas não queria abri-la. "Não!", disse ele. "Recebeste o que te era devido. Pois com meu poder, que pus em ti, tua obra foi realizada. Não preciso mais de ti. Estas coisas não devorarás, nem verás. Nelas ponho o meu nome para sempre."

Mas Ungoliant se tornara grande, e ele, menor, pelo poder que saíra de si; e ela se levantou contra ele, e sua nuvem se fechou à volta de Morgoth e o enredou em uma trama de laços que aderiam a ele para estrangulá-lo. Então Morgoth soltou um grito terrível, que ecoou nas montanhas. Portanto, essa região passou a ser chamada de Lammoth; pois os ecos da voz dele habitaram ali para sempre depois disso, de modo que qualquer um que gritasse naquela terra os despertava, e todo o ermo entre os montes e o mar ficava repleto de um clamor como o de vozes em angústia. O grito de Morgoth naquela hora foi o maior e mais horrendo que jamais foi ouvido no mundo setentrional; as montanhas vibraram, e a terra tremeu, e as rochas se partiram. No fundo de lugares esquecidos aquele grito foi ouvido. Nas profundezas longínquas sob os salões de Angband, em porões aos quais os Valar, na pressa de seu assalto, não tinham descido,

Balrogs ainda se demoravam, aguardando sempre o retorno de seu Senhor; e agora velozmente se levantaram e, passando por Hithlum, chegaram a Lammoth como uma tempestade de fogo. Com seus açoites de chama, rasgaram as teias de Ungoliant, e ela estremeceu e se pôs em fuga, soltando vapores negros para se encobrir; e, fugindo do norte, desceu a Beleriand e habitou sob as Ered Gorgoroth, naquele vale escuro que depois foi chamado de Nan Dungortheb, o Vale da Morte Horrenda, por causa do horror que ela engendrou ali. Pois outras criaturas imundas em forma de aranha tinham vivido ali desde os dias da escavação de Angband, e ela cruzou com elas e as devorou; e, mesmo depois que a própria Ungoliant partiu e foi aonde queria no sul esquecido do mundo, sua prole morou ali e teceu suas teias horrorosas. Da sina de Ungoliant nenhuma história fala. Contudo, alguns dizem que ela pereceu há muito, quando, em sua fome extrema, devorou a si mesma afinal.

E, assim, o medo de Yavanna de que as Silmarils seriam engolidas e cairiam no nada não veio a acontecer; mas elas permaneceram em poder de Morgoth. E ele, estando livre, reuniu de novo todos os seus servos que pôde encontrar e foi até as ruínas de Angband. Lá escavou de novo seus vastos porões e masmorras e, acima dos portões deles, ergueu os picos tríplices das Thangorodrim, e um grande fedor de fumaça escura estava sempre em volta deles. Ali incontáveis se tornaram as hostes de suas feras e seus demônios, e a raça dos Orques, gestada muito antes disso, cresceu e se multiplicou nas entranhas da terra. Escura agora era a sombra que jazia sobre Beleriand, como se conta mais tarde; mas, em Angband, Morgoth forjou para si uma grande coroa de ferro e chamou a si próprio de Rei do Mundo. Em sinal disso, colocou as Silmarils em sua coroa. Suas mãos queimadas ficaram enegrecidas pelo toque daquelas joias consagradas e negras elas permaneceram para sempre; nem jamais ficou ele livre da dor das queimaduras, nem da raiva dessa dor. Aquela coroa jamais tirou da cabeça, embora seu peso se tornasse um cansaço mortal. Nunca, exceto uma vez, partiu por um tempo, em segredo, de seus domínios no Norte; raramente, de fato, deixava os lugares profundos de sua fortaleza,

DA FUGA DOS NOLDOR

mas governava seus exércitos de seu trono no norte. E só uma vez, ademais, ele próprio usou arma enquanto seu reino durou.

Pois agora, mais do que nos dias de Utumno, antes que sua soberba fosse humilhada, seu ódio o devorava, e, na dominação de seus servos e no inspirar-lhes com luxúria maligna, ele despendia seu espírito. Mesmo assim, sua majestade como um dos Valar permaneceu por muito tempo, embora transformada em terror, e, diante de seu rosto, todos, salvo os mais poderosos, afundavam numa cova escura de medo.

Ora, quando se soube que Morgoth tinha escapado de Valinor e que a perseguição era inútil, os Valar permaneceram sentados longamente na escuridão do Círculo do Julgamento, e os Maiar e os Vanyar continuaram ao lado deles e choraram; mas os Noldor, em sua maior parte, retornaram a Tirion e prantearam o escurecimento de sua bela cidade. Através da ravina apagada do Calacirya névoas pairavam, vindas dos mares sombrios, e lançavam um manto sobre as torres de Tirion, e a luz da Mindon ardia pálida na treva.

Então, subitamente, Fëanor apareceu na cidade e convocou todos a vir ao pátio elevado do Rei, sobre o cimo de Túna; mas a sentença de banimento que lhe fora imposta ainda não tinha sido retirada, e ele se rebelou contra os Valar. Uma grande multidão se reuniu rapidamente, portanto, para ouvir o que ele tinha a dizer; e a colina e todas as escadarias e ruas que a subiam estavam acesas com a luz de muitas tochas que cada Elfo carregava nas mãos. Fëanor era um mestre das palavras, e sua língua tinha grande poder sobre os corações quando queria usá-la; e, naquela noite, ele fez um discurso diante dos Noldor que eles lembrariam para sempre. Ferozes e tremendas foram suas palavras, e, cheias de raiva e soberba; e, ao ouvi-las, os Noldor foram levados à loucura. Sua ira e seu ódio estavam voltados sobretudo contra Morgoth e, contudo, quase tudo o que disse veio das mesmas mentiras do próprio Morgoth; mas ele estava assoberbado de pesar pelo assassinato de seu pai e angustiado com o roubo das Silmarils. Reivindicava agora o reinado sobre todos os Noldor, já que Finwë estava morto, e escarnecia dos decretos dos Valar.

O SILMARILLION

"Por que, ó povo dos Noldor," gritou, "por que deveríamos ainda servir aos invejosos Valar, que não conseguem manter a nós, nem mesmo a seu próprio reino, a salvo de seu Inimigo? E, embora ele seja agora adversário deles, não são eles e Morgoth uma só gente? A vingança me chama a sair daqui, mas, mesmo que fosse de outra maneira, eu não habitaria mais na mesma terra com a gente do assassino de meu pai e do ladrão de meu tesouro. Contudo, não sou o único valente neste povo de valentes. E será que vós todos não perdestes o vosso Rei? E o que mais não perdestes, presos aqui, numa terra estreita entre as montanhas e o mar?

Aqui antes havia luz, que os Valar negavam à Terra-média, mas agora o escuro iguala a todos. Havemos de prantear aqui, inertes para sempre, um povo de espectros, assombrando a bruma, derramando lágrimas vãs no mar ingrato? Ou havemos de retornar ao nosso lar? Em Cuiviénen doces corriam as águas sob estrelas livres de nuvens, e vastas terras havia em volta, onde um povo livre podia caminhar. Lá elas ainda estão e aguardam a nós que, em nossa insensatez, as deixamos. Vinde embora! Que os covardes fiquem com esta cidade!"

Longamente falou e sempre incitava os Noldor a segui-lo e, por sua própria bravura, conquistarem liberdade e grandes reinos nas terras do Leste, antes que fosse tarde demais; pois ele fazia eco às mentiras de Melkor, as de que os Valar os haviam iludido e desejavam mantê-los cativos para que os Homens pudessem reger a Terra-média. Muitos dos Eldar ouviram então, pela primeira vez, sobre os Que Vêm Depois. "Belo há de ser o fim," gritou, "ainda que longa e dura haja de ser a estrada! Dizei adeus aos grilhões! Mas dizei adeus também ao ócio! Dizei adeus aos fracos! Dizei adeus a vossos tesouros! Mais deles ainda havemos de fazer. Viajai sem peso: mas trazei convosco vossas espadas! Pois iremos mais longe que Oromë, suportaremos mais do que Tulkas: nunca recuaremos na perseguição. Atrás de Morgoth até os confins da Terra! Guerra ele há de ter e ódio imorredouro. Mas, quando tivermos vencido e recuperado as Silmarils, então nós, e nós somente, haveremos de ser senhores da Luz imaculada e mestres da ventura e da beleza de Arda. Nenhuma outra raça há de nos suplantar!"

DA FUGA DOS NOLDOR

Então Fëanor fez um juramento terrível. Seus sete filhos saltaram de imediato para o seu lado e fizeram o mesmo voto junto com ele, e rubras como sangue brilhavam suas espadas desembainhadas à luz das tochas. Fizeram um juramento que ninguém há de quebrar, e ninguém devia fazer, pelo nome mesmo de Ilúvatar, invocando a Escuridão Sempiterna sobre si próprios se não o cumprissem; e a Manwë chamaram como testemunha, e a Varda, e à montanha consagrada de Taniquetil, jurando perseguir com vingança e ódio, até os confins do mundo, Vala, Demônio, Elfo ou Homem ainda não nascido, ou qualquer criatura, grande ou pequena, boa ou má, que o tempo houvesse de gerar até o fim dos dias, a qual tivesse, ou tomasse, ou guardasse uma Silmaril, privando-os da posse dela.

Assim falaram Maedhros, e Maglor, e Celegorm, e Curufin e Caranthir, e Amrod e Amras, príncipes dos Noldor; e muitos tremeram ao ouvir as terríveis palavras. Pois, assim jurado, bom ou mau, um voto não pode ser quebrado e há de perseguir fiel e perjuro até o fim do mundo. Fingolfin e Turgon, seu filho, portanto, falaram contra Fëanor e despertaram palavras ferozes, de modo que, mais uma vez, a ira chegou perto do gume de espadas. Mas Finarfin falou com suavidade, como era de seu feitio, e buscou acalmar os Noldor, persuadindo-os a parar e ponderar antes que fossem tomadas ações que não poderiam ser desfeitas: e Orodreth foi o único entre seus filhos a falar de maneira semelhante. Finrod estava com Turgon, seu amigo; mas Galadriel, a única mulher dos Noldor a se postar naquele dia, alta e valente entre os príncipes em contenda, estava ávida por partir. Nenhum juramento fez, mas as palavras de Fëanor acerca da Terra-média acenderam um fogo em seu coração, pois ela ansiava por ver as vastas terras sem guarda e reger lá um reino a seu próprio alvitre. De pensamento semelhante ao de Galadriel era Fingon, filho de Fingolfin, comovendo-se também com as palavras de Fëanor, embora pouco o amasse; e com Fingon estavam, como sempre, Angrod e Aegnor, filhos de Finarfin. Mas esses ficaram em paz e não falaram contra seus pais.

Finalmente, após longo debate, Fëanor prevaleceu, e a maior parte dos Noldor ali reunidos ele pôs em chamas com o desejo de novas coisas e países estranhos. Portanto, quando Finarfin falou ainda uma vez em favor de cuidado e vagar, um grande grito se elevou: "Não, vamo-nos embora!" E imediatamente Fëanor e seus filhos começaram a se preparar para a marcha.

Pouca previsão podia haver para aqueles que ousavam tomar tão escura estrada. Tudo, porém, foi feito com a maior pressa; pois Fëanor os incitava, temendo que, no esfriar de seus corações, suas palavras se enfraquecessem e outros conselhos prevalecessem; e, apesar de todas as suas palavras de orgulho, ele não esquecia o poder dos Valar. Mas de Valmar nenhuma mensagem veio, e Manwë estava em silêncio. Ele ainda não desejava proibir ou impedir os propósitos de Fëanor; pois os Valar estavam entristecidos por serem acusados de intenção maligna quanto aos Eldar, ou de que quaisquer deles eram cativos contra sua vontade. Então, vigiaram e esperaram, pois ainda não acreditavam que Fëanor pudesse guiar a hoste dos Noldor por sua vontade.

E, de fato, quando Fëanor começou a congregar os Noldor para sua saída, prontamente surgiram dissensões. Pois, embora ele tivesse levado a assembleia a concordar sobre a partida, de modo algum todos tinham concordado em fazer de Fëanor seu Rei. Maior amor era dado a Fingolfin e seus filhos e a gente de sua casa, e a maior parte dos habitantes de Tirion se recusaram a renunciar a ele, se seguisse com seu povo; e assim, afinal, foi como duas hostes divididas que os Noldor saíram em sua estrada amarga. Fëanor e seus seguidores estavam na vanguarda, mas a maior hoste era liderada por Fingolfin; e ele marchava contra sua própria sabedoria, porque Fingon, seu filho, incitava-o e porque não desejava ser separado de seu povo, que estava ávido por ir, nem queria abandoná-lo aos conselhos temerários de Fëanor. Nem esquecia ele suas palavras diante do trono de Manwë. Com Fingolfin ia Finarfin também, por razões semelhantes; mas ele era o mais desgostoso por partir. E, de todos os Noldor em Valinor, que agora tinham crescido até se tornar um grande povo, apenas um décimo se recusou a tomar a estrada: alguns pelo amor que tinham aos Valar (e não menos a Aulë), outros por amor a Tirion e às muitas coisas que lá tinham feito; nenhum por medo do perigo no caminho.

Mas, no momento em que a trombeta cantou e Fëanor passou pelos portões de Tirion, um mensageiro, por fim, veio da parte de Manwë, dizendo: "Contra a insensatez de Fëanor há de ser dado meu conselho apenas. Não partais! Pois a hora é maligna, e vossa estrada leva a tristezas que ainda não podeis prever. Nenhum auxílio os Valar dar-vos-ão nesta demanda; mas, nem por isso, vão impedir-vos; pois isto haveis de saber: assim como cá viestes livremente, livremente haveis de partir. Mas tu, Fëanor, filho de Finwë, por teu juramento, estás exilado. As mentiras de Melkor hás de desaprender em amargura. Vala ele é, dizes. Então juraste em vão, pois nenhum dos Valar podes tu sobrepujar agora ou jamais dentro dos salões de Eä, nem que Eru, a quem tu conjuras, houvera-te feito três vezes maior do que és."

Mas Fëanor riu e falou, não ao arauto, mas aos Noldor, dizendo: "Ora! Então este povo valente mandará embora o herdeiro de seu Rei sozinho ao degredo, com seus filhos apenas, e voltará à sua servidão? Mas, se alguns vierem comigo, digo a eles: prevê-se para vós a tristeza? Mas em Aman a vimos. Em Aman passamos da ventura ao opróbrio. O inverso agora tentaremos: da tristeza passar à alegria; ou à liberdade, ao menos."

Então, voltando-se para o arauto, gritou: "Dize isto a Manwë Súlimo, Alto Rei de Arda: se Fëanor não consegue sobrepujar a Morgoth, pelo menos ele não demora a atacá-lo e não se senta ocioso em pesar. E pode ser que Eru tenha posto em mim um fogo maior do que o que conheces. Tal ferida ao menos farei ao Inimigo dos Valar que até os poderosos no Círculo do Julgamento hão de assombrar-se ao ouvi-lo. Sim, no final eles hão de me seguir. Adeus!"

Naquela hora, a voz de Fëanor se fez tão grande e tão potente que até o arauto dos Valar se inclinou diante dele, como se tivesse recebido plena resposta, e partiu; e os Noldor foram subjugados. Portanto, continuaram sua marcha; e a Casa de [...]or apressou-se diante deles ao longo das costas de Elendë: n[...]vez voltaram seus olhos a Tirion na colina verdejante de Tu[...]enta e menos ávida vinha a hoste de Fingolfin depois dele[...]es, Fingon era o primeiro; mas na retaguarda vinham Finarfin, e Finrod, e muitos dos mais nobres e mais sábios dos Noldor; e amiúde olhavam para trás para ver sua bela cidade, até que a lâmpada da Mindon Eldaliéva se perdeu na noite. Mais do que quaisquer outros dos Exilados, carregavam dali memórias da ventura que tinham abandonado e mesmo algumas das coisas que tinham criado traziam consigo: um consolo e um fardo na estrada.

Ora, Fëanor levava os Noldor para o norte, porque seu propósito primeiro era seguir Morgoth. Além do mais, Túna sob Taniquetil estava posta perto do cinturão de Arda e ali o Grande Mar era desmesuradamente largo, enquanto, conforme se ia para o norte, os mares da separação ficavam mais estreitos, pois a terra desolada de Araman e as costas da Terra-média se aproximavam. Mas, quando a mente de Fëanor esfriou e tomou conselho, ele percebeu muito tarde que todas aquelas grandes companhias nunca venceriam as longas léguas rumo ao norte, nem cruzariam os mares, por fim, salvo com o auxílio de navios; contudo, seria necessário muito tempo e trabalho para construir tão grande frota, mesmo se houvesse alguém entre os Noldor que fosse hábil naquela arte. Ele resolveu, portanto, persuadir os Teleri, sempre amigos dos Noldor, a se unirem a eles; e, em sua rebelião, pensava que assim a ventura de Valinor poderia diminuir ainda mais, e seu poder para guerrear contra Morgoth ser aumentado. Apressou-se então rumo a Alqualondë e falou aos Teleri como tinha falado antes em Tirion.

Mas os Teleri não se comoveram com nada do que disse. Estavam entristecidos, de fato, com a saída de seus parentes e amigos de há muito, mas antes queriam dissuadi-los que ajudá-los; e nenhum navio emprestariam, nem ajudariam a construir, contra a vontade dos Valar. Quanto a si próprios, não desejavam agora nenhuma morada além das praias de Eldamar e nenhum outro senhor além de Olwë, príncipe de Alqualondë. E ele nunca dera ouvido a Morgoth, nem o recebera em sua terra, e confiava ainda que Ulmo e os outros grandes entre os Valar sanariam as feridas provocadas por Morgoth e que a noite acabaria por dar lugar a uma nova aurora.

Então Fëanor encheu-se de ira, pois ainda temia a demora; e falou furioso a Olwë. "Renunciais a vossa amizade, na hora mesma de nosso apuro", disse. "Ficastes, porém, muito contentes de receber nosso auxílio quando enfim chegastes a estas costas, errantes desencorajados, de mãos quase vazias. Em cabanas nas praias estaríeis a morar ainda, se não fosse pelos Noldor esculpirem vosso porto e trabalharem em vossas muralhas."

Mas Olwë replicou: "Não renunciamos a amizade alguma. Mas pode ser papel de amigo repreender a insensatez de um companheiro. E, quando os Noldor nos acolheram e nos deram auxílio, de outro modo então falaste: na terra de Aman devíamos habitar para sempre, como irmãos cujas casas ficam lado a lado. Mas, quanto a nossos navios brancos: esses vós não nos destes. Aprendemos essa arte não dos Noldor, mas dos Senhores do Mar; e os madeiros brancos trabalhamos com nossas próprias mãos, e as velas brancas foram tecidas por nossas esposas e filhas. Portanto, não vamos nem dá-los nem vendê-los por qualquer liga ou amizade. Pois eu te digo, Fëanor, filho de Finwë, esses são para nós como são as gemas dos Noldor: a obra de nossos corações, que nunca voltaremos a fazer de novo."

Depois disso, Fëanor o deixou e se sentou absorto em pensamentos sombrios, além dos muros de Alqualondë, até que sua hoste se reuniu. Quando julgou que sua força era suficiente, foi até o Porto dos Cisnes e ordenou que invadissem os navios que estavam ancorados lá e os levassem embora à força. Mas os Teleri os enfrentaram e lançaram muitos dos Noldor no mar. Então espadas foram desembainhadas, e uma luta amarga se deu sobre os navios, e ao redor dos ancoradouros e pilares iluminados por luzes do Porto, e até mesmo no grande arco de seu portão. Três vezes o povo de Fëanor foi rechaçado, e muitos foram mortos de ambos os lados; mas a vanguarda dos Noldor foi socorrida por Fingon, junto com os primeiros da hoste de Fingolfin, os quais, ao chegar, encontraram uma batalha em curso e sua própria gente tombando e entraram na luta antes que soubessem direito a causa da desavença; alguns pensaram, de fato, que os Teleri tinham tentado emboscar a marcha dos Noldor a pedido dos Valar.

Assim, afinal, os Teleri foram sobrepujados, e grande parte de seus marinheiros que habitavam em Alqualondë foi cruelmente morta. Pois os Noldor haviam se tornado ferozes e desesperados, e os Teleri tinham menos força e estavam armados, em sua maior parte, apenas com arcos leves. Então os Noldor tomaram seus navios brancos e manejaram os remos da melhor maneira que puderam, remando para o norte ao longo da costa. E Olwë chamou Ossë, mas ele não veio, pois os Valar não permitiram que a fuga dos Noldor fosse impedida pela força. Mas Uinen chorou pelos marinheiros dos Teleri; e o mar se ergueu irado contra os assassinos, de modo que muitos dos navios naufragaram, e aqueles que neles estavam se afogaram. Do Fratricídio em Alqualondë conta-se mais naquele lamento que leva o nome de *Noldolantë*, a Queda dos Noldor, que Maglor compôs antes que se perdesse.

Apesar disso, a maior parte dos Noldor escapou e, quando a tempestade passou, mantiveram seu curso, alguns de navio e outros por terra; mas o caminho era longo e ficava cada vez mais duro conforme prosseguiam. Depois de marcharem por muito tempo na noite desmesurada, chegaram aos confins setentrionais do Reino Guardado, nas fronteiras do ermo vazio de Araman, que eram montanhosas e frias. Então contemplaram subitamente uma figura sombria postada no alto de uma rocha voltada para a costa. Alguns dizem que era o próprio Mandos, e nenhum outro arauto menor de Manwë. E ouviram alta voz, solene e terrível, que ordenou que parassem e lhe dessem ouvido. Então todos se detiveram e ficaram imóveis, e, de ponta a ponta das hostes dos Noldor, a voz se fez ouvir, anunciando a maldição e a profecia que é chamada de Profecia do Norte e Condenação dos Noldor. Muitas coisas previa em palavras obscuras, que os Noldor não entenderam até que, de fato, os males lhes sobrevieram; mas todos ouviram a maldição pronunciada sobre aqueles que não ficassem nem buscassem o julgamento e o perdão dos Valar.

"Lágrimas inumeráveis haveis de derramar; e os Valar fecharão Valinor diante de vós e trancar-vos-ão para fora, de modo que nem mesmo o eco de vossa lamentação haja de passar pelas montanhas. Sobre a Casa de Fëanor a ira dos Valar jaz do Oeste até o extremo Leste e sobre todos os que os seguirem também há de jazer. Seu Juramento há de atiçá-los e, ao mesmo tempo, traí-los, sempre arrancando deles os próprios tesouros que juraram buscar. Um fim maligno hão de ter todas as coisas que eles começarem bem; e por traição de parente por parente, e pelo medo da traição, isso há de ocorrer. Os Despossuídos eles hão de ser para sempre.

"Derramastes o sangue de vossa gente iniquamente e manchastes a terra de Aman. Pelo sangue pagareis com sangue e, além de Aman, habitareis sob a sombra da Morte. Pois embora Eru tenha estipulado que não morrêsseis em Eä e que nenhuma doença vos assaltasse, podeis, porém, ser mortos e mortos haveis de ser: por arma, e por tormento, e por tristeza; e vossos espíritos sem lar hão de vir então a Mandos. Lá, longamente haveis de morar, e ansiar por vossos corpos, e achar pouca piedade, ainda que todos os que matastes possam interceder por vós. E aqueles que resistirem na Terra-média e não vierem a Mandos hão de ficar cansados do mundo, como de um grande fardo, e hão de esvanecer e se tornar como sombras de arrependimento diante da raça mais jovem que virá depois. Os Valar falaram."

Então muitos tremeram; mas Fëanor endureceu seu coração e disse: "Juramos, e não levianamente. Esse voto manteremos. Ameaçam-nos com muitos males e com a traição não menos; mas uma coisa não se diz: que havemos de sofrer de covardia, como poltrões ou por medo de poltrões. Portanto digo que continuaremos, e esta sina acrescento: os feitos que faremos hão de ser matéria de canção até os últimos dias de Arda."

Mas, naquela hora, Finarfin abandonou a marcha e deu-lhe as costas, estando cheio de tristeza e de amargura contra a Casa de Fëanor por causa de seu parentesco com Olwë de Alqualondë; e muitos de seu povo foram com ele, remontando seus passos em pesar, até que contemplaram uma vez mais os raios distantes da Mindon sobre Túna ainda brilhando na noite e, assim, chegaram enfim a Valinor. Lá receberam o perdão dos Valar, e Finarfin foi posto a governar o remanescente dos Noldor no Reino Abençoado. Mas seus filhos não estavam com ele, pois não queriam abandonar os filhos de Fingolfin; e todo o povo de Fingolfin ainda seguiu adiante, sentindo-se obrigado por parentesco e pela vontade de Fëanor e temendo enfrentar o julgamento dos Valar, já que nem todos eles tinham sido inocentes do Fratricídio em Alqualondë. Além do mais, Fingon e Turgon eram destemidos, e ardentes de coração, e avessos a abandonar qualquer tarefa na qual punham as mãos até o fim amargo, se amargo tivesse de ser. Assim, a hoste principal se manteve, e, com celeridade, o mal que tinha sido previsto começou a operar.

Os Noldor chegaram afinal ao norte de Arda; e viram os primeiros dentes do gelo que flutuava no mar e souberam que estavam perto do Helcaraxë. Pois entre a terra de Aman, a qual, no norte, se curva a oriente, e as costas do leste de Endor (que é a Terra-média) que se voltavam para o oeste, havia um estreito curto, através do qual as águas geladas do Mar Circundante e as ondas de Belegaer fluíam juntas, e havia vastas névoas e brumas de frio mortal, e as correntes do mar estavam cheias de montes de gelo que se chocavam e de geleiras cortantes nas profundezas. Tal era o Helcaraxë, e lá ninguém ainda ousara caminhar, salvo apenas os Valar e Ungoliant.

Portanto, Fëanor parou, e os Noldor debateram que curso agora deveriam tomar. Mas começaram a sofrer tormentos com o frio e com as brumas pegajosas, através das quais nenhuma luz de estrela conseguia passar; e muitos se arrependeram de tomar a estrada e começaram a murmurar, especialmente aqueles que seguiam Fingolfin, amaldiçoando a Fëanor, a chamá-lo de causa de todas as dores dos Eldar. Mas Fëanor, conhecendo tudo o que era dito, aconselhou-se com seus filhos; e dois cursos apenas viram para escapar de Araman e entrar em Endor: pelos estreitos ou por barco. Mas o Helcaraxë eles consideravam impossível de atravessar, enquanto os barcos eram muito poucos. Muitos tinham sido perdidos em sua longa jornada, e restava então número não suficiente para levar ao outro lado toda a grande hoste junta; ninguém, porém, estava disposto a esperar na costa ocidental enquanto outros eram carregados primeiro: já o medo de traição estava desperto entre os Noldor. Portanto, entrou nos corações de Fëanor e de seus filhos a ideia de tomar todos

DA FUGA DOS NOLDOR

os navios e partir de repente; pois tinham mantido o comando da frota desde a batalha do Porto, e ela era tripulada apenas por aqueles que tinham lutado lá e estavam ligados a Fëanor. E, como se viesse a seu chamado, levantou-se um vento do noroeste, e Fëanor escapou em segredo com todos os que julgava leais a ele, e subiu a bordo, e fez-se ao mar, e deixou Fingolfin em Araman. E, uma vez que o mar ali era estreito, navegando para o leste e um pouco para o sul, ele atravessou sem perdas e, primeiro de todos os Noldor, pôs pé uma vez mais sobre as costas da Terra-média; e o desembarque de Fëanor foi na ponta do estreito que era chamado Drengist e cortava Dor-lómin.

Mas, quando tinham desembarcado, Maedhros, o mais velho de seus filhos e outrora amigo de Fingon, antes que as mentiras de Morgoth viessem entre eles, falou a Fëanor, dizendo: "Agora, quais navios e remadores mandarás retornar, e quem hão de trazer para cá primeiro? Fingon, o valente?"

Então Fëanor riu, como doudo, e gritou: "Ninguém e ninguém! O que deixei para trás não conto agora como perda; bagagem desnecessária na estrada se mostrou. Que aqueles que amaldiçoavam meu nome me amaldiçoem ainda e se lastimem no caminho de volta às gaiolas dos Valar! Que os navios queimem!" Então Maedhros apenas ficou de lado, mas Fëanor mandou que se pusesse fogo aos navios brancos dos Teleri. Então, naquele lugar que foi chamado de Losgar, na saída do Estreito de Drengist, acabaram-se as mais belas naus que jamais navegaram no mar, em um grande incêndio, luzente e terrível. E Fingolfin e seu povo viram a luz ao longe, vermelha sob as nuvens; e souberam que tinham sido traídos. Essas foram as primícias do Fratricídio e da Condenação dos Noldor.

Então Fingolfin, vendo que Fëanor o deixara para perecer em Araman ou voltar em vergonha a Valinor, encheu-se de amargura; mas desejava agora, como nunca antes, vir de alguma maneira à Terra-média e encontrar Fëanor de novo. E ele e sua hoste vagaram longamente em sofrimento, mas seu valor e sua firmeza cresceram com a dificuldade; pois eram um povo poderoso, os filhos mais velhos e imortais de Eru Ilúvatar, mas recém-chegados do Reino Abençoado e ainda não cansados

132

com o cansaço da Terra. O fogo de seus corações era jovem e, liderados por Fingolfin e seus filhos, e por Finrod e Galadriel, ousaram entrar no Norte mais terrível; e, ao não achar outro caminho, suportaram afinal os terrores do Helcaraxë e as colinas cruéis de gelo. Poucos dos feitos dos Noldor depois disso superaram aquela travessia desesperada em firmeza ou sofrimento. Ali Elenwë, a esposa de Turgon, perdeu-se, e muitos outros pereceram também; e foi com uma hoste diminuída que Fingolfin pôs os pés, enfim, nas Terras de Fora. Pouco amor por Fëanor ou por seus filhos tinham aqueles que marcharam finalmente a segui-lo e tocaram suas trombetas na Terra-média ao primeiro nascer da Lua.

10

DOS SINDAR

Ora, como já se contou, o poder de Elwë e Melian aumentava na Terra-média, e todos os Elfos de Beleriand, dos marinheiros de Círdan aos caçadores que vagavam nas Montanhas Azuis além do Rio Gelion, tinham a Elwë como seu senhor; Elu Thingol é como o chamavam, Rei Manto-gris na língua de seu povo. Eles são chamados de Sindar, os Elfos-cinzentos da Beleriand estrelada; e, embora fossem Moriquendi, sob o senhorio de Thingol e os ensinamentos de Melian, tornaram-se os mais belos, e mais sábios, e mais hábeis de todos os Elfos da Terra-média. E, ao fim da primeira era do Acorrentamento de Melkor, quando toda a Terra tinha paz e a glória de Valinor chegara a seu zênite, veio ao mundo Lúthien, a única filha de Thingol e Melian. Embora a Terra-média jazesse, na maior parte, no Sono de Yavanna, em Beleriand, sob o poder de Melian, havia vida e regozijo, e as estrelas luzentes brilhavam como fogos de prata; e ali, na floresta de Neldoreth, Lúthien nasceu, e as flores brancas de *niphredil* brotaram a saudá-la, feito estrelas vindas da terra.

Veio a acontecer, durante a segunda era do cativeiro de Melkor, que os Anãos atravessassem as Montanhas Azuis de Ered Luin, entrando em Beleriand. A si mesmos davam o nome de Khazâd, mas os Sindar os chamavam de Naugrim, o Povo Mirrado, e Gonnhirrim, Mestres de Pedra. Muito a leste estavam as mais antigas habitações dos Naugrim, mas tinham cavado para si mesmos grandes salões e mansões, à maneira de sua gente, na encosta leste das Ered Luin; e essas cidades receberam, na língua deles, os nomes de Gabilgathol e Tumunzahar. Ao norte da grande elevação do Monte Dolmed, ficava Gabilgathol, que os Elfos interpretavam, em sua língua, como Belegost, que é Magnoforte; e, ao sul, escavaram Tumunzahar, pelos Elfos chamada de Nogrod, a Casacava. A maior de todas as mansões dos Anãos era Khazad-dûm, a Covanana; Hadhodrond na língua élfica, a qual, mais tarde, nos dias de sua escuridão, foi chamada de Moria; mas ficava muito longe, nas Montanhas Nevoentas, além das vastas léguas de Eriador, e aos Eldar chegava como apenas um nome e um rumor das palavras dos Anãos das Montanhas Azuis.

De Nogrod e Belegost os Naugrim saíram rumo a Beleriand; e os Elfos ficaram cheios de assombro, pois tinham acreditado ser as únicas coisas vivas da Terra-média que falavam com palavras ou construíam com mãos e que todos os demais eram apenas aves e feras. Mas não conseguiam entender palavra da língua dos Naugrim, a qual, para seus ouvidos, era desjeitosa e pouco amável; e poucos dos Eldar jamais chegaram ao domínio dela. Mas os Anãos eram rápidos ao aprender e, de fato, eram mais desejosos de aprender a língua-élfica do que de ensinar a sua própria àqueles de raça estranha. Poucos dos Eldar jamais foram a Nogrod e Belegost, salvo Eöl de Nan Elmoth e Maeglin, seu filho; mas os Anãos comerciavam em Beleriand e fizeram uma grande estrada que passava sob as encostas do Monte Dolmed e seguia o curso do Rio Ascar, cruzando o Gelion em Sarn Athrad, o Vau das Pedras, onde houve batalha depois. Sempre tíbia era a amizade entre os Naugrim e os Eldar, embora muito proveito tivessem uns dos outros; mas, naquele tempo, aqueles rancores que surgiram entre eles ainda não tinham chegado a acontecer, e o Rei Thingol os recebeu bem. Mas os Naugrim deram sua amizade mais livremente aos Noldor, nos dias que vieram depois, do que a quaisquer outros dos Elfos e Homens por causa de seu amor e reverência a Aulë; e as gemas dos Noldor eles louvavam acima de toda outra riqueza. Na escuridão de Arda, já os Anãos haviam feito grandes obras, pois, desde os primeiros dias de seus Pais, eles tinham engenho maravilhoso para lidar com metais e pedras; mas, naquele tempo antigo, o ferro e o cobre eles amavam trabalhar, antes que a prata e o ouro.

Ora, Melian muito podia prever, à maneira dos Maiar; e, quando a segunda era do cativeiro de Melkor tinha passado, ela

DOS SINDAR

avisou em conselho a Thingol que a Paz de Arda não duraria para sempre. Ele se pôs a pensar, portanto, em como poderia fazer para si uma habitação régia e um lugar que fosse forte, se o mal despertasse de novo na Terra-média; e buscou auxílio e conselho dos Anãos de Belegost. Eles os deram de boa vontade, pois não estavam cansados naqueles dias e eram ávidos por novos trabalhos; e, embora os Anãos sempre exigissem um preço por tudo o que faziam, seja com deleite ou esforço, dessa vez se consideraram pagos. Pois Melian lhes ensinou muitas coisas que estavam ávidos por aprender, e Thingol os recompensou com muitas pérolas lindas. Estas Círdan lhe dera, pois podiam ser obtidas em grande número nas águas rasas em volta da Ilha de Balar; mas os Naugrim não tinham visto coisa semelhante antes e lhes eram caras. Uma havia tão grande quanto o ovo de uma pomba, e seu brilho era como luz de estrelas na espuma do mar; Nimphelos era seu nome, e um chefe dos Anãos de Belegost a prezava mais do que uma montanha de riquezas.

Portanto, os Naugrim labutaram longa e alegremente para Thingol e fizeram para ele mansões à moda de seu povo, escavadas no fundo da terra. Onde o Esgalduin corria para baixo e separava Neldoreth de Region, elevava-se em meio à floresta uma colina rochosa, e o rio passava a seus pés. Ali fizeram os portões do salão de Thingol e construíram uma ponte de pedra sobre o rio, pela qual, apenas, os portões podiam ser adentrados. Além dos portões, amplas passagens desciam até salões altivos e câmaras profundas que tinham sido escavadas na pedra viva, tantas e tão grandes que aquela habitação recebeu o nome de Menegroth, as Mil Cavernas.

Mas os Elfos também tomaram parte naquele labor, e Elfos e Anãos, juntos, cada qual com seu engenho, lá esculpiram as visões de Melian, imagens de assombro e beleza de Valinor além do Mar. Os pilares de Menegroth eram entalhados à semelhança das faias de Oromë, tronco, galho e folha e iluminados com lanternas de ouro. Os rouxinóis cantavam lá como nos jardins de Lórien; e havia fontes de prata, e bacias de mármore, e pavimentos de pedras de muitas cores. Figuras esculpidas de feras e aves corriam pelas paredes, ou escalavam os pilares, ou olhavam por detrás dos ramos entrelaçados com muitas flores. E, conforme os anos passavam, Melian e suas donzelas enchiam os salões com tapeçarias bordadas nas quais se podiam ler os feitos dos Valar, e muitas coisas que tinham acontecido em Arda desde seu princípio, e sombras de coisas que ainda haviam de ser. Aquela era a mais bela habitação de qualquer rei a jamais existir a leste do Mar.

E, quando a construção de Menegroth foi terminada e havia paz no reino de Thingol e Melian, os Naugrim ainda vinham de quando em vez através das montanhas e faziam comércio pelas terras; mas iam pouco à Falas, pois odiavam o som do mar e temiam contemplá-lo. A Beleriand não chegavam outros rumores ou outras notícias do mundo de fora.

Mas, conforme a terceira era do cativeiro de Melkor passava, os Anãos ficaram preocupados e falaram ao Rei Thingol, dizendo que os Valar não tinham arrancado de todo os males do Norte, e agora os remanescentes, tendo por muito tempo se multiplicado no escuro, estavam aparecendo uma vez mais e vagando por toda parte. "Há feras cruéis", disseram, "na terra a leste das montanhas, e vossa antiga gente que lá habita está fugindo das planícies para os montes."

E, logo depois, as criaturas malignas chegaram até mesmo a Beleriand, pelos passos das montanhas ou pelo sul, através das florestas escuras. Lobos havia, ou criaturas que caminhavam em forma de lobo, e outros seres cruéis de sombra; e entre eles estavam os Orques, os quais, mais tarde, levaram ruína a Beleriand; mas eles eram ainda poucos e medrosos e apenas farejavam os caminhos da terra, aguardando o retorno de seu senhor. Donde vinham, ou que eram, os Elfos não sabiam então, pensando que talvez fossem os Avari que tinham se tornado maus e selvagens nas matas; no que chegavam perto demais da verdade, diz-se.

Portanto, Thingol planejou obter armas, das quais antes seu povo não tivera necessidade, e essas, a princípio, os Naugrim forjaram para ele; pois tinham grande engenho nesse tipo de trabalho, embora nenhum entre eles ultrapassasse os artífices de Nogrod, dos quais Telchar, o ferreiro, era o maior em renome. Uma raça guerreira desde outrora foi a de todos os Naugrim, e lutavam ferozmente contra qualquer um que lhes fizesse agravo: servos de Melkor, ou Eldar, ou Avari, ou feras selvagens, ou, não raro, sua própria gente, Anãos de outras mansões e senhorios. A arte do ferreiro, de fato, os Sindar logo aprenderam deles; contudo, na têmpera do aço apenas, entre todos os ofícios, os Anãos nunca foram superados nem mesmo pelos Noldor, e, na criação de cotas de malha com anéis interligados, que foi primeiro imaginada por ferreiros de Belegost, seu trabalho não tinha rival.

Nesse tempo, portanto, os Sindar estavam bem armados, e lançaram longe todas as criaturas do mal, e tiveram paz de novo; mas os arsenais de Thingol estavam abastecidos com machados, e com lanças e espadas, e com altos elmos e longas armaduras de cota de malha luzente; pois as couraças dos Anãos eram de tal feitio que não enferrujavam, mas luziam sempre, como se tivessem acabado de ser polidas. E isso se mostrou ser bom para Thingol no tempo que havia de vir.

Ora, como se contou, um certo Lenwë, da hoste de Olwë, abandonou a marcha dos Eldar naquele tempo em que os Teleri tinham se detido nas margens do Grande Rio, perto das fronteiras das terras do oeste da Terra-média. Pouco se sabe das andanças dos Nandor, a quem ele liderou Anduin abaixo: alguns, dizem, viveram por eras nas matas do Vale do Grande Rio, alguns chegaram, por fim, a suas fozes e ali habitaram à beira do Mar, e ainda outros, atravessando as Ered Nimrais, as Montanhas Brancas, chegaram ao norte de novo e entraram nas terras selvagens de Eriador, entre as Ered Luin e as distantes Montanhas Nevoentas. Ora, esses eram um povo de florestas e não tinham armas de aço, e a vinda das feras cruéis do Norte os encheu de grande medo, como os Naugrim declararam ao Rei Thingol em Menegroth. Portanto, Denethor, o filho de Lenwë, ouvindo rumores do poder de Thingol e sua majestade e da paz de seu reino, reuniu, como pôde, uma hoste de seu povo disperso e a levou através das montanhas até Beleriand. Lá foram bem recebidos por Thingol, como parentes havia muito perdidos que retornavam, e habitaram em Ossiriand, a Terra dos Sete Rios.

Dos longos anos de paz que se seguiram depois da vinda de Denethor há pouco a contar. Naqueles dias, diz-se, Daeron, o Menestrel, principal mestre dos saberes do reino de Thingol, criou suas Runas; e os Naugrim que vinham a Thingol as aprenderam, e agradaram-se muito daquela arte, estimando o engenho de Daeron mais do que o faziam os Sindar, seu próprio povo. Pelos Naugrim as *Cirth* foram levadas para o leste, através das montanhas, e passaram a ser conhecidas por muitos povos; mas eram pouco usadas pelos Sindar para manter registros até os dias da Guerra, e muito do que ficava na memória pereceu nas ruínas de Doriath. Mas, sobre a ventura e a vida contente, há pouco a ser dito até que acabem; assim como belas e maravilhosas obras, enquanto ainda subsistem para que olhos as vejam, são seu próprio registro e apenas quando estão em perigo ou são destruídas para sempre passam às canções.

Em Beleriand, naqueles dias, os Elfos caminhavam, e os rios corriam, e as estrelas brilhavam, e as flores da noite exalavam seus perfumes; e a beleza de Melian era como o meio-dia, e a beleza de Lúthien era como a aurora na primavera. Em Beleriand, o Rei Thingol em seu trono era como os senhores dos Maiar, cujo poder é repouso, cujo júbilo é como um ar que respiram em todos os seus dias, cujo pensamento flui em maré imperturbável das alturas às profundezas. Em Beleriand, ainda, por vezes, cavalgava Oromë, o grande, passando como um vento por sobre as montanhas, e o som de sua trompa atravessava as léguas estreladas, e os Elfos o temiam pelo esplendor de seu semblante e pelo grande estrondo do avanço de Nahar; mas, quando o Valaróma ecoava nos montes, sabiam bem que todas as coisas malignas tinham fugido para longe.

Mas veio a acontecer, afinal, que o término da ventura estava perto, e o zênite de Valinor se aproximava do crepúsculo. Pois, como foi contado e é conhecido de todos, estando escrito em livros de saber e cantado em muitas canções, Melkor matou as Árvores dos Valar com o auxílio de Ungoliant, e escapou, e voltou à Terra-média. No extremo norte sobreveio a contenda de Morgoth e Ungoliant; mas o grande grito de Morgoth ecoou

DOS SINDAR

através de Beleriand, e todo o seu povo se encolheu de temor; pois, embora não soubessem o que aquilo prenunciava, ouviram então o arauto da morte. Logo depois, Ungoliant fugiu do norte e entrou nos domínios do Rei Thingol, e um terror de escuridão estava à volta dela; mas, pelo poder de Melian, ela se deteve e não entrou em Neldoreth, mas habitou por longo tempo sob a sombra dos precipícios, a partir dos quais Dorthonion descia para o sul. E eles se tornaram conhecidos como Ered Gorgoroth, as Montanhas de Terror, e ninguém ousava ir até lá ou passar perto delas; ali luz e vida eram estranguladas, e ali todas as águas eram envenenadas. Mas Morgoth, como se contou antes, retornou a Angband, e a reconstruiu, e, acima de suas portas, ergueu as torres fétidas de Thangorodrim; e os portões de Morgoth estavam a não mais que cento e cinquenta léguas[1] de distância da ponte de Menegroth; longe e, ainda assim, perto demais.

Então os Orques que se multiplicavam na escuridão da terra se tornaram fortes e temíveis, e seu senhor sombrio os encheu com uma luxúria de ruína e morte; e eles saíram dos portões de Angband sob as nuvens que Morgoth enviou e passaram em silêncio para as terras altas do norte. De lá, repentinamente, um grande exército entrou em Beleriand e atacou o Rei Thingol. Ora, em seu grande reino, muitos Elfos vagavam livres pelas matas ou viviam em paz em pequenos clãs muito espaçados; e apenas ao redor de Menegroth, na região central da terra, e ao longo da Falas, no país dos marinheiros, havia povos numerosos. Mas os Orques caíram sobre ambos os lados de Menegroth e, a partir de acampamentos no leste, entre o Celon e o Gelion, e no oeste, nas planícies entre o Sirion e o Narog, saquearam por toda parte; e Thingol foi separado de Círdan em Eglarest. Por isso, ele convocou Denethor; e os Elfos vieram em ordem de Region, além do Aros e de Ossiriand, e lutaram a primeira batalha das Guerras de Beleriand. E a hoste oriental dos Orques foi apanhada entre os exércitos dos Eldar, ao norte de Andram

---

[1]O equivalente a 724 quilômetros. [N. T.]

e a meio caminho entre o Aros e o Gelion, e ali foi derrotada por completo, e aqueles que fugiram da grande matança para o norte foram emboscados pelos machados dos Anãos que saíam do Monte Dolmed; poucos, de fato, retornaram a Angband.

Mas a vitória dos Elfos foi custosa. Pois aqueles de Ossiriand armavam-se de forma leve e não eram páreo para os Orques, que estavam calçados de ferro, tinham escudos de ferro e traziam grandes lanças com lâminas largas; e Denethor, separado dos demais, foi cercado sobre o monte de Amon Ereb. Ali ele tombou, e todos os seus parentes mais próximos à sua volta, antes que a hoste de Thingol pudesse vir em seu auxílio. Embora a queda dele tenha sido vingada duramente, quando Thingol atacou a retaguarda dos Orques e os matou aos montes, seu povo lamentou sua morte para sempre depois disso e não teve mais rei algum. Depois da batalha, alguns retornaram a Ossiriand, e as notícias que trouxeram encheram os remanescentes de seu povo com grande medo, de modo que, dali em diante, nunca mais saíram a guerrear abertamente, mas se protegeram por meio de cautela e segredo; e passaram a ser chamados de Laiquendi, os Elfos-verdes, por causa de sua vestimenta da cor das folhas. Mas muitos foram para o norte, e entraram no reino protegido de Thingol, e se mesclaram a seu povo.

E, quando Thingol voltou a Menegroth, descobriu que a hoste dos Orques no oeste tinha sido vitoriosa, empurrando Círdan para a beira do mar. Portanto, recuou com todos os membros de seu povo, que suas convocações podiam alcançar, para dentro da região fortificada de Neldoreth e Region, e Melian lançou seu poder e cercou todo aquele domínio com uma muralha invisível de sombra e desnorteio: o Cinturão de Melian, que ninguém, dali em diante, podia atravessar contra a vontade dela ou a vontade do Rei Thingol, a menos que viesse alguém com poder maior que o de Melian, a Maia. E essa terra no interior, que por muito tempo tivera o nome de Eglador, depois disso foi chamada de Doriath, o reino protegido, Terra do Cinturão. Dentro de Doriath havia ainda uma paz vigilante; mas, fora dali, havia perigo e grande temor, e os serviçais de Morgoth andavam à vontade, salvo nos portos murados da Falas.

DOS SINDAR

Mas notícias inesperadas estavam por chegar, as quais ninguém na Terra-média previra, nem Morgoth em suas fossas, nem Melian em Menegroth; pois nova alguma viera de Aman, seja por mensageiro, ou por espírito, ou por visão em sonho, depois da morte das Árvores. Nesse mesmo tempo, Fëanor atravessou o Mar nos navios brancos dos Teleri, e desembarcou no Estreito de Drengist, e queimou os navios em Losgar.

11

DO SOL E DA LUA E DA OCULTAÇÃO DE VALINOR

Conta-se que, depois da fuga de Melkor, os Valar se sentaram longamente, imóveis, sobre seus tronos no Círculo do Julgamento; mas não estavam ociosos, como Fëanor declarara na insensatez de seu coração. Pois os Valar podem operar muitas coisas com o pensamento, em vez de com as mãos, e sem vozes, em silêncio, podem aconselhar-se uns aos outros. Assim ficaram em vigília na noite de Valinor, e seu pensamento voltou para além de Eä e prosseguiu até o Fim; contudo, nem poder nem sabedoria amainavam seu pesar e o conhecimento do mal na hora em que ele adquiria ser. E eles não pranteavam a morte das Árvores mais que a corrupção de Fëanor: das obras de Melkor uma das mais malignas. Pois Fëanor fora criado para ser o mais poderoso em todas as partes do corpo e da mente, em valor, em constância, em beleza, em entendimento, em engenho, em força e sutileza igualmente, de todos os Filhos de Ilúvatar, e uma chama luzente estava nele. As obras de encanto para a glória de Arda que, de outro modo, ele poderia ter feito, só Manwë conseguia em alguma medida conceber. E contam os Vanyar, que mantinham vigília com os Valar, que, quando os mensageiros declararam a Manwë as respostas de Fëanor a seus arautos, Manwë chorou e curvou a cabeça. Mas, à última palavra de Fëanor, a de que ao menos os Noldor haviam de realizar façanhas que viveriam em canção para sempre, ele levantou a cabeça, como alguém que ouve uma voz ao longe, e exclamou: "Assim há de ser! Custosas essas canções hão de ser consideradas, e ainda assim de preço justo. Pois o custo não poderia ser outro. Assim, tal como Eru nos

DO SOL E DA LUA E DA OCULTAÇÃO DE VALINOR

disse, beleza não concebida antes há de ser trazida a Eä, e até o mal, ao existir, trará o bem."

Mas Mandos disse: "E ainda assim será o mal. A mim Fëanor há de vir logo."

Mas quando, por fim, os Valar souberam que os Noldor tinham, de fato, saído de Aman e voltado à Terra-média, levantaram-se e começaram a pôr em prática aqueles conselhos que tinham ponderado em pensamento para sanar os males de Melkor. Então Manwë pediu que Yavanna e Nienna usassem todos os seus poderes de crescimento e cura; e elas usaram todos os seus poderes nas Árvores. Mas as lágrimas de Nienna não foram suficientes para curar as feridas mortais delas; e, por muito tempo, Yavanna cantou sozinha nas sombras. Mas, na hora em que a esperança fraquejou e a canção dela se interrompeu, Telperion produziu enfim, num galho sem folhas, uma grande flor de prata, e Laurelin, um único fruto d'ouro.

Esses Yavanna tomou consigo; e então as Árvores morreram, e seus troncos sem vida estão ainda em Valinor, um memorial da alegria desaparecida. Mas a flor e o fruto Yavanna deu a Aulë, e Manwë os consagrou, e Aulë e seu povo fizeram vasos para abrigá-los e preservar sua radiância: como se diz na *Narsilion*, a Canção do Sol e da Lua. Esses vasos os Valar deram a Varda para que se tornassem luzes do céu, superando em brilho as antigas estrelas, por estarem mais perto de Arda; e ela lhes deu poder para atravessar as regiões mais baixas de Ilmen e os pôs a viajar em cursos determinados acima do cinturão da Terra, do Oeste ao Leste e de volta.

Essas coisas os Valar fizeram, recordando, em seu crepúsculo, a escuridão das terras de Arda; e resolveram então iluminar a Terra-média e, com luz, atrapalhar os feitos de Melkor. Pois se lembravam dos Avari que permaneciam à beira das águas de seu despertar e não tinham abandonado completamente os Noldor exilados; e Manwë sabia, também, que a hora da vinda dos Homens estava próxima. E conta-se, de fato, que assim como os Valar tinham feito guerra a Melkor por causa dos Quendi, também, naquele tempo, eles foram pacientes por causa dos Hildor,

Os Que Vêm Depois, os Filhos mais novos de Ilúvatar. Pois tão profundas foram as feridas da Terra-média na guerra contra Utumno que os Valar temiam que coisa ainda pior pudesse acontecer; e os Hildor, além disso, haviam de ser mortais e mais fracos que os Quendi para aguentar medo e tumulto. Além do mais, não fora revelado a Manwë onde o princípio dos Homens deveria ser, se no norte, no sul ou no leste. Portanto, os Valar enviaram luz, mas fortificaram a terra de sua habitação.

Isil, a Brilhante, é o nome que os Vanyar outrora deram à Lua, flor de Telperion em Valinor; e Anar, o Dourado-fogo, fruto de Laurelin, é como chamaram o Sol. Mas os Noldor lhes deram também os nomes de Rána, a Inconstante, e Vása, o Coração de Fogo, que desperta e consome; pois o Sol foi disposto como um sinal do despertar dos Homens e do esvanecer dos Elfos, mas a Lua acalenta a memória deles.

A donzela a quem os Valar escolheram entre os Maiar para guiar o vaso do Sol tinha o nome de Arien, e o que estava no leme da ilha da Lua era Tilion. Nos dias das Árvores, Arien cuidara das flores douradas nos jardins de Vána e as regava com os orvalhos luzentes de Laurelin; mas Tilion era um caçador da companhia de Oromë e tinha um arco prateado. Ele amava a prata e, quando desejava descansar, abandonava as matas de Oromë e, indo a Lórien, jazia sonhando à beira das lagoas de Estë, sob as luzes bruxuleantes de Telperion; e ele implorou para que lhe fosse dada a tarefa de cuidar para sempre da última Flor de Prata. Arien, a donzela, era mais poderosa que ele e foi escolhida porque não temia os calores de Laurelin, e eles não a feriam, pois fora, desde o princípio, um espírito de fogo, a quem Melkor não enganara nem levara a servi-lo. Luzentes demais eram os olhos de Arien até mesmo para os Eldar e, deixando Valinor, ela abandonou a forma e a vestimenta a qual, como os Valar, usara lá e se tornou como que uma chama nua, terrível na plenitude de seu esplendor.

Isil foi feita e ficou pronta primeiro, e se elevou por primeiro ao reino das estrelas, e se tornou a primogênita das novas luzes, assim como Telperion fora a das Árvores. Então, por algum tempo, o mundo teve luar, e muitas coisas que haviam dormido longamente no sono de Yavanna moveram-se e despertaram. Os servos de Morgoth ficaram cheios de espanto, mas os Elfos das Terras de Fora olharam para o céu em deleite; e, na hora em que a Lua se ergueu acima da escuridão no oeste, Fingolfin mandou que soassem suas trombetas de prata e começou sua marcha pela Terra-média, e as sombras de sua hoste seguiam longas e negras diante dele.

Tilion tinha atravessado o céu sete vezes e, assim, estava no extremo leste quando o vaso de Arien ficou pronto. Então Anar se ergueu em glória, e a primeira aurora do Sol foi como um grande fogo sobre as torres das Pelóri: as nuvens da Terra-média acenderam-se, e ouviu-se o som de muitas quedas d'água. Então Morgoth ficou de fato atemorizado, e desceu às últimas profundezas de Angband, e fez sumirem seus servos, lançando fora grande fedor e nuvens escuras para encobrir sua terra da luz da Estrela-do-dia.

Ora, Varda pretendia que os dois vasos viajassem por Ilmen e ficassem sempre no alto, mas não juntos; cada um havia de passar de Valinor para o leste e retornar, um saindo do oeste enquanto o outro voltava do leste. Assim, o primeiro dos novos dias foi contado à maneira das Árvores, da mescla das luzes quando Arien e Tilion se cruzaram em seus cursos, acima do meio da Terra. Mas Tilion era inconstante e incerto de velocidade e não seguia seu curso designado; e buscava chegar perto de Arien, sendo atraído pelo esplendor dela, embora a chama de Anar o escorchasse e a ilha da Lua ficasse escurecida.

Por causa da inconstância de Tilion, portanto, e ainda mais por causa dos rogos de Lórien e Estë, que diziam que o sono e o descanso tinham sido banidos da Terra e que as estrelas estavam escondidas, Varda mudou de pensamento e permitiu que houvesse um tempo no qual o mundo ainda havia de ter sombra e meia-luz. Anar descansava, portanto, algum tempo em Valinor, deitando-se sobre o seio fresco do Mar de Fora; e o Anoitecer, o momento da descida e do repouso do Sol, tornou-se a hora de maior luz e regozijo em Aman. Mas logo o Sol era puxado para baixo pelos serviçais de Ulmo, e seguia então apressado sob a Terra, e, enfim, chegava sem ser visto ao leste, e lá subia ao céu de novo para que a noite não fosse longa demais e o mal não caminhasse sob a Lua. Mas, graças a Anar, as águas do Mar de Fora se tornavam quentes e brilhavam com fogo colorido, e Valinor tinha luz por algum tempo depois da passagem de Arien. Contudo, conforme ela viajava sob a Terra e se aproximava do leste, o brilho desbotava, e Valinor ficava às escuras, e os Valar, então, pranteavam muitíssimo a morte de Laurelin. Na aurora, as sombras das Montanhas de Defesa jaziam pesadas sobre o Reino Abençoado.

Varda ordenou que a Lua viajasse de modo semelhante e que, passando sob a Terra, nascesse no leste, mas só depois que o Sol descesse do céu. Mas Tilion tinha passo incerto, como ainda tem, e era atraído por Arien, como sempre há de ser; de modo que amiúde ambos podem ser vistos acima da Terra juntos ou, por vezes, sucede que ele chega tão perto que sua sombra tapa o brilho dela e há uma escuridão em meio ao dia.

Portanto, pelas vindas e idas de Anar os Valar passaram a contar os dias, desde então até a Mudança do Mundo. Pois Tilion se demorava raramente em Valinor, mas com mais frequência passava rápido pela terra do oeste, por sobre Avathar, ou Araman, ou Valinor, e mergulhava no abismo além do Mar de Fora, seguindo seu caminho a sós em meio às grotas e cavernas nas raízes de Arda. Lá, muitas vezes, vagava longamente e tarde retornava.

Ainda, portanto, depois da Longa Noite, a luz de Valinor era maior e mais bela do que sobre a Terra-média; pois o Sol descansava lá, e as luzes do céu ficavam mais perto da Terra naquela região. Mas nem o Sol nem a Lua podem trazer de volta a luz que havia outrora, que vinha das Árvores antes que elas fossem tocadas pelo veneno de Ungoliant. Aquela luz vive agora nas Silmarils apenas.

Mas Morgoth odiava as novas luzes e foi, por um tempo, posto em confusão por esse golpe inesperado dos Valar. Então atacou Tilion, mandando espíritos de sombra contra ele, e houve contenda em Ilmen sob as sendas das estrelas; mas Tilion saiu vitorioso. E Arien Morgoth temia com um grande temor, mas não ousava chegar perto dela, não tendo mais, de fato, poder

DO SOL E DA LUA E DA OCULTAÇÃO DE VALINOR

para isso; pois, conforme crescia em maldade e mandava de si o mal que concebera em forma de mentiras e criaturas de perversidade, seu vigor ia passando para essas coisas e se dispersava, e ele próprio se tornava cada vez mais preso à terra, avesso a sair de suas fortalezas sombrias. Com sombras escondia a si mesmo e a seus serviçais de Arien, cujo olhar não podiam suportar por muito tempo; e as terras perto de sua habitação eram veladas por fumos e grandes nuvens.

Mas, vendo o ataque a Tilion, os Valar encheram-se de dúvida, temendo o que a maldade e a astúcia de Morgoth ainda poderiam tramar contra eles. Não estando dispostos a lhe fazer guerra na Terra-média, lembraram-se, mesmo assim, da ruína de Almaren; e resolveram que o mesmo não havia de acontecer a Valinor. Portanto, naquele tempo, fortificaram sua terra de novo e ergueram os muros montanhosos das Pelóri até alturas de vertigem e terror, a leste, norte e sul. As encostas externas eram escuras e lisas, sem apoio ou borda, e caíam rumo a grandes precipícios com faces duras como vidro, e se elevavam em torres com coroas de gelo alvo. Uma guarda que nunca dormia foi posta sobre elas, e nenhum passo as atravessava, salvo apenas no Calacirya; mas aquele passo os Valar não fecharam por causa dos Eldar que eram fiéis, e na cidade de Tirion, sobre a colina verdejante, Finarfin ainda governava os remanescentes dos Noldor na fenda profunda das montanhas. Pois todos aqueles de raça-élfica, até mesmo os Vanyar e Ingwë, seu senhor, precisam respirar por vezes o ar de fora e o vento que chega através do mar, vindo das terras de seu nascimento; e os Valar não queriam separar totalmente os Teleri de seus parentes. Mas no Calacirya puseram fortes torres e muitas sentinelas e, na saída dele, nas planícies de Valmar, uma hoste se mantinha acampada, de modo que nem ave, nem fera, nem Elfo, nem Homem, nem criatura alguma, ademais das que habitavam na Terra-média, pudessem passar daquela barreira.

E naquele tempo também, ao qual as canções chamam de *Nurtalë Valinóreva*, a Ocultação de Valinor, as Ilhas Encantadas foram dispostas, e todos os mares à volta delas ficaram cheios de sombras e desconcerto. E essas ilhas estendiam-se como uma rede nos Mares Sombrios, do norte ao sul, antes que Tol Eressëa, a Ilha Solitária, fosse alcançada por quem navegava para o oeste. Dificilmente podia alguma nau passar entre elas, pois, nas enseadas perigosas, as ondas suspiravam para sempre sobre rochas escuras veladas em névoa. E, no crepúsculo, um grande cansaço e uma aversão ao mar vinham sobre os marinheiros; mas todos os que alguma vez pisavam nas ilhas ficavam ali apanhados e dormiam até a Mudança do Mundo. Assim foi que, como Mandos previra em Araman, o Reino Abençoado se fechou para os Noldor; e, dos muitos mensageiros que em dias posteriores velejaram para o Oeste, nenhum chegou jamais a Valinor — salvo um apenas: o mais poderoso marinheiro das canções.

12

DOS HOMENS

Os Valar sentaram-se, então, detrás de suas montanhas, em paz; e, tendo levado luz à Terra-média, deixaram-na por muito tempo sem seus cuidados, e o senhorio de Morgoth não era desafiado, salvo pelo valor dos Noldor. Quem mais tinha em mente os exilados era Ulmo, que reunia novas da Terra através de todas as águas.

Desse tempo em diante, foram contados os Anos do Sol. Mais velozes e breves eram eles do que os longos Anos das Árvores em Valinor. Naquele tempo, o ar da Terra-média fez-se pesado com o fôlego do crescimento e da mortalidade, e o mudar e o envelhecer de todas as coisas apressou-se sobremaneira; a vida pululava sobre o solo e nas águas durante a Segunda Primavera de Arda, e os Eldar se multiplicaram, e, sob o novo Sol, Beleriand vingou verde e bela.

Ao primeiro nascer do Sol, os Filhos Mais Novos de Ilúvatar despertaram na terra de Hildórien, nas regiões a leste da Terra-média; mas o primeiro Sol se ergueu no Oeste, e os olhos dos Homens, ao se abrir, voltaram-se para ele, e seus pés, conforme vagavam pela Terra, em sua maior parte desgarraram-se naquela direção. Atani, os Que Vieram Depois, é o nome que receberam dos Eldar; mas eles também os chamaram de Hildor, os Seguidores, e muitos outros nomes: Apanónar, os Nascidos-depois, Engwar, os Enfermiços, e Fírimar, os Mortais; e deram-lhes nomes como os Usurpadores, os Forasteiros, os Inescrutáveis, os Que se Amaldiçoaram, os de Mãos-pesadas, os Tementes-à-noite, os Filhos do Sol. Dos Homens pouco se conta nestas histórias, que são concernentes aos Dias Antigos, antes do zênite dos mortais e do ocaso dos Elfos, salvo no que diz respeito àqueles pais de homens, os Atanatári, os quais, nos primeiros anos do Sol e da Lua, vagaram pelo Norte do mundo. A Hildórien não veio Vala algum para guiar os Homens ou para convocá-los a habitar em Valinor; e os Homens têm temido os Valar, em vez de amá-los, e não entendem os propósitos dos Poderes, estando em conflito com eles e em contenda com o mundo. Ulmo, mesmo assim, não deixava de pensar neles, auxiliando os planos e a vontade de Manwë; e suas mensagens lhes chegavam amiúde por correnteza e torrente. Mas os Homens não eram hábeis em tais matérias, e menos ainda naqueles dias, antes que se juntassem aos Elfos. Portanto, amavam as águas, e seus corações se comoviam, mas não entendiam as mensagens. Conta-se, porém, que logo encontraram Elfos Escuros em muitos lugares e com eles fizeram amizade; e os Homens se tornaram os companheiros e discípulos, em sua infância, desses povos antigos, andarilhos da raça-élfica que nunca seguiram os caminhos até Valinor e conheciam os Valar apenas como um rumor e um nome distante.

Morgoth, então, não voltara havia muito à Terra-média, e seu poder não avançara tanto e, além do mais, fora detido pela chegada repentina das grandes luzes. Havia pouco perigo nas terras e colinas; e lá coisas novas, planejadas muitas eras antes no pensamento de Yavanna e semeadas como sementes no escuro, vieram por fim a brotar e desabrochar. Para o Oeste, o Norte e o Sul os filhos dos Homens se espalharam e vagaram, e seu júbilo era como o júbilo da manhã antes que o orvalho secasse, quando toda folha é verde.

Mas a aurora é breve, e o dia pleno amiúde desmente sua promessa; e então veio a hora das grandes guerras dos poderes do Norte, quando Noldor e Sindar e Homens combateram contra as hostes de Morgoth Bauglir e caíram em ruína. Para esse fim, as mentiras astutas de Morgoth, que ele semeara outrora e semeava sempre mais entre seus inimigos, e a maldição que veio da matança em Alqualondë e o juramento de Fëanor estavam sempre trabalhando. Só uma parte aqui se conta dos feitos daqueles dias e fala-se mormente dos Noldor, e das Silmarils, e dos mortais que se enredaram no destino deles. Naqueles dias, Elfos e Homens eram de estatura e força de corpo semelhantes, mas os Elfos tinham maior sabedoria, e engenho, e beleza; e aqueles que tinham habitado em Valinor e contemplado os Poderes superavam tanto os Elfos Escuros nessas coisas quanto eles, por sua vez, superavam o povo de raça mortal. Só no reino de Doriath, cuja rainha Melian era da gente dos Valar, os Sindar chegavam perto de se igualar aos Calaquendi do Reino Abençoado.

Imortais eram os Elfos, e sua sabedoria crescia de era a era, e nenhuma doença nem pestilência traziam-lhes a morte. Seus corpos, de fato, eram da matéria da Terra e podiam ser destruídos; e, naqueles dias, eram mais semelhantes aos corpos dos Homens, já que não eram habitados, havia tanto, pelo fogo de seu espírito, que os consome de dentro com o correr do tempo. Mas os Homens eram mais frágeis, mais facilmente mortos por arma ou infortúnio e menos facilmente se curavam; estavam sujeitos a doença e a muitos males; e envelheciam e morriam. O que pode acontecer a seus espíritos depois da morte, os Elfos não sabem. Alguns dizem que eles também vão para os salões de Mandos; mas seu lugar de espera ali não é aquele dos Elfos, e somente Mandos, sob Ilúvatar, salvo Manwë, sabe para onde vão depois do tempo de recolhimento naqueles salões silenciosos à beira do Mar de Fora. Ninguém jamais voltou das mansões dos mortos, salvo apenas Beren, filho de Barahir, cuja mão tocara uma Silmaril; mas ele nunca mais falou depois disso a Homens mortais. O fado dos Homens depois da morte, quiçá, não está nas mãos dos Valar, nem foi de todo previsto na Música dos Ainur.

Nos dias que vieram depois, quando, por causa do triunfo de Morgoth, Elfos e Homens alhearam-se uns dos outros, como ele tanto desejara, aqueles da raça-élfica que viviam ainda na Terra-média desvaneceram e feneceram, e os Homens usurparam a luz do Sol. Então os Quendi vagaram pelos lugares solitários das grandes terras e das ilhas, preferindo a luz da Lua e das estrelas, e as matas e cavernas, tornando-se como que sombras e memórias, salvo aqueles que, de quando em vez, zarpavam para o Oeste e desapareciam da Terra-média. Mas, na aurora dos anos, Elfos e Homens eram aliados e se consideravam parentes, e havia alguns entre os Homens que aprendiam a sabedoria dos Eldar, tornando-se grandes e valentes entre os capitães dos Noldor. E, na glória e na beleza dos Elfos e em sua sina, grande parte tomaram os rebentos de elfa, Elwing, e do mortal, Eärendil, e do filho deles, Elrond.

13

DO RETORNO
DOS NOLDOR

Já se contou que Fëanor e seus filhos foram os primeiros dos Exilados a chegar à Terra-média e desembarcaram no ermo de Lammoth, o Grande Eco, nas costas mais afastadas do Estreito de Drengist. E, na hora em que os Noldor puseram os pés na praia, seus gritos foram tomados pelas colinas e multiplicados, de modo que um clamor, como de incontáveis vozes poderosas, encheu todas as costas do Norte; e o ruído da queima dos navios em Losgar foi levado pelos ventos do mar, como o tumulto de uma grande ira e, ao longe, todos os que ouviram aquele som ficaram cheios de assombro.

Ora, as chamas daquele incêndio foram vistas não apenas por Fingolfin, de quem Fëanor desertara em Araman, mas também pelos Orques e pelas sentinelas de Morgoth. Nenhuma história conta o que Morgoth pensou em seu coração diante das notícias de que Fëanor, seu inimigo mais amaro, trouxera uma hoste do Oeste. Pode ser que o temesse pouco, pois ainda não tinha provas das espadas dos Noldor; e logo se viu que pretendia lançá-los de volta ao mar.

Sob as estrelas frias anteriores ao nascer da Lua, a hoste de Fëanor subiu o longo Estreito de Drengist, que cortava os Montes Ressoantes de Ered Lómin, e passou, assim, das costas para a grande terra de Hithlum; e chegaram, por fim, ao lago comprido de Mithrim e, em sua margem norte, montaram acampamento na região que tinha o mesmo nome. Mas a hoste de Morgoth, provocada pelo tumulto de Lammoth e pela luz do incêndio em Losgar, veio pelos passos das Ered Wethrin, as Montanhas de Sombra, e atacou Fëanor de repente, antes que seu acampamento estivesse de todo pronto ou com defesas;

e ali, nos campos cinzentos de Mithrim, lutou-se a Segunda Batalha das Guerras de Beleriand. Dagor-nuin-Giliath é como a chamam, a Batalha-sob-as-Estrelas, pois a Lua ainda não nascera; e grande é seu renome nas canções. Os Noldor, em menor número e atacados de surpresa, ainda assim foram rapidamente vitoriosos; pois a luz de Aman ainda não esmaecera em seus olhos, e eles eram fortes, e rápidos, e mortais em sua fúria, e suas espadas eram longas e terríveis. Os Orques fugiram diante deles, e foram expulsos de Mithrim com grande matança, e caçados através das Montanhas de Sombra até a grande planície de Ard-galen, que ficava a norte de Dorthonion. Ali, os exércitos de Morgoth que tinham ido para o sul, entrando no Vale do Sirion e sitiando Círdan nos Portos da Falas, subiram ao auxílio deles, e foram apanhados em sua ruína. Pois Celegorm, filho de Fëanor, tendo notícias dos reforços, emboscou-os com uma parte da hoste-élfica e, descendo sobre eles vindo dos montes perto de Eithel Sirion, empurrou-os para o Pântano de Serech. Más, de fato, foram as notícias que chegaram por fim a Angband, e Morgoth ficou aturdido. Dez dias aquela batalha durou e dela retornaram, de todas as hostes que ele tinha preparado para a conquista de Beleriand, não mais que um punhado de folhas.

Contudo, motivo Morgoth tinha para grande regozijo, embora lhe ficasse oculto por algum tempo. Pois Fëanor, em sua ira contra o Inimigo, não queria parar, mas continuava atacando os remanescentes dos Orques, pensando assim em chegar ao próprio Morgoth; e ria em alta voz enquanto empunhava sua espada, regozijando-se por ter ousado enfrentar a ira dos Valar e os males da estrada para que pudesse ver a hora de sua vingança. Nada sabia ele de Angband ou da grande força de defesa que Morgoth tinha tão rapidamente preparado; mas, mesmo se soubesse, isso não haveria de detê-lo, pois parecia fadado a morrer, consumido pela chama de sua própria ira. Assim foi que se pôs muito adiante da vanguarda de sua hoste; e, vendo isso, os servos de Morgoth pararam de fugir, e saíram de Angband Balrogs para ajudá-los. Ali, nos confins de Dor Daedeloth, a terra de Morgoth, Fëanor foi cercado, com poucos amigos à sua volta. Longamente seguiu lutando, e sem desanimar, embora

DO RETORNO DOS NOLDOR

ficasse envolto em fogo, machucado com muitas feridas; mas, ao final, foi golpeado e lançado ao chão por Gothmog, Senhor dos Balrogs, a quem Ecthelion depois matou em Gondolin. Ali teria perecido, não tivessem seus filhos, naquele momento, vindo em seu auxílio; e os Balrogs o deixaram e partiram para Angband.

Então seus filhos ergueram o pai e começaram a carregá-lo de volta a Mithrim. Mas, conforme chegavam perto de Eithel Sirion e tomavam o caminho elevado para o passo através das montanhas, Fëanor mandou que parassem; pois suas feridas eram de morte, e ele sabia que sua hora era chegada. E, olhando das encostas das Ered Wethrin, com sua última vista, contemplou ao longe os picos das Thangorodrim, mais poderosas das torres da Terra-média, e soube, com a presciência da morte, que nenhum poder dos Noldor jamais sobrepujá-las-ia; mas amaldiçoou o nome de Morgoth três vezes e ordenou que seus filhos mantivessem seu juramento e vingassem seu pai. Então morreu; mas não teve nem enterro, nem tumba, pois tal fogo havia em seu espírito que, quando partiu, seu corpo se fez cinza e foi levado embora como fumaça; e sua semelhança nunca mais apareceu em Arda, nem seu espírito deixou os salões de Mandos. Esse foi o fim do mais poderoso dos Noldor, de cujos feitos vieram tanto seu maior renome como suas dores mais sofridas.

Ora, em Mithrim moravam Elfos-cinzentos, gente de Beleriand que tinha vagado para o norte através das montanhas, e os Noldor os encontraram com alegria, como a parentes de quem tinham se separado havia muito; mas o colóquio, no começo, não era fácil entre eles, pois, por sua longa separação, as línguas dos Calaquendi, em Valinor, e dos Moriquendi, em Beleriand, tinham se afastado muito. Dos Elfos de Mithrim os Noldor ouviram falar do poder de Elu Thingol, Rei em Doriath, e do cinturão de encantamento que cercava seu reino; e notícias desses grandes feitos no norte chegaram ao sul, a Menegroth, e aos portos de Brithombar e Eglarest. Então todos os Elfos de Beleriand ficaram cheios de assombro e esperança com a chegada de seus poderosos parentes, que assim retornavam inesperadamente do Oeste, na hora mesma de sua necessidade,

156

acreditando de fato, no início, que vinham como emissários dos Valar para libertá-los.

Mas, na hora exata da morte de Fëanor, uma embaixada chegou a seus filhos da parte de Morgoth, reconhecendo a derrota e oferecendo concessões, até mesmo a entrega de uma Silmaril. Então Maedhros, o alto, filho mais velho de Fëanor, persuadiu seus irmãos a fingir que negociariam com Morgoth e a encontrar seus emissários no lugar designado; mas os Noldor tinham tão pouca intenção de boa-fé quanto ele. Donde cada embaixada veio em maior número do que o acordado; mas a de Morgoth era mais numerosa, e havia Balrogs. Maedhros foi pego em uma emboscada e todos os seus companheiros foram mortos; mas ele próprio foi capturado vivo por ordem de Morgoth e levado a Angband.

Então os irmãos de Maedhros recuaram e fortificaram um grande acampamento em Hithlum; mas Morgoth mantinha Maedhros como refém e mandou dizer que não haveria de soltá-lo, a menos que os Noldor abandonassem sua guerra, retornando para o Oeste, ou então partindo para longe de Beleriand, rumo ao Sul do mundo. Mas os filhos de Fëanor sabiam que Morgoth havia de traí-los e não soltaria Maedhros, o que quer que fizessem; e sentiam, também, o peso de seu juramento, e não podiam, por causa alguma, abandonar a guerra contra seu Inimigo. Portanto, Morgoth tomou Maedhros e o pendurou do alto de um precipício sobre as Thangorodrim, e ele estava preso, com uma tira de aço, à rocha pelo pulso de sua mão direita.

Ora, chegaram rumores ao acampamento, em Hithlum, sobre a marcha de Fingolfin e daqueles que o seguiam, os quais tinham cruzado o Gelo Pungente; e todo o mundo estava então maravilhado com a chegada da Lua. Mas, enquanto a hoste de Fingolfin marchava para Mithrim, o Sol nasceu flamejante no Oeste; e Fingolfin desfraldou suas bandeiras azuis e prateadas e fez soar suas trompas, e as flores brotaram sob seus pés em marcha, e as eras das estrelas terminaram. Ao se alevantar a grande luz, os serviçais de Morgoth fugiram para Angband, e Fingolfin atravessou, sem oposição, os recônditos de Dor Daedeloth enquanto

DO RETORNO DOS NOLDOR

seus inimigos se escondiam sob a terra. Então os Elfos golpearam os portões de Angband, e o desafio de suas trombetas fez tremer as torres das Thangorodrim; e Maedhros os ouviu em meio a seu tormento e gritou, mas sua voz se perdeu nos ecos da pedra.

Mas Fingolfin, sendo de temperamento diverso do de Fëanor e preocupado com os ardis de Morgoth, recuou de Dor Daedeloth e voltou na direção de Mithrim, pois ouvira notícias de que lá havia de achar os filhos de Fëanor e desejava também ser escudado pelas Montanhas de Sombra enquanto seu povo descansava e recuperava forças; pois vira o poder de Angband, e sabia que ela não cairia ao som de trombetas apenas. Portanto, chegando enfim a Hithlum, montou seu primeiro acampamento e morada na margem norte do Lago Mithrim. Nenhum amor havia, no coração daqueles que seguiam Fingolfin, pela Casa de Fëanor, pois a agonia daqueles que suportaram a travessia do Gelo fora grande, e Fingolfin considerava os filhos cúmplices do pai. Então houve perigo de conflito entre as hostes; mas, embora tivessem sido terríveis as perdas na estrada, o povo de Fingolfin e de Finrod, filho de Finarfin, ainda era mais numeroso que o dos seguidores de Fëanor, e esses então recuaram diante deles e mudaram suas moradas para a margem sul; e o lago ficou entre eles. Muitos do povo de Fëanor, de fato, arrependeram-se do incêndio em Losgar e estavam cheios de assombro diante do valor que trouxera, através do Gelo do Norte, os amigos que tinham abandonado; e queriam tê-los acolhido, mas não o ousaram, por vergonha.

Assim, por causa da maldição que jazia sobre eles, os Noldor nada conseguiram, enquanto Morgoth hesitava, e o terror da luz era novo e forte sobre os Orques. Mas Morgoth emergiu de seus pensamentos e, vendo a divisão de seus inimigos, riu. Nas fossas de Angband, fez com que vastas fumaças e vapores fossem produzidos, e eles saíram dos cimos fétidos das Montanhas de Ferro e, ao longe, podiam ser vistos em Mithrim, manchando os ares claros nas primeiras manhãs do mundo. Veio um vento do leste e os carregou por sobre Hithlum, escurecendo o novo Sol; e eles desceram, e se enrolaram à volta de campos e vales, e pairaram sobre as águas do Mithrim, mofinos e venenosos.

158

Então Fingon, o valente, filho de Fingolfin, resolveu-se a sanar a rixa que dividia os Noldor, antes que seu Inimigo estivesse pronto para a guerra; pois o solo tremia nas Terras do Norte com o trovão das forjas de Morgoth sob o chão. Muito antes, na ventura de Valinor, antes que Melkor fosse desacorrentado ou que mentiras se pusessem entre eles, Fingon tivera amizade estreita com Maedhros; e, embora não soubesse ainda que Maedhros não se esquecera dele no incêndio dos navios, pensar em sua antiga amizade lhe feria o coração. Portanto, ousou uma façanha que tem justo renome entre os feitos dos príncipes dos Noldor: sozinho e sem aconselhar-se com ninguém, partiu em busca de Maedhros; e, ajudado pela própria escuridão que Morgoth criara, chegou sem ser visto ao domínio de seus inimigos. Ao alto das encostas das Thangorodrim, subiu e olhou em desespero para a desolação da terra; mas nenhuma passagem ou fenda achou pela qual pudesse chegar ao interior da praça-forte de Morgoth. Então, em desafio aos Orques, que ainda se encolhiam nas câmaras escuras sob a terra, tomou sua harpa e cantou uma canção de Valinor que os Noldor tinham composto outrora, antes que a contenda nascesse entre os filhos de Finwë; e sua voz soou nas cavas lúgubres, que nunca antes tinham ouvido coisa alguma, salvo gritos de medo e dor.

Assim Fingon achou o que buscava. Pois, de repente, acima dele, longe e fraca, sua canção foi retomada, e uma voz, respondendo, chamou-o. Maedhros era quem cantava em meio a seu tormento. Mas Fingon subiu até os pés do precipício de onde seu parente pendia e, então, não conseguiu ir adiante; e chorou quando viu o artifício cruel de Morgoth. Maedhros, portanto, estando em angústia e sem esperança, implorou que Fingon o ferisse com seu arco; e Fingon pôs na corda uma flecha e curvou seu arco. E, não vendo nenhuma outra esperança, gritou a Manwë, dizendo: "Ó Rei a quem todas as aves são caras, dai força agora às penas desta flecha e achai alguma misericórdia para os Noldor em seu apuro!"

Sua prece foi respondida rapidamente. Pois Manwë, a quem todas as aves são caras e a quem elas trazem notícias, sobre Taniquetil, da Terra-média, enviara a raça das Águias,

DO RETORNO DOS NOLDOR

ordenando-lhes que habitassem nas encostas do Norte e vigiassem Morgoth; pois Manwë ainda tinha piedade dos Elfos exilados. E as Águias traziam notícias de muito do que se passava naqueles dias aos ouvidos tristes de Manwë. Então, na hora em que Fingon curvou seu arco, desceu voando dos altos ares Thorondor, Rei das Águias, mais poderosa de todas as aves que já existiram, cujas asas esticadas mediam trinta braças; e, detendo a mão de Fingon, tomou-o consigo e o carregou até a face da rocha de onde pendia Maedhros. Mas Fingon não conseguia soltar o grilhão de forja infernal do pulso dele, nem cortá-lo, nem arrancá-lo da pedra. De novo, portanto, em sua dor, Maedhros implorou para que ele o matasse; mas Fingon cortou a mão dele abaixo do pulso, e Thorondor os carregou de volta a Mithrim.

Lá, Maedhros, com o tempo, curou-se; pois o fogo da vida ardia forte dentro dele, e sua força era a do mundo antigo, tal como a possuíam aqueles que foram nutridos em Valinor. Seu corpo se recuperou do tormento e se fez são, mas a sombra da dor estava em seu coração; e ele viveu para empunhar sua espada com a mão esquerda de modo mais mortal que com a direita. Por sua façanha, Fingon ganhou grande renome, e todos os Noldor o louvaram; e o ódio entre as casas de Fingolfin e Fëanor foi amainado. Pois Maedhros implorou perdão pelo abandono em Araman; e abdicou de sua reivindicação à realeza sobre todos os Noldor, dizendo a Fingolfin: "Se não houvesse desavença alguma entre nós, senhor, ainda assim a realeza, por direito, caberia a vós, o mais velho aqui da casa de Finwë, e não o menos sábio." Mas com isso nem todos os seus irmãos concordavam em seus corações.

Portanto, tal como Mandos previra, a Casa de Fëanor passou a ser chamada a dos Despossuídos, porque a soberania passou dela, a mais velha, para a casa de Fingolfin, tanto em Elendë quanto em Beleriand, e também por causa da perda das Silmarils. Mas os Noldor, estando de novo unidos, puseram guarda sobre as fronteiras de Dor Daedeloth, e Angband foi cercada pelo oeste, sul e leste; e eles mandaram mensageiros por toda a parte para explorar os países de Beleriand e para tratar com o povo que os habitava.

Ora, o Rei Thingol não acolheu de todo coração a chegada de tantos príncipes poderosos vindos do Oeste, ávidos por novos domínios; e não queria abrir seu reino, nem retirar seu cinturão de encantamento, pois, sábio com a sabedoria de Melian, não confiava que o recuo de Morgoth fosse durar. Únicos entre os príncipes dos Noldor, só os da casa de Finarfin eram aceitos dentro dos confins de Doriath; pois podiam falar de seu parentesco próximo com o próprio Rei Thingol, já que a mãe deles era Eärwen de Alqualondë, filha de Olwë.

Angrod, filho de Finarfin, foi o primeiro dos Exilados a vir a Menegroth como mensageiro de seu irmão Finrod e falou longamente ao Rei, contando-lhe dos feitos dos Noldor no norte, e de seus números, e do ordenamento de sua força; mas, sendo leal e de coração sábio, e pensando que todos os rancores estavam agora perdoados, não disse palavra acerca do fratricídio, nem sobre a natureza do exílio dos Noldor e sobre o juramento de Fëanor. O Rei Thingol escutou as palavras de Angrod; e, antes que partisse, disse-lhe: "Assim hás de falar por mim àqueles que te enviaram. Em Hithlum os Noldor têm licença para habitar, e nas terras altas de Dorthonion, e nas terras a leste de Doriath, que estão vazias e selvagens; mas em outras partes há muitos de meu povo, e não desejo que sejam tolhidos em sua liberdade, menos ainda privados de seus lares. Cuidai-vos, portanto, no modo em que vós, príncipes do Oeste, haveis de vos portar; pois eu sou o Senhor de Beleriand, e todos os que buscam lá habitar devem ouvir minhas palavras. Em Doriath ninguém há de vir a habitar além dos que eu chamar como hóspedes ou que me buscarem em grande necessidade."

Ora, os senhores dos Noldor se reuniram em conselho em Mithrim, e para lá foi Angrod, vindo de Doriath, trazendo a mensagem do Rei Thingol. Fria pareceu sua acolhida aos Noldor, e os filhos de Fëanor se enraiveceram com suas palavras; mas Maedhros riu, dizendo: "É rei aquele capaz de guardar o que é seu ou, do contrário, seu título é vão. Thingol não faz mais que dar-nos terras onde seu poder não vale. De fato, Doriath apenas seria seu reino neste dia, não fosse pela vinda dos Noldor. Portanto, em Doriath deixai que ele reine e que se contente por ter os filhos de Finwë por seus vizinhos, e não os Orques de Morgoth que achamos. Alhures há de ser como nos parecer bom."

Mas Caranthir, que não amava os filhos de Finarfin e era o mais rude dos irmãos e o mais rápido para a raiva, gritou em alta voz: "Sim e mais! Não deixeis que os filhos de Finarfin corram de lá para cá, contando histórias para esse Elfo Escuro em suas cavernas! Quem os fez nossos arautos para lidar com ele? E, embora tenham vindo, de fato, a Beleriand, que não esqueçam tão rápido que seu pai é um senhor dos Noldor, ainda que sua mãe seja doutra gente."

Então Angrod, iracundo, deixou o conselho. Maedhros, de fato, repreendeu a Caranthir; mas a maior parte dos Noldor, de ambos os séquitos, ouvindo as palavras dele, perturbaram-se em seu coração, temendo o espírito cruel dos filhos de Fëanor, que parecia sempre pronto a estrondar em palavra desatinada ou em violência. Mas Maedhros pôs freio a seus irmãos, e eles partiram do conselho e, logo depois disso, deixaram Mithrim e foram para o leste, além do Aros, para as vastas terras em volta do Monte de Himring. Aquela região foi chamada, dali em diante, de Marca de Maedhros; pois ao norte havia pouca defesa de monte ou rio contra o assalto vindo de Angband. Ali Maedhros e seus irmãos montavam guarda, reunindo toda a gente que desejasse vir a eles e tinham pouco trato com seus parentes a oeste, salvo em necessidade. Diz-se, de fato, que o próprio Maedhros tivera a ideia desse plano para diminuir os riscos de contenda e porque desejava muito que o principal perigo de ataque caísse sobre si mesmo; e permaneceu, de sua parte, em amizade com as casas de Fingolfin e Finarfin, e vinha em meio a eles, às vezes, para conselhos comuns. Contudo, também estava preso ao juramento, embora esse então repousasse por algum tempo.

Ora, o povo de Caranthir habitava ainda mais para o leste, além das águas a montante do Gelion, em volta do Lago Helevorn, sob o Monte Rerir, e ao sul; e eles escalaram as alturas das Ered Luin e olharam para o leste em assombro, pois selvagens e vastas lhes pareciam as regiões da Terra-média. E assim foi que o povo de Caranthir encontrou os Anãos, os quais, depois do ataque de Morgoth e da chegada dos Noldor, tinham cessado seu comércio em Beleriand. Mas, embora ambos os povos amassem o engenho e estivessem ávidos por aprender, não surgiu grande amor entre eles; pois os Anãos eram circunspectos e rápidos para o ressentimento, e Caranthir era presunçoso e mal ocultava o escárnio pela fealdade dos Naugrim, e seu povo seguia seu senhor. Mesmo assim, posto que ambos os povos temiam e odiavam a Morgoth, fizeram aliança e tiveram dela grande proveito; pois os Naugrim aprenderam muitos segredos de artífice naqueles dias, de modo que os ferreiros e pedreiros de Nogrod e Belegost ganharam renome entre sua gente e, quando os Anãos começaram de novo a viajar por Beleriand, todo o comércio de suas minas passava primeiro pelas mãos de Caranthir, e assim muitas riquezas vieram a ele.

Quando vinte anos do Sol tinham se passado, Fingolfin, Rei dos Noldor, fez uma grande festa; e ela aconteceu na primavera, perto das lagoas de Ivrin, onde o rápido rio Narog nascia, pois ali as terras eram verdejantes e belas, aos pés das Montanhas de Sombra que as escudavam do norte. O regozijo daquela festa foi lembrado por muito tempo nos dias de tristeza que vieram depois; e ela foi chamada de Mereth Aderthad, a Festa da Reunião. Para lá foram muitos dos chefes e do povo de Fingolfin e Finrod; e, dos filhos de Fëanor, Maedhros e Maglor, com guerreiros da Marca oriental; e vieram também grandes números dos Elfos-cinzentos, andarilhos das matas de Beleriand e gente dos Portos, com Círdan, seu senhor. Vieram até mesmo Elfos-verdes de Ossiriand, a Terra dos Sete Rios, muito ao longe, sob as muralhas das Montanhas Azuis; mas de Doriath vieram apenas dois mensageiros, Mablung e Daeron, trazendo saudações do Rei.

Em Mereth Aderthad, muitos conselhos foram dados de boa vontade, e se fizeram juramentos de liga e amizade; e conta-se que nessa festa a língua dos Elfos-cinzentos foi muito falada até mesmo pelos Noldor, pois eles aprendiam rapidamente a fala de Beleriand, enquanto os Sindar eram lentos para dominar a língua de Valinor. Os corações dos Noldor estavam altivos e

DO RETORNO DOS NOLDOR

cheios de esperança, e a muitos entre eles parecia que as palavras de Fëanor tinham sido justificadas, impelindo-os a buscar liberdade e belos reinos na Terra-média; e, de fato, seguiram-se depois longos anos de paz, enquanto as espadas dos Noldor protegiam Beleriand da ruína de Morgoth, e o poder dele estava encerrado atrás de seus portões. Naqueles dias, havia júbilo sob o novo Sol e a nova Lua, e toda a terra estava contente; mas, ainda assim, a Sombra pairava no norte.

E quando mais trinta anos tinham se passado, Turgon, filho de Fingolfin, deixou Nevrast, onde habitava, e foi procurar Finrod, seu amigo, na ilha de Tol Sirion, e eles viajaram para o sul, ao longo do rio, estando cansados, por ora, das montanhas do norte; e, enquanto viajavam, a noite lhes sobreveio além dos Alagados do Crepúsculo à beira das águas do Sirion, e dormiram sobre suas margens debaixo das estrelas de verão. Mas Ulmo, subindo o rio, lançou um sono profundo sobre eles e sonhos pesarosos; e a preocupação desses sonhos permaneceu depois que acordaram, mas nenhum disse palavra ao outro, pois suas memórias não eram claras, e cada um acreditava que Ulmo enviara uma mensagem a si próprio apenas. Mas sempre havia sobre eles uma inquietação depois disso e a dúvida sobre o que ocorreria, e vagavam amiúde a sós em terras inexploradas, buscando aqui e ali lugares de fortaleza oculta; pois cada um sentia ter sido chamado a se preparar para algum dia maligno e a estabelecer um refúgio, caso Morgoth avançasse de Angband e sobrepujasse os exércitos do Norte.

Ora, certa vez, Finrod e Galadriel, sua irmã, eram hóspedes de Thingol, seu parente, em Doriath. Então Finrod ficou cheio de assombro diante da fortaleza e majestade de Menegroth, de seus tesouros e arsenais e seus salões de muitos pilares de pedra; e entrou em seu coração que construiria vastas câmaras detrás de portões sempre vigiados em algum lugar fundo e secreto sob os montes. Portanto, abriu seu coração a Thingol, contando-lhe de seus sonhos; e Thingol lhe falou da ravina profunda do Rio Narog e das cavernas sob os Altos Faroth, em sua íngreme margem oeste; e, quando Finrod partiu, ofereceu-lhe guias para levá-lo àquele lugar, do qual poucos ainda sabiam. Assim,

O SILMARILLION

Finrod chegou às Cavernas do Narog e começou a estabelecer ali salões profundos e arsenais à moda das mansões de Menegroth; e aquela fortaleza foi chamada de Nargothrond. Naquele labor Finrod foi auxiliado pelos Anãos das Montanhas Azuis; e esses foram bem recompensados, pois Finrod trouxera mais tesouros de Tirion do que qualquer outro dos príncipes dos Noldor. E, naquele tempo, fizeram para ele o Nauglamír, o Colar dos Anãos, mais renomada de suas obras nos Dias Antigos. Era uma gargantilha de ouro, engastada com incontáveis gemas de Valinor; mas, tinha dentro de si poder tal, que repousava com leveza em quem a usava, como um fio de linho, e mantinha graça e encanto em qualquer pescoço no qual estivesse.

Ali em Nargothrond, Finrod fez seu lar, com muitos de seu povo, e recebeu o nome, na língua dos Anãos, de Felagund, Escavador de Cavernas; e esse nome levou dali por diante até o seu fim. Mas Finrod Felagund não foi o primeiro a habitar nas cavernas à margem do Rio Narog.

Galadriel, sua irmã, não foi com ele a Nargothrond, pois em Doriath habitava Celeborn, parente de Thingol, e havia grande amor entre eles. Portanto, ela permaneceu no Reino Oculto, ficando com Melian, e dela aprendeu grande conhecimento e sabedoria acerca da Terra-média.

Mas Turgon recordava a cidade posta sobre um monte, Tirion, a bela, com sua torre e árvore, e não achou o que procurava, mas retornou a Nevrast e assentou-se em paz em Vinyamar, nas costas do oceano. E, no ano seguinte, o próprio Ulmo lhe apareceu e ordenou que partisse outra vez, sozinho, para o Vale do Sirion; e Turgon partiu e, guiado por Ulmo, descobriu o vale oculto de Tumladen, nas Montanhas Circundantes, em meio ao qual havia uma colina de pedra. Disso não falou a ninguém, por ora, mas retornou uma vez mais a Nevrast e lá começou, em segredo, a traçar o plano de uma cidade à maneira de Tirion sobre Túna, pela qual seu coração ansiava no exílio.

Ora, Morgoth, crendo no relato de seus espiões de que os senhores dos Noldor estavam vagando pelos ermos, pouco pensando em guerra, pôs à prova a força e a vigilância de seus inimigos. Mais uma vez, com pouco aviso, seu poder se colocou em

165

DO RETORNO DOS NOLDOR

marcha e, de repente, houve terremotos no norte, e o fogo saiu de fissuras na terra, e as Montanhas de Ferro vomitaram chamas; e Orques despejaram-se pela planície de Ard-galen. De lá, investiram pelo Passo do Sirion no oeste e, no leste, atiraram-se pela terra de Maglor, na brecha entre os montes de Maedhros e as franjas das Montanhas Azuis. Mas Fingolfin e Maedhros não dormiam e, enquanto outros perseguiam os bandos espalhados de Orques que se desgarravam por Beleriand e lá faziam grande mal, eles caíram sobre a hoste principal de ambos os lados, enquanto ela atacava Dorthonion; e derrotaram os serviçais de Morgoth e, perseguindo-os por Ard-galen, destruíram-nos completamente, até o menor deles, à vista dos portões de Angband. Essa foi a terceira grande batalha das Guerras de Beleriand, e recebeu o nome de Dagor Aglareb, a Batalha Gloriosa.

Uma vitória foi e, ademais, um aviso; e os príncipes lhe deram atenção e, dali por diante, apertaram mais seu assédio, e fortaleceram e ordenaram sua guarda, dispondo o Cerco de Angband, que durou perto de quatrocentos anos do Sol. Por muito tempo depois da Dagor Aglareb, nenhum serviçal de Morgoth se aventurava portões afora, pois temiam os senhores dos Noldor; e Fingolfin se vangloriava de que, salvo por traição entre eles, Morgoth nunca mais poderia romper o assédio dos Eldar, nem cair sobre eles de modo imprevisto. Contudo, os Noldor não conseguiram capturar Angband, nem puderam eles recuperar as Silmarils; e a guerra nunca cessou completamente em todo aquele tempo do Cerco, pois Morgoth inventava novos males e, de quando em vez, punha à prova seus inimigos. Nem podia a praça-forte de Morgoth ser jamais totalmente cercada; pois as Montanhas de Ferro, de cuja grande muralha encurvada as torres das Thangorodrim se projetavam, defendiam Angband de ambos os lados e não podiam ser atravessadas pelos Noldor, por causa de sua neve e seu gelo. Assim, em sua retaguarda e ao norte, Morgoth não tinha inimigos, e por aquele caminho seus espiões, por vezes, saíam e chegavam por rotas tortuosas a Beleriand. E, desejando acima de tudo semear medo e desunião entre os Eldar, Morgoth ordenou que os Orques capturassem vivo qualquer um deles que pudessem e o trouxessem atado até

Angband; e alguns ele conseguia acovardar tanto, pelo terror de seus olhos, que eles não mais precisavam de grilhões, mas andavam sempre no temor dele, fazendo sua vontade onde quer que estivessem. Assim, Morgoth descobriu muito de tudo o que sobreviera desde a rebelião de Fëanor e se regozijou, vendo ali a semente de muitas dissensões entre seus inimigos.

Quando quase cem anos tinham passado desde a Dagor Aglareb, Morgoth tentou apanhar Fingolfin desprevenido (pois sabia da vigilância de Maedhros); e enviou um exército para o norte branco, e eles viraram para o oeste e, depois, para o sul, e desceram as costas até o Estreito de Drengist, pela rota que Fingolfin seguira depois do Gelo Pungente. Assim, entrariam no reino de Hithlum pelo oeste; mas foram percebidos a tempo, e Fingon caiu sobre eles em meio aos montes, na ponta do Estreito, e a maioria dos Orques foi lançada ao mar. Essa não foi contada entre as grandes batalhas, pois os Orques não eram em grande número, e só uma parte do povo de Hithlum lutou nela. Mas, depois disso, houve paz por muitos anos e nenhum ataque aberto de Angband, pois Morgoth percebia agora que os Orques, sem auxílio, não eram páreo para os Noldor; e buscou em seu coração novo conselho.

De novo, depois de cem anos, Glaurung, o primeiro dos Urulóki, os dracos-de-fogo do Norte, saiu dos portões de Angband à noite. Era ainda jovem e mal crescera à metade, pois longa e lenta é a vida dos dragões, mas os Elfos fugiram diante dele para as Ered Wethrin e Dorthonion em desespero; e ele conspurcou os campos de Ard-galen. Então Fingon, príncipe de Hithlum, cavalgou contra ele com arqueiros a cavalo e o cercou por todo lado com um anel de cavaleiros velozes; e Glaurung não conseguiu suportar seus dardos, ainda não tendo chegado à sua armadura plena, e fugiu de volta a Angband, e não saiu de novo por muitos anos. Fingon granjeou grande louvor, e os Noldor se regozijaram; pois poucos previam o significado pleno e a ameaça dessa nova coisa. Mas a Morgoth pouco agradara que Glaurung tivesse se revelado cedo demais; e, depois de sua derrota, veio a Longa Paz de quase duzentos anos. Em todo aquele tempo, houve não mais que escaramuças nas fronteiras, e toda Beleriand prosperou e se tornou rica. Detrás da guarda de seus exércitos no norte, os Noldor construíram suas habitações e suas torres, e muitas coisas belas fizeram naqueles dias, e poemas, e histórias, e livros de saber. Em muitas partes da terra os Noldor e os Sindar se fundiram em um só povo e falavam a mesma língua; embora esta diferença permanecesse entre eles: a de que os Noldor tinham o maior poder de mente e corpo, e eram os guerreiros e sábios mais poderosos, e construíam com pedra, e amavam as encostas dos montes e as terras abertas. Mas os Sindar tinham as vozes mais belas, e eram mais hábeis em música, salvo apenas Maglor, filho de Fëanor, e amavam as matas e as beiras de rios; e alguns dos Elfos-cinzentos ainda vagavam aqui e ali sem morada certa e cantavam enquanto seguiam.

14

DE BELERIAND E SEUS REINOS

Esta é a feição das terras às quais os Noldor vieram, no norte das regiões ocidentais da Terra-média, nos dias antigos; e aqui também se conta da maneira segundo a qual os chefes dos Eldar mantinham suas terras e o assédio sobre Morgoth depois da Dagor Aglareb, a terceira batalha das Guerras de Beleriand.

No norte do mundo, Melkor, em eras passadas, erguera as Ered Engrin, Montanhas de Ferro, como uma cerca para sua cidadela de Utumno; e elas ficavam nas fronteiras das regiões de frio sempiterno, em uma grande curva que ia de leste a oeste. Detrás das muralhas das Ered Engrin, no oeste, onde elas se curvavam para trás no rumo norte, Melkor construiu outra fortaleza, como uma defesa contra ataques que pudessem vir de Valinor; e, quando ele voltou à Terra-média, como está contado, fez sua morada nas masmorras infindáveis de Angband, os Infernos de Ferro, pois, na Guerra dos Poderes, os Valar, na pressa de sobrepujá-lo em sua grande praça-forte de Utumno, não destruíram totalmente Angband, nem vasculharam todos os seus lugares profundos. Sob as Ered Engrin ele fez um grande túnel, que saía ao sul das montanhas; e lá fez um portão magno. Mas, acima desse portão e atrás dele, chegando até as montanhas, amontoou as torres trovejantes das Thangorodrim, feitas da cinza e da borra de suas fornalhas subterrâneas e das vastas sobras de suas escavações. Eram negras, e desoladas, e sobremaneira altas; e saía fumaça de seu topo, escura e imunda sobre o céu do norte. Diante dos portões de Angband, sujeira e desolação se espalhavam, no rumo sul, por muitas milhas sobre a vasta planície de Ard-galen; mas, depois da vinda do Sol, relva rica brotou ali e,

169

enquanto Angband estava cercada, e seus portões, trancados, havia coisas verdes até mesmo entre as covas e as rochas despedaçadas diante dos portões do inferno.

A oeste das Thangorodrim estava Hísilómë, a Terra da Bruma, pois assim foi chamada pelos Noldor em sua própria língua, por causa das nuvens que Morgoth enviara para lá quando montaram seu primeiro acampamento; Hithlum é a forma do nome na língua dos Sindar que habitavam naquelas regiões. Era uma terra bela enquanto o Cerco de Angband durou, embora seu ar fosse fresco e o inverno ali fosse frio. No oeste fazia divisa com Ered Lómin, as Montanhas Ressoantes, que chegavam perto do mar; e, no leste e no sul, com a grande curva das Ered Wethrin, as Montanhas Sombrias, que davam para Ard-galen e o Vale do Sirion.

Fingolfin e Fingon, seu filho, regiam Hithlum, e a maior parte do povo de Fingolfin habitava em Mithrim, em volta das margens do grande lago; a Fingon foi dada Dor-lómin, que estava a oeste das Montanhas de Mithrim. Mas sua principal fortaleza era em Eithel Sirion, a leste das Ered Wethrin, donde montavam guarda sobre Ard-galen; e sua cavalaria passava por aquela planície, chegando mesmo à sombra das Thangorodrim, pois, de poucos, seus cavalos tinham se multiplicado rapidamente, e a relva de Ard-galen era rica e verdejante. Com aqueles cavalos, muitos dos antepassados tinham vindo de Valinor, e foram dados a Fingolfin por Maedhros em reparação por suas perdas, pois tinham sido carregados por navio de Losgar.

A oeste de Dor-lómin, além das Montanhas Ressoantes, as quais, ao sul do Estreito de Drengist, seguiam terra adentro, ficava Nevrast, que significa a Costa de Cá na língua sindarin. Aquele nome foi dado, no princípio, a todas as terras costeiras ao sul do Estreito, mas, mais tarde, apenas à terra cujas costas ficavam entre Drengist e o Monte Taras. Ali, por muitos anos foi o reino de Turgon, o sábio, filho de Fingolfin, fazendo fronteira com o mar, e com as Ered Lómin, e com os montes que continuavam as muralhas das Ered Wethrin a oeste, de Ivrin ao Monte Taras, que ficava sobre um promontório. Segundo alguns, Nevrast era considerada parte de Beleriand antes que de

Hithlum, pois era uma terra mais suave, regada pelos ventos úmidos do mar e abrigada dos frios ventos do norte que sopravam sobre Hithlum. Era uma terra baixa, cercada por montanhas e grandes encostas do litoral, mais altas que as planícies atrás delas, e nenhum rio corria para lá; e havia um grande alagado no meio de Nevrast, sem margens certas, sendo cercado por amplos charcos. Linaewen era o nome daquele alagado, por causa da multidão de aves que habitavam ali, daquelas que amam caniços altos e poças rasas. À chegada dos Noldor, muitos dos Elfos-cinzentos viviam em Nevrast, perto das costas, e especialmente em volta do Monte Taras, no sudoeste; pois àquele lugar, Ulmo e Ossë usavam vir nos dias de outrora. Todo aquele povo fez de Turgon seu senhor, e a mistura dos Noldor e dos Sindar veio a acontecer primeiro ali; e Turgon habitou longamente naqueles salões, aos quais chamou Vinyamar, sob o Monte Taras, à beira do mar.

Ao sul de Ard-galen, a grande terra alta chamada de Dorthonion se estendia por sessenta léguas, de oeste a leste; grandes florestas de pinheiro abrigava, especialmente de seus lados norte e oeste. De encostas suaves vindas da planície erguia-se até se tornar uma terra desolada e altaneira, onde havia muitas alagoas aos pés de morros nus, cujos topos eram mais altos que os picos das Ered Wethrin: mas, ao sul, onde a região dava para Doriath, descia-se, de repente, para precipícios terríveis. Das encostas do norte de Dorthonion, Angrod e Aegnor, filhos de Finarfin, contemplavam os campos de Ard-galen e eram vassalos de seu irmão, Finrod, senhor de Nargothrond; pouca era sua gente, pois a terra era estéril, e as grandes terras altas atrás deles eram consideradas um baluarte que Morgoth não buscaria cruzar levianamente.

Entre Dorthonion e as Montanhas Sombrias havia um vale estreito, cujas muralhas íngremes cobriam-se de pinheiros; mas o vale, em si, era verdejante, pois o Rio Sirion corria por ele, apressando-se rumo a Beleriand. Finrod guardava o Passo do Sirion e, sobre a ilha de Tol Sirion, no meio do rio, construiu uma poderosa torre de vigia, Minas Tirith; mas, depois que Nargothrond ficou pronta, entregou aquela fortaleza mormente aos cuidados de Orodreth, seu irmão.

DE BELERIAND E SEUS REINOS

Ora, o grande e belo país de Beleriand ficava em ambas as margens do poderoso rio Sirion, renomado em canção, que nascia em Eithel Sirion e contornava a beirada de Ard-galen antes que mergulhasse através do passo, tornando-se cada vez mais cheio com as torrentes das montanhas. De lá ele corria para o sul por cento e trinta léguas, recebendo as águas de muitos tributários, até que, com uma corrente poderosa, alcançava suas muitas fozes e delta arenoso na Baía de Balar. E, seguindo o Sirion de norte a sul, havia do lado direito, em Beleriand Oeste, a Floresta de Brethil, entre o Sirion e o Teiglin, e depois o reino de Nargothrond, entre o Teiglin e o Narog. E o Rio Narog nascia nas quedas de Ivrin, na face sul de Dor-lómin, e corria umas oitenta léguas antes que se juntasse ao Sirion em Nan-tathren, a Terra dos Salgueiros. Ao sul de Nan-tathren havia uma região de prados cheia de muitas flores onde pouca gente habitava; e, além, havia os charcos e as ilhas de juncos à volta das fozes do Sirion e as areias de seu delta, vazias de todas as coisas vivas, salvo as aves do mar.

Mas o reino de Nargothrond estendia-se também a oeste do Narog até o Rio Nenning, que chegava ao mar em Eglarest; e Finrod se tornou o suserano de todos os Elfos de Beleriand entre o Sirion e o mar, salvo apenas na Falas. Lá habitavam aqueles dos Sindar que ainda amavam navios, e Círdan, o construtor de navios, era seu senhor; mas entre Círdan e Finrod havia amizade e aliança e, com o auxílio dos Noldor, os portos de Brithombar e de Eglarest foram reconstruídos. Detrás de suas grandes muralhas, tornaram-se belas vilas e portos com ancoradouros e píeres de pedra. Sobre o cabo a oeste de Eglarest Finrod ergueu a torre de Barad Nimras para vigiar o mar ocidental, embora sem necessidade, como se revelou; pois jamais, em momento algum, Morgoth buscou construir navios ou fazer guerra pelo mar. A água todos os seus servos evitavam e do mar nenhum chegava perto por vontade própria, salvo em grande necessidade. Com o auxílio dos Elfos dos Portos, alguns do povo de Nargothrond construíram novos navios e partiram para explorar a grande Ilha de Balar, pensando em lá preparar um último refúgio, se viesse o mal; mas não era a sina deles jamais habitar ali.

Assim, o reino de Finrod era o maior, de longe, embora ele fosse o mais jovem dos grandes senhores dos Noldor: Fingolfin, Fingon, Maedhros e Finrod Felagund. Mas Fingolfin era considerado suserano de todos os Noldor, e Fingon depois dele, embora o reino deles não fosse mais que a terra setentrional de Hithlum; contudo, seu povo era o mais pertinaz e valente, o mais temido pelos Orques e o mais odiado por Morgoth.

No lado esquerdo do Sirion estava Beleriand Leste, a qual, em sua maior extensão, tinha cem léguas do Sirion ao Gelion e às fronteiras de Ossiriand; e primeiro, entre o Sirion e Mindeb, estava a terra vazia de Dimbar, sob os picos das Crissaegrim, morada de águias. Entre Mindeb e as águas a montante do Esgalduin ficava a terra-de-ninguém de Nan Dungortheb; e aquela região estava repleta de medo, pois de um de seus lados o poder de Melian cercava a marca norte de Doriath, mas, do outro lado, os precipícios íngremes das Ered Gorgoroth, Montanhas de Terror, desciam da altaneira Dorthonion. Para lá, como se contou antes, Ungoliant fugira dos açoites dos Balrogs e ali habitou por algum tempo, enchendo as ravinas com sua treva mortal e, ali, ainda quando ela tinha desaparecido, sua prole imunda rastejava e tecia suas teias malignas; e as águas ralas que brotavam das Ered Gorgoroth eram conspurcadas e perigosas de beber, pois os corações daqueles que as provavam ficavam cheios de sombras de loucura e de desespero. Todas as demais coisas vivas evitavam aquela terra, e os Noldor passavam por Nan Dungortheb só em grande necessidade, por caminhos perto das fronteiras de Doriath e bem distantes das colinas assombradas. Tal caminho fora aberto muito antes, no tempo que precedeu o retorno de Morgoth à Terra-média; e quem viajava por ele chegava, no leste, ao Esgalduin, onde ainda estava, nos dias do Cerco, a ponte de pedra de Iant Iaur. De lá a estrada seguia por Dor Dínen, a Terra Silenciosa, e, cruzando os Arossiach (ou seja, os Vaus do Aros), chegava às marcas do norte de Beleriand, onde habitavam os filhos de Fëanor.

Ao sul ficavam as matas protegidas de Doriath, morada de Thingol, o Rei Oculto, em cujo reino ninguém entrava, salvo por sua vontade. Sua parte setentrional e menor, a Floresta de Neldoreth, tinha como fronteira leste e sul o escuro rio Esgalduin, o qual dobrava para o oeste no meio daquela terra; e, entre o Aros e o Esgalduin, havia as matas mais densas e maiores de Region. Na margem sul do Esgalduin, onde ele se voltava para o oeste na direção do Sirion, estavam as Cavernas de Menegroth; e toda Doriath ficava a leste do Sirion, salvo por uma região estreita de bosque entre o encontro do Teiglin e do Sirion e os Alagados do Crepúsculo. Pelo povo de Doriath esse bosque era chamado de Nivrim, a Marca Oeste; grandes carvalhos cresciam ali, e o bosque também era abarcado pelo Cinturão de Melian para que alguma porção do Sirion, que ela amava em reverência a Ulmo, estivesse totalmente sob o poder de Thingol.

No sudoeste de Doriath, onde o Aros desaguava no Sirion, havia grandes lagoas e charcos em ambos os lados do rio, que ali detinha seu curso e se espalhava por muitos canais. Aquela região era chamada de Aelin-uial, os Alagados do Crepúsculo, pois eram envoltos em brumas, e o encantamento de Doriath jazia sobre eles. Ora, toda a parte norte de Beleriand inclinava-se para o sul até esse ponto e, então, em certo intervalo, ficava plana, e a corrente do Sirion se detinha. Mas ao sul de Aelin-uial a terra decaía de modo repentino e íngreme; e todos os campos inferiores do Sirion eram divididos dos superiores por essa queda, a qual, para alguém olhando do sul no rumo norte, aparecia como uma cadeia interminável de montes que iam de Eglarest, além do Narog, no oeste, até Amon Ereb, no leste, à vista distante do Gelion. O Narog atravessava esses montes em um desfiladeiro profundo e passava por corredeiras, mas não chegava a uma queda, e, na sua encosta oeste, a terra se elevava nas grandes terras altas florestadas de Taur-en-Faroth. No lado oeste dessa garganta, onde o riacho curto e espumejante chamado Ringwil se lançava de cabeça no Narog, vindo dos Altos Faroth, Finrod estabeleceu Nargothrond. Mas, umas vinte e cinco léguas a leste da garganta de Nargothrond, o Sirion descia do norte em uma grande queda d'água, abaixo dos Alagados, e então mergulhava, de repente, debaixo da terra, em grandes túneis que o peso de suas águas que caíam tinha aberto; e saía de novo três léguas ao sul, com grande barulho e vapor, através de arcos rochosos nos sopés dos montes que eram chamados de Portões do Sirion.

Essa queda que servia de divisa tinha o nome de Andram, a Longa Muralha, de Nargothrond até Ramdal, o Fim da Muralha, em Beleriand Leste. Mas no leste ela se tornava cada vez menos íngreme, pois o vale do Gelion se inclinava de modo constante para o sul, e o Gelion não tinha nem quedas d'água e nem corredeiras através de seu curso, mas era sempre mais rápido do que o Sirion. Entre Ramdal e o Gelion havia um único monte de grande extensão de encostas suaves, mas que parecia mais grandioso do que era, pois estava isolado; e aquele monte era chamado de Amon Ereb. Sobre ele morreu Denethor, senhor dos Nandor que habitavam em Ossiriand, que marchou ao auxílio de Thingol contra Morgoth naqueles dias em que os Orques desceram pela primeira vez em ordem de batalha e quebraram a paz iluminada de estrelas de Beleriand; e naquele monte Maedhros habitou depois da grande derrota. Mas ao sul de Andram, entre o Sirion e o Gelion, havia uma terra selvagem de matas enredadas à qual não ia gente alguma, salvo, aqui e ali, alguns Elfos Escuros andarilhos; Taur-im-Duinath era o seu nome, a Floresta entre os Rios.

O Gelion era um grande rio; e ele nascia de duas fontes e tinha, no começo, dois braços: o Pequeno Gelion, que vinha do Monte de Himring, e o Grande Gelion, que vinha do Monte Rerir. Do encontro desses braços ele corria para o sul por quarenta léguas antes que achasse seus tributários; e, antes que achasse o mar, era duas vezes mais longo que o Sirion, ainda que menos amplo e cheio, pois caía mais chuva em Hithlum e em Dorthonion, de onde o Sirion tirava suas águas, do que no leste. Das Ered Luin saíam os seis tributários do Gelion: Ascar (que depois recebeu o nome de Rathlóriel), Thalos, Legolin, Brilthor, Duilwen e Adurant, ribeiros velozes e turbulentos, descendo abruptamente das montanhas; e entre o Ascar no norte e o Adurant no sul, e entre o Gelion e as Ered Luin, estava o país longínquo e verdejante de Ossiriand, a Terra dos Sete Rios. Ora, em um ponto quase no meio de seu curso a corrente do Adurant se dividia e depois se juntava de novo; e a ilha que suas águas encerravam era chamada de Tol Galen, a Ilhota Verde. Ali Beren e Lúthien habitaram depois de seu retorno.

Em Ossiriand habitavam os Elfos-verdes, sob a proteção de seus rios; pois, depois do Sirion, Ulmo amava o Gelion acima de todas as águas do mundo ocidental. A arte mateira dos Elfos de Ossiriand era tal que um estranho podia atravessar sua terra de ponta a ponta e não ver nenhum deles. Trajavam-se de verde na primavera e no verão, e o som de seu canto se podia ouvir até mesmo do outro lado das águas do Gelion; donde os Noldor deram àquele país o nome de Lindon, a terra da música, e as montanhas além dele chamaram de Ered Lindon, pois as viram pela primeira vez de Ossiriand.

A leste de Dorthonion as marcas de Beleriand eram mais abertas a ataques, e apenas colinas de não grande altura guardavam o vale do Gelion do norte. Naquela região, na Marca de Maedhros e nas terras detrás dela, habitavam os filhos de Fëanor com um povo numeroso; e seus cavaleiros atravessavam amiúde a grande planície do norte, Lothlann, a vasta e vazia, a leste de Ard-galen, caso Morgoth tentasse qualquer surtida em direção a Beleriand Leste. A principal cidadela de Maedhros ficava sobre o Monte de Himring, o Sempre-frio; e esse era de encostas largas, desnudo de árvores e plano em seu cimo, cercado por muitos montes menores. Entre Himring e Dorthonion havia um passo, muitíssimo íngreme no oeste, e esse era o Passo de Aglon, uma entrada para Doriath; e um vento cortante soprava sempre atrás dele vindo do norte. Mas Celegorm e Curufin fortificaram Aglon e o guardavam com grande exército, bem como toda a terra de Himlad, ao sul, entre o Rio Aros, que nascia em Dorthonion, e seu tributário, o Celon, que vinha de Himring.

Entre os braços do Gelion ficava o posto de Maglor, e lá, em certo lugar, os montes cessavam de todo; foi ali que os Orques entraram em Beleriand Leste antes da Terceira Batalha. Portanto, os Noldor mantinham uma força de cavalaria nas planícies daquele lugar; e o povo de Caranthir fortificou as montanhas a leste da Brecha de Maglor. Ali, o Monte Rerir e, à volta dele, muitas elevações menores destacavam-se da cadeia principal das Ered Lindon no rumo oeste; e, no ângulo entre Rerir e Ered Lindon havia um lago, sombreado por montanhas em todos os lados, salvo o sul. Aquele era o Lago Helevorn, profundo e escuro, e ao lado dele Caranthir tinha sua morada; mas toda a grande região entre o Gelion e as montanhas, e entre Rerir e o Rio Ascar, era chamada pelos Noldor de Thargelion, que significa a Terra além do Gelion, ou Dor Caranthir, a Terra de Caranthir; e foi aqui que os Noldor primeiro encontraram os Anãos. Mas Thargelion era antes chamada pelos Elfos-cinzentos de Talath Rhúnen, o Vale Leste.

Assim, os filhos de Fëanor, sob Maedhros, eram os senhores de Beleriand Leste, mas seu povo vivia, naquele tempo, mormente no norte da terra e no sul eles cavalgavam apenas para caçar nas matas verdes. Mas ali Amrod e Amras tinham sua morada e vinham pouco ao norte enquanto o Cerco durou; e lá também outros dos senhores-élficos cavalgavam por vezes, mesmo os que viviam longe, pois a terra era selvagem, mas muito bela. Daqueles, Finrod Felagund era o que vinha mais amiúde, pois tinha grande amor por andanças, e entrou até mesmo em Ossiriand, e granjeou a amizade dos Elfos-verdes. Mas nenhum dos Noldor jamais atravessou as Ered Lindon enquanto seu reino durou; e poucas e tardas novas chegavam a Beleriand sobre o que se passava nas regiões do Leste.

15

DOS NOLDOR
EM BELERIAND

Já se contou como, guiado por Ulmo, Turgon de Nevrast descobriu o vale oculto de Tumladen; e esse vale (como se soube depois) ficava a leste das águas a montante do Sirion, em um alto e íngreme círculo de montanhas, e nenhuma coisa viva vinha até lá, salvo as águias de Thorondor. Mas havia um caminho profundo sob as montanhas, escavado na escuridão do mundo por águas que corriam para se unir às torrentes do Sirion; e esse caminho Turgon achou e, assim, chegou à planície verdejante em meio às montanhas e viu a colina-ilha postada lá, de pedra dura e lisa; pois o vale fora um grande lago em dias antigos. Então Turgon soube que achara o lugar de seu desejo e resolveu construir ali uma bela cidade, um memorial de Tirion sobre Túna; mas retornou a Nevrast e permaneceu lá em paz, embora ponderasse sempre, em seu pensamento, como haveria de realizar seu desígnio.

Ora, depois da Dagor Aglareb, a inquietação que Ulmo pusera em seu coração retornou a ele, e Turgon convocou muitos dos mais pertinazes e hábeis de seu povo, e os levou secretamente até o vale oculto, e lá começaram a construir a cidade que Turgon tinha imaginado; e montaram vigilância à volta de toda a região para que ninguém de fora topasse com o trabalho deles, e o poder de Ulmo, que corria no Sirion, protegeu-os. Mas Turgon habitava ainda, na maior parte do tempo, em Nevrast, até que veio a acontecer que enfim a cidade estava completada, depois de dois e cinquenta anos de trabalho secreto. Conta-se que Turgon determinou que seu nome seria Ondolindë na fala dos Elfos de Valinor, a Rocha da Música da Água, pois havia muitas fontes sobre a colina; mas, na língua sindarin, o nome foi mudado e se tornou Gondolin, a Rocha Oculta. Então Turgon se preparou para partir de Nevrast e deixar seus salões em Vinyamar à beira do oceano; e lá Ulmo veio a ele outra vez e lhe falou. E ele disse: "Agora hás de ir enfim a Gondolin, Turgon; e manterei meu poder no Vale do Sirion, e em todas as águas dentro dele, para que ninguém haja de perceber tua ida, nem há ninguém de achar lá a entrada oculta contra tua vontade. Mais que todos os reinos dos Eldalië, Gondolin há de resistir a Melkor. Mas não ames em demasia a obra de tuas mãos e os artifícios de teu coração; e lembra-te de que a verdadeira esperança dos Noldor jaz no Oeste e vos vem do Mar."

E Ulmo advertiu Turgon de que ele também jazia sob a Sentença de Mandos, a qual Ulmo não tinha poder para remover. "Assim, pode vir a ocorrer", disse ele, "que a maldição dos Noldor haja de te encontrar também antes do fim, e que a traição desperte dentro de tuas muralhas. Então elas hão de estar em perigo de fogo. Mas, se esse perigo estiver próximo de fato, então desta mesma Nevrast alguém há de vir para te alertar, e dele, para além da ruína e do fogo, a esperança há de nascer para Elfos e Homens. Deixa, portanto, nesta casa armadura e uma espada para que, em anos do porvir, ele possa achá-las, e assim tu hás de reconhecê-lo e não te enganarás." E Ulmo declarou a Turgon de que tipo e estatura haviam de ser o elmo, e a malha, e a espada que deixaria para trás.

Então Ulmo retornou ao mar, e Turgon mandou adiante todo o seu povo, que chegava a uma terça parte dos Noldor do séquito de Fingolfin e uma hoste ainda maior dos Sindar; e foram embora, companhia a companhia, secretamente, sob as sombras das Ered Wethrin, e chegaram sem ser vistos a Gondolin, e ninguém soube aonde tinham ido. E, como último de todos, Turgon se levantou, e partiu com os de sua casa silenciosamente através dos montes, e passou pelos portões das montanhas que foram cerrados detrás dele.

Através de muitos e longos anos ninguém passou para dentro dali em diante, salvo Húrin e Huor apenas; e a hoste de Turgon nunca mais saiu de novo até o Ano da Lamentação, depois de trezentos e cinquenta anos e mais. Mas, atrás do círculo das montanhas, o povo de Turgon cresceu, e prosperou, e usou de seu engenho em labor incessante, de modo que Gondolin, sobre o Amon Gwareth, se tornou bela de fato, e digna de ser comparada até mesmo com a élfica Tirion, no além-mar. Altas e alvas eram suas muralhas, e lisas, suas escadas, e alta e forte era a Torre do Rei. Lá fontes luzentes brincavam, e nos pátios de Turgon estavam imagens das Árvores de outrora que o próprio Turgon fizera com arte-élfica; e a Árvore que fizera d'ouro ele chamou de Glingal e à Árvore cujas flores fizera com prata ele deu o nome de Belthil. Mas mais bela que todas as maravilhas de Gondolin era Idril, filha de Turgon, ela que era chamada de Celebrindal, a Pé-de-prata, cujos cabelos eram como o ouro de Laurelin antes da vinda de Melkor. Assim, Turgon viveu longamente em ventura; mas Nevrast ficou desolada e permaneceu vazia de povo vivente até a ruína de Beleriand.

Ora, enquanto a cidade de Gondolin era construída em segredo, Finrod Felagund trabalhava nos lugares profundos de Nargothrond; mas Galadriel, sua irmã, habitava, como se contou, no reino de Thingol, em Doriath. E por vezes Melian e Galadriel falavam juntas de Valinor e da ventura de outrora; mas, para além da hora sombria da morte das Árvores, Galadriel não ousava ir, mas quedava sempre em silêncio. E, certa vez, Melian disse: "Há alguma dor que jaz sobre ti e tua gente. Isso posso ver em ti, mas tudo o mais está oculto de mim; pois por nenhuma visão ou pensamento posso eu perceber qualquer coisa que se passou ou se passa no Oeste: uma sombra jaz sobre toda a terra de Aman e chega às lonjuras do mar. Por que não queres me contar mais?"

"Porque essa dor passou," respondeu Galadriel, "e eu queria ter a alegria que restou aqui imperturbada pela memória. E talvez haja suficiente dor por vir, embora a esperança ainda pareça forte."

Então Melian olhou nos olhos dela e comentou: "Não creio que os Noldor tenham vindo como mensageiros dos Valar, como se disse no princípio: não, embora tenham vindo na hora mesma de nossa necessidade. Pois não falam nunca dos Valar, nem trouxeram seus grandes senhores qualquer mensagem a Thingol, seja de Manwë, ou de Ulmo, ou mesmo de Olwë, o irmão do Rei, e de seu próprio povo que partiu para além-mar. Por que motivo, Galadriel, o alto povo dos Noldor foi expulso como exilados de Aman? Ou que mal jaz sobre os filhos de Fëanor para serem tão arrogantes e cruéis? Não miro perto da verdade?"

"Perto," replicou Galadriel, "salvo que não fomos expulsos, mas viemos por nossa própria vontade e contra aquela dos Valar. E através de grande perigo e à revelia dos Valar com este propósito viemos: para obter vingança de Morgoth e recuperar o que ele roubou."

Então Galadriel falou a Melian das Silmarils e do assassinato do Rei Finwë em Formenos; mas ainda não proferiu palavra sobre o Juramento, nem sobre o Fratricídio, nem sobre o incêndio dos navios em Losgar. Mas Melian disse: "Agora muito me contas, e ainda mais eu percebo. Uma escuridão desejas lançar sobre a longa estrada desde Tirion, mas vejo o mal ali, um mal que Thingol deve conhecer para se guiar."

"Talvez," disse Galadriel, "mas não por mim."

E Melian não falou mais então dessas matérias com Galadriel; mas ela contou ao Rei Thingol tudo o que ouvira das Silmarils. "Essa é uma grande matéria," disse ela, "maior, de fato, do que os próprios Noldor compreendem; pois a Luz de Aman e a sina de Arda estão encerradas nessas coisas, a obra de Fëanor, que agora se foi. Elas não hão de ser recuperadas, prevejo, por qualquer poder dos Eldar; e o mundo será despedaçado em batalhas que estão por vir, antes que sejam arrancadas de Morgoth. Vê, pois! A Fëanor mataram e a muitos outros, conforme adivinho; mas a primeira de todas as mortes que trouxeram e ainda hão de trazer foi a de Finwë, teu amigo. Morgoth o matou antes que fugisse de Aman."

Então Thingol ficou em silêncio, estando cheio de tristeza e presságio; mas, por fim, disse: "Agora, afinal, entendo a chegada dos Noldor do Oeste, com a qual me admirara muito antes. Não foi em nosso auxílio que vieram (salvo por acaso); pois aqueles que permanecem na Terra-média os Valar deixarão à sua própria sorte, até a última necessidade. Por vingança e reparação de sua perda os Noldor vieram. Contudo, ainda mais certos hão de ser como aliados contra Morgoth, com quem, agora, não se deve pensar que jamais hão de fazer tratado."

Mas Melian disse: "Em verdade, por essas causas vieram; mas por outras também. Cuida-te dos filhos de Fëanor! A sombra da ira dos Valar jaz sobre eles; e cometeram o mal, percebo, tanto em Aman como contra sua própria gente. Um rancor que mal chegou a dormir jaz entre os príncipes dos Noldor."

E Thingol respondeu: "O que tenho com isso? De Fëanor ouvi apenas relato que o engrandece, realmente. De seus filhos ouço pouco que seja para o meu prazer; porém, é provável que se mostrem os inimigos mais mortais de nosso inimigo."

"Suas espadas e seus conselhos hão de ter dois gumes", disse Melian; e depois disso não falaram mais dessa matéria.

Não demorou para que histórias sussurradas começassem a circular em meio aos Sindar acerca dos atos dos Noldor antes que chegassem a Beleriand. De onde vieram é certo, e a verdade maligna foi aumentada e envenenada com mentiras; mas os Sindar ainda eram descuidados e confiantes em palavras, e (como bem se pode pensar) Morgoth os escolheu para esse primeiro ataque de sua malícia, pois não o conheciam. E Círdan, ouvindo essas histórias sombrias, ficou perturbado; pois era sábio e percebeu rapidamente que, verdadeiras ou falsas, estavam sendo espalhadas naquela hora por malícia, embora essa malícia ele julgasse ser aquela dos príncipes dos Noldor, por causa da inveja entre suas casas. Portanto, enviou mensageiros a Thingol para contar tudo o que ouvira.

Aconteceu que, naquele tempo, os filhos de Finarfin eram de novo hóspedes de Thingol, pois desejavam ver sua irmã, Galadriel. Então Thingol, estando grandemente angustiado, falou enfurecido a Finrod, dizendo: "Mal me fizeste, parente, ao ocultar tão grandes matérias de mim. Pois agora descobri todos os atos malignos dos Noldor."

Mas Finrod respondeu: "Que mal fiz a vós, senhor? Ou que ato maligno os Noldor praticaram em todo o vosso reino para vos agravar? Nem contra a vossa realeza nem contra qualquer um de vosso povo eles pensaram mal ou praticaram o mal."

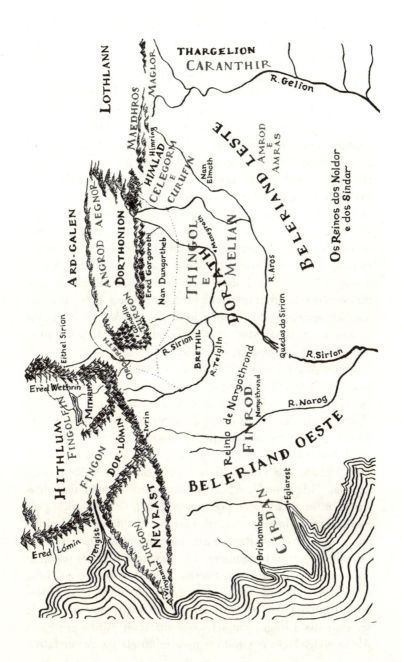

"Espanto-me contigo, filho de Eärwen," disse Thingol, "ao ver que te sentas à mesa de teu parente assim, de mãos rubras do assassinato do sangue de tua mãe, e, ainda assim, nada dizes em tua defesa, nem buscas perdão algum!"

Então Finrod ficou grandemente perturbado, mas se manteve em silêncio, pois não podia se defender, salvo trazendo acusações contra os outros príncipes dos Noldor; e isso se recusava a fazer diante de Thingol. Mas, no coração de Angrod, a memória das palavras de Caranthir retornou em amargura, e ele gritou: "Senhor, não sei que mentiras ouvistes, nem de onde; mas não temos as mãos rubras. Sem culpa partimos de Aman, salvo talvez de insensatez, por escutarmos as palavras do cruel Fëanor e por ficarmos como que ébrios de vinho, com a mesma brevidade da embriaguez. Nenhum mal fizemos em nossa estrada, mas nós próprios sofremos grande injustiça; e a perdoamos. Nossa paga é sermos chamados de maldizentes e de traidores dos Noldor: injustamente, como sabeis, pois por nossa lealdade temos ficado em silêncio diante de vós e, assim, granjeamos vossa raiva. Mas agora essas acusações não serão mais suportadas, e a verdade haveis de saber."

Então Angrod falou cheio de amargura contra os filhos de Fëanor, contando do sangue em Alqualondë, e da Sentença de Mandos, e do incêndio dos navios em Losgar. E gritou: "Donde então havíamos nós, que suportamos o Gelo Pungente, de carregar o nome de fratricidas e traidores?"

"A sombra de Mandos, contudo, jaz sobre vós também", disse Melian. Mas Thingol ficou longo tempo em silêncio antes de falar. "Ide agora!", replicou. "Pois meu coração arde dentro de mim. Mais tarde podereis retornar, se desejardes; pois não cerrarei minhas portas para sempre diante de vós, minha gente, que fostes enredados num mal que não auxiliastes. Com Fingolfin e seu povo também manterei amizade, pois pagaram amargamente pelo mal que fizeram. E, no nosso ódio ao Poder que gerou toda essa dor, nossos pesares hão de se perder. Mas ouvi minhas palavras! Nunca mais em meus ouvidos há de ser escutada a língua daqueles que mataram minha gente em Alqualondë! Nem em todo o meu reino ela há de ser falada abertamente enquanto o meu poder durar. Todos os Sindar hão de ouvir minha ordem de que não devem nem falar a língua dos Noldor, nem responder a ela. E todos os que a usarem hão de ser considerados assassinos e traidores impenitentes de sua gente."

Então os filhos de Finarfin partiram de Menegroth de coração pesaroso, percebendo como as palavras de Mandos sempre se mostravam verdadeiras, e que nenhum dos Noldor que seguiram a Fëanor podia escapar da sombra que jazia sobre sua casa. E veio a acontecer tal como Thingol dissera; pois os Sindar ouviram suas palavras e, dali em diante, por toda Beleriand, recusaram a língua dos Noldor e evitaram aqueles que a falavam em voz alta; mas os Exilados adotaram a língua sindarin em todos os seus usos diários, e a alta fala do Oeste era usada apenas pelos senhores dos Noldor entre eles mesmos. Contudo, aquela fala sobreviveu para sempre como linguagem de saber onde quer que alguém daquele povo habitasse.

Veio a acontecer que Nargothrond foi concluída (e, contudo, Turgon ainda habitava nos salões de Vinyamar), e os filhos de Finarfin se reuniram lá para um banquete; e Galadriel veio de Doriath e habitou por algum tempo em Nargothrond. Ora, o Rei Finrod Felagund não tinha esposa, e Galadriel lhe perguntou o porquê disso; mas veio sobre Felagund um presságio, conforme ela falava, e ele disse: "Um juramento também hei de fazer, e devo estar livre para cumpri-lo e adentrar a escuridão. Nem nada de meu reino há de durar para que um filho possa herdá-lo."

Mas diz-se que, até aquela hora, tais pensamentos gélidos não o tinham governado; pois, de fato, aquela a quem ele amara fora Amarië dos Vanyar, e ela não seguiu com ele para o exílio.

16

DE MAEGLIN

Aredhel Ar-Feiniel, a Dama Branca dos Noldor, filha de Fingolfin, habitava em Nevrast com Turgon, seu irmão, e foi com ele para o Reino Oculto. Mas se cansou da cidade protegida de Gondolin, desejando, quanto mais o tempo passava, cada vez mais cavalgar nas vastas terras e caminhar nas florestas, como fora de seu alvitre em Valinor; e, quando duzentos anos tinham se passado desde que Gondolin tinha sido completada, ela falou a Turgon e pediu licença para partir. Turgon, avesso a conceder essa permissão, negou-se durante muito tempo; mas por fim cedeu, dizendo: "Vai então, se desejares, embora seja contra a minha sabedoria, e meu temor é que virá o mal disso tanto para ti quanto para mim. Mas hás de ir apenas em busca de Fingon, nosso irmão; e aqueles que eu mandar contigo hão de retornar a Gondolin tão rápido quando puderem."

Mas Aredhel disse: "Sou tua irmã, e não tua serviçal, e fora de teus grilhões seguirei como me parecer bom. E, se me recusas uma escolta, então irei sozinha."

Então Turgon respondeu: "Não te recuso nada do que tenho. Contudo, desejo que, dentre aqueles que conhecem o caminho até aqui, ninguém haja de habitar além das minhas muralhas; e, se confio em ti, minha irmã, em outros confio menos quanto a vigiar suas línguas."

E Turgon designou três senhores de sua casa para cavalgar com Aredhel e mandou que a levassem a Fingon, em Hithlum, se pudessem convencê-la. "E tende cuidado," disse; "pois, embora Morgoth esteja ainda cercado no Norte, há muitos perigos na Terra-média sobre os quais a Senhora nada sabe." Então Aredhel partiu de Gondolin, e o coração de Turgon estava pesaroso com sua ida.

O SILMARILLION

Mas, quando ela chegou ao Vau de Brithiach, no Rio Sirion, disse a seus companheiros: "Virai agora para o sul e não para o norte, pois não cavalgarei até Hithlum; meu coração deseja antes achar os filhos de Fëanor, meus amigos de outrora." E, já que não se podia dissuadi-la, viraram para o sul, como ela ordenava, e buscaram ser admitidos em Doriath. Mas os guardas das marcas negaram sua passagem; pois Thingol não permitia que nenhum dos Noldor passasse pelo Cinturão, salvo sua parentela da casa de Finarfin, e muito menos aqueles que eram amigos dos filhos de Fëanor. Portanto, os guardas das marcas disseram a Aredhel: "Para ir à terra de Celegorm, a quem buscais, Senhora, não podeis de modo algum passar pelos domínios do Rei Thingol; deveis cavalgar para além do Cinturão de Melian, rumo ao sul ou ao norte. O caminho mais rápido é pelas sendas que levam ao leste do Brithiach, depois a Dimbar e ao longo da marca norte deste reino, até que passeis pela Ponte do Esgalduin e pelos Vaus do Aros e chegueis às terras que estão detrás do Monte de Himring. Lá habita, como cremos, Celegorm e Curufin, e pode ser que os acheis; mas a estrada é perigosa."

Então Aredhel deu a volta e buscou a estrada arriscada entre os vales assombrados das Ered Gorgoroth e as cercas do norte de Doriath; e, conforme chegavam perto da região maligna de Nan Dungortheb, os cavaleiros ficaram enredados em sombras, e Aredhel se desgarrou de seus companheiros e se perdeu. Buscaram-na longamente em vão, temendo que tivesse sido apanhada ou que tivesse bebido dos riachos envenenados daquela terra; mas as criaturas cruéis de Ungoliant que habitavam nas ravinas despertaram e os perseguiram, e eles mal escaparam com suas vidas. Quando enfim retornaram e contaram sua história, houve grande pesar em Gondolin; e Turgon sentou-se longamente a sós, suportando tristeza e raiva em silêncio.

Mas Aredhel, tendo procurado em vão seus companheiros, seguiu cavalgando, pois era destemida e obstinada de coração, como eram todos os filhos de Finwë; e se manteve no caminho e, cruzando o Esgalduin e o Aros, chegou à terra de Himlad, entre o Aros e o Celon, onde Celegorm e Curufin habitavam naqueles dias, antes de se desfazer o Cerco de Angband. Naquele

DE MAEGLIN

tempo, estavam longe de casa, cavalgando com Caranthir no leste, em Thargelion; mas a gente de Celegorm a recebeu bem e pediu que ficasse entre eles com honra até o retorno de seu senhor. Lá, por algum tempo ela ficou contente e teve grande regozijo por vagar livre nas matas; mas, conforme o ano passava e Celegorm não voltava, ficou inquieta de novo e se pôs a cavalgar sozinha cada vez mais longe, buscando novas sendas e clareiras desconhecidas. Assim aconteceu, quando o ano terminava, que Aredhel chegou ao sul de Himlad e atravessou o Celon; e, antes que se apercebesse, enleou-se em Nan Elmoth.

Naquela mata, em eras passadas, Melian caminhara no crepúsculo da Terra-média, quando as árvores eram jovens e o encantamento ainda jazia sobre o lugar. Mas agora as árvores de Nan Elmoth tinham se tornado as mais altas e escuras de toda Beleriand, e ali o sol nunca vinha; e ali Eöl habitava, aquele que era chamado de Elfo Escuro. Era, desde outrora, do clã de Thingol, mas se tornou inquieto e enfadado em Doriath e, quando o Cinturão de Melian foi posto à volta da Floresta de Region, onde habitava, fugiu de lá para Nan Elmoth. Ali vivia em sombra profunda, amando a noite e o crepúsculo sob as estrelas. Evitava os Noldor, considerando-os culpados pelo retorno de Morgoth, que perturbara a quietude de Beleriand; mas pelos Anãos tinha mais gosto do que qualquer outro do povo-élfico de outrora. Dele os Anãos ficavam sabendo muito do que se passava nas terras dos Eldar.

Ora, o comércio dos Anãos, vindo das Montanhas Azuis, seguia duas estradas através de Beleriand Leste, e o caminho do norte, indo na direção dos Vaus do Aros, passava perto de Nan Elmoth; e ali Eöl encontrava os Naugrim e mantinha colóquio com eles. E, conforme essa amizade crescia, ele, por vezes, ficava como hóspede nas fundas mansões de Nogrod ou Belegost. Lá aprendeu muito sobre o trabalho em metais e adquiriu grande engenho nele; e inventou um metal tão duro quanto o aço dos Anãos, mas tão maleável que conseguia torná-lo fino e dúctil; e, contudo, continuava resistente a todas as lâminas e pontas. Deu-lhe o nome de *galvorn*, pois era negro e lustroso como azeviche, e se vestia com ele toda vez que viajava.

Mas Eöl, embora encurvado por seu trabalho de ferreiro, não era nenhum Anão, mas um Elfo de grande estatura de um alto clã dos Teleri, nobre, embora sombrio de rosto; e seus olhos podiam ver fundo em sombras e lugares escuros. E veio a se dar que ele viu Aredhel Ar-Feiniel enquanto ela se desgarrava em meio às árvores altas perto das fronteiras de Nan Elmoth, um luzir de branco na terra escura. Muito bela lhe pareceu, e ele a desejou; e pôs seus encantamentos à volta dela para que não pudesse achar os caminhos de saída, mas chegasse cada vez mais perto de sua habitação, nas profundezas da mata. Lá ficavam sua forja, e seus salões obscuros, e serviçais como os que tinha, silenciosos e cheios de segredo, como seu mestre. E, quando Aredhel, cansada de vagar, chegou por fim às suas portas, ele se revelou; e a recebeu, e a levou à sua casa. E lá permaneceu; pois Eöl a tomou como esposa, e tardou até que qualquer um da gente dela ouvisse a seu respeito de novo.

Não se diz que Aredhel estivesse de todo indesejosa, nem que sua vida em Nan Elmoth lhe fosse odiosa por muitos anos. Pois, embora por ordem de Eöl devesse evitar a luz do sol, os dois vagavam ao longe juntos sob as estrelas ou à luz da lua crescente; ou podia passear sozinha como desejasse, salvo que Eöl a proibiu de buscar os filhos de Fëanor ou quaisquer outros dos Noldor. E Aredhel deu a Eöl um filho nas sombras de Nan Elmoth, e em seu coração chamou-o por um nome na língua proibida dos Noldor: Lómion, que significa Filho do Crepúsculo; mas seu pai não lhe deu nome algum até que completasse doze anos. Então o chamou de Maeglin, isto é, Olhar Aguçado, pois percebia que os olhos de seu filho eram mais penetrantes que os seus próprios e que o seu pensamento conseguia ler os segredos dos corações para além da bruma de palavras.

Quando Maeglin chegou à sua estatura plena, assemelhava-se em rosto e forma antes à sua parentela dos Noldor, mas em ânimo e mente era o filho de seu pai. Suas palavras eram poucas, salvo em matérias que lhe tocavam de perto, e nesse caso sua voz tinha poder de comover os que o ouviam e de sobrepujar aqueles que lhe opunham. Era alto e de cabelos negros; seus olhos eram escuros, porém, luzentes e agudos como os olhos dos Noldor, e sua pele era branca. Amiúde ia com Eöl às cidades dos Anãos, no leste de Ered Lindon, e lá aprendeu avidamente o que podiam ensinar e, acima de tudo, a arte de achar os minérios de metal nas montanhas.

Todavia, diz-se que Maeglin amava mais à sua mãe e, se Eöl viajava, sentava-se longamente ao lado dela e ouvia tudo o que lhe pudesse contar sobre sua gente e seus feitos em Eldamar, e sobre o poderio e o valor dos príncipes da Casa de Fingolfin. Todas essas coisas ele guardava de cor, mas, mais do que tudo, aquilo que ouviu sobre Turgon, e que ele não tinha herdeiro; pois Elenwë, sua esposa, perecera ao cruzar o Helcaraxë e sua filha, Idril Celebrindal, era sua única prole.

Contar essas histórias despertou em Aredhel um desejo de ver sua própria gente de novo, e ela se maravilhou por ter se cansado da luz de Gondolin, e das fontes ao sol, e do relvado verdejante de Tumladen sob os céus ventosos de primavera; além do mais, deixavam-na amiúde a sós nas sombras, quando tanto seu filho como seu marido estavam longe. Dessas histórias também brotaram as primeiras desavenças entre Maeglin e Eöl. Pois de modo algum sua mãe queria revelar a Maeglin onde Turgon habitava, nem por quais meios se podia chegar até lá, e ele esperava o tempo certo, confiando ainda em arrancar-lhe o segredo, ou talvez lê-lo em sua mente desatenta; mas, antes que isso pudesse ser feito, desejava contemplar os Noldor e falar com os filhos de Fëanor, seus parentes, que habitavam não longe dali. Mas, quando declarou seu propósito a Eöl, seu pai ficou cheio de ira. "És da casa de Eöl, Maeglin, meu filho," disse, "e não da dos Golodhrim. Toda esta terra é a terra dos Teleri, e não tratarei, nem deixarei que meu filho trate, com os assassinos de nossa gente, os invasores e usurpadores de nossos lares. Nisto vais me obedecer, ou hei de te pôr em grilhões." E Maeglin não respondeu, mas reagiu com frieza e silêncio e não mais viajou com Eöl; e Eöl desconfiava dele.

Veio a se passar que, no meio do verão, os Anãos, como era seu costume, convidaram Eöl a uma festa em Nogrod; e ele partiu. Agora Maeglin e sua mãe estavam livres, por algum tempo, para ir aonde desejassem, e cavalgavam amiúde até a orla da mata, buscando a luz do sol; e o desejo de deixar Nan Elmoth para sempre se pôs a arder no coração de Maeglin. Portanto, disse ele a Aredhel: "Senhora, partamos enquanto há tempo! Que esperança há nesta mata para ti ou para mim? Aqui estamos presos em servidão, e nenhum proveito hei de achar aqui; pois aprendi tudo o que meu pai tem a ensinar ou que os Naugrim querem me revelar. Não havemos de buscar a Gondolin? Hás de ser minha guia, e eu serei teu guardião!"

Então Aredhel se alegrou e contemplou com orgulho seu filho; e, dizendo aos serviçais de Eöl que iam à procura dos filhos de Fëanor, partiram e cavalgaram até a orla norte de Nan Elmoth. Ali cruzaram a corrente esguia do Celon, rumo à terra de Himlad, e continuaram a cavalgar até os Vaus do Aros e, depois, na direção oeste, ao longo das cercas de Doriath.

Ora, Eöl retornou do leste mais cedo do que Maeglin previra e descobriu que sua esposa e seu filho tinham saído havia só dois dias; e tão grande foi sua fúria que os seguiu até mesmo à luz do dia. Quando entrou em Himlad, refreou sua ira e seguiu com mais cuidado, recordando o risco que corria, pois Celegorm e Curufin eram senhores poderosos que não amavam Eöl de forma alguma, e Curufin, ademais, era de ânimo perigoso; mas os batedores do Aglon tinham observado a cavalgada de Maeglin e Aredhel até os Vaus do Aros, e Curufin, percebendo que estranhos fatos estavam ocorrendo, veio para o sul, a partir do Passo, e acampou perto dos Vaus. E, antes que Eöl tivesse cavalgado muito longe através de Himlad, foi parado pelos cavaleiros de Curufin e levado a seu senhor.

Então Curufin disse a Eöl: "O que procuras, Elfo Escuro, em minhas terras? Uma matéria urgente, talvez, para fazer com que alguém tão tímido do sol viaje de dia."

E Eöl, conhecendo seu perigo, refreou as palavras amargas que lhe surgiam na mente. "Descobri, Senhor Curufin," respondeu ele, "que meu filho e minha esposa, a Dama Branca de Gondolin, saíram para vos visitar quando eu estava longe de casa; e me pareceu apropriado que me juntasse a eles nessa viagem."

DE MAEGLIN

Então Curufin riu de Eöl e disse: "Eles poderiam descobrir que sua acolhida aqui seria menos calorosa do que esperavam, se os tivesses acompanhado; mas não importa, pois não foi por isso que viajaram. Não faz dois dias desde que passaram pelo Arossiach e de lá cavalgaram velozmente para o oeste. Parece que tentaste me enganar; a menos, de fato, que tu mesmo tenhas sido enganado."

E Eöl replicou: "Então, senhor, talvez possais me dar licença para ir e descobrir a verdade sobre essa matéria."

"Tens meu permisso, mas não meu amor", assentiu Curufin. "Quanto antes partires de minha terra, mais será do meu agrado."

Então Eöl montou seu cavalo, dizendo: "É bom, Senhor Curufin, achar um parente assim gentil na hora da necessidade. Lembrarei disso quando retornar." Então Curufin encarou Eöl com olhar sombrio. "Não ostentes o título de tua esposa diante de mim", retrucou. "Pois aqueles que roubam as filhas dos Noldor e as desposam sem prenda ou permisso não ganham parentesco com seus parentes. Dei-te permisso para ir. Toma-o e vai-te. Pelas leis dos Eldar, não posso matar-te neste momento. E este conselho acrescento: retorna agora à tua morada na escuridão de Nan Elmoth; pois meu coração me adverte de que, se agora perseguires aqueles que não te amam mais, nunca retornarás."

Então Eöl saiu a cavalgar apressado, e estava cheio de ódio por todos os Noldor; pois percebia agora que Maeglin e Aredhel estavam fugindo para Gondolin. E, levado pela raiva e pela vergonha de sua humilhação, cruzou os Vaus do Aros e cavalgou desabalado pelo caminho que eles tinham seguido antes; mas, embora não soubessem que ele os seguia, e embora ele tivesse a montaria mais veloz, nunca chegou a vê-los até que alcançaram o Brithiach e abandonaram seus cavalos. Então, por má sina foram traídos; pois os cavalos relincharam alto, e a montaria de Eöl os ouviu e correu na direção deles; e Eöl viu de longe a vestimenta branca de Aredhel e observou por qual caminho ela seguiu, buscando a trilha secreta montanhas adentro.

Ora, Aredhel e Maeglin chegaram ao Portão Externo de Gondolin e à Guarda Escura sob as montanhas; e lá ela foi recebida com júbilo e, passando pelos Sete Portões, chegou com Maeglin até Turgon, sobre o Amon Gwareth. Então o Rei ouviu com assombro tudo o que Aredhel tinha a contar; e contemplou com prazer a Maeglin, filho de sua irmã, vendo nele alguém digno de ser contado entre os príncipes dos Noldor.

"Regozijo-me muito por Ar-Feiniel ter retornado a Gondolin," disse, "e agora mais bela de novo há de parecer minha cidade do que nos dias em que a julgava perdida. E Maeglin há de ter a mais alta honra em meu reino."

Então Maeglin fez profunda mesura e tomou a Turgon como seu senhor e rei para fazer toda a sua vontade; mas depois disso ficou em silêncio e vigilante, pois a ventura e o esplendor de Gondolin excediam tudo o que imaginara das histórias de sua mãe, e estava maravilhado com a força da cidade, e com as hostes de seu povo, e com as muitas coisas estranhas e belas que contemplava. Contudo, a ninguém seus olhos eram mais amiúde atraídos do que a Idril, a filha do Rei, que se sentava ao lado dele; pois era dourada como os Vanyar, a gente de sua mãe, e lhe parecia ser como o sol do qual todo o salão do Rei tirava sua luz.

Mas Eöl, seguindo a Aredhel, encontrou o Rio Seco e a trilha secreta, e assim, arrastando-se furtivo, chegou à Guarda, e foi pego e interrogado. E, quando a Guarda o ouviu afirmar que Aredhel era sua esposa, ficaram assombrados e mandaram um mensageiro veloz à Cidade; e ele chegou ao salão do Rei.

"Senhor," gritou ele, "a Guarda fez cativo alguém que chegou às escondidas ao Portão Escuro. Eöl é o nome que dá a si mesmo, e ele é um Elfo alto, moreno e sombrio, da gente dos Sindar; afirma, porém, que a Senhora Aredhel é sua esposa e exige ser trazido diante de vós. Sua ira é grande e é difícil refreá-lo; mas não o matamos como exige vossa lei."

Então Aredhel disse: "Ai de nós! Eöl nos seguiu, tal como eu temia. Mas foi muito furtivo ao fazê-lo; pois não vimos nem ouvimos perseguição alguma conforme entramos na Via Oculta." Então disse ao mensageiro: "Ele fala não mais que a verdade. Ele é Eöl, e sou sua esposa, e ele é o pai de meu filho. Não o mateis, mas trazei-o aqui para ser julgado pelo Rei, se o Rei assim o desejar."

DE MAEGLIN

E assim foi feito; e Eöl foi trazido ao salão de Turgon e se postou diante de seu assento elevado, orgulhoso e insolente. Embora estivesse não menos admirado que seu filho diante de tudo o que via, seu coração se encheu ainda mais com raiva e com ódio dos Noldor. Mas Turgon tratou-o com honra, e se levantou, e desejava dar-lhe a mão; e disse: "Bem-vindo, parente, pois assim te considero. Aqui hás de habitar a teu bel-prazer, salvo apenas que deves aqui morar e não partir de meu reino; pois é minha lei que ninguém que ache o caminho até aqui haja de partir."

Mas Eöl recuou sua mão. "Não reconheço tua lei", disse. "Nenhum direito tens, tu ou qualquer outro de tua gente nesta terra, de abarcar reinos ou pôr fronteiras, seja aqui ou ali. Esta é a terra dos Teleri, à qual trazeis guerra e toda inquietação, tratando sempre soberba e injustamente. Não me importo com teus segredos e não vim te espionar, mas apenas reclamar o que é meu: minha esposa e meu filho. Contudo, se sobre Aredhel, tua irmã, tens alguma autoridade, então que ela fique; que a ave volte à gaiola, onde logo vai adoecer de novo, como adoeceu antes. Mas não Maeglin. Meu filho não hás de tirar de mim. Vem, Maeglin, filho de Eöl! Teu pai te ordena: deixa a casa dos inimigos e dos assassinos da gente dele ou sê maldito!" Mas Maeglin nada respondeu.

Então Turgon se sentou em seu alto trono, segurando seu cetro de julgamento e, com voz severa, falou: "Não vou debater contigo, Elfo Escuro. Pelas espadas dos Noldor, apenas, tuas matas sem sol são defendidas. Tua liberdade de vagar selvagem ali tu deves à minha gente; e, se não fosse por eles, há muito já estarias labutando em servidão nas fossas de Angband. E aqui eu sou Rei; e, queiras ou não, meu julgamento é lei. Esta escolha apenas te é dada: morar aqui ou aqui morrer; e assim também para teu filho."

Então Eöl olhou nos olhos do Rei Turgon e não se acovardou, mas se postou longamente sem palavra ou movimento, enquanto um silêncio parado caiu sobre o salão; e Aredhel teve medo, sabendo que ele era perigoso. Súbito, célere como serpente, ele tomou um dardo que escondera sob seu manto e o

194

lançou contra Maeglin, gritando: "A segunda escolha faço por mim e por meu filho também! Não tomarás o que é meu!"

Mas Aredhel saltou na frente do dardo, e ele a feriu no ombro; e Eöl foi sobrepujado por muitos, e posto a ferros, e levado dali, enquanto outros cuidavam de Aredhel. Mas Maeglin, olhando para seu pai, ficou em silêncio.

Decidiu-se que Eöl seria trazido no dia seguinte ao julgamento do Rei; e Aredhel e Idril levaram Turgon a decidir pela misericórdia. Mas, ao anoitecer, Aredhel adoeceu — embora a ferida parecesse pequena —, e caiu na escuridão, e à noite ela morreu; pois a ponta do dardo estava envenenada, embora ninguém o soubesse até ser tarde demais.

Portanto, quando Eöl foi trazido diante de Turgon, não encontrou misericórdia; e o levaram para o Caragdûr, um precipício de rocha negra no lado norte do monte de Gondolin, para lançá-lo dos muros íngremes da cidade. E Maeglin ficou de lado e nada disse; mas, por fim, Eöl gritou: "Então abandonas teu pai e a gente dele, filho malnascido? Aqui hás de fracassar em todas as tuas esperanças e que aqui morras, ainda, da mesma morte que eu."

Então lançaram a Eöl do Caragdûr, e assim morreu, e a todos em Gondolin pareceu fim justo; mas Idril estava perturbada e, desde aquele dia, desconfiou de seu parente. Mas Maeglin prosperou e se tornou grande entre os Gondolindrim, louvado por todos e grande nos favores de Turgon; pois, se queria aprender ávida e rapidamente tudo o que pudesse, tinha também muito a ensinar. E reuniu à sua volta todos os que tinham maior inclinação pelo trabalho de ferreiro e por minerar; e começou buscas nas Echoriath (que são as Montanhas Circundantes) e achou ricos veios de minério de diversos metais. O que mais prezava era o ferro forte da mina de Anghabar, no norte das Echoriath, e de lá obteve riqueza de metal forjado e de aço, de modo que as armas dos Gondolindrim se fizeram ainda mais fortes e afiadas; e isso lhes valeu muito nos dias que vieram. Sábio em conselho era Maeglin, e cauteloso, e, mesmo assim, pertinaz e valente quando necessário. E isso se viu muito depois: pois quando, no ano terrível das Nirnaeth Arnoediad, Turgon abriu suas defesas

195

DE MAEGLIN

e marchou para ajudar Fingon no norte, Maeglin não quis permanecer em Gondolin como regente, mas foi à guerra, e lutou ao lado de Turgon, e se mostrou feroz e destemido em batalha.

Assim, tudo parecia ir bem com a sorte de Maeglin, que chegara a ser poderoso entre os príncipes dos Noldor, e o maior, exceto um, no mais renomado de seus reinos. Contudo, não revelava seu coração; e, embora nem todas as coisas andassem como queria, suportava isso em silêncio, ocultando sua mente, de modo que poucos pudessem lê-la, com exceção de Idril Celebrindal. Pois desde seus primeiros dias em Gondolin ele carregara uma tristeza, que sempre piorava, e que lhe roubava de todo júbilo: amava a beleza de Idril e a desejava, sem esperança. Os Eldar não se casavam com parentes tão próximos, nem nunca antes algum deles desejara fazê-lo. E, de qualquer maneira, Idril não amava Maeglin de modo algum. E, conhecendo seu pensamento sobre ela, amava-o ainda menos. Pois aquilo lhe parecia coisa estranha e distorcida nele, como, de fato, os Eldar sempre têm julgado: um fruto maligno do Fratricídio, pelo qual a sombra da maldição de Mandos caía sobre a última esperança dos Noldor. Mas, conforme os anos passavam, ainda Maeglin observava Idril e esperava, e seu amor se tornava treva em seu coração. E buscava ainda mais fazer sua vontade em outras matérias, sem evitar trabalho ou fardo algum, se com isso obtivesse poder.

Assim era em Gondolin; e, em meio a toda a ventura daquele reino, enquanto sua glória durou, uma semente sombria de mal foi semeada.

17

DA VINDA DOS HOMENS PARA O OESTE

Quando trezentos anos e mais tinham passado desde que os Noldor chegaram a Beleriand, nos dias da Longa Paz, Finrod Felagund, senhor de Nargothrond, viajou a leste do Sirion e foi caçar com Maglor e Maedhros, filhos de Fëanor. Mas se cansou da perseguição e continuou sozinho na direção das montanhas de Ered Lindon, que via brilhar ao longe; e, tomando a estrada dos Anãos, cruzou o Gelion no vau de Sarn Athrad e, virando para o sul na região do alto Ascar, chegou ao norte de Ossiriand.

Num vale em meio aos sopés das montanhas, abaixo das nascentes do Thalos, viu luzes ao anoitecer e, ao longe, escutou som de canção. Com isso, se admirou muito, pois os Elfos-verdes daquela terra não acendiam fogueiras, nem cantavam à noite. No começo, temeu que uma incursão de Orques tivesse atravessado as barreiras do Norte, mas, conforme se aproximava, percebeu que não era isso; pois os cantores usavam uma língua que ele não ouvira antes, nem de Anãos, nem de Orques. Então Felagund, de pé em silêncio sob a sombra noturna das árvores, observou o acampamento e lá contemplou um povo estranho.

Ora, esses eram uma parte da gente e dos seguidores de Bëor, o Velho, como foi chamado mais tarde, um chefe entre os Homens. Depois de muitas vidas de andança vindo do Leste, levou-os enfim através das Montanhas Azuis, os primeiros da raça dos Homens a entrar em Beleriand; e cantavam porque estavam contentes e acreditavam que tinham escapado de todos os perigos e chegado, enfim, a uma terra sem medo.

Longamente Felagund os observou, e o amor por eles surgiu em seu coração; mas permaneceu escondido nas árvores até

DA VINDA DOS HOMENS PARA O OESTE

que todos tivessem adormecido. Então foi ao meio do povo que dormia e se sentou ao lado de sua fogueira, que se apagava porque ninguém montava guarda; e tomou uma harpa rude, que Bëor pusera de lado e fez música com ela tal como os ouvidos dos Homens não tinham ouvido; pois ainda não tinham mestres nessa arte, salvo apenas os Elfos Escuros nas terras agrestes.

Ora, eles despertaram e escutaram Felagund enquanto tangia a harpa e cantava, e cada um pensava estar em algum belo sonho, até que via que seus companheiros estavam despertos também a seu lado; mas não falaram nem se moveram enquanto Felagund ainda tocava por causa da beleza da música e da maravilha da canção. Sabedoria havia nas palavras do rei-élfico, e os corações se tornavam mais sábios se o escutassem; pois as coisas as quais cantava, sobre a criação de Arda e sobre a ventura de Aman além das sombras do Mar, chegavam como visões claras diante dos olhos deles, e sua fala élfica era interpretada por cada mente de acordo com sua medida.

Assim foi que os Homens chamaram ao Rei Felagund, a quem encontraram primeiro entre todos os Eldar, de Nóm, isto é, Sabedoria, na linguagem daquele povo, e por causa dele deram à sua gente o nome de Nómin, os Sábios. De fato, acreditaram no começo que Felagund fosse um dos Valar, a respeito dos quais tinham ouvido rumores de que habitavam longe no Oeste; e essa era (alguns dizem) a causa de sua jornada. Mas Felagund habitou entre eles e lhes ensinou conhecimento verdadeiro, e eles o amaram, e fizeram dele seu senhor, e foram sempre leais à casa de Finarfin.

Ora, os Eldar eram, acima de todos os outros povos, hábeis em línguas; e Felagund descobriu também que podia ler nas mentes dos Homens tais pensamentos, como os que desejavam revelar na fala, de modo que suas palavras eram facilmente interpretadas. Diz-se também que esses Homens, havia muito, tratavam com os Elfos Escuros a leste das montanhas, e deles aprenderam muito de sua fala; e, já que todas as línguas dos Quendi eram de uma só origem, a língua de Bëor e de seu povo assemelhava-se à língua-élfica em muitas palavras e traços. Não demorou, portanto, para que Felagund pudesse ter colóquio

198

com Bëor; e, enquanto habitou com ele, falaram muito um ao outro. Mas, quando o questionava acerca do surgimento dos Homens e de suas jornadas, Bëor pouco dizia; e, de fato, pouco sabia, pois os pais de seu povo tinham contado poucas histórias sobre seu passado, e um silêncio caíra sobre sua memória. "Uma escuridão jaz detrás de nós," disse Bëor; "e demos as costas a ela, e não desejamos retornar para lá, mesmo em pensamento. Para oeste nossos corações se voltaram, e acreditamos que lá havemos de achar Luz."

Mas o que se disse depois entre os Eldar é que, quando os Homens despertaram em Hildórien, ao surgir do Sol, os espiões de Morgoth estavam vigilantes, e notícias logo lhe foram trazidas; e isso lhe pareceu tão grande matéria que, secretamente, debaixo de sombras, ele mesmo partiu de Angband e saiu pela Terra-média, deixando a Sauron o comando da Guerra. De seus tratos com os Homens os Eldar, de fato, nada souberam naquele tempo e só descobriram pouco depois disso; mas que uma escuridão jazia sobre os corações dos Homens (como a sombra do Fratricídio e da Sentença de Mandos jazia sobre os Noldor) eles percebiam claramente até mesmo no povo dos Amigos-dos-Elfos, a quem primeiro conheceram. Corromper ou destruir o que quer que surgisse de novo e belo era sempre o grande desejo de Morgoth; e, sem dúvida, ele tinha esse propósito também neste caso: com medo e mentiras fazer dos Homens os inimigos dos Eldar e trazê-los do leste contra Beleriand. Mas esse desígnio demorou a amadurecer e nunca foi de todo conseguido; pois os Homens (diz-se) eram, no começo, muito poucos em número, enquanto Morgoth teve medo do poder e da união crescente dos Eldar e voltou a Angband, deixando para trás, naquele tempo, apenas uns poucos serviçais, e aqueles de menor poder e ardileza.

Ora, Felagund soube de Bëor que havia muitos outros Homens de intenções semelhantes, que também estavam viajando para o oeste. "Outros de minha própria gente cruzaram as montanhas", disse, "e estão vagando não muito longe daqui; e os Haladin, um povo do qual estamos separados em fala, estão

DA VINDA DOS HOMENS PARA O OESTE

ainda nos vales das encostas do leste, esperando notícias antes que se aventurem mais longe. Há ainda outros Homens, cuja língua é mais semelhante à nossa, com quem temos trato por vezes. Estavam à nossa frente na marcha para o oeste, mas passamos por eles; pois são um povo numeroso e, mesmo assim, mantêm-se juntos e seguem devagar, sendo todos regidos por um só chefe, a quem chamam de Marach."

Ora, os Elfos-verdes de Ossiriand estavam preocupados com a vinda dos Homens e, quando ouviram que um senhor dos Eldar d'além-Mar estava em meio a eles, mandaram mensageiros a Felagund. "Senhor," disseram, "se tendes poder sobre esses recém-chegados, mandai-os retornar pelos caminhos que vieram ou então que sigam adiante. Pois não desejamos estranhos nesta terra para romper a paz em que vivemos. E essas gentes são cortadoras de árvores e caçadoras de feras; portanto, somos seus desamigos e, se não partirem, havemos de afligi-los de todos os modos que pudermos."

Então, aconselhado por Felagund, Bëor reuniu todas as famílias e parentela andarilhas de seu povo, e se mudaram para o outro lado do Gelion e fizeram sua morada nas terras de Amrod e Amras, na margem leste do Celon, ao sul de Nan Elmoth, perto das fronteiras de Doriath; e o nome daquela terra desde então passou a ser Estolad, o Acampamento. Mas quando, depois que um ano passou, Felagund desejou retornar a seu próprio país, Bëor implorou licença para ir com ele; e permaneceu a serviço do Rei de Nargothrond enquanto sua vida durou. Dessa maneira ganhou seu nome, Bëor, enquanto seu nome antes havia sido Balan; pois Bëor significa "Vassalo" na língua de seu povo. O governo de sua gente ele entregou a Baran, seu filho mais velho; e não retornou mais a Estolad.

Logo depois da partida de Felagund, os outros Homens de quem Bëor falara também entraram em Beleriand. Primeiro vieram os Haladin; mas, encontrando a desamizade dos Elfos-verdes, viraram para o norte e habitaram em Thargelion, no país de Caranthir, filho de Fëanor: lá, por um tempo tiveram paz, e o povo de Caranthir lhes dava pouca atenção. No ano seguinte,

Marach levou seu povo a atravessar as montanhas; eram uma gente alta e guerreira, marchando em companhias ordenadas, e os Elfos de Ossiriand se esconderam e não os emboscaram. Mas Marach, ouvindo que o povo de Bëor estava habitando em uma terra verdejante e fértil, seguiu pela estrada dos Anãos e fixou-se no país ao sul e a leste das habitações de Baran, filho de Bëor; e havia grande amizade entre aqueles povos.

O próprio Felagund amiúde retornava para visitar os Homens; e muitos outros Elfos das terras do oeste, tanto Noldor quanto Sindar, viajavam a Estolad, estando ávidos por ver os Edain, cuja vinda havia muito fora anunciada. Ora, Atani, o Segundo Povo, era o nome dado aos Homens em Valinor, no saber que contava de sua vinda; mas, na fala de Beleriand, aquele nome se tornou Edain e lá era usado apenas para os três clãs dos Amigos--dos-Elfos.

Fingolfin, como Rei de todos os Noldor, enviou mensagens de boas-vindas a eles; e então muitos homens jovens e voluntariosos dos Edain partiram e se puseram a serviço dos reis e senhores dos Eldar. Entre eles estava Malach, filho de Marach, e ele habitou em Hithlum por catorze anos; e aprendeu a língua-élfica, e lhe foi dado o nome de Aradan.

Os Edain não habitaram contentes em Estolad por muito tempo, pois vários ainda desejavam ir para o oeste; mas não sabiam o caminho. Diante deles estavam as cercas de Doriath e ao sul ficava o Sirion e seus charcos intransponíveis. Portanto, os reis das três casas dos Noldor, vendo esperança de força nos filhos dos Homens, mandaram dizer que quaisquer dos Edain que desejassem podiam sair dali e vir habitar entre o povo deles. Desse modo, a migração dos Edain começou: no princípio, pouco a pouco, mas depois em famílias e clãs que levantaram-se e deixaram Estolad até que, depois de uns cinquenta anos, muitos milhares tinham entrado nas terras dos Reis. A maioria desses tomou a longa estrada para o norte, até que os caminhos se tornaram bem conhecidos deles. O povo de Bëor chegou a Dorthonion e habitou em terras governadas pela casa de Finarfin. O povo de Aradan (pois Marach, seu pai, permaneceu em Estolad até sua morte), em sua maior parte, continuou no rumo oeste; e alguns chegaram a Hithlum, mas Magor, filho de Aradan, e muitos de seu povo desceram o Sirion até Beleriand e habitaram algum tempo nos vales das encostas ao sul das Ered Wethrin.

Diz-se que em todas essas matérias ninguém, salvo Finrod Felagund, aconselhou-se com o Rei Thingol, e isso não lhe agradou, tanto por essa razão como porque estava atormentado por sonhos acerca da vinda dos Homens, muito antes que as primeiras notícias deles fossem ouvidas. Portanto, ordenou que os Homens tomassem terras para habitar apenas no norte e que os príncipes a quem servissem fossem responsáveis por tudo o que fizessem; e disse: "Em Doriath, nenhum Homem há de vir enquanto o meu reino durar, nem mesmo aqueles da casa de Bëor que servem a Finrod, o bem-amado." Melian nada respondeu a ele naquele tempo, mas depois falou a Galadriel: "Agora o mundo avança velozmente para grandes mudanças. E um dos Homens da própria casa de Bëor há de vir, de fato, e o Cinturão de Melian não há de impedi-lo, pois uma sina maior que o meu poder há de enviá-lo; e as canções que nascerão dessa vinda hão de durar quando toda a Terra-média estiver mudada."

Mas muitos Homens permaneceram em Estolad, e havia ainda uma gente misturada vivendo ali muitos anos depois, até que, na ruína de Beleriand, foram destroçados ou fugiram de volta para o Leste. Pois, além dos velhos, que julgavam que seus dias de andança tinham terminado, havia não poucos que desejavam seguir seus próprios caminhos e que temiam os Eldar e a luz de seus olhos; e então dissensos despertaram entre os Edain, nos quais a sombra de Morgoth se podia discernir, pois certo é que ele sabia da vinda dos Homens a Beleriand e de sua amizade crescente com os Elfos.

Os líderes do descontentamento eram Bereg, da casa de Bëor, e Amlach, um dos netos de Marach; e diziam abertamente: "Seguimos longa estrada, desejando escapar dos perigos da Terra-média e das coisas sombrias que lá habitam; pois ouvimos que havia Luz no Oeste. Mas agora descobrimos que a Luz está além do Mar. Para lá não podemos ir, onde os Deuses habitam em ventura. Salvo um deles; pois o Senhor do Escuro está aqui diante de nós, e os Eldar, sábios, mas feros, que lhe fazem guerra interminável. No Norte ele habita, dizem; e lá está a dor e a morte da qual fugimos. Não seguiremos nesse caminho."

Então um conselho e uma assembleia dos Homens foi chamada, e grande número deles se reuniu. E os Amigos-dos-Elfos responderam a Bereg, dizendo: "Em verdade, do Rei Sombrio vêm todos os males dos quais fugimos; mas ele busca ter domínio sobre toda a Terra-média, e para onde então havemos de nos voltar para que ele não nos persiga? A menos que seja derrotado aqui, ou ao menos contido. Só pelo valor dos Eldar ele é cercado, e talvez tenha sido por esse propósito, para auxiliá-los na necessidade, que fomos trazidos a esta terra."

A isso Bereg respondeu: "Que os Eldar cuidem disso! Nossas vidas já são curtas o suficiente." Mas levantou-se um que parecia a todos ser Amlach, filho de Imlach, dizendo feras palavras que fizeram tremer os corações de todos os que o ouviam: "Tudo isso não passa de engodo élfico, contos para iludir recém-chegados em seu descuido. O Mar não tem outra costa. Não há Luz no Oeste. Seguistes um fogo-fátuo dos Elfos até o fim do mundo! Qual de vós já viu o menor dos Deuses? Quem contemplou o Rei Sombrio no Norte? Aqueles que buscam o domínio da Terra-média são os Eldar. Sequiosos de riqueza, escavaram a terra em busca de seus segredos e atiçaram a ira das coisas que habitam debaixo dela, como sempre fizeram e sempre hão de fazer. Que aos Orques caiba o reino que é deles, e que tenhamos o nosso. Há espaço no mundo, se os Eldar nos deixarem em paz!"

Então aqueles que ouviam se sentaram por algum tempo, espantados, e uma sombra de medo caiu sobre seus corações; e resolveram partir para longe das terras dos Eldar. Mas depois disso Amlach retornou em meio a eles e negou que tivesse estado presente no debate ou falado tais palavras como as que relatavam; e houve dúvida e desconcerto entre os Homens. Então os Amigos-dos-Elfos disseram: "Haveis de acreditar nisto, ao menos: há de fato um Senhor Sombrio, e seus espiões e emissários estão entre nós; pois ele nos teme, assim como a força que podemos dar a seus inimigos."

DA VINDA DOS HOMENS PARA O OESTE

Mas alguns ainda responderam: "Na verdade, ele nos odeia, e seu ódio crescerá ainda mais se continuarmos a viver aqui, metendo-nos em sua querela com os Reis dos Eldar, sem nada ganharmos com isso." Muitos, portanto, daqueles que ainda permaneciam em Estolad se prepararam para partir; e Bereg levou cerca de mil do povo de Bëor para o sul, e eles não mais figuram nas canções daqueles dias. Mas Amlach se arrependeu, dizendo: "Tenho agora uma querela só minha com esse Mestre de Mentiras, que durará até o fim da minha vida"; e foi embora para o norte e se pôs a serviço de Maedhros. Mas aqueles de seu povo que pensavam como Bereg escolheram um novo líder e retornaram, através das montanhas a Eriador, e foram esquecidos.

Durante esse tempo, os Haladin permaneceram em Thargelion e estavam contentes. Mas Morgoth, vendo que por mentiras e enganos não podia ainda alienar totalmente Homens de Elfos, encheu-se de ira e buscou fazer aos Homens o mal que pudesse. Portanto, enviou uma incursão de Orques que, passando pelo leste, escapou do cerco e chegou sorrateira, através das Ered Lindon, pelos passos da estrada dos Anãos, e caiu sobre os Haladin nos bosques ao sul da terra de Caranthir.

Ora, os Haladin não viviam sob o domínio de senhores ou muitos juntos, mas cada morada se punha à parte e governava seus próprios negócios, e eram lentos para se unir. Mas havia entre eles um homem chamado Haldad, que tinha autoridade e era destemido; e ele reuniu todos os homens corajosos que pôde achar e recuou para o ângulo de terra entre o Ascar e o Gelion e, no canto mais recôndito, construiu uma estacada de um rio a outro; e, para detrás dela, levou todas as mulheres e crianças que podia salvar. Ali foram sitiados até que sua comida acabou.

Haldad tinha filhos gêmeos: Haleth, sua filha, e Haldar, seu filho; e ambos eram valentes na defesa, pois Haleth era uma mulher de grande coragem e força. Mas, por fim, Haldad foi morto numa surtida contra os Orques; e Haldar, que se apressou para salvar o corpo de seu pai de ser mutilado, tombou ao lado dele. Então Haleth reuniu o povo, embora não tivessem esperança; e alguns se lançaram nos rios e se afogaram. Mas, sete dias depois, enquanto os Orques lançavam seu último ataque e já tinham atravessado a estacada, veio, de repente, uma música de trombetas, e Caranthir, com sua hoste, desceu do norte e empurrou os Orques para os rios.

Então Caranthir olhou com bondade para os Homens e fez a Haleth grandes honras; e lhe ofereceu recompensa por seu pai e irmão. E vendo, tarde demais, que valor havia nos Edain, disse a ela: "Se vos mudardes para habitar mais ao norte, lá tereis a amizade e a proteção dos Eldar, e terras livres que serão vossas."

Mas Haleth era orgulhosa e avessa a ser guiada ou governada, e a maioria dos Haladin era de ânimo semelhante. Portanto, agradeceu a Caranthir, mas respondeu: "Minha mente agora se decidiu, senhor, a deixar a sombra das montanhas e ir para o oeste, aonde outros de nossa gente foram." Quando, portanto, os Haladin tinham reunido todos a quem puderam achar vivos de seu povo, dos que tinham fugido em desvario para as matas diante dos Orques, e recolhido o que restava de seus bens em seus lares incendiados, fizeram de Haleth sua chefe; e ela os levou, enfim, a Estolad, e lá habitaram por um tempo.

Mas permaneceram como um povo à parte e, desde então, sempre foram conhecidos por Elfos e Homens como o Povo de Haleth. Ela continuou a ser sua chefe enquanto seus dias duraram, mas não se casou, e a chefia passou depois para Haldan, filho de Haldar, seu irmão. Logo, entretanto, Haleth desejou se mudar mais para oeste de novo; e, embora a maioria de seu povo fosse contra esse alvitre, ela os levou adiante mais uma vez; e seguiram sem ajuda ou guia dos Eldar e, passando pelo Celon e pelo Aros, viajaram pela terra perigosa entre as Montanhas de Terror e o Cinturão de Melian. Aquela terra ainda não era tão maligna quanto depois se tornou, mas não era estrada que Homens mortais pudessem tomar sem auxílio, e Haleth só conseguiu trazer seu povo por ela com sofrimento e perda, obrigando-os a seguir adiante pela força de sua vontade. Enfim cruzaram o Brithiach, e muitos se arrependeram amargamente de sua jornada; mas agora não havia retorno. Portanto, em novas terras, voltaram à sua vida antiga do melhor modo que podiam; e habitaram em moradas livres nas matas de Talath

DA VINDA DOS HOMENS PARA O OESTE

Dirnen, além do Teiglin, e alguns vagaram longe pelo reino de Nargothrond. Mas havia muitos que amavam a Senhora Haleth e desejavam ir aonde ela fosse e viver sob seu domínio; e a esses ela levou à Floresta de Brethil, entre o Teiglin e o Sirion. Para lá, nos dias malignos que se seguiram, muitos membros de seu povo espalhado retornaram.

Ora, Brethil era reclamada como parte de seu domínio pelo Rei Thingol, embora não estivesse dentro do Cinturão de Melian, e ele queria negá-la a Haleth; mas Felagund, que tinha a amizade de Thingol, ouvindo de tudo o que sobreviera ao Povo de Haleth, obteve esta graça para ela: que havia de habitar livre em Brethil, com a única condição de que seu povo devia guardar as Travessias do Teiglin contra todos os inimigos dos Eldar e não permitir que Orques adentrassem suas matas. A isso Haleth respondeu: "Onde está Haldad, meu pai, e Haldar, meu irmão? Se o Rei de Doriath teme uma amizade entre Haleth e aqueles que devoraram sua gente, então os pensamentos dos Eldar são estranhos para os Homens." E Haleth habitou em Brethil até morrer; e seu povo ergueu um teso verdejante sobre ela nas alturas da floresta, Tûr Haretha, o Túmulo-da-Senhora, Haudh-en-Arwen na língua sindarin.

Dessa maneira veio a acontecer que os Edain habitaram nas terras dos Eldar, alguns aqui, outros ali, alguns vagando, outros fixando-se em clãs ou pequenas gentes; e a maior parte deles logo aprendeu a língua élfico-cinzenta, tanto como uma fala comum entre si quanto porque muitos estavam ávidos para aprender o saber dos Elfos. Mas, depois de um tempo, os Reis-élficos, vendo que não era bom para Elfos e Homens habitarem mesclados juntos sem ordem e que os Homens precisavam de senhores de sua própria gente, puseram à parte regiões onde pudessem viver suas próprias vidas e designaram chefes para governar livremente essas terras. Eram os aliados dos Eldar na guerra, mas marchavam sob seus próprios líderes. Contudo, muitos dos Edain tinham deleite na amizade dos Elfos, e habitavam em meio a eles por tanto tempo quanto lhes permitissem; e os homens jovens amiúde se punham, por um tempo, a serviço das hostes dos reis.

206

Ora, Hador Lórindol, filho de Hathol, filho de Magor, filho de Malach Aradan, pôs-se a serviço da casa de Fingolfin em sua juventude e foi amado pelo Rei. Fingolfin, portanto, deu-lhe o senhorio de Dor-lómin, e naquela terra ele reuniu a maioria do povo de sua gente e se tornou o mais poderoso dos chefes dos Edain. Em sua casa apenas a língua-élfica era falada; mas a fala deles próprios não foi esquecida, e dela veio a língua comum de Númenor. Mas, em Dorthonion, o senhorio do povo de Bëor e do país de Ladros foi dado a Boromir, filho de Boron, que era neto de Bëor, o Velho.

Os filhos de Hador eram Galdor e Gundor; e os filhos de Galdor eram Húrin e Huor; e o filho de Húrin era Túrin, a Ruína de Glaurung; e o filho de Huor era Tuor, pai de Eärendil, o Abençoado. O filho de Boromir era Bregor, cujos filhos eram Bregolas e Barahir; e os filhos de Bregolas eram Baragund e Belegund. A filha de Baragund era Morwen, a mãe de Túrin, e a filha de Belegund era Rían, a mãe de Tuor. Mas o filho de Barahir era Beren Uma-mão, que ganhou o amor de Lúthien, filha de Thingol, e retornou dos Mortos; deles vieram Elwing, a esposa de Eärendil, e todos os Reis de Númenor mais tarde.

Todos esses foram apanhados na rede da Condenação dos Noldor; e realizaram grandes feitos dos quais os Eldar se lembram ainda, em meio às histórias dos Reis de outrora. E, naqueles dias, a força dos Homens foi acrescentada ao poder dos Noldor, e alta era a esperança deles; e Morgoth foi enclausurado de perto, pois o povo de Hador, sendo forte para suportar frio e longas andanças, não temia, por vezes, ir ao extremo norte e lá montar guarda diante dos movimentos do Inimigo. Os Homens das Três Casas prosperaram e se multiplicaram, mas a maior delas era a casa de Hador Cabeça-dourada, par de senhores-élficos. Seu povo era de grande força e estatura, de mente pronta, ousado e resoluto, rápido para a raiva e o riso, poderoso entre os Filhos de Ilúvatar na juventude da Gente dos Homens. De cabelos louros eram, na maior parte, e de olhos azuis; mas não Túrin, cuja mãe era Morwen, da casa de Bëor. Os Homens daquela casa eram de cabelo escuro ou castanho e de olhos cinzentos; e de todos os Homens eram os mais semelhantes aos

DA VINDA DOS HOMENS PARA O OESTE

Noldor e os mais amados por eles; pois eram de mente ávida, de mãos hábeis, rápidos no entendimento, de longa memória, e tendiam antes à piedade que ao riso. Semelhantes a eles era o povo das florestas de Haleth, mas eram de menor estatura e menos ávidos por saber. Usavam poucas palavras e não amavam grande multidão de homens; e muitos entre eles se deleitavam na solidão, vagando livres nas matas verdes enquanto as maravilhas das terras dos Eldar lhes eram novas. Mas, nos reinos do Oeste, seu tempo era breve e seus dias, infelizes.

Os anos dos Edain se prolongaram, de acordo com a medida dos Homens, depois de sua vinda a Beleriand; mas, por fim, Bëor, o Velho, morreu, quando já tinha vivido três e noventa anos, dos quais quatro e quarenta servira ao Rei Felagund. E, quando jazeu morto, por nenhuma ferida ou tristeza, mas afetado pela idade, os Eldar viram pela primeira vez a passagem célere da vida dos Homens e a morte de cansaço que não conheciam em si mesmos; e prantearam grandemente a perda de seus amigos. Mas Bëor, por fim, desfizera-se de sua vida de boa vontade e morrera em paz; e os Eldar muito se admiraram da estranha sina dos Homens, pois em todo o seu saber não havia relato dela, e seu fim estava oculto deles.

Mesmo assim, os Edain de outrora aprenderam rapidamente dos Eldar toda arte e conhecimento que pudessem receber, e seus filhos cresceram em sabedoria e engenho até superarem muito todos os outros da Gente dos Homens, que habitavam ainda a leste das montanhas e não tinham visto os Eldar, nem olhado para os rostos dos que tinham contemplado a Luz de Valinor.

18

DA RUÍNA DE BELERIAND E DA QUEDA DE FINGOLFIN

Ora, Fingolfin, Rei do Norte, e Alto Rei dos Noldor, vendo que seu povo se tornara numeroso e forte e que os Homens aliados a eles eram muitos e valentes, ponderou, mais uma vez, um ataque a Angband; pois sabia que viviam em perigo enquanto o círculo do cerco estivesse incompleto e Morgoth fosse livre para labutar em suas minas profundas, inventando males que ninguém podia prever antes que ele os revelasse. Esse plano era sábio de acordo com a medida de seu conhecimento; pois os Noldor ainda não compreendiam a plenitude do poder de Morgoth, nem entendiam que sua guerra sem auxílio contra ele era sem esperança derradeira, e tanto fazia se apressarem quanto tardarem. Mas, porque a terra era bela e seus reinos, vastos, a maioria dos Noldor estava contente com as coisas como estavam, confiando que durassem, e tardava a começar um ataque no qual muitos certamente pereceriam, fosse em vitória ou em derrota. Portanto, estavam pouco dispostos a escutar Fingolfin e os filhos de Fëanor, naquele tempo, menos que os demais. Entre os chefes dos Noldor, apenas Angrod e Aegnor eram de opinião semelhante à do Rei; pois habitavam em regiões donde as Thangorodrim se podiam descortinar, e a ameaça de Morgoth estava presente em seus pensamentos. Assim, os desígnios de Fingolfin não chegaram a nada, e a terra teve ainda paz por algum tempo.

Mas, quando a sexta geração de Homens depois de Bëor e Marach ainda não chegara à vida adulta, fazendo então quatrocentos anos e cinco e cinquenta desde a chegada de Fingolfin, sobreveio o mal que havia muito ele temia, e ainda

DA RUÍNA DE BELERIAND E DA QUEDA DE FINGOLFIN

mais tremendo e repentino do que seu medo mais sombrio. Pois Morgoth preparara, havia muito, sua força em segredo, enquanto a malícia de seu coração ficava sempre maior e seu ódio dos Noldor, mais amargo; e ele desejava não apenas eliminar seus inimigos, mas destruir também, e profanar as terras que tinham tomado e tornado belas. E conta-se que seu ódio sobrepujou seus planos, de modo que, se tivesse suportado esperar um pouco mais, até que seus desígnios estivessem completos, então os Noldor teriam perecido de todo. Mas, de sua parte, ele julgava mui levianamente o valor dos Elfos e aos Homens ainda não levava em conta.

Veio um tempo de inverno, quando a noite era escura e sem lua; e a vasta planície de Ard-galen se estendia sombria sob as estrelas gélidas dos fortes monteses dos Noldor até os pés das Thangorodrim. As fogueiras dos vigias ardiam fracas, e os guardas eram poucos; na planície poucos despertavam nos acampamentos dos cavaleiros de Hithlum. Então, de repente, Morgoth lançou grandes rios de chama que correram, mais velozes que Balrogs, das Thangorodrim e se derramaram por toda a planície; e as Montanhas de Ferro arrotavam fogos de muitas cores venenosas, e o fumo deles empesteava o ar e era mortal. Assim, Ard-galen pereceu, e o fogo devorou sua relva; e ela se tornou um deserto abrasado e desolado, cheio de uma poeira asfixiante, estéril e sem vida. Dali em diante, seu nome foi mudado, e ela passou a ser chamada de Anfauglith, a Poeira Sufocante. Muitos ossos calcinados tiveram lá sua tumba a descoberto; pois muitos dos Noldor pereceram naquele incêndio, pegos pelos rios de chama, e não conseguiram fugir para os montes. As alturas de Dorthonion e das Ered Wethrin detiveram as torrentes de fogo, mas suas matas, nas encostas que davam para Angband, foram todas incendiadas, e a fumaça fez grande confusão entre os defensores. Assim começou a quarta das grandes batalhas, Dagor Bragollach, a Batalha da Chama Repentina.

À frente daquele fogo vinha Glaurung, o dourado, pai de dragões, em seu poderio pleno; e depois dele estavam Balrogs, e detrás vinham os exércitos sombrios dos Orques em multidões tais como os Noldor nunca tinham visto ou imaginado. E eles atacaram as fortalezas dos Noldor, e romperam o sítio à volta de Angband, e mataram, onde quer que os achassem, os Noldor e seus aliados, Elfos-cinzentos e Homens. Muitos dos mais robustos inimigos de Morgoth foram destruídos nos primeiros dias daquela guerra, desconcertados, e dispersos, e incapazes de reunir suas forças. A guerra nunca mais cessou de todo em Beleriand; mas se considera que a Batalha da Chama Repentina terminou com a chegada da primavera, quando o assédio de Morgoth amainou.

Assim terminou o Cerco de Angband; e os inimigos de Morgoth foram espalhados e separados uns dos outros. A maior parte dos Elfos-cinzentos fugiu para o sul e abandonou a guerra no norte; muitos foram recebidos em Doriath, e o reino e a força de Thingol aumentaram naquele tempo, pois o poder de Melian, a rainha, estava tecido à volta de suas fronteiras, e o mal ainda não conseguia entrar naquele domínio oculto. Outros tiveram refúgio nas fortalezas à beira do mar e em Nargothrond; e alguns fugiram daquela terra e se esconderam em Ossiriand ou, atravessando as montanhas, vagaram sem lar nos ermos. E rumores sobre a guerra e o rompimento do cerco alcançaram os ouvidos dos Homens no leste da Terra-média.

Os filhos de Finarfin sofreram mais pesadamente o golpe do ataque, e Angrod e Aegnor foram mortos; ao lado deles tombou Bregolas, senhor da casa de Bëor, e uma grande parte dos guerreiros daquele povo. Mas Barahir, o irmão de Bregolas, estava na luta mais a oeste, perto do Passo do Sirion. Ali, o Rei Finrod Felagund, vindo apressado do sul, foi separado de seu povo e cercado com pequena companhia no Pântano de Serech; e teria sido morto ou capturado, mas Barahir chegou com os mais corajosos de seus homens, o resgatou e fez uma muralha de lanças à volta dele; e abriram caminho para fora da batalha com grandes perdas. Assim Felagund escapou e retornou à sua funda fortaleza de Nargothrond; mas fez um juramento de constante amizade e auxílio em toda necessidade a Barahir e a toda a sua gente e, em sinal de seu voto, deu a Barahir seu anel. Barahir agora era por direito senhor da casa de Bëor e retornou a Dorthonion; mas a maioria de seu povo fugiu de seus lares e buscou abrigo nos recônditos de Hithlum.

Tão grande foi a violência de Morgoth que Fingolfin e Fingon não puderam vir ao auxílio dos filhos de Finarfin; e as hostes de Hithlum foram rechaçadas com grandes perdas para as fortalezas das Ered Wethrin, e essas eles mal conseguiram defender dos Orques. Diante das muralhas de Eithel Sirion tombou Hador, o de Cabelos Dourados, defendendo a retaguarda de seu senhor Fingolfin, tendo então sessenta e seis anos de idade, e com ele tombou Gundor, seu filho mais novo, varado de muitas flechas; e foram chorados pelos Elfos. Então Galdor, o Alto, recebeu o senhorio de seu pai. E, por causa da força e da altura das Montanhas Sombrias, que resistiram à torrente de fogo, e pelo valor dos Elfos e dos Homens do Norte, os quais nem Orque nem Balrog ainda podiam sobrepujar, Hithlum permaneceu inconquistada, uma ameaça ao flanco do ataque de Morgoth; mas Fingolfin foi separado de seus parentes por um mar de inimigos.

Pois a guerra andara mal para os filhos de Fëanor, e quase todas as marcas do leste foram tomadas de assalto. O Passo do Aglon foi capturado, embora com grande custo para as hostes de Morgoth; e Celegorm e Curufin, tendo sido derrotados, fugiram para o sul e para o oeste, pelas marcas de Doriath, e, chegando enfim a Nargothrond, buscaram asilo com Finrod Felagund. Assim veio a se passar que o povo deles aumentou a força de Nargothrond; mas teria sido melhor, como se viu depois, se eles tivessem permanecido no leste, no meio de sua própria gente. Maedhros operou façanhas de valor insuperável, e os Orques fugiram diante de seu rosto; pois, desde seu tormento sobre as Thangorodrim, seu espírito ardia como um fogo branco dentro dele, e ele era como quem retorna dos mortos. Assim, a grande fortaleza sobre o Monte de Himring não pôde ser tomada, e muitos dos mais valentes que restavam, tanto do povo de Dorthonion como das marcas do leste, juntaram-se lá a Maedhros; e, por algum tempo, ele fechou mais uma vez o Passo do Aglon, de modo que os Orques não conseguiam entrar em Beleriand por aquela estrada. Mas eles sobrepujaram os cavaleiros do povo de Fëanor em Lothlann, pois Glaurung foi até lá, e atravessaram a Brecha de Maglor, e destruíram toda a terra entre os braços do Gelion. E os Orques tomaram a fortaleza sobre as encostas ocidentais do Monte Rerir, e devastaram toda Thargelion, a terra de Caranthir; e conspurcaram o Lago Helevorn. De lá, atravessaram o Gelion com fogo e terror e chegaram longe, em Beleriand Leste. Maglor se uniu a Maedhros sobre o Himring; mas Caranthir fugiu e uniu o remanescente de seu povo à gente dispersa dos caçadores, Amrod e Amras, e eles recuaram e passaram por Ramdal no sul. Sobre o Amon Ereb mantinham uma guarda e alguma força de guerra e tinham auxílio dos Elfos-verdes; e os Orques não entraram em Ossiriand, nem em Taur-im-Duinath ou nas matas do sul.

Ora, chegaram notícias a Hithlum de que Dorthonion estava perdida, e os filhos de Finarfin, derrotados, e que os filhos de Fëanor tinham sido varridos de suas terras. Então Fingolfin contemplou (como lhe parecia) a completa ruína dos Noldor e a derrota sem volta de todas as suas casas; e, cheio de ira e desespero, montou Rochallor, seu grande corcel, e partiu sozinho, e ninguém pôde impedi-lo. Passou por Dor-nu-Fauglith como um vento em meio à poeira, e todos os que contemplavam seu avanço fugiam em assombro, pensando que o próprio Oromë chegara: pois uma grande loucura de fúria estava sobre ele, de modo que seus olhos brilhavam como os olhos dos Valar. Assim ele chegou sozinho aos portões de Angband, e soou sua trompa, e golpeou, mais uma vez, as portas brônzeas, e desafiou Morgoth a vir para fora para combate singular. E Morgoth veio.

Foi a última vez naquelas guerras em que ele atravessou as portas de sua fortaleza, e conta-se que não aceitou o desafio de bom grado; pois, embora seu poder fosse o maior de todas as coisas neste mundo, era o único dos Valar a conhecer o medo. Mas não podia agora se negar ao desafio diante do rosto de seus capitães; pois as rochas ecoavam com a música estridente da trompa de Fingolfin, e sua voz chegava penetrante e clara até as profundezas de Angband; e Fingolfin chamava Morgoth de poltrão e senhor de escravos. Portanto, Morgoth veio, subindo devagar de seu trono subterrâneo, e o rumor de seus pés era

DA RUÍNA DE BELERIAND E DA QUEDA DE FINGOLFIN

como trovão sob a terra. E saiu trajado em armadura negra; e se
pôs diante do Rei como uma torre, coroado de ferro, e seu vasto
escudo, ébano sem brasão, lançava uma sombra sobre ele que
era como nuvem de tempestade. Mas Fingolfin luzia debaixo
dela feito uma estrela; pois sua cota de malha fora banhada em
prata, e seu escudo azul, incrustado com cristais; e desembainhou sua espada, Ringil, que brilhava como gelo.

Então Morgoth ergueu alto Grond, o Martelo do Mundo
Ínfero, e o abaixou como se fosse raio e trovão. Mas Fingolfin saltou de lado, e Grond abriu enorme cova na terra, donde fumaça
e fogo brotaram. Muitas vezes Morgoth tentou golpeá-lo, e, a
cada vez, Fingolfin pulava para longe, como um relâmpago dis-
para debaixo de uma nuvem escura; e feriu Morgoth com sete
feridas, e sete vezes Morgoth deu um urro de angústia, com o
que as hostes de Angband caíam sobre suas faces em desespero,
e os gritos ecoavam nas Terras do Norte.

Mas, por fim, o Rei se cansou, e Morgoth empurrou seu
escudo sobre ele. Três vezes foi esmagado até se ajoelhar, e três
vezes se levantou de novo e ergueu seu escudo quebrado e seu
elmo golpeado. Mas a terra estava toda rachada e cavada à sua
volta, e ele tropeçou e caiu para trás diante dos pés de Morgoth;
e Morgoth pôs seu pé esquerdo sobre o pescoço dele, e o peso era
como um monte tombado. Porém, com seu último e desesperado
ataque, Fingolfin lhe talhou o pé com Ringil, e o sangue brotou,
negro e cheio de fumaça, e encheu as covas feitas por Grond.

Assim morreu Fingolfin, Alto Rei dos Noldor, mais orgulhoso e valente dos reis-élficos de outrora. Os Orques não
fizeram bravata daquele duelo no portão; nem os Elfos cantam sobre ele, pois sua tristeza é profunda demais. Contudo,
a história é recordada ainda, pois Thorondor, Rei das Águias,
trouxe notícias a Gondolin e a Hithlum, longe dali. E Morgoth
tomou o corpo do Rei-élfico e o destroçou, e estava a ponto
de lançá-lo a seus lobos; mas Thorondor veio com toda pressa de
seu ninho, em meio aos picos das Crissaegrim, e pousou sobre
Morgoth e maculou seu rosto. A força das asas de Thorondor
era como o ruído dos ventos de Manwë, e ele agarrou o corpo
com suas garras poderosas e, erguendo-se de repente acima

dos dardos dos Orques, levou o Rei para longe. E o depôs no topo de uma montanha que dava, do norte, para o vale oculto de Gondolin; e Turgon, chegando, construiu um alto teso de pedras sobre seu pai. Nenhum Orque jamais ousou passar por sobre o monte de Fingolfin ou se aproximar de sua tumba, até que a sina de Gondolin chegou, e a traição nasceu em meio à sua gente. Morgoth ficou para sempre manco de um pé depois daquele dia, e a dor de suas feridas não podia ser curada; e em seu rosto estava a cicatriz feita por Thorondor.

Grande foi a lamentação em Hithlum quando a queda de Fingolfin foi conhecida, e Fingon, cheio de pesar, assumiu o senhorio da casa de Fingolfin e do reino dos Noldor; mas seu jovem filho Ereinion (que depois foi chamado de Gil-galad) ele enviou aos Portos.

Ora, o poder de Morgoth cobria as Terras do Norte; mas Barahir não fugia de Dorthonion e continuava a disputar a terra pedaço a pedaço com seus inimigos. Então Morgoth perseguiu seu povo até a morte, até que poucos restaram; e toda a floresta das encostas ao norte daquela terra se transformou, pouco a pouco, em uma região de tamanho terror e nefando encantamento que até os Orques não entravam ali, a não ser por necessidade premente, e ela recebeu o nome de Deldúwath e de Taur-nu-Fuin, a Floresta sob a Penumbra da Noite. As árvores que cresciam lá depois do incêndio eram pretas e sombrias, e suas raízes eram trançadas, tateando no escuro feito garras; e aqueles que vagueavam em meio a elas se perdiam, e ficavam cegos, e eram estrangulados ou perseguidos até a loucura por espectros de terror. Por fim, tão desesperado era o caso de Barahir, que Emeldir do Coração-de-homem, sua esposa (cuja intenção era antes lutar ao lado de seu filho e seu marido do que fugir), reuniu todas as mulheres e crianças que tinham restado e deu armas àquelas que queriam usá-las; e as levou para as montanhas atrás de Dorthonion e por caminhos perigosos, até que chegaram enfim, com perdas e sofrimento, a Brethil. Algumas foram lá recebidas entre os Haladin, mas outras atravessaram as montanhas para ir a Dor-lómin e ao povo de Galdor, filho de Hador;

DA RUÍNA DE BELERIAND E DA QUEDA DE FINGOLFIN

e entre essas estavam Rían, filha de Belegund, e Morwen, que era chamada de Eledhwen, que quer dizer Brilho-élfico, filha de Baragund. Mas nenhuma jamais viu de novo os homens que tinham deixado. Pois esses foram mortos um a um, até que enfim só doze homens restavam a Barahir: Beren, seu filho, e Baragund e Belegund, seus sobrinhos, filhos de Bregolas, e nove serviçais fiéis de sua casa, cujos nomes foram lembrados longamente nas canções dos Noldor. Eram Radhruin e Dairuin, Dagnir e Ragnor, Gildor e Gorlim, o infeliz, Arthad e Urthel, e Hathaldir, o jovem. Proscritos sem esperança se tornaram, um bando desatinado que não podia escapar e não queria ceder, pois suas habitações estavam destruídas, e suas mulheres e filhos, capturados, mortos ou fugidos. De Hithlum não vinham nem novas nem ajuda, e Barahir e seus homens foram caçados feito feras selvagens; e recuaram para a estéril terra alta acima da floresta e vagaram em meio aos alagados e charnecas rochosas daquela região, o mais longe possível dos espiões e dos feitiços de Morgoth. Sua cama era a urze, e seu teto, o céu nublado.

Por quase dois anos depois da Dagor Bragollach os Noldor ainda defenderam a passagem oeste em volta das nascentes do Sirion, pois o poder de Ulmo estava naquela água, e Minas Tirith resistia aos Orques. Mas afinal, depois da queda de Fingolfin, Sauron, maior e mais terrível dos serviçais de Morgoth, que é chamado na língua sindarin de Gorthaur, veio contra Orodreth, o guardião da torre sobre Tol Sirion. Sauron se tornara então um feiticeiro de poder horrendo, mestre de sombras e espectros, de saber imundo, de força cruel, desfigurando o que tocava, distorcendo o que regia, senhor de lobisomens; seu domínio era tormento. Tomou Minas Tirith de assalto, pois uma nuvem escura de medo caiu sobre aqueles que a defendiam; e Orodreth foi expulso dali e fugiu para Nargothrond. Então Sauron a transformou em torre de vigia para Morgoth, uma fortaleza do mal e uma ameaça; e a bela ilha de Tol Sirion, amaldiçoada, passou a se chamar Tol-in-Gaurhoth, a Ilha dos Lobisomens. Nenhuma criatura viva podia atravessar aquele vale sem que Sauron a espiasse da torre onde se assentava. E

Morgoth agora era senhor do passo do oeste, e seu terror enchia os campos e matas de Beleriand. Fora de Hithlum ele perseguia seus inimigos sem descanso, e vasculhava seus locais de refúgio, e tomava suas fortalezas uma a uma. Os Orques, cada vez mais ousados, vagavam à vontade por toda parte, descendo o Sirion no oeste e o Celon no leste, e cercaram Doriath; e assombravam as terras, de modo que feras e aves fugiam diante deles, e silêncio e desolação se espalhavam sem cessar desde o Norte. Muitos dos Noldor e dos Sindar eles tomaram como prisioneiros e levaram a Angband, e fizeram deles escravos, forçando-os a usar seu engenho e conhecimento a serviço de Morgoth. E Morgoth enviou seus espiões, e eles estavam trajados em formas falsas e o engodo estava em sua fala; faziam promessas mentirosas de recompensa e, com palavras matreiras, buscavam atiçar medo e ciúme entre os povos, acusando seus reis e chefes de cobiça e de traição um contra o outro. E, por causa da maldição do Fratricídio em Alqualondë, tais mentiras amiúde pareciam críveis; e, de fato, conforme os tempos se tornavam sombrios, tinham uma medida de verdade, pois os corações e mentes dos Elfos de Beleriand nublaram-se de desespero e medo. Mas sempre os Noldor temiam mormente a traição daqueles de sua própria gente que tinham sido servos em Angband; pois Morgoth usava alguns desses para seus propósitos malignos e, fingindo dar-lhes liberdade, mandava-os para longe, mas suas vontades estavam acorrentadas à dele, e saíam apenas para retornar a ele de novo. Portanto, se qualquer dos cativos escapava de verdade e retornava a seu próprio povo, tinha pouca acolhida e vagava sozinho, proscrito e desesperado.

Dos Homens Morgoth fingia ter piedade, se algum deles escutasse suas mensagens, dizendo que seus males vinham apenas de servirem aos Noldor rebeldes, mas que, nas mãos do correto Senhor da Terra-média, obteriam honra e uma justa recompensa por seu valor, se deixassem a rebelião. Mas poucos homens das Três Casas dos Edain lhe davam ouvidos, nem mesmo se fossem levados aos tormentos de Angband. Portanto, Morgoth os perseguiu com ódio; e enviou seus mensageiros através das montanhas.

DA RUÍNA DE BELERIAND E DA QUEDA DE FINGOLFIN

Conta-se que, nesse tempo, os Homens Tisnados chegaram pela primeira vez a Beleriand. Alguns já estavam secretamente sob o domínio de Morgoth e vieram ao seu chamado; mas não todos, pois os rumores sobre Beleriand, sobre suas terras e águas, suas guerras e riquezas, espalhavam-se por toda parte, e os pés vagantes dos Homens se voltavam sempre para o oeste naqueles dias. Tais Homens eram baixos e de ombros largos, de braços compridos e fortes; suas peles eram tisnadas ou acobreadas, e seu cabelo era escuro, tal como seus olhos. Suas casas eram muitas, e alguns tinham mais gosto pelos Anãos das montanhas do que pelos Elfos. Mas Maedhros, conhecendo a fraqueza dos Noldor e dos Edain, enquanto as fossas de Angband pareciam ser inexauríveis e sempre se renovavam, fez aliança com esses Homens recém-chegados e deu sua amizade aos maiores de seus chefes, Bór e Ulfang. E Morgoth estava mui contente; pois isso seguia seus desígnios. Os filhos de Bór eram Borlad, Borlach e Borthand; e eles seguiram a Maedhros e Maglor, e não corresponderam à esperança de Morgoth, e foram fiéis. Os filhos de Ulfang, o Negro, eram Ulfast, e Ulwarth, e Uldor, o maldito; e seguiram a Caranthir, e lhe juraram lealdade, e se mostraram infiéis.

Havia pouco amor entre os Edain e os Lestenses, e raro se encontravam; pois os recém-chegados moraram longamente em Beleriand Leste, mas o povo de Hador estava encerrado em Hithlum, e a casa de Bëor, quase destruída. O Povo de Haleth, no começo, não foi tocado pela guerra no norte, pois habitavam mais ao sul, na Floresta de Brethil; mas agora havia batalha entre eles e os Orques invasores, pois eram homens de coração valoroso e não abandonariam tão fácil as matas que amavam. E, em meio às histórias de derrota daquele tempo, os feitos dos Haladin são lembrados com honra: pois, depois da captura de Minas Tirith, os Orques atravessaram o passo oeste e talvez tivessem devastado até mesmo as fozes do Sirion; mas Halmir, senhor dos Haladin, mandou rápido uma mensagem a Thingol, pois tinha amizade com os Elfos que guardavam as fronteiras de Doriath. Então Beleg Arcoforte, chefe dos guardiões das marcas de Thingol, trouxe grande força dos Sindar, armados com machados, a Brethil; e, saindo das profundezas da floresta, Halmir e Beleg pegaram de surpresa uma legião de Orques e a destruíram. Dali em diante, a maré negra vinda do Norte foi detida naquela região, e os Orques não ousaram cruzar o Teiglin por muitos anos depois disso. O Povo de Haleth vivia ainda em paz vigilante na Floresta de Brethil e, detrás de sua proteção, o Reino de Nargothrond pôde respirar e preservou sua força.

Nesse tempo, Húrin e Huor, os filhos de Galdor de Dor-lómin, estavam vivendo com os Haladin, pois eram seus parentes. Nos dias antes da Dagor Bragollach, aquelas duas casas dos Edain tinham se unido numa grande festa, quando Galdor e Glóredhel, os filhos de Hador Cabeça-dourada, desposaram Hareth e Haldir, filhas de Halmir, senhor dos Haladin. Assim foi que os filhos de Galdor foram adotados, em Brethil, por Haldir, seu tio, de acordo com o costume dos Homens naquele tempo; e ambos foram à batalha com os Orques, até mesmo Huor, pois não se podia segurá-lo, embora não tivesse mais que treze anos. Mas, estando com uma companhia que foi separada das demais, foram perseguidos até o Vau de Brithiach e lá teriam sido capturados ou mortos se não fosse pelo poder de Ulmo, que ainda era forte no Sirion. Uma bruma subiu do rio e os escondeu de seus inimigos, e eles escaparam pelo Brithiach e foram até Dimbar, e vagaram entre as colinas sob as muralhas íngremes das Crissaegrim, até ficarem confusos nos enganos daquela terra, sem saber que caminho seguir ou como retornar. Ali Thorondor os observou e mandou duas de suas águias ao seu auxílio; e as águias se alçaram com eles e os levaram para além das Montanhas Circundantes, até o vale secreto de Tumladen e a cidade oculta de Gondolin, a qual Homem algum ainda vira.

Lá, Turgon, o Rei, recebeu-os bem quando soube quem era sua gente; pois mensagens e sonhos lhe tinham chegado subindo o Sirion, vindos do mar, de Ulmo, Senhor das Águas, advertindo-o sobre males que viriam e o aconselhando a tratar com bondade os filhos da casa de Hador, de quem havia de lhe vir ajuda quando precisasse. Húrin e Huor viveram como hóspedes na casa do Rei por quase um ano; e conta-se que, nesse tempo, Húrin aprendeu muito do saber dos Elfos e compreendeu também algo dos conselhos e propósitos do Rei. Pois Turgon tinha grande gosto pelos filhos de Galdor e falava-lhes muito; e desejava, de fato, mantê-los em Gondolin por amor, e não apenas porque sua lei dizia que nenhum estranho, fosse Elfo ou Homem, que encontrasse o caminho para o reino secreto e contemplasse a cidade poderia partir dali, até que o Rei abrisse as defesas e o povo oculto viesse para fora.

Mas Húrin e Huor desejavam retornar a seu próprio povo e partilhar as guerras e dores que o afligiam. E Húrin disse a Turgon: "Senhor, somos apenas Homens mortais e diferentes dos Eldar. Eles podem suportar longos anos aguardando a batalha contra seus inimigos em algum dia longínquo; mas para nós o tempo é curto, e nossa esperança e força logo fenecem. Além do mais, não achamos a estrada para Gondolin e, de fato, não sabemos ao certo onde esta cidade fica; pois fomos trazidos em medo e assombro pelas altas vias do ar e, por misericórdia, nossos olhos foram velados." Então Turgon atendeu ao seu rogo e disse: "Pelo caminho que viestes tendes licença para partir, se Thorondor estiver disposto. Entristeço-me com essa separação; contudo, em pouco tempo, conforme os Eldar o contam, podemos nos encontrar de novo."

Mas Maeglin, o filho da irmã do Rei, que era poderoso em Gondolin, não lamentou em nada a ida deles, tendo-lhes inveja por ganharem os favores do Rei, pois não tinha amor algum pelos da gente dos Homens; e disse a Húrin; "A mercê do Rei é maior do que compreendes, e a lei se tornou menos severa do que outrora; ou do contrário não terias escolha a não ser morar aqui até o fim de tua vida."

Então Húrin respondeu: "A mercê do Rei é de fato grande; mas, se a nossa palavra não é suficiente, então vos faremos juramentos." E os irmãos juraram nunca revelar os planos de Turgon e manter em segredo tudo o que tinham visto em seu reino. Então se despediram, e as águias, chegando, levaram-nos embora de noite e os deixaram em Dor-lómin antes da aurora. Sua parentela se regozijou ao vê-los, pois mensageiros de Brethil tinham relatado que haviam se perdido; mas não declararam nem mesmo a seu pai onde tinham ficado, salvo que haviam sido resgatados nos ermos pelas águias e levados para casa. Mas Galdor indagou: "Então habitastes um ano nos ermos? Ou as águias vos abrigaram em seus ninhos? Mas encontrastes comida e bela vestimenta e voltais como jovens príncipes, não como andarilhos da mata." E Húrin respondeu: "Contenta-te com termos voltado; pois só sob um voto de silêncio isso foi permitido." Então Galdor não mais os questionou, mas ele e muitos outros adivinharam a verdade; e, naquele tempo, a estranha sorte de Húrin e Huor chegou aos ouvidos dos serviçais de Morgoth.

Ora, quando Turgon soube do rompimento do sítio de Angband, não permitiu que ninguém de seu povo saísse para a guerra; pois julgava que Gondolin era forte, e o tempo, ainda não propício para que se revelasse. Mas acreditava também que o fim do Cerco de Angband era o princípio da queda dos Noldor, a menos que viesse auxílio; e enviou companhias dos Gondolindrim em segredo para as fozes do Sirion e para a Ilha de Balar. Ali construíram navios e içaram vela para o extremo Oeste a mando de Turgon, buscando a Valinor para pedir o perdão e o auxílio dos Valar; e imploraram às aves do mar que os guiassem. Mas os mares eram selvagens e vastos, e sombra e encantamento jaziam sobre eles; e Valinor estava oculta. Portanto, nenhum dos mensageiros de Turgon chegou ao Oeste, e muitos se perderam, e poucos retornaram; mas a sina de Gondolin se aproximava.

Rumores chegaram a Morgoth dessas coisas, e ele se inquietou em meio a suas vitórias; e desejava grandemente ter notícias de Felagund e Turgon. Pois tinham sumido sem deixar rastro e, contudo, não estavam mortos; e ele temia o que ainda podiam realizar contra ele. De Nargothrond ele conhecia, de fato, o nome, mas nem onde ficava nem sua força; e de Gondolin nada sabia, e pensar em Turgon o atormentava ainda mais. Portanto, enviou ainda mais espiões a Beleriand; mas convocou as hostes principais dos Orques a Angband, pois percebeu que ainda não conseguiria travar uma batalha definitiva e vitoriosa até que reunisse mais forças e que ainda não medira direito o valor dos Noldor nem o poder guerreiro dos Homens que lutavam ao lado deles. Por grande que tivesse sido sua vitória na Bragollach e nos anos que se seguiram e duros os males que infligira a seus inimigos, suas próprias perdas não tinham sido menores; e, embora dominasse Dorthonion e o Passo do Sirion, os Eldar, recuperando-se de seu desânimo primeiro, começavam agora a reaver o que tinham perdido. Assim, Beleriand, ao sul, teve uma semelhança de paz por alguns poucos anos; mas as forjas de Angband enchiam-se de labor.

Quando sete anos tinham passado desde a Quarta Batalha, Morgoth renovou seu ataque e enviou uma grande força contra Hithlum. O combate nos passos das Montanhas Sombrias foi amargo e, no cerco de Eithel Sirion, Galdor, o alto, Senhor de Dor-lómin, foi morto com um flechaço. Aquela fortaleza ele defendia em nome de Fingon, o Alto Rei; e, naquele mesmo lugar, seu pai, Hador Lórindol, morrera pouco tempo antes. Húrin, seu filho, então acabara de chegar à idade adulta, mas era grande em força, tanto de mente como de corpo; e empurrou os Orques, com grande matança, para longe das Ered Wethrin e os perseguiu a fundo pelas areias de Anfauglith.

Mas o Rei Fingon sofria para deter o exército de Angband que descera do norte; e houve batalha nas próprias planícies de Hithlum. As forças de Fingon estavam em menor número; mas os navios de Círdan subiram o Estreito de Drengist com uma grande força e, na hora da necessidade, os Elfos da Falas caíram sobre a hoste de Morgoth vindos do oeste. Então os Orques, desbaratados, fugiram, e os Eldar conquistaram a vitória, e seus arqueiros montados os perseguiram até as Montanhas de Ferro.

Dali por diante, Húrin, filho de Galdor, governou a casa de Hador em Dor-lómin e serviu a Fingon. Húrin era de menor estatura que seus pais ou que seu filho depois dele; mas era incansável e resistente de corpo, esguio e veloz à maneira da gente de sua mãe, Hareth dos Haladin. Sua esposa era Morwen Eledhwen, filha de Baragund da casa de Bëor, ela que fugira de Dorthonion com Rían, filha de Belegund, e Emeldir, a mãe de Beren.

Naquele tempo, também os proscritos de Dorthonion foram destruídos, como se conta a seguir; e Beren, filho de Barahir, escapando sozinho, mal conseguiu chegar a Doriath.

19

DE BEREN
E LÚTHIEN

Dentre os relatos de tristeza e ruína que nos chegam da escuridão daqueles dias, ainda há alguns nos quais, em meio ao pranto, há regozijo e, sob a sombra da morte, uma luz que perdura. E, dessas histórias, a que ainda é a mais bela aos ouvidos dos Elfos é o conto de Beren e Lúthien. Sobre suas vidas foi feita a "Balada de Leithian, Libertação do Cativeiro", que é a segunda mais longa das canções acerca do mundo de outrora; mas aqui conta-se o conto em menos palavras e sem canção.

Já se contou que Barahir não queria abandonar Dorthonion, e lá Morgoth o perseguiu sem trégua, até que, por fim, lhe restaram apenas doze companheiros. Ora, a floresta de Dorthonion se erguia no rumo sul até virar uma charneca montanhosa; e, no leste dessas terras altas, havia um lago, Tarn Aeluin, com campos agrestes à sua volta, e toda aquela terra era sem sendas e selvática, pois mesmo nos dias da Longa Paz ninguém tinha vivido ali. Mas as águas do Tarn Aeluin eram vistas com reverência, pois eram claras e azuis de dia e à noite eram um espelho para as estrelas; e se dizia que a própria Melian havia consagrado aquela água nos dias de outrora. Para lá Barahir e seus proscritos recuaram e ali fizeram seu esconderijo, e Morgoth não conseguia descobri-lo. Mas o rumor dos feitos de Barahir e seus companheiros se espalhou por toda a parte; e Morgoth ordenou que Sauron os achasse e os destruísse.

Ora, entre os companheiros de Barahir estava Gorlim, filho de Angrim. O nome de sua esposa era Eilinel, e o amor entre os dois era grande antes que sobreviesse o mal. Mas Gorlim, retornando da guerra nas fronteiras, achou sua casa saqueada e vazia e sua esposa desaparecida; se morta ou capturada, ele não sabia.

Então fugiu à procura de Barahir, e dentre seus companheiros ele era o mais feroz e desesperado; mas a dúvida lhe ardia no coração quando pensava que talvez Eilinel não estivesse morta. Por vezes, partia sozinho, em segredo, e visitava sua casa, que ainda estava de pé em meio aos campos e bosques que antes possuíra; e isso se tornou conhecido dos serviçais de Morgoth.

Era tempo de outono quando ele veio à sua casa ao anoitecer e, chegando perto, viu o que pensou ser uma luz na janela; e, achegando-se com cuidado, olhou para dentro. Ali viu Eilinel e seu rosto estava vincado de tristeza e fome, e lhe parecia estar ouvindo a voz dela, que lamentava que ele a tivesse abandonado. Mas, assim que gritou em alta voz, a luz foi apagada pelo vento; lobos uivaram e, em seus ombros, ele sentiu, de repente, as mãos pesadas dos caçadores de Sauron. Desse modo, Gorlim foi apanhado; e, levando-o para seu acampamento, eles o torturaram, buscando descobrir os esconderijos de Barahir e todos os seus segredos. Mas nada Gorlim contava. Então lhe prometeram que ele seria libertado e reunido a Eilinel se cedesse; e, estando, por fim, exausto de dor e ansiando por sua mulher, fraquejou. Então, de imediato, levaram-no à horrenda presença de Sauron; e Sauron disse: "Ouço agora que queres regatear comigo. Qual é o teu preço?"

E Gorlim respondeu que havia de encontrar Eilinel de novo e, com ela, ser libertado; pois pensava que Eilinel também se tornara cativa.

Então Sauron sorriu, dizendo: "Esse é um preço pequeno para tão grande traição. Assim será, decerto. Continua!"

Ora, Gorlim queria ter recuado, mas, acovardado pelos olhos de Sauron, contou enfim tudo o que ele queria saber. Então Sauron riu; e zombou de Gorlim, e lhe revelou que ele tinha visto apenas um espectro criado por feitiçaria para servir de armadilha; pois Eilinel estava morta. "Mesmo assim concederei teu pedido," disse Sauron, "e hás de ir ter com Eilinel e ficarás livre de meu serviço." Então o matou cruelmente.

Desse modo, o esconderijo de Barahir foi revelado, e Morgoth lançou sua rede à volta dele; e os Orques, vindo nas horas paradas antes da aurora, surpreenderam os Homens de Dorthonion e os mataram a todos, salvo um. Pois Beren, filho de Barahir, fora enviado por seu pai em uma missão perigosa para espionar as sendas do Inimigo e estava longe quando o esconderijo foi tomado. Mas, enquanto dormia na floresta, sonhou que aves carniceiras se sentavam, numerosas como folhas, sobre árvores nuas à beira de uma lagoa e que o sangue pingava de seus bicos. Então Beren percebeu, em seu sonho, uma forma que lhe vinha por sobre a água, e era o espectro de Gorlim; e ele lhe falou, contando de sua traição e morte, e pediu que se apressasse para avisar ao seu pai.

Então Beren despertou, e correu noite adentro, e voltou ao esconderijo dos proscritos na segunda manhã depois disso. Mas, conforme se aproximava, as aves carniceiras levantaram voo, e se sentaram nos amieiros à beira do Tarn Aeluin, e grasnaram em zombaria.

Ali Beren enterrou os ossos de seu pai, e ergueu um teso de pedras sobre Barahir, e fez por ele um juramento de vingança. Primeiro, portanto, perseguiu os Orques que tinham matado seu pai e seus parentes, e achou o acampamento deles à noite, no Poço do Rivil, acima do Pântano de Serech, e, por causa de sua arte de mateiro, chegou perto da fogueira dos Orques sem ser visto. Lá o capitão deles, que contava bravatas sobre seus feitos, ergueu a mão de Barahir, que decepara como um sinal para Sauron de que a missão deles fora cumprida; e o anel de Felagund estava naquela mão. Então Beren saltou de detrás de uma rocha e matou o capitão e, tomando a mão e o anel, escapou, sendo defendido pelo destino; pois os Orques estavam amedrontados, e suas flechas não achavam o alvo.

Depois disso, por quatro anos mais Beren vagou ainda por Dorthonion, um proscrito solitário; mas se tornou amigo das aves e das feras, e elas o ajudavam e não o traíram, e, daquele tempo em diante, ele não comeu carne alguma, nem matou qualquer coisa viva que não estivesse a serviço de Morgoth. Não temia a morte, mas apenas o cativeiro; e, sendo audaz e desesperado, escapou tanto da morte quanto dos grilhões; e as façanhas de ousadia solitária que realizava se divulgavam por Beleriand, e relatos sobre elas chegaram até mesmo a Doriath. Por fim, Morgoth pôs sua cabeça a prêmio por um preço não menor que o da cabeça de Fingon, Alto Rei dos Noldor; mas os Orques antes fugiam ao rumor de sua presença do que o buscavam. Portanto, um exército foi enviado contra ele, sob o comando de Sauron; e Sauron trouxe consigo lobisomens, bestas-feras habitadas por espíritos terríveis que tinham sido aprisionados em seus corpos.

Toda aquela terra agora tinha ficado repleta de mal, e todas as coisas puras estavam partindo; e Beren foi encurralado de tal forma que se viu forçado a fugir de Dorthonion. Em um tempo de inverno e de neve, abandonou a terra e o túmulo de seu pai e, escalando as regiões altas de Gorgoroth, as Montanhas de Terror, descortinou, ao longe, a terra de Doriath. Ali entrou em seu coração que havia de descer até o Reino Escondido, onde nenhum pé mortal ainda caminhara.

Terrível foi sua jornada para o sul. Íngremes eram os precipícios das Ered Gorgoroth e, sob os seus pés, havia sombras que lá estavam desde antes do surgir da Lua. Além deles ficava o ermo de Dungortheb, onde a feitiçaria de Sauron e o poder de Melian se encontravam e o horror e a loucura caminhavam. Ali as aranhas da fera raça de Ungoliant tinham morada, fiando suas teias invisíveis nas quais todas as coisas vivas eram apanhadas; e os monstros que lá vagavam tinham nascido na longa escuridão anterior ao Sol, caçando em silêncio com seus muitos olhos. Nenhum alimento para Elfos ou Homens havia naquela terra assombrada, mas a morte apenas. Aquela jornada não é contada como a menor entre as grandes façanhas de Beren, mas dela ele não falou a ninguém mais tarde para que o horror não retornasse à sua mente; e ninguém sabe como ele achou um caminho e enfim chegou, por sendas que nenhum outro Homem ou Elfo jamais ousou trilhar, às fronteiras de Doriath. E atravessou os labirintos que Melian tecera à volta do reino de Thingol, tal como ela mesma previra; pois uma grande sina estava sobre ele.

Conta-se, na "Balada de Leithian", que Beren chegou trôpego a Doriath, grisalho e curvado como quem viveu muitos anos de tristeza, tão grande tinha sido o tormento da estrada.

Mas, vagando no verão pelas matas de Neldoreth, ele se deparou com Lúthien, filha de Thingol e Melian, na hora do anoitecer, sob a Lua que nascia, enquanto ela dançava sobre a relva sempre verde das clareiras à beira do Esgalduin. Então toda a memória de sua dor o deixou, e ele caiu num encantamento; pois Lúthien era a mais linda de todos os Filhos de Ilúvatar. Azul era a sua vestimenta, feito o céu sem nuvens, mas seus olhos eram cinzentos como o anoitecer estrelado; o seu manto era bordado com flores douradas, mas seu cabelo era escuro, feito as sombras do crepúsculo. Como a luz sobre as folhas das árvores, como a voz de águas claras, como as estrelas acima das brumas do mundo, tal era a sua glória e a sua delicadeza; e em seu rosto havia brilhante luz.

Mas desapareceu da vista dele; e Beren emudeceu, como alguém que é atado por um feitiço, e desgarrou-se por longo tempo nas matas, selvagem e arredio feito um bicho, a buscá-la. Em seu coração a chamava de Tinúviel, que significa Rouxinol, Filha do Crepúsculo, na língua dos Elfos-cinzentos, pois não conhecia outro nome para ela. E a via ao longe, como as folhas nos ventos de outono e, no inverno, como uma estrela acima de uma colina, mas havia uma corrente sobre seus membros.

Veio um momento próximo da aurora, na véspera de primavera, e Lúthien estava dançando sobre uma colina verdejante; e, de repente, ela começou a cantar. Pungente, de trespassar o coração era o canto dela, como o da cotovia que se ergue dos portões da noite e derrama sua voz em meio às estrelas moribundas, vendo o sol detrás das muralhas do mundo; e a canção de Lúthien soltou os grilhões do inverno, e as águas congeladas falaram, e flores brotaram da terra fria por onde os pés dela tinham passado.

Então o feitiço de silêncio deixou Beren, e ele a chamou, gritando "Tinúviel"; e as matas ecoaram esse nome. Então ela parou em assombro e não fugiu mais, e Beren veio até ela. Mas, quando olhava para ele, caiu sobre Lúthien sua sina, e ela o amou; contudo, escapuliu de seus braços e desapareceu da vista dele na hora em que o dia raiava. Então Beren deitou-se sobre a terra num desmaio, como alguém ferido de morte pela ventura e pela tristeza ao mesmo tempo; e caiu num sono que era como se fosse um abismo de sombra e, despertando, estava frio como uma pedra, e seu coração, estéril e abandonado. E, em sua mente que vagava, pôs-se a tatear, como alguém que é acometido de cegueira repentina e busca com as mãos se agarrar à luz desaparecida. Assim começou a paga de angústia pelo fado imposto a ele; e, no fado dele, Lúthien foi apanhada e, sendo imortal, partilhou de sua mortalidade; e, sendo livre, recebeu seus grilhões; e a angústia dela foi maior do que qualquer outro dos Eldalië chegou a conhecer.

Para além das esperanças dele, Lúthien retornou até onde Beren se sentava na escuridão e, muito tempo atrás, no Reino Oculto, ela pôs sua mão na dele. Depois disso, vinha até ele com frequência, e andaram juntos pelas matas em segredo, da primavera ao verão; e nenhum outro dos Filhos de Ilúvatar teve regozijo tão grande, embora o tempo fosse breve.

Mas Daeron, o menestrel, também amava Lúthien, e espiou seus encontros com Beren, e os denunciou a Thingol. Então o Rei encheu-se de raiva, pois a Lúthien ele amava acima de todas as coisas, colocando-a acima de todos os príncipes dos Elfos; enquanto os Homens mortais ele nem mesmo punha a seu serviço. Portanto, falou cheio de tristeza e espanto a Lúthien; mas ela não quis revelar nada antes que ele lhe jurasse que nem mataria Beren nem haveria de aprisioná-lo. Mas o Rei mandou que seus serviçais deitassem mão sobre Beren e o levassem a Menegroth como malfeitor; e Lúthien, adiantando-se, levou-o ela mesma diante do trono de Thingol, como se fosse um hóspede de honra.

Então Thingol olhou para Beren com escárnio e raiva; mas Melian estava em silêncio. "Quem és tu," disse o Rei, "que vens aqui como um ladrão e, sem ser chamado, ousas te aproximar de meu trono?"

Mas Beren, estando cheio de medo, pois o esplendor de Menegroth e a majestade de Thingol eram muito grandes, nada respondeu. Portanto Lúthien falou, e ela disse: "Ele é Beren, filho de Barahir, senhor de Homens, poderoso inimigo de Morgoth, cujas façanhas já se tornaram canção até mesmo entre os Elfos."

"Deixa que Beren fale!", disse Thingol. "Que queres aqui, mortal infeliz, e por que motivo deixaste tua própria terra para entrar nesta, que é proibida para os que são como tu? Podes dar razão para que o meu poder não caia sobre ti em pesada punição por tua insolência e insensatez?"

Então Beren, levantando a vista, contemplou os olhos de Lúthien e viu, também, o rosto de Melian; e lhe parecia que palavras estavam sendo postas em sua boca. O medo o deixou, e o orgulho da mais antiga casa dos Homens lhe voltou; e ele disse: "Meu fado, ó Rei, trouxe-me aqui, através de perigos tais que poucos, mesmo entre os Elfos, ousariam enfrentar. E aqui achei o que não buscava, com efeito, mas, achando, quero possuir para sempre. Pois está acima de todo ouro e de toda prata e além de todas as joias. Nem rocha, nem aço, nem os fogos de Morgoth, nem todos os poderes dos reinos-élficos hão de me afastar do tesouro que desejo. Pois Lúthien, vossa filha, é a mais bela de todos os Filhos do Mundo."

Então caiu o silêncio sobre o salão, pois aqueles que lá estavam ficaram assombrados e temerosos e pensavam que Beren seria morto. Mas Thingol falou devagar, dizendo: "Tu te tornaste merecedor de morte com essas palavras; e a morte acharias de pronto, se eu não tivesse feito um juramento com pressa; do qual me arrependo, mortal malnascido, que no reino de Morgoth aprendeste a rastejar em segredo, feito os espiões e servos dele."

Então Beren respondeu: "A morte me podeis dar, por merecimento ou não; mas os nomes de malnascido, ou espião, ou servo não hei de aceitar de vós. Pelo anel de Felagund, que ele deu a Barahir, meu pai, no campo de batalha do Norte, minha casa não fez por merecer tais nomes da boca de Elfo algum, seja ele rei ou não."

Suas palavras foram orgulhosas, e todos os olhos ali contemplavam o anel; pois, naquela hora, ele o ergueu bem alto, e as joias verdes nele, lapidadas pelos Noldor em Valinor, cintilavam. Pois esse anel era semelhante a serpentes gêmeas, cujos olhos eram esmeraldas, e ambas as cabeças se encontravam sob uma coroa de flores douradas, que uma sustentava, e a outra devorava; aquele era o emblema de Finarfin e sua casa. Então Melian se inclinou na direção de Thingol e, em conselho sussurrado, pediu que detivesse sua ira. "Pois não será por ti", disse ela, "que a morte de Beren há de vir; e seu fado há de levá-lo, livre, para longe daqui, e, ainda assim, se entrelaça ao teu. Escuta-me!"

Mas Thingol olhou em silêncio para Lúthien; e pensou em seu coração: "Homens infelizes, filhos de pequenos senhores e reis breves — um desses há de deitar mãos sobre ti e continuar vivo?" Então, rompendo o silêncio, disse: "Vejo o anel, filho de Barahir, e percebo que tens brio e te consideras poderoso. Mas as façanhas de um pai, ainda que seu serviço me tivesse sido dado, não valem para ganhar a filha de Thingol e Melian. Vê, pois! Eu também desejo um tesouro que me é negado. Pois rocha e aço e os fogos de Morgoth guardam a joia que quero possuir contra todos os poderes dos reinos-élficos. Contudo, ouço dizeres que forças como essas não te acovardam. Segue o teu caminho, portanto! Traze-me em tua mão uma Silmaril da coroa de Morgoth; e então, se ela quiser, Lúthien pode dar sua mão à tua. Então hás de ter minha joia e, embora o fado de Arda esteja contido nas Silmarils, ainda assim hás de me achar generoso."

Assim ele causou a condenação de Doriath e foi enredado pela maldição de Mandos. E aqueles que ouviram essas palavras perceberam que Thingol manteria seu juramento e, ainda assim, mandaria Beren à morte; pois sabiam que nem todo o poder dos Noldor antes que o Cerco fosse rompido tinha valido nem que fosse para ver de longe as luzentes Silmarils de Fëanor. Pois elas estavam incrustadas na Coroa de Ferro e eram entesouradas em Angband, acima de toda riqueza; e havia Balrogs à volta delas, e espadas incontáveis, e grades poderosas, e muralhas inatacáveis, e a sombria majestade de Morgoth.

Mas Beren riu. "Por baixo preço", disse, "os Reis-élficos vendem suas filhas: por gemas e coisas feitas por arte. Mas se esse é o vosso desejo, Thingol, vou realizá-lo. E, quando nos encontrarmos de novo, minha mão há de segurar uma Silmaril da Coroa de Ferro; pois não contemplastes pela última vez a Beren, filho de Barahir."

Então olhou nos olhos de Melian, que não falou; e disse adeus a Lúthien Tinúviel e, inclinando-se diante de Thingol e Melian, desembaraçou-se dos guardas à sua volta e partiu de Menegroth sozinho.

Então afinal Melian falou, e ela disse a Thingol: "Ó Rei, é sagaz o teu alvitre. Mas, se meus olhos não perderam sua visão, será mau para ti tanto se Beren falhar em sua missão quanto se a cumprir. Pois, ou condenaste a tua filha, ou a ti mesmo. E agora Doriath foi arrastada pela sina de um reino mais poderoso."

Mas Thingol respondeu: "Não vendo a Elfos ou a Homens aqueles a quem amo e prezo acima de todo tesouro. E, se houvesse esperança ou temor de que Beren um dia voltasse vivo a Menegroth, ele não haveria de ver de novo a luz dos céus, apesar de meu juramento."

Mas Lúthien ficou em silêncio e, desde aquela hora, não cantou mais em Doriath. Uma quietude cheia de presságios caiu sobre as matas, e as sombras cresceram no reino de Thingol.

Conta-se, na "Balada de Leithian", que Beren atravessou Doriath desimpedido e chegou, por fim, à região dos Alagados do Crepúsculo e aos Pântanos do Sirion; e, deixando a terra de Thingol, subiu os montes acima das Quedas do Sirion, onde o rio mergulhava no fundo da terra com grande estrondo. De lá, olhou para o oeste e, através da bruma e das chuvas que pairavam sobre aqueles montes, viu Talath Dirnen, a Planície Protegida, estendendo-se entre o Sirion e o Narog; e, além dela, descortinou, ao longe, as terras altas de Taur-en-Faroth que se erguiam acima de Nargothrond. E, despojado de tudo, sem esperança ou conselho, voltou seus pés para lá.

Sobre toda aquela planície os Elfos de Nargothrond mantinham vigilância incessante; e todo o monte, em suas fronteiras, estava coroado de torres ocultas e, em todas as suas matas e campos, arqueiros andavam em segredo e com grande arte. Suas flechas eram certeiras e mortais, e nada se arrastava ali contra a vontade deles. Portanto, antes que Beren andasse muito longe nessa estrada, estavam cientes dele, e sua morte estava próxima. Mas, conhecendo o perigo, erguia sempre alto o anel de

Felagund; e, embora não visse nenhuma coisa viva, por serem tão furtivos os caçadores, sentiu que era observado e gritava em alta voz repetidas vezes: "Sou Beren, filho de Barahir, amigo de Felagund. Levai-me ao Rei!"

Portanto, os caçadores não o mataram, mas, reunindo-se, detiveram-no e ordenaram que parasse. Mas, vendo o anel, curvaram-se diante dele, embora estivesse em má condição, selvagem e surrado pela viagem; e o levaram pelo rumo norte e oeste, andando de noite para que seus caminhos não fossem revelados. Pois, naquele tempo, não havia vau nem ponte sobre a torrente do Narog diante dos portões de Nargothrond; mas, mais ao norte, onde o Ginglith se unia ao Narog, a correnteza era menor, e, atravessando ali e virando de novo para o sul, os Elfos levaram Beren, sob o luar, para os portões escuros de seus salões ocultos.

Assim Beren chegou diante do Rei Finrod Felagund; e Felagund o reconheceu, não precisando de anel para se lembrar da gente de Bëor e Barahir. Detrás de portas fechadas eles se sentaram, e Beren contou da morte de Barahir e de tudo o que lhe acontecera em Doriath; e chorou, recordando Lúthien e o júbilo dos dois juntos. Mas Felagund ouviu essa história em assombro e inquietação; e soube que a jura que fizera estava vindo sobre ele para causar a sua morte, como, muito antes, predissera a Galadriel. Falou então a Beren de coração pesaroso. "Está claro que Thingol deseja a tua morte; mas parece que essa sina vai além do propósito dele, e que o Juramento de Fëanor está operando de novo. Pois as Silmarils estão amaldiçoadas com um juramento de ódio, e mesmo aquele que só as menciona com desejo faz com que se desperte um grande poder; e os filhos de Fëanor prefeririam lançar ruína sobre todos os reinos-élficos do que permitir que qualquer um além deles mesmos obtenha ou possua uma Silmaril, pois o Juramento os rege. E agora Celegorm e Curufin estão habitando em meu palácio; e embora eu, filho de Finarfin, seja Rei, eles ganharam grande poder no reino e lideram muitos de seu próprio povo. Mostraram-me amizade em tudo de que precisei, mas temo que não mostrem nem amizade nem misericórdia a ti, se a tua missão for revelada. Porém, meu próprio juramento vige; e assim estamos todos enredados."

Então o Rei Felagund falou diante de seu povo, recordando os feitos de Barahir e sua jura; e declarou que lhe cabia auxiliar o filho de Barahir em sua necessidade e buscou a ajuda de seus nobres. Então Celegorm se levantou em meio à multidão e, sacando sua espada, gritou: "Seja amigo ou inimigo, seja demônio de Morgoth, ou Elfo, ou filho dos Homens, ou qualquer outra coisa viva em Arda, nem lei, nem laço, nem liga infernal, nem força dos Valar, nem poder algum de feitiçaria há de defendê-lo do ódio perseguidor dos filhos de Fëanor, se ele tomar ou achar uma Silmaril e a mantiver. Pois as Silmarils apenas nós reivindicamos até que o mundo finde."

Muitas outras palavras disse, tão potentes quanto tinham sido em Tirion, muito tempo antes, as palavras de seu pai que primeiro inflamaram os Noldor a se rebelar. E, depois de Celegorm, Curufin falou, com mais suavidade, mas com poder não menor, conjurando nas mentes dos Elfos uma visão de guerra e da ruína de Nargothrond. Tão grande medo pôs nos corações deles que nunca mais, até o tempo de Túrin, Elfo algum daquele reino saiu abertamente para a batalha; mas, com ação furtiva e emboscada, com feitiçaria e dardo envenenado, perseguiam a todos os estranhos, esquecendo os laços de parentesco. Assim decaíram do valor e da liberdade dos Elfos de outrora, e sua terra cobriu-se de treva.

E puseram-se a murmurar que o filho de Finarfin não era um Vala para lhes dar ordens e lhe deram as costas. Mas a maldição de Mandos veio sobre os irmãos, e pensamentos sombrios surgiram em seus corações, pois pensavam em enviar Felagund sozinho para a morte e usurpar, quiçá, o trono de Nargothrond; pois eram da linhagem mais velha dos príncipes dos Noldor.

E Felagund, vendo que tinha sido abandonado, tirou da cabeça a coroa de prata de Nargothrond e a lançou a seus pés, dizendo: "Vossas juras de fidelidade a mim podeis quebrar, mas eu devo manter a minha. Contudo, se houver alguém sobre o qual a sombra de nossa maldição ainda não caiu, eu deveria achar ao menos alguns para me seguir e não partiria daqui como um mendigo que é expulso dos portões." Dez deles ficaram a seu lado; e o líder desses, chamado Edrahil, abaixando-se, pegou a coroa e perguntou se devia ser dada a um regente até o retorno de Felagund. "Pois ainda sois meu rei e o deles," disse, "o que quer que suceda."

Então Felagund deu a coroa de Nargothrond a Orodreth, seu irmão, para que governasse o reino em seu nome; e Celegorm e Curufin nada disseram, mas sorriram e deixaram aqueles salões.

Em um anoitecer de outono, Felagund e Beren partiram de Nargothrond com seus dez companheiros; e viajaram à beira do Narog até sua nascente nas Quedas de Ivrin. Sob as Montanhas Sombrias se depararam com uma companhia de Orques e os mataram a todos em seu acampamento, à noite; e tomaram seus petrechos e armas. Pelas artes de Felagund, suas próprias formas e seus rostos assumiram a semelhança de Orques; e, assim disfarçados, foram longe na estrada para o norte e se aventuraram pelo passo ocidental, entre as Ered Wethrin e as terras altas de Taur-nu-Fuin. Mas Sauron, em sua torre, estava ciente deles e foi tomado de dúvida; pois iam com pressa e não paravam para relatar o que faziam, como era a ordem para todos os serviçais de Morgoth que passavam por aquele caminho. Portanto, mandou que os detivessem e que os trouxessem diante dele.

Assim aconteceu o duelo de Sauron e Felagund, que tem grande renome. Pois Felagund lutou com Sauron em canções de poder, e o poder do Rei era muito grande; mas Sauron prevaleceu, como se conta na "Balada de Leithian":

> A canção dele é de magia,
> Perfura, abre, é aleivosia,
> Revela, e descobre, e trai.
> Por sua vez Felagund sai,
> Entoa um canto que o distrai,
> De resistência que não morre,
> Secreto e forte como torre,
> De livre fuga confiante,
> Transformação, forma cambiante,
> Rompe a armadilha e o cordão,
> Quebra a cadeia, abre a prisão.

Num vai e vem oscila o canto.
A balançar, mais forte entanto
É Sauron, mas Finrod porfia,
Traz o poder, traz a magia
De Elvenesse aos versos graves.
Na treva ouvem logo as aves
Em Nargothrond longe a cantar,
Suspiros que vêm lá do Mar,
Da areia além do ocidente,
Em Casadelfos, orla ardente.
    Então cai sombra: a luz já morre
Em Valinor, e o sangue escorre
Na costa onde irmãos tombaram
Nas mãos dos Noldor, que roubaram
As brancas naus de branca vela
Do alvo cais. Geme procela,
Uiva o lobo. Foge o corvo.
No mar o gelo estala, estorvo.
Em Angband todo escravo clama.
Trovão ribomba, arde a chama —
E Finrod junto ao trono cai.[1]

Então Sauron arrancou-lhes seu disfarce, e ficaram diante dele nus e amedrontados. Mas, embora sua natureza fosse revelada, Sauron não conseguiu descobrir seus nomes ou seus propósitos.

---

[1]*He chanted a song of wizardry, / Of piercing, opening, of treachery, / Revealing, uncovering, betraying. / Then sudden Felagund there swaying / Sang in answer a song of staying, / Resisting, battling against power, / Of secrets kept, strength like a tower, / And trust unbroken, freedom, escape; / Of changing and of shifting shape / Of snares eluded, broken traps, / The prison opening, the chain that snaps. / Backwards and forwards swayed their song. / Reeling and foundering, as ever more strong / The chanting swelled, Felagund fought, / And all the magic and might he brought / Of Elvenesse into his words. / Softly in the gloom they heard the birds / Singing afar in Nargothrond, / The sighing of the Sea beyond, / Beyond the western world, on sand, / On sand of pearls in Elvenland. / Then the gloom gathered; darkness growing / In Valinor, the red blood flowing / Beside the Sea, where the Noldor slew / The Foamriders, and stealing drew / Their white ships with their white sails / From lamplit havens. The wind wails, / The wolf howls. The ravens flee. / The ice mutters in the mouths of the Sea. / The captives sad in Angband mourn. / Thunder rumbles, the fires burn — / And Finrod fell before the throne.*

DE BEREN E LÚTHIEN

Lançou-os, portanto, em uma cova profunda, escura e silenciosa e ameaçou matá-los cruelmente, a menos que um deles, traindo os demais, contasse a verdade. De tempos em tempos, eles viam dois olhos se acender no escuro, e um lobisomem devorava um dos companheiros; mas nenhum deles traiu o seu senhor.

No tempo em que Sauron lançou Beren na cova, um peso de horror sobreveio ao coração de Lúthien; e, indo até Melian para pedir conselho, ela descobriu que Beren jazia nas masmorras de Tol-in-Gaurhoth sem esperança de resgate. Então Lúthien, percebendo que não viria ajuda alguma de mais ninguém na terra, resolveu-se a fugir de Doriath e ir ela mesma até ele; mas buscou o auxílio de Daeron, e ele denunciou sua intenção ao Rei. Então Thingol se encheu de temor e assombro; e, porque não queria deixar Lúthien desprovida das luzes dos céus para que não fraquejasse e fenecesse, e mesmo assim querendo impedi-la, mandou que se construísse uma casa da qual ela não pudesse escapar. Não muito longe dos portões de Menegroth ficava a maior de todas as árvores da Floresta de Neldoreth; e essa era uma floresta de faias e a parte norte do reino. Essa faia magna era chamada de Hírilorn e tinha três troncos, iguais em largura, lisos de casca e sobremaneira altos; nenhum galho crescia a partir deles até uma grande altura acima do solo. Muito acima, entre as forquilhas de Hírilorn, construíram uma casa de madeira, e ali Lúthien teve de morar; e as escadas eram retiradas e guardadas, salvo apenas quando os serviçais de Thingol traziam a ela as coisas de que precisava.

Conta-se na, "Balada de Leithian", como ela escapou da casa em Hírilorn; pois lançou suas artes de encantamento, e fez com que seu cabelo crescesse em grande comprimento, e com ele teceu um manto escuro que envolvia a sua beleza como uma sombra, e esse estava carregado de um feitiço de sono. Das tramas que sobraram, ela trançou uma corda e a deixou cair de sua janela; e, conforme a ponta balouçava acima dos guardas que se sentavam sob a árvore, eles caíram em um sono profundo. Então Lúthien desceu de sua prisão e, envolta em seu manto sombrio, escapou de todos os olhos e desapareceu de Doriath.

O SILMARILLION

Aconteceu que Celegorm e Curufin tinham saído a caçar pela Planície Protegida; e isso fizeram porque Sauron, estando cheio de suspeitas, enviara muitos lobos para as Terras-élficas. Por isso, eles tomaram consigo seus cães e saíram a cavalo; e pensavam que, antes de retornar, também poderiam ouvir notícias acerca do Rei Felagund. Ora, o chefe dos cães lobeiros que seguiam Celegorm era um cão chamado Huan. Ele não nascera na Terra-média, mas viera do Reino Abençoado; pois Oromë o dera a Celegorm havia muito, em Valinor, e lá Huan seguira a trompa de seu mestre, antes que o mal viesse. Huan seguiu a Celegorm no exílio e lhe era fiel; e assim ele também caiu sob a sina de dores posta sobre os Noldor e foi decretado que acharia a morte, mas não até que encontrasse o lobo mais poderoso a jamais caminhar pelo mundo.

Huan foi quem flagrou Lúthien fugindo como uma sombra surpreendida pela luz do dia sob as árvores, quando Celegorm e Curufin descansavam um pouco perto das fímbrias ocidentais de Doriath; pois nada podia escapar à vista e ao faro de Huan, nem podia encantamento algum detê-lo, e ele não dormia, nem de dia nem à noite. Levou-a até Celegorm, e Lúthien, descobrindo que ele era um príncipe dos Noldor e um inimigo de Morgoth, ficou contente; e se declarou, lançando de lado seu manto. Tão grande era a sua beleza repentina, revelada sob o sol, que Celegorm se enamorou dela; mas lhe falou com gentileza e prometeu que acharia ajuda para sua necessidade, se voltasse com ele então para Nargothrond. Nenhum sinal deu ele de que já sabia de Beren e da demanda da qual ela falara, nem de que era matéria que o tocava de perto.

Assim, interromperam a caçada e retornaram a Nargothrond, e Lúthien foi traída; pois a deixaram presa, e lhe tiraram o manto, e não permitiam que passasse dos portões ou falasse com qualquer um salvo os irmãos, Celegorm e Curufin. Pois agora, crendo que Beren e Felagund eram prisioneiros sem esperança de socorro, pretendiam deixar que o Rei perecesse, e reter Lúthien, e forçar Thingol a dar a mão dela a Celegorm. Assim aumentariam seu predomínio e tornar-se-iam os mais poderosos dos príncipes dos Noldor. E não pretendiam buscar as Silmarils por engodo ou guerra, ou permitir que quaisquer

237

outros o fizessem, até terem todo o mando dos reinos-élficos em suas mãos. Orodreth não tinha poder para detê-los, pois eram deles os corações do povo de Nargothrond; e Celegorm enviou mensageiros a Thingol, defendendo sua proposta.

Mas Huan, o mastim, era de coração verdadeiro, e o amor por Lúthien caíra sobre o cão na primeira hora de seu encontro com ela; e chorava por seu cativeiro. Portanto, vinha amiúde à câmara dela; e, à noite, deitava-se à sua porta, pois sentia que o mal tinha chegado a Nargothrond. Lúthien falava amiúde a Huan em sua solidão, contando de Beren, que era o amigo de todas as aves e feras que não serviam a Morgoth; e Huan entendia tudo o que era dito. Pois compreendia a fala de todas as coisas com voz; mas lhe era permitido três vezes apenas, antes de sua morte, falar com palavras.

Ora, Huan pensou em um plano para ajudar Lúthien; e, chegando numa hora da noite, trouxe-lhe o seu manto e, pela primeira vez, falou, dando-lhe conselho. Então a levou por caminhos secretos para fora de Nargothrond, e fugiram para o norte juntos; e ele humilhou seu orgulho e permitiu que ela o montasse à moda de corcel, tal como os Orques por vezes montavam grandes lobos. Assim avançaram rápido, pois Huan era veloz e incansável.

Nas covas de Sauron jaziam Beren e Felagund, e todos os seus companheiros agora estavam mortos; mas Sauron pretendia deixar Felagund para o final, pois percebia que era um Noldo de grande poder e sabedoria, e julgava que nele estava o segredo daquela missão. Mas, quando o lobo veio devorar Beren, Felagund manifestou todo o seu poder e quebrou seus grilhões; e lutou com o lobisomem e o matou com suas mãos e seus dentes; mas ele próprio estava ferido de morte. Então falou a Beren, dizendo: "Vou agora para meu longo repouso nos salões sem tempo além dos mares e das Montanhas de Aman. Tardará antes que me vejam entre os Noldor de novo; e pode ser que não hajamos de nos encontrar uma segunda vez em morte ou vida, pois as sinas de nossas gentes são separadas. Adeus!" Morreu então na treva, em Tol-in-Gaurhoth, cuja grande torre ele mesmo construíra. Assim o Rei Finrod Felagund, o mais belo e o mais amado da casa de Finwë, cumpriu a sua jura; mas Beren o pranteou em desespero.

Naquela hora, Lúthien chegou e, postando-se na ponte que levava à ilha de Sauron, cantou uma canção que nenhuma muralha de pedra podia barrar. Beren escutou e pensou que sonhava; pois as estrelas brilhavam acima dele, e, nas árvores, rouxinóis estavam cantando. E, em resposta, ele cantou uma canção de desafio que fizera em louvor às Sete Estrelas, a Foice dos Valar que Varda alçara acima do Norte como um sinal da queda de Morgoth. Então toda força o deixou, e ele caiu na escuridão.

Mas Lúthien ouviu a voz que respondia e cantou então uma canção de maior poder. Os lobos uivaram, e a ilha tremeu. Sauron estava na alta torre, envolto em seu negro pensamento; mas sorriu ao ouvir a voz dela, pois sabia que era a filha de Melian. A fama da beleza de Lúthien e do assombro de sua canção há muito se divulgara de Doriath; e ele pensou em fazê-la cativa e entregá-la ao poder de Morgoth, pois sua recompensa seria grande.

Portanto, enviou um lobo à ponte. Mas Huan o matou silenciosamente. Sauron ainda mandou outros, um a um; e Huan os tomou pela garganta, um a um, e os matou. Então Sauron enviou Draugluin, uma fera terrível de antiga maldade, senhor e pai dos lobisomens de Angband. Seu poder era grande; e a batalha de Huan e Draugluin foi longa e feroz. Porém, no final, Draugluin escapou e, fugindo de volta à torre, morreu aos pés de Sauron; e, enquanto morria, contou a seu mestre: "Huan está lá!" Ora, Sauron bem sabia, como todos os daquela terra, a sina que fora decretada para o mastim de Valinor e veio a seu pensamento que ele mesmo havia de fazê-la se cumprir. Portanto, tomou sobre si a forma de um lobisomem e se fez o mais poderoso que até então caminhara pelo mundo; e veio para fora, para conquistar a passagem da ponte.

Tão grande foi o horror de sua chegada que Huan saltou de lado. Então Sauron pulou sobre Lúthien; e ela desmaiou diante da ameaça do fero espírito em seus olhos e do vapor imundo de seu hálito. Mas, enquanto ele pulava, ao cair, ela lançou uma dobra de seu manto escuro sobre os olhos do lobo; e Sauron tropeçou, pois lhe veio uma sonolência passageira. Então Huan atacou. Ali se deu a batalha de Huan e do Lobo-Sauron, e os uivos e latidos ecoavam nos montes, e os vigias nas muralhas das Ered Wethrin, do outro lado do vale, ouviram-nos ao longe e ficaram aterrorizados.

DE BEREN E LÚTHIEN

Mas nem bruxaria, nem feitiço, nem presa, nem veneno, nem arte diabólica, nem força de fera podiam sobrepujar Huan de Valinor; e ele tomou seu inimigo pela garganta e o prendeu ao chão. Então Sauron mudou de forma, de lobo para serpente, e de monstro para sua própria forma costumeira; mas não conseguia se esquivar das garras de Huan sem abandonar seu corpo de todo. Antes que seu espírito imundo deixasse sua casa sombria, Lúthien veio até ele e disse que seria despojado de sua vestimenta de carne, e seu espírito seria enviado, tremendo, de volta a Morgoth; e ela concluiu: "Lá, para todo o sempre, teu ser desnudo há de suportar o tormento do escárnio dele, varado por seus olhos, a menos que me entregues o comando de tua torre."

Então Sauron se entregou, e Lúthien tomou o comando da ilha e de tudo o que lá havia; e Huan o soltou. E de imediato ele tomou a forma de um vampiro, grande como uma nuvem escura à frente da lua, e fugiu, derramando sangue de sua garganta sobre as árvores, e chegou a Taur-nu-Fuin, e habitou ali, enchendo a mata com horror.

Então Lúthien se postou sobre a ponte, e declarou seu poder: e soltou-se o feitiço que juntava pedra a pedra, e os portões foram derrubados, e as muralhas, abertas, e as covas, desnudadas; e muitos servos e cativos vieram para fora em assombro e temor, protegendo os olhos da pálida luz da lua, pois tinham jazido longamente na escuridão de Sauron. Mas Beren não veio. Portanto, Huan e Lúthien o procuraram na ilha; e Lúthien o achou pranteando Felagund. Tão profunda era a sua angústia que ele jazia parado e não ouviu o som dos pés dela. Então, pensando que já estivesse morto, ela pôs seus braços à volta dele e caiu em um esquecimento escuro. Mas Beren, voltando à luz e saindo das fossas do desespero, fê-la levantar, e contemplaram de novo um ao outro; e o dia, nascendo acima dos montes escuros, brilhou sobre eles.

Enterraram o corpo de Felagund sobre o topo da colina de sua própria ilha, que estava pura de novo; e o túmulo verdejante de Finrod, filho de Finarfin, o mais belo de todos os príncipes dos Elfos, permaneceu inviolado até que a terra foi transformada, e destroçada, e naufragou sob os mares da destruição. Mas Finrod caminha com Finarfin, seu pai, sob as árvores, em Eldamar.

Ora, Beren e Lúthien Tinúviel estavam livres de novo e juntos caminhavam pelas matas, renovando, por algum tempo, seu regozijo; e, embora o inverno chegasse, não os feriu, pois flores se demoravam aonde ia Lúthien, e os pássaros cantavam nos montes vestidos de neve. Mas Huan, sendo fiel, voltou para Celegorm, seu mestre; o amor entre eles, porém, era menor do que antes.

Havia tumulto em Nargothrond. Pois para lá então retornaram muitos Elfos que tinham sido prisioneiros na ilha de Sauron; e um clamor, que nenhuma palavra de Celegorm podia refrear, surgiu. Lamentavam amargamente a queda de Felagund, seu rei, dizendo que uma donzela ousara aquilo que os filhos de Fëanor não tinham ousado fazer; mas muitos perceberam que fora traição, e não medo, o que guiara Celegorm e Curufin. Portanto, os corações do povo de Nargothrond foram libertados do domínio deles e se voltaram de novo para a casa de Finarfin; e obedeceram a Orodreth. Mas ele não permitiria que matassem os irmãos, como alguns desejavam, pois o derramamento de sangue de parentes por parentes ataria ainda mais apertada a maldição de Mandos em torno de todos eles. Contudo, nem pão e nem pouso daria ele a Celegorm e Curufin dentro de seu reino e jurou que haveria pouco amor entre Nargothrond e os filhos de Fëanor dali por diante.

"Que assim seja!", disse Celegorm, e havia uma luz de ameaça em seus olhos; mas Curufin sorriu. Então montaram e cavalgaram para longe, como fogo, para encontrar, se pudessem, sua parentela no leste. Mas ninguém queria ir com eles, nem mesmo aqueles que eram de seu próprio povo; pois todos percebiam que a maldição jazia pesadamente sobre os irmãos e que o mal os seguia. Naquele tempo, Celebrimbor, filho de Curufin, repudiou os feitos de seu pai e permaneceu em Nargothrond; Huan, porém, seguia ainda o cavalo de Celegorm, seu mestre.

Para o norte cavalgaram, pois pretendiam, em sua pressa, atravessar Dimbar e seguir pela marca norte de Doriath, buscando a estrada mais rápida para Himring, onde Maedhros, seu irmão, vivia; e ainda podiam ter esperança de, com rapidez, atravessá-la, já que ficava perto das fronteiras de Doriath, evitando Nan Dungortheb e a ameaça distante das Montanhas de Terror.

DE BEREN E LÚTHIEN

Ora, conta-se que Beren e Lúthien chegaram, em suas andanças, à Floresta de Brethil, aproximando-se enfim das fronteiras de Doriath. Então Beren se pôs a pensar em seu voto; e contra o seu coração resolveu-se, quando Lúthien chegasse de novo à segurança de sua própria terra, a partir mais uma vez. Mas ela não estava disposta a se separar dele de novo, dizendo: "Tens de escolher, Beren, entre estas duas coisas: abandonar a demanda e teu juramento e levar uma vida de andança sobre a face da terra; ou te ater à tua palavra e desafiar o poder da escuridão sobre seu trono. Mas, em qualquer dessas estradas, hei de ir contigo, e a nossa sina há de ser semelhante."

Na hora em que falavam dessas coisas, caminhando sem dar ouvido a mais nada, Celegorm e Curufin vinham chegando, apressados pela floresta; e os irmãos os espiaram e os reconheceram de longe. Então Celegorm fez seu cavalo dar a volta e o atiçou sobre Beren, com o propósito de atropelá-lo; mas Curufin, saindo de lado, abaixou-se e puxou Lúthien para sua sela, pois era um cavaleiro forte e hábil. Então Beren saltou da frente de Celegorm para cima do cavalo em disparada de Curufin, que passava; e o Salto de Beren tem renome entre Elfos e Homens. Agarrou Curufin por trás, pela garganta, e o puxou, e caíram ao chão juntos. O cavalo empinou e caiu, mas Lúthien foi jogada de lado, jazendo sobre a relva.

Então Beren se pôs a enforcar Curufin; mas a morte se aproximava dele, pois Celegorm cavalgou em sua direção com uma lança. Naquela hora, Huan abandonou o serviço de Celegorm e saltou sobre ele, de modo que o cavalo refugou e não queria chegar perto de Beren por causa do terror do grande mastim. Celegorm amaldiçoou cão e cavalo, mas Huan não se moveu. Então Lúthien, levantando-se, proibiu que se matasse Curufin; mas Beren o despojou de seus petrechos e armas e tomou para si sua faca, Angrist. Aquela faca tinha sido feita por Telchar de Nogrod e pendia sem bainha a seu lado; ferro cortava como se fosse madeira verde. Então Beren, erguendo Curufin, lançou-o para longe de si e mandou que agora caminhasse de volta à sua nobre parentela, que podia lhe ensinar a empregar o seu valor em usos mais dignos. "Teu cavalo", disse ele, "porei a serviço de Lúthien, e pode ser que ele se considere feliz por estar livre de tal mestre."

O SILMARILLION

Então Curufin amaldiçoou Beren sob nuvem e céu. "Vai-te daqui", disse, "rumo a uma morte rápida e amarga." Celegorm o pôs ao lado dele, em seu cavalo, e os irmãos fizeram menção de sair cavalgando; e Beren se virou e não deu ouvido às suas palavras. Mas Curufin, estando cheio de vergonha e maldade, tomou o arco de Celegorm e o disparou conforme seguiam; e a flecha devia acertar Lúthien. Huan, saltando, pegou-a na boca; mas Curufin disparou de novo, e Beren saltou na frente de Lúthien, e a seta o feriu no peito.

Conta-se que Huan perseguiu os filhos de Fëanor, e eles fugiram amedrontados; e, retornando, ele trouxe a Lúthien uma erva da floresta. Com aquela folha ela estancou a ferida de Beren e, por suas artes e seu amor, curou-o; e assim, afinal, eles retornaram a Doriath. Lá Beren, dividido entre seu juramento e seu amor e sabendo que Lúthien agora estava segura, levantou-se certa manhã antes da aurora e a entregou aos cuidados de Huan; então, em grande angústia, partiu enquanto ela ainda dormia sobre a relva.

Ele cavalgou de novo para o norte com toda a velocidade, até o Passo do Sirion; e, chegando às fímbrias de Taur-nu-Fuin, olhou através do deserto de Anfauglith e viu ao longe os picos das Thangorodrim. Ali despediu o cavalo de Curufin e pediu que deixasse de lado temor e servidão e corresse livre pela relva verdejante das terras do Sirion. Então, estando agora só e no limiar do perigo final, fez a "Canção da Despedida", em louvor de Lúthien e das luzes dos céus; pois acreditava que devia agora dizer adeus tanto ao amor quanto à luz. Daquela canção, estas palavras são uma parte:

> *Adeus, ó firmamento e terra,*
> *benditos desde que cá erra*
> *ᵓ e corre cá com membro ágil*
> *ao Sol, à Lua, donzela frágil,*
> *Lúthien Tinúviel*
> *que é a mais bela sob o céu.*
> *Que o mundo todo se arruíne,*
> *dissolva-se, ou que termine,*
> *desfaça-se no velho abisso,*
> *não terá sido em vão, por isso —*

a terra, o mar, noite, alvorada —
que Lúthien foi ao mundo dada! [2]

E cantava em alta voz, não cuidando que algum ouvido o escutasse, pois estava desesperado e não buscava escapar.

Mas Lúthien ouviu sua canção e cantou em resposta, conforme vinha pela mata de improviso. Pois Huan, consentindo mais uma vez em ser sua montaria, tinha carregado Lúthien velozmente no rastro de Beren. Por muito tempo o cão ponderara em seu coração que alvitre seguir para alívio dos perigos desses dois a quem amava. Parou, portanto, na ilha de Sauron, conforme seguiam para o norte de novo, e ali apanhou o horrendo pelame de lobo de Draugluin e o couro de morcego de Thuringwethil. Ela era a mensageira de Sauron e costumava voar em forma de vampira até Angband; e suas grandes asas com dedos eram armadas, na ponta de cada junta, com uma garra de ferro. Vestidos nesses horríveis trajes, Huan e Lúthien correram por Taur-nu-Fuin, e todas as coisas fugiram diante deles.

Beren, vendo que se aproximavam, assustou-se; e ficou admirado, pois tinha ouvido a voz de Tinúviel, e pensava agora que aquilo fora um engodo para apanhá-lo. Mas os dois pararam e puseram de lado seus disfarces, e Lúthien correu na direção dele. Assim Beren e Lúthien se encontraram de novo entre o deserto e a mata. Por algum tempo ele ficou em silêncio e contente; mas, depois de certo intervalo, tentou mais uma vez dissuadir Lúthien de sua jornada.

"Três vezes agora maldigo a jura que fiz a Thingol", disse ele, "e queria que me tivesse matado em Menegroth para que eu não te trouxesse sob a sombra de Morgoth."

Então, pela segunda vez, Huan falou com palavras; e aconselhou Beren, dizendo: "Da sombra da morte não podes mais

---

[2]*Farewell sweet earth and northern sky, / for ever blest, since here did lie / and here with lissom limbs did run / beneath the Moon, beneath the Sun, / Lúthien Tinúviel / more fair than Mortal tongue can tell. / Though all to ruin fell the world / and were dissolved and backward hurled; / unmade into the old abyss, / yet were its making good, for this — / the dusk, the dawn, the earth, the sea — / that Lúthien for a time should be.*

salvar Lúthien, pois por seu amor está agora sujeita ela. Podes recusar tua sina e levá-la para o exílio, buscando a paz em vão enquanto tua vida durar. Mas, se não negares teu destino, então ou Lúthien, sendo abandonada, terá seguramente de morrer sozinha, ou terá de desafiar contigo o fado que está diante de ti — sem esperança, mas não certo. Outro conselho não posso dar, nem posso ir adiante em tua estrada. Mas meu coração pressente que o que encontrarás no Portão, eu mesmo hei de ver. Tudo o mais me é escuro; porém, pode ser que nossos três caminhos nos levem de volta a Doriath e podemos nos encontrar antes do fim."

Então Beren percebeu que Lúthien não podia ser separada do destino que estava sobre ambos e não mais buscou dissuadi-la. Pelo conselho de Huan e pelas artes de Lúthien, ele se vestiu com o pelame de Draugluin, e ela, com o couro alado de Thuringwethil. Beren se tornou em todas as coisas semelhante a um lobisomem, salvo que em seus olhos brilhava um espírito duro, de fato, mas limpo; e havia horror em seu olhar quando viu em seu flanco uma criatura semelhante a um morcego, dependurada com asas cheias de dobras. Então, uivando sob a lua, desceu o monte aos saltos, e o morcego girava e voejava acima dele.

Passaram por todos os perigos, até que chegaram, com a poeira da estrada longa e exaustiva sobre eles, até o vale desolado que havia diante do Portão de Angband. Abismos negros se abriam ao lado da estrada, donde formas como as de serpentes enroscadas saíam. De ambos os lados as encostas eram como muralhas de fortalezas, e, sobre elas, se sentavam aves carniceiras gritando com feras vozes. Diante deles estava o Portão intransponível, um arco vasto e escuro aos pés da montanha; acima deles se erguiam mil pés de precipício.

Então o desespero os tomou, pois no portão estava um guarda sobre o qual notícia alguma ainda havia se divulgado. Rumores sobre não se sabiam quais desígnios criados pelos príncipes dos Elfos tinham chegado a Morgoth, e amiúde, pelas clareiras das florestas, ouvia-se o latido de Huan, o grande mastim de guerra que, muito tempo atrás, os Valar tinham soltado. Então Morgoth recordou o destino de Huan e escolheu um filhote entre os da raça de Draugluin; e o alimentou com suas próprias

DE BEREN E LÚTHIEN

mãos, dando-lhe carne viva, e pôs sobre ele o seu poder. Rápido cresceu o lobo, até que não conseguia se enfiar em toca alguma, mas jazia, enorme e faminto, diante dos pés de Morgoth. Ali o fogo e a angústia do inferno entraram-lhe no ser, e ele se tornou cheio de um espírito devorador, atormentado, terrível e forte. Carcharoth, a Goela Vermelha, é o nome que lhe dão nas histórias daqueles dias, e Anfauglir, Bocarra Sedenta. E Morgoth mandou que ele ficasse insone diante das portas de Angband, caso Huan viesse.

Ora, Carcharoth os espiou de longe e estava cheio de dúvida; pois havia muito tinham chegado a Angband notícias de que Draugluin estava morto. Portanto, quando se aproximaram, ele lhes negou entrada e mandou que parassem; e ele chegou perto, ameaçador, farejando algo estranho no ar à volta deles. Mas, de repente, algum poder de quem descendia outrora da raça divina, apossou-se de Lúthien; e, lançando fora suas vestes imundas, ela se revelou, pequena diante da força de Carcharoth, mas radiante e terrível. Levantando sua mão, ordenou que ele dormisse, dizendo: "Ó espírito mal-gerado, cai agora em sombrio esquecimento e esquece por enquanto a sina terrível da vida." E Carcharoth foi derrubado, como se um raio o tivesse acertado.

Então Beren e Lúthien atravessaram o Portão e desceram o labirinto de escadas; e juntos realizaram a maior façanha que já foi ousada por Elfos ou Homens. Pois chegaram ao assento de Morgoth em seu salão mais recôndito, que era sustentado por horror, iluminado por fogo e cheio de armas de morte e tormento. Ali Beren se enfiou, em forma de lobo, sob o trono dele; mas Lúthien foi despida de seu disfarce pela vontade de Morgoth, e ele debruçou seu olhar sobre ela. Os olhos dele não a intimidaram; e ela lhe disse seu nome verdadeiro e ofereceu seus serviços para cantar diante dele, à maneira de um menestrel. Então Morgoth, contemplando sua beleza, concebeu em seu pensamento uma luxúria maligna e um desígnio mais sombrio do que qualquer outro que lhe tivesse vindo ao coração desde que fugira de Valinor. Assim, foi iludido por sua própria malícia, pois ele a observava, deixando-a livre por algum tempo, e tendo prazer secreto em seu pensamento. Então, subitamente, ela escapou de sua vista e, das sombras, começou uma canção de doçura tão suprema e de poder tão cegante que lhe era forçoso escutar; e sobreveio a ele uma cegueira, enquanto seus olhos iam de cá para lá à procura dela.

Toda a corte de Morgoth foi derrubada pelo sono, e todos os fogos se enfraqueceram e apagaram; mas as Silmarils na coroa sobre a cabeça de Morgoth brilharam de repente com uma radiância de chama branca; e o fardo daquela coroa e das joias fizeram pender a sua cabeça, como se o mundo estivesse posto sobre ela, carregado de um peso de cuidados, de temor e de desejo que nem mesmo a vontade de Morgoth podia suportar. Então Lúthien, tomando sua veste alada, saltou para o ar, e sua voz caía feito chuva numa lagoa, profunda e escura. Lançou seu manto diante dos olhos de Morgoth e pôs nele um sonho, escuro como o Vazio Exterior onde ele caminhara sozinho. De repente ele caiu, como um monte que desliza em avalanche e, lançado feito trovão de seu trono, jazeu estendido sobre o chão do inferno. A coroa de ferro rolou, ecoando, de sua cabeça. Todas as coisas estavam imóveis.

Como um animal morto, Beren jazia no chão; mas Lúthien, tocando-o com sua mão, despertou-o, e ele pôs de lado o pelame de lobo. Então sacou a faca Angrist; e, das garras de ferro que a prendiam, cortou fora uma Silmaril.

Quando fechou sua mão em torno dela, a radiância brotou através de sua carne vivente, e sua mão se tornou como uma lâmpada que brilhava; mas a joia aceitou seu toque e não o feriu. Veio então à mente de Beren que iria além de seu voto e traria de Angband todas as três das Joias de Fëanor; mas tal não era o destino das Silmarils. A faca Angrist se partiu, e um pedaço da lâmina, caindo, acertou o rosto de Morgoth. Ele gemeu e se ajeitou, e toda a hoste de Angband se moveu no sono.

Então caiu o terror sobre Beren e Lúthien, e eles fugiram, descuidados e sem disfarce, desejando apenas ver a luz uma vez mais. Não foram impedidos nem perseguidos, mas o Portão estava defendido contra a sua passagem; pois Carcharoth se levantara do sono e estava agora cheio de ira no umbral de Angband. Antes que o percebessem, ele os viu e saltou sobre eles enquanto corriam.

DE BEREN E LÚTHIEN

Lúthien estava exausta e não tinha tempo nem força para deter o lobo. Mas Beren se pôs à frente dela e, em sua mão direita, ergueu alto a Silmaril. Carcharoth parou e, por um momento, teve medo. "Sai daqui e foge," gritou Beren; "pois aqui está um fogo que há de consumir a ti e a todas as coisas malignas!" E empurrou a Silmaril diante dos olhos do lobo.

Mas Carcharoth olhou para aquela sacra joia e não se atemorizou, e o espírito devorador dentro dele despertou com súbito fogo; e, abrindo a bocarra, tomou de improviso a mão dentro de suas maxilas e a arrancou na altura do pulso. Então rapidamente todas as suas entranhas se encheram de uma chama de angústia, e a Silmaril abrasou sua carne amaldiçoada. Uivando, fugiu diante deles, e as muralhas do vale do Portão ecoavam com o clamor de seu tormento. Tão terrível se tornou ele em sua loucura que todas as criaturas de Morgoth que habitavam naquele vale ou que estavam em alguma das estradas que levavam até lá fugiram para longe; pois ele matava todas as coisas vivas que ficassem no seu caminho e investiu do Norte, lançando ruína sobre o mundo. De todos os terrores que chegaram a Beleriand antes da queda de Angband, a loucura de Carcharoth foi o mais tremendo, pois o poder da Silmaril se ocultava dentro dele.

Ora, Beren jazia desmaiado dentro do perigoso Portão, e a morte se aproximava dele, pois havia veneno nas presas do lobo. Lúthien, com seus lábios, sugou o veneno e usou seu poder, que fraquejava, para estancar a horrenda ferida. Mas atrás dela, nas profundezas de Angband, crescia o rumor da grande ira que se alevantava. As hostes de Morgoth tinham despertado.

Assim, a demanda da Silmaril tinha tudo para terminar em ruína e desespero; mas naquela hora, acima da muralha do vale, três aves poderosas apareceram, voando para o norte com asas mais velozes que o vento. Entre todas as aves e feras as andanças e os apuros de Beren eram conhecidos, e o próprio Huan pedira a todas as coisas que vigiassem para que pudessem lhe dar auxílio. Muito acima do reino de Morgoth, Thorondor e seus vassalos se alçaram e, vendo então a loucura do Lobo e a queda de Beren, desceram velozmente, enquanto os poderes de Angband se libertavam do embaraço do sono.

O SILMARILLION

Então eles ergueram Lúthien e Beren da terra e os levaram para dentro das nuvens. Abaixo deles, de repente, ouviu-se o trovão, relâmpagos saltaram para cima e as montanhas estremeceram. Fogo e fumaça foram arrotados das Thangorodrim, e raios flamejantes foram lançados ao longe, desabando ruinosos sobre as terras; e os Noldor em Hithlum tremeram. Mas Thorondor seguia seu caminho, muito acima do chão, buscando as altas vias do céu, onde o sol brilha o dia todo sem véu, e a lua caminha em meio às estrelas sem nuvens. Assim passaram rapidamente sobre Dor-nu-Fauglith, e sobre Taur-nu-Fuin, e passaram acima do vale oculto de Tumladen. Nenhuma nuvem e bruma jaziam ali e, olhando para baixo, Lúthien viu ao longe, como a luz branca que vinha de uma joia verde, a radiância de Gondolin, a bela, onde Turgon habitava. Mas ela chorava, pois pensava que Beren certamente morreria; ele não dizia palavra, nem abria os olhos e, dali em diante, nada soube de seu voo. E enfim as águias os depuseram nas fronteiras de Doriath; e haviam chegado ao mesmo vale de onde Beren fugira em desespero, deixando Lúthien adormecida.

Lá as águias a deitaram ao lado de Beren e retornaram para os picos das Crissaegrim e seus altos ninhos; mas Huan veio até ela, e juntos cuidaram de Beren, tal como antes, quando ela o curou da ferida que Curufin lhe fizera. Mas essa nova ferida era cruel e cheia de veneno. Longamente jazeu Beren, e seu espírito vagou pelas fronteiras escuras da morte, conhecendo sempre uma angústia que o perseguia de sonho a sonho. Então, de repente, quando a esperança dela quase se esvaíra, ele despertou de novo e olhou para cima, vendo folhas contra o céu; e ouviu cantar ao seu lado, sob as folhas, suave e devagar, Lúthien Tinúviel. E era primavera de novo.

Dali por diante Beren recebeu o nome de Erchamion, isto é, o de Uma-Mão; e o sofrimento ficou gravado em seu rosto. Mas, por fim, ele foi trazido de volta à vida pelo amor de Lúthien, e se levantou, e juntos eles caminharam pelos bosques uma vez mais. E não se apressaram a sair daquele lugar, pois lhes parecia belo. Lúthien, de fato, estava disposta a vagar pelos ermos sem retornar, esquecendo sua casa, e seu povo, e toda a glória dos reinos-élficos; e por algum tempo Beren esteve contente; mas não podia por muito tempo esquecer seu juramento de retornar a Menegroth, nem impediria que Lúthien visse Thingol para sempre. Pois seguia a lei dos Homens, julgando perigoso não respeitar em nada a vontade do pai, salvo em última necessidade; e lhe parecia também indigno que alguém tão régia e bela quanto Lúthien tivesse de viver sempre nas matas, como os rudes caçadores entre os Homens, sem lar, nem honra, nem as belas coisas que são o deleite das rainhas dos Eldalië. Portanto, depois de algum tempo, persuadiu-a, e seus passos abandonaram as terras sem morada; e ele entrou em Doriath, levando Lúthien a seu lar. Assim queria a sina deles.

Sobre Doriath dias malignos tinham caído. Tristeza e silêncio tinham sobrevindo a todo o seu povo quando Lúthien se perdeu. Longamente a buscaram em vão. E conta-se que, naquele tempo, Daeron, o menestrel de Thingol, desgarrou-se da terra e não foi mais visto. Ele era quem fazia música para a dança e o canto de Lúthien, antes que Beren viesse a Doriath; e a tinha amado, e colocara todo o pensamento dela em sua música. Tornou-se o maior de todos os menestréis dos Elfos a leste do Mar, cujo nome vinha até mesmo antes de Maglor, filho de Fëanor. Mas, buscando a Lúthien em desespero, vagou por caminhos estranhos e, atravessando as montanhas, chegou ao Leste da Terra-média, onde, por muitas eras, fez lamento à beira de águas escuras por Lúthien, filha de Thingol, a mais bela de todas as coisas vivas.

Naquele tempo, Thingol se voltou para Melian; mas agora ela não lhe dava seu conselho, dizendo que a sina que ele gerara tinha de seguir até seu fim designado e que agora ele tinha de esperar que o momento chegasse. Mas Thingol descobriu que Lúthien tinha viajado para longe de Doriath, pois certas mensagens chegaram de Celegorm em segredo, como já se contou, dizendo que Felagund estava morto, e que Beren estava morto, mas que Lúthien estava em Nargothrond, e que Celegorm queria desposá-la. Então Thingol se enfureceu e enviou espiões, pensando em fazer guerra a Nargothrond; e assim descobriu que Lúthien fugira de novo, e que Celegorm e Curufin tinham sido expulsos de Nargothrond. Então não soube ao certo o que fazer, pois não tinha forças suficientes para atacar os sete filhos de Fëanor; mas enviou mensageiros a Himring, convocando o auxílio deles na busca a Lúthien, já que Celegorm não a enviara à casa de seu pai nem a mantivera em segurança.

Mas no norte do reino seus mensageiros toparam com um perigo repentino e inopinado: o ataque de Carcharoth, o Lobo de Angband. Em sua loucura ele viera correndo do norte, destroçando tudo, e, ao atravessar Taur-nu-Fuin de seu lado leste, descera das nascentes do Esgalduin como um fogo devorador. Nada o retinha, e o poder de Melian sobre as fronteiras da região não o deteve; pois o destino o empurrava, assim como o poder da Silmaril, que ele carregava para seu tormento. Assim, adentrou as matas invioladas de Doriath, e todos fugiram amedrontados. Dos mensageiros apenas Mablung, principal capitão do Rei, escapou e trouxe as terríveis notícias a Thingol.

Foi naquela mesma hora sombria que Beren e Lúthien retornaram, chegando apressados do oeste, e as novas de sua vinda iam diante deles como um som de música trazido pelo vento a casas escuras onde homens se sentam em luto. Chegaram, por fim, aos portões de Menegroth, e uma grande hoste os seguia. Então Beren levou Lúthien diante do trono de Thingol, seu pai; e ele olhou em assombro para Beren, que pensara estar morto; mas não o amava por causa dos males que trouxera sobre Doriath. Mas Beren se ajoelhou diante dele e disse: "Retorno de acordo com minha palavra. Venho agora reclamar o que é meu."

E Thingol respondeu: "Que é de tua demanda e de teu voto?"

Mas Beren disse: "Está cumprida. Agora mesmo uma Silmaril está em minha mão."

Então Thingol disse: "Mostra-me!"

E Beren estendeu sua mão esquerda, lentamente abrindo seus dedos; mas ela estava vazia. Então ergueu seu braço direito; e desde aquela hora passou a chamar a si mesmo de Camlost, o de Mão-vazia.

Então o ânimo de Thingol suavizou-se; e Beren se sentou ao lado de seu trono, à esquerda, e Lúthien, à direita, e lhe contaram toda a história da Demanda, enquanto todos ali ouviam e se enchiam de maravilhamento. E parecia a Thingol que esse

DE BEREN E LÚTHIEN

Homem era diferente de todos os outros Homens mortais e estava entre os grandes em Arda, e o amor de Lúthien era nova e estranha coisa; e ele percebeu que a sina dos dois não podia ser evitada por poder algum no mundo. Portanto, afinal, ele cedeu em sua vontade, e Beren tomou a mão de Lúthien diante do trono de seu pai.

Mas então uma sombra caiu sobre o júbilo de Doriath com o retorno de Lúthien, a bela; pois, sabendo da causa da loucura de Carcharoth, o povo ficou ainda mais temeroso, percebendo que esse perigo estava cheio de tremendo poder por causa da sacra joia e que seria muito difícil sobrepujá-lo. E Beren, ao ouvir sobre a investida do Lobo, entendeu que a Demanda ainda não estava cumprida.

Portanto, já que a cada dia Carcharoth se aproximava mais de Menegroth, eles prepararam a Caçada do Lobo; de todas as perseguições de feras das quais contam os contos a mais perigosa. Àquela empresa foram Huan, o Mastim de Valinor, Mablung da Mão Pesada, Beleg Arcoforte, Beren Erchamion e Thingol, Rei de Doriath. Saíram a cavalo de manhã e atravessaram o Rio Esgalduin; mas Lúthien ficou para trás, nos portões de Menegroth. Uma grande sombra caiu sobre ela, e lhe parecia que o sol adoecera e se tornara negro.

Os caçadores viraram para o leste e para o norte e, seguindo o curso do rio, encontraram por fim a Carcharoth, o Lobo, em um vale escuro, descendo a encosta norte da qual o Esgalduin desabava em torrente por quedas íngremes. Aos pés das quedas Carcharoth bebia para amainar a sede que o consumia e uivou, e assim perceberam a presença dele. Mas o lobo, espiando a chegada deles, não avançou de repente para atacá-los. Pode ser que a astúcia diabólica de seu coração tenha despertado, sendo, por um momento, acalmada de sua dor pelas doces águas do Esgalduin; e, na hora em que cavalgaram na sua direção, ele saiu de lado, e se enfiou em uma touça espessa, e lá ficou escondido. Mas puseram uma guarda em volta de todo aquele lugar e esperaram, e as sombras cresceram na floresta.

Beren estava de pé, ao lado de Thingol, e, de repente, os dois perceberam que Huan saíra do lado deles. Então grandes latidos despertaram na touceira; pois Huan, ficando impaciente e desejando contemplar esse lobo, tinha entrado ali sozinho para desalojá-lo. Mas Carcharoth o evitou e, desvencilhando-se dos espinhos, saltou de improviso sobre Thingol. Rapidamente Beren se pôs diante do Rei com uma lança, mas Carcharoth a jogou de lado e o derrubou, mordendo seu peito. Naquele momento Huan saltou da touceira sobre as costas do Lobo, e eles caíram juntos, lutando ferozmente; e nenhuma batalha de lobo e cão jamais foi semelhante a essa, pois nos latidos de Huan se ouvia o som das trompas de Oromë e da ira dos Valar, mas nos uivos de Carcharoth estava o ódio de Morgoth e uma malícia mais cruel que dentes de aço; e as rochas foram rachadas pelo clamor deles, e caíam do alto, e sufocavam as quedas do Esgalduin. Ali lutaram até a morte; mas Thingol não lhes dava ouvido, pois estava ajoelhado ao lado de Beren, sabendo que fora duramente ferido.

Huan, naquela hora, matou Carcharoth; mas lá, nas matas fechadas de Doriath, sua própria sina, há muito predita, cumpriu-se, e ele foi ferido mortalmente, e o veneno de Morgoth entrou nele. Então, caindo ao lado de Beren, falou pela terceira vez com palavras; e disse adeus antes de morrer. Beren nada falou, mas pôs sua mão na cabeça do mastim, e assim se despediram.

Mablung e Beleg vieram apressados ao auxílio do Rei, mas, quando contemplaram o que acontecera, jogaram de lado suas lanças e choraram. Então Mablung tomou uma faca e rasgou o ventre do Lobo; e, por dentro, ele estava quase todo consumido, como se fora por fogo, mas a mão de Beren, que segurava a joia, ainda estava incorrupta. Mas quando Mablung esticou o braço para tocá-la, a mão não mais estava ali, e a Silmaril jazia lá revelada, e sua luz enchia as sombras da floresta à volta deles. Então, rapidamente e com medo, Mablung a pegou e a colocou na mão viva de Beren; e Beren foi despertado pelo toque da Silmaril, e a ergueu, e pediu que Thingol a recebesse. "Agora está a Demanda concluída," disse ele, "e minha sina, terminada"; e não mais falou.

Carregaram Beren Camlost, filho de Barahir, numa padiola de galhos com Huan, o cão lobeiro, a seu lado; e caiu a noite

DE BEREN E LÚTHIEN

antes que retornassem a Menegroth. Aos pés de Hírilorn, a grande faia, Lúthien os encontrou caminhando devagar, e alguns levavam tochas ao lado da padiola. Ali ela pôs seus braços à volta de Beren e o beijou, pedindo que a esperasse além do Mar do Oeste; e ele contemplou os olhos dela antes que seu espírito o deixasse. Mas a luz das estrelas se apagara, e a escuridão caíra até mesmo sobre Lúthien Tinúviel. Assim terminou a Demanda da Silmaril; mas a "Balada de Leithian, Libertação do Cativeiro", não termina aí.

Pois o espírito de Beren, a pedido dela, demorou-se nos salões de Mandos, não querendo deixar o mundo até que Lúthien viesse dizer seu último adeus, nas costas escuras do Mar de Fora, de onde os Homens que morrem partem para nunca mais retornar. Mas o espírito de Lúthien caiu em escuridão e, por fim, fugiu, e seu corpo jazia como uma flor que de súbito é cortada e jaz por algum tempo, sem fenecer, sobre a grama.

Então um inverno, como se fora a idade grisalha dos Homens mortais, caiu sobre Thingol. Mas Lúthien chegou aos salões de Mandos, onde estão os lugares designados para os Eldalië, além das mansões do Oeste, nos confins do mundo. Ali aqueles que esperam se assentam na sombra de seu pensamento. Mas a sua beleza era maior que a beleza deles, e o seu pesar, mais profundo que os pesares deles; e ela se ajoelhou diante de Mandos e cantou para ele.

A canção de Lúthien diante de Mandos foi a mais bela canção que jamais em palavras foi tecida e a mais pesarosa canção que jamais o mundo há de ouvir. Sem mudança, imperecível, é cantada ainda em Valinor além do que escuta o mundo e, ouvindo, os Valar se entristecem. Pois Lúthien entrelaçou dois temas de palavras, do pesar dos Eldar e da tristeza dos Homens, das Duas Gentes que foram criadas por Ilúvatar para habitar em Arda, o Reino da Terra em meio às estrelas inumeráveis. E, enquanto se ajoelhava diante dele, suas lágrimas caíam sobre os pés do Vala feito chuva sobre as pedras; e Mandos se comoveu até se apiedar, ele que nunca antes assim se comovera nem o fez desde então.

Portanto, convocou Beren e, tal como Lúthien dissera na hora de sua morte, eles se encontraram de novo além do Mar do

Oeste. Mas Mandos não tinha poder para segurar os espíritos dos Homens que estavam mortos dentro dos confins do mundo depois de seu tempo de espera; nem podia mudar as sinas dos Filhos de Ilúvatar. Foi, portanto, ter com Manwë, Senhor dos Valar, que governava o mundo sob a mão de Ilúvatar; e Manwë buscou conselho em seu pensamento mais íntimo, no qual a vontade de Ilúvatar foi revelada.

Estas foram as escolhas que deu a Lúthien. Por causa de seus trabalhos e de seu pesar, ela seria libertada de Mandos e iria a Valimar, para lá habitar, até o fim do mundo, em meio aos Valar, esquecendo todas as tristezas que conhecera em vida. Para lá Beren não podia ir. Pois não era permitido aos Valar evitar que lhe viesse a Morte, que é a dádiva de Ilúvatar para os Homens. Mas a outra escolha era esta: a de que ela poderia retornar à Terra-média e levar consigo Beren para lá habitar de novo, mas sem certeza de vida ou de alegria. Então tornar-se-ia mortal e sujeita a uma segunda morte, tal como ele; e, em breve, havia de deixar o mundo para sempre, e sua beleza tornar-se-ia apenas uma memória em canção.

Essa sina ela escolheu, abandonando o Reino Abençoado e pondo de lado toda reivindicação a parentesco com os que lá habitam; para que, assim, qualquer que fosse a tristeza que os aguardasse, as sinas de Beren e Lúthien pudessem ser unidas, e seus caminhos seguissem juntos para além dos confins do mundo. Assim foi que, única entre os Eldalië, ela morreu de fato e deixou o mundo muito tempo atrás. Contudo, em sua escolha, as Duas Gentes foram unidas; e ela é a progenitora de muitos em quem os Eldar veem ainda, embora todo o mundo esteja mudado, a semelhança de Lúthien, a bem-amada que eles perderam.

20

DA QUINTA BATALHA: NIRNAETH ARNOEDIAD

Conta-se que Beren e Lúthien retornaram às terras do norte da Terra-média e habitaram juntos por algum tempo como homem e mulher viventes; e retomaram sua forma mortal em Doriath. Aqueles que os viram ficaram tanto alegres quanto temerosos; e Lúthien foi a Menegroth e curou o inverno de Thingol com o toque de sua mão. Mas Melian olhou nos olhos dela e leu a sina que neles estava escrita e deu-lhe as costas; pois sabia que uma separação para além do fim do mundo se pusera entre elas, e nenhuma tristeza de perda foi maior que a tristeza de Melian, a Maia, naquela hora. Então Beren e Lúthien partiram sozinhos, sem temer sede nem fome; e passaram além do Rio Gelion, entrando em Ossiriand, e habitaram ali em Tol Galen, a ilha verde, em meio ao Adurant, até que todas as notícias sobre eles cessaram. Os Eldar, mais tarde, chamaram àquele país Dor Firn-i-Guinar, a Terra dos Mortos que Vivem; e ali nasceu Dior Aranel, o belo, que depois ficou conhecido como Dior Eluchíl, ou seja, o Herdeiro de Thingol. Nenhum homem mortal jamais falou de novo com Beren, filho de Barahir; e ninguém viu Beren ou Lúthien deixar o mundo ou relatou onde, enfim, seus corpos jazeram.

Naqueles dias, Maedhros, filho de Fëanor, levantou seu coração, percebendo que Morgoth não era inexpugnável; pois os feitos de Beren e Lúthien passaram a ser cantados em muitas canções por toda Beleriand. Contudo, Morgoth havia de destruí-los a todos, um a um, se não pudessem de novo se unir e fazer nova liga e concílio comum; e ele começou aqueles planos para recuperar as sortes dos Eldar que são chamados de União de Maedhros.

O juramento de Fëanor, porém, e os atos malignos que tinha gerado feriram os desígnios de Maedhros, e ele obteve menos auxílio do que deveria. Orodreth não marcharia seguindo as palavras de qualquer filho de Fëanor por causa dos atos de Celegorm e Curufin; e os Elfos de Nargothrond ainda confiavam na proteção de sua fortaleza oculta por meio de segredo e esquivança. De lá veio só uma pequena companhia, seguindo a Gwindor, filho de Guilin, um príncipe muito valente; e, contra a vontade de Orodreth, ele foi à guerra no norte porque pranteava a perda de Gelmir, seu irmão, na Dagor Bragollach. Tomaram para si o emblema da casa de Fingolfin e marcharam sob as bandeiras de Fingon; e nunca mais voltaram, exceto um.

De Doriath veio pouca ajuda. Pois Maedhros e seus irmãos, sendo forçados por seu juramento, tinham antes mandado mensagens a Thingol e o lembraram, com palavras soberbas, da reivindicação deles, convocando-o a ceder a Silmaril ou se tornar seu inimigo. Melian o aconselhou a entregar o tesouro; mas as palavras dos filhos de Fëanor foram orgulhosas e ameaçadoras, e Thingol se encheu de raiva, pensando na angústia de Lúthien e no sangue de Beren pelos quais a joia fora conquistada, apesar da malícia de Celegorm e Curufin. E, a cada dia que contemplava a Silmaril, mais desejava retê-la para sempre; pois tal era o seu poder. Portanto, despediu os mensageiros com palavras cheias de escárnio. Maedhros não mandou resposta, pois então começara a preparar a liga e a união dos Elfos; mas Celegorm e Curufin juraram abertamente matar Thingol e destruir o seu povo se voltassem vitoriosos da guerra e se a joia não fosse entregue de livre vontade. Então Thingol fortificou as marcas de seu reino e não foi à guerra, nem foi nenhum outro de Doriath, salvo Mablung e Beleg, que eram avessos a não tomar parte nesses grandes feitos. A eles Thingol deu licença para ir, contanto que não servissem aos filhos de Fëanor; e eles se uniram à hoste de Fingon.

Mas Maedhros tinha a ajuda dos Naugrim, tanto em força armada quanto em grande provisão de armas; e as forjas de

DA QUINTA BATALHA: NIRNAETH ARNOEDIAD

Nogrod e Belegost muito se ocupavam naqueles dias. E ele reuniu de novo todos os seus irmãos e todo o povo que os seguia; e os Homens de Bór e Ulfang foram congregados e treinados para a guerra, e convocaram ainda mais de sua gente do Leste. Além do mais, no oeste, Fingon, sempre amigo de Maedhros, aconselhava-se com Himring, e, em Hithlum, os Noldor e os Homens da casa de Hador se prepararam para a guerra. Na floresta de Brethil, Halmir, senhor do Povo de Haleth, reuniu seus homens, e eles afiaram seus machados; mas Halmir morreu antes que chegasse a guerra, e Haldir, seu filho, governou aquele povo. E a Gondolin também as notícias chegaram, a Turgon, o rei oculto.

Mas Maedhros pôs à prova sua força cedo demais, antes que seus planos estivessem completos; e, embora os Orques fossem varridos de todas as regiões do norte de Beleriand e até Dorthonion fosse liberada por algum tempo, Morgoth teve aviso do levante dos Eldar e dos Amigos-dos-Elfos e precaveu-se contra eles. Muitos espiões e obreiros de traição enviou em meio a eles, como agora estava mais apto a fazer, pois os Homens infiéis que o seguiam em segredo ainda sabiam muito dos segredos dos filhos de Fëanor.

Por fim Maedhros, tendo reunido toda a força que podia de Elfos, Homens e Anãos, resolveu-se a assaltar Angband pelo leste e pelo oeste; e pretendia marchar com bandeiras desfraldadas em investida aberta sobre Anfauglith. Mas, quando atraísse, como esperava, os exércitos de Morgoth a responder, então Fingon deveria atacar dos passos de Hithlum; e assim pensavam pôr o poder de Morgoth como que entre bigorna e martelo e quebrá-lo em pedaços. E o sinal para isso devia ser a luz de uma grande fogueira em Dorthonion.

No dia designado, na manhã do Meio-do-verão, as trombetas dos Eldar saudaram o nascer do sol; e, no leste, ergueu-se o estandarte dos filhos de Fëanor, e, no oeste, o estandarte de Fingon, Alto Rei dos Noldor. Então Fingon lançou seu olhar das muralhas de Eithel Sirion, e sua hoste se arranjara pelos vales e bosques do lado leste das Ered Wethrin, bem escondida dos olhos do Inimigo; mas ele sabia que era muito grande. Pois lá todos os Noldor de Hithlum estavam em assembleia junto com

Elfos da Falas e a companhia de Gwindor, de Nargothrond, e ele tinha grande força de Homens: na direita estavam a hoste de Dor-lómin e todo o valor de Húrin e Huor, seu irmão, e até eles viera Haldir de Brethil com muitos homens dos bosques.

Então Fingon olhou na direção das Thangorodrim, e havia uma nuvem escura sobre elas, e uma fumaça negra subia; e ele soube que a ira de Morgoth se alevantava e que seu desafio tinha sido aceito. Uma sombra de dúvida caiu sobre o coração de Fingon; e ele olhou para o leste, tentando ver com visão-élfica, se pudesse, a poeira de Anfauglith se erguendo sob as hostes de Maedhros. Não sabia que Maedhros fora atrapalhado em sua partida pelos engodos de Uldor, o maldito, que o enganara com falsos avisos de ataque de Angband.

Mas nessa hora ouviu-se um grito, subindo o vento a partir do sul de vale a vale, e Elfos e Homens levantaram suas vozes em assombro e júbilo. Pois, não convocado nem esperado, Turgon abrira as defesas de Gondolin e chegara com um exército de dez mil guerreiros, com cota de malha luzente, e longas espadas, e lanças que eram como floresta. Então, quando Fingon ouviu ao longe a grande trombeta de Turgon, seu irmão, a sombra passou, e seu coração se levantou, e ele gritou em alta voz: "*Utúlie'n aurë! Aiya Eldalië ar Atanatári, utúlie'n aurë!* O dia chegou! Vede, povo dos Eldar e Pais de Homens, o dia chegou!" E todos aqueles que ouviram sua grande voz ecoar nos montes responderam, gritando: "*Auta i lómë!* A noite está passando!"

Ora, Morgoth, que sabia muito do que se fazia e do que se pretendia entre seus inimigos, escolheu sua hora e, confiando que seus serviçais traiçoeiros segurariam Maedhros e impediriam a união de seus adversários, enviou uma força que parecia grande (e, porém, não era mais que parte de tudo o que tinha preparado) na direção de Hithlum; e eles estavam todos vestidos com vestes baças e não mostravam aço nu e, assim, já tinham viajado muito pelas areias de Anfauglith antes que sua aproximação fosse vista.

Então os corações dos Noldor arderam dentro deles, e seus capitães desejavam atacar seus inimigos na planície; mas Húrin falou contra isso e pediu que se acautelassem dos ardis de Morgoth, cuja força era sempre maior do que aparentava e cujo propósito era sempre diverso do que revelava. E, embora o sinal da aproximação de Maedhros não viesse, e a hoste ficasse impaciente, Húrin ainda os conclamava a aguardar e a deixar que os Orques se rebentassem no assalto aos montes.

Mas o Capitão de Morgoth no oeste tinha ordens para atrair Fingon de seus montes por quaisquer meios que pudesse. Continuou a marchar, portanto, até que a vanguarda de seu exército se dispôs diante da corrente do Sirion, das muralhas da fortaleza de Eithel Sirion até a confluência do Rivil no Pântano de Serech; e, nos postos avançados de Fingon, os soldados podiam ver os olhos de seus inimigos. Mas não houve resposta a seu desafio, e as bravatas dos Orques fraquejaram enquanto olhavam para as muralhas silenciosas e a ameaça oculta dos montes. Então o Capitão de Morgoth enviou cavaleiros com emblemas de tratado, e eles cavalgaram até defronte dos baluartes da Barad Eithel. Com eles trouxeram Gelmir, filho de Guilin, aquele senhor de Nargothrond a quem tinham capturado na Bragollach e tinham cegado. Então os arautos de Angband o mostraram, gritando: "Temos muitos mais assim em casa, mas deveis vos apressar se quiserdes achá-los; pois havemos de lidar com eles todos quando retornarmos deste jeito." E deceparam as mãos e os pés de Gelmir, e sua cabeça por último, à vista dos Elfos, e o deixaram ali.

Por má fortuna, naquele lugar dos baluartes estava Gwindor de Nargothrond, o irmão de Gelmir. Nessa hora sua fúria se inflamou até virar loucura, e ele saltou sobre a sela, e muitos cavaleiros com ele; e perseguiram os arautos e os mataram, e penetraram fundo na hoste principal dos Orques. E, vendo isso, toda a hoste dos Noldor se incendiou, e Fingon pôs seu elmo branco e soou suas trombetas, e toda a hoste de Hithlum saltou dos montes em investida repentina. A luz do desembainhar das espadas dos Noldor era como fogo num campo de palha; e tão fero e rápido foi o ataque que quase os desígnios de Morgoth se perderam. Antes que o exército que ele enviara ao oeste pudesse ser fortalecido, varreram-no dali, e as bandeiras de Fingon passaram por Anfauglith e foram erguidas diante das muralhas de Angband. Sempre na vanguarda daquela batalha iam Gwindor e os Elfos de Nargothrond, e mesmo agora não podiam ser detidos; e atravessaram o Portão e mataram os guardas nas próprias escadarias de Angband, e Morgoth tremeu sobre seu trono profundo, ouvindo-os bater às suas portas. Mas ficaram presos ali dentro, e todos foram mortos, salvo Gwindor apenas, a quem pegaram vivo; pois Fingon não pôde vir ao auxílio deles. Por muitas portas secretas nas Thangorodrim Morgoth fizera sair sua hoste principal, que deixara a esperar, e Fingon foi rechaçado com grande perda das muralhas.

Então, na planície de Anfauglith, no quarto dia da guerra, começou Nirnaeth Arnoediad, Lágrimas Inumeráveis, pois nenhuma canção ou história pode conter toda a sua tristeza. A hoste de Fingon recuou pelas areias, e Haldir, senhor dos Haladin, foi morto na retaguarda; com ele tombou a maioria dos Homens de Brethil, e eles nunca voltaram para seus bosques. Mas, no quinto dia, quando a noite caiu e quando ainda estavam longe das Ered Wethrin, os Orques cercaram a hoste de Hithlum, e lutaram até o raiar do dia em aperto cada vez maior. Com a manhã veio a esperança quando as trompas de Turgon se ouviram, conforme ele marchava até eles com a hoste principal de Gondolin; pois tinham ficado postados ao sul, guardando o Passo do Sirion, e Turgon evitara que a maior parte de seu povo participasse da investida temerária. Agora se apressava ao auxílio de seu irmão; e os Gondolindrim eram fortes e trajados de cota de malha, e suas fileiras brilhavam como um rio de aço ao sol.

Ora, a falange da guarda do Rei varou as fileiras dos Orques, e Turgon abriu caminho, lutando até ficar ao lado de seu irmão; e conta-se que o encontro de Turgon com Húrin, que estava ao lado de Fingon, foi alegre em meio à batalha. Então a esperança se renovou nos corações dos Elfos; e, naquele mesmo momento, na terceira hora da manhã, as trombetas de Maedhros se ouviram enfim, vindas do leste, e as bandeiras dos filhos de Fëanor assediaram o inimigo na retaguarda. Alguns dizem que os Eldar, então, ainda poderiam ter sido vitoriosos se todas as suas hostes se mostrassem fiéis; pois os Orques hesitaram, e seu ataque foi detido, e já alguns estavam se voltando à fuga. Mas, na hora em que a vanguarda de Maedhros enfrentava os Orques, Morgoth

DA QUINTA BATALHA: NIRNAETH ARNOEDIAD

despejou sua última força, e Angband foi esvaziada. Vieram lobos e cavalga-lobos, e vieram Balrogs, e dragões, e Glaurung, pai de dragões. A força e o terror da Grande Serpe eram agora de fato grandes, e Elfos e Homens feneceram diante dela; e ela se pôs entre as hostes de Maedhros e Fingon e as separou.

Contudo, nem por lobo, nem por Balrog, nem por Dragão teria Morgoth alcançado seus fins, não fosse pela traição dos Homens. Nessa hora, as tramas de Ulfang foram reveladas. Muitos dos Lestenses se viraram e fugiram, estando seus corações cheios de mentiras e medo; mas os filhos de Ulfang passaram-se de repente para ao lado de Morgoth e investiram contra a retaguarda dos filhos de Fëanor e, na confusão que criaram, chegaram perto do estandarte de Maedhros. Não ganharam a recompensa que Morgoth lhes prometera, pois Maglor matou Uldor, o maldito, o líder na traição, e os filhos de Bór mataram Ulfast e Ulwarth antes que eles mesmos fossem mortos. Mas uma nova força de Homens malignos chegou, que Uldor convocara e mantivera escondida nos montes ao leste, e a hoste de Maedhros agora estava sendo atacada de três lados, e se despedaçou, e foi espalhada, e fugiu para lá e para cá. Contudo, o destino salvou os filhos de Fëanor e, embora todos estivessem feridos, nenhum foi morto, pois se ajuntaram e, reunindo um remanescente dos Noldor e dos Naugrim à sua volta, abriram caminho para sair da batalha e escaparam para longe, na direção do Monte Dolmed, no leste.

Os últimos entre toda a força do leste a se manter firmes foram os Anãos de Belegost, e assim ganharam renome. Pois os Naugrim resistiam ao fogo mais duramente do que Elfos ou Homens, e era seu costume, ademais, usar grandes máscaras em batalha, horrendas de se contemplar; e essas lhes davam boa vantagem contra os dragões. E, se não fosse por eles, Glaurung e sua ninhada teriam destruído tudo o que restara dos Noldor. Mas os Naugrim fizeram um círculo à volta dele quando os atacou, e até mesmo sua couraça poderosa não era de todo à prova dos golpes de seus grandes machados; e quando, em sua fúria, Glaurung se virou e derrubou Azaghâl, Senhor de Belegost, e rastejou por sobre ele, com seu último ataque, Azaghâl enfiou uma faca no ventre do dragão e o feriu de tal modo que ele fugiu do campo de batalha, e as feras de Angband, amedrontadas, seguiram-no. Então os Anãos ergueram o corpo de Azaghâl e o carregaram para longe; e, com passos lentos, caminhavam detrás, cantando um lamento com vozes graves, como se na pompa de um funeral em seu país, e não deram mais ouvido a seus inimigos; e ninguém ousou detê-los.

Mas nessa hora, na batalha a oeste, Fingon e Turgon estavam sob o assédio de uma maré de inimigos maior do que toda a força que lhes restava. Gothmog, Senhor de Balrogs, alto-capitão de Angband, havia chegado; e ele cravou uma cunha escura entre as hostes élficas, cercando o Rei Fingon e jogando de lado Turgon e Húrin na direção do Pântano de Serech. Então se voltou contra Fingon. Aquele foi embate duro. Por fim, sozinho estava Fingon com sua guarda morta em volta dele; e lutou com Gothmog até que outro Balrog veio por detrás e lançou uma correia de fogo à sua volta. Então Gothmog o golpeou com seu machado negro, e uma chama branca saltou do elmo de Fingon quando foi rachado. Assim tombou o Alto Rei dos Noldor; e o abateram na poeira com suas maças e sua bandeira azul e prateada pisotearam na poça de seu sangue.

A batalha estava perdida; mas, mesmo assim, Húrin, e Huor, e o remanescente da casa de Hador estavam firmes com Turgon de Gondolin, e as hostes de Morgoth não tinham conseguido conquistar o Passo do Sirion. Então Húrin falou a Turgon, dizendo: "Ide agora, senhor, enquanto há tempo! Pois em vós vive a última esperança dos Eldar, e enquanto Gondolin resistir, Morgoth ainda há de conhecer medo em seu coração."

Mas Turgon respondeu: "Não por muito tempo pode Gondolin continuar oculta; e, sendo descoberta, deverá cair."

Então Huor falou, e ele disse: "Porém, se resistir só um pouco mais, então de vossa casa há de vir a esperança de Elfos e Homens. Isto eu vos digo, senhor, com os olhos da morte: ainda que nos separemos aqui para sempre e que eu não haja de ver vossas alvas muralhas de novo, de vós e de mim uma nova estrela há de surgir. Adeus!"

E Maeglin, filho da irmã de Turgon, que estava perto, ouviu essas palavras e não as esqueceu; mas nada disse.

DA QUINTA BATALHA: NIRNAETH ARNOEDIAD

Então Turgon seguiu o conselho de Húrin e Huor e, convocando todos os que restavam da hoste de Gondolin e tantos do povo de Fingon quanto pudessem ser reunidos, recuou na direção do Passo do Sirion; e seus capitães, Ecthelion e Glorfindel, guardaram os flancos à direita e à esquerda, de modo que ninguém do inimigo pudesse ultrapassá-los. Mas os Homens de Dor-lómin ficaram na retaguarda, como Húrin e Huor desejavam; pois não queriam, em seus corações, deixar as Terras do Norte e, se não pudessem abrir caminho até seus lares, ali resistiriam até o fim. Assim foi a traição de Uldor compensada; e, de todas as façanhas de guerra que os pais de Homens realizaram em favor dos Eldar, o último combate dos Homens de Dor-lómin é a de maior renome.

Assim foi que Turgon seguiu lutando em seu caminho para o sul até que, passando detrás da guarda de Húrin e Huor, desceu o Sirion e escapou; e desapareceu nas montanhas, e ficou oculto dos olhos de Morgoth. Mas os irmãos arranjaram o remanescente dos Homens da casa de Hador à sua volta e, passo a passo, recuaram até se postarem detrás do Pântano de Serech, com a corrente do Rivil diante deles. Ali ficaram e não mais recuaram.

Então todas as hostes de Angband, num enxame, vieram contra eles, e fizeram de seus mortos uma ponte para atravessar a corrente, e circundaram o remanescente de Hithlum, como a maré que se junta em volta de uma rocha. Ali, enquanto o sol se punha no sexto dia e a sombra das Ered Wethrin escurecia, Huor tombou, ferido no olho por uma flecha envenenada, e todos os valentes Homens de Hador foram mortos à sua volta; e os Orques cortaram as cabeças deles e as amontoaram como uma pilha d'ouro ao pôr do sol.

Por último, Húrin resistiu sozinho. Então lançou de lado seu escudo e empunhou um machado de duas mãos; e canta-se que o machado fazia sair fumaça do sangue negro da guarda de trols de Gothmog até que perdeu o gume, e, a cada vez que matava, Húrin gritava: "*Aurë entuluva!* O dia há de vir outra vez!" Setenta vezes entoou esse grito; mas o pegaram, por fim, vivo, por ordem de Morgoth, pois os Orques o agarravam com suas mãos, que continuavam presas a ele embora ele decepasse os seus braços; e sempre seus números se renovavam até que, afinal, ele tombou, enterrado debaixo deles. Então Gothmog o atou e o arrastou para Angband com zombaria.

Assim terminou a Nirnaeth Arnoediad, conforme o sol descia além do mar. A noite caiu sobre Hithlum, e uma grande tempestade de vento veio do Oeste.

Grande foi o triunfo de Morgoth, e seus desígnios se cumpriram de uma maneira conforme seu próprio coração; pois Homens tiraram a vida de Homens e traíram os Eldar, e o medo e o ódio surgiram entre aqueles que deveriam ter ficado unidos contra ele. Desde aqueles dias os corações dos Elfos se distanciaram dos Homens, salvo apenas aqueles das Três Casas dos Edain.

O reinado de Fingon não mais existia; e os filhos de Fëanor vagavam como folhas ao vento. Suas forças estavam dispersas, e sua liga, despedaçada; e passaram a levar uma vida selvática nas matas, sob os pés das Ered Lindon, misturando-se aos Elfos-verdes de Ossiriand, desprovidos do poder e da glória de outrora. Em Brethil, uns poucos dos Haladin ainda habitavam sob a proteção de suas matas, e Handir, filho de Haldir, era o seu senhor; mas para Hithlum nunca voltou nenhum da hoste de Fingon, nem qualquer um da casa dos Homens de Hador, nem quaisquer notícias da batalha e do destino de seus senhores. Mas Morgoth enviou para lá os Lestenses que o tinham servido, negando-lhes as ricas terras de Beleriand que cobiçavam; e os fechou em Hithlum, e proibiu que a deixassem. Tal foi a recompensa que lhes deu por traírem Maedhros: pilhar e maltratar os idosos e as mulheres e as crianças do povo de Hador. Os remanescentes dos Eldar de Hithlum foram levados para as minas do norte e lá trabalharam como servos, salvo alguns que o enganaram e escaparam para as selvas e as montanhas.

Os Orques e os lobos andavam livremente por todo o Norte e chegavam cada vez mais longe, ao sul, em Beleriand, alcançando até mesmo Nan-tathren, a Terra dos Salgueiros, e as fronteiras de Ossiriand, e ninguém estava a salvo no campo ou na mata. Doriath, de fato, resistia, e os salões de Nargothrond estavam ocultos; mas Morgoth lhes dava pouca atenção, ou porque

DA QUINTA BATALHA: NIRNAETH ARNOEDIAD

pouco sabia deles, ou porque sua hora ainda não havia chegado nos propósitos profundos de sua malícia. Muitos então fugiram para os Portos e buscaram refúgio detrás das muralhas de Círdan, e os marinheiros subiam e desciam a costa e atacavam o inimigo com rápidos desembarques. Mas, no ano seguinte, antes que o inverno chegasse, Morgoth mandou uma força através de Hithlum e Nevrast, e desceram os rios Brithon e Nenning, e devastaram toda a Falas, e sitiaram as muralhas de Brithombar e Eglarest. Ferreiros, e mineiros, e mestres de fogo eles trouxeram consigo, e construíram grandes máquinas de guerra; e, apesar da valentia da resistência, destruíram as muralhas no final. Então os Portos foram arruinados, e a torre de Barad Nimras, derrubada; e a maior parte do povo de Círdan foi morta ou escravizada. Mas alguns subiram a bordo de seus navios e escaparam por mar; e, entre eles, estava Ereinion Gil-galad, o filho de Fingon, a quem seu pai enviara aos Portos depois da Dagor Bragollach. Esses remanescentes velejaram com Círdan para o sul, rumo à Ilha de Balar e fizeram um refúgio para todos os que pudessem chegar até lá; pois mantinham um posto também nas Fozes do Sirion, e ali muitos navios leves e rápidos ficavam escondidos nos riachos e nas águas, onde os caniços eram tão densos quanto uma floresta.

E, quando Turgon ouviu a esse respeito, mandou de novo seus mensageiros às fozes do Sirion e procurou a ajuda de Círdan, o Armador. A pedido de Turgon, Círdan construiu sete navios velozes, e eles velejaram para o Oeste; mas nenhuma notícia deles jamais voltou a Balar, salvo de um, o último. Os marinheiros daquele navio muito sofreram no mar e, retornando afinal em desespero, afundaram em uma grande tempestade à vista das costas da Terra-média; mas um deles foi salvo por Ulmo da ira de Ossë, e as ondas o levantaram e o lançaram à terra em Nevrast. Seu nome era Voronwë; e ele era um daqueles que Turgon enviara como mensageiro de Gondolin.

Ora, o pensamento de Morgoth se fixava sempre sobre Turgon; pois Turgon lhe escapara e, de todos os seus inimigos, era aquele a quem mais desejava capturar ou destruir. E aquele pensamento o atormentava e maculava sua vitória, pois Turgon, da poderosa casa de Fingolfin, era agora por direito Rei de todos os Noldor; e Morgoth temia e odiava a casa de Fingolfin porque tinham a amizade de Ulmo, seu inimigo, e por causa das feridas que Fingolfin lhe fizera com sua espada. E, mais do que toda a sua gente, Morgoth temia a Turgon; pois outrora, em Valinor, seu olho caíra sobre ele e, sempre que se aproximava, uma sombra lhe caía no espírito, pressagiando que, em algum tempo que ainda estava oculto, de Turgon a ruína havia de lhe vir.

Portanto, Húrin foi trazido diante de Morgoth, pois Morgoth sabia que ele tinha a amizade do Rei de Gondolin; mas Húrin o desafiou e zombou dele. Então Morgoth amaldiçoou Húrin, e Morwen, e sua descendência e pôs sobre eles uma sina de escuridão e tristeza; e, tirando Húrin de sua prisão, colocou-o numa cadeira de pedra sobre um lugar alto das Thangorodrim. Ali foi atado pelo poder de Morgoth, e Morgoth, postando-se a seu lado, amaldiçoou-o de novo; e disse: "Senta-te agora aqui; e contempla as terras onde o mal e o desespero hão de sobrevir àqueles a quem amas. Ousaste zombar de mim e questionar o poder de Melkor, Mestre dos destinos de Arda. Portanto, com meus olhos hás de ver e com meus ouvidos hás de ouvir; e nunca hás tu de sair deste lugar antes que tudo esteja consumado até seu amargo fim."

E assim aconteceu; mas ninguém diz que Húrin pediu jamais de Morgoth misericórdia ou morte para si mesmo ou qualquer um de sua gente.

Por ordem de Morgoth, os Orques, com grande labor, reuniram todos os corpos daqueles que tinham tombado na grande batalha, e todos os seus petrechos e suas armas e os empilharam em um grande teso em meio a Anfauglith; e era como um monte que podia ser visto de longe. Haudh-en-Ndengin foi o nome que os Elfos lhe deram, o Monte dos Mortos, e Haudh-en-Nirnaeth, o Monte das Lágrimas. Mas a relva surgiu ali e cresceu de novo, alta e verdejante sobre aquele monte, o único lugar onde isso se deu em todo o deserto que Morgoth criara; e nenhuma criatura de Morgoth pisou dali por diante sobre a terra debaixo da qual as espadas dos Eldar e dos Edain se desfaziam em ferrugem.

21

DE TÚRIN TURAMBAR

Rían, filha de Belegund, era a esposa de Huor, filho de Galdor; e ela o desposou dois meses antes que ele fosse com Húrin, seu irmão, para as Nirnaeth Arnoediad. Quando nenhuma notícia chegou de seu senhor, ela fugiu para o ermo; mas teve auxílio dos Elfos-cinzentos de Mithrim e, quando seu filho Tuor nasceu, eles o adotaram. Então Rían partiu de Hithlum e, indo até o Haudh-en-Ndengin, deitou-se sobre ele e morreu.

Morwen, filha de Baragund, era a esposa de Húrin, Senhor de Dor-lómin; e o filho dos dois era Túrin, que nasceu no ano em que Beren Erchamion encontrou Lúthien na Floresta de Neldoreth. Uma filha eles também tinham, que era chamada Lalaith, isto é, Riso, e era mui amada por Túrin, seu irmão; mas quando ela tinha três anos de idade, chegou uma pestilência a Hithlum, trazida por um mau vento vindo de Angband, e ela morreu.

Ora, depois das Nirnaeth Arnoediad, Morwen morava ainda em Dor-lómin, pois Túrin tinha apenas oito anos de idade, e ela carregava outra vez criança. Aqueles dias eram malignos; pois os Lestenses que vieram a Hithlum desprezavam o remanescente do povo de Hador, e os oprimiam, e tomavam suas terras e seus bens, e escravizavam seus filhos. Mas tão grandes eram a beleza e a majestade da Senhora de Dor-lómin, que os Lestenses lhe tinham medo e não ousavam deitar mãos sobre ela ou os de sua casa; e sussurravam entre si, dizendo que era perigosa e uma bruxa hábil em magia e em liga com os Elfos. Contudo, agora ela estava pobre e não tinha auxílio, salvo pelo fato de ser socorrida por uma parenta de Húrin chamada Aerin, a quem Brodda, um Lestense, tomara como sua esposa; e Morwen temia grandemente que Túrin fosse tirado dela e escravizado. Portanto, veio-lhe ao coração enviá-lo para longe, em segredo, e implorar que o Rei Thingol o abrigasse, pois Beren, filho de Barahir, era parente do pai dela e, além do mais, ele tinha sido amigo de Húrin antes que viesse o mal. Portanto, no outono do Ano da Lamentação, Morwen enviou Túrin para o outro lado das montanhas com dois serviçais idosos, mandando-lhes achar entrada, se pudessem, no reino de Doriath. Assim foi a sina de Túrin tecida, ela que é contada inteira naquela balada que leva o nome de "*Narn i Hîn Húrin*, o Conto dos Filhos de Húrin", e é a maior de todas as baladas que falam daqueles dias. Aqui aquele conto é contado de modo breve, pois está tecido junto à sina das Silmarils e dos Elfos; e é chamado de Conto do Pesar, pois é cheio de tristeza, e nele são reveladas obras mui malignas de Morgoth Bauglir.

No primeiro princípio do ano, Morwen deu à luz sua criança, a filha de Húrin; e pôs nela o nome de Nienor, isto é, Pranto. Mas Túrin e seus companheiros, atravessando grandes perigos, chegaram enfim às fronteiras de Doriath; e lá foram achados por Beleg Arcoforte, chefe dos guardiões das marcas do Rei Thingol, e ele os levou a Menegroth. Então Thingol recebeu Túrin e decidiu ele mesmo adotá-lo, em honra de Húrin, o Resoluto; pois o ânimo de Thingol tinha mudado em relação às casas dos Amigos-dos-Elfos. Depois disso, mensageiros seguiram para o norte até Hithlum, pedindo que Morwen deixasse Dor-lómin e retornasse com eles a Doriath; mas ela ainda não queria deixar a casa na qual habitara com Húrin. E, quando os Elfos partiram, mandou com eles o Elmo-de-dragão de Dor-lómin, maior das heranças da casa de Hador.

Túrin crescia belo e forte em Doriath, mas estava marcado pelo pesar. Por nove anos habitou nos salões de Thingol, e durante aquele tempo sua tristeza diminuiu; pois mensageiros iam por vezes a Hithlum e, retornando, traziam melhores notícias de Morwen e Nienor. Mas veio um dia quando os mensageiros não retornaram do norte, e Thingol não queria enviar outros. Então Túrin se encheu de medo por sua mãe e sua irmã e, de coração sombrio, pôs-se diante do Rei e pediu cota de malha e espada; e colocou o Elmo-de-dragão de Dor-lómin, e saiu para a batalha nas marcas de Doriath, e se tornou o companheiro de armas de Beleg Cúthalion.

E, quando três anos tinham passado, Túrin retornou a Menegroth; mas veio dos ermos, e estava em desalinho, e seus petrechos e vestimenta estavam gastos. Ora, havia certo Elfo em Doriath, do povo dos Nandor, alto membro do conselho do Rei; Saeros era seu nome. Havia muito que invejava de Túrin a honra que recebia como filho adotivo de Thingol; e, sentado na frente dele à mesa, provocou-o, dizendo: "Se os Homens de Hithlum são tão selvagens e feros, de que sorte são as mulheres daquela terra? Será que correm como cervos, vestidas apenas com seus cabelos?" Então Túrin, em grande fúria, tomou na mão uma taça e a jogou em Saeros; e ele ficou gravemente ferido.

No dia seguinte, Saeros emboscou Túrin enquanto ele saía de Menegroth para voltar à fronteira; mas Túrin o sobrepujou e fê-lo correr nu, como uma fera caçada através das matas. Então Saeros, fugindo aterrorizado diante dele, caiu na barranca de um riacho, e seu corpo se destroçou numa grande rocha que havia n'água. Mas outros Elfos, vindo, viram o que acontecera, e Mablung estava entre eles; e pediu que Túrin retornasse com ele a Menegroth e enfrentasse o julgamento do Rei, buscando seu perdão. Mas Túrin, acreditando-se agora um proscrito e temendo ser feito cativo, recusou o pedido de Mablung e foi-se embora rapidamente; e, atravessando o Cinturão de Melian, entrou nas matas a oeste do Sirion. Ali se juntou a um bando de tais homens sem lar e desesperados como os que podiam ser achados naqueles dias escondidos nos ermos; e suas mãos se voltavam contra todos os que cruzavam o seu caminho, Elfos, Homens e Orques.

Mas, quando tudo o que ocorrera foi contado e examinado diante de Thingol, o Rei perdoou a Túrin, julgando que fora injustiçado. Naquele tempo, Beleg Arcoforte retornou das marcas do norte e veio a Menegroth, procurando-o; e Thingol falou a Beleg, dizendo: "Entristeço-me, Cúthalion; pois tomei o filho de Húrin como meu filho, e assim ele há de permanecer, a menos que o próprio Húrin retorne das sombras para reivindicar o que é seu. Não queria que alguém dissesse que Túrin foi expulso injustamente para o ermo, e de bom grado recebê-lo-ia de volta; pois bem o amava."

E Beleg respondeu: "Buscarei Túrin até encontrá-lo e vou trazê-lo de volta a Menegroth, se puder; pois o amo também."

Então Beleg partiu de Menegroth e, por toda Beleriand, buscou em vão notícias de Túrin, passando por muitos perigos.

Mas Túrin morou longamente em meio aos proscritos e se tornou o capitão deles; e deu a si mesmo o nome de Neithan, o Injustiçado. Mui esquivamente habitavam nas terras florestadas ao sul do Teiglin; mas, quando um ano se passara desde que Túrin fugira de Doriath, Beleg topou com o covil deles à noite. Aconteceu que, naquele tempo, Túrin tinha saído do acampamento; e os proscritos agarraram Beleg, e o amarraram, e o trataram cruelmente, pois o temiam como espião do Rei de Doriath. Mas Túrin, retornando e vendo o que tinham feito, foi premido pelo remorso por todos os seus feitos maus e sem lei; e libertou Beleg, e eles renovaram sua amizade, e Túrin se negou, dali por diante, a fazer guerra ou pilhagem contra todos que não fossem serviçais de Angband.

Então Beleg contou a Túrin sobre o perdão do Rei Thingol; e tentou persuadi-lo por todos os meios que podia a retornar com ele a Doriath, dizendo que havia grande precisão de sua força e valor nas marcas do norte do reino. "Nestes tempos, os Orques acharam um caminho que desce de Taur-nu-Fuin", disse; "fizeram uma estrada cruzando o Passo de Anach."

"Não me lembro desse lugar", disse Túrin.

"Nunca fomos tão longe das fronteiras", disse Beleg. "Mas viste os picos das Crissaegrim ao longe e, a leste, as muralhas escuras das Gorgoroth. Anach fica no meio, acima das altas fontes do Mindeb, uma estrada dura e perigosa; porém muitos agora passam por ela, e Dimbar, que costumava ter paz, está caindo sob a Mão Negra, e os Homens de Brethil estão atormentados. Precisam de nós lá."

Mas, no orgulho de seu coração, Túrin recusou o perdão do Rei, e as palavras de Beleg não valeram para mudar seu ânimo. E, de sua parte, pediu a Beleg que permanecesse com ele nas terras a oeste do Sirion; mas isso Beleg não queria fazer e disse:

"Duro és, Túrin, e teimoso. Agora é a minha vez. Se desejas de fato ter o Arcoforte a teu lado, procura-me em Dimbar; pois para lá hei de retornar."

No dia seguinte, Beleg partiu, e Túrin foi com ele até a distância de um flechaço do acampamento; mas nada disse. "É adeus, então, filho de Húrin?", disse Beleg. Então Túrin olhou para o oeste e viu, ao longe, a grande altura do Amon Rûdh; e, sem ter consciência do que jazia diante dele, respondeu: "Disseste 'Procura-me em Dimbar'. Mas eu digo 'Procura-me no Amon Rûdh!' Do contrário, este é nosso último adeus." Então se separaram, em amizade, mas também em tristeza.

Ora, Beleg retornou às Mil Cavernas e, vindo diante de Thingol e Melian, contou-lhes de tudo o que acontecera, salvo apenas dos maus-tratos que sofrera nas mãos dos companheiros de Túrin. Então Thingol suspirou e disse: "O que mais Túrin queria que eu fizesse?"

"Dai-me licença, senhor," disse Beleg, "e eu vou guardá-lo e guiá-lo como puder; então homem algum haverá de dizer que as palavras dos Elfos são ditas levianamente. Nem desejaria eu ver tão grande bem dar em nada nos ermos."

Então Thingol deu a Beleg licença para fazer como desejasse; e disse: "Beleg Cúthalion! Por muitos feitos mereceste meus agradecimentos; mas não menor entre eles foi achares meu filho adotivo. Nesta despedida, pede qualquer dádiva, e não vou negá-la a ti."

"Peço então uma espada de valor," disse Beleg, "pois os Orques agora surgem numerosos e próximos demais para que eu use só o arco, e a lâmina que tenho não é páreo para a armadura deles."

"Escolhe o que quiseres de tudo o que tenho," disse Thingol, "exceto apenas Aranrúth, minha própria espada."

Então Beleg escolheu Anglachel; e essa era uma espada de grande valor e tinha esse nome porque fora feita de ferro que caíra do céu como estrela cadente; podia cortar todo ferro tirado da terra. Uma única outra espada na Terra-média era semelhante a ela. Tal espada não entra nesta história, embora tenha sido feita do mesmo minério e pelo mesmo ferreiro; e esse ferreiro era Eöl, o Elfo Escuro, que tomou por esposa Aredhel,

O SILMARILLION

irmã de Turgon. Deu Anglachel a Thingol como tributo e, de mau grado, para ter licença de habitar em Nan Elmoth; mas seu par, Anguirel, guardou consigo até que lhe foi roubada por Maeglin, seu filho.

Mas, quando Thingol virou o cabo de Anglachel na direção de Beleg, Melian olhou para a lâmina; e disse: "Há malícia nessa espada. O coração sombrio do ferreiro ainda habita nela. Não amará a mão que serve; nem ficará contigo por muito tempo."

"Mesmo assim, vou empunhá-la enquanto puder", disse Beleg.

"Outra dádiva dar-te-ei, Cúthalion," disse Melian, "a qual há de ser para tua ajuda no ermo e para a ajuda também daqueles a quem escolheres." E deu-lhe quantidade de *lembas*, o pão-de-viagem dos Elfos, envolto em folhas de prata, e os fios que o amarravam estavam selados, nos nós, com o selo da Rainha, uma camada de cera branca com a forma de uma única flor de Telperion; pois, de acordo com os costumes dos Eldalië, manter e oferecer o *lembas* cabia apenas à Rainha. Em nenhuma outra coisa Melian mostrou maior favor a Túrin do que nessa dádiva; pois os Eldar nunca antes tinham permitido que Homens usassem esse pão-de-viagem e raramente voltaram a fazê-lo.

Então Beleg partiu com essas dádivas de Menegroth e voltou às marcas do norte, onde tinha seus alojamentos e muitos amigos. Então, em Dimbar, os Orques foram rechaçados, e Anglachel se regozijou ao ser desembainhada; mas, quando o inverno chegou e a guerra se deteve, de repente, os companheiros de Beleg deram por sua falta; e ele não mais retornou até eles.

Ora, quando Beleg deixou os proscritos e retornou a Doriath, Túrin os levou para oeste, para fora do vale do Sirion; pois estavam exaustos daquela vida sem descanso, sempre vigilantes e temendo a perseguição, e buscavam um covil mais seguro. E aconteceu, numa hora do anoitecer, que eles toparam com três Anãos, os quais fugiram diante deles; mas um ficou para trás, foi agarrado e derrubado, e um homem da companhia pegou seu arco e deixou voar uma flecha na direção dos outros, conforme desapareciam no crepúsculo. Ora, o anão que tinham capturado tinha o nome de Mîm; e ele implorou por sua vida diante de

Túrin e ofereceu, como resgate, conduzi-los a seus salões ocultos, que ninguém poderia achar sem a ajuda dele. Então Túrin teve piedade de Mîm e o poupou; e disse: "Onde é a tua casa?"

Então Mîm respondeu: "Muito alto, acima das terras, está a casa de Mîm, sobre o grande monte; Amon Rûdh é como chamam agora aquele monte, já que os Elfos mudaram todos os nomes."

Então Túrin ficou em silêncio e olhou longamente para o anão; e, por fim, disse: "Hás de nos levar àquele lugar."

No dia seguinte, partiram para lá, seguindo Mîm até Amon Rûdh. Ora, aquele monte ficava na beira das charnecas que se elevavam entre os vales do Sirion e do Narog e muito acima das urzes pedregosas erguia o seu cume; mas seu cimo cinzento era desnudo, salvo pelo *seregon* vermelho, que era um manto sobre a pedra. E, conforme os homens do bando de Túrin se aproximavam, o sol, ao se pôr, atravessou as nuvens e lançou raios sobre o cume; e o *seregon* estava todo em flor. Então alguém no meio deles disse: "Há sangue no topo do monte."

Mas Mîm os levou por caminhos secretos, subindo as encostas íngremes do Amon Rûdh; e, na boca de sua caverna, curvou-se diante de Túrin, dizendo: "Entrai em Bar-en-Danwedh, a Casa do Resgate; pois assim há de ser chamada."

E então veio outro anão, trazendo um lume para saudá-los, e ele falou com Mîm, e os dois entraram rapidamente na escuridão da caverna; mas Túrin os seguiu e chegou finalmente a uma câmara muito profunda, iluminada por lamparinas fracas que pendiam de correntes. Ali ele achou Mîm ajoelhado diante de uma cama de pedra ao lado da parede, e ele despedaçava sua barba e gemia, gritando um mesmo nome sem cessar; e, na cama, jazia um terceiro anão. Mas Túrin, entrando, ficou ao lado de Mîm e lhe ofereceu auxílio. Então Mîm olhou para ele e disse: "Não me podes dar auxílio. Pois este é Khîm, meu filho; e ele está morto, varado por uma flecha. Morreu ao pôr do sol. Meu filho Ibun me contou."

Então a piedade brotou no coração de Túrin, e ele disse a Mîm: "Ai de minha pessoa! Eu faria voltar aquela seta, se pudesse. Agora Bar-en-Danwedh esta casa há de ser chamada em verdade; e, se algum dia, vier a mim riqueza, pagar-te-ei um resgate d'ouro por teu filho, em sinal de pesar, ainda que isso não alegre o teu coração nunca mais."

Então Mîm se ergueu e olhou longamente para Túrin. "Eu te ouço", disse. "Falas como um senhor-anão de outrora; e isso me maravilha. Agora o meu coração esfriou, ainda que não esteja contente; e nesta casa podes habitar, se quiseres; pois pagarei o meu resgate."

Assim começou Túrin a morar na casa escondida de Mîm, sobre o Amon Rûdh; e ele caminhou pelo gramado diante da boca da caverna e olhou para o leste, e o oeste, e o norte. Para o norte olhou, e descortinou a floresta de Brethil, em uma encosta verdejante em torno do Amon Obel, em seu meio, e para lá seus olhos eram arrastados de quando em vez, não sabia o porquê; pois seu coração se detinha antes no noroeste, onde, léguas sobre léguas, ao longe, nas fímbrias do horizonte, parecia-lhe ser possível vislumbrar as Montanhas de Sombra, as muralhas de seu lar. Mas, ao anoitecer, Túrin olhou para o oeste, para o pôr do sol, conforme o sol descia vermelho nas névoas sobre as costas distantes, e o Vale do Narog jazia no fundo das sombras no meio do caminho.

No tempo que se seguiu, Túrin falou muito com Mîm e, sentando-se com ele sozinho, escutou seu saber e a história de sua vida. Pois Mîm descendia de Anãos que tinham sido banidos em dias antigos das grandes cidades de sua raça no leste; e, muito antes do retorno de Morgoth, vagaram para o oeste e entraram em Beleriand; mas diminuíram em estatura e arte na forja e passaram a levar vidas de esquivança, caminhando com ombros curvados e passos furtivos. Antes que os Anãos de Nogrod e Belegost viessem para o oeste através das montanhas, os Elfos de Beleriand não sabiam o que eram esses outros e os caçavam e matavam; mas, depois disso, os deixaram em paz e os chamaram de Noegyth Nibin, os Anãos-Miúdos na língua sindarin. Não amavam a ninguém além de si mesmos e, se temiam e odiavam os Orques, odiavam os Eldar não menos e os Exilados mais do que todos; pois os Noldor, diziam, tinham roubado suas terras e seus lares. Muito antes que o Rei Finrod

Felagund viesse através do Mar, as cavernas de Nargothrond foram descobertas por eles, e tinham começado a escavá-las; e, sob o cimo do Amon Rûdh, o Monte Calvo, as mãos lentas dos Anãos-Miúdos tinham aberto e ampliado as cavernas pelos longos anos em que tinham habitado ali, sem ser perturbados pelos Elfos-cinzentos das matas. Mas naquele tempo, por fim, tinham se esvaído e sumido da Terra-média, todos exceto Mîm e seus dois filhos; e Mîm era idoso até mesmo na contagem dos Anãos, idoso e esquecido. E, em seus salões, as forjas estavam paradas, e os machados, enferrujados, e seus nomes eram lembrados apenas em antigas histórias de Doriath e Nargothrond.

Mas, conforme o ano passava e chegava ao meio do inverno, a neve desceu do norte com mais peso do que eles estavam acostumados a ver nos vales dos rios, e o Amon Rûdh foi recoberto por ela; e dizem que os invernos pioravam em Beleriand conforme o poder de Angband crescia. Então apenas os mais fortes ousavam sair de casa; e alguns ficavam doentes, e todos sofriam com a fome. Mas, no ocaso escuro de um dia de inverno, apareceu, de repente entre eles, um homem, como parecia ser, de grande porte e peso, com manto e capuz brancos; e ele caminhou até o fogo sem dizer palavra. E quando os homens se puseram de pé com medo, ele riu, e jogou para trás seu capuz, e, debaixo de seu largo manto, trazia um grande pacote; e, na luz do fogo, Túrin olhou mais uma vez para o rosto de Beleg Cúthalion.

Assim Beleg retornou uma vez mais a Túrin, e o encontro dos dois foi alegre; e consigo ele trouxe de Dimbar o Elmo-de-dragão de Dor-lómin, pensando que poderia elevar o pensamento de Túrin de novo acima de sua vida agreste como líder de uma companhia diminuta. Mas ainda assim Túrin não queria retornar a Doriath; e Beleg, cedendo ao amor que lhe tinha, contra sua sabedoria, permaneceu com ele, e não partiu, e, naquele tempo, labutou muito para o bem da companhia de Túrin. Daqueles que estavam feridos ou enfermos ele tratou e deu-lhes o *lembas* de Melian; e ficaram sãos rapidamente, pois embora os Elfos-cinzentos tivessem menos arte e conhecimento do que os Exilados de Valinor nos caminhos da vida na Terra-média, tinham sabedoria além da medida dos Homens. E porque Beleg era forte e vigoroso e via longe tanto com a mente como com os olhos, veio a ter honra entre os proscritos; mas o ódio de Mîm pelo Elfo que entrara em Bar-en-Danwedh ia ficando cada vez maior, e ele se sentava com Ibun, seu filho, nas sombras mais profundas de sua casa, sem falar a ninguém. Mas Túrin agora dava pouco ouvido ao Anão; e, quando o inverno passou e a primavera veio, tinham trabalho mais duro a fazer.

Ora, quem conhece os conselhos de Morgoth? Quem pode mensurar o alcance de seu pensamento, ele que tinha sido Melkor, poderoso em meio aos Ainur da Grande Canção, e agora se sentava, um senhor sombrio sobre um trono sombrio, no Norte, sopesando em sua malícia todas as notícias que lhe chegavam e percebendo mais dos feitos e propósitos de seus inimigos do que até mesmo o mais sábio deles temia, exceto apenas Melian, a Rainha? A ela amiúde o pensamento de Morgoth se lançava e ali era detido.

E então, de novo, o poder de Angband se moveu; e, feito os longos dedos de uma mão que apalpa, as vanguardas de seus exércitos exploravam os caminhos para Beleriand. Através de Anach vieram, e Dimbar foi tomada, bem como todas as marcas do norte de Doriath. Desciam a antiga estrada que atravessava o longo desfiladeiro do Sirion, passando pela ilha onde Minas Tirith de Finrod tinha ficado, depois pela terra entre o Malduin e o Sirion, através das fímbrias de Brethil até as Travessias do Teiglin. De lá, a estrada continuava Planície Protegida adentro; mas os Orques não continuavam muito longe nela, por enquanto, pois agora habitava no ermo, um terror que estava oculto, e, no monte rubro, havia olhos vigilantes sobre os quais não tinham sido avisados. Pois Túrin pôs de novo o Elmo de Hador; e por toda a parte em Beleriand viajou o sussurro, sob mata e sobre riacho e através dos passos dos montes, dizendo que o Elmo e o Arco que tinham tombado em Dimbar haviam se levantado de novo, além da esperança. Então muitos dos que não tinham líder, despossuídos, mas não acovardados, ganharam coragem e foram procurar os Dois Capitães. Dor-Cúarthol, a Terra do Arco e do Elmo, foi como, naquele tempo, chamavam a toda a região entre o Teiglin e a fronteira oeste de Doriath;

DE TÚRIN TURAMBAR

e Túrin se deu um novo nome, Gorthol, o Elmo Temível, e seu coração se elevara de novo. Em Menegroth, e nos salões profundos de Nargothrond, e mesmo no reino oculto de Gondolin, a fama dos feitos dos Dois Capitães se fazia ouvir; e em Angband também eles eram conhecidos. Então Morgoth riu, pois agora, pelo Elmo-de-dragão, estava o filho de Húrin revelado a ele de novo; e não demorou para que Amon Rûdh fosse cercado de espiões.

Quando o ano se esvanecia, Mîm, o Anão, e Ibun, seu filho, saíram de Bar-en-Danwedh para cavar raízes na mata para sua reserva de inverno; e os Orques os fizeram cativos. Então, pela segunda vez, Mîm prometeu guiar seus inimigos pelos caminhos secretos até seu lar no Amon Rûdh; mas ainda tentou adiar o cumprimento de sua promessa e exigiu que Gorthol não fosse morto. Então o capitão Orque riu e disse a Mîm: "Certamente Túrin, filho de Húrin, não há de ser morto."

Assim foi Bar-en-Danwedh traída, pois os Orques caíram sobre ela à noite, sem aviso, guiados por Mîm. Lá muitos da companhia de Túrin foram mortos enquanto dormiam; mas alguns, fugindo por uma escada interna, saíram no topo do monte e lá lutaram até tombar, e seu sangue escorreu sobre o manto de *seregon* que recobria a pedra. Mas uma rede foi lançada sobre Túrin enquanto ele lutava, e ele se enredou nela, e foi sobrepujado, e levado para longe.

E por fim, quando tudo estava silencioso de novo, Mîm veio rastejando das sombras de sua casa; e, enquanto o sol nascia sobre as brumas do Sirion, ele ficou de pé ao lado dos mortos no topo do monte. Mas percebeu que nem todos aqueles que ali jaziam estavam mortos; pois um olhou de volta para ele, e eram os olhos de Beleg, o Elfo. Então, com ódio havia muito represado, Mîm caminhou até Beleg e sacou a espada Anglachel, que jazia sob o corpo de outro que tombara ao lado dele; mas Beleg, pondo-se de pé aos tropeções, recuperou a espada e golpeou o Anão, e Mîm, aterrorizado, fugiu gemendo do topo do monte. E Beleg gritou atrás dele: "A vingança da casa de Hador ainda há de te achar!"

Ora, Beleg estava duramente ferido, mas era poderoso entre os Elfos da Terra-média e, ademais, era um mestre na arte de curar. Portanto, não morreu, e lentamente sua força retornou; e buscou em vão em meio aos mortos por Túrin, para enterrá-lo. Mas não o achou; e então soube que o filho de Húrin estava ainda vivo e fora levado a Angband.

Com pouca esperança, Beleg partiu do Amon Rûdh e seguiu no rumo norte, na direção das Travessias do Teiglin, no encalço dos Orques; e cruzou o Brithiach, e viajou através de Dimbar na direção do Passo de Anach. E agora não estava muito atrás deles, pois seguia sem dormir, enquanto eles se demoravam na estrada, caçando pelas terras e sem temer perseguição alguma conforme iam no rumo norte; e nem mesmo nas matas horrendas de Taur-nu-Fuin ele se desviou da trilha, pois nisso a arte de Beleg era maior do que a de qualquer um da Terra-média. Mas, conforme passava à noite por aquela região maligna, topou com alguém que dormia ao pé de uma grande árvore morta; e Beleg, detendo seus passos ao lado do adormecido, viu que era um Elfo. Então falou a ele, e lhe deu *lembas*, e perguntou que sina o havia trazido àquele lugar terrível; e ele disse se chamar Gwindor, filho de Guilin.

Com pesar Beleg olhou para ele; pois Gwindor agora era não mais que uma sombra curvada e medrosa de sua forma e seu ânimo antigos, quando, nas Nirnaeth Arnoediad, aquele senhor de Nargothrond cavalgara com coragem temerária até as próprias portas de Angband e lá fora agarrado. Pois poucos dos Noldor que Morgoth capturava eram mortos, por causa de sua arte em forjar e minerar metais e gemas; e Gwindor não foi executado, mas o puseram a labutar nas minas do Norte. Por túneis secretos conhecidos apenas deles mesmos, os Elfos mineiros podiam, às vezes, escapar; e assim veio a acontecer que Beleg o achou, exausto e desorientado nos labirintos de Taur-nu-Fuin.

E Gwindor contou a ele que, quando estava deitado, escondido entre as árvores, vira uma grande companhia de Orques seguindo para o norte, e lobos iam com eles; e, entre esses, havia um Homem, cujas mãos estavam acorrentadas, e eles o faziam andar com açoites. "Muito alto ele era," disse Gwindor, "tão alto quanto o são os Homens dos montes brumosos de Hithlum." Então Beleg lhe contou de sua própria missão em Taur-nu-Fuin;

DE TÚRIN TURAMBAR

e Gwindor buscou dissuadi-lo de sua demanda, dizendo que só conseguiria juntar-se a Túrin na angústia que o aguardava. Mas Beleg não queria abandonar Túrin e, ao se desesperar, fez nascer esperança de novo no coração de Gwindor; e juntos eles continuaram, seguindo os Orques até que saíram da floresta, nas altas encostas que iam até as dunas estéreis de Anfauglith. Ali, à vista das Thangorodrim, os Orques montaram seu acampamento em um vale desnudo, quando a luz do dia falhava, e, pondo em volta lobos-sentinelas, puseram-se a folgar. Uma grande tempestade veio do oeste, e relâmpagos chamejaram nas Montanhas Sombrias ao longe, enquanto Beleg e Gwindor rastejavam na direção do vale.

Quando todos no acampamento estavam dormindo, Beleg tomou seu arco e, na escuridão, flechou os lobos-sentinelas, um a um e em silêncio. Então, correndo grande perigo, eles se aproximaram e acharam Túrin com grilhões nas mãos e nos pés, amarrado a uma árvore seca; e, em toda a volta, havia facas que tinham lançado contra ele e ficaram enfiadas no tronco, e ele estava sem sentidos, num sono de grande cansaço. Mas Beleg e Gwindor cortaram os laços que o atavam e, erguendo-o, carregaram-no para fora do vale; contudo, não conseguiram levá-lo mais longe do que uma touceira de espinheiros um pouco acima. Ali o puseram no chão; e, naquela hora, a tempestade estava muito próxima. Beleg sacou sua espada, Anglachel, e com ela cortou os grilhões que prendiam Túrin; mas o fado foi naquele dia mais forte, pois a lâmina deslizou conforme ele cortava as cadeias, e o pé de Túrin foi picado. Então ele foi tomado por um despertar repentino cheio de fúria e medo e, vendo que alguém se inclinava sobre ele com lâmina nua, pôs-se de pé de um salto, com um grande grito, acreditando que os Orques tinham vindo de novo para atormentá-lo; e, lutando na escuridão, agarrou Anglachel e matou a Beleg Cúthalion, pensando que fosse um inimigo.

Mas, enquanto estava ali, achando-se livre e pronto a vender caro a vida contra inimigos imaginados, veio uma grande chispa de relâmpago acima deles; e, à luz dela, Túrin olhou para baixo e viu o rosto de Beleg. Então ficou parado feito pedra e

280

em silêncio, encarando aquela morte horrenda, reconhecendo o que tinha feito; e tão terrível era seu rosto, iluminado pelo relâmpago que chamejava à volta deles, que Gwindor, temeroso, lançou-se ao chão e não ousou erguer os olhos.

Mas naquela hora, no vale mais abaixo, os Orques despertaram, e todo o acampamento estava em tumulto; pois temiam o trovão que vinha do oeste, acreditando que era enviado contra eles pelos grandes Inimigos d'além-Mar. Então um vento se levantou, e grandes chuvas caíram, e torrentes foram despejadas das alturas de Taur-nu-Fuin; e, embora Gwindor gritasse a Túrin, avisando-o do enorme perigo que corriam, ele não deu resposta, mas ficou sentado, sem se mover ou chorar, na tormenta, ao lado do corpo de Beleg Cúthalion.

Quando a manhã veio, a tempestade tinha passado para o leste, atravessando Lothlann, e o sol de outono nasceu quente e claro; mas, acreditando que Túrin tinha fugido para longe daquele lugar, e que todo traço de sua fuga tinha sido lavado, os Orques partiram apressados sem fazer mais buscas, e Gwindor os viu marchando ao longe pelas areias fumegantes de Anfauglith. Assim veio a acontecer que eles retornaram a Morgoth de mãos vazias e deixaram para trás o filho de Húrin, que se sentava desvairado e sem juízo nas encostas de Taur-nu-Fuin, carregando um fardo mais pesado que os grilhões deles.

Então Gwindor fez com que Túrin o ajudasse no enterro de Beleg, e Túrin se levantou como quem caminha no sono; e juntos deitaram Beleg numa cova rasa e colocaram ao lado dele Belthronding, seu grande arco, que era feito de madeira negra de teixo. Mas a terrível espada Anglachel Gwindor tomou consigo, dizendo que seria melhor que ela tivesse vingança dos serviçais de Morgoth do que jazer inútil sobre a terra; e ele pegou também o *lembas* de Melian para fortalecê-los no ermo.

Esse foi o fim de Beleg Arcoforte, o mais leal dos amigos, o mais hábil de todos os que se abrigavam nas matas de Beleriand nos Dias Antigos, pela mão daquele a quem mais amava; e aquela tristeza ficou gravada no rosto de Túrin e nunca desapareceu. Mas coragem e força foram renovadas no Elfo de Nargothrond, e, partindo de Taur-nu-Fuin, ele levou Túrin para longe. Nem uma única vez, conforme vagavam juntos por sendas compridas e duras, falou Túrin, e ele andava como alguém sem desejo ou propósito, enquanto o ano esvanecia e o inverno se aproximava nas terras do norte. Mas Gwindor estava sempre ao lado dele para guardá-lo e guiá-lo; e assim atravessaram o Sirion para o oeste e chegaram afinal a Eithel Ivrin, as fontes das quais o Narog nascia sob as Montanhas de Sombra. Ali Gwindor falou a Túrin, dizendo: "Desperta, Túrin, filho de Húrin Thalion! Na lagoa de Ivrin há riso infindo. Ela é alimentada por infalíveis fontes cristalinas, e protegida da profanação por Ulmo, Senhor das Águas, que criou a beleza dela em dias antigos." Então Túrin se ajoelhou e bebeu daquela água; e subitamente se lançou ao chão, e suas lágrimas se soltaram por fim, e ele se curou de sua loucura.

Ali fez ele uma canção para Beleg, e deu-lhe o nome de "*Laer Cú Beleg*, a Canção do Grande Arco", cantando-a em alta voz, sem cuidar do perigo. E Gwindor pôs a espada Anglachel em suas mãos, e Túrin soube que era pesada e forte e tinha grande poder; mas sua lâmina era negra e sem brilho, e seu gume, fraco. Então Gwindor disse: "Esta é uma lâmina estranha e diversa de qualquer outra que eu tenha visto na Terra-média. Chora por Beleg tal como tu o fazes. Mas conforta-te: pois retorno para Nargothrond da casa de Finarfin, e hás de vir comigo e serás curado e renovado."

"Quem és?", perguntou Túrin.

"Um Elfo viandante, um servo fugido a quem Beleg encontrou e confortou", respondeu Gwindor. "Antes, porém, fui Gwindor, filho de Guilin, um senhor de Nargothrond, até que fui às Nirnaeth Arnoediad e me escravizaram em Angband."

"Então viste a Húrin, filho de Galdor, o guerreiro de Dor-lómin?", questionou Túrin.

"Não o vi", disse Gwindor. "Mas rumores dele correm por Angband, dizendo que ele ainda desafia Morgoth; e Morgoth pôs uma maldição sobre ele e sobre toda a sua gente."

"Nisso de fato acredito", afirmou Túrin.

E então se levantaram e, partindo de Eithel Ivrin, viajaram no rumo sul, ao longo das margens do Narog, até que foram capturados por batedores dos Elfos e levados como prisioneiros para a fortaleza oculta. Assim Túrin chegou a Nargothrond.

No começo, nem o seu próprio povo reconheceu Gwindor, que saíra jovem e forte e retornava agora, por causa de seus tormentos e de seus trabalhos, parecendo um dos idosos entre Homens mortais; mas Finduilas, filha de Orodreth, o Rei, reconheceu-o e o acolheu, pois o amara antes das Nirnaeth, e tão grandemente Gwindor amava a beleza dela que lhe deu o nome de Faelivrin, isto é, o brilho do sol nas lagoas de Ivrin. Graças a Gwindor, Túrin foi admitido com ele em Nargothrond e habitou lá em honra. Mas, quando Gwindor ia dizer o nome dele, Túrin o deteve, dizendo: "Sou Agarwaen, o filho de Úmarth (que significa o Manchado-de-sangue, filho do Mau-fado), um caçador das matas"; e os Elfos de Nargothrond não mais o questionaram.

Nos tempos que se seguiram, Túrin cresceu muito nos favores de Orodreth, e quase todos os corações se voltaram para ele em Nargothrond. Pois era jovem e só então alcançara a plenitude da idade viril; e era, em verdade, o filho de Morwen Eledhwen em seu aspecto: de cabelos escuros e pele clara, com olhos cinzentos, e um rosto mais belo do que quaisquer outros entre Homens mortais, nos Dias Antigos. Seu falar e porte eram aqueles do antigo reino de Doriath, e, mesmo em meio aos Elfos, podia ser tomado por um dos das grandes casas dos Noldor; portanto, muitos o chamavam de Adanedhel, o Homem-Elfo. A espada Anglachel foi reforjada para ele por hábeis ferreiros de Nargothrond e, embora continuasse sempre negra, suas bordas brilhavam com fogo pálido; e ele lhe deu o nome de Gurthang, Ferro da Morte. Tão grande era sua valentia e arte na guerra nos confins da Planície Protegida que ele se tornou conhecido como Mormegil, o Espada Negra; e os Elfos diziam: "O Mormegil não pode ser morto, salvo por infortúnio ou por uma flecha maligna disparada de longe." Portanto, deram-lhe cota de malha dos Anãos para guardá-lo; e, em ânimo sombrio, ele achou também nos arsenais uma máscara dos Anãos, folheada a ouro, e a punha antes da batalha, e os inimigos fugiam diante de seu rosto.

Então o coração de Finduilas desviou-se de Gwindor e, contra a vontade dela, seu amor foi dado a Túrin; mas Túrin não percebeu o que tinha acontecido. E, estando dividida no coração, Finduilas tornou-se entristecida; e ficou pálida e silenciosa. Mas Gwindor se sentava em pensamento sombrio; e, certa vez, falou a Finduilas, dizendo: "Filha da casa de Finarfin, que nenhuma tristeza jaza entre nós; pois, embora Morgoth tenha me arruinado a vida, a ti ainda amo. Vai aonde o amor te levar; mas cuidado! Não é correto que os Filhos Mais Velhos de Ilúvatar desposem os Mais Novos; nem é sábio, pois eles são breves e logo passam, deixando-nos em viuvez enquanto durar o mundo. Nem os fados hão de admitir isso, a não ser que seja uma ou duas vezes apenas, por alguma causa elevada do destino que não percebemos. Mas esse Homem não é Beren. Está sobre ele um destino, de fato, como os olhos que enxergam podem muito bem ler, mas é um destino sombrio. Não entres nele! E, se entrares, teu amor há de te trair até a amargura e a morte. Escuta-me, pois! Embora ele seja de fato *agarwaen,* filho de úmarth, seu nome verdadeiro é Túrin, filho de Húrin, a quem Morgoth prendeu em Angband e cuja gente amaldiçoou. Não duvides do poder de Morgoth Bauglir! Não está ele escrito em mim?"

Então Finduilas se sentou longamente a pensar; mas, por fim, disse apenas: "Túrin, filho de Húrin, não me ama; nem amará."

Ora, quando Túrin soube de Finduilas o que tinha se passado, encheu-se de ira e disse a Gwindor: "Amor te tenho por me resgatar e proteger. Mas agora me fizeste o mal, amigo, por trair meu verdadeiro nome e chamar meu destino sobre mim, do qual queria ficar oculto."

Mas Gwindor respondeu: "O destino jaz sobre ti, não sobre o teu nome."

Quando se tornou conhecido de Orodreth que o Mormegil era em verdade o filho de Húrin Thalion, deu-lhe grande honra, e Túrin se tornou poderoso em meio ao povo de Nargothrond. Mas não tinha gosto pela maneira deles de fazer a guerra, com emboscada e esquivança e flecha secreta, e ansiava por golpes valentes e batalhas abertas; e seus conselhos tinham cada vez mais peso com o Rei. Naqueles dias, os Elfos de Nargothrond abandonaram seu segredo e saíram abertamente à batalha, e grande reserva de armas foi feita; e, pelo conselho de Túrin, os Noldor construíram uma grande ponte sobre o Narog, saindo das Portas de Felagund, para a passagem mais rápida de seus exércitos. Então os serviçais de Angband foram varridos de toda a terra entre o Narog e o Sirion, a leste, e a oeste, até o Nenning e a Falas desoladas; e, embora Gwindor falasse sempre contra Túrin no conselho do Rei, considerando que aquilo era má política, ele caiu em desonra e ninguém lhe dava ouvido, pois sua força era pouca, e ele não era mais da vanguarda em armas. Assim Nargothrond foi revelada à ira e ao ódio de Morgoth; mas ainda assim, a rogo de Túrin, seu nome verdadeiro não era pronunciado, e, embora a fama de seus feitos chegasse a Doriath e aos ouvidos de Thingol, rumores falavam apenas do Espada Negra de Nargothrond.

Naquele tempo de alívio e esperança, quando, por causa dos feitos do Mormegil, o poder de Morgoth foi detido a oeste do Sirion, Morwen fugiu enfim de Dor-lómin com Nienor, sua filha, e se aventurou na longa jornada para os salões de Thingol. Lá uma nova tristeza a aguardava, pois descobriu que Túrin partira, e até Doriath não tinham chegado notícias desde que o Elmo-de-dragão tinha sumido das terras a oeste do Sirion; mas Morwen permaneceu em Doriath com Nienor, como hóspedes de Thingol e Melian, e foram tratadas com honra.

Ora, veio a acontecer, quando quatrocentos e noventa e cinco anos tinham passado desde o nascer da Lua, na primavera daquele ano, que chegaram a Nargothrond dois Elfos, chamados Gelmir e Arminas; eram do povo de Angrod, mas, desde a Dagor Bragollach, habitavam no sul com Círdan, o Armador. De suas longínquas viagens traziam notícias de uma grande reunião de Orques e criaturas malignas sob as fímbrias das Ered Wethrin e no Passo do Sirion; e contaram também que Ulmo viera até Círdan, dando aviso de que um grande perigo se aproximava de Nargothrond.

"Ouvi as palavras do Senhor das Águas!", disseram eles ao Rei. "Assim ele falou a Círdan, o Armador: 'O Mal do Norte profanou as fontes do Sirion, e meu poder recua dos dedos das águas correntes. Mas uma coisa pior ainda está para atacar. Dize, portanto, ao Senhor de Nargothrond: Tranca as portas da fortaleza e não saias. Lança as pedras de teu orgulho no rio ruidoso para que o mal rastejante não possa achar o portão.'"

Orodreth ficou perturbado com as palavras sombrias dos mensageiros, mas Túrin não queria de modo algum escutar esses conselhos e, menos do que tudo, permitiria que a grande ponte fosse derrubada; pois tornara-se soberbo e severo e queria ordenar todas as coisas como desejasse.

Logo depois Handir, Senhor de Brethil, foi morto, pois os Orques invadiram sua terra, e Handir os enfrentou em batalha; mas os Homens de Brethil levaram a pior e foram rechaçados para dentro de seus bosques. E, no outono daquele ano, depois de esperar sua hora, Morgoth soltou sobre o povo do Narog a grande hoste que havia muito preparara; e Glaurung, o Urulóki, atravessou Anfauglith e chegou de lá aos vales do norte do Sirion e ali fez grandes males. Sob as sombras das Ered Wethrin ele profanou a Eithel Ivrin, e de lá passou para o reino de Nargothrond, e queimou a Talath Dirnen, a Planície Protegida, entre o Narog e o Teiglin.

Então os guerreiros de Nargothrond saíram à luta, e alto e terrível naquele dia parecia Túrin, e o coração da hoste se elevou, enquanto ele cavalgava do lado direito de Orodreth. Mas muito maior era a hoste de Morgoth do que quaisquer batedores haviam dito, e ninguém além de Túrin, defendido por sua máscara dos Anões, podia suportar a aproximação de Glaurung; e os Elfos foram rechaçados e premidos pelos Orques no campo de Tumhalad, entre o Ginglith e o Narog, e ali ficaram confinados. Naquele dia, todo o orgulho e toda a hoste de Nargothrond feneceram; e Orodreth foi morto na vanguarda da batalha, e Gwindor, filho de Guilin, foi ferido de morte. Mas Túrin veio em seu auxílio, e todos fugiram diante dele; e carregou Gwindor do desastre e, escapando para um bosque, lá o deitou sobre a grama.

Então Gwindor disse a Túrin: "Que pagues, carregando-me, por quando te carreguei! Mas malfadado foi meu esforço, e vão é o teu; pois meu corpo está destroçado além de qualquer cura, e devo deixar a Terra-média. E embora eu te ame, filho de Húrin, mesmo assim maldigo o dia em que te tirei dos Orques. Pois, se não fosse por tua valentia e teu orgulho, ainda eu havia de ter amor e vida, e Nargothrond havia de resistir mais algum tempo. Agora, se me amas, deixa-me! Apressa-te a Nargothrond e salva Finduilas. E isto, por último, eu te digo: somente ela está entre ti e tua sina. Se falhares com ela, essa não falhará em te achar. Adeus!"

Então Túrin seguiu veloz de volta a Nargothrond, reunindo aqueles que fugiam do desastre conforme os encontrava no caminho; e as folhas caíam das árvores em um grande vento enquanto avançavam, pois o outono estava se transformando em um inverno duro. Mas a hoste dos Orques e Glaurung, o Dragão, tinham chegado antes dele, e vieram de repente, antes que aqueles que tinham ficado de guarda estivessem cientes do que acontecera no campo de Tumhalad. Naquele dia, a ponte sobre o Narog mostrou ser um mal; pois era grande e construída firmemente e não podia ser destruída com rapidez, e o inimigo atravessou facilmente o rio profundo, e Glaurung veio com seu fogo pleno contra as Portas de Felagund, e as derrubou, e passou-se para dentro.

E, no momento em que Túrin chegou, o horrendo saque de Nargothrond estava quase completo. Os Orques tinham matado ou rechaçado todos os que ainda tinham armas e estavam, naquela mesma hora, saqueando os grandes salões e câmaras, reunindo butim e destruindo; mas aquelas das mulheres e donzelas que não foram queimadas ou mortas eles tinham arrebanhado nos terraços diante das portas, como escravas a serem levadas à servidão de Morgoth. A essa ruína e dor Túrin chegara, e ninguém podia detê-lo; ou não queria, embora ele golpeasse a todos diante de si, e atravessou a ponte, e abriu caminho à espada rumo às cativas.

E agora estava sozinho, pois os poucos que o seguiam tinham fugido. Mas, naquele momento, Glaurung passou pelas portas escancaradas e se colocou atrás dele, entre Túrin e a ponte. Então falou subitamente, pelo espírito maligno que estava nele, dizendo: "Salve, filho de Húrin. É bom encontrar-te!"

Então Túrin se voltou de um salto e caminhou na direção dele, e o gume de Gurthang brilhou como que em chamas; mas Glaurung deteve seu fogo, e abriu de todo seus olhos de serpente, e fitou a Túrin. Sem medo, Túrin olhou para eles enquanto erguia sua espada; e de imediato caiu sob o feitiço cegante dos olhos sem pálpebra do dragão e ficou imóvel. Então, por muito tempo, permaneceu de pé como imagem gravada em pedra; e os dois estavam sozinhos, em silêncio, diante das portas de Nargothrond. Mas Glaurung falou de novo, provocando Túrin, e disse: "Maus têm sido todos os teus caminhos, filho de Húrin. Ingrato com quem te adotou, proscrito, assassino de teu amigo, ladrão de amor, usurpador de Nargothrond, temerário capitão e desertor de tua gente. Como servas tua mãe e tua irmã vivem em Dor-lómin, em desgraça e pobreza. Estás trajado como um príncipe, mas elas usam andrajos; e por ti anseiam, mas tu não te importas. Feliz pode ficar teu pai de saber que tem tal filho; e isso ele há de saber." E Túrin, estando sob o feitiço de Glaurung, deu ouvidos às suas palavras, e viu a si mesmo como que em um espelho, desfigurado por malícia, e abominou aquilo que viu.

E, enquanto estava ainda sob o poder dos olhos do dragão, em tormento de mente, e não podia se mexer, os Orques levaram embora os cativos arrebanhados, e passaram perto de Túrin, e cruzaram a ponte. Em meio a eles estava Finduilas, e ela gritou por Túrin enquanto passava; mas só depois que os gritos dela e os gemidos dos cativos se perderam na estrada para o norte Glaurung soltou Túrin, e ele não podia tapar seus ouvidos diante daquela voz que o assombrou depois disso.

Então, subitamente, Glaurung retirou seu olhar e esperou; e Túrin se mexeu devagar, como quem desperta de um sonho horrendo. Então, voltando a si, avançou sobre o dragão com um grito. Mas Glaurung riu, dizendo: "Se queres ser morto, hei de te matar alegremente. Mas de pouca ajuda será isso para Morwen e Nienor. Nenhum ouvido deste aos gritos da mulher-élfica. Negarás também os laços de teu sangue?"

Mas Túrin, assestando a espada, tentou apunhalar os olhos do dragão; e Glaurung, recuando rapidamente, ergueu-se imenso diante dele e disse: "Não! Ao menos és valente; mais do que todos os que conheci. E mentem os que dizem que nós, de nossa parte, não honramos o valor dos inimigos. Vê agora! Ofereço-te a liberdade. Vai ter com tua gente, se puderes. Retira-te daqui! E se Elfo ou Homem sobrar para contar história destes dias, então decerto em escárnio dirá teu nome se recusares essa dádiva."

Então Túrin, estando ainda desnorteado pelos olhos do dragão, como se estivera tratando com um inimigo que pudesse conhecer piedade, acreditou nas palavras de Glaurung; e, voltando-se, saiu correndo pela ponte. Mas, conforme corria, Glaurung falou atrás dele, dizendo em fera voz: "Apressa-te agora, filho de Húrin, para Dor-lómin! Ou talvez os Orques cheguem antes de ti, uma vez mais. E, se te demorares por Finduilas, então nunca haverás tu de ver a Morwen de novo e nunca, jamais, haverás de ver a Nienor, tua irmã; e elas hão de te amaldiçoar."

Mas Túrin partiu pela estrada do norte, e Glaurung riu uma vez mais, pois tinha realizado a missão dada por seu Mestre. Então se voltou para seu próprio prazer, e deixou sair seu fogo, e queimou tudo à sua volta. Mas todos os Orques que estavam ocupados com o saque ele expulsou, e os lançou para longe, e negou-lhes seu butim, até a última coisa de valor. A ponte então ele despedaçou e jogou na espuma do Narog; e, estando assim seguro, reuniu todo o tesouro e todas as riquezas de Felagund e as amontoou, e jazeu sobre elas no salão mais profundo, e descansou algum tempo.

E Túrin apressou-se pelos caminhos para o norte, através das terras agora desoladas entre o Narog e o Teiglin, e o Fero Inverno desceu para encontrá-lo; pois, naquele ano, a neve caiu antes que o outono fosse passado, e a primavera veio tarde e fria. Sempre lhe parecia, conforme avançava, ouvir os gritos de Finduilas, chamando o seu nome em mata e monte, e grande era a sua angústia; mas porque seu coração ardia com as mentiras de Glaurung, e porque via sempre em sua mente os Orques queimando a casa de Húrin e submetendo Morwen e Nienor ao tormento, continuou em seu caminho e nunca se desviou.

Afinal, esgotado pela pressa e pela longa estrada (pois quarenta léguas e mais tinha ele viajado sem descanso), chegou com o primeiro gelo do inverno às lagoas de Ivrin, onde antes tinha sido curado. Mas eram agora não mais que uma poça congelada, e não podia mais beber nelas.

Assim, chegou perto dos passos de Dor-lómin, através de neves amargas do norte, e achou de novo a terra de sua infância. Nua e desolada estava; e Morwen se fora. Sua casa estava vazia, destroçada e fria; e nenhuma coisa viva habitava por perto. Portanto, Túrin partiu e veio à casa de Brodda, o Lestense, ele que tinha por esposa Aerin, parenta de Húrin; e ali soube, por um velho serviçal, que Morwen se fora havia muito, pois fugira com Nienor de Dor-lómin para um lugar que ninguém, exceto Aerin, conhecia.

Então Túrin foi até a mesa de Brodda e, agarrando-o, sacou sua espada e exigiu que lhe contassem para onde Morwen tinha ido; e Aerin declarou que ela fora a Doriath em busca de seu filho. "Pois as terras estavam então libertas do mal", disse ela, "pelo Espada Negra do sul, que agora tombou, dizem." Então os olhos de Túrin se abriram, e os últimos fios do feitiço de Glaurung se soltaram; e, por angústia e ira contra as mentiras que o haviam iludido e por ódio dos opressores de Morwen, uma fúria negra o tomou, e ele matou Brodda em seu salão e outros Lestenses que eram seus hóspedes. Depois disso, fugiu para o inverno lá fora, um homem caçado; mas recebeu auxílio de alguns que restavam do povo de Hador e conheciam os caminhos do ermo, e com eles escapou pela neve que caía e chegou a um refúgio de proscritos nas montanhas do sul de Dor-lómin. De lá Túrin deixou de novo a terra de sua infância e retornou ao vale do Sirion. Seu coração estava amargo, pois a Dor-lómin ele trouxera apenas maior dor sobre o remanescente de seu povo, e eles se aliviaram com sua partida; e este conforto, apenas, ele tinha: que pelas proezas do Espada Negra os caminhos até Doriath tinham sido abertos a Morwen. E dizia em seu pensamento: "Então aqueles feitos não fizeram mal a todos. E em que lugar melhor eu poderia abrigar minha gente, mesmo que eu tivesse vindo antes? Pois, se o Cinturão de Melian for quebrado, então a última esperança terminará. Não, é melhor, de fato, que as coisas fiquem assim; pois uma sombra lanço onde quer que eu vá. Que Melian as guarde! E deixá-las-ei em paz, sem sombra, por enquanto."

Ora, Túrin, descendo das Ered Wethrin, buscou Finduilas em vão, vagando pelas matas sob as montanhas, selvagem e arisco feito um bicho; e se pôs a vigiar todas as estradas que seguiam para o norte até o Passo do Sirion. Mas chegara tarde demais; pois todos os rastos estavam velhos ou tinham sido lavados pelo inverno. Contudo, assim foi que, seguindo para o sul, descendo o Teiglin, Túrin topou com alguns dos Homens de Brethil que estavam cercados por Orques; e os salvou, pois os Orques fugiram de Gurthang. Disse-lhes que se chamava Homem-selvagem das Matas, e imploraram que viesse e habitasse com eles; mas ele disse que tinha uma missão ainda não realizada, a de buscar Finduilas, filha de Orodreth de Nargothrond. Então Dorlas, o líder daqueles homens do bosque, contou-lhe as tristes notícias sobre a morte dela. Pois os Homens de Brethil tinham emboscado, nas Travessias do Teiglin, a hoste de Orques que levava os cativos de Nargothrond, esperando resgatá-los; mas os Orques, de imediato, mataram cruelmente a seus prisioneiros, e Finduilas eles trespassaram com uma lança, que a prendeu a uma árvore. Assim ela morreu, dizendo por fim: "Contai ao Mormegil que Finduilas está aqui." Portanto, sepultaram-na em um teso perto daquele lugar, e deram-lhe o nome de Haudh-en-Elleth, o Teso da Donzela-élfica.

Túrin pediu que o levassem até lá e ali caiu em uma escuridão de tristeza que estava próxima da morte. Então Dorlas, por conta da espada negra, cuja fama tinha chegado até mesmo às profundezas de Brethil, e pela demanda em busca da filha do Rei, soube que esse Homem-selvagem era de fato o Mormegil de Nargothrond, de quem o rumor dizia ser o filho de Húrin de Dor-lómin. Portanto, os homens do bosque o levantaram e carregaram-no para seus lares. Ora, esses estavam dispostos dentro de uma paliçada sobre um lugar elevado na floresta, Ephel Brandir sobre o Amon Obel; pois o Povo de Haleth agora estava diminuído pela guerra, e Brandir, filho de Handir, que os regia, era um homem de ânimo gentil, e também manco desde a infância, e confiava antes no segredo do que nas façanhas de guerra para salvá-los do poder do Norte. Portanto, temia as notícias que Dorlas trouxera e, quando contemplou o rosto de Túrin enquanto jazia na padiola, uma nuvem de presságio veio sobre seu coração. Mesmo assim, comovido com suas dores, levou-o para sua própria casa e cuidou dele, pois era hábil nas artes da cura. E, com o princípio da primavera, Túrin lançou fora sua escuridão e se fez são de novo; e se levantou, e pensou que permaneceria em Brethil escondido, e que deixaria sua sombra para trás, abandonando o passado. Tomou para si, portanto, um novo nome, Turambar, que na fala alto-élfica significava Mestre do Destino; e implorou aos homens do bosque para que esquecessem que ele era um estranho no meio deles ou que jamais tivera qualquer outro nome. Mesmo assim, não queria deixar de todo os feitos de guerra; pois não podia suportar que os Orques viessem às Travessias do Teiglin ou se aproximassem do Haudh-en-Elleth e fez dali um lugar de terror para eles, de forma que o evitavam. Mas deixou de lado sua espada negra e usava antes o arco e a lança.

Ora, notícias chegaram a Doriath acerca de Nargothrond, pois alguns que tinham escapado da derrota e do saque e sobrevivido ao Fero Inverno no ermo vieram, por fim, a Thingol, buscando refúgio; e os guardiões das marcas os trouxeram ao Rei. E alguns disseram que toda a força do inimigo tinha recuado para o norte, e outros, que Glaurung morava ainda nos salões de Felagund; e alguns disseram que o Mormegil tinha sido morto, e outros, que o dragão lançara sobre ele um feitiço que o fazia habitar lá ainda, como se transformado em pedra. Mas todos declararam que tinha sido do conhecimento de muitos em Nargothrond, antes do fim, que o Mormegil era ninguém menos que Túrin, filho de Húrin de Dor-lómin.

Então Morwen, agoniada e recusando o conselho de Melian, cavalgou sozinha para o ermo em busca de seu filho ou de alguma notícia veraz sobre ele. Thingol, portanto, enviou Mablung atrás dela, com muitos guardas de fronteira confiáveis, para achá-la e protegê-la e para descobrir que notícias pudessem; mas mandaram que Nienor ficasse para trás. Contudo, tinha ela também o destemor de sua casa; e, numa hora desafortunada, na esperança de que Morwen retornaria quando visse que sua filha estava indo com ela rumo ao perigo, Nienor se disfarçou como alguém do povo de Thingol e foi também naquela expedição malfadada.

Toparam com Morwen às margens do Sirion, e Mablung implorou que retornasse a Menegroth; mas ela parecia enfeitiçada e não se deixava persuadir. Então também a vinda de Nienor foi revelada e, apesar da ordem de Morwen, ela não quis voltar; e Mablung se viu forçado a trazê-las até as balsas ocultas, nos Alagados do Crepúsculo, e eles atravessaram o Sirion. E, depois de três dias de jornada, chegaram a Amon Ethir, o Monte dos Espiões, que muito tempo antes Felagund mandara erigir com grande labor, uma légua antes das portas de Nargothrond. Ali Mablung dispôs uma guarda de cavaleiros à volta de Morwen e de sua filha e as proibiu de ir adiante. Mas ele, não vendo do monte nenhum sinal do inimigo, desceu com seus batedores ao Narog de modo tão sorrateiro quanto puderam.

Mas Glaurung estava ciente de tudo o que faziam, e saiu no calor de sua ira, e se deitou dentro do rio; e vastos vapores e fedor imundo subiram, nos quais Mablung e sua companhia ficaram cegos e perdidos. Então Glaurung atravessou o Narog para o leste.

Vendo a investida do dragão, os guardas sobre o Amon Ethir tentaram levar Morwen e Nienor para longe, e fugir com elas a toda velocidade de volta para o leste; mas o vento trouxe as brumas esbranquiçadas sobre eles, e seus cavalos ficaram enlouquecidos com o fedor do dragão, e se tornaram ingovernáveis, e correram de lá para cá, de modo que alguns foram lançados contra árvores e morreram, e outros foram carregados para muito longe. Assim, as damas se perderam, e de Morwen, de fato, nenhuma notícia certa jamais chegou a Doriath depois disso. Mas Nienor, sendo derrubada por sua montaria, mas estando ilesa, achou o caminho de volta ao Amon Ethir, para lá aguardar Mablung, e assim ficou acima do fedor, à luz do sol; e, voltando a vista para o oeste, olhou diretamente nos olhos de Glaurung, cuja cabeça jazia sobre o topo da colina.

DE TÚRIN TURAMBAR

A vontade dela lutou com a dele por algum tempo, mas o dragão lançou seu poder e, tendo descoberto quem ela era, forçou-a a fitar seus olhos e pôs sobre Nienor um feitiço de total escuridão e esquecimento, de modo que ela não conseguia recordar nada do que alguma vez lhe tinha acontecido, nem seu próprio nome, nem o nome de qualquer outra coisa; e, por muitos dias, não pôde nem ouvir, nem ver, nem se mexer por sua própria vontade. Então Glaurung a deixou postada sozinha sobre o Amon Ethir e retornou a Nargothrond.

Ora, Mablung, que com grande ousadia tinha explorado os salões de Felagund quando Glaurung os deixou, fugiu dali com a aproximação do dragão e retornou ao Amon Ethir. O sol se pôs, e a noite caiu enquanto ele escalava o monte, e não achou ninguém ali além de Nienor, de pé, sozinha sob as estrelas, como uma imagem de pedra. Nenhuma palavra ela disse ou ouviu, mas o seguia, se ele a tomasse pela mão. Portanto, em grande tristeza, levou-a dali, embora aquilo lhe parecesse vão; pois era provável que ambos perecessem sem quem os socorresse no ermo.

Mas foram achados por três dos companheiros de Mablung e devagar viajaram para o norte e o leste, na direção das cercas da terra de Doriath, além do Sirion e da ponte vigiada perto da confluência do Esgalduin. Devagar, a força de Nienor ia retornando conforme se aproximavam de Doriath; mas ainda ela não conseguia falar ou escutar e caminhava às cegas quando era guiada. Mas, na hora em que chegavam perto das cercas, afinal, ela fechou os olhos e queria dormir; e eles a deitaram e descansaram também, descuidadamente, pois estavam profundamente exaustos. Ali foram atacados por um bando de Orques, como os que agora vagavam amiúde tão perto das cercas de Doriath quanto podiam. Mas Nienor, naquela hora, recuperou audição e vista e, sendo despertada pelos gritos dos Orques, ficou de pé, aterrorizada, e fugiu antes que pudessem ir até ela.

Então os Orques lhe deram caça, e os Elfos os seguiram; e alcançaram os Orques e os mataram antes que pudessem fazer mal a ela, mas Nienor lhes escapou. Pois fugia como que em uma loucura de medo, mais veloz que um cervo, e rasgou toda a sua roupa enquanto corria, até ficar nua; e saiu da vista deles, correndo para o norte e, por mais que a buscassem, não a acharam, nem traço algum dela. E por fim Mablung, em desespero, retornou a Menegroth e contou essas notícias. Então Thingol e Melian se encheram de tristeza; mas Mablung partiu e buscou longamente, em vão, notícias de Morwen e Nienor.

Mas Nienor correu para dentro da mata até ficar exausta, e então caiu, e dormiu, e despertou; e era uma manhã iluminada de sol, e ela se regozijou com a luz como se fora uma coisa nova, e todas as demais coisas que via lhe pareciam novas e estranhas, pois não tinha nomes para elas. Nada recordava exceto uma escuridão que jazia detrás dela e uma sombra de medo; portanto, andava arisca como bicho caçado e ficou faminta, pois não tinha comida e não sabia como achá-la. Mas, chegando por fim às Travessias do Teiglin, cruzou-as, buscando o abrigo das grandes árvores de Brethil, pois tinha medo e lhe parecia que a escuridão da qual fugira a estava alcançando de novo.

Mas então uma grande tempestade de trovões veio do sul e, em terror, ela se jogou sobre o teso de Haudh-en-Elleth, tapando os ouvidos por causa do trovão; mas a chuva se abateu sobre ela e a encharcou, e jazeu lá, como um bicho selvagem que está morrendo. Ali Turambar a achou, enquanto chegava às Travessias do Teiglin, tendo ouvido rumores de que Orques vagavam por perto; e, vendo num clarão de relâmpago o corpo que parecia o de uma donzela morta deitada sobre o teso de Finduilas, feriu-se o seu coração. Mas os homens do bosque a levantaram, e Turambar jogou seu manto em volta dela, e a levaram para um abrigo ali perto, e a aqueceram, e deram-lhe comida. E, assim que ela olhou para Turambar sentiu-se confortada, pois lhe parecia que tinha encontrado enfim algo que buscara em sua escuridão; e não queria se separar dele. Mas, quando ele perguntou acerca de seu nome e sua gente e seu infortúnio, então ela ficou perturbada, como uma criança que percebe que querem algo dela, mas não consegue entender o que seria; e chorou. Portanto, Turambar disse: "Não te perturbes. A história pode esperar. Mas dar-te-ei um nome e chamar-te-ei Níniel, Donzela-das-lágrimas." E ao ouvir aquele nome ela sacudiu a cabeça, mas disse: "Níniel." Aquela foi a primeira palavra que falou depois de sua escuridão e continuou a ser seu nome entre os homens do bosque para sempre.

No dia seguinte, levaram-na no rumo de Ephel Brandir; mas, quando chegaram a Dimrost, a Escada Chuvosa, onde a torrente turbulenta do Celebros caía na direção do Teiglin, um grande estremecimento lhe sobreveio, donde, depois disso, aquele lugar passou a ser chamado de Nen Girith, a Água do Estremecer. Antes que chegasse ao lar dos homens do bosque, sobre o Amon Obel, estava enferma de uma febre; e por muito tempo jazeu assim, tratada pelas mulheres de Brethil, e elas lhe ensinaram linguagem como a uma criancinha. Mas, antes que o outono chegasse, pelas artes de Brandir foi curada de sua doença e conseguia falar; mas nada lembrava ela do tempo antes que fosse achada por Turambar no teso de Haudh-en-Elleth. E Brandir a amou; mas todo o seu coração era dado a Turambar.

Naquele tempo, os homens do bosque não eram atormentados pelos Orques, e Turambar não saía à guerra, e havia paz em Brethil. Seu coração se voltou para Níniel, e ele a pediu em casamento; mas por algum tempo ela quis esperar, apesar de seu amor. Pois Brandir tinha presságios, não sabia do quê, e buscou impedi-la, antes por causa dela do que por si próprio ou por rivalidade com Turambar; e revelou a ela que Turambar era Túrin, filho de Húrin e, embora ela não reconhecesse o nome, uma sombra lhe caiu na mente.

Mas quando três anos eram passados desde o saque de Nargothrond, Turambar pediu a mão de Níniel de novo e jurou que agora havia de desposá-la, ou então voltaria à guerra no ermo. E Níniel o aceitou em júbilo, e se casaram no meio do verão, e os homens do bosque de Brethil fizeram grande festa. Mas, antes do fim do ano, Glaurung enviou Orques de seu domínio contra Brethil; e Turambar se sentou em casa, sem nada fazer, pois tinha prometido a Níniel que iria à batalha apenas se os lares deles fossem assediados. Mas os homens do bosque levaram a pior, e Dorlas o reprochou por não auxiliar o povo que agora era o seu. Então Turambar se levantou e desembainhou de novo sua espada negra e reuniu grande companhia dos Homens de Brethil, e eles derrotaram os Orques completamente. Mas Glaurung ouviu notícias de que o Espada Negra estava em Brethil e ponderou o que ouvira, tencionando novos males.

Na primavera do ano seguinte, Níniel concebeu e ficou pálida e tristonha; e, na mesma época, chegaram a Ephel Brandir os primeiros rumores de que Glaurung tinha saído de Nargothrond. Então Turambar mandou batedores para lugares distantes, pois agora ordenava as coisas como desejasse, e poucos davam ouvido a Brandir. Conforme o verão se aproximava, Glaurung veio às fronteiras de Brethil e se deitou perto da margem oeste do Teiglin; e então houve grande medo entre o povo do bosque, pois estava agora claro que a Grande Serpe havia de atacá-los e devastar sua terra, e não passar ao largo, retornando a Angband, como tinham esperado. Buscaram, portanto, o conselho de Turambar; e eles os aconselhou que era vão ir contra Glaurung com todas as suas forças, pois apenas por astúcia e boa sorte poderiam derrotá-lo. Ofereceu-se, portanto, para ir em busca do dragão, nas fronteiras daquela terra, e ordenou que o resto do povo permanecesse em Ephel Brandir, mas que se preparasse para a fuga. Pois, se a Glaurung coubesse a vitória, ele viria primeiro até o lar dos homens do bosque para destruí-los, e não teriam esperança de detê-lo; mas, se eles se espalhassem por toda parte, então muitos poderiam escapar, pois Glaurung não faria morada em Brethil e retornaria logo a Nargothrond.

Então Turambar pediu companheiros dispostos a auxiliá-lo no perigo; e Dorlas se pôs à frente, mas nenhum outro. Portanto, Dorlas reprochou o povo e falou de Brandir com escárnio, dizendo que era incapaz de desempenhar o papel de herdeiro da casa de Haleth; e Brandir, envergonhado diante de seu povo, amargurou-se em seu coração. Mas Hunthor, parente de Brandir, pediu a licença dele para ir em seu lugar. Então Turambar disse adeus a Níniel, e ela se encheu de medo e presságios, e a despedida dos dois foi repleta de tristeza; mas Turambar partiu com seus dois companheiros e foi para Nen Girith.

Então Níniel, sendo incapaz de suportar seu medo e não querendo esperar na Ephel por notícias da sorte de Turambar, partiu atrás dele, e uma grande companhia foi com ela. Diante disso, Brandir se encheu ainda mais de terror e buscou dissuadir a ela e ao povo que queria ir com ela dessa temeridade, mas não lhe deram ouvidos. Portanto, renunciou ao seu senhorio e a todo amor pelo povo que tinha escarnecido dele, e, não tendo nada mais além de seu amor por Níniel, cingiu-se com uma espada e foi atrás dela; mas, sendo coxo, ficou muito para trás.

Ora, Turambar chegou a Nen Girith ao pôr do sol e lá soube que Glaurung se deitara à beira das altas barrancas do Teiglin e era provável que se movesse depois do cair da noite. Então considerou que tais notícias eram boas; pois o dragão se deitara em Cabed-en-Aras, onde o rio corria por uma garganta profunda e estreita que um cervo perseguido podia vencer de um salto, e Turambar imaginou que Glaurung não buscaria outra passagem, mas tentaria cruzar a garganta ali. Portanto, decidiu começar a descida na hora do ocaso, e chegar ao fundo da ravina sob a proteção da noite, e cruzar as águas bravias; e então escalar a encosta do outro lado, e assim atacar o dragão por baixo de sua guarda.

Esse alvitre Túrin seguiu, mas o coração de Dorlas lhe falhou quando chegaram às corredeiras do Teiglin no escuro, e ele não ousou tentar aquela perigosa travessia, mas recuou e ficou escondido na mata, com o fardo da vergonha. Turambar e Hunthor, mesmo assim, cruzaram o rio em segurança, pois o alto rugido da água afogava todos os outros sons, e Glaurung dormia. Mas, antes do meio da noite, o dragão despertou e, com grande barulho e rajada de fogo, lançou sua parte anterior através do abismo e começou a arrastar o resto do corpo atrás de si. Turambar e Hunthor quase foram sobrepujados pelo calor e pelo fedor, enquanto procuravam, na pressa, um caminho encosta acima para chegar até Glaurung; e Hunthor foi morto por uma grande pedra que se deslocou do alto pela passagem do dragão, o atingiu na cabeça e o lançou no rio. Esse foi o fim dele, da casa de Haleth não o menos valente.

Então Turambar chamou a si toda a sua vontade e coragem, e escalou a encosta sozinho, e ficou sob o dragão. Então sacou Gurthang e, com toda a força do seu braço e de seu ódio, cravou-a no ventre macio da Serpe, enfiando-a até o cabo. Mas, quando Glaurung sentiu suas dores de morte, urrou e, em seus horrendos espasmos, ergueu a massa de seu corpo e se lançou através do abismo, e lá jazeu estrebuchando e se contorcendo em sua agonia. E pôs em chamas tudo à sua volta e golpeou tudo até a ruína, até que, por fim, seus fogos morreram, e ficou parado.

Ora, Gurthang tinha sido arrancada da mão de Túrin nos espasmos de Glaurung e se prendera ao ventre do dragão. Turambar, portanto, cruzou a água uma vez mais, desejando recuperar sua espada e contemplar seu inimigo; e o achou com o corpo esticado, de lado, e o cabo de Gurthang saía de seu ventre. Então Turambar pegou o cabo, e pôs seu pé sobre o ventre do dragão, e gritou, para zombar dele e de suas palavras em Nargothrond: "Salve, Serpe de Morgoth! É bom encontrar-te de novo! Morre agora, e que a escuridão te devore! Assim está vingado Túrin, filho de Húrin."

Então arrancou a espada, mas um jato de sangue negro a seguiu e caiu sobre a mão dele, e o veneno a queimou. E, em seguida, Glaurung abriu seus olhos e olhou para Turambar com tal malícia que o feriu como se fora com um golpe; e, por aquele ataque e pela angústia do veneno, ele caiu em uma inconsciência sombria e jazeu feito morto, e sua espada estava debaixo dele.

Os gritos de Glaurung ecoaram pelos bosques e chegaram ao povo que esperava em Nen Girith; e, quando aqueles que observavam os escutaram e viram, de longe, a ruína e o incêndio que o dragão criara, julgaram que ele tinha triunfado e estava destruindo aqueles que o tinham atacado. E Níniel se sentou e estremeceu à beira da água que caía e, à voz de Glaurung, sua escuridão sobreveio-lhe novamente, de modo que não conseguia se mexer daquele lugar por sua própria vontade.

Foi desse modo que Brandir a achou, pois ele chegara a Nen Girith enfim, mancando e exausto; e, quando ouviu que o dragão tinha cruzado o rio e derrotara seus inimigos, seu coração se voltou para Níniel em piedade. Contudo, pensou também: "Turambar está morto, mas Níniel vive. Agora pode ser que ela venha comigo, e que eu a leve para longe, e assim havemos de escapar do dragão juntos." Depois de certo tempo, portanto, ele ficou de pé ao lado de Níniel e exclamou: "Vem! É hora de ir. Se desejares, levar-te-ei daqui." E tomou a mão dela, e ela se levantou em silêncio e o seguiu; e, na escuridão, ninguém os viu ir embora.

Mas, conforme desciam o caminho para as Travessias, a lua nasceu e lançou uma luz gris sobre a terra, e Níniel indagou: "É este o caminho?" E Brandir respondeu que não conhecia caminho algum, salvo o que lhes permitisse fugir de Glaurung e escapar para o ermo. Mas Níniel disse: "O Espada Negra era o meu bem-amado e o meu marido. Para buscá-lo é que estou a caminho. O que mais poderias pensar?" E se pôs a correr na frente dele. Assim, foi na direção das Travessias do Teiglin e contemplou Haudh-en-Elleth na luz branca da lua, e grande terror lhe sobreveio. Então, com um grito, deu meia-volta, jogando fora seu manto, e fugiu para o sul, ao longo do rio, e sua vestimenta branca brilhava ao luar.

Assim, Brandir a viu da encosta da colina e virou para tentar atalhá-la no caminho, mas ainda estava atrás dela quando Níniel chegou à ruína de Glaurung, perto da beira do Cabed-en-Aras. Viu o dragão que ali jazia, mas não lhe deu atenção, pois um homem jazia ao lado dele; e correu até Turambar e chamou seu nome em vão. Então, vendo que a mão dele estava queimada, lavou-a com lágrimas e a atou com uma faixa tirada de sua vestimenta, e o beijou e gritou de novo que despertasse. Com isso, Glaurung se mexeu pela última vez antes que morresse e falou com seu último alento, dizendo: "Salve, Nienor, filha de Húrin. Encontramo-nos de novo antes do fim. Regozijo-me contigo por teres encontrado o teu irmão, afinal. E agora hás de conhecê-lo: aquele que apunhala no escuro, traiçoeiro com os inimigos, infiel com os amigos e uma maldição sobre sua gente, Túrin, filho de Húrin! Mas o pior de todos os feitos dele hás de sentir em ti mesma."

Então Glaurung morreu, e o véu de sua malícia foi tirado de Níniel, e ela recordou todos os dias de sua vida. Olhando para Túrin, gritou: "Adeus, ó duas vezes bem-amado! *A Túrin Turambar turun ambartanen*: mestre do destino de quem o destino é mestre! Ó feliz por estares morto!" Então Brandir, que tinha ouvido tudo, postado em assombro sobre a beira daquela ruína, veio apressado na direção dela; mas Níniel correu dele, descorçoada de horror e angústia e, chegando à beira do Cabed-en-Aras, jogou-se lá embaixo e se perdeu na água bravia.

Então Brandir veio e olhou para baixo e deu meia-volta em horror; e, embora não mais desejasse a vida, não conseguia buscar a morte naquela água que rugia. E, dali em diante, nenhum homem contemplou de novo o Cabed-en-Aras, nem quiseram fera nem ave alguma ir até lá, nem árvore alguma ali crescia; e recebeu o nome de Cabed Naeramarth, o Salto do Destino Horrendo.

Mas Brandir se encaminhou de volta a Nen Girith para trazer notícias ao povo; e encontrou Dorlas no arvoredo e o matou: o primeiro sangue que derramava e o último. E chegou a Nen Girith, e os homens lhe gritaram: "Viste-a? Pois Níniel se foi."

E ele respondeu: "Níniel se foi para sempre. O Dragão está morto, e Turambar está morto; e essas notícias são boas." O povo murmurou a essas palavras, dizendo que ele tinha enlouquecido; mas Brandir disse: "Ouvi-me até o fim! Níniel, a bem-amada, também está morta. Jogou-se no Teiglin, não desejando mais a vida; pois descobriu que era ninguém menos que Nienor, filha de Húrin de Dor-lómin, antes que seu esquecimento lhe viesse, e que Turambar era seu irmão, Túrin, filho de Húrin."

Mas, na hora em que parou de falar, e enquanto o povo chorava, o próprio Túrin veio diante deles. Pois, quando o dragão morreu, seu desmaio o deixou e ele caiu em um sono profundo de cansaço. Mas o frio da noite o incomodou, e o cabo de Gurthang machucava seus flancos, e ele despertou. Então viu que alguém cuidara de sua mão e se admirou ao perceber que, mesmo assim, tinham-no deixado no chão frio; e gritou, mas, não ouvindo resposta, foi em busca de auxílio, pois estava cansado e se sentia mal.

Mas, quando o povo o viu, recuaram atemorizados, pensando que era seu espírito inquieto; e ele disse: "Não, alegrai-vos; pois o Dragão está morto, e eu, vivo. Mas por que razão desprezastes meu conselho e viestes correr perigo? E onde está Níniel? Pois queria vê-la. E decerto não a trouxestes, tirando-a de sua casa?"

Então Brandir lhe contou que a tinham trazido e que Níniel estava morta. Mas a esposa de Dorlas gritou: "Não, senhor, ele enlouqueceu. Pois veio aqui dizendo que tinhas morrido, e disse que essa era boa notícia. Mas vives."

Então Turambar encheu-se de ira e acreditou que tudo o que Brandir dizia ou fazia era por malícia contra ele próprio e Níniel, invejando o amor dos dois; e falou indignamente a Brandir, chamando-o de Pé-aleijado. Então Brandir relatou tudo o que ouvira e chamou Níniel de Nienor, filha de Húrin, e gritou a Turambar as últimas palavras de Glaurung, de que ele era uma maldição para a sua gente e para todos os que o abrigavam.

Então Turambar foi tomado pela fúria, pois, naquelas palavras, ouvia as passadas de seu destino a alcançá-lo; e acusou Brandir de levar Níniel à morte e de propagar com deleite as mentiras de Glaurung, se, com efeito, ele mesmo não as houvesse inventado. Então amaldiçoou Brandir e o matou; e fugiu do povo rumo à mata. Mas depois de algum tempo sua loucura o deixou, e ele foi até Haudh-en-Elleth e ali se sentou e ponderou todos os seus atos. E invocou Finduilas a trazer-lhe conselho; pois não sabia agora se faria mais mal indo a Doriath em busca de sua gente ou se devia abandoná-los para sempre e buscar a morte em batalha.

E, enquanto se sentava ali, Mablung, com uma companhia de Elfos-cinzentos, passou pelas Travessias do Teiglin, e reconheceu Túrin, e o saudou, e se mostrou de fato alegre por encontrá-lo ainda vivente; pois ficara sabendo da investida de Glaurung e de que seu caminho o levava a Brethil e também ouvira relatos de que o Espada Negra de Nargothrond agora habitava ali. Portanto, veio alertar Túrin e ajudá-lo, se preciso fosse; mas Túrin disse: "Vens tarde demais. O Dragão está morto."

Então os Elfos se maravilharam e lhe deram grande louvor; mas Túrin de modo algum se importou com isso e disse: "Isto apenas peço: dai-me notícias de minha gente, pois em Dor-lómin eu soube que tinham ido para o Reino Oculto."

Então Mablung se encheu de tristeza, mas teve de contar a Túrin sobre como Morwen se perdera, e como Nienor caíra em um feitiço de mudo esquecimento, e como escapara deles nas fronteiras de Doriath e fugira para o norte. Então, afinal, Túrin soube que o destino o alcançara e que tinha matado Brandir injustamente; de modo que as palavras de Glaurung tinham se cumprido nele. E riu como desatinado, gritando: "Este é um gracejo amargo, de fato!" Mas mandou que Mablung partisse e retornasse a Doriath com maldições sobre ela. "E uma maldição também sobre a tua missão!", gritou. "Isto apenas é o que faltava. Agora vem a noite."

Então fugiu deles como o vento, e eles ficaram admirados, imaginando que loucura tomara conta dele; e o seguiram. Mas Túrin correu muito à frente deles; e chegou ao Cabed-en-Aras, e ouviu o rugido d'água, e viu que todas as folhas tinham caído secas das árvores, como se o inverno tivesse vindo. Ali desembainhou sua espada, que agora era a única coisa que lhe restava de todas as suas posses, e disse: "Salve, Gurthang! Nenhum senhor, nenhuma lealdade conheces, salvo a mão que te empunha. De sangue algum te afastas. Tomarás, portanto, a Túrin Turambar, matar-me-ás rapidamente?"

E da lâmina se ouviu fria voz em resposta: "Sim, beberei o teu sangue com alegria para que eu possa esquecer o sangue de Beleg, meu mestre, e o sangue de Brandir, morto injustamente. Matar-te-ei rapidamente."

Então Túrin fincou o cabo da espada no chão e se jogou sobre a ponta de Gurthang, e a lâmina negra tomou-lhe a vida. Mas Mablung e os Elfos chegaram e olharam para a forma de Glaurung, que jazia morto, e para o corpo de Túrin, e se encheram de tristeza; e, quando os Homens de Brethil foram até lá e descobriram as razões para a loucura e a morte de Túrin, ficaram horrorizados; e Mablung disse com amargura: "Eu também fui enredado no destino dos Filhos de Húrin, e assim, com minhas notícias, matei aquele que amava."

Então levantaram Túrin e descobriram que Gurthang se quebrara em dois pedaços. Mas Elfos e Homens juntaram ali grande quantidade de lenha, e fizeram uma grande fogueira, e o Dragão foi consumido até virar cinzas. Túrin eles puseram em um alto teso no lugar onde havia tombado, e os pedaços de Gurthang foram postos a seu lado. E, quando tudo estava feito, os Elfos cantaram um lamento pelos Filhos de Húrin, e uma grande pedra cinzenta foi colocada sobre o teso, e nela estava gravado nas runas de Doriath:

TÚRIN TURAMBAR DAGNIR GLAURUNGA

E debaixo escreveram também:

NIENOR NÍNIEL

Mas ela não estava ali, nem jamais se soube aonde as águas frias do Teiglin a tinham levado.

22

DA RUÍNA DE DORIATH

Assim terminou a história de Túrin Turambar; mas Morgoth não dormia nem repousava de sua maldade, e suas lides com a casa de Hador não estavam ainda terminadas. Contra eles sua malícia era insaciável, embora Húrin estivesse sob o seu olhar e Morwen vagasse descorçoada pelo ermo.

Infeliz era a sorte de Húrin; pois tudo o que Morgoth sabia sobre as operações de sua malícia Húrin também sabia, mas mentiras eram mescladas à verdade, e qualquer coisa que fosse boa era escondida ou distorcida. De todos os modos, Morgoth buscava mormente lançar uma luz maligna sobre aquelas coisas que Thingol e Melian tinham feito, pois os odiava e os temia. Quando, portanto, julgou que a hora era propícia, libertou Húrin de seu cativeiro, dizendo que fosse aonde desejasse; e fingiu que nisso agia por piedade, como que por um inimigo completamente derrotado. Mas mentia, pois seu propósito era que Húrin propagasse ainda mais seu ódio por Elfos e Homens antes que morresse.

Então, por pouco que confiasse nas palavras de Morgoth, sabendo, de fato, que ele era desprovido de piedade, Húrin aceitou sua liberdade e partiu cheio de tristeza, amargurado pelas palavras do Senhor Sombrio; e então havia se passado um ano desde a morte de Túrin, seu filho. Por vinte e oito anos tinha sido cativo em Angband e agora ele era terrível de se contemplar. Seu cabelo e barba eram brancos e compridos, mas caminhava sem se curvar, trazendo um grande cajado negro; e estava cingido com espada. Assim entrou em Hithlum, e notícias chegaram aos chefes dos Lestenses de que havia uma grande cavalgada de capitães e soldadesca negra de Angband sobre as areias

DA RUÍNA DE DORIATH

de Anfauglith, e com eles vinha um velho, como alguém que recebe altas honras. Portanto, não deitaram mãos sobre Húrin, mas o deixaram caminhar à vontade naquelas terras; no que foram astutos, pois os remanescentes de seu próprio povo o evitaram por causa de sua vinda de Angband como alguém em liga com Morgoth e honrado por ele.

Assim, sua liberdade apenas aumentou a amargura do coração de Húrin; e ele partiu da terra de Hithlum e subiu para as montanhas. De lá, descortinou ao longe, em meio às nuvens, os picos das Crissaegrim, e se lembrou de Turgon; e desejou ir de novo ao reino oculto de Gondolin. Desceu, portanto, das Ered Wethrin e não soube que as criaturas de Morgoth vigiavam todos os seus passos; e, atravessando o Brithiach, passou-se para Dimbar e chegou aos pés escuros das Echoriath. Toda a terra estava fria e desolada, e ele olhou à sua volta com pouca esperança, postado aos pés de um grande desmoronamento de pedras sob uma muralha de rocha íngreme; e não soube que isso era tudo o que restava de visível da antiga Via de Escape: o Rio Seco estava bloqueado, e o portão com arcos, enterrado. Então Húrin olhou para o céu cinzento, pensando que poderia, mais uma vez, descortinar as águias, como o fizera muito tempo antes, em sua juventude; mas via apenas as sombras sopradas do leste e as nuvens que giravam à volta dos picos inacessíveis e ouvia apenas o vento sibilando por sobre as pedras.

Mas a guarda das grandes águias agora estava redobrada, e repararam bem em Húrin, lá embaixo, abandonado na luz que se esvaía; e, de imediato, o próprio Thorondor, já que as notícias pareciam grandes, foi ter com Turgon. Mas Turgon disse: "Acaso Morgoth dorme? Estás enganado."

"Não estou", disse Thorondor. "Se as Águias de Manwë fossem dadas a errar assim, então há muito, senhor, vosso refúgio teria sido em vão."

"Então tuas palavras são mau presságio," disse Turgon, "pois podem ter um só significado. Até Húrin Thalion se rendeu à vontade de Morgoth. Meu coração está fechado."

Mas, quando Thorondor se foi, Turgon se sentou longamente em pensamento e ficou perturbado, recordando as façanhas de

Húrin de Dor-lómin; e abriu seu coração, e mandou dizer às águias que procurassem Húrin, e que o trouxessem, se pudessem, a Gondolin. Mas era tarde demais, e elas nunca mais o viram à luz ou à sombra.

Pois Húrin se postou em desespero diante das encostas silenciosas das Echoriath, e o sol poente, trespassando as nuvens, manchou seus cabelos brancos de vermelho. Então ele gritou com força naquele deserto, sem cuidar de ser ouvido, e amaldiçoou a terra impiedosa; e subindo, por fim, a uma rocha elevada, olhou na direção de Gondolin e chamou com grande voz: "Turgon, Turgon, lembra-te do Pântano de Serech! Ó Turgon, será que não me ouves em teus salões ocultos?" Mas não houve som algum, exceto o do vento nas folhas secas. "Assim foi que elas sibilaram em Serech ao pôr do sol", disse; e, enquanto falava, o sol desceu atrás das Montanhas de Sombra, e uma escuridão caiu à sua volta, e o vento cessou, e houve silêncio no ermo.

No entanto, certos ouvidos escutaram as palavras ditas por Húrin, e o relato delas chegou logo ao Trono Sombrio no norte; e Morgoth sorriu, pois sabia agora claramente em qual região Turgon habitava, ainda que, por causa das águias, nenhum espião dos seus conseguisse chegar à vista da terra detrás das Montanhas Circundantes. Esse foi o primeiro mal que a liberdade de Húrin causou.

Quando a escuridão caiu, Húrin desceu tropeçando da rocha, e caiu em um pesado sono de tristeza. Mas, em seu sono, ouvia a voz de Morwen em lamento, e amiúde ela dizia seu nome; e parecia-lhe que a voz vinha de Brethil. Portanto, quando acordou com a chegada do dia, levantou-se e voltou ao Brithiach; e, passando pelas fímbrias de Brethil, chegou numa hora da noite às Travessias do Teiglin. As sentinelas noturnas o viram, mas ficaram cheias de terror, pois pensavam ter visto um fantasma saído de algum antigo teso-de-batalha, que caminhava com a escuridão à sua volta; e, portanto, Húrin não foi detido, e chegou, por fim, ao lugar em que Glaurung fora queimado, e viu a pedra alta que ficava perto da beira do Cabed Naeramarth.

Mas Húrin não olhou para a pedra, pois sabia o que estava escrito nela; e seus olhos tinham visto que não estava sozinho.

DA RUÍNA DE DORIATH

Sentada à sombra da pedra estava uma mulher, curvada sobre seus joelhos; e, quando Húrin ficou de pé em silêncio, ela jogou para trás seu capuz em frangalhos e ergueu o rosto. Grisalha era e idosa, mas, de repente, os olhos dela fitaram os dele, e Húrin a reconheceu; pois, embora estivessem selvagens e cheios de medo, ainda brilhava neles aquela luz que, havia muito, tinha dado a ela o nome de Eledhwen, mais soberba e mais bela das mulheres mortais nos dias de outrora.

"Vieste afinal", disse ela. "Esperei tempo demais."

"Era uma estrada escura. Vim como pude", explicou ele.

"Mas chegas tarde demais", disse Morwen. "Eles se perderam."

"Eu sei", respondeu ele. "Mas não tu."

Mas Morwen exclama: "Quase. Estou esgotada. Hei de partir com o sol. Agora pouco tempo resta: se sabes, dize-me! Como ela o achou?"

Mas Húrin não respondeu, e eles se sentaram ao lado da pedra e não falaram mais; e, quando o sol se pôs, Morwen suspirou, e apertou a mão dele, e ficou parada; e Húrin soube que ela tinha morrido. Olhou para ela no crepúsculo e pareceu-lhe que as rugas de tristeza e privação cruel tinham sido suavizadas. "Ela não foi derrotada", disse; e fechou os olhos dela, e se sentou imóvel ao seu lado enquanto a noite seguia. As águas do Cabed Naeramarth continuavam a rugir, mas ele não ouvia som nenhum, nem via nada, nem sentia nada, pois seu coração era pedra dentro dele. Mas veio um vento gelado que lançou chuva forte contra o seu rosto; e ele despertou, e a raiva subiu dentro dele feito fumaça, dominando a razão, de modo que todo o seu desejo era buscar vingança pelas injustiças que tinham sofrido, ele e sua gente, acusando em sua angústia todos aqueles que alguma vez tinham tratado com eles. Então se levantou e fez um túmulo para Morwen acima do Cabed Naeramarth, do lado oeste da pedra; e nele gravou estas palavras: *Aqui jaz também Morwen Eledhwen.*

Conta-se que um vidente e harpista de Brethil chamado Glirhuin fez uma canção, dizendo que a Pedra dos Desafortunados não seria profanada por Morgoth nem jamais derrubada, nem que o mar afogasse toda a terra; como depois de fato aconteceu, e, ainda assim, Tol Morwen está sozinha na água, além das novas costas que foram feitas nos dias da ira dos Valar. Mas Húrin não jaz ali, pois seu destino o empurrava, e a Sombra ainda o seguia.

Ora, Húrin cruzou o Teiglin e seguiu para o sul pela antiga estrada que levava a Nargothrond; e viu ao longe, no leste, a elevação solitária do Amon Rûdh, e soube o que tinha acontecido ali. Por fim chegou às barrancas do Narog e se aventurou a atravessar a corrente bravia sobre as pedras quebradas da ponte, como Mablung de Doriath se aventurara a fazer antes dele; e se postou diante das destroçadas Portas de Felagund, apoiando-se em seu cajado.

Aqui é preciso contar que, depois da partida de Glaurung, Mîm, o Anão-Miúdo, tinha se encaminhado para Nargothrond e rastejado para dentro dos salões arruinados; e tomou posse deles, e lá se sentou remexendo no ouro e nas joias, fazendo-os sempre correr por suas mãos, pois ninguém chegava perto para espoliá-lo por terror do espírito de Glaurung e da lembrança mesma do dragão. Mas agora alguém tinha vindo, e se postara no umbral dos portões; e Mîm saiu e exigiu saber o que pretendia. Mas Húrin disse: "Quem és tu, que queres me impedir de entrar na casa de Finrod Felagund?"

Então o Anão respondeu: "Eu sou Mîm; e antes que a gente soberba viesse do outro lado do Mar, os Anãos escavaram os salões de Nulukkizdîn. Eu apenas retornei para tomar o que é meu; pois sou o último de meu povo."

"Então não hás mais de gozar de tua herança", exclamou Húrin; "pois eu sou Húrin, filho de Galdor, retornado de Angband, e o meu filho era Túrin Turambar, a quem não terás esquecido; e foi ele que matou Glaurung, o Dragão, que devastou estes salões nos quais agora te sentas; e não me é desconhecido aquele por quem o Elmo-de-dragão de Dor-lómin foi traído!"

Então Mîm, em grande temor, implorou a Húrin que tomasse o que desejasse, mas poupasse a sua vida; mas Húrin não deu ouvidos aos seus rogos e o matou ali, diante das portas de Nargothrond. Então entrou e permaneceu algum tempo naquele lugar terrível, onde os tesouros de Valinor jaziam jogados pelo chão em escuridão e decadência; mas conta-se que, quando Húrin saiu dos destroços de Nargothrond e ficou de pé de novo sob o céu, trazia consigo, de todo aquele grande tesouro, uma coisa apenas.

Ora, Húrin viajou para o leste e chegou aos Alagados do Crepúsculo, acima das Quedas do Sirion; e ali foi capturado pelos Elfos que vigiavam as marcas do oeste de Doriath e levado diante do Rei Thingol nas Mil Cavernas. Então Thingol se encheu de assombro e tristeza quando o viu e percebeu que aquele homem sombrio e idoso era Húrin Thalion, o cativo de Morgoth; mas o saudou com gentileza e lhe mostrou honra. Húrin não deu resposta ao Rei, mas tirou debaixo de seu manto aquela única coisa que levara consigo de Nargothrond; e essa coisa não era um tesouro menor que o Nauglamír, o Colar dos Anãos, que tinha sido feito para Finrod Felagund, muitos anos antes, pelos artífices de Nogrod e Belegost, a mais afamada de todas as suas obras nos Dias Antigos e prezada por Finrod, enquanto viveu, acima de todos os tesouros de Nargothrond. E Húrin o lançou aos pés de Thingol com palavras agrestes e amargas.

"Recebe tua paga", gritou, "pelo belo cuidado que tiveste com meus filhos e com minha esposa! Pois este é o Nauglamír, cujo nome é conhecido de muitos entre Elfos e Homens; e eu o trago a ti da escuridão de Nargothrond, onde Finrod, teu parente, deixou-o para trás quando partiu com Beren, filho de Barahir, para cumprir a missão dada por Thingol de Doriath!"

Então Thingol contemplou o grande tesouro, e soube que era o Nauglamír, e bem entendeu o intento de Húrin; mas, estando cheio de piedade, deteve sua ira e suportou o escárnio. E, por fim, Melian falou, e ela disse: "Húrin Thalion, Morgoth te enfeitiçou; pois aquele que vê através dos olhos de Morgoth, querendo ou não, vê todas as coisas torcidas. Por muito tempo foi Túrin, o teu filho, criado nos salões de Menegroth, e recebeu amor e honra como filho do Rei; e não foi pela vontade do Rei, nem pela minha, que ele nunca voltou a Doriath. E, depois disso, tua esposa e tua filha foram abrigadas aqui com honra e boa vontade; e buscamos, por todos os meios que pudemos, dissuadir Morwen da estrada para Nargothrond. Com a voz de Morgoth agora reprochas a teus amigos."

E, ouvindo as palavras de Melian, Húrin ficou imóvel e fitou longamente os olhos da Rainha; e ali em Menegroth, lugar defendido ainda pelo Cinturão de Melian da escuridão do Inimigo, ele leu a verdade de tudo o que fora feito e provou, por fim, a plenitude da dor que fora medida para ele por Morgoth Bauglir. E não falou mais do que era passado, mas, abaixando-se, ergueu o Nauglamír de onde caíra diante da cadeira de Thingol e o deu a ele, dizendo: "Recebei agora, senhor, o Colar dos Anãos, como um presente de alguém que não tem nada e como um memorial de Húrin de Dor-lómin. Pois agora minha sina está cumprida, e o propósito de Morgoth, realizado; mas não sou mais servo dele."

Então se virou e saiu das Mil Cavernas, e todos os que o viam recuavam diante de sua face; e ninguém tentou impedir sua partida, nem soube ninguém aonde foi. Mas o que se diz é que Húrin não quis viver depois disso, estando desprovido de todo propósito e desejo, e se lançou, enfim, no mar do oeste; e esse foi o fim do mais poderoso dos guerreiros dos Homens mortais.

Mas, quando Húrin se foi de Menegroth, Thingol se sentou longamente em silêncio, fitando o grande tesouro que jazia sobre seus joelhos; e lhe veio à mente que seria bom refazê-lo, e nele colocar a Silmaril. Pois, conforme os anos passavam, o pensamento de Thingol se voltava sem cessar para a joia de Fëanor, e se tornava atado a ela, e não lhe agradava deixá-la descansar nem mesmo atrás das portas de sua sala do tesouro mais profunda; e tinha em mente agora trazê-la consigo sempre, ao despertar e ao dormir.

Naqueles dias, os Anãos ainda vinham em suas jornadas a Beleriand, saindo de suas mansões nas Ered Lindon e, atravessando o Gelion em Sarn Athrad, o Vau das Pedras, viajavam pela antiga estrada até Doriath; pois seu engenho no trabalho dos metais e da pedra era muito grande, e havia muita necessidade de sua arte nos salões de Menegroth. Mas vinham agora não mais em pequenos grupos, como outrora, mas em grandes companhias bem armadas para sua proteção nas terras perigosas entre o Aros e o Gelion; e moravam em Menegroth, nesses tempos, em câmaras e forjas separadas para eles. Naquele mesmo tempo, grandes artífices de Nogrod tinham acabado de vir a Doriath; e o Rei, portanto, convocando-os, declarou seu desejo de que, se o engenho deles fosse grande o suficiente, refizessem o Nauglamír e nele colocassem a Silmaril. Então os Anãos observaram a obra de seus pais e contemplaram com assombro a joia luzente de Fëanor; e ficaram cheios de um grande desejo de possuir a ambos e carregá-los consigo para seus lares distantes nas montanhas. Mas dissimularam seu intento e consentiram na tarefa.

Longo foi seu labor; e Thingol descia sozinho às suas forjas profundas e se sentava sempre entre eles enquanto trabalhavam. Enfim seu desejo foi realizado, e as maiores das obras de Elfos e Anãos foram reunidas e se tornaram uma só; e sua beleza era muito grande, pois agora as joias incontáveis do Nauglamír refletiam e lançavam longe, em tons maravilhosos, a luz da Silmaril em meio a elas. Então Thingol, estando sozinho entre os artífices, fez menção de tomar o colar e cingi-lo em volta de seu pescoço; mas os Anãos, naquele momento, impediram-no e exigiram que o cedesse a eles, dizendo: "Com que direito o Rei-élfico reivindica o Nauglamír, que foi feito por nossos pais para Finrod Felagund, que está morto? O colar só chegou a ele pela mão de Húrin, o Homem de Dor-lómin, que o tomou feito ladrão das trevas de Nargothrond." Mas Thingol perscrutou os corações deles e bem viu que, desejando a Silmaril, buscavam não mais que um pretexto e belo manto para seu verdadeiro intento; e, em sua ira e soberba, não deu ouvidos ao perigo que corria, mas lhes falou em escárnio, dizendo: "Como é que vós, de raça agreste, ousais exigir algo de mim, Elu Thingol, Senhor de Beleriand, cuja vida começou à beira das águas de Cuiviénen incontáveis anos antes que os pais do povo mirrado despertassem?" E, postando-se alto e soberbo em meio a eles, ordenou-lhes com palavras que os envergonharam a partir sem pagamento de Doriath.

Então a cobiça dos Anãos se inflamou em fúria por causa das palavras do Rei; e se alevantaram à volta de Thingol, e deitaram mãos sobre ele, e o mataram ali onde estava. Assim morreu, nos lugares fundos de Menegroth, Elwë Singollo, Rei de Doriath, o qual, único entre todos os Filhos de Ilúvatar, tinha se unido com uma dos Ainur; e ele que, único entre os Elfos Abandonados, tinha visto a luz das Árvores de Valinor, com sua derradeira vista contemplou a Silmaril.

Então os Anãos, tomando o Nauglamír, saíram de Menegroth e fugiram para o leste, passando por Region. Mas as notícias viajaram rapidamente pela floresta, e poucos daquela companhia atravessaram o Aros, pois foram perseguidos até a morte enquanto buscavam a estrada do leste; e o Nauglamír foi recuperado e trazido de volta, com amarga tristeza, a Melian, a Rainha. Contudo, dois havia, dos assassinos de Thingol, que escaparam da perseguição nas marcas do leste, e retornaram enfim à sua cidade, nas longínquas Montanhas Azuis; e em Nogrod contaram algo de tudo o que acontecera, dizendo que os Anãos tinham sido mortos em Doriath por ordem do Rei-élfico, que assim queria roubá-los de sua recompensa.

Então grandes foram a ira e a lamentação dos Anãos de Nogrod pela morte de sua gente e de seus grandes artífices, e arrancaram suas barbas, e gemeram; e longamente se sentaram, com o pensamento na vingança. Conta-se que pediram auxílio a Belegost, mas lhes foi negado, e os Anãos de Belegost tentaram dissuadi-los de seu propósito; mas o conselho deles de nada valeu, e, em pouco tempo, uma grande hoste saiu de Nogrod e, cruzando o Gelion, marchou para o oeste através de Beleriand.

Sobre Doriath caíra pesada mudança. Melian se sentou longamente em silêncio ao lado de Thingol, o Rei, e seu pensamento voltou aos anos estrelados e ao primeiro encontro deles em meio aos rouxinóis de Nan Elmoth, em eras passadas; e ela soube que sua separação de Thingol era o primeiro passo de uma separação maior, e que a sina de Doriath estava próxima. Pois Melian era da raça divina dos Valar e era uma Maia de grande poder e sabedoria; mas, por amor a Elwë Singollo, tomara sobre si a forma dos Filhos Mais Velhos de Ilúvatar e, naquela união, ficara atada pelos grilhões e redes da carne de Arda. Naquela forma, dera a ele Lúthien Tinúviel; e, naquela forma, ganhara poder sobre a

DA RUÍNA DE DORIATH

substância de Arda, e, pelo Cinturão de Melian, Doriath tinha se defendido por longas eras dos males de fora. Mas agora Thingol jazia morto, e seu espírito passara aos salões de Mandos; e com sua morte uma mudança sobreveio também a Melian. Assim veio a acontecer que seu poder se retirou, naquele tempo, das florestas de Neldoreth e Region, e Esgalduin, o rio encantado, falou com voz diferente, e Doriath ficou aberta a seus inimigos.

Depois disso, Melian não falou a ninguém, salvo a Mablung apenas, pedindo que cuidasse da Silmaril e enviasse mensagem depressa a Beren e Lúthien em Ossiriand; e ela desapareceu da Terra-média e passou-se para a terra dos Valar, além do mar do oeste, para meditar sobre suas tristezas nos jardins de Lórien, donde viera, e esta história não mais fala dela.

Assim foi que a hoste dos Naugrim, cruzando o Aros, passou desimpedida pelas matas de Doriath; e ninguém se lhes opôs, pois eram muitos e ferozes, e os capitães dos Elfos-cinzentos foram lançados em dúvida e desespero, e iam de cá para lá sem propósito. Mas os Anãos seguiram seu caminho, e atravessaram a grande ponte, e entraram em Menegroth; e ali sobreveio coisa mui triste em meio aos feitos pesarosos dos Dias Antigos. Pois houve batalha nas Mil Cavernas, e muitos Elfos e Anãos foram mortos; e isso não foi esquecido. Mas os Anãos foram vitoriosos, e os salões de Thingol foram saqueados e pilhados. Ali tombou Mablung da Mão Pesada diante das portas do tesouro onde estava o Nauglamír; e a Silmaril foi levada.

Naquele tempo, Beren e Lúthien ainda habitavam em Tol Galen, a Ilha Verde, no Rio Adurant, o que ficava mais ao sul entre os ribeiros que, descendo das Ered Lindon, corriam para se juntar ao Gelion; e o filho deles, Dior Eluchíl, tinha por esposa Nimloth, parenta de Celeborn, príncipe de Doriath, que era casado com a Senhora Galadriel. Os filhos de Dior e Nimloth eram Eluréd e Elurín; e uma filha também lhes nascera, e ela recebeu o nome de Elwing, que é Borrifo-de-estrelas, pois nascera numa noite de estrelas, cuja luz chamejava nos borrifos da queda-d'água de Lanthir Lamath, ao lado da casa de seu pai.

Ora, correu depressa entre os Elfos de Ossiriand a notícia de que uma grande hoste de Anãos com petrechos de guerra descera

314

das montanhas e atravessara o Gelion no Vau das Pedras. Aquelas novas chegaram logo a Beren e Lúthien; e, naquele tempo, também um mensageiro viera a eles de Doriath, contando o que acontecera lá. Então Beren se levantou e deixou Tol Galen e, chamando a si Dior, seu filho, seguiram para o norte até o Rio Ascar; e com eles foram muitos dos Elfos-verdes de Ossiriand.

Assim veio a acontecer que, quando os Anãos de Nogrod, retornando de Menegroth com hoste diminuída chegaram de novo ao Sarn Athrad, foram assediados por inimigos invisíveis; pois, enquanto escalavam as barrancas do Gelion carregados com o espólio de Doriath, de repente, todas as matas se encheram com o som de trompas-élficas, e setas caíam sobre eles de todo lado. Ali muitíssimos dos Anãos foram mortos na primeira investida; mas alguns, escapando da emboscada, ficaram juntos e fugiram para o leste, na direção das montanhas. E, enquanto subiam as longas encostas sob o Monte Dolmed, surgiram os Pastores das Árvores e empurraram os Anãos para as matas sombrias das Ered Lindon; de onde, diz-se, nenhum jamais saiu para escalar os altos passos que levavam aos seus lares.

Naquela batalha, no Sarn Athrad, Beren lutou seu derradeiro combate, e ele próprio matou o Senhor de Nogrod e arrancou dele o colar; mas o Anão, morrendo, pôs sua maldição sobre todo o tesouro. Então Beren fitou em assombro a mesma joia de Fëanor que ele cortara da coroa de ferro de Morgoth, agora luzindo posta em meio a ouro e gemas pela arte dos Anãos; e a lavou do sangue nas águas do rio. E, quando tudo estava terminado, o tesouro de Doriath foi afundado no Rio Ascar, e, desde aquele tempo, o rio recebeu novo nome, Rathlóriel, o Leito D'Ouro; mas Beren tomou consigo o Nauglamír e retornou a Tol Galen. Pouco diminuiu a tristeza de Lúthien saber que o Senhor de Nogrod fora morto com muitos Anãos a seu lado; mas o que se conta e se canta é que Lúthien, usando aquele colar e aquela joia imortal, era a visão de maior beleza e glória que jamais houve fora do reino de Valinor; e, por pouco tempo, a Terra dos Mortos que Vivem se tornou como que uma visão da terra dos Valar, e nenhum lugar desde então foi tão belo, tão fecundo, ou tão cheio de luz.

Ora, Dior, herdeiro de Thingol, disse adeus a Beren e a Lúthien e, partindo de Lanthir Lamath com Nimloth, sua esposa, chegou a Menegroth e morou lá; e com ele foram seus filhos pequenos, Eluréd e Elurín e Elwing, sua filha. Então os Sindar os receberam com júbilo e levantaram-se da escuridão de sua tristeza pela morte de sua gente e de seu Rei e pela partida de Melian; e Dior Eluchíl se pôs a reerguer a glória do reino de Doriath.

Chegou uma noite de outono e, quando já se fazia tarde, alguém chegou e bateu aos portões de Menegroth pedindo para ser admitido à presença do Rei. Era um senhor dos Elfos-verdes vindo com pressa de Ossiriand, e os guardiões do portão o trouxeram até onde Dior se sentava sozinho em sua câmara; e ali, em silêncio, deu ele ao Rei um cofre e partiu. Mas, naquele cofre, jazia o Colar dos Anãos, onde estava a Silmaril; e Dior, olhando para ela, soube que era um sinal de que Beren Erchamion e Lúthien Tinúviel tinham morrido de fato e partido para onde vai a raça dos Homens para um fado além do mundo.

Longamente Dior contemplou a Silmaril que seu pai e sua mãe haviam trazido, além da esperança, do terror de Morgoth; e grande foi a sua tristeza pela morte ter chegado a eles tão cedo. Mas os sábios disseram que a Silmaril apressou seu fim; pois a chama da beleza de Lúthien enquanto a usava era forte demais para as terras mortais.

Então Dior se levantou e à volta de seu pescoço cingiu o Nauglamír; e agora parecia o mais belo de todos os filhos do mundo, de tripla raça: dos Edain, e dos Eldar, e dos Maiar do Reino Abençoado.

Mas então correu o rumor entre os Elfos espalhados por Beleriand de que Dior, herdeiro de Thingol, usava o Nauglamír, e diziam: "Uma Silmaril de Fëanor arde outra vez nas matas de Doriath"; e o juramento dos filhos de Fëanor foi despertado de novo de seu sono. Pois, enquanto Lúthien usava o Colar dos Anãos, nenhum Elfo ousava atacá-la; mas agora, ao ouvir sobre a reconstrução de Doriath e o orgulho de Dior, os sete se reuniram de novo de suas andanças e mandaram-lhe mensagem para reivindicar o que era deles.

Mas Dior não deu resposta aos filhos de Fëanor; e Celegorm incitou seus irmãos a preparar um assalto a Doriath. Chegaram de improviso, no meio do inverno, e lutaram com Dior nas Mil Cavernas; e assim sobreveio a segunda matança de Elfo por Elfo. Lá tombou Celegorm, pela mão de Dior, e lá tombou Curufin, e o moreno Caranthir; mas Dior foi morto também, e Nimloth, sua esposa. E os serviçais cruéis de Celegorm agarraram seus filhos pequenos e os deixaram a morrer de fome na floresta. Disso, de fato, Maedhros se arrependeu, e os buscou longamente nas matas de Doriath; mas sua busca de nada valeu, e a sina de Eluréd e Elurín nenhuma história conta.

Assim Doriath foi destruída e nunca mais se levantou. Mas os filhos de Fëanor não ganharam o que buscavam; pois um remanescente do povo fugiu diante deles, e com esses estava Elwing, filha de Dior, e eles escaparam e, trazendo consigo a Silmaril, chegaram em tempo às fozes do Rio Sirion à beira do mar.

23

DE TUOR E DA QUEDA DE GONDOLIN

Já se contou que Huor, o irmão de Húrin, foi morto na Batalha das Lágrimas Inumeráveis; e que, no inverno daquele ano, Rían, sua esposa, deu à luz um filho nos ermos de Mithrim, e que ele recebeu o nome de Tuor e foi adotado por Annael dos Elfos-cinzentos, que ainda vivia naqueles montes. Ora, quando Tuor tinha dezesseis anos de idade, os Elfos decidiram deixar as cavernas de Androth, onde habitavam, e seguir seu caminho em segredo para os Portos do Sirion, no sul distante; mas foram atacados por Orques e Lestenses antes que concluíssem sua fuga, e Tuor foi capturado e escravizado por Lorgan, chefe dos Lestenses de Hithlum. Por três anos suportou aquela servidão, mas, ao fim desse tempo, escapou; e, retornando às cavernas de Androth, habitou lá sozinho e fazia tal dano aos Lestenses que Lorgan pôs um preço por sua cabeça.

Mas, quando Tuor tinha vivido assim em solidão, como proscrito, durante quatro anos, Ulmo pôs em seu coração a vontade de partir da terra de seus pais, pois tinha escolhido a Tuor como o instrumento de seus desígnios; e, deixando uma vez mais as cavernas de Androth, ele seguiu para o oeste, atravessando Dor-lómin, e encontrou o Annon-in-Gelydh, o Portão dos Noldor, que o povo de Turgon construíra quando habitava em Nevrast muitos anos antes. De lá, um túnel escuro seguia debaixo das montanhas e saía em Cirith Ninniach, a Fenda do Arco-íris, pela qual uma água turbulenta corria para o mar do oeste. Assim foi que a fuga de Tuor de Hithlum não foi vista nem por Homem nem por Orque, e nenhum conhecimento dela chegou aos ouvidos de Morgoth.

E Tuor chegou a Nevrast e, contemplando Belegaer, o Grande Mar, enamorou-se dele, e o som das águas e o anelo que traziam estavam sempre em seu coração e ouvido, e uma inquietação veio sobre ele, a qual o levou, por fim, às profundezas dos reinos de Ulmo. Então habitou em Nevrast sozinho, e o verão daquele ano passou, e a sina de Nargothrond se aproximava; mas, quando o outono veio, ele viu sete grandes cisnes voando para o sul, e os reconheceu como um sinal de que tinha se demorado em excesso, e seguiu o voo deles ao longo das costas do mar. Assim chegou, afinal, aos salões desertos de Vinyamar sob o Monte Taras, e entrou, e achou ali o escudo, e a armadura, e a espada, e o elmo que Turgon ali deixara por ordem de Ulmo, havia muito; e ataviou-se com tais armas e desceu à costa. Mas veio uma grande tempestade do oeste, e daquela tempestade Ulmo, o Senhor das Águas, alevantou-se em majestade e falou a Tuor enquanto ele estava à beira do mar. E Ulmo mandou que partisse daquele lugar e buscasse o reino oculto de Gondolin; e deu a Tuor uma grande capa para mantê-lo na sombra diante dos olhos de seus inimigos.

Mas de manhã, quando a tempestade passou, Tuor topou com um Elfo que estava de pé ao lado dos muros de Vinyamar; e esse era Voronwë, filho de Aranwë, de Gondolin, que velejara no último navio mandado por Turgon para o Oeste. Mas, quando o navio, retornando afinal do mar aberto, afundou na grande tempestade à vista das costas da Terra-média, Ulmo tomou-o, único entre todos os marinheiros, e lançou-o à terra perto de Vinyamar; e, ao saber da ordem dada a Tuor pelo Senhor das Águas, Voronwë se encheu de assombro e não lhe recusou a sua ajuda como guia até a porta oculta de Gondolin. Portanto, partiram juntos daquele lugar e, enquanto o Fero Inverno daquele ano caía sobre eles vindo do norte, seguiram cuidadosos para o leste, sob as fímbrias das Montanhas de Sombra.

Enfim chegaram, em sua jornada, às Lagoas de Ivrin e contemplaram com tristeza a profanação daquele lugar pela passagem de Glaurung, o Dragão; mas na hora mesma em que observavam isso viram alguém indo para o norte com pressa, e esse era um Homem alto, trajado de negro e trazendo uma espada negra. Mas

DE TUOR E DA QUEDA DE GONDOLIN

não sabiam quem ele era, nem nada do que tinha acontecido no sul; e passou por eles, e não disseram palavra.

E por fim, pelo poder que Ulmo pusera sobre eles, chegaram à porta oculta de Gondolin e, descendo o túnel, alcançaram o portão interno e foram capturados pela guarda como prisioneiros. Então os fizeram subir a magna ravina de Orfalch Echor, barrada por sete portões, e foram trazidos diante de Ecthelion da Fonte, o guardião do grande portão ao fim da estrada que subia; e ali Tuor lançou de lado seu manto e, pelas armas que trazia de Vinyamar, viu-se que era em verdade alguém enviado por Ulmo. Então Tuor olhou para baixo, para o belo vale de Tumladen disposto como uma joia verde em meio aos montes circundantes; e viu ao longe, sobre a elevação rochosa do Amon Gwareth, Gondolin, a grande, cidade de sete nomes, cuja fama e glória é a mais poderosa em canção dentre todas as habitações dos Elfos nas Terras de Cá. Por ordem de Ecthelion, trombetas foram soadas nas torres do grande portão e ecoaram pelos montes; e, ao longe, mas com clareza, fez-se ouvir um som de trombetas que respondiam, soadas nas muralhas brancas da cidade, coradas com o rosado da aurora sobre a planície.

Assim foi que o filho de Huor atravessou Tumladen e chegou ao portão de Gondolin; e, subindo as amplas escadarias da cidade, foi trazido afinal à Torre do Rei e contemplou as imagens das Árvores de Valinor. Então Tuor ficou diante de Turgon, filho de Fingolfin, Alto Rei dos Noldor, e à mão direita do Rei estava Maeglin, filho de sua irmã, mas à esquerda se sentava Idril Celebrindal, sua filha; e todos os que ouviram a voz de Tuor se maravilharam, duvidando que esse era em verdade um Homem de raça mortal, pois suas palavras eram as palavras do Senhor das Águas que lhe vieram naquela hora. E ele deu aviso a Turgon de que a Maldição de Mandos se apressava a chegar a seu cumprimento, quando todas as obras dos Noldor haviam de perecer; e pediu que partisse, e abandonasse a bela e poderosa cidade que construíra, e descesse o Sirion até o mar.

Então Turgon ponderou longamente o conselho de Ulmo, e veio à sua mente as palavras que lhe tinham sido ditas em Vinyamar: "Não ames em demasia a obra de tuas mãos e os artifícios de teu coração; e lembra-te de que a verdadeira esperança dos Noldor jaz no Oeste e vos vem do Mar." Mas Turgon se tornara soberbo, e Gondolin, tão bela quanto uma memória da élfica Tirion, e ele se fiava ainda em sua força secreta e inexpugnável, ainda que um Vala o contradissesse; e, depois das Nirnaeth Arnoediad, o povo daquela cidade desejava nunca mais se misturar às dores de Elfos e Homens no mundo de fora, nem retornar, através de terror e perigo, ao Oeste. Cerrados detrás de seus ínvios e encantados montes, não permitiam que ninguém entrasse, ainda que fugisse de Morgoth perseguido pelo ódio; e notícias das terras de fora lhes chegavam fracas e distantes, e davam a elas pouco ouvido. Os espiões de Angband os procuravam em vão; e sua morada era como um rumor e um segredo que ninguém podia desvendar. Maeglin falava sempre contra Tuor nos concílios do Rei, e suas palavras pareciam ter ainda mais peso por seguirem o que ia no coração de Turgon; e, afinal, ele rejeitou o pedido de Ulmo e recusou seu conselho. Mas, na advertência do Vala, ouviu de novo as palavras que tinham sido pronunciadas diante dos Noldor que partiam da costa de Araman, muito tempo antes; e o medo de traição foi despertado no coração de Turgon. Portanto, naquele tempo, a própria entrada da porta oculta nas Montanhas Circundantes foi bloqueada; e, dali em diante, ninguém jamais saiu de Gondolin em qualquer missão, de paz ou de guerra, enquanto aquela cidade resistiu. Notícias foram trazidas por Thorondor, Senhor das Águias, sobre a queda de Nargothrond e, depois, sobre a morte de Thingol e de Dior, seu herdeiro, e sobre a ruína de Doriath; mas Turgon fechou seus ouvidos ao que se dizia das dores do mundo lá fora e jurou nunca marchar ao lado de qualquer filho de Fëanor; e seu povo ele proibiu de jamais passar a barreira dos montes.

E Tuor permaneceu em Gondolin, pois sua ventura e sua beleza e a sabedoria de seu povo o tinham cativado; e ele se tornou poderoso em estatura e em mente e aprendeu profundamente o saber dos Elfos exilados. Então o coração de Idril se voltou para ele, e o dele, para o dela; e o ódio secreto de Maeglin cresceu ainda mais, pois desejava acima de todas as coisas possuí-la, a única herdeira do Rei de Gondolin. Mas tão alto era o

DE TUOR E DA QUEDA DE GONDOLIN

favor de Tuor junto ao Rei que, quando tinha habitado ali por sete anos, Turgon não lhe recusou nem mesmo a mão de sua filha; pois, embora não quisesse ouvir o pedido de Ulmo, ele percebia que o destino dos Noldor estava entrelaçado com o daquele que Ulmo enviara; e não esquecia as palavras que Huor lhe dissera antes que a hoste de Gondolin partisse da batalha das Lágrimas Inumeráveis.

Então fizeram grande e jubilosa festa, pois Tuor conquistara os corações de todo aquele povo, exceto apenas os de Maeglin e seus seguidores secretos; e assim veio a acontecer a segunda união de Elfos e Homens.

Na primavera do ano seguinte, nasceu em Gondolin Eärendil Meio-Elfo, o filho de Tuor e Idril Celebrindal; e isso foi quinhentos anos e três desde a vinda dos Noldor à Terra-média. De beleza excelsa era Eärendil, pois uma luz havia em seu rosto como a luz do céu, e ele tinha a beleza e a sabedoria dos Eldar e a força e firmeza dos Homens de outrora; e o Mar falava sempre em seu ouvido e coração, tal como fazia com Tuor, seu pai.

Então os dias de Gondolin eram ainda cheios de júbilo e paz; e ninguém sabia que a região na qual o Reino Oculto ficava tinha sido afinal revelada a Morgoth pelos gritos de Húrin, quando, postado no deserto além das Montanhas Circundantes, e não achando entrada, chamara a Turgon em desespero. Depois disso, o pensamento de Morgoth se debruçou sem cessar sobre a terra montanhosa entre Anach e as águas do alto Sirion, onde seus serviçais nunca tinham passado; contudo, nenhum espião ou criatura saída de Angband podia chegar ali por causa da vigilância das águias, e Morgoth foi impedido de cumprir seus desígnios. Mas Idril Celebrindal era sábia e enxergava longe, e seu coração lhe dava aviso, e os presságios lhe sobrevinham ao espírito feito uma nuvem. Portanto, naquele tempo, mandou preparar uma via secreta que deveria descer da cidade e, passando sob a superfície da planície, sair muito além das muralhas, ao norte do Amon Gwareth; e ela fez com que o trabalho só fosse conhecido de poucos e que nenhum sussurro sobre ele chegasse aos ouvidos de Maeglin.

Ora, certa vez, quando Eärendil era ainda novo, Maeglin se perdeu. Pois ele, como já se contou, amava minerar e procurar metais mais do que qualquer outra arte; e era mestre e líder dos Elfos que trabalhavam nas montanhas distantes da cidade, buscando metais para suas forjas de coisas que eram tanto de paz como de guerra. Mas amiúde Maeglin ia, com poucos de seu povo, para além da barreira dos montes, e o Rei não sabia que sua ordem era desafiada; e assim veio a acontecer, como quis o destino, que Maeglin foi feito prisioneiro por Orques e levado a Angband. Maeglin não era nenhum fraquete ou poltrão, mas o tormento com o qual foi ameaçado acovardou seu espírito e ele comprou sua vida e liberdade revelando a Morgoth o lugar exato de Gondolin e os caminhos pelos quais podia ser achada e atacada. Grande, de fato, foi o regozijo de Morgoth e a Maeglin ele prometeu o senhorio de Gondolin como seu vassalo e a posse de Idril Celebrindal, quando a cidade fosse tomada; e, de fato, o desejo por Idril e o ódio a Tuor levou Maeglin a cometer mais facilmente essa traição, a mais infame em todas as histórias dos Dias Antigos. Mas Morgoth o mandou de volta a Gondolin para que ninguém suspeitasse de sua aleivosia e para que Maeglin auxiliasse o assalto de dentro quando a hora chegasse; e ele morou nos salões do Rei com rosto sorridente e maldade em seu coração, enquanto a escuridão se juntava cada vez mais profunda sobre Idril.

Por fim, quando Eärendil tinha sete anos de idade, Morgoth estava pronto e soltou sobre Gondolin seus Balrogs, e seus Orques, e seus lobos; e com eles vieram dragões da ninhada de Glaurung, e eles tinham se tornado agora muitos e terríveis. A hoste de Morgoth escalou os montes do norte, onde a altura era maior, e a guarda, menos vigilante, e veio à noite, num tempo de festival, quando todo o povo de Gondolin estava nas muralhas para aguardar o sol nascente e cantar suas canções quando ele surgisse; pois naquela alvorada era a grande festa a que davam o nome de Portões do Verão. Mas a luz rubra subiu pelos montes no norte, e não no leste; e não houve parada no avanço do inimigo até que estivessem sob as próprias muralhas de Gondolin, e a cidade foi cercada sem esperança. Das

DE TUOR E DA QUEDA DE GONDOLIN

façanhas de valor desesperado que lá se fizeram pelos chefes das casas nobres e seus guerreiros e, não menos, por Tuor, muito está contado n'*A Queda de Gondolin*: da batalha de Ecthelion da Fonte com Gothmog, Senhor de Balrogs, na praça mesma do Rei, onde um matou ao outro, e da defesa da torre de Turgon pelo povo de sua casa até que a Torre foi derrubada; e magna foi sua queda e a queda de Turgon em sua ruína.

Tuor buscou resgatar Idril do saque da cidade, mas Maeglin tinha deitado mãos sobre ela e sobre Eärendil; e Tuor lutou com Maeglin nas muralhas e o lançou longe, e seu corpo, enquanto caía, bateu-se contra as encostas rochosas do Amon Gwareth três vezes antes que tombasse nas chamas lá embaixo. Então Tuor e Idril levaram tais remanescentes do povo de Gondolin como os que conseguiram reunir na confusão do incêndio pela via secreta que Idril tinha preparado; e daquela passagem os capitães de Angband nada sabiam e não pensaram que quaisquer fugitivos fossem seguir um caminho na direção do norte e das partes mais altas das montanhas, mais perto de Angband. Os fumos do incêndio e o vapor das belas fontes de Gondolin secando na chama dos dragões do norte caíram sobre o vale de Tumladen em brumas enlutadas; e assim foi a fuga de Tuor e sua companhia ajudada, pois havia ainda uma estrada longa e aberta a seguir da boca do túnel até os sopés das montanhas. Apesar disso, chegaram até lá e, além da esperança, se puseram a escalar, em dor e desdita, os lugares elevados que eram frios e terríveis, e tinham entre eles muitos que estavam feridos, e mulheres e crianças.

Havia um passo horrível — Cirith Thoronath era seu nome, a Fenda das Águias —, onde, sob a sombra dos picos mais altos, uma senda estreita abria caminho; do lado direito, era fechado por um precipício e, do esquerdo, uma queda horrenda saltava para o nada. Ao longo daquela via estreita, a marcha deles seguia quando foram emboscados por Orques, pois Morgoth pusera vigias à volta dos montes circundantes; e um Balrog estava com eles. Então terrível foi o perigo que correram e mal teriam sido salvos pelo valor de Glorfindel dos cabelos louros, chefe da Casa da Flor Dourada de Gondolin, se não tivesse vindo Thorondor ao auxílio deles.

Muitas são as canções que já foram cantadas do duelo de Glorfindel com o Balrog sobre um pináculo de rocha naquele lugar alto; e ambos caíram para a ruína no abismo. Mas as águias, vindo, caíram sobre os Orques e os fizeram recuar aos gritos; e todos eles foram mortos ou lançados nas profundezas, de modo que rumores da fuga de Gondolin só chegaram muito depois aos ouvidos de Morgoth. Então Thorondor carregou o corpo de Glorfindel para fora do abismo, e o enterraram em um teso de pedras ao lado do passo; e uma relva verde brotou ali, e flores amarelas desabrocharam sobre a tumba em meio à esterilidade da pedra até que o mundo foi mudado.

Assim, liderado por Tuor, filho de Huor, o remanescente de Gondolin atravessou as montanhas e desceu ao Vale do Sirion; e, fugindo para o sul por regiões difíceis e perigosas, chegaram afinal a Nan-tathren, a Terra dos Salgueiros, pois o poder de Ulmo ainda corria no grande rio e estava à volta deles. Ali descansaram por algum tempo e foram curados de suas feridas e seu cansaço; mas seu pesar não podia ser curado. E fizeram uma festa em memória de Gondolin e dos Elfos que lá tinham perecido, as donzelas, e as esposas, e os guerreiros do Rei; e para Glorfindel, o bem-amado, muitas foram as canções que cantaram, sob os salgueiros de Nan-tathren, quando o ano minguava. Ali Tuor fez uma canção para Eärendil, seu filho, acerca da vinda de Ulmo, o Senhor das Águas, às costas de Nevrast outrora; e o desejo do mar despertou em seu coração e no de seu filho também. Portanto, Idril e Tuor partiram de Nan-tathren e foram para o sul, descendo o rio até o mar; e habitaram lá nas fozes do Sirion e juntaram seu povo à companhia de Elwing, filha de Dior, que tinha fugido para lá pouquíssimo tempo antes. E, quando as notícias da queda de Gondolin e da morte de Turgon chegaram a Balar, Ereinion Gil-galad, filho de Fingon, foi nomeado Alto Rei dos Noldor na Terra-média.

Mas Morgoth pensava que seu triunfo se cumprira, pouco cuidando dos filhos de Fëanor e de seu juramento, que nunca o ferira e se transformava sempre em seu mais poderoso auxílio; e em seu pensamento negro ele ria, sem lamentar a única Silmaril que tinha perdido, pois por ela, como julgava, o último farrapo do povo dos Eldar havia de desaparecer da Terra-média e não mais estorvá-lo. Se sabia da habitação à beira das águas do Sirion, não deu sinal disso, aguardando sua hora e esperando o labor de juramento e mentira. Contudo, à beira do Sirion e do mar, crescia ali uma gente-élfica, os restolhos de Doriath e Gondolin; e, de Balar, os marinheiros de Círdan vinham no meio deles e se lançaram às ondas e à armação de navios, habitando sempre perto das costas de Arvernien, sob a sombra da mão de Ulmo.

E conta-se que, naquele tempo, Ulmo foi a Valinor, vindo das águas profundas, e falou ali aos Valar da necessidade dos Elfos; e os chamou a perdoá-los e a resgatá-los do poder dominador de Morgoth e a reconquistar as Silmarils, nas quais apenas então floria a luz dos Dias de Ventura, quando as Duas Árvores ainda brilhavam em Valinor. Mas Manwë não se moveu; e dos conselhos de seu coração que história se há de contar? Os sábios dizem que a hora ainda não era chegada e que apenas alguém falando em pessoa pela causa de ambos, Elfos e Homens, suplicando perdão por seus malfeitos e piedade por suas dores, poderia mudar os conselhos dos Poderes; e o juramento de Fëanor talvez nem mesmo Manwë pudesse abrandar até que achasse o seu fim, e os filhos de Fëanor deixassem de lado as Silmarils, sobre as quais tinham feito sua reivindicação impiedosa. Pois a luz que acendera as Silmarils os próprios Valar tinham feito.

Naqueles dias, Tuor sentiu a idade senil vir sobre si, e sempre um anelo pelas profundezas do Mar crescia mais forte em seu coração. Portanto, construiu um grande navio e deu-lhe o nome de Eärrámë, ou seja, Ala-do-mar; e, com Idril Celebrindal, içou vela para o pôr do sol e o Oeste e não entrou mais em qualquer história ou canção. Mas, nos dias que vieram depois, cantava-se que apenas Tuor, entre os Homens mortais, fora contado entre a raça mais antiga e se juntara aos Noldor, a quem amava; e sua sina é separada da sina dos Homens.

24

DA VIAGEM DE EÄRENDIL E DA GUERRA DA IRA

O Luzente Eärendil era então senhor do povo que habitava perto das fozes do Sirion; e tomou por esposa a Elwing, a bela, que lhe deu Elrond e Elros, os quais são chamados os Meio-Elfos. Contudo, Eärendil não conseguia descansar, e suas viagens à volta das costas das Terras de Cá não aliviavam sua inquietação. Dois propósitos cresciam em seu coração, mesclados em um só no anseio pelo vasto Mar: procurava navegar nele, buscando a Tuor e a Idril, que não retornavam; e pensava em achar, talvez, a última costa e levar, antes que morresse, a mensagem de Elfos e Homens aos Valar no Oeste para comover os corações deles até que tivessem piedade das tristezas da Terra-média.

Ora, Eärendil se tornou amigo próximo de Círdan, o Armador, que habitava na Ilha de Balar com aqueles de seu povo que tinham escapado do saque dos Portos de Brithombar e Eglarest. Com o auxílio de Círdan, Eärendil construiu Vingilot, a Flor-de-Espuma, mais belo dos navios nas canções; dourados eram seus remos, e alvas, suas madeiras, cortadas nos bosques de bétulas de Nimbrethil, e suas velas eram como a lua argêntea. Na "Balada de Eärendil", muita coisa se canta de suas aventuras nas profundezas, e em terras ignotas, e em muitos mares, e em muitas ilhas; mas Elwing não ia com ele e se sentava em pesar nas fozes do Sirion.

Eärendil não achou Tuor ou Idril, nem chegou ele jamais naquela jornada às costas de Valinor, derrotado por sombras e encantamento, varrido por ventos que o repeliam até que, ansiando por Elwing, voltou-se para casa, na direção da costa de Beleriand. E seu coração lhe mandava ter pressa, pois um

DA VIAGEM DE EÄRENDIL E DA GUERRA DA IRA

medo repentino caíra sobre ele vindo de seus sonhos; e os ventos com os quais antes lutara agora não o podiam levar de volta tão rápido quanto era o seu desejo.

Ora, quando chegaram as primeiras notícias a Maedhros de que Elwing ainda vivia e habitava em posse da Silmaril nas fozes do Sirion, ele, arrependendo-se de seus atos em Doriath, deteve sua mão. Mas, com o tempo, o conhecimento de sua jura não cumprida retornou para atormentar a ele e a seus irmãos e, reunindo-se das andanças em suas trilhas de caça, enviaram mensagens aos Portos — de amizade e, contudo, também de severa demanda. Então Elwing e o povo do Sirion não quiseram ceder a joia que Beren conquistara e que Lúthien usara e pela qual Dior, o belo, tinha sido morto; e menos ainda enquanto Eärendil, seu senhor, achava-se no mar, pois lhes parecia que na Silmaril estavam a cura e a bênção que tinham vindo sobre suas casas e seus navios. E assim veio a se passar a última e mais cruel das matanças de Elfo por Elfo; e essa foi a terceira das grandes injustiças causadas pelo juramento maldito.

Pois os filhos de Fëanor que ainda viviam caíram subitamente sobre os exilados de Gondolin e o remanescente de Doriath e os destruíram. Naquela batalha, alguns do povo deles ficaram de lado, e alguns poucos se rebelaram e foram mortos do outro lado, auxiliando Elwing contra seus próprios senhores (pois tais eram o pesar e a confusão nos corações dos Eldar naqueles dias); mas Maedhros e Maglor venceram a batalha, embora apenas eles restassem, depois disso, dos filhos de Fëanor, pois tanto Amrod quanto Amras foram mortos. Tarde demais os navios de Círdan e Gil-galad o Alto Rei, apressaram-se ao auxílio dos Elfos do Sirion; e Elwing se fora, e também seus filhos. Então os poucos daquele povo que não pereceram no ataque se juntaram a Gil-galad e foram com ele a Balar; e contaram que Elros e Elrond tinham sido capturados, mas que Elwing, com a Silmaril sobre seu peito, tinha se lançado ao mar.

Assim, Maedhros e Maglor não ganharam a joia; mas ela não estava perdida. Pois Ulmo ergueu Elwing das ondas e deu-lhe a semelhança de uma grande ave branca, e sobre seu peito brilhava feito uma estrela a Silmaril, enquanto ela voava sobre a água a buscar Eärendil, seu bem-amado. Em certa hora da noite Eärendil, no leme de seu navio, enxergou-a vindo na direção dele, como uma nuvem alva sobremaneira veloz sob a lua, como uma estrela acima do mar que se move em estranho curso, uma chama pálida nas asas da tempestade. E canta-se que ela caiu dos ares sobre o madeiro de Vingilot, em um desmaio perto da morte pela urgência de sua velocidade, e Eärendil a tomou nos braços; mas pela manhã, com olhos maravilhados, contemplou sua esposa em sua própria forma ao lado dele, com o cabelo no rosto, e ela dormia.

Grande foi o pesar de Eärendil e Elwing pela ruína dos portos do Sirion e pelo cativeiro de seus filhos, pois temiam que eles fossem mortos; mas não foi assim. Pois Maglor teve piedade de Elros e Elrond e os acalentou, e o amor cresceu entre eles, por mais que isso parecesse impensável; mas o coração de Maglor estava enfermo e cansado com o fardo do terrível juramento.

Contudo, Eärendil não via mais esperança alguma nas regiões da Terra-média, e voltou-se de novo em desespero, e não retornou para casa, mas pôs-se, outra vez, a buscar Valinor com Elwing a seu lado. Postava-se amiúde então à proa de Vingilot, e a Silmaril estava atada à sua fronte; e sempre a sua luz se tornava maior enquanto eles rumavam para o Oeste. E os sábios dizem que foi por razão do poder daquela sacra joia que eles chegaram, com o tempo, a águas que nau alguma, salvo aquelas dos Teleri, tinha conhecido; e chegaram às Ilhas Encantadas e escaparam a seu encantamento; e adentraram os Mares Sombrios, e passaram por suas sombras, e contemplaram Tol Eressëa, a Ilha Solitária, mas não se demoraram; e, por fim, lançaram âncora na Baía de Eldamar, e os Teleri viram a chegada daquele navio do Leste e ficaram assombrados, fitando de longe a luz da Silmaril, e essa era mui grande. Então Eärendil, primeiro entre os Homens viventes, desembarcou nas costas imortais; e ali falou a Elwing e àqueles que estavam com ele, e esses eram três marinheiros que tinham navegado todos os mares a seu lado: Falathar, Erellont e Aerandir eram seus nomes. E Eärendil lhes disse: "Aqui ninguém além de mim há de pôr seus pés para que a ira dos Valar não caia sobre vós. Mas esse perigo tomarei sobre mim apenas, em favor das Duas Gentes."

DA VIAGEM DE EÄRENDIL E DA GUERRA DA IRA

Mas Elwing respondeu: "Então seriam nossos caminhos separados para sempre; mas todos os teus perigos tomarei sobre mim também." E ela saltou na espuma branca e correu na direção dele; mas Eärendil estava pesaroso, pois temia que a raiva dos Senhores do Oeste caísse sobre qualquer um vindo da Terra-média que ousasse passar pela divisa de Aman. E lá disseram adeus aos companheiros de sua viagem e foram apartados deles para sempre.

Então Eärendil disse a Elwing: "Espera-me aqui; pois um só pode trazer a mensagem que é meu fado portar." E ele subiu sozinho pela terra e chegou ao Calacirya, e o lugar lhe pareceu vazio e silencioso; pois tal como Morgoth e Ungoliant chegaram em eras passadas, assim então Eärendil chegara em um tempo de festival, e quase todas as gentes-élficas tinham ido para Valimar ou haviam se reunido nos salões de Manwë, no alto de Taniquetil, e poucos tinham ficado para guardar os muros de Tirion.

Mas alguns havia que o viram ao longe e a grande luz que trazia; e foram com pressa a Valimar. Mas Eärendil escalou o monte verdejante de Túna e o encontrou desolado; e entrou nas ruas de Tirion, e elas estavam vazias; e seu coração pesava, pois ele temia que algum mal havia chegado até mesmo ao Reino Abençoado. Andou pelos caminhos desertos de Tirion, e a poeira em sua vestimenta e seus sapatos era uma poeira de diamantes, e ele brilhava e faiscava enquanto subia as longas escadas brancas. E chamava em alta voz em muitas línguas, tanto de Elfos quanto de Homens, mas não havia ninguém para responder. Portanto, virou-se enfim na direção do mar; mas, no momento em que tomou a estrada para a costa, alguém de pé no alto do monte chamou por ele em uma grande voz, gritando: "Salve, Eärendil, dos marinheiros o mais renomado, o esperado que de súbito vem, o ansiado que vem além da esperança! Salve, Eärendil, portador da luz antes do Sol e da Lua! Esplendor dos Filhos da Terra, estrela na escuridão, joia no ocaso, radiante na manhã!"

Essa voz era a voz de Eönwë, arauto de Manwë, e ele vinha de Valimar e convocou Eärendil a ficar diante dos Poderes de Arda. E Eärendil entrou em Valinor e nos salões de Valimar e

330

nunca mais pôs pé sobre as terras dos Homens. Então os Valar reuniram-se em conselho e convocaram Ulmo das profundezas do mar; e Eärendil esteve diante de suas faces e entregou a mensagem das Duas Gentes. Perdão pediu pelos Noldor, e piedade por suas grandes tristezas, e misericórdia para Homens e Elfos, e socorro para sua necessidade. E sua prece foi atendida.

Conta-se entre os Elfos que, depois que Eärendil havia partido, buscando Elwing, sua esposa, Mandos falou acerca de seu destino; e disse: "Haverá Homem mortal que pise vivente nas terras imortais e ainda assim viva?" Mas Ulmo disse: "Para isso ele nasceu e veio ao mundo. Dize-me pois: é ele Eärendil, filho de Tuor, da linhagem de Hador, ou o filho de Idril, filha de Turgon, da Casa-élfica de Finwë?" E Mandos respondeu: "Igualmente os Noldor, que por sua vontade foram para o exílio, não podem retornar para cá."

Mas, quando tudo foi dito, Manwë deu sua sentença e disse: "Nessa matéria o poder de julgamento me é dado. O perigo que ele enfrentou por amor às Duas Gentes não há de cair sobre Eärendil, nem há de cair sobre Elwing, sua esposa, que, nesse perigo, entrou por amor a ele; mas eles não hão de caminhar de novo nunca mais entre Elfos ou Homens nas Terras de Fora. E este é meu decreto acerca deles: a Eärendil e a Elwing e a seus filhos, há de ser dada permissão a cada um para que escolham livremente a qual gente seus destinos serão unidos e sob qual gente hão de ser julgados."

Ora, quando Eärendil tinha partido havia muito, Elwing sentiu-se solitária e temerosa; e, vagando pelas margens do mar, chegou perto de Alqualondë, onde ficavam as frotas telerin. Ali os Teleri se fizeram seus amigos, e escutaram suas histórias de Doriath e Gondolin e das tristezas de Beleriand, e ficaram cheios de piedade e espanto; e ali Eärendil, retornando, encontrou-a no Porto dos Cisnes. Mas, em pouco tempo, foram convocados a Valimar; e lá o decreto do Rei Antigo lhes foi declarado.

Então Eärendil disse a Elwing: "Escolhe tu, pois ora estou cansado do mundo." E Elwing escolheu ser julgada entre os Filhos Primogênitos de Ilúvatar, por causa de Lúthien; e por ela Eärendil escolheu o mesmo, embora seu coração estivesse mais

DA VIAGEM DE EÄRENDIL E DA GUERRA DA IRA

com a gente dos Homens e com o povo de seu pai. Então, por ordem dos Valar, Eönwë foi às costas de Aman, onde os companheiros de Eärendil ainda permaneciam, aguardando notícias; e ele tomou um barco, e os três marinheiros foram colocados nele, e os Valar os lançaram para o Leste com um grande vento. Mas eles tomaram Vingilot, e o abençoaram, e o carregaram através de Valinor até a borda última do mundo; e ali o navio passou pelo Portão da Noite e foi erguido até os oceanos do céu.

Ora, bela e maravilhosa se fez aquela nau, e estava cheia de uma chama ondeante, pura e fulgurosa; e Eärendil, o Marinheiro, sentava-se ao leme, faiscando com a poeira de gemas-élficas, e a Silmaril ia atada sobre sua fronte. Em distantes jornadas partiu com aquele navio, até mesmo pelos vazios sem estrelas; mas amiúde era ele visto pela manhã ou ao anoitecer, iluminando a aurora ou o ocaso, conforme voltava a Valinor de viagens além dos confins do mundo.

Naquelas jornadas Elwing não ia, pois não podia aguentar o frio e os ínvios vazios e amava antes a terra e os ventos doces que sopram sobre mar e monte. Portanto, foi erigida para ela uma torre branca ao norte, nas fronteiras dos Mares Divisores; e para ali, por vezes, todas as aves marinhas da Terra se dirigiam. E diz-se que Elwing aprendeu as línguas das aves, ela que certa vez também usara a forma delas; e elas lhe ensinaram a arte do voo, e as asas dela eram brancas e cinza-prateadas. E, por vezes, quando Eärendil, retornando, aproximava-se de novo de Arda, ela voava para encontrá-lo, tal como ela voara muito antes, quando foi resgatada do mar. Então os de vista aguçada entre os Elfos que habitavam a Ilha Solitária viam-na como uma ave alva, brilhando, manchada de rosa no ocaso, conforme se alçava em júbilo para saudar a chegada de Vingilot ao porto.

Ora, quando pela primeira vez Vingilot foi colocado a navegar os mares do céu, ele ergueu-se imprevisto, faiscando e brilhante; e o povo da Terra-média o contemplou de longe e se admirou, e o tomaram por um sinal, e o chamaram de Gil-Estel, a Estrela da Alta Esperança. E quando essa nova estrela foi vista ao anoitecer, Maedhros falou a Maglor, seu irmão, e disse: "Certamente é uma Silmaril que ora brilha no Oeste?"

332

E Maglor respondeu: "Se for em verdade a Silmaril que vimos ser lançada no mar a que se ergue de novo pelo poder dos Valar, então fiquemos contentes; pois sua glória é vista agora por muitos e está, contudo, segura de todo mal." Então os Elfos ganharam ânimo e não mais se desesperaram; mas Morgoth ficou cheio de dúvida.

Contudo, diz-se que Morgoth não esperava o assalto que lhe sobreveio do Oeste; pois tão grande sua soberba se tornara que julgava que ninguém jamais viria de novo com guerra aberta contra ele. Ademais, pensava que tinha alienado para sempre os Noldor dos Senhores do Oeste e que, contentes em seu reino venturoso, os Valar não dariam mais atenção ao reino dele no mundo de fora; pois para aquele que é impiedoso os atos de piedade são sempre estranhos e além do entendimento. Mas a hoste dos Valar se preparou para a batalha; e debaixo de suas bandeiras brancas marchavam os Vanyar, o povo de Ingwë, e aqueles também dos Noldor que nunca partiram de Valinor, cujo líder era Finarfin, filho de Finwë. Poucos dos Teleri estavam dispostos a sair para a guerra, pois recordavam a matança em Porto-cisne e o roubo de seus navios; mas ouviram a Elwing, que era a filha de Dior Eluchíl e vinha de sua própria gente e mandaram marinheiros suficientes para guiar os navios que levaram a hoste de Valinor para leste através do mar. Contudo, ficaram a bordo de suas naus e nenhum deles pôs pé nas Terras de Cá.

Da marcha da hoste dos Valar para o norte da Terra-média pouco se diz em qualquer conto; pois, no meio deles, não ia nenhum daqueles Elfos que tinham habitado e sofrido nas Terras de Cá e que fizeram as histórias daqueles dias que ainda são conhecidas; e notícias dessas coisas eles ouviram apenas muito mais tarde de seus parentes em Aman. Mas, por fim, o poderio de Valinor chegou do Oeste, e o desafio das trombetas de Eönwë encheu o céu; e Beleriand estava em chamas com a glória das armas deles, pois a hoste dos Valar se ataviara em formas jovens e belas e terríveis, e as montanhas ressoavam debaixo de seus pés.

O encontro das hostes do Oeste e do Norte recebe o nome de a Grande Batalha e de a Guerra da Ira. Estava congregado

DA VIAGEM DE EÄRENDIL E DA GUERRA DA IRA

o inteiro poder do Trono de Morgoth, e esse se tornara grande além da conta, de modo que Anfauglith não podia contê-lo; e todo o Norte inflamara-se com guerra.

Mas de nada lhe valeu. Os Balrogs foram destruídos, exceto uns poucos que fugiram e se esconderam em cavernas inacessíveis nas raízes da terra; e as legiões incontáveis dos Orques pereceram como palha em um grande fogo ou foram varridas como folhas destroçadas diante de um vento que queima. Poucos restaram para atormentar o mundo por muitos anos depois. E aqueles poucos que ainda sobravam das três casas dos Amigos-dos-Elfos, Pais de Homens, lutaram pelo lado dos Valar; e foram vingados naqueles dias por Baragund e Barahir, Galdor e Gundor, Huor e Húrin, e muitos outros de seus senhores. Mas uma grande parte dos filhos dos Homens, seja do povo de Uldor ou de outros recém-chegados do leste, marcharam com o Inimigo; e isso os Elfos não esquecem.

Então, vendo que suas hostes tinham sido sobrepujadas e que seu poder fora disperso, Morgoth acovardou-se e não ousou ele próprio vir para fora. Mas soltou sobre seus inimigos o último ataque desesperado que preparara, e das fossas de Angband saíram os dragões alados, que não tinham sido vistos antes; e tão repentina e ruinosa foi a investida daquela terrível frota que a hoste dos Valar foi rechaçada, pois a vinda dos dragões foi com grande trovão, e relâmpago, e uma tempestade de fogo.

Mas Eärendil veio, luzindo com chama branca, e à volta de Vingilot estavam reunidas todas as grandes aves do céu, e Thorondor era o capitão delas, e houve batalha nos ares todo o dia e durante uma noite escura de dúvida. Antes do nascer do sol Eärendil matou Ancalagon, o Negro, o mais poderoso da hoste de dragões, e o derrubou do céu; e ele caiu sobre as torres das Thangorodrim, e elas se quebraram em sua ruína. Então o sol nasceu, e a hoste dos Valar prevaleceu, e quase todos os dragões foram destruídos; e todas as fossas de Morgoth foram destroçadas e destelhadas, e o poderio dos Valar desceu às profundezas da terra. Ali Morgoth estava enfim acuado e, contudo, não valente. Fugiu para a mais funda de suas minas e suplicou paz e perdão; mas seus pés lhe foram cortados debaixo dele, e

334

o lançaram sobre o seu rosto. Então foi atado com a corrente Angainor, que tinha usado outrora, e sua coroa de ferro moldaram numa coleira para seu pescoço, e sua cabeça foi curvada sobre seus joelhos. E as duas Silmarils que restavam a Morgoth foram tomadas de sua coroa e brilharam imaculadas debaixo do céu; e Eönwë as tomou e as guardou.

Assim fez-se o fim do poder de Angband no Norte, e o reino maligno agora era nada; e das fundas prisões uma multidão de escravos saiu, para além de toda a esperança, à luz do dia, e contemplaram um mundo que estava mudado. Pois tão grande foi a fúria daqueles adversários que as regiões do norte do mundo ocidental foram rasgadas em pedaços, e o mar entrou rugindo por muitos abismos, e houve confusão e grande ruído; e rios pereceram ou acharam novos leitos, e os vales foram soerguidos, e os montes desabaram; e o Sirion não mais existia.

Então Eönwë, como arauto do Rei Antigo, convocou os Elfos de Beleriand a partirem da Terra-média. Mas Maedhros e Maglor não queriam escutar e se prepararam, ainda que agora com cansaço e desgosto, a tentar, em desespero, o cumprimento de sua jura; pois teriam dado batalha pelas Silmarils, fossem elas retidas até mesmo contra a hoste vitoriosa de Valinor, mesmo se estivessem sozinhos contra todo o mundo. E enviaram uma mensagem, portanto, a Eönwë, pedindo que cedesse então aquelas joias que outrora Fëanor, pai deles, fizera e que Morgoth roubara dele.

Mas Eönwë respondeu que o direito à obra do pai, que os filhos de Fëanor anteriormente possuíam, tinha agora perecido por causa de seus muitos e impiedosos atos, estando cegados por seu voto e, acima de tudo, por causa do assassinato de Dior e do assalto aos Portos. A luz das Silmarils deveria agora ir para o Oeste, donde viera no princípio; e a Valinor deviam Maedhros e Maglor retornar e lá aguardar o julgamento dos Valar, por cujo decreto, apenas, Eönwë cederia as joias sob seus cuidados. Então Maglor desejou de fato se submeter, pois seu coração estava cheio de pesar e disse: "O juramento não diz que não possamos aguardar o tempo propício, e pode ser que em Valinor tudo seja perdoado e esquecido, e que hajamos de receber o que é nosso em paz."

DA VIAGEM DE EÄRENDIL E DA GUERRA DA IRA

Mas Maedhros respondeu que, se retornassem a Aman, mas o favor dos Valar lhes fosse negado, então o voto deles ainda permaneceria, mas seu cumprimento estaria além de toda esperança; e disse: "Quem pode imaginar que destino horrendo havemos de ter, se desobedecermos aos Poderes em sua própria terra ou se pretendermos algum dia levar guerra de novo a seu sacro reino?"

Contudo, Maglor ainda resistia, dizendo: "Se os próprios Manwë e Varda negarem o cumprimento de um voto no qual os citamos como testemunhas, não se torna nula nossa jura?"

E Maedhros respondeu: "Mas como nossas vozes hão de alcançar a Ilúvatar além dos Círculos do Mundo? E por Ilúvatar juramos em nossa loucura e chamamos a Escuridão Sempiterna sobre nós se não mantivéssemos nossa palavra. Quem há de nos liberar?"

"Se ninguém puder nos liberar," disse Maglor, "então de fato a Escuridão Sempiterna há de nos caber, tanto se mantivermos nosso juramento quanto se o quebrarmos; mas menos mal havemos de fazer quebrando-o."

Contudo, ele cedeu, afinal, à vontade de Maedhros, e debateram entre si sobre como deitariam mãos sobre as Silmarils. E se disfarçaram, e chegaram à noite ao acampamento de Eönwë, e se esgueiraram até o lugar onde as Silmarils estavam guardadas; e mataram os guardas, e deitaram mãos sobre as joias. Então todo o acampamento se levantou contra eles, e se prepararam para morrer, defendendo-se até o fim. Mas Eönwë não permitiria a morte dos filhos de Fëanor; e, partindo sem combater, fugiram para longe. Cada um deles tomou para si uma Silmaril, pois disseram: "Já que uma está perdida para nós, e só duas restam e nós dois apenas de nossos irmãos, então está claro que o destino quer que partilhemos as heranças de nosso pai."

Mas a joia queimou a mão de Maedhros com dor insuportável; e ele percebeu que era como Eönwë tinha dito, e que o seu direito se tornara nulo, e que o juramento era vão. E, estando cheio de angústia e desespero, lançou-se em um grande abismo cheio de fogo, e assim morreu; e a Silmaril que trazia consigo foi levada para o seio da Terra.

E conta-se de Maglor que não podia aguentar a dor com a qual a Silmaril o atormentava; e lançou-a, enfim, ao Mar e depois disso vagou sempre pelas costas, cantando em dor e arrependimento à beira das ondas. Pois Maglor era poderoso entre os cantores de outrora, atrás apenas de Daeron de Doriath; mas nunca mais voltou ao meio do povo dos Elfos. E assim veio a acontecer que as Silmarils acharam seus últimos lares: uma nos ares do céu, uma nos fogos do coração do mundo, e uma nas águas profundas.

Naqueles dias houve grande armação de navios sobre as costas do Mar do Oeste; e de lá, em muitas frotas, os Eldar içaram vela para o Oeste e nunca mais voltaram às terras de pranto e de guerra. E os Vanyar retornaram sob suas bandeiras brancas e foram levados em triunfo a Valinor; mas seu regozijo na vitória foi diminuído, pois retornavam sem as Silmarils da coroa de Morgoth, e sabiam que aquelas joias não podiam ser achadas ou reunidas de novo a menos que o mundo fosse quebrado e refeito.

E, quando chegaram ao Oeste, os Elfos de Beleriand habitaram em Tol Eressëa, a Ilha Solitária, que se volta tanto para o oeste quanto para o leste; de onde podiam ir até mesmo a Valinor. Foram admitidos de novo ao amor de Manwë e ao perdão dos Valar; e os Teleri perdoaram sua antiga mágoa, e a maldição foi deixada de lado.

Nem todos os Eldalië, porém, estavam dispostos a abandonar as Terras de Cá, onde longamente sofreram e habitaram; e alguns se demoraram por muitas eras na Terra-média. Entre esses estavam Círdan, o Armador, e Celeborn de Doriath, com Galadriel, sua esposa, a única que permaneceu daqueles que levaram os Noldor ao exílio em Beleriand. Na Terra-média, habitava também Gil-galad, o Alto Rei, e com ele estava Elrond Meio-Elfo, que escolheu, como lhe foi permitido, ser contado entre os Eldar; mas Elros, seu irmão, escolheu viver com os Homens. E somente desses irmãos veio aos Homens o sangue dos Primogênitos e uma linhagem dos divinos espíritos que existiam antes de Arda; pois eram os filhos de Elwing, filha de Dior, filho de Lúthien, filha de Thingol e Melian; e Eärendil, seu pai, era o filho de Idril Celebrindal, filha de Turgon de Gondolin.

Mas o próprio Morgoth os Valar lançaram, através da Porta da Noite além das Muralhas do Mundo, para dentro do Vazio Atemporal; e uma guarda está postada para sempre naquelas muralhas, e Eärendil mantém vigilância sobre os baluartes do céu. Contudo, as mentiras que Melkor, poderoso e maldito, Morgoth Bauglir, o Poder do Terror e do Ódio, semeou nos corações de Elfos e Homens são uma semente que não morre e não pode ser destruída; e de quando em vez brota de novo, e dará fruto sombrio até os últimos dias.

> Aqui termina o SILMARILLION. Se passou do elevado e do belo para a escuridão e a ruína, essa era desde outrora a sina de Arda Maculada; e, se alguma mudança há de vir e dar emenda à Maculação, Manwë e Varda quiçá saibam; mas não o revelaram, nem está isso declarado nas sentenças de Mandos.

AKALLABÊTH

Akallabêth

A Queda de Númenor

Dizem os Eldar que os Homens vieram ao mundo no tempo da Sombra de Morgoth e caíram rapidamente sob seu domínio; pois ele enviou seus emissários no meio deles, e escutaram suas palavras malignas e astutas, e prestavam culto à Escuridão e, ainda assim, a temiam. Mas houve alguns que deram as costas ao mal e deixaram as terras de sua gente e vagaram cada vez mais na direção oeste; pois tinham ouvido um rumor de que no Oeste havia uma luz que a Sombra não podia escurecer. Os serviçais de Morgoth os perseguiram com ódio, e seus caminhos eram longos e duros; contudo, chegaram, por fim, às terras que dão para o Mar e entraram em Beleriand nos dias da Guerra das Joias. Edain foi o nome que deram a esses na língua sindarin; e se tornaram amigos e aliados dos Eldar, e operaram façanhas de grande valor na guerra contra Morgoth.

Deles foi gerado, do lado de seus pais, o Luzente Eärendil; e, na "Balada de Eärendil" conta-se como, por fim, quando a vitória de Morgoth estava quase completa, ele construiu seu navio Vingilot, que os Homens chamam de Rothinzil, e viajou pelos mares nunca navegados, buscando sempre a Valinor; pois desejava falar diante dos Poderes em favor das Duas Gentes para que os Valar tivessem piedade delas e lhes mandassem ajuda em sua extrema necessidade. Portanto, por Elfos e Homens ele é chamado de Eärendil, o Abençoado, pois concluiu sua demanda depois de longos labores e muitos perigos, e de Valinor veio a hoste dos Senhores do Oeste. Mas Eärendil nunca mais voltou às terras que amara.

Na Grande Batalha, quando, por fim, Morgoth foi sobrepujado e as Thangorodrim foram destroçadas, os Edain, apenas, entre as gentes dos Homens, lutaram pelos Valar, enquanto muitos outros lutaram por Morgoth. E, depois da vitória dos Senhores do Oeste, aqueles dos Homens malignos que não foram destruídos fugiram de volta para o leste, onde muitos de sua raça ainda vagavam nas terras agrestes, selvagens e sem lei, recusando tanto as convocações dos Valar como as de Morgoth. E os Homens malignos vieram no meio deles, e lançaram sobre eles uma sombra de medo, e fizeram desses Homens seus reis. Então os Valar abandonaram por algum tempo os Homens da Terra-média que tinham recusado suas convocações e tinham feito dos amigos de Morgoth seus mestres; e os Homens habitaram na escuridão e foram atormentados por muitas coisas malignas que Morgoth planejara nos dias de seu domínio: demônios, dragões, feras deformadas e os impuros Orques, que são arremedos dos Filhos de Ilúvatar. E era infeliz a sorte dos Homens.

Mas Manwë lançou fora a Morgoth e o encerrou além do Mundo, no Vazio que está fora dele; e não pode ele próprio retornar de novo ao Mundo, presente e visível, enquanto os Senhores do Oeste ainda estão em seus tronos. Contudo, as sementes que ele tinha plantado ainda cresciam e vicejavam, produzindo fruto maligno, se alguém delas cuidasse. Pois sua vontade permanecia e guiava seus serviçais, levando-os sempre a frustrar a vontade dos Valar e a destruir os que os obedeciam. Isso os Senhores do Oeste sabiam mui bem. Quando, portanto, Morgoth foi lançado fora, celebraram concílio acerca das eras que haviam de vir depois. Os Eldar eles convocaram a retornar ao Oeste, e aqueles que escutaram as convocações habitaram na Ilha de Eressëa; e há, naquela terra, um porto que é chamado de Avallónë, pois é de todas as cidades a mais próxima a Valinor, e a torre de Avallónë é a primeira vista que o marinheiro contempla quando, por fim, se aproxima das Terras Imortais ao cruzar as léguas do Mar. Aos Pais de Homens das três casas fiéis rica recompensa também foi dada. Eönwë veio no meio deles e os ensinou; e lhes foram dados sabedoria, e poder, e vida mais duradouros que os que quaisquer outros de raça mortal possuíram. Uma terra foi feita para que os Edain nela habitassem, nem parte da Terra-média nem de Valinor, pois era separada de ambas por um vasto mar; contudo, estava mais perto de Valinor. Foi erguida por Ossë das profundezas da Grande Água, e foi estabelecida por Aulë e enriquecida por Yavanna; e os Eldar trouxeram para lá flores e fontes de Tol Eressëa. Àquela terra, os Valar chamaram de Andor, a Terra da Dádiva; e a Estrela de Eärendil brilhou forte no Oeste como um sinal de que tudo estava pronto e como um guia através do mar; e os Homens maravilharam-se ao ver aquela chama de prata nos caminhos do Sol.

Então os Edain zarparam pelas águas profundas, seguindo a Estrela; e os Valar puseram uma paz sobre o mar por muitos dias e enviaram luz do sol e bom vento nas velas, de modo que as águas faiscavam diante dos olhos dos Edain como vidro fluido, e a espuma voava feito neve diante dos cascos de seus navios. Mas tão brilhante era Rothinzil que, mesmo pela manhã, os Homens podiam vê-lo luzir no Oeste, e, na noite sem nuvens, ele brilhava sozinho, pois nenhuma outra estrela podia ficar a seu lado. E, estabelecendo seu curso na direção dele, os Edain cruzaram, por fim, as léguas de mar e viram, ao longe, a terra que lhes fora preparada, Andor, a Terra da Dádiva, chamejando em uma névoa dourada. Então saíram do mar, e encontraram belo e fértil país, e ficaram contentes. E chamaram àquela terra Elenna, que é Rumo-à-estrela; mas também Anadûnê, que é Ociente, Númenórë na língua alto-eldarin.

Esse foi o princípio daquele povo que na fala élfico-cinzenta é chamado de Dúnedain: os Númenóreanos, Reis entre Homens. Mas não escaparam assim da sina da morte que Ilúvatar pusera sobre toda a Gente dos Homens, e eram mortais ainda, embora seus anos fossem longos e não conhecessem enfermidade antes que a sombra caísse sobre eles. Portanto, tornaram-se sábios e gloriosos, e em todas as coisas mais semelhantes aos Primogênitos do que todos os outros das gentes dos Homens; e eram altos, mais do que os mais altos dos filhos da Terra-média; e a luz de seus olhos era como a das estrelas brilhantes. Mas seu número só aumentava devagar na terra, pois, embora filhas e filhos lhes nascessem, mais belos que seus pais, suas crianças eram poucas.

Desde o começo, a principal cidade e porto de Númenor ficava no meio de suas costas ocidentais e era chamada de Andúnië, porque estava voltada para o poente. Mas, no meio da terra, havia elevada e íngreme montanha, e ela recebeu o nome de Meneltarma, o Pilar do Céu, e sobre ela havia um lugar alto que era consagrado a Eru Ilúvatar e era aberto e sem teto, e nenhum outro templo ou fano havia na terra dos Númenóreanos. Aos pés da montanha foram construídas as tumbas dos Reis e bem perto, sobre uma colina, ficava Armenelos, mais bela das cidades, e ali estava a torre e a cidadela que foi erigida por Elros, filho de Eärendil, a quem os Valar designaram para ser o primeiro Rei dos Dúnedain.

Ora, Elros e Elrond, seu irmão, descendiam das Três Casas dos Edain, mas, em parte, também dos Eldar e dos Maiar; pois Idril de Gondolin e Lúthien, filha de Melian, eram suas ancestrais. Os Valar, de fato, não podiam retirar a dádiva da morte, que vem aos Homens da parte de Ilúvatar, mas na matéria dos Meio-Elfos Ilúvatar deu-lhes o julgamento; e eles julgaram que aos filhos de Eärendil seria dada escolha sobre seu próprio destino. E Elrond escolheu permanecer com os Primogênitos, e a ele a vida dos Primogênitos foi concedida. Mas a Elros, que escolheu ser um rei de Homens, ainda assim uma grande contagem de anos foi oferecida, muitas vezes a dos Homens da Terra-média; e toda a sua linhagem, a dos reis e senhores da casa real, tinha vida longa, até mesmo de acordo com a medida dos Númenóreanos. Mas Elros viveu quinhentos anos e regeu os Númenóreanos por quatrocentos anos e dez.

Assim os anos passaram e, enquanto a Terra-média seguia para trás, e luz e sabedoria fraquejavam, os Dúnedain habitavam sob a proteção dos Valar e na amizade dos Eldar e cresciam em estatura de mente e corpo. Pois, embora esse povo usasse ainda sua própria fala, seus reis e senhores conheciam e falavam também a língua élfica, que tinham aprendido nos dias de sua aliança, e assim tinham colóquio ainda com os Eldar, seja os de Eressëa ou os das terras do oeste da Terra-média. E os mestres-de-saber no meio deles aprendiam também a língua alto-eldarin do Reino Abençoado, na qual muita história e canção foram preservadas desde o princípio do mundo; e criaram letras e pergaminhos, e livros e escreveram neles muitas coisas de sabedoria e assombro na maré alta de seu reino, das quais tudo agora está esquecido. Assim veio a se passar que, além de seus próprios nomes, todos os senhores dos Númenóreanos tinham também nomes eldarin; e o mesmo no caso das cidades e belos lugares que fundaram em Númenor e nas costas das Terras de Cá.

Pois os Dúnedain se tornaram poderosos em engenho, de modo que, se tivessem isso em mente, poderiam facilmente ter sobrepujado os reis malignos da Terra-média no fazer da guerra e no forjar de armas; mas tinham se tornado homens de paz. Acima de todas as artes, eles cultivavam a construção de navios e a navegação e se tornaram marinheiros cuja semelhança nunca mais há de existir desde que o mundo diminuiu; e viajar pelos vastos mares era o principal feito e a grande aventura de seus homens vigorosos nos dias valentes de sua juventude.

Mas os Senhores de Valinor os proibiram de velejar no rumo oeste a uma distância em que as costas de Númenor não mais pudessem ser vistas; e, por muito tempo, os Dúnedain continuaram contentes, embora não entendessem completamente o propósito dessa interdição. Mas o desígnio de Manwë era que os Númenóreanos não fossem tentados a buscar o Reino Abençoado, nem a desejar ir além dos limites postos à sua ventura, ficando enamorados da imortalidade dos Valar e dos Eldar e das terras onde todas as coisas duram.

Pois, naqueles dias, Valinor ainda permanecia no visível mundo, e ali Ilúvatar permitia aos Valar manterem sobre a Terra um lugar de morada, um memorial do que poderia ter sido se Morgoth não tivesse lançado sua sombra sobre o mundo. Isso os Númenóreanos mui bem sabiam; e, por vezes, quando o ar estava claro, e o sol estava no leste, olhavam para longe e descortinavam muito além, no oeste, uma cidade que brilhava alva em uma costa distante, e um grande porto, e uma torre. Pois naqueles dias os Númenóreanos enxergavam longe; contudo, eram apenas os olhos mais aguçados entre eles que podiam ter essa visão, do Meneltarma, talvez, ou de algum alto navio que bordejava a costa oeste deles, tão longe quanto lhes era legítimo ir. Pois não ousavam quebrar a Interdição dos Senhores do Oeste. Mas os sábios entre eles tinham conhecimento de que essa terra distante não era de fato o Reino Abençoado de Valinor, mas era Avallónë, o porto dos Eldar em Eressëa, a mais oriental das Terras Imortais. E de lá, por vezes, os Primogênitos ainda vinham velejando a Númenor em barcos sem remos, como aves brancas voando vindas do pôr do sol. E traziam a Númenor muitos presentes: aves canoras, flores fragrantes e ervas de grande virtude. E uma semente trouxeram de Celeborn, a Árvore Branca que crescia em meio a Eressëa; e essa era, por sua vez, uma muda de Galathilion, a Árvore de Túna, imagem de Telperion que Yavanna dera aos Eldar no Reino Abençoado. E a árvore cresceu e floresceu nos pátios do Rei em Armenelos; Nimloth era seu nome, e ela florava ao anoitecer, e as sombras da noite se enchiam com sua fragrância.

Assim foi que, por causa da Interdição dos Valar, as viagens dos Dúnedain naqueles dias eram sempre no rumo leste e não no oeste, da escuridão do Norte aos calores do Sul, e, além do Sul, para a Escuridão Ínfera; e chegaram até mesmo aos mares internos, e velejaram à volta da Terra-média, e vislumbraram de suas altas proas os Portões da Manhã no Leste. E os Dúnedain vinham, por vezes, às costas das Grandes Terras e tinham piedade do mundo abandonado da Terra-média; e os Senhores de Númenor puseram pé de novo sobre as costas do oeste nos Dias Escuros dos Homens, e ninguém ainda ousava se opor a eles. Pois a maioria dos Homens daquela era, que se sentavam sob a Sombra, tinham então se tornado fracos e temerosos. E, chegando no meio deles, os Númenóreanos lhes ensinaram muitas coisas. Trigo e vinho trouxeram, e instruíram os Homens no plantar de sementes e no moer de grãos, no cortar de madeira e no moldar a pedra, e no ordenar de suas vidas, tal como o pode ser nas terras de morte rápida e pequena ventura.

Então os Homens da Terra-média foram confortados, e aqui e ali, sobre as costas do oeste, as matas sem casas recuaram, e os Homens sacudiram de si o jugo dos rebentos de Morgoth e desaprenderam seu terror do escuro. E reverenciavam a memória dos altos Reis-dos-mares e, quando partiam, chamavam-nos de deuses, esperando seu retorno; pois, naquele tempo, os Númenóreanos nunca habitavam longamente na Terra-média, nem faziam ali, por ora, qualquer habitação das suas. Para leste deviam velejar, mas sempre para o oeste seus corações retornavam.

Ora, esse anelo se tornou cada vez maior com os anos; e os Númenóreanos começaram a desejar a cidade imortal que viam ao longe, e o desejo da vida sempiterna, de escapar da morte e do fim do deleite, fortaleceu-se sobre eles; e sempre, conforme seu poder e sua glória ficavam maiores, sua inquietação crescia. Pois, embora os Valar tivessem recompensado os Dúnedain com vida longa, não podiam tirar deles o cansaço do mundo que chega afinal, e eles morriam, até mesmo seus reis da semente de Eärendil; e o tempo de suas vidas era breve aos olhos dos Eldar. Assim foi que uma sombra caiu sobre eles: na qual, talvez, a vontade de Morgoth estivesse a operar, ela que ainda se movia pelo mundo. E os Númenóreanos começaram a murmurar, primeiro em seus corações e depois em palavras abertas, contra o destino dos Homens e, acima de tudo, contra a Interdição que lhes proibia velejar para o Oeste.

E disseram entre si: "Por que os Senhores do Oeste se assentam lá em paz interminável, enquanto nós devemos morrer e ir não sabemos aonde, deixando nosso lar e tudo o que fizemos? E os Eldar não morrem, mesmo aqueles que se rebelaram contra os Senhores. E, já que somos mestres de todos os mares, e nenhuma água é tão selvagem ou tão vasta que nossos navios não possam sobrepujá-la, por que não haveríamos de ir a Avallónë e saudar lá nossos amigos?"

E havia alguns que diziam: "Por que não havíamos de ir mesmo a Aman e provar lá, que fosse apenas por um dia, a ventura dos Poderes? Será que não nos tornamos poderosos em meio ao povo de Arda?"

Os Eldar relataram essas palavras aos Valar, e Manwë se entristeceu, vendo uma nuvem surgir durante o zênite de Númenor. E mandou mensageiros aos Dúnedain, que falaram com franqueza ao Rei, e a todos os que queriam ouvir, acerca do fado e da feição do mundo.

"O Destino do Mundo", disseram, "o Uno apenas pode mudar, pois ele é que o fez. E se houvésseis de viajar de modo que, escapando de todos os enganos e armadilhas, chegásseis de fato a Aman, o Reino Abençoado, para vós de pouco proveito isso seria. Pois não é a terra de Manwë que torna seu povo sem-morte, mas os Sem-Morte que nela habitam é que consagraram a terra; e ali apenas murcharíeis e ficaríeis cansados mais cedo, como mariposas em uma luz forte e constante demais."

Mas o Rei disse: "E Eärendil, meu ancestral, não vive? Ou ele não está na terra de Aman?"

Ao que eles responderam: "Sabeis que ele tem um fado à parte e foi adjudicado aos Primogênitos que não morrem; contudo, isto também é seu destino, o de que nunca poderá retornar a terras mortais. Enquanto vós e vosso povo não são dos Primogênitos, mas são Homens mortais como Ilúvatar vos fez. Contudo, parece que desejais agora ter o bem de ambas as gentes, velejar a Valinor quando desejardes e retornar quando vos aprouver para vossas casas. Isso não pode ser. Nem podem os Valar retirar as dádivas de Ilúvatar. Os Eldar, dizeis, não são punidos, e mesmo aqueles que se rebelaram não morrem. Isso, porém, não é para eles nem recompensa nem punição, mas o cumprimento de seu ser. Não podem escapar e estão atados a este mundo, para nunca o deixar enquanto ele durar, pois sua vida é a deles. E vós sois punidos pela rebelião dos Homens, dizeis, na qual tomastes pouca parte, e assim é que morreis. Mas isso não foi no princípio designado como uma punição. Assim escapais e deixais o mundo, e não estais atados a ele, em esperança ou em cansaço. Qual de nós, portanto, deveria invejar os outros?"

E os Númenóreanos responderam: "Por que não havíamos de invejar os Valar ou até o menor dos Sem-Morte? Pois de nós se requer uma confiança cega e uma esperança sem segurança, não sabendo o que jaz diante de nós em pouco tempo. E, contudo, também amamos a Terra e não queríamos perdê-la."

Então os Mensageiros disseram: "De fato, a mente de Ilúvatar acerca de vós não é conhecida dos Valar, e ele não revelou todas as coisas que estão por vir. Mas isto consideramos verdadeiro, que vosso lar não é aqui, nem na Terra de Aman, nem em qualquer lugar dentro dos Círculos do Mundo. E a Sina dos Homens, a de que eles devem partir, foi, no princípio, uma dádiva de Ilúvatar. Tornou-se para eles uma tristeza apenas porque, caindo sob a sombra de Morgoth, parecia-lhes que estavam cercados por uma grande escuridão, da qual tinham medo; e alguns se tornaram voluntariosos e soberbos e não queriam ceder, até que a vida lhes era arrancada. Nós, que carregamos o fardo sempre crescente dos anos, não entendemos isso com clareza; mas, se aquela tristeza retornou para vos perturbar, como dizeis, então tememos que a Sombra esteja surgindo uma vez mais e cresça de novo em vossos corações. Portanto, embora sejais os Dúnedain, mais belos dos Homens, que escapastes da Sombra de outrora e lutastes com valentia contra ela, dizemos a vós: Cuidado! A vontade de Eru não pode ser contradita; e os Valar vos pedem ardentemente que não negueis a confiança à qual sois chamados para que não se torne de novo, em breve, um laço pelo qual sejais oprimidos. Esperai antes que, no fim, até o menor de vossos desejos haja de dar fruto. O amor a Arda foi posto em vossos corações por Ilúvatar, e ele não planta sem propósito. Mesmo assim, muitas eras de Homens não nascidos podem se passar antes que tal propósito se faça conhecido; e a vós será revelado, e não aos Valar."

Essas coisas tiveram lugar nos dias de Tar-Ciryatan, o Construtor de Navios, e de Tar-Atanamir, seu filho; e eles eram homens soberbos, ávidos por riquezas, e puseram os homens da Terra-média sob tributo, tomando agora antes que dando. Foi a Tar-Atanamir que os Mensageiros vieram; e ele era o décimo terceiro Rei, e, em seus dias, o Reino de Númenor tinha durado por mais que dois mil anos e chegara ao zênite de sua ventura, se não ainda de seu poder. Mas o conselho dos Mensageiros desagradou a Atanamir, e ele lhes deu pouco ouvido, e a maior parte de seu povo o seguiu; pois desejavam ainda escapar da morte em seus próprios dias, sem se fiar na esperança. E Atanamir viveu até grande idade, agarrando-se à vida além do fim de todo regozijo; e foi o primeiro dos Númenóreanos a fazer isso, recusando-se a partir até que estivesse senil e inválido e negando a seu filho a realeza no ápice de seus dias. Pois os Senhores de Númenor costumavam se casar tarde, em suas longas vidas, e partir, e deixar o mando a seus filhos quando esses chegavam à plena estatura de corpo e mente.

Então Tar-Ancalimon, filho de Atanamir, tornou-se Rei e era de alvitre semelhante; e, em seus dias, o povo de Númenor ficou dividido. De um lado estava o partido maior, e eram chamados de Homens do Rei, e se tornaram soberbos e se alienaram dos Eldar e dos Valar. E do outro lado estava o partido menor, e eram chamados de Elendili, os Amigos-dos-Elfos; pois, embora permanecessem leais, de fato, ao Rei e à Casa de Elros, desejavam manter a amizade dos Eldar e escutaram o conselho dos Senhores do Oeste. Mesmo assim, até eles, que davam a si mesmos o nome de Fiéis, não escaparam totalmente da aflição de seu povo e estavam perturbados pelo pensamento da morte.

Assim, a ventura de Ociente se tornou diminuída; mas ainda seu poder e esplendor cresciam. Pois os reis e seu povo ainda não tinham abandonado a sabedoria e, se não mais amavam os Valar, ao menos ainda os temiam. Não ousavam quebrar abertamente a Interdição ou velejar para além dos limites que tinham sido fixados. Para leste ainda guiavam seus altos navios. Mas o medo da morte se tornava cada vez mais sombrio sobre eles, e eles a atrasavam por todos os meios possíveis; e começaram a construir grandes casas para seus mortos, enquanto seus homens sábios labutavam sem cessar para descobrir, se pudessem, o segredo de recuperar a vida, ou ao menos o de prolongar os dias dos Homens. Contudo, alcançaram apenas a arte de preservar, sem corrupção, a carne morta dos Homens e encheram toda a terra com tumbas silenciosas nas quais o pensamento da morte era entesourado na escuridão. Mas aqueles que viviam se voltaram ainda mais avidamente para prazeres e folguedos, desejando cada vez mais bens e mais riquezas; e, depois dos dias de Tar-Ancalimon, a oferenda das primícias a Eru foi negligenciada, e os homens iam raramente ao Santuário sobre as alturas de Meneltarma, no meio da terra.

Assim veio a acontecer, naquele tempo, que os Númenóreanos fizeram os primeiros grandes assentamentos nas costas do oeste das terras antigas; pois sua própria terra lhes parecia encolhida, e não tinham nenhum descanso ou contentamento nela, e desejavam agora riqueza e domínio na Terra-média, já que o Oeste lhes fora negado. Grandes portos e fortes torres erigiram, e ali muitos deles fizeram sua morada; mas apareciam agora antes como senhores e mestres e recolhedores de tributo do que como quem trazia ajuda e ensinamento. E os grandes navios dos Númenóreanos eram levados para o leste pelos ventos e retornavam sempre carregados, e o poder e a majestade de seus reis foram aumentados; e bebiam e festejavam, e se trajavam de prata e de ouro.

Em tudo isso os Amigos-dos-Elfos tomavam pequena parte. Eles, apenas, vinham agora sempre para o norte e para a terra de Gil-galad, mantendo sua amizade com os Elfos e dando-lhes auxílio contra Sauron; e seu porto era Pelargir, acima das fozes do Anduin, o Grande. Mas os Homens do Rei velejavam muito ao longe, para o sul; e os senhorios e as fortalezas que fizeram deixaram muitos rumores nas lendas dos Homens.

Nessa Era, como se conta alhures, Sauron se alevantou de novo na Terra-média, e cresceu e voltou-se de novo para o mal no qual fora nutrido por Morgoth, tornando-se poderoso em seu serviço. Já nos dias de Tar-Minastir, o décimo primeiro Rei de Númenor, ele tinha fortificado a terra de Mordor e construíra ali a Torre de Barad-dûr e, dali por diante, batalhou sempre pelo domínio da Terra-média, para se tornar um rei acima de todos os reis, como um deus diante dos Homens. E Sauron odiava os Númenóreanos por causa das façanhas de seus pais e de sua antiga aliança com os Elfos e da fidelidade aos Valar; nem esquecia ele o auxílio que Tar-Minastir dera a Gil-galad outrora, naquele tempo quando o Um Anel foi forjado e houve guerra entre Sauron e os Elfos em Eriador. Ora, ele soube que os reis de Númenor tinham aumentado o seu poder e esplendor e os odiou ainda mais; e os temia, pois podiam invadir suas terras e arrancar dele o domínio do Leste. Mas, por longo tempo, não ousou desafiar os Senhores do Mar e recuou das costas.

Sauron, porém, sempre fora astuto, e conta-se que, entre aqueles que apanhou com os Nove Anéis, três eram grandes senhores de raça númenóreana. E, quando os Úlairi surgiram, eles que eram os Espectros-do-Anel, seus serviçais, e a força de seu terror e mando sobre os Homens crescera de modo sobremaneira grande, ele começou a assaltar as praças-fortes dos Númenóreanos nas costas do mar.

Naqueles dias, a Sombra se tornou mais profunda sobre Númenor; e as vidas dos Reis da Casa de Elros esvaneceram-se por causa de sua rebelião, mas eles endureceram seus corações ainda mais contra os Valar. E o vigésimo rei tomou o cetro de seus pais e subiu ao trono com o nome de Adûnakhôr, Senhor do Oeste, abandonando as línguas-élficas e proibindo o uso delas diante de si. Contudo, no Pergaminho dos Reis, o nome Herunúmen foi escrito na fala alto-élfica por causa do antigo costume, que os reis temiam quebrar totalmente para que não sobreviesse o mal. Ora, esse título parecia aos Fiéis soberbo demais, sendo o título dos Valar; e seus corações foram duramente testados entre sua lealdade à Casa de Elros e sua reverência aos Poderes designados. Mas o pior ainda estava por vir. Pois Ar-Gimilzôr, o vigésimo terceiro rei, foi o maior inimigo dos Fiéis. Em seus dias, a Árvore Branca deixou de ser cuidada e começou a declinar; e ele proibiu totalmente o uso das línguas-élficas e punia aqueles que recebiam os navios de Eressëa que ainda vinham secretamente às costas do oeste da terra.

Ora, os Elendili habitavam mormente as regiões do oeste de Númenor; mas Ar-Gimilzôr ordenou a todos os que pôde descobrir dos membros desse partido a se mudar do oeste e habitar no leste da terra; e ali eram vigiados. E a principal habitação dos Fiéis nos dias mais tardios ficava, assim, próxima ao porto de Rómenna; de lá muitos içavam velas para a Terra-média, buscando as costas do norte, onde podiam ainda falar com os Eldar no reino de Gil-galad. Isso era conhecido dos reis, mas não o impediam, contanto que os Elendili partissem de sua terra e não retornassem; pois desejavam encerrar toda amizade entre seu povo e os Eldar de Eressëa, a quem chamavam de Espiões dos Valar, na esperança de manter seus feitos e seus conselhos ocultos dos Senhores do Oeste. Mas tudo o que faziam era conhecido de Manwë, e os Valar estavam irados com os Reis de Númenor e não lhes davam mais conselho e proteção; e os navios de Eressëa nunca mais vieram do pôr do sol, e os portos de Andúnië foram abandonados.

Os de mais subida honra, depois da casa dos reis, eram os Senhores de Andúnië; pois eram da linhagem de Elros, sendo descendentes de Silmarien, filha de Tar-Elendil, o quarto rei de Númenor. E esses senhores eram leais aos reis e os reverenciavam; e o Senhor de Andúnië estava sempre entre os principais conselheiros do Cetro. Contudo, também desde o princípio eles tinham especial amor pelos Eldar e reverência pelos Valar; e, conforme a Sombra crescia, auxiliavam os Fiéis como podiam. Mas por muito tempo não se declararam abertamente e buscavam, antes, corrigir os corações dos senhores do Cetro com conselhos mais sábios.

Havia uma certa senhora Inzilbêth, renomada por sua beleza, e sua mãe era Lindórië, irmã de Eärendur, o Senhor de Andúnië nos dias de Ar-Sakalthôr, pai de Ar-Gimilzôr. Gimilzôr a tomou por esposa, embora isso pouco fosse do gosto dela, pois era no coração uma das Fiéis, tendo sido instruída por sua mãe; mas os reis e seus filhos tinham se tornado soberbos e não podiam ser contraditos em seus desejos. Nenhum amor havia entre Ar-Gimilzôr e sua rainha ou entre seus filhos. Inziladûn, o mais velho, era semelhante à sua mãe em mente como em corpo; mas Gimilkhâd, o mais novo, era como seu pai, se não fosse por ser ainda mais soberbo e voluntarioso. A ele Ar-Gimilzôr teria cedido o cetro antes que ao filho mais velho, se as leis o permitissem.

Mas, quando Inziladûn recebeu o cetro, tomou de novo um título na língua-élfica como outrora, chamando a si mesmo de Tar-Palantir, pois enxergava longe tanto com olhos como com mente, e mesmo aqueles que o odiavam temiam suas palavras como as de um vidente da verdade. Deu paz, por algum tempo, aos Fiéis; e foi uma vez mais nas estações devidas ao Santuário de Eru sobre o Meneltarma, o qual Ar-Gimilzôr abandonara. À Árvore Branca deu cuidados novamente com honra; e profetizou, dizendo que, quando a Árvore perecesse, então também a linhagem dos Reis chegaria a seu fim. Mas seu arrependimento vinha tarde demais para apaziguar a raiva dos Valar quanto à insolência de seus pais, da qual a maior parte de seu povo não se arrependeu. E Gimilkhâd era forte e não gentil, e assumiu a liderança daqueles que tinham sido chamados de Homens do Rei, e se opunha à vontade de seu irmão tão abertamente

AKALLABÊTH

quanto o ousava, e ainda mais em segredo. Assim, os dias de Tar-Palantir se escureceram com a tristeza; e ele passava muito de seu tempo no oeste, e lá ascendia amiúde à antiga torre do Rei Minastir, sobre o monte de Oromet, perto de Andúnië, donde mirava a oeste em anseio, esperando ver, talvez, alguma vela sobre o mar. Mas nenhum navio jamais veio de novo do Oeste para Númenor, e Avallónë estava velada em nuvem.

Ora, Gimilkhâd morreu dois anos antes de completar duzentos anos (o que era considerado uma morte precoce para alguém da linhagem de Elros, mesmo em seu esvanecer), mas isso não trouxe paz alguma ao Rei. Pois Pharazôn, filho de Gimilkhâd, tinha se tornado um homem ainda mais inquieto e ávido por riqueza e poder que seu pai. Tinha feito amiúde longas jornadas, como um líder nas guerras que os Númenóreanos travavam então nas regiões costeiras da Terra-média, buscando estender o domínio deles sobre os Homens; e assim ganhara grande renome como um capitão, tanto na terra como no mar. Desse modo, quando voltou a Númenor, ouvindo sobre a morte de seu pai, os corações do povo se voltaram para ele; pois trazia consigo grande riqueza e era, naquele tempo, liberal ao distribuí-la.

E veio a acontecer que Tar-Palantir fatigou-se de tristeza e morreu. Não tinha filho, mas uma filha apenas, a quem chamava de Míriel na língua-élfica; e a ela agora, por direito e pelas leis dos Númenóreanos, devia vir o cetro. Mas Pharazôn a tomou por esposa contra sua vontade, fazendo o mal nisso e o mal também em que as leis de Númenor não permitiam o casamento, mesmo na casa real, daqueles de parentesco mais próximo do que primos de segundo grau. E quando se casaram, ele tomou o cetro com sua própria mão, adotando o título de Ar-Pharazôn (Tar-Calion na língua-élfica); e o nome de sua rainha ele mudou para Ar-Zimraphel.

O mais poderoso e soberbo era Ar-Pharazôn, o Dourado, dentre todos aqueles que tinham portado o Cetro dos Reis-dos-Mares desde a fundação de Númenor; e quatro e vinte Reis e Rainhas tinham regido os Númenóreanos antes e dormiam, então, em seus túmulos profundos sob o monte de Meneltarma, deitados sobre camas d'ouro.

E, sentado sobre seu trono entalhado na cidade de Armenelos, na glória de seu poder, ele meditava sombrio, pensando em guerra. Pois ficara sabendo, na Terra-média, da força do reino de Sauron e de seu ódio por Ociente. E então vieram a ele os mestres de navios e capitães retornando do Leste e relataram que Sauron estava pondo à mostra o seu poder desde que Ar-Pharazôn voltara da Terra-média, e estava cercando as cidades nas costas; e tinha adotado agora o título de Rei dos Homens, e declarara seu propósito de varrer os Númenóreanos para o mar e destruir até mesmo Númenor, se pudesse.

Grande foi a raiva de Ar-Pharazôn diante dessas notícias e, enquanto ponderava longamente em segredo, seu coração ficou repleto do desejo de poder sem freios e da dominação única de sua vontade. E determinou, sem conselho dos Valar ou o auxílio de qualquer sabedoria que não a sua, que o título de Rei dos Homens ele próprio reivindicaria e forçaria Sauron a se tornar seu vassalo e seu serviçal; pois, em sua soberba, julgava que nenhum rei deveria se erguer com poderio que fizesse frente ao Herdeiro de Eärendil. Portanto, começou, naquele tempo, a forjar grande reserva de armas e muitos navios de guerra construiu e encheu com seu armamento; e, quando tudo estava pronto, ele próprio içou velas, com sua hoste, para o Leste.

E os homens viram suas velas vindo do pôr do sol, tingidas como que com escarlate e brilhando com vermelho e ouro, e o medo caiu sobre os habitantes das costas, e eles fugiram para longe. Mas a frota chegou por fim àquele lugar que era chamado de Umbar, onde estava o magno porto dos Númenóreanos que mão alguma construíra. Vazias e silenciosas estavam todas as terras em volta quando o Rei do Mar marchou sobre a Terra-média. Por sete dias viajou com bandeira e trombeta, e chegou a um monte, e o subiu, e dispôs ali seu pavilhão e seu trono; e se sentou em meio à terra, e as tendas de sua hoste estavam todas arranjadas à sua volta, azuis, douradas e brancas, como um campo de altas flores. Então enviou arautos e mandou que Sauron viesse diante dele e lhe jurasse fidelidade.

E Sauron veio. De sua magna torre de Barad-dûr ele próprio veio e não ofereceu batalha. Pois percebeu que o poder e majestade dos Reis do Mar ultrapassavam todos os rumores que ouvira deles, de modo que não podia confiar que até mesmo o maior de seus serviçais os detivesse; e não achara ainda o momento de fazer operar sua vontade com os Dúnedain. E era matreiro, com grande engenho para ganhar o que desejava por sutileza quando a força não lhe valia. Portanto, humilhou-se diante de Ar-Pharazôn e suavizou sua língua; e os homens se espantaram, pois tudo o que dizia parecia belo e sábio.

Mas Ar-Pharazôn ainda não fora enganado e veio à sua mente que, para melhor guarda de Sauron e de suas juras de fidelidade, ele deveria ser trazido a Númenor para lá habitar como um refém por si mesmo e por todos os seus serviçais na Terra-média. A isso Sauron assentiu como quem é forçado, porém, em seu pensamento secreto, recebeu contente a ordem, pois se combinava de fato com seu desejo. E Sauron atravessou o mar, e contemplou a terra de Númenor e a cidade de Armenelos nos dias de sua glória, e ficou assombrado; mas o coração dentro dele se encheu ainda mais de inveja e ódio.

Contudo, tal eram a astúcia de sua mente e boca e a força de sua vontade oculta que, antes que três anos tivessem passado, tornou-se o mais próximo dos conselhos secretos do Rei; pois lisonja doce como mel estava sempre em sua língua, e conhecimento ele tinha de muitas coisas ainda não reveladas aos Homens. E, vendo o favor que tinha diante de seu senhor, todos os conselheiros começaram a adulá-lo, salvo um apenas, Amandil, senhor de Andúnië. Então, devagar, uma mudança veio sobre a terra, e os corações dos Amigos-dos-Elfos foram duramente atormentados, e muitos fugiram por medo; e, embora aqueles que permaneceram ainda se chamassem de Fiéis, seus inimigos lhes davam o nome de rebeldes. Pois agora, tendo os ouvidos dos homens, Sauron, com muitos argumentos, contradizia tudo o que os Valar tinham ensinado; e incitou os homens a pensar que no mundo, a leste e mesmo a oeste, havia ainda muitos mares e muitas terras para que os conquistassem, nos quais havia riqueza inumerável. E ademais, se chegassem afinal ao término daquelas terras e daqueles mares, além de tudo havia a Antiga Escuridão. "E dela o mundo foi feito. Pois só a Escuridão se deve adorar, e o Senhor de tal treva pode ainda criar outros mundos como presentes para aqueles que o servem, de modo que o aumento de seu poder não há de achar fim."

E Ar-Pharazôn disse: "Quem é o Senhor da Escuridão?"

Então, detrás de portas trancadas, Sauron falou ao Rei e mentiu, dizendo: "É aquele cujo nome não é agora pronunciado; pois os Valar vos enganaram acerca dele, colocando à frente o nome de Eru, um espectro inventado na insensatez de seus corações, buscando acorrentar os Homens em servidão a eles mesmos. Pois eles são o oráculo desse Eru, que fala apenas o que querem. Mas aquele que é o mestre deles ainda há de prevalecer e libertar-vos-á desse espectro; e seu nome é Melkor, Senhor de Tudo, Provedor da Liberdade, e há de vos fazer mais forte que eles."

Então Ar-Pharazôn, o Rei, voltou-se para o culto ao Escuro e a Melkor, seu Senhor, primeiro em segredo, mas logo abertamente e diante de seu povo; e eles, na maior parte, seguiram-no. Contudo, havia ainda um remanescente dos Fiéis, como se contou, em Rómenna e no país próximo ao porto, e alguns outros poucos havia aqui e ali pela terra. Os principais entre eles, de quem esperavam liderança e coragem em dias malignos, eram Amandil, conselheiro do Rei, e seu filho Elendil, cujos filhos eram Isildur e Anárion, então homens jovens na contagem de Númenor. Amandil e Elendil eram grandes capitães de navios; e eram da linhagem de Elros Tar-Minyatur, embora não da casa governante à qual pertenciam a coroa e o trono na cidade de Armenelos. Nos dias de sua juventude juntos, Amandil tinha sido caro a Pharazôn e, embora fosse dos Amigos-dos-Elfos, permaneceu no conselho até a chegada de Sauron. Então foi dispensado, pois Sauron o odiava acima de todos em Númenor. Mas ele era tão nobre e tinha sido tão poderoso capitão do mar que ainda tinha honra entre muitos do povo, e nem o Rei nem Sauron ousavam deitar mãos sobre ele ainda.

Portanto, Amandil se retirou para Rómenna, e todos os que ainda acreditava serem fiéis ele convocou a irem para lá em segredo; pois temia que o mal agora crescesse rápido e que todos os Amigos-dos-Elfos estivessem em perigo. E assim logo veio a se passar. Pois o Meneltarma foi de todo abandonado naqueles dias; e, embora nem mesmo Sauron ousasse profanar o lugar alto, ainda assim o Rei não deixava homem algum, sob pena de morte, ascender a ele, nem mesmo aqueles dos Fiéis que ainda tinham Ilúvatar em seus corações. E Sauron incitou o Rei a cortar a Árvore Branca, Nimloth, a Bela, que crescia em seus pátios, pois era um memorial dos Eldar e da luz de Valinor.

No princípio, o Rei não assentiu a isso, já que acreditava que as sortes de sua casa estavam ligadas à Árvore, como tinha sido prenunciado por Tar-Palantir. Assim, em sua insensatez, ele que agora odiava os Eldar e os Valar em vão se agarrava à sombra da antiga fidelidade de Númenor. Mas quando Amandil ouviu rumores do propósito maligno de Sauron, entristeceu-se em seu coração, sabendo que, no fim, Sauron decerto faria sua vontade. Então falou a Elendil e aos filhos de Elendil, recordando a história das Árvores de Valinor; e Isildur não disse palavra, mas saiu à noite e fez uma façanha pela qual mais tarde ganhou renome. Pois foi sozinho, disfarçado, a Armenelos e aos pátios do Rei, os quais agora eram proibidos para os Fiéis; e chegou ao lugar da Árvore, que era proibido para todos por ordens de Sauron, e a Árvore era vigiada dia e noite por guardas a seu serviço. Naquele tempo, Nimloth estava escura e não portava flor, pois era fim de outono e seu inverno estava próximo; e Isildur passou pelos guardas, e tomou da Árvore um fruto que pendia dela, e voltou-se para ir embora. Mas a guarda despertou, e ele foi atacado, e abriu caminho, lutando e recebendo muitos ferimentos; e escapou, e, porque estava disfarçado, não se descobriu quem tinha posto as mãos na Árvore. Mas Isildur chegou por fim, com dificuldade, a Rómenna, e entregou o fruto nas mãos de Amandil, antes que sua força lhe falhasse. Então o fruto foi plantado em segredo e foi abençoado por Amandil; e um rebento se levantou dele e brotou na primavera. Mas, quando sua primeira folha se abriu, então Isildur, que jazera longamente e chegara perto da morte, levantou-se e não mais foi atormentado por suas feridas.

Nem foi isso feito cedo demais; pois, depois do ataque, o Rei cedeu a Sauron, e cortou a Árvore Branca, e deu então de todo as costas à fidelidade de seus pais. Mas Sauron ordenou que se construísse, sobre o monte em meio à cidade dos

Númenóreanos, Armenelos, a Dourada, um magno templo; e tinha a forma de um círculo na base, e nele as paredes tinham cinquenta pés de espessura, a largura da base era de quinhentos pés no centro, e as paredes se erguiam do chão por quinhentos pés e estavam coroadas com magno domo. E esse domo era todo coberto de prata e se erguia cintilando ao sol, de modo que a luz dele podia ser vista ao longe; mas logo a luz escureceu, e a prata se tornou negra. Pois havia um altar de fogo em meio ao templo, e, no topo do domo, havia uma fresta, donde saía grande fumaça. E o primeiro fogo sobre o altar Sauron acendeu com a madeira cortada de Nimloth, que crepitou e foi consumida; mas os homens se maravilharam com o fumo que subiu dela, de modo que a terra jazeu sob uma nuvem por sete dias, até que lentamente ela passou para o oeste.

Desde então, o fogo e a fumaça subiam sem cessar; pois o poder de Sauron aumentava a cada dia, e naquele templo, com derramamento de sangue, e tormento, e grande perversidade, os homens faziam sacrifício a Melkor para que ele os libertasse da Morte. E mais amiúde entre os Fiéis escolhiam suas vítimas; porém, nunca abertamente com a acusação de que eles não queriam adorar a Melkor, o Provedor da Liberdade; antes, a causa que citavam contra eles era que odiavam o Rei e eram rebeldes, ou que tramavam contra sua gente, produzindo mentiras e venenos. Essas acusações eram, em sua maior parte, falsas; contudo, aqueles eram dias amargos, e ódio gera ódio.

Mas mesmo com tudo isso, a Morte não partiu da terra, antes chegava mais cedo e mais amiúde e em muitas formas horrendas. Pois enquanto dantes os homens ficavam velhos devagar e se deitavam no fim a dormir, quando estavam cansados afinal do mundo, agora a loucura e a enfermidade os atacavam; e, contudo, tinham medo de morrer e sair para o escuro, o reino do senhor que tinham adotado; e maldiziam a si mesmos em sua agonia. E os homens tomavam armas naqueles dias e matavam uns aos outros por pequena causa; pois tinham se tornado rápidos para a raiva, e Sauron, ou aqueles a quem subjugara, saíam pela terra colocando homem contra homem, de modo que o povo murmurava contra o Rei e os senhores ou contra qualquer um que tivesse algo que não tinham; e os homens de poder tiravam cruel vingança.

Mesmo assim, por muito tempo pareceu aos Númenóreanos que prosperavam e, se não aumentavam em felicidade, ainda se tornavam mais fortes, e seus homens ricos, cada vez mais ricos. Pois, com o auxílio e o conselho de Sauron, multiplicaram suas posses, e inventaram máquinas, e construíram navios cada vez maiores. E velejavam agora com poder e armamento à Terra-média, e não vinham mais como os que traziam dádivas, nem mesmo como governantes, mas como homens de guerra ferozes. E caçavam os homens da Terra-média, e tomavam os seus bens, e os escravizavam, e a muitos matavam cruelmente sobre seus altares. Pois construíram em suas fortalezas templos e grandes tumbas naqueles dias; e os homens os temiam, e a memória dos reis bondosos de outrora se esvaneceu do mundo e foi escurecida por muitas histórias de horror.

Assim, Ar-Pharazôn, Rei da Terra da Estrela, tornou-se o mais poderoso tirano que já existira no mundo desde o reinado de Morgoth, embora em verdade Sauron regesse a tudo detrás do trono. Mas os anos passaram, e o Rei sentiu a sombra da morte se aproximar, conforme seus dias transcorriam; e ficou cheio de medo e de ira. Então veio a hora que Sauron tinha preparado e que havia muito aguardava. E Sauron falou ao Rei, dizendo que sua força agora era tão grande que podia pensar em obter sua vontade em todas as coisas e não estar sujeito a nenhum mandamento ou interdição.

E ele disse: "Os Valar se apossaram da terra onde não há morte; e mentem a vós acerca disso, escondendo-a tão bem quanto podem, por causa de sua avareza e de seu medo de que os Reis de Homens arranquem deles o reino sem-morte e governem o mundo em seu lugar. E embora, sem dúvida, o dom da vida sem fim não seja para todos, mas apenas para aqueles que são dignos, sendo homens de poderio e de orgulho e de grande linhagem, ainda assim é contra toda justiça que esse dom, que é direito dele, seja vedado ao Rei dos Reis, Ar-Pharazôn, mais poderoso dos filhos da Terra, a quem Manwë, apenas, pode ser comparado, e talvez nem ele. Mas grandes reis não aceitam recusas e tomam o que lhes é devido."

O SILMARILLION

Então Ar-Pharazôn, estando ébrio e caminhando sob a sombra da morte, pois seu tempo estava se aproximando do fim, escutou Sauron; e começou a ponderar em seu coração como poderia fazer guerra aos Valar. Passou muito tempo preparando esse desígnio e não falou abertamente dele, mas não pôde ocultá-lo de todos. E Amandil, ao se tornar ciente dos propósitos do Rei, ficou alarmado e cheio de um grande terror, pois sabia que os Homens não podiam derrotar os Valar em guerra e que a ruína havia de vir sobre o mundo se essa guerra não fosse detida. Portanto, chamou seu filho, Elendil, e lhe disse:

"Os dias são sombrios e não há esperança para os Homens, pois os Fiéis são poucos. Portanto, decidi-me a tentar aquele alvitre que nosso ancestral Eärendil adotou outrora, o de velejar para o Oeste, com ou sem interdição, e falar aos Valar, até mesmo ao próprio Manwë, se possível, e implorar seu auxílio antes que tudo esteja perdido."

"Então trairias o Rei?", disse Elendil. "Pois bem sabes a acusação que fazem contra nós, a de que somos traidores e espiões, e que até este dia ela tem sido falsa."

"Se eu pensasse que Manwë precisaria de tal mensageiro," disse Amandil, "eu trairia o Rei. Pois há uma só lealdade da qual nenhum homem pode ser absolvido em seu coração por causa alguma. Mas é por misericórdia pelos Homens e por sua libertação de Sauron, o Enganador, que eu rogaria, já que alguns ao menos permaneceram fiéis. E, quanto à Interdição, sofrerei em mim mesmo a penalidade para que todo o meu povo não se torne culpado."

"Mas o que pensas, meu pai, que deve sobrevir àqueles de tua casa a quem deixares para trás, quando teu ato se tornar conhecido?"

"Não deve se tornar conhecido", disse Amandil. "Prepararei minha ida em segredo e içarei vela para o leste, para onde todos os dias os navios partem de nossos ancoradouros; e depois disso, conforme o vento e a sorte permitirem, darei a volta, pelo sul ou pelo norte, rumo ao oeste, e buscarei o que puder achar. Mas quanto a ti e a teu povo, meu filho, aconselho que prepareis para vós outros navios e que coloqueis a bordo todas aquelas coisas das quais vossos corações não suportariam se separar; e, quando os navios estiverem prontos, deveis ficar no porto de Rómenna e se deixar ouvir entre os homens que vosso propósito, quando chegar o tempo, é me seguir para o leste. Amandil não é mais tão caro a nosso parente no trono que ele vá prantear em demasia, se decidirmos partir por uma estação ou para sempre. Mas que não se veja que pretendes levar muitos homens, ou ele ficará irritado por causa da guerra que ora trama, para a qual precisará de toda a força que puder reunir. Busca os Fiéis que ainda são sabidamente leais e deixa que se juntem a ti em segredo, se estiverem dispostos a ir contigo e compartilhar de teus desígnios."

"E que desígnios hão de ser esses?", disse Elendil.

"Não se envolver na guerra e vigiar", respondeu Amandil. "Até que eu retorne, não posso dizer mais. Mas o mais provável é que hajas de fugir da Terra da Estrela sem nenhuma estrela a te guiar; pois essa terra está profanada. Então hás de perder tudo o que amaste, provando antes a morte em vida, buscando uma terra de exílio em outro lugar. Mas, se a leste ou a oeste, só os Valar podem dizer."

Então Amandil disse adeus a toda a sua casa, como alguém que está prestes a morrer. "Pois", comentou ele, "pode muito bem ser que não me vejais nunca mais; e que eu não haja de vos mostrar nenhum sinal como o que Eärendil mostrou há muito tempo. Mas ficai sempre preparados, pois o fim do mundo que conhecemos está agora à porta."

Dizem que Amandil içou velas em um pequeno navio, à noite, e navegou primeiro para o leste e então deu a volta e passou-se para o oeste. E tomou consigo três serviçais, caros a seu coração, e nunca mais se ouviu deles palavra ou sinal neste mundo, nem há qualquer história ou conjectura sobre a sina deles. Os Homens não podiam, pela segunda vez, ser salvos por qualquer embaixada como essa, e para a traição de Númenor não havia absolvição fácil.

Mas Elendil fez tudo o que seu pai pedira, e seus navios foram ancorados na costa leste da terra; e os Fiéis puseram a bordo suas mulheres e seus filhos, e suas heranças, e grande reserva de bens. Muitas coisas havia de beleza e poder, tais como os Númenóreanos haviam criado nos dias de sua sabedoria:

vasilhas, e joias, e pergaminhos de saber escritos em escarlate e negro. E Sete Pedras tinham, o presente dos Eldar; mas no navio de Isildur estava guardada a árvore jovem, o rebento de Nimloth, a Bela. Assim Elendil se postou preparado e não se envolveu nos feitos malignos daqueles dias; e sempre procurava um sinal que não vinha. Então viajou em segredo para as costas ocidentais e fitou o mar, pois o pesar e o anseio estavam sobre ele, e amava grandemente a seu pai. Mas nada podia divisar, salvo as frotas de Ar-Pharazôn se reunindo nos portos do oeste.

Ora, dantes, na ilha de Númenor, o clima fora sempre apto às necessidades e ao gosto dos Homens: chuva na estação devida e sempre na medida certa; e sol, ora mais quente, ora mais fresco, e ventos do mar. E quando o vento vinha do oeste, parecia a muitos que estava cheio de uma fragrância, passageira, mas doce, de mexer com o coração, como a de flores que desabrocham sempre em prados imorredouros e que não têm nomes nas costas mortais. Mas tudo isso estava agora mudado; pois o próprio céu estava escurecido, e havia tempestades de chuva e granizo naqueles dias, e ventos violentos; e, de quando em vez, um grande navio dos Númenóreanos afundava e não retornava ao porto, embora tal desgraça ainda não tivesse ocorrido a eles desde o nascer da Estrela. E do oeste vinha por vezes uma grande nuvem ao anoitecer, de forma que era como a de águia, com alas espalhadas para o norte e o sul; e devagar ela se aproximava, apagando o pôr do sol, e então noite profundíssima caía sobre Númenor. E algumas das águias traziam relâmpago sob suas asas, e trovões ecoavam entre mar e nuvem.

Então os homens tiveram medo. "Eis as Águias dos Senhores do Oeste!", gritavam. "As Águias de Manwë são chegadas sobre Númenor!" E caíam sobre suas faces.

Então alguns se arrependiam por uma estação, mas outros endureciam seus corações e sacudiam seus punhos contra o céu, dizendo: "Os Senhores do Oeste tramaram contra nós. Atacam primeiro. O próximo golpe há de ser o nosso!" Essas palavras o próprio Rei falou, mas foram prescritas por Sauron.

Ora, os relâmpagos aumentaram e mataram homens nas colinas, e nos campos, e nas ruas da cidade; e um raio de fogo atingiu o domo do Templo e o rachou ao meio, e ele ficou envolto em chama. Mas o Templo em si não foi balouçado, e Sauron ficou de pé sobre o pináculo, e desafiou o relâmpago, e não foi ferido; e naquela hora os homens o chamaram de deus e fizeram tudo o que ele desejava. Quando, por isso, o último portento veio, pouco ouvido lhe deram. Pois a terra tremeu debaixo deles, e um som como o de trovão debaixo da terra se misturou ao rugido do mar, e saiu fumaça do pico do Meneltarma. Mas ainda mais Ar-Pharazôn continuou a preparar seu armamento.

Naquele tempo, as frotas dos Númenóreanos escureciam o mar no oeste da terra e eram como um arquipélago de mil ilhas; seus mastros eram como uma floresta sobre as montanhas, e suas velas, como uma nuvem ameaçadora; e suas bandeiras eram douradas e negras. E todas as coisas aguardavam a palavra de Ar-Pharazôn; e Sauron se recolheu ao círculo mais interno do Templo, e os homens lhe traziam vítimas para serem queimadas.

Então as Águias dos Senhores do Oeste vieram do poente e estavam arranjadas como que para a batalha, avançando em uma fila cuja ponta desaparecia além da vista; e, conforme vinham, suas asas se espalhavam cada vez mais vastas, abrangendo o céu. Mas o Oeste ardia rubro detrás delas, e elas brilhavam por debaixo, como se estivessem acesas com uma chama de grande fúria, de modo que toda Númenor se iluminou como que com fogo crepitando; e os homens olharam para os rostos de seus companheiros e lhes parecia que estavam vermelhos de ira.

Então Ar-Pharazôn endureceu seu coração e foi a bordo de seu poderoso navio, Alcarondas, Castelo do Mar. De muitos remos era e de muitos mastros, dourado e azeviche; e sobre ele foi posto o trono de Ar-Pharazôn. Então o Rei vestiu sua panóplia e sua coroa, e mandou erguerem seu estandarte, e deu o sinal para que se levantasse âncora; e naquela hora, as trombetas de Númenor soaram mais altas que o trovão.

Assim, as frotas dos Númenóreanos avançaram contra a ameaça do Oeste; e havia pouco vento, mas tinham muitos remos e muitos escravos fortes para remar debaixo do látego. O sol se pôs, e veio um grande silêncio. A escuridão caiu sobre a terra, e o mar estava parado, enquanto o mundo esperava o que havia de acontecer. Devagar as frotas saíram da vista dos vigias nos portos, e suas luzes sumiram, e a noite as tomou; e pela manhã tinham desaparecido. Pois um vento se levantou no leste e as empurrou para longe; e romperam a Interdição dos Valar, e velejaram para mares proibidos, fazendo guerra aos Sem-Morte para arrancar deles vida sempiterna dentro dos Círculos do Mundo.

Mas as frotas de Ar-Pharazôn vieram das profundezas do mar e cercaram Avallónë e toda a ilha de Eressëa, e os Eldar estavam em luto, pois a luz do sol poente tinha sido tapada pela nuvem dos Númenóreanos. E afinal Ar-Pharazôn chegou até mesmo a Aman, o Reino Abençoado, e às costas de Valinor; e ainda assim tudo estava em silêncio, e a condenação pendia por um fio. Pois Ar-Pharazôn hesitou, no fim, e quase voltou atrás. Seu coração lhe falhou quando contemplou as costas sem som e viu Taniquetil luzindo, mais alva que a neve, mais fria que a morte, silenciosa, imutável, terrível como a sombra da luz de Ilúvatar. Mas a soberba era agora sua mestra, e afinal ele deixou seu navio e caminhou pela praia, reivindicando a terra para si, se ninguém fosse batalhar por ela. E uma hoste dos Númenóreanos acampou armada à volta de Túna, de onde todos os Eldar tinham fugido.

Então Manwë, sobre a Montanha, invocou a Ilúvatar e, por aquele tempo, os Valar puseram de lado seu governo de Arda. Mas Ilúvatar mostrou o seu poder e mudou a feição do mundo; e um grande abismo se abriu no mar entre Númenor e as Terras Sem-Morte, e as águas correram para dentro dele, e o barulho e o vapor das cataratas subiram ao céu, e o mundo foi abalado. E todas as frotas dos Númenóreanos foram puxadas para o abismo, e eles foram afogados e engolidos para sempre. Mas Ar-Pharazôn, o Rei, e os guerreiros mortais que tinham posto pé sobre a terra de Aman foram enterrados sob colinas desabadas; ali se diz que jazem aprisionados nas Cavernas dos Esquecidos até a Última Batalha e o Dia do Juízo.

Mas a terra de Aman e Eressëa dos Eldar foram retiradas e removidas para além do alcance dos Homens para sempre. E Andor, a Terra da Dádiva, Númenor dos Reis, Elenna da Estrela de Eärendil, foi completamente destruída. Pois estava perto do leste da grande rachadura, e suas fundações foram reviradas, e ela caiu e desceu à escuridão, e não existe mais. E não há agora sobre a Terra lugar algum existente onde a memória de um tempo sem mal esteja preservada. Pois Ilúvatar lançou para trás os Grandes Mares a oeste da Terra-média, e as Terras Vazias a leste dela, e novas terras e novos mares foram feitos; e o mundo ficou diminuído, pois Valinor e Eressëa foram tiradas dele e levadas ao reino das coisas ocultas.

Em uma hora imprevista pelos Homens esse julgamento sobreveio, no nono e trigésimo dia desde a passagem das frotas. Então, subitamente, o fogo rebentou do Meneltarma, e veio um vento poderoso e um tumulto da terra, e o céu revirou, e as colinas deslizaram, e Númenor afundou no mar, com todas as suas crianças, e as suas esposas, e as suas donzelas, e as suas soberbas damas; e todos os seus jardins, e seus salões, e suas torres, suas tumbas e suas riquezas, e suas joias e suas tapeçarias, e suas coisas pintadas e entalhadas, e seu riso, e sua alegria, e sua música, sua sabedoria, e seu conhecimento: tudo desapareceu para sempre. E, por último de tudo, a onda que subia, verde e fria e com penacho de espuma, escalando a terra, tomou em seu seio Tar-Míriel, a Rainha, mais bela do que prata, ou marfim, ou pérolas. Tarde demais ela tentou ascender aos caminhos íngremes do Meneltarma até o lugar santo; pois as águas a alcançaram, e seu grito se perdeu no rugir do vento.

Mas, tendo ou não Amandil chegado de fato a Valinor e levado Manwë a ouvir sua prece, por graça dos Valar Elendil, e seus filhos, e seu povo foram poupados da ruína daquele dia. Pois Elendil tinha permanecido em Rómenna, recusando o chamado do Rei quando ele saiu à guerra; e, evitando os soldados de Sauron que vieram para agarrá-lo e arrastá-lo aos fogos do Templo, foi a bordo de seu navio e ficou ao largo da costa, esperando a hora. Ali, pela terra foi protegido do grande arrasto do mar que puxara tudo para o abismo e, depois disso, ficou abrigado da primeira fúria da tempestade. Mas, quando a onda devoradora rolou por sobre a terra e Númenor desabou em sua queda, então desejou ter sido destroçado e teria julgado ser a

O SILMARILLION

tristeza menor perecer, pois nenhum golpe de morte poderia ser mais amargo que a perda e a agonia daquele dia; mas o grande vento o tomou, mais selvagem que qualquer vento que os Homens tinham conhecido, rugindo do oeste, e varreu seus navios para longe; e rasgou suas velas e quebrou seus mastros, caçando os homens infelizes como palha sobre a água.

Nove navios havia: quatro para Elendil, e para Isildur três, e para Anárion dois; e fugiram diante do vendaval negro, saído do crepúsculo de julgamento, para a escuridão do mundo. E as profundezas se ergueram debaixo deles em raiva torrencial, e ondas que eram como montanhas movendo-se com grandes capuzes de neve retorcida carregaram-nos em meio aos destroços das nuvens e, depois de muitos dias, os lançaram sobre as costas da Terra-média. E todas as costas e regiões do mar do mundo ocidental sofreram grande mudança e ruína naquele tempo; pois os mares invadiram as terras, e as costas afundaram, e antigas ilhas foram afogadas, e novas ilhas foram soerguidas; e montes se esfarelaram, e rios ganharam estranhos cursos.

Elendil e seus filhos depois fundaram reinos na Terra-média; e, embora seu saber e engenho fosse apenas um eco daquele que existira antes que Sauron viesse a Númenor, ainda assim, muito grande parecia aos olhos dos homens selvagens do mundo. E muito se diz em outras histórias dos feitos dos herdeiros de Elendil na era que veio depois e de sua contenda com Sauron, que ainda não estava terminada.

Pois o próprio Sauron se enchera de grande medo diante da ira dos Valar e do julgamento que Eru lançara sobre o mar e sobre a terra. Era muito maior do que qualquer coisa que aguardasse, esperando apenas a morte dos Númenóreanos e a derrota de seu orgulhoso rei. E Sauron, sentado em seu assento negro em meio ao Templo, tinha rido quando ouviu as trombetas de Ar-Pharazôn soando para a batalha; e de novo tinha rido quando ouviu o trovão da tempestade; e uma terceira vez, no momento em que ria de seu próprio pensamento, pensando no que faria agora no mundo, estando livre dos Edain para sempre, foi atingido em meio ao seu divertimento, e seu assento e seu templo caíram no abismo. Mas Sauron não era de carne mortal e, embora fosse então despojado daquela forma na qual fizera tão grande mal, de modo que nunca mais poderia parecer belo aos olhos dos Homens, mesmo assim seu espírito levantou-se das profundezas, e viajou feito uma sombra e um vento negro através do mar, e voltou à Terra-média e a Mordor, que era seu lar. Lá tomou de novo seu grande Anel em Barad-dûr e habitou lá, sombrio e silencioso, até que fez para si nova aparência, uma imagem de malícia e ódio tornada visível; e o Olho de Sauron, o Terrível, poucos podiam suportar.

Mas essas coisas não entram no conto da Submersão de Númenor, do qual agora tudo está contado. E até o nome daquela terra pereceu, e os Homens falavam dali por diante não de Elenna, nem de Andor, a Dádiva que foi tirada, nem de Númenórë nos confins do mundo; mas os exilados nas costas do mar, quando se voltavam para o Oeste no desejo de seus corações, falavam de Mar-nu-Falmar que foi sobrepujada pelas ondas, Akallabêth, a Decaída, Atalantë na língua eldarin.

Em meio aos Exilados, muitos acreditavam que o cume do Meneltarma, o Pilar do Céu, não tinha sido afundado para sempre, mas se erguera de novo acima das ondas, uma ilha solitária perdida nas grandes águas; pois tinha sido um lugar consagrado e, mesmo nos dias de Sauron, ninguém o profanara. E alguns havia, da semente de Eärendil, que mais tarde o buscaram porque se dizia, entre mestres-de-saber, que os homens de visão aguçada de outrora podiam ver do Meneltarma um vislumbre da Terra Sem-Morte. Pois, mesmo depois da ruína, os corações dos Dúnedain ainda estavam postos a oeste; e, embora soubessem de fato que o mundo estava mudado, diziam: "Avallónë está desaparecida da Terra, e a Terra de Aman foi retirada, e no mundo desta presente escuridão não podem ser achadas. Contudo, uma vez existiram e, portanto, ainda existem em ser verdadeiro e na forma inteira do mundo como no princípio ele foi criado."

Pois os Dúnedain sustentavam que até os Homens mortais, se assim fossem abençoados, podiam contemplar tempos outros que aqueles da vida de seus corpos; e ansiavam sempre por escapar das sombras de seu exílio e ver, em alguma feição, a luz que não morre; pois o pesar do pensamento da morte os tinha perseguido através das profundezas do mar. Assim foi que grandes marinheiros entre eles ainda vasculhavam os mares vazios, esperando chegar à Ilha do Meneltarma e ali ter uma visão das coisas que existiram. Mas não a encontraram. E aqueles que velejavam para longe chegavam apenas às novas terras e as achavam semelhantes às terras antigas e sujeitas à morte. E aqueles que viajavam mais longe ainda apenas faziam uma volta em torno da Terra e retornavam, cansados, enfim, ao lugar onde tinham começado; e diziam: "Todas as rotas agora estão curvadas".

Assim, em dias que vieram depois, seja por viagens de navios, seja por saber e arte-das-estrelas, os reis de Homens descobriram que o mundo de fato se tinha feito redondo, e, contudo, os Eldar ainda tinham permissão para partir e chegar ao Antigo Oeste e a Avallónë, se desejassem. Portanto, os mestres-de-saber dos Homens disseram que uma Rota Reta ainda devia existir para aqueles com permissão para encontrá-la. E ensinaram que, enquanto o novo mundo ficava para trás, a antiga rota e o caminho da memória do Oeste ainda continuava, como se fosse uma enorme e invisível ponte que passava através do ar, da respiração e do voo (que estavam agora curvados como o mundo estava curvado), e atravessava Ilmen, que a carne sem auxílio não pode suportar até que chegava a Tol Eressëa, a Ilha Solitária, e talvez até além, a Valinor, onde os Valar ainda habitam e observam o desenrolar da história do mundo. E histórias e rumores surgiram ao longo das costas do mar acerca de marinheiros e homens abandonados sobre as águas que, por alguma sina, ou graça, ou favor dos Valar, entraram na Rota Reta e viram o rosto do mundo afundar abaixo deles e, assim, chegaram aos ancoradouros iluminados por lamparinas de Avallónë, ou, em verdade, às últimas praias nas margens de Aman, e lá contemplaram a Montanha Branca, terrível e bela, antes de morrer.

DOS ANÉIS DE PODER E DA TERCEIRA ERA

DOS ANÉIS DE PODER E DA TERCEIRA ERA

Na qual estas histórias chegam a seu fim

Em tempos antigos havia Sauron, o Maia, a quem os Sindar em Beleriand davam o nome de Gorthaur. No princípio de Arda, Melkor o seduziu à aliança consigo, e ele se tornou o maior e mais fiel dos serviçais do Inimigo e o mais perigoso, pois podia assumir muitas formas e, por muito tempo, se desejasse, ainda podia parecer nobre e belo, de modo a enganar a todos, exceto os mais prevenidos.

Quando as Thangorodrim foram destroçadas e Morgoth sobrepujado, Sauron pôs sua feição bela de novo e fez reverência a Eönwë, o arauto de Manwë, e abjurou todos os seus malfeitos. E alguns sustentam que isso não foi, no começo, feito com falsidade, mas que Sauron em verdade se arrependeu, ainda que apenas por medo, estando assustado com a queda de Morgoth e a grande ira dos Senhores do Oeste. Mas não fazia parte do poder de Eönwë perdoar aqueles de sua própria ordem, e ele ordenou que Sauron retornasse a Aman e lá recebesse o julgamento de Manwë. Então Sauron se envergonhou, e não estava disposto a retornar humilhado e receber dos Valar uma sentença, quiçá, de longa servidão em prova de sua boa-fé; pois sob Morgoth o seu poder tinha sido grande. Portanto, quando Eönwë partiu, escondeu-se na Terra-média; e recaiu no mal, pois os laços que Morgoth lançara sobre ele eram muito fortes.

Na Grande Batalha e nos tumultos da queda das Thangorodrim aconteceram magnas convulsões na terra, e Beleriand foi

DOS ANÉIS DE PODER E DA TERCEIRA ERA

destroçada e devastada; e a norte e a oeste muitas terras afundaram sob as águas do Grande Mar. No leste, em Ossiriand, as muralhas das Ered Luin foram quebradas, e uma grande fenda foi feita nelas na direção do sul, e um golfo do mar escorreu para dentro. Naquele golfo o Rio Lhûn seguiu um novo curso e ele foi chamado, portanto, de Golfo de Lhûn. Aquele país tinha outrora recebido dos Noldor o nome de Lindon, e esse nome passou a ter desde então; e muitos dos Eldar ainda habitavam lá, demorando-se, avessos, por ora, a abandonar Beleriand, onde tinham lutado e labutado longamente. Gil-galad, filho de Fingon, era seu rei, e com ele estava Elrond Meio-Elfo, filho de Eärendil, o Marinheiro, e irmão de Elros, primeiro rei de Númenor.

Nas costas do Golfo de Lhûn os Elfos construíram seus portos e deram-lhes o nome de Mithlond; e ali tinham muitos navios, pois o ancoradouro era bom. Dos Portos Cinzentos os Eldar, de quando em vez, içavam vela, fugindo da escuridão dos dias da Terra; pois, pela misericórdia dos Valar, os Primogênitos ainda podiam seguir a Rota Reta e retornar, se desejassem, à sua gente em Eressëa e em Valinor, além dos mares circundantes.

Outros dos Eldar havia que cruzaram as montanhas das Ered Luin naquela era e passaram-se para as terras do interior. Muitos desses eram Teleri, sobreviventes de Doriath e Ossiriand; e estabeleceram reinos, em meio aos Elfos Silvestres, em bosques e montanhas distantes do mar, pelo qual, mesmo assim, sempre ansiavam em seus corações. Apenas em Eregion, que os Homens chamavam de Azevim, Elfos de raça noldorin estabeleceram um reino duradouro além das Ered Luin. Eregion era próximo às grandes mansões dos Anãos que eram chamadas de Khazad-dûm, mas tinham o nome élfico de Hadhodrond e, mais tarde, o de Moria. De Ost-in-Edhil, a cidade dos Elfos, a estrada elevada seguia para o portão oeste de Khazad-dûm, pois surgiu uma amizade entre Anãos e Elfos, tal como nunca houve alhures, para o enriquecimento de ambos aqueles povos. Em Eregion os artífices dos Gwaith-i-Mírdain, o Povo dos Joalheiros, ultrapassaram em engenho todos os que algum dia dominaram esse ofício, salvo apenas o próprio Fëanor; e, de fato, o maior em arte em meio a eles era Celebrimbor, filho de Curufin, que se afastou de seu pai e permaneceu em Nargothrond quando Celegorm e Curufin foram expulsos, como está contado no "Quenta Silmarillion".

Em outros lugares da Terra-média houve paz por muitos anos; as terras, porém, eram, na maior parte, selvagens e desoladas, salvo apenas aonde ia o povo de Beleriand. Muitos Elfos lá habitavam, de fato, como tinham habitado através dos anos incontáveis, vagando livres nas vastas terras longe do Mar; mas eram Avari, para quem as façanhas em Beleriand eram não mais que um rumor, e Valinor, apenas um nome distante. E no sul e mais a leste os Homens se multiplicavam, e a maioria deles se voltou para o mal, pois Sauron estava agindo.

Vendo a desolação do mundo, Sauron disse em seu coração que os Valar, tendo sobrepujado a Morgoth, haviam esquecido de novo a Terra-média; e seu orgulho cresceu a passos largos. Olhava com ódio para os Eldar, e temia os Homens de Númenor que voltavam por vezes, em seus navios, às costas da Terra-média; mas por muito tempo dissimulou o que tinha em mente e ocultou os desígnios sombrios aos quais dava forma em seu coração.

Os Homens ele descobriu serem os mais fáceis de dobrar de todos os povos da Terra; mas, por muito tempo, buscou persuadir os Elfos a ficarem a seu serviço, pois sabia que os Primogênitos tinham maior poder; e viajou para cá e para lá entre eles, e sua feição ainda era a de alguém tanto belo como sábio. Apenas a Lindon não vinha, pois Gil-galad e Elrond duvidavam dele e de sua bela aparência e, embora não soubessem quem ele era em verdade, não o admitiam àquela terra. Mas alhures os Elfos o recebiam contentes, e poucos entre eles escutavam os mensageiros de Lindon pedindo que tivessem cuidado; pois Sauron tomou para si o nome de Annatar, o Senhor das Dádivas, e tinham, no princípio, muito proveito de sua amizade. E dizia a eles: "Ai da fraqueza dos grandes! Pois um rei poderoso é Gil-galad, e sábio em todo conhecimento é Mestre Elrond; e, contudo, não me querem auxiliar em meus labores. Será que não desejam ver outras terras se tornarem tão ditosas quanto a deles? Mas por que motivo a Terra-média deveria permanecer para sempre desolada e sombria, enquanto os Elfos poderiam torná-la tão bela quanto Eressëa e, quiçá, tanto quanto Valinor? E já que não retornastes para lá, como podíeis, percebo que amais esta Terra-média como eu amo. Não é então nossa tarefa labutar juntos para o seu enriquecimento e para a elevação de todas as gentes-élficas que vagam aqui sem instrução à altura daquele poder e sem o conhecimento que têm aqueles que estão além-Mar?"

Foi em Eregion que os conselhos de Sauron foram recebidos com mais contentamento, pois naquela terra os Noldor desejavam sempre aumentar o engenho e a sutileza de suas obras. Ademais, não estavam em paz em seus corações, já que tinham recusado o retorno ao Oeste, e desejavam tanto ficar na Terra-média, a qual de fato amavam, quanto gozar da ventura daqueles que tinham partido. Portanto, deram ouvidos a Sauron e aprenderam dele muitas coisas, pois seu conhecimento era grande. Naqueles dias, os artífices de Ost-in-Edhil ultrapassaram tudo o que tinham criado antes; e planejaram, e fizeram Anéis de Poder. Mas Sauron guiava o labor deles e estava ciente de tudo o que faziam; pois o seu desejo era lançar um laço sobre os Elfos e mantê-los sob sua vigilância.

Ora, os Elfos fizeram muitos anéis; mas, secretamente, Sauron fez Um Anel para reger a todos os outros, e o poder deles foi atado a esse Anel para que fosse inteiramente sujeito a ele e durasse apenas enquanto ele também durasse. E muito da força e da vontade de Sauron foram passadas para aquele Um Anel; pois o poder dos anéis-élficos era muito grande, e aquilo que fosse governá-los tinha de ser uma coisa de imensa potência; e Sauron o forjou na Montanha de Fogo, na Terra da Sombra. E, enquanto usava o Um Anel, conseguia perceber todas as coisas que eram feitas por meio dos anéis menores e podia ver e governar os próprios pensamentos daqueles que os usavam.

Mas os Elfos não seriam apanhados tão facilmente. Assim que Sauron pôs o Um Anel em seu dedo, ficaram cientes dele; e o reconheceram, e perceberam que desejava ser o mestre deles e de tudo o que tinham criado. Então, em raiva e medo, tiraram seus anéis. Mas ele, descobrindo que fora traído e que os Elfos não tinham sido enganados, encheu-se de ira; e veio contra eles em guerra aberta, exigindo que todos os anéis lhe fossem entregues, já que os artífices-élficos não poderiam ter chegado a criá-los sem o seu saber e seu conselho. Mas os Elfos fugiram dele; e três de seus anéis eles salvaram, e os levaram para longe, e os esconderam.

Ora, esses eram os Três que tinham sido feitos por último e possuíam os maiores poderes. Narya, Nenya e Vilya eram seus nomes, os Anéis de Fogo, e de Água, e de Ar, engastados com rubi, e adamante, e safira; e de todos os anéis-élficos eram os que Sauron mais desejava possuir, pois aqueles que os tinham sob sua guarda podiam evitar a decadência do tempo e adiar o cansaço do mundo. Mas Sauron não conseguiu descobrir onde estavam, pois foram dados às mãos dos Sábios, que os ocultaram e nunca mais os usaram abertamente enquanto Sauron manteve consigo o Anel Regente. Portanto, os Três permaneceram imaculados, pois foram forjados por Celebrimbor apenas, e a mão de Sauron nunca os tinha tocado; contudo, eles também estavam sujeitos ao Um.

Desde aquele tempo, a guerra nunca cessou entre Sauron e os Elfos; e Eregion foi devastado, e Celebrimbor, morto, e as portas de Moria foram trancadas. Naquele tempo, o lugar fortificado e refúgio de Imladris, que os Homens chamavam de Valfenda, foi fundado por Elrond Meio-Elfo; e por muito tempo resistiu. Mas Sauron reuniu em suas mãos todos os Anéis de Poder remanescentes; e os entregou aos outros povos da Terra-média, esperando assim colocar sob sua tutela todos aqueles que desejavam poder secreto além da medida de sua gente. Sete anéis deu aos Anãos; mas aos Homens deu nove, pois os Homens se mostraram, nessa matéria tal como em outras, os mais abertos à sua vontade. E todos aqueles anéis que governava ele perverteu com mais facilidade, porque tivera uma parte em sua criação, e eram amaldiçoados, e traíram, no final, todos aqueles que os usavam. Os Anãos, de fato, mostraram-se vigorosos e difíceis de domar; pois pouco suportam

DOS ANÉIS DE PODER E DA TERCEIRA ERA

a dominação da parte de outrem, e os pensamentos de seus corações são difíceis de vasculhar, nem podem eles ser transformados em sombras. Usaram seus anéis apenas para a obtenção de riqueza; mas a ira e uma cobiça desmesurada por ouro acenderam-se em seus corações, das quais depois veio suficiente mal para o proveito de Sauron. Dizem que a fundação de cada um dos Sete Tesouros dos Reis-Anãos de outrora era um anel de ouro; mas todos esses tesouros há muito tempo foram saqueados, e os Dragões os devoraram, e, dos Sete Anéis, alguns foram consumidos no fogo e alguns Sauron recuperou.

Os Homens se mostraram mais fáceis de enredar. Aqueles que usavam os Nove Anéis se tornaram poderosos em seus dias, reis, feiticeiros e guerreiros de outrora. Obtiveram glória e grande riqueza, mas isso se revelou sua desdita. Tinham, ao que parecia, vida interminável, mas a vida se tornou insuportável para eles. Podiam caminhar, se quisessem, sem ser vistos por todos os olhos neste mundo sob o sol, e podiam ver coisas em mundos invisíveis para homens mortais; mas mais frequentemente contemplavam apenas os espectros e as ilusões de Sauron. E um por um, mais cedo ou mais tarde, de acordo com sua força nativa e com o bem ou o mal de suas vontades no princípio, caíram sob a servidão do anel que portavam e sob o domínio do Um, que era de Sauron. E se tornaram para sempre invisíveis, salvo para aquele que usava o Anel Regente, e entraram no reino das sombras. Os Nazgûl eram eles, os Espectros-do-Anel, os mais terríveis serviçais do Inimigo; a escuridão os acompanhava, e gritavam com as vozes da morte.

Ora, a cobiça e a soberba de Sauron aumentaram até não reconhecer limite algum, e decidiu fazer de si mestre de todas as coisas da Terra-média, e destruir os Elfos, e realizar, se pudesse, a queda de Númenor. Não aceitava liberdade nem rival algum, e chamou a si mesmo de Senhor da Terra. Uma máscara ainda podia usar de modo que, se desejasse, era capaz de enganar os olhos dos Homens, parecendo-lhes sábio e belo. Mas governava antes por força e medo, se lhe pudessem valer; e aqueles que percebiam sua sombra se espalhando pelo mundo o chamaram de Senhor Sombrio e lhe deram o nome de Inimigo;

e ele reuniu de novo sob seu governo todas as coisas malignas dos dias de Morgoth que permaneciam na terra ou debaixo dela, e os Orques estavam sob seu comando e se multiplicavam como moscas. Assim os Anos de Trevas começaram, aos quais os Elfos chamam de Dias de Fuga. Naquele tempo, muitos dos Elfos da Terra-média fugiram para Lindon e de lá atravessaram o mar para nunca retornar; e muitos foram destruídos por Sauron e seus serviçais. Mas, em Lindon, Gil-galad ainda mantinha seu poder, e Sauron ainda não ousava cruzar as montanhas das Ered Luin ou atacar os Portos; e Gil-galad era auxiliado pelos Númenóreanos. Em outros lugares, Sauron reinava, e aqueles que queriam ser livres buscavam refúgio nos lugares inacessíveis, em mata e montanha, e sempre o medo os perseguia. No leste e no sul quase todos os Homens estavam sob o domínio dele, e se tornaram fortes naqueles dias e construíram muitas cidades e muralhas de pedra, e eram numerosos e ferozes na guerra e armados com ferro. Para eles Sauron era tanto rei como deus; e o temiam sobremaneira, pois ele cercava sua morada com fogo.

Contudo, veio afinal uma pausa nas investidas de Sauron sobre as terras do oeste. Pois, como está contado no "Akallabêth", ele foi desafiado pelo poderio de Númenor. Tão grande era o poder e esplendor dos Númenóreanos no zênite de seu reino, que os serviçais de Sauron não puderam detê-los, e, esperando realizar por astúcia o que não pôde obter por força, ele deixou a Terra-média por algum tempo e foi a Númenor como refém de Tar-Calion, o Rei. E lá morou até que, afinal, por suas artes corrompeu os corações da maioria daquele povo e os pôs em guerra contra os Valar, e assim concretizou a ruína deles, como por muito tempo desejara. Mas essa ruína foi mais terrível do que Sauron tinha previsto, pois se esquecera do poderio dos Senhores do Oeste em sua fúria. O mundo foi quebrado, e a terra foi engolida, e os mares se ergueram sobre ela, e o próprio Sauron desceu ao abismo. Mas o seu espírito se levantou e fugiu em um vento sombrio de volta à Terra-média, buscando um lar. Ali descobriu que o poder de Gil-galad se tornara grande nos anos de sua ausência, e estava espalhado agora sobre vastas regiões do norte e do oeste, e passara além das Montanhas Nevoentas e do Grande Rio, chegando até as fronteiras de Verdemata, a Grande, e estava se aproximando dos lugares fortificados onde antes ele habitara em segurança. Então Sauron recuou para sua fortaleza na Terra Negra e planejou guerra.

Naquele tempo, aqueles dos Númenóreanos que foram salvos da destruição fugiram para o leste, como está contado no "Akallabêth". O principal desses era Elendil, o Alto, e seus filhos, Isildur e Anárion. Parentes do Rei eram eles, descendentes de Elros, mas não estavam dispostos a ouvir Sauron e tinham se recusado a fazer guerra aos Senhores do Oeste. Indo a bordo de seus navios com todos os que permaneceram fiéis, abandonaram a terra de Númenor antes que a ruína lhe sobreviesse. Eram homens poderosos, e seus navios eram fortes e altos, mas as tormentas os alcançaram, e foram carregados no alto em montanhas d'água até as nuvens e desceram sobre a Terra-média como aves da tempestade.

Elendil foi lançado pelas ondas na terra de Lindon e lá ganhou a amizade de Gil-galad. Depois subiu o Rio Lhûn e, do outro lado das Ered Luin, estabeleceu o seu reino, e seu povo habitou em muitos lugares de Eriador à volta dos cursos do Lhûn e do Baranduin; mas sua principal cidade era Annúminas, à beira das águas do Lago Nenuial. Em Fornost, sobre as Colinas do Norte, também os Númenóreanos habitavam, e em Cardolan e nos montes de Rhudaur; e torres ergueram sobre as Emyn Beraid e sobre o Amon Sûl; e ainda há muitos tesos e construções arruinadas naqueles lugares, mas as torres das Emyn Beraid ainda estão voltadas para o mar.

Isildur e Anárion foram carregados para o sul e, por fim, subiram com seus navios o Grande Rio Anduin, que corre por Rhovanion até o mar do oeste, na Baía de Belfalas; e estabeleceram um reino naquelas terras, que depois foram chamadas de Gondor, enquanto o Reino do Norte recebeu o nome de Arnor. Muito antes, nos dias do poder deles, os marinheiros de Númenor tinham estabelecido um porto e lugares fortificados em volta das fozes do Anduin, apesar da presença de Sauron na Terra Negra, que ficava a leste. Em épocas posteriores, a esse porto vinham apenas os Fiéis de Númenor, e muitos, portanto, do povo das terras costeiras naquela região eram aparentados, no todo ou em parte, aos Amigos-dos-Elfos e ao povo de Elendil e receberam bem seus filhos. A principal cidade desse reino sulino era Osgiliath, em cujo meio o Grande Rio passava; e os Númenóreanos construíram ali uma grande ponte, sobre a qual havia torres e casas de pedra maravilhosas de se contemplar, e altos navios vinham do mar para os ancoradouros da cidade. Outros lugares fortificados construíram também em cada lado do rio: Minas Ithil, a Torre da Lua Nascente, a leste, sobre uma falda das Montanhas de Sombra, como uma ameaça a Mordor; e, a oeste, Minas Anor, a Torre do Sol Poente, aos pés do Monte Mindolluin, como um escudo contra os homens selváticos dos vales. Em Minas Ithil ficava a casa de Isildur e, em Minas Anor, a casa de Anárion, mas eles compartilhavam entre si o reino, e seus tronos estavam postos lado a lado no Grande Salão de Osgiliath. Essas eram as principais habitações dos Númenóreanos em Gondor, mas outras obras, maravilhosas e fortes, eles construíram na terra nos dias de seu poder, nas Argonath, e em Aglarond, e em Erech; e no círculo de Angrenost, que os Homens chamavam de Isengard, fizeram o Pináculo de Orthanc de rocha inquebrável.

Muitos tesouros e grandes heranças de virtude e assombro os Exilados tinham trazido de Númenor; e desses os mais renomados eram as Sete Pedras e a Árvore Branca. A Árvore Branca crescera do fruto de Nimloth, a Bela, que ficava nos pátios do Rei em Armenelos de Númenor, antes que Sauron a queimasse; e Nimloth descendia, por sua vez, da Árvore de Tirion, que era uma imagem da Mais Antiga das Árvores, a Branca Telperion, que Yavanna fizera crescer na terra dos Valar. A Árvore, memorial dos Eldar e da luz de Valinor, foi plantada em Minas Ithil diante da casa de Isildur, já que ele tinha salvado o fruto da destruição; mas as Pedras foram divididas.

Três Elendil tomou consigo, e seus filhos, duas cada um. Aquelas pertencentes a Elendil foram postas em torres sobre as Emyn Beraid, sobre o Amon Sûl e na cidade de Annúminas. Mas aquelas que eram de seus filhos estavam em Minas Ithil e

DOS ANÉIS DE PODER E DA TERCEIRA ERA

Minas Anor e em Orthanc e Osgiliath. Ora, essas Pedras tinham esta virtude: aqueles que nelas olhavam podiam perceber coisas muito distantes, seja no espaço ou no tempo. Na maioria das vezes, revelavam apenas coisas próximas a outra Pedra-irmã, pois cada Pedra se ligava às outras; mas aqueles que possuíam grande força de vontade e de mente podiam aprender a direcionar seu olhar para onde quisessem. Assim os Númenóreanos ficavam cientes de muitas coisas que seus inimigos desejavam ocultar, e pouco escapava de sua vigilância nos dias de seu poderio.

Dizem que as torres das Emyn Beraid não foram de fato construídas pelos Exilados de Númenor, mas foram erigidas por Gil-galad para Elendil, seu amigo; e a Pedra Vidente dos Emyn Beraid foi posta em Elostirion, a mais alta das torres. Para lá Elendil, por vezes, se dirigia e dali fitava, quando o sofrimento do exílio lhe sobrevinha, os mares que separam; e acredita-se que assim, por vezes, ele via muito ao longe até mesmo a Torre de Avallónë, em Eressëa, onde a Pedra-mestra ficava e ainda fica. Essas pedras foram presentes dos Eldar a Amandil, pai de Elendil, para confortar os Fiéis de Númenor em seus dias sombrios, quando os Elfos não mais podiam ir àquela terra debaixo da sombra de Sauron. Eram chamadas de Palantíri, aquelas que observam ao longe; mas todas aquelas que foram trazidas à Terra-média muito tempo atrás se perderam.

Assim os Exilados de Númenor estabeleceram seus reinos em Arnor e em Gondor; mas, antes que muitos anos tivessem passado, tornou-se manifesto que seu inimigo, Sauron, também tinha retornado. Ele veio em segredo, como se contou, a seu antigo reino de Mordor, detrás da Ephel Dúath, as Montanhas de Sombra, e aquele país fazia fronteira com Gondor do lado leste. Ali, acima do vale de Gorgoroth, estava construída sua vasta e magna fortaleza, Barad-dûr, a Torre Sombria; e havia uma montanha ígnea naquela terra, que os Elfos chamavam de Orodruin. De fato, foi por essa razão que Sauron tinha posto ali sua habitação havia muito, pois usava o fogo que manava do coração da terra em suas feitiçarias e em suas forjas; e em meio à Terra de Mordor ele deu forma ao Anel Regente. Agora lá maquinava no escuro, até que fez para si uma nova forma; e essa era terrível, pois seu semblante belo tinha partido para sempre quando foi lançado no abismo durante a submersão de Númenor. Tomou consigo outra vez o grande Anel e se vestiu com poder; e a malícia do Olho de Sauron poucos, mesmo entre os grandes de Elfos e Homens, podiam suportar.

Ora, Sauron se preparou para a guerra contra os Eldar e os Homens de Ociente, e os fogos da Montanha foram despertos de novo. Donde, vendo a fumaça do Orodruin ao longe e percebendo que Sauron tinha retornado, os Númenóreanos deram novo nome àquela montanha, Amon Amarth, isto é, Monte da Perdição. E Sauron reuniu consigo grande força de seus serviçais do leste e do sul; e em meio a eles havia não poucos da alta raça de Númenor. Pois, nos dias da morada de Sauron naquela terra, os corações de quase todo o seu povo tinham se voltado para a escuridão. Portanto, muitos dos que navegaram para o leste naquele tempo e fizeram fortalezas e habitações nas costas já estavam inclinados à sua vontade e ficaram contentes em servi-lo ainda na Terra-média. Mas por causa do poder de Gil-galad, esses renegados, senhores tão poderosos quanto malignos, em sua maior parte fizeram suas moradas nas longínquas terras do sul; contudo, dois havia, Herumor e Fuinur, que ascenderam ao poder entre os Haradrim, um povo numeroso e cruel que habitava as vastas terras ao sul de Mordor, além das fozes do Anduin.

Quando, portanto, Sauron achou que sua hora chegara, veio com grande força contra o novo reino de Gondor, e tomou Minas Ithil, e destruiu a Árvore Branca de Isildur que crescia ali. Mas Isildur escapou e, tomando consigo um rebento da Árvore, seguiu rio abaixo com sua esposa e seus filhos de navio, e eles velejaram das fozes do Anduin em busca de Elendil. Enquanto isso, Anárion defendia Osgiliath do Inimigo e, por ora, o empurrou de volta às montanhas; mas Sauron reuniu suas forças de novo, e Anárion sabia que, a não ser que viesse ajuda, o seu reino não duraria muito.

Ora, Elendil e Gil-galad reuniram-se em conselho, pois percebiam que Sauron tornar-se-ia forte demais e sobrepujaria seus

DOS ANÉIS DE PODER E DA TERCEIRA ERA

inimigos um a um, se não se unissem contra ele. Portanto, fizeram aquela Liga que é chamada de Última Aliança e marcharam para o leste da Terra-média congregando uma grande hoste de Elfos e Homens; e se detiveram por algum tempo em Imladris. Dizem que a hoste que se ajuntou lá era a mais bela e a mais esplêndida em armas que qualquer uma surgida desde então na Terra-média, e nenhuma maior que ela tinha sido convocada desde que a hoste dos Valar atacara as Thangorodrim.

De Imladris cruzaram as Montanhas Nevoentas por muitos passos e marcharam Rio Anduin abaixo, e assim chegaram afinal diante da hoste de Sauron, em Dagorlad, a Planície da Batalha, que está diante do portão da Terra Negra. Todas as coisas vivas estavam divididas naquele dia, e alguns de cada espécie, até mesmo entre feras e aves, podiam ser encontrados em cada hoste, salvo os Elfos apenas. Somente eles não estavam divididos e seguiam Gil-galad. Dos Anãos poucos lutaram de cada lado; mas a gente de Durin de Moria lutou contra Sauron.

A hoste de Gil-galad e Elendil obteve a vitória, pois o poderio dos Elfos ainda era grande naqueles dias, e os Númenóreanos eram fortes e altos e terríveis em sua ira. Contra Aeglos, a lança de Gil-galad, ninguém podia resistir; a espada de Elendil enchia Orques e Homens de medo, pois brilhava com a luz do sol e da lua, e seu nome era Narsil.

Então Gil-galad e Elendil entraram em Mordor e se postaram em volta da fortaleza de Sauron; e a puseram sob cerco durante sete anos, e sofreram duras perdas por fogo e pelos dardos e setas do Inimigo, e Sauron lançou muitas surtidas contra eles. Ali, no vale de Gorgoroth, Anárion, filho de Elendil, foi morto, e muitos outros. Mas enfim o cerco se tornou tão apertado que o próprio Sauron veio para fora; e lutou com Gil-galad e Elendil, e ambos foram mortos, e a espada de Elendil quebrou debaixo dele quando tombou. Mas Sauron também foi derrubado e, com o pedaço da lâmina de Narsil preso ao cabo, Isildur cortou o Anel Regente da mão de Sauron e o tomou para si. Então Sauron foi, por aquele tempo, derrotado, e abandonou seu corpo, e seu espírito fugiu para longe e se escondeu em lugares ermos; e ele não assumiu forma visível de novo por muitos e longos anos.

Assim começou a Terceira Era do Mundo, depois dos Dias Mais Antigos e dos Anos de Trevas; e havia ainda esperança naquele tempo e a memória da alegria, e, por muito tempo, a Árvore Branca dos Eldar floriu nos pátios dos Reis de Homens, pois o rebento que ele havia salvado Isildur plantou na cidadela de Anor em memória de seu irmão, antes que partisse de Gondor. Os serviçais de Sauron foram derrotados e dispersos, embora não fossem de todo destruídos; e, ainda que muitos Homens dessem agora as costas ao mal e se tornassem sujeitos aos herdeiros de Elendil, muitos mais recordavam Sauron em seus corações e odiavam os reinos do Oeste. A Torre Sombria foi arrasada até o chão, mas suas fundações permaneciam, e ela não foi esquecida. Os Númenóreanos, de fato, puseram uma guarda sobre a terra de Mordor, mas ninguém ousava habitar ali por causa do terror da memória de Sauron e por causa da Montanha de Fogo que estava perto de Barad-dûr; e o vale de Gorgoroth se encheu de cinza. Muitos dos Elfos e muitos dos Númenóreanos e dos Homens que foram seus aliados tinham perecido na Batalha e no Cerco; e Elendil, o Alto, e Gil-galad, o Alto Rei, não mais viviam. Nunca mais foi tal hoste congregada, nem houve mais tal liga de Elfos e Homens; pois, depois dos dias de Elendil, as duas gentes se afastaram.

O Anel Regente desapareceu do conhecimento até mesmo dos Sábios daquela era; contudo, não foi desfeito. Pois Isildur não queria cedê-lo a Elrond e Círdan, que estavam a seu lado. Eles o aconselharam a lançá-lo no fogo de Orodruin, ali próximo, no qual tinha sido forjado, de modo que pereceria, e o poder de Sauron seria para sempre diminuído, e ele permaneceria apenas como uma sombra de maldade nos ermos. Mas Isildur recusou esse conselho, dizendo: "Isto guardarei como preço de sangue pela morte de meu pai e de meu irmão. Não fui eu que atingi o Inimigo com o golpe mortal?" E o Anel que segurava lhe parecia sobremaneira belo de se contemplar; e não deixou que fosse destruído. Tomando-o consigo, portanto, retornou primeiro a Minas Anor, e ali plantou a Árvore Branca em memória de seu irmão, Anárion. Mas logo partiu e, depois de ter dado conselhos a Meneldil, filho de seu irmão, e de lhe

DOS ANÉIS DE PODER E DA TERCEIRA ERA

ter entregado o domínio do sul, levou embora o Anel, para que fosse uma herança de sua casa, e marchou de Gondor para o norte pelo caminho usado por Elendil em sua vinda; e abandonou o Reino do Sul, pois pretendia assumir o domínio de seu pai em Eriador, longe da sombra da Terra Negra.

Mas Isildur foi sobrepujado por uma hoste de Orques que estava à espreita nas Montanhas Nevoentas; e desceram sobre ele sem aviso em seu acampamento entre a Verdemata e o Grande Rio, perto de Loeg Ningloron, os Campos de Lis, pois tinha se descuidado e não havia posto guarda, julgando que todos os seus inimigos tinham sido derrotados. Ali quase todo o seu povo foi morto, e entre eles estavam seus três filhos mais velhos, Elendur, Aratan e Ciryon; mas sua esposa e seu filho mais novo, Valandil, ele tinha deixado em Imladris quando foi à guerra. O próprio Isildur escapou por meio do Anel, pois quando o usava ficava invisível a todos os olhos; mas os Orques o caçaram por faro e trilha até que ele chegou ao Rio e mergulhou nele. Ali o Anel o traiu e vingou seu criador, pois escorregou do dedo de Isildur enquanto ele nadava e se perdeu n'água. Então os Orques o viram enquanto forcejava na corrente, e o feriram com muitas flechas, e esse foi o seu fim. Apenas três de seu povo conseguiram atravessar as montanhas depois de muitas andanças; e um desses era Ohtar, seu escudeiro, a quem ele tinha mandado guardar os pedaços da espada de Elendil.

Assim Narsil chegou, no tempo devido, às mãos de Valandil, o herdeiro de Isildur, em Imladris; mas a lâmina estava quebrada e sua luz se extinguira e não foi forjada de novo. E Mestre Elrond profetizou que isso não seria feito até que o Anel Regente fosse achado de novo e Sauron retornasse; mas a esperança de Elfos e Homens era que essas coisas nunca viessem a se passar.

Valandil fez sua morada em Annúminas, mas seu povo estava diminuído, e dos Númenóreanos e dos Homens de Eriador restavam agora muito poucos para povoar a terra ou manter todos os lugares que Elendil construíra; em Dagorlad, e em Mordor, e nos Campos de Lis, muitos tinham tombado. E veio a acontecer, depois dos dias de Eärendur, o sétimo rei que se seguiu a Valandil, que os Homens de Ociente, os Dúnedain do Norte, ficaram divididos em pequenos reinos e senhorios, e seus inimigos os devoraram um a um. Sempre decaíam com os anos, até que sua glória passou, deixando apenas tesos verdejantes na relva. Por fim, nada restava deles exceto um povo estranho, vagando em segredo pelo ermo, e outros homens não conheciam seus lares ou o propósito de suas jornadas e, salvo em Imladris, na casa de Elrond, sua ascendência foi esquecida. Contudo, os pedaços da espada foram guardados com cuidado durante muitas vidas de Homens pelos herdeiros de Isildur; e sua linhagem de pai para filho permaneceu intacta.

No sul, o reino de Gondor durou, e, por algum tempo, seu esplendor cresceu até recordar a riqueza e a majestade de Númenor antes da queda. Altas torres o povo de Gondor construiu, e lugares fortificados, e portos de muitos navios; e a Coroa Alada dos Reis de Homens era tida em reverência por gentes de muitas terras e línguas. Por muitos anos a Árvore Branca cresceu diante da casa do Rei, em Minas Anor, semente daquela árvore que Isildur trouxera, através das profundezas do mar, de Númenor; e a semente dessa, por sua vez, viera de Avallónë e, antes disso, de Valinor, no Dia antes dos dias, quando o mundo era jovem.

Porém, enfim, no cansaço dos anos velozes da Terra-média Gondor definhou, e a linhagem de Meneldil, filho de Anárion, fraquejou. Pois o sangue dos Númenóreanos se tornou muito misturado ao de outros homens, e seu poder e sua sabedoria diminuíram, e seu tempo de vida encurtou, e a guarda sobre Mordor adormentou-se. E nos dias de Telemnar, o terceiro e vigésimo da linhagem de Meneldil, uma praga chegou nas asas de ventos sombrios do leste e feriu de morte o Rei e seus filhos, e muitos do povo de Gondor pereceram. Então os fortes nas fronteiras de Mordor ficaram desertos, e Minas Ithil se esvaziou de seu povo; e o mal entrou na Terra Negra em segredo, e as cinzas de Gorgoroth se remexeram como que por um vento gélido, pois formas sombrias se reuniam lá. Dizem que esses eram de fato os Úlairi, a quem Sauron chamava de Nazgûl, os Nove Espectros-do-Anel que, havia muito, permaneciam escondidos, mas retornavam agora para preparar os caminhos de seu Mestre, pois ele tinha começado a crescer de novo.

DOS ANÉIS DE PODER E DA TERCEIRA ERA

E, nos dias de Eärnil, fizeram seu primeiro ataque, e vieram à noite de Mordor, pelos passos das Montanhas de Sombra, e tomaram Minas Ithil para ser sua morada; e fizeram dela um lugar de tal horror que ninguém ousava contemplá-lo. Dali em diante, a cidade foi chamada de Minas Morgul, a Torre de Feitiçaria; e Minas Morgul estava sempre em guerra com Minas Anor, no oeste. Então Osgiliath, que no definhar daquele povo havia muito estava deserta, tornou-se um lugar de ruínas e uma cidade de fantasmas. Mas Minas Anor resistiu e recebeu o nome novo de Minas Tirith, a Torre de Guarda; pois lá os reis tinham mandado construir na cidade uma torre branca, muito alta e bela, e seus olhos miravam muitas terras. Orgulhosa ainda e forte era aquela cidade, e nela a Árvore Branca ainda floriu por algum tempo diante da casa dos Reis; e lá os remanescentes dos Númenóreanos ainda defendiam a passagem do Rio contra os terrores de Minas Morgul e contra todos os inimigos do Oeste: Orques, e monstros, e Homens malignos; e, assim, as terras atrás deles, a oeste do Anduin, foram protegidas da guerra e da destruição.

Minas Tirith ainda resistiu depois dos dias de Eärnur, filho de Eärnil e último Rei de Gondor. Foi ele que cavalgou sozinho até os portões de Minas Morgul para enfrentar o desafio do Senhor-de-Morgul; e o enfrentou em combate singular, mas foi traído pelos Nazgûl e levado vivo para dentro da cidade do tormento, e nenhum homem vivente jamais o viu de novo. Ora, Eärnur não deixou herdeiro, mas quando a linhagem dos Reis terminou, os Regentes da casa de Mardil, o Fiel, governaram a cidade e seu reino cada vez menor; e os Rohirrim, os Cavaleiros do Norte, vieram e habitaram na terra verdejante de Rohan, que antes tinha o nome de Calenardhon e fora parte do reino de Gondor; e os Rohirrim auxiliaram os Senhores da Cidade em suas guerras. E ao norte, além das Quedas de Rauros e dos Portões das Argonath, havia ainda outras defesas, poderes mais antigos, dos quais os Homens sabiam pouco, contra os quais as coisas malignas não ousavam agir até que, quando o momento estivesse maduro, seu senhor sombrio, Sauron, voltasse a se revelar. E, até a chegada daquele tempo, nunca mais, depois dos dias de Eärnil, os Nazgûl ousaram cruzar o Rio ou sair de sua cidade em forma visível aos Homens.

Em todos os dias da Terceira Era, depois da queda de Gil-galad, Mestre Elrond morou em Imladris, e reuniu lá muitos Elfos e outros seres de sabedoria e poder vindos de todas as gentes da Terra-média, e preservou, ao longo de muitas vidas de Homens, a memória de tudo o que fora belo; e a casa de Elrond era um refúgio para os exaustos e os oprimidos, e um tesouro de bom conselho e conhecimento sábio. Naquela casa eram abrigados os Herdeiros de Isildur, na infância e na velhice, por causa do parentesco de seu sangue com o próprio Elrond e porque ele tinha conhecimento, em sua sabedoria, de que havia de vir alguém daquela linhagem a quem um grande papel estava designado nos últimos feitos daquela Era. E, até que chegasse esse tempo, os pedaços da espada de Elendil foram postos sob a guarda de Elrond, quando os dias dos Dúnedain escureceram e eles se tornaram um povo viandante.

Em Eriador, Imladris era a principal habitação dos Altos Elfos; mas nos Portos Cinzentos de Lindon morava também um remanescente do povo de Gil-galad, o Rei-élfico. Por vezes eles vagavam pelas terras de Eriador, mas, em sua maior parte, viviam perto das costas do mar, construindo e reparando os navios-élficos nos quais aqueles dos Primogênitos que ficavam cansados do mundo içavam vela para o extremo Oeste. Círdan, o Armador, era senhor dos Portos e poderoso entre os Sábios.

Dos Três Anéis que os Elfos tinham preservado sem mácula nunca se dizia palavra clara entre os Sábios, e poucos, mesmo entre os Eldar, sabiam onde eles estavam. Contudo, depois da queda de Sauron, o poder deles estava sempre operando e onde se encontravam também habitava a alegria, e todas as coisas escapavam da mancha das tristezas do tempo. Portanto, antes que a Terceira Era terminasse, os Elfos perceberam que o Anel de Safira estava com Elrond, no belo vale de Valfenda, sobre cuja casa as estrelas do céu mais claramente brilhavam; enquanto o Anel de Adamante estava na Terra de Lórien, onde habitava a Senhora Galadriel. Rainha era ela dos Elfos das matas, esposa de Celeborn de Doriath, mas ela mesma vinha dos Noldor e recordava o Dia antes dos dias em Valinor, e era a mais poderosa e a mais bela de todos os Elfos que permaneciam na Terra-média. Mas o Anel Vermelho permaneceu oculto até o fim, e ninguém exceto Elrond, Galadriel e Círdan sabiam a quem tinha sido confiado.

Assim foi que em dois domínios a ventura e a beleza dos Elfos permaneciam ainda indiminuídas enquanto aquela Era durou: em Imladris; e em Lothlórien, a terra oculta entre o Celebrant e o Anduin, onde as árvores portavam flores d'ouro e nenhum Orque ou coisa maligna jamais ousava aparecer. Muitas vozes, porém, ouviam-se entre os Elfos com o presságio de que, se Sauron surgisse de novo, então ou ele acharia o Anel Regente que estava perdido, ou, com sorte, seus inimigos iriam descobri-lo e destruí-lo; mas, de qualquer modo, os poderes dos Três haviam então de fraquejar, e todas as coisas mantidas por eles feneceriam, e assim os Elfos entrariam em seu crepúsculo, e o Domínio dos Homens começaria.

E assim, de fato, aconteceu desde então: o Um, e os Sete, e os Nove foram destruídos; e os Três se foram, e com eles a Terceira Era terminou, e as Histórias dos Eldar na Terra-média se aproximam de seu fecho. Aqueles foram os Anos do Esvanecer, e neles a última florada dos Elfos a leste do Mar chegou a seu inverno. Naquele tempo, os Noldor caminhavam ainda nas Terras de Cá, mais poderosos e mais belos dos filhos do mundo, e suas línguas ainda se faziam ouvir nos ouvidos mortais. Muitas coisas de beleza e de assombro permaneciam na terra naquele tempo, e muitas coisas também de malignidade e de terror: Orques havia, e trols, e dragões, e feras horrendas, e criaturas estranhas, antigas e sábias nas matas, cujos nomes estão esquecidos; Anãos ainda labutavam nos montes e faziam com paciente engenho obras de metal e de pedra que ninguém agora pode igualar. Mas o Domínio dos Homens estava sendo preparado, e todas as coisas estavam mudando até que, afinal, o Senhor Sombrio surgiu de novo em Trevamata.

Ora, dantes o nome daquela floresta tinha sido Verdemata, a Grande, e seus vastos salões e alamedas eram a morada de muitos bichos e de aves de claro canto; e ali era o domínio do Rei Thranduil, sob o carvalho e a faia. Mas depois de muitos anos, quando quase um terço daquela era do mundo tinha passado, uma escuridão se esgueirou devagar através da mata, vinda do sul, e o medo pôs-se a caminhar lá em espaços sombrios; feras temíveis vieram a caçar, e criaturas cruéis e malignas lá puseram suas armadilhas.

Então o nome da floresta foi mudado, e Trevamata é como passaram a chamá-la, pois a sombra da noite jazia profunda sobre ela, e poucos ousavam atravessá-la, salvo apenas no norte, onde o povo de Thranduil ainda mantinha o mal à distância. Donde esse mal veio poucos podiam dizer e demorou até que mesmo os Sábios pudessem descobri-lo. Era a sombra de Sauron e o sinal de seu retorno. Pois vindo dos lugares devastados do Leste, ele fez sua morada no sul da floresta e, lentamente, cresceu e tomou forma ali outra vez; em uma colina escura estabeleceu sua habitação e fazia lá sua feitiçaria, e toda gente temia o Feiticeiro de Dol Guldur e, no entanto, não sabiam, no começo, quão grande era o seu perigo.

Enquanto as primeiras sombras se faziam sentir em Trevamata, apareceram no oeste da Terra-média os Istari, a quem os Homens chamavam de Magos. Ninguém sabia, naquele tempo, donde vinham, salvo Círdan dos Portos, e apenas a Elrond e a Galadriel ele revelou que chegavam pelo Mar. Mas mais tarde se disse entre os Elfos que eles eram mensageiros enviados pelos Senhores do Oeste para desafiar o poder de Sauron, se ele se erguesse de novo, e para levar Elfos e Homens e todas as coisas vivas de boa vontade a praticar feitos valentes. Na semelhança de Homens apareciam, velhos, mas vigorosos, e mudavam pouco com os anos, e só envelheciam lentamente, embora grandes cuidados pesassem sobre eles; grande sabedoria tinham, e muitos poderes de mente e mão. Longamente viajaram por toda parte em meio a Homens e Elfos e tinham colóquio também com bichos e com aves; e os povos da Terra-média lhes davam muitos nomes, pois seus nomes verdadeiros não revelavam. Os principais eram aqueles a quem os Elfos chamavam de Mithrandir e Curunír, mas os Homens no Norte os chamavam de Gandalf e Saruman. Desses, Curunír era

DOS ANÉIS DE PODER E DA TERCEIRA ERA

o mais velho e chegou primeiro, e depois dele vieram Mithrandir, e Radagast, e outros dos Istari que foram ao leste da Terra-média e não entram nestas histórias. Radagast era o amigo de todas as feras e aves; mas Curunír visitava mormente os Homens e era sutil em fala e hábil em todas as artes de ferreiro. Mithrandir conferenciava de modo mais próximo com Elrond e os Elfos. Vagava ao longe no Norte e no Oeste e nunca fez, em terra alguma, morada duradoura; mas Curunír viajou para o Leste e, quando retornou, passou a habitar em Orthanc, no Círculo de Isengard, que os Númenóreanos fizeram nos dias de seu poder.

Sempre mui vigilante era Mithrandir, e era ele quem mais suspeitava da escuridão em Trevamata, pois embora muitos julgassem que tinha sido feita pelos Espectros-do-Anel, ele temia que aquilo fosse de fato a primeira sombra de Sauron retornando; e foi a Dol Guldur, e o Feiticeiro fugiu diante dele, e houve uma paz vigilante por longo tempo. Mas, por fim, a Sombra retornou e seu poder cresceu; e, naquele tempo, foi criado pela primeira vez o Conselho dos Sábios, que é chamado o Conselho Branco, e nele estavam Elrond, e Galadriel, e Círdan, e outros senhores dos Eldar, e com eles estavam Mithrandir e Curunír. E Curunír (isto é, Saruman, o Branco) foi escolhido para ser o líder deles, pois era o que mais tinha estudado os antigos planos de Sauron. Galadriel, de fato, desejava que Mithrandir chefiasse o Conselho, e Saruman lhes tinha mágoa por isso, pois seu orgulho e desejo de poder se tornara grande; mas Mithrandir recusou esse cargo, já que não queria nenhuma amarra e nenhuma obediência, salvo àqueles que o tinham enviado, e não queria ficar em lugar algum, nem estar sujeito a convocação alguma. Mas Saruman então começou a estudar o que se sabia sobre os Anéis de Poder, sua criação e sua história.

Ora, a Sombra crescia cada vez mais, e os corações de Elrond e Mithrandir sentiam as trevas. Portanto, certa vez, Mithrandir, correndo grande perigo, foi de novo a Dol Guldur e às fossas do Feiticeiro, e descobriu a verdade por trás de seus medos, e escapou. E, retornando a Elrond, disse:

"É verdade, ai de nós, o que achávamos. Não se trata de um dos Úlairi, como muitos supuseram por tanto tempo. É o próprio Sauron que está tomando forma de novo e agora cresce a passos largos; e está reunindo de novo todos os Anéis em sua mão; e busca sempre novas do Um e dos Herdeiros de Isildur, desejando saber se ainda vivem na terra."

E Elrond respondeu: "Na hora em que Isildur tomou o Anel e não quis entregá-lo, esta sina foi desencadeada, a de que Sauron havia de retornar."

"Contudo, o Um foi perdido", disse Mithrandir, "e, enquanto ainda está oculto, podemos dominar o Inimigo, se reunirmos nossa força e não nos demorarmos demais."

Então o Conselho Branco foi convocado; e Mithrandir os incitou a agir com celeridade, mas Curunír falou contra ele e os aconselhou a ainda esperar e observar.

"Pois não creio", disse ele, "que o Um seja jamais achado de novo na Terra-média. No Anduin caiu, e há muito tempo, julgo eu, rolou para o Mar. Lá há de jazer até o fim, quando todo este mundo for destroçado e as profundezas forem removidas."

Portanto, nada foi feito naquele momento, embora o coração de Elrond o alertasse, e ele dissesse a Mithrandir: "Mesmo assim, pressinto que o Um ainda será encontrado, e então a guerra há de vir de novo, e, nessa guerra, esta Era terminará. De fato, em uma segunda escuridão terminará, a menos que algum estranho acaso nos livre disso, o que meus olhos não conseguem ver."

"Muitos são os estranhos acasos do mundo," disse Mithrandir, "e a ajuda amiúde há de vir das mãos dos fracos quando os Sábios falham."

Assim, os Sábios ficaram perturbados, mas ninguém ainda percebia que Curunír se voltara para pensamentos sombrios e já era um traidor em seu coração; pois desejava que ele, e nenhum outro, achasse o Grande Anel para que pudesse usá-lo ele próprio e ordenar todo o mundo de acordo com a sua vontade. Por tempo demais estudara os caminhos de Sauron na esperança de derrotá-lo e agora o invejava como rival, em vez de odiar suas obras. E julgava que o Anel, que era de Sauron, buscaria seu mestre quando ele se tornasse manifesto uma vez mais; mas, se ele fosse desalojado de novo, então permaneceria oculto. Portanto, estava disposto a jogar com o perigo e deixar Sauron

DOS ANÉIS DE PODER E DA TERCEIRA ERA

em paz por algum tempo, esperando por suas artes deter tanto seus amigos como o Inimigo quando o Anel aparecesse.

Pôs uma guarda nos Campos de Lis; mas logo descobriu que os serviçais de Dol Guldur estavam vasculhando todos os caminhos do Rio naquela região. Então percebeu que Sauron também já tinha conhecimento do modo como Isildur morrera, e ficou com medo, e recuou para Isengard e a fortificou; e sempre investigava mais a fundo o que se sabia sobre os Anéis de Poder e sobre a arte de forjá-los. Mas não falou de nada disso ao Conselho, ainda com esperança de ser o primeiro a ouvir novas sobre o Anel. Reuniu grande hoste de espiões, e muitos desses eram aves; pois Radagast lhe dava seu auxílio, sem nada adivinhar de sua aleivosia e a julgar que isso era apenas parte da vigilância contra o Inimigo.

Mas a sombra em Trevamata crescia sem cessar, e para Dol Guldur iam coisas malignas de todos os lugares escuros do mundo; e estavam unidas de novo sob uma única vontade, e sua malícia se dirigia contra os Elfos e os sobreviventes de Númenor. Portanto, enfim o Conselho foi de novo convocado e o saber dos Anéis foi muito debatido, mas Mithrandir falou ao Conselho, dizendo:

"Não é necessário que o Anel seja achado, pois enquanto ele existir na terra e não for desfeito, ainda o poder que contém viverá, e Sauron crescerá e terá esperança. O poder dos Elfos e dos Amigos-dos-Elfos é menor hoje do que outrora. Logo ele será forte demais para vós, mesmo sem o Grande Anel; pois ele rege os Nove, e dos Sete recuperou três. Devemos atacar."

A isso Curunír então assentiu, desejando que Sauron fosse tirado de Dol Guldur, que era perto do Rio, e não tivesse mais tempo de vasculhar a região. Portanto, pela última vez, auxiliou o Conselho, e eles atacaram com toda a sua força; e assediaram Dol Guldur, e expulsaram Sauron de sua fortaleza, e Trevamata, por pouco tempo, tornou-se sadia de novo.

Mas o ataque veio tarde demais. Pois o Senhor Sombrio o previra e preparara, havia muito, todos os seus movimentos; e os Úlairi, seus Nove Serviçais, tinham ido diante dele para preparar sua chegada. Portanto, sua fuga não passou de finta, e ele logo retornou e, antes que os Sábios pudessem impedi-lo, entrou de novo em seu reino de Mordor e alçou uma vez mais as torres escuras de Barad-dûr. E, naquele ano, o Conselho Branco se reuniu pela última vez, e Curunír se enfurnou em Isengard e não se aconselhava mais com ninguém além de si mesmo.

Os Orques estavam se reunindo, e, ao longe, no leste e no sul, os povos selvagens se armavam. Então, em meio ao medo que se ajuntava e aos rumores de guerra, o presságio de Elrond se mostrou verdadeiro, e o Um Anel de fato foi achado de novo, por um acaso mais estranho do que até Mithrandir tinha previsto; e foi ocultado de Curunír e de Sauron. Pois tinha sido tirado do Anduin muito antes que o buscassem, sendo encontrado por alguém do pequeno povo de pescadores que habitava à beira do Rio, antes que os Reis desaparecessem em Gondor; e por seu descobridor foi levado para além de qualquer busca a um esconderijo sombrio, debaixo das raízes das montanhas. Ali ficou até que, no próprio ano do assalto a Dol Guldur, foi achado de novo por um viandante, fugindo, nas profundezas da terra, da perseguição dos Orques, e foi levado para um país muito distante, para a terra dos Periannath, o Povo Diminuto, os Pequenos, que habitavam no oeste de Eriador. E até aquele dia eram tidos como de pouca conta por Elfos e por Homens, e nem Sauron nem qualquer dos Sábios, exceto Mithrandir, havia, em todos os seus conselhos, pensado neles.

Ora, por sorte e por sua vigilância, Mithrandir soube primeiro do Anel, antes que Sauron tivesse notícias dele; contudo, ficou assustado e cheio de dúvidas. Pois grande demais era o poder maligno dessa coisa para que qualquer um dos Sábios a usasse, a menos que, como Curunír, ele mesmo desejasse se tornar um tirano e um senhor sombrio; mas tampouco o Anel podia ser ocultado de Sauron para sempre, nem podia ser desfeito pelo engenho dos Elfos. Portanto, com a ajuda dos Dúnedain do Norte, Mithrandir pôs uma guarda sobre a terra dos Periannath e esperou. Mas Sauron tinha muitos ouvidos e logo ouviu rumores sobre o Um Anel, o qual ele desejava acima de todas as coisas, e enviou os Nazgûl para pegá-lo. Então a guerra se inflamou, e, na batalha contra Sauron, a Terceira Era terminou, tal como havia começado.

DOS ANÉIS DE PODER E DA TERCEIRA ERA

Mas aqueles que viram as coisas que foram feitas naquele tempo, façanhas de valor e de assombro, já contaram alhures a história da Guerra do Anel e de como ela terminou, tanto em vitória inesperada como em pesar havia muito previsto. Que aqui se diga que naqueles dias o Herdeiro de Isildur se alevantou no Norte, e ele tomou consigo os pedaços da espada de Elendil, e em Imladris eles foram reforjados; e foi então à guerra, um grande capitão de Homens. Ele era Aragorn, filho de Arathorn, o nono e trigésimo herdeiro da linhagem direta de Isildur e, ainda assim, mais semelhante a Elendil do que qualquer um antes dele. Batalha houve em Rohan, e Curunír, o traidor, foi derrubado, e Isengard, destroçada; e diante da Cidade de Gondor lutou-se grande campo de batalha, e o Senhor de Morgul, Capitão de Sauron, ali passou à escuridão; e o Herdeiro de Isildur levou a hoste do Oeste aos Portões Negros de Mordor.

Naquela última batalha estavam Mithrandir, e os filhos de Elrond, e o Rei de Rohan, e os senhores de Gondor, e o Herdeiro de Isildur com os Dúnedain do Norte. Lá, por fim, contemplaram a morte e a derrota, e todo o seu valor era em vão; pois Sauron era forte demais. Contudo, naquela hora foi posto à prova aquilo que Mithrandir dissera, e a ajuda veio das mãos dos fracos quando os Sábios falharam. Pois, como muitas canções desde então cantaram, foram os Periannath, o Povo Diminuto, habitantes de encostas de colinas e prados, que lhes trouxeram a libertação.

Pois Frodo, o Pequeno, dizem, a pedido de Mithrandir tomou sobre si mesmo o fardo e, sozinho com seu serviçal, atravessou perigo e escuridão e chegou, enfim, à revelia de Sauron, ao próprio Monte da Perdição; e ali, no Fogo em que foi feito, lançou o Grande Anel de Poder, e assim, afinal, foi ele desfeito, e seu mal, consumido.

Então Sauron fraquejou, e foi totalmente derrotado, e definhou como uma sombra de maldade; e as torres de Barad-dûr se esfarelaram em ruína, e, ao rumor de sua queda, muitas terras tremeram. Assim a paz veio de novo, e uma nova Primavera desabrochou na terra; e o Herdeiro de Isildur foi coroado Rei de Gondor e Arnor, e o poderio dos Dúnedain se elevou, e sua

396

glória foi renovada. Nos pátios de Minas Anor, a Árvore Branca floriu de novo, pois um rebento foi achado por Mithrandir nas neves do Mindolluin, que se erguia alto e branco acima da Cidade de Gondor; e, enquanto cresceu ali, os Dias Antigos não foram totalmente esquecidos nos corações dos Reis.

Ora, todas essas coisas foram realizadas, em sua maior parte, pelo conselho e pela vigilância de Mithrandir e, nos últimos dias, ele foi revelado como um senhor de grande reverência e, trajado de branco, cavalgou para a batalha; mas só quando chegou o momento de sua partida é que se deu a conhecer que ele guardara por longo tempo o Anel Vermelho de Fogo. No princípio, aquele Anel tinha sido confiado a Círdan, Senhor dos Portos; mas ele o entregara a Mithrandir, pois sabia de onde ele vinha e para onde, no final, retornaria.

"Toma agora este Anel," disse; "pois teus labores e teus cuidados serão pesados, mas em tudo ele há de te apoiar e te defender do cansaço. Pois este é o Anel de Fogo e com ele, talvez, hajas de reacender corações para o valor de outrora em um mundo que se faz gélido. Mas, quanto a mim, meu coração está com o Mar, e habitarei pelas costas cinzentas, guardando os Portos até o último navio içar velas. Então hei de te esperar."

Branco era aquele navio e, por muito tempo, esteve a ser construído, e muito tempo aguardou o fim do qual Círdan falara. Mas, quando todas estas coisas foram realizadas, e o Herdeiro de Isildur assumiu o senhorio dos Homens, e o domínio do Oeste passara a ele, então ficou claro que o poder dos Três Anéis também estava terminado, e, para os Primogênitos, o mundo se fez idoso e cinzento. Naquele tempo, os últimos dos Noldor zarparam dos Portos e deixaram a Terra-média para sempre. E, últimos de todos, os Guardiões dos Três Anéis cavalgaram até o Mar, e Mestre Elrond lá tomou o navio que Círdan preparara. No crepúsculo de outono, saiu a navegar de Mithlond, até que os mares do Mundo Curvado desapareceram debaixo dele, e os ventos do céu arredondado não mais o perturbaram, e, carregado sobre os altos ares acima das brumas do mundo, passou-se para o Antigo Oeste, e um fim chegou para os Eldar em história e em canção.

A Casa de Finwë
e a ascendência noldorin de Elrond e Elros

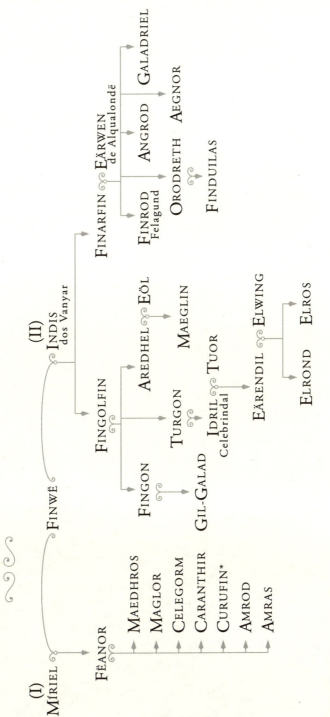

* Pai de Celebrimbor

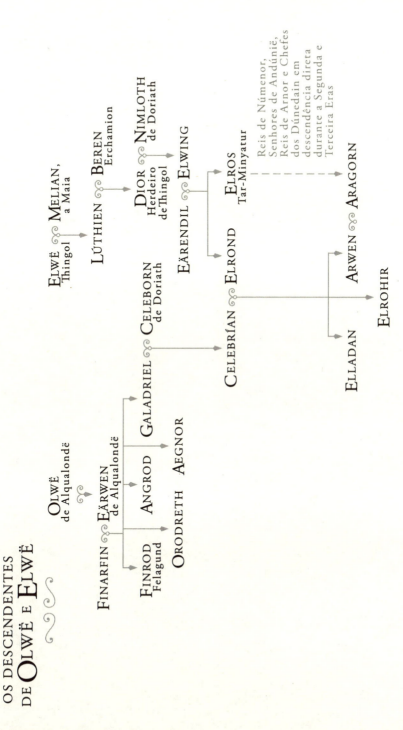

A Casa de Bëor e a ascendência mortal de Elrond e Elros

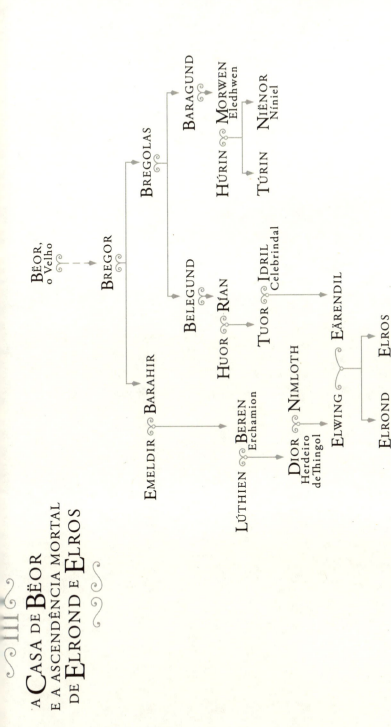

IV

A CASA DE HADOR
DE DOR-LÓMIN

V

O POVO DE HALETH
(OS HALADIN DE BRETHIL)

MARACH

HADOR
Lórindol

GUNDOR   GALDOR   HARETH   GLÓREDHEL   HALDIR   HARETH   GALDOR
                    dos Haladin   de Dor-lómin

MORWEN   HÚRIN   HUOR   RÍAN   HANDIR   HÚRIN   HUOR
Eledhwen

HALMIR

TÚRIN   NIËNOR   TUOR   IDRIL   BRANDIR,
Turambar   Níniel   Celebrindal   o Coxo

ELWING   EÄRENDIL

ELROND   ELROS

QUENDI
os Elfos

ELDAR
Elfos da Grande Jornada
que partiram de Cuiviénen

AVARI
"Os Indesejosos":
Elfos que se recusaram
a partir para a
Grande Jornada

VANYAR
Todos foram
a Aman

NOLDOR
Todos foram
a Aman

TELERI

Aqueles que
foram a Aman

Aqueles que
permaneceram
em Beleriand:

Aqueles que deixaram a
marcha dos Teleri a leste
das Montanhas Nevoentas:

CALAQUENDI
"Elfos da Luz" (Altos Elfos)
(Chegaram a Aman nos
dias das Duas Árvores)

SINDAR
Elfos-cinzentos

NANDOR
Dos quais alguns depois
entraram em Beleriand:

LAIQUENDI
Elfos-verdes
de Ossiriand

ÚMANYAR
Os Eldar que
"não eram de Aman"

MORIQUENDI
"Elfos das Trevas"
(nunca viram a Luz das Árvores)

*A SEPARAÇÃO
DOS* ELFOS
*E ALGUNS
DOS NOMES
DADOS ÀS SUAS
DIVISÕES*

Nota sobre
Pronúncia

A seguinte nota tem a simples intenção de esclarecer algumas características principais da pronúncia de nomes nas línguas élficas e não é, de modo algum, exaustiva. Para informações mais completas sobre o assunto, ver *O Senhor dos Anéis*, Apêndice E.

Consoantes

C sempre tem o valor de *k*, nunca o de *s*: assim, *Celeborn* é "*Keleborn*", não "*Seleborn*". Em poucos casos, como *Tulkas* e *Kementári*, usou-se o *k* na ortografia deste livro.

CH sempre tem o valor de *ch* [aspirado] da palavra escocesa *loch* ou o do alemão *buch* [outro exemplo seria o *j* do espanhol em palavras como *rojo*], nunca o do *ch* na palavra inglesa *church*. Exemplos: *Carcharoth*, *Erchamion*.

DH é sempre usado para representar o som do *th* sonoro ("suave") do inglês, ou seja, o *th* em *then*, não o *th* de *thin*. Exemplos: *Maedhros*, *Aredhel*, *Haudh-en-Arwen*.

G sempre tem o som do *g* inglês em *get* [ou o *gu* do português em *águia*]; assim, *Region*, *Eregion* não são pronunciados como a palavra inglesa *region*, e a primeira sílaba de *Ginglith* é como a do inglês *begin*, não como em *gin*.

NOTA SOBRE PRONÚNCIA

Consoantes que são escritas duas vezes são pronunciadas de forma longa; assim, *Yavanna* tem o *n* longo que se ouve nas palavras inglesas *unnamed*, *penknife* [ou no italiano *sonno*], não o *n* curto de *unaimed*, *penny*.

Vogais

AI tem o som do inglês *eye* [ou do português *pai*]; assim, a segunda sílaba de *Edain* é como a palavra inglesa *dine*, não *Dane*.

AU tem o som do inglês *ow* em *town* [ou do português *au*]; assim, a primeira sílaba de *Aulë* é como *owl* em inglês, e a primeira sílaba de *Sauron* é como *sour* em inglês, não *sore*.

EI em palavras como *Teiglin* tem o som da palavra inglesa *grey* [ou o de *deito* em português].

IE não deve ser pronunciado como *piece* em inglês, mas com ambas as vogais *i* e *e* sendo ouvidas e faladas juntas; assim, *Ni-enna*, não *Neena* [em português, portanto, soaria como *espécie*].

UI em palavras como *Uinen* tem o som do inglês *ruin* [ou *fui* em português].

OE e AE em palavras como *Aegnor* e *Nirnaeth*, e *Noegyth* e *Loeg*, respectivamente, são combinações das vogais individuais, *a-e*, *o-e*, mas *ae* pode ser pronunciado do mesmo jeito que *ai*, e *oe* como o inglês *toy* [ou *dói* em português].

EA e EO não são pronunciadas juntas, sendo constituídas de duas sílabas; essas combinações são escritas como ëa e ëo (ou, quando estão no começo de nomes, *Eä* e *Eö*: *Eärendil*, *Eönwë*).

410

Ú em nomes como *Húrin, Túrin, Túna* devem ser pronunciados como *oo* [como *túnel* em português]; assim, pronuncia-se *Toorin*, não *Tyoorin*.

ER, IR e UR antes de uma consoante (como em *Nerdanel, Círdan, Gurthang*) ou no fim de uma palavra (como em *Ainur*) não devem ser pronunciados como nas palavras *fern, fir, fur*, mas como, em inglês, *air, eer, oor* [em português, como nas palavras *ver, ir, turno*].

E no fim das palavras sempre é pronunciado como uma vogal separada e, nessa posição, é grafado como ë. Da mesma forma, é sempre pronunciado no meio de palavras como *Celeborn, Menegroth*.

Um acento circunflexo em monossílabos tônicos em sindarin denota a vogal particularmente longa que se ouve em tais palavras (como *Hîn Húrin*); mas nos nomes em adûnaico (númenóreano) e khuzdul (anânico) o circunflexo é usado simplesmente para denotar vogais longas.

Índice
de Nomes

Visto que a quantidade de nomes no livro é muito grande, este índice traz, além de referências às páginas, definições curtas acerca de cada personagem e lugar. Essas definições não são sumários de tudo o que está dito no texto e, no caso da maioria das figuras centrais da narrativa, são extremamente breves; mas tal índice é inevitavelmente volumoso, e reduzi seu tamanho de diferentes maneiras.

A principal delas está ligada ao fato de que, com frequência, a tradução inglesa [e portuguesa] de um nome élfico também é usada como nome de forma independente; assim, por exemplo, a habitação do Rei Thingol é chamada tanto de *Menegroth* quanto de "As Mil Cavernas" (e os dois nomes também aparecem juntos). Na maioria de tais casos, combinei o nome élfico e seu significado traduzido em um só verbete, com o resultado de que as referências às páginas não estão restritas ao nome que aparece no começo (por exemplo, as do verbete *Echoriath* incluem as referências a "Montanhas Circundantes"). As traduções recebem verbetes separados, mas apenas com um direcionamento simples ao verbete principal e apenas se ocorrerem de modo independente. Palavras entre aspas são traduções; muitas delas ocorrem no texto (como *Tol Eressëa*, "a Ilha Solitária"), mas acrescentei muitíssimas outras. Informações sobre alguns nomes não traduzidos estão contidas no Apêndice.

No caso dos muitos títulos e expressões formais cujos originais élficos não são apresentados, tais como "o Rei Antigo" e "as Duas Gentes", fui seletivo, mas a grande maioria está registrada. A intenção é que as referências sejam completas (e elas às vezes incluem páginas nas quais o assunto do verbete ocorre,

ÍNDICE DE NOMES

mas não chega a ser de fato mencionado por nome), exceto em alguns poucos casos nos quais o nome ocorre com frequência realmente muito alta, como *Beleriand* e *Valar*. Aqui a palavra *passim* é usada, mas referências selecionadas são feitas a passagens importantes; e, nos verbetes sobre alguns dos príncipes noldorin, as muitas ocorrências do nome que se referem apenas a seus filhos ou a suas casas foram eliminadas.

Referências a *O Senhor dos Anéis* são feitas por título do volume, livro e capítulo.

Adanedhel "Homem-Elfo", nome dado a Túrin em Nargothrond. 283

Adûnakhôr "Senhor do Oeste", nome assumido pelo vigésimo Rei de Númenor, o primeiro a fazê-lo na língua adûnaica (númenóreana); seu nome em quenya era Herunúmen. 352

Adurant O sexto e mais meridional dos tributários do Gelion em Ossiriand. O nome significa "corrente dupla", referindo-se a seu curso dividido em torno da ilha de Tol Galen. 175–76, 256, 314

Aeglos "Ponta-de-neve", a lança de Gil-galad. 384

Aegnor O quarto filho de Finarfin, o qual, com seu irmão Angrod, ocupava as encostas do norte de Dorthonion; morto na Dagor Bragollach. O nome significa "Fero Fogo". 96, 124, 171, 209, 211.

Aelin-uial "Alagados do Crepúsculo", onde o Aros desaguava no Sirion. 174

Aerandir "Viandante-do-mar", um dos três marinheiros que acompanhavam Eärendil em suas viagens. 329

Aerin Parenta de Húrin de Dor-lómin; Brodda, o Lestense, tomou-a como esposa; auxiliou Morwen depois das Nirnaeth Arnoediad. 268, 290

Agarwaen "Manchado-de-sangue", nome que Túrin deu a si mesmo quando chegou a Nargothrond. 283

Aglarond "A Caverna Cintilante" do Abismo de Helm, nas Ered Nimrais (ver *As Duas Torres,* III, 8). 381

Aglon "O Passo Estreito", entre Dorthonion e as elevações a oeste de Himring. 176, 191, 212

O SILMARILLION

Águias   77, 159, 160, 214, 306, 321, 324, 363–64

Ainulindalë   "A Música dos Ainur", também chamada *A (Grande) Música, A (Grande) Canção*. Ver também o relato da Criação que dizem ter sido composto por Rúmil de Tirion nos Dias Antigos. 13, 39, 82, 113

Ainur   "Os Sacros" (singular *Ainu*); os primeiros seres criados por Ilúvatar, a "ordem" dos Valar e Maiar, criada antes de Eä. 13, 21, 39–45, 51–2, 71–2, 74, 77, 90, 152, 277, 313

Akallabêth   "A Decaída", palavra adûnaica (númenóreana) equivalente em sentido ao quenya *Atalantë*. Também o título do relato da Queda de Númenor. 10, 13, 339, 341, 368, 379–80

Alagados do Crepúsculo   Ver *Aelin-uial*. 164, 174, 231, 293, 310

Alcarinquë   "A Gloriosa", nome de uma estrela. 79

Alcarondas   O grande navio de Ar-Pharazôn no qual ele velejou a Aman. 364

Aldaron   "Senhor das Árvores", um nome em quenya do Vala Oromë. Conferir *Tauron*. 56

Aldudénië   "Lamento pelas Duas Árvores", composto por um Elfo vanyarin chamado Elemmirë. 115

Almaren   A primeira morada dos Valar em Arda, antes do segundo ataque de Melkor: era uma ilha em um grande lago no meio da Terra-média. 64–6, 148

Alqualondë   "Porto dos Cisnes", principal cidade e porto dos Teleri nas costas de Aman. 95–7, 110, 127–31, 151, 161, 184, 217, 331

Alto-élfico   Ver *quenya*.

Altos Elfos   Ver *Eldar*.

Altos Faroth   Ver *Taur-en-Faroth*. 164, 174

Aman   "Abençoada, livre do mal", nome da terra no Oeste, além do Grande Mar, na qual os Valar habitaram depois que tinham deixado a Ilha de Almaren. Frequentemente chamada de *Reino Abençoado. Passim*; ver especialmente. 56–7, 66, 68–9, 78–9, 82–4, 86, 90–4, 96–7, 99–100, 104–06, 108, 110–13, 118, 126, 128, 130–31, 142, 144, 146, 155, 180–82, 184, 198, 330, 332–33, 336, 347, 348, 365, 368–69, 373

Amandil   "Amante de Aman"; último senhor de Andúnië em Númenor, descendente de Elros e pai de Elendil; partiu em

415

uma viagem a Valinor e não retornou. 356–58, 361–62, 366, 382

Amarië Elfa vanyarin, amada de Finrod Felagund, que permaneceu em Valinor. 185

Amigos-dos-Elfos Os Homens das Três Casas de Bëor, Haleth e Hador, os Edain. 199, 201, 203, 258, 269, 334. No "Akallabêth" e em "Dos Anéis de Poder", o termo é usado para se referir àqueles Númenóreanos que não tinham se distanciado dos Eldar; ver *Elendili*. Em 394 a referência é, sem dúvida, aos Homens de Gondor e aos Dúnedain do Norte.

Amlach Filho de Imlach, filho de Marach; líder de uma dissensão entre os Homens de Estolad que, ao se arrepender, ofereceu seus serviços a Maedhros. 202–04

Amon Amarth "Monte da Perdição", nome dado ao Orodruin quando seus fogos despertaram de novo depois que Sauron retornou de Númenor. 383, 396

Amon Ereb "O Monte Solitário" (também simplesmente *Ereb*), entre Ramdal e o rio Gelion em Beleriand Leste. 141, 174–75, 213

Amon Ethir "O Monte dos Espiões", erigido por Finrod Felagund a leste das portas de Nargothrond. 293–94

Amon Gwareth O monte sobre o qual Gondolin foi construída, em meio à planície de Tumladen. 180, 193, 320, 322, 324

Amon Obel Um monte no meio da Floresta de Brethil, no qual foi construída a Ephel Brandir. 275, 291, 296

Amon Rûdh "O Monte Calvo", uma elevação solitária nas terras ao sul de Brethil; morada de Mîm e covil do bando de proscritos de Túrin. 272, 274–76, 278–79, 309

Amon Sûl "Monte do Vento", no Reino de Arnor ("Topo-do-Vento" em *O Senhor dos Anéis*). 380–81

Amon Uilos Nome de Oiolossë em sindarin. 66

Amras Irmão gêmeo de Amrod, mais novo dos filhos de Fëanor; morto, junto com Amrod, no ataque ao povo de Eärendil nas Fozes do Sirion. 95, 124, 177, 200, 213, 328

Amrod Ver *Amras*.

Anach Passo que descia de Taur-nu-Fuin (Dorthonion) na extremidade oeste das Ered Gorgoroth. 271, 277, 279, 322

Anadûnê "Ociente": nome de Númenor na língua adûnaica (númenóreana) (ver *Númenor*). 343

Anãos 73–5, 134–38, 162–63, 165, 177, 188, 190, 197, 218, 258, 262–63, 275–76, 283, 286, 309–16, 377–78, 384, 390. Em referência aos *Anãos-Miúdos*: 273–78, 286, 309. *Sete Pais dos Anãos*: 73–75, 135. Para o *Colar dos Anãos* ver *Nauglamír*. Para os *Sete Anéis dos Anãos* ver *Anéis de Poder*. Ver também *Naugrim*.

Anãos-Miúdos Tradução de *Noegyth Nibin*. Conferir também o verbete *Anãos*.

Anar Nome do Sol em quenya. 148–47

Anárion Filho mais novo de Elendil, o qual, com seu pai e seu irmão Isildur, escapou da Submersão de Númenor e fundou na Terra-média os reinos númenóreanos no exílio; senhor de Minas Anor; morto durante o cerco de Barad-dûr. 357, 367, 380–81, 383–85, 387

Anarríma Nome de uma constelação. 80

Ancalagon Maior dos dragões alados de Morgoth, destruído por Eärendil. 334

Andor "A Terra da Dádiva": Númenor. 343, 365, 368

Andram "A Longa Muralha", nome da queda que atravessava Beleriand e dividia o continente ao meio. 140, 175

Androth Cavernas nos montes de Mithrim onde Tuor foi criado pelos Elfos-cinzentos. 318

Anduin "O Rio Comprido", a leste das Montanhas Nevoentas; também chamado de *Grande Rio* ou *o Rio*. 35–6, 87, 138, 351, 380, 383–84, 388, 390, 393, 395

Andúnië Cidade e porto na costa oeste de Númenor. 344, 352–54, 356. Sobre os Senhores de Andúnië, ver 352

Anel Vermelho, O Ver *Narya*. 390, 397

Anéis de Poder 376–77, 392, 394. *O Um Anel, Grande Anel* ou *Anel Regente*: 376–78, 382, 384–86, 390, 392–96. *Três Anéis dos Elfos*: 376–77, 389–90, 397 (ver também *Narya*, o Anel de Fogo, *Nenya*, o Anel de Adamante, e *Vilya*, o Anel de Safira). *Sete Anéis dos Anãos* 377–78, 390, 394. *Nove Anéis dos Homens* 351, 377–78, 390, 394

Anfauglir Um dos nomes do lobo Carcharoth, traduzido no texto como "Bocarra Sedenta". 246

Anfauglith Nome da planície de Ard-galen depois da desolação causada por Morgoth durante a Batalha das Chamas Repentinas; traduzido no texto como "Poeira Sufocante". Conferir *Dor-nu-Fauglith*. 210, 222, 243, 258–61, 267, 280–81, 286, 306, 334

Angainor A corrente feita por Aulë com a qual Melkor foi preso duas vezes. 84, 335

Angband "Prisão de Ferro, Inferno de Ferro", a grande fortaleza-masmorra de Morgoth no Noroeste da Terra-média. *Passim*; ver especialmente 78–9, 121, 140, 169–70, 245. *O Cerco de Angband* 167, 170, 173, 177, 187, 209–11, 221, 230

Anghabar "Escavações-de-ferro", uma mina nas Montanhas Circundantes perto da planície de Gondolin. 195

Anglachel Espada feita de ferro de meteorito que Thingol recebeu de Eöl e que ele deu a Beleg; depois de ser reforjada para Túrin, tinha o nome de *Gurthang*. 272–73, 278, 280–83

Angrenost "Fortaleza de Ferro", forte númenóreano na fronteira oeste de Gondor, mais tarde habitado pelo mago Curunír (Saruman); ver *Isengard*. 381

Angrim Pai de Gorlim, o Infeliz. 223

Angrist "Corta-ferro", faca feita por Telchar de Nogrod, tomada de Curufin por Beren e usada por ele para cortar a Silmaril da coroa de Morgoth. 242, 247

Angrod Terceiro filho de Finarfin, o qual, com seu irmão Aegnor, guardava as encostas do norte de Dorthonion; morto durante a Dagor Bragollach. 96, 124, 161–62, 171, 184, 209, 211, 285

Anguirel Espada de Eöl, feita do mesmo metal que Anglachel. 273

Annael Elfo-cinzento de Mithrim, pai adotivo de Tuor. 318

Annatar "Senhor das Dádivas", nome adotado por Sauron na Segunda Era, no época em que ele apareceu com forma bela em meio aos Eldar que permaneciam na Terra-média. 375

Annon-in-Gelydh "Portão dos Noldor", entrada de um curso d'água subterrâneo nas colinas do oeste de Dor-lómin, levando à Cirith Ninniach. 318

Annúminas "Torre do Oeste" (isto é, de Ociente, Númenor); cidade dos Reis de Arnor à beira do Lago Nenuial. 376–77, 382

Ano da Lamentação O Ano da Nirnaeth Arnoediad. 179, 269

Anor Ver *Minas Anor*. 381–82, 385, 387–88, 397

Anos de Trevas 379, 385

Apanónar "Nascidos-depois", nome élfico para designar os Homens. 150

Aradan Nome em sindarin de Malach, filho de Marach. 201–02, 207

Aragorn Trigésimo nono Herdeiro de Isildur em linhagem direta; soberano dos reinos reunidos de Arnor e Gondor depois da Guerra do Anel; desposou Arwen, filha de Elrond. 396. Chamado *o Herdeiro de Isildur*. 396

Araman Ermo estéril na costa de Aman, entre as Pelóri e o Mar, estendendo-se para o norte até o Helcaraxë. 110, 119, 127, 129, 131–32, 147, 154, 160, 321

Aranel Nome de Dior, Herdeiro de Thingol. 256

Aranrúth "Ira do Rei", nome da espada de Thingol. Aranrúth não foi destruída na ruína de Doriath e se tornou uma das posses dos Reis de Númenor. 272

Aranwë Elfo de Gondolin, pai de Voronwë. 319

Aratan Segundo filho de Isildur, morto ao lado dele nos Campos de Lis. 386

Aratar "Os Sublimes", ou seja, os oito Valar de maior poder. 53

Arathorn Pai de Aragorn. 396

Arcoforte Tradução de *Cúthalion*, nome de Beleg. 218, 252, 269–70, 272, 281

Arda "O Reino", nome da Terra como o Reino de Manwë. *Passim*; ver especialmente 44, 47

Ard-galen A grande planície cheia de relva ao norte de Dorthonion, chamada, depois de sua desolação, de *Anfauglith* e *Dor-nu-Fauglith*. O nome significa "a Região Verde"; conferir *Calen-ardhon* (Rohan). 155, 166–67, 169–72, 176, 210

Aredhel "Elfa Nobre", a irmã de Turgon de Gondolin, que foi emboscada por Eöl em Nan Elmoth e deu à luz o filho dele, Maeglin; também chamada de *Ar-Feiniel*, a Dama Branca dos Noldor, a Dama Branca de Gondolin. 95, 186–95, 272

Ar-Feiniel   Ver *Aredhel.*

Ar-Gimilzôr   Vigésimo terceiro Rei de Númenor, perseguidor dos Elendili. 352–53

Argonath   "Pedras-do-rei", os Pilares dos Reis, grandes entalhes de Isildur e Anárion no Anduin, na entrada da fronteira norte de Gondor (ver *A Sociedade do Anel,* II, 9). 381, 388

Arien   Uma Maia, escolhida pelos Valar para guiar o vaso do Sol. 145–48

Armenelos   Cidade dos Reis de Númenor. 344, 346, 355–59, 381

Arminas   Ver *Gelmir (2).*

Arnor   "Terra do Rei", o reino do norte dos Númenóreanos na Terra-média, estabelecido por Elendil depois de sua fuga da Submersão de Númenor. 380, 382, 396

Aros   Rio ao sul de Doriath. 140–41, 162, 173–74, 178, 187–88, 205, 311–14

Arossiach   Os Vaus do Aros, perto da borda norte-oriental de Doriath. 169, 188

Ar-Pharazôn   "O Dourado", vigésimo quinto e último Rei de Númenor; chamado *Tar-Calion* em quenya; capturou Sauron, que o perverteu; comandante da grande frota que invadiu Aman. 354–67

Ar-Sakalthôr   Pai de Ar-Gimilzôr. 353

Arthad   Um dos doze companheiros de Barahir em Dorthonion. 216

Arvernien   As costas da Terra-média a oeste das fozes do Sirion. Conferir a canção de Bilbo em Valfenda: "Eärendil foi um navegante errante desde Arvernien..." (*A Sociedade do Anel,* II, 1). 326

Árvore Branca   Ver *Telperion, Galathilion, Nimloth (1).* As Árvores Brancas de Minas Ithil e Minas Anor: 94, 346, 352–53, 358, 381, 383, 385, 387–88, 397

Ar-Zimraphel   Ver *Míriel (2).*

Ascar   O tributário mais setentrional do Gelion em Ossiriand (depois chamado de *Rathlóriel*). O nome significa "corredor, impetuoso". 135, 175, 177, 197, 204, 315

O SILMARILLION

Astaldo "O Valente", epíteto do Vala Tulkas. 55

Atalantë "A Decaída", palavra em quenya com sentido equivalente a *Akallabêth*. 368

Atanamir Ver *Tar-Atanamir*.

Atanatári "Pais de Homens"; ver *Atani*. 151, 259

Atani "O Segundo Povo", os Homens (singular *Atan*). Para a origem do nome, ver 201. Já que em Beleriand, por muito tempo, os únicos Homens conhecidos dos Noldor e Sindar eram aqueles das Três Casas dos Amigos-dos-Elfos, esse nome (na forma sindarin *Adan*, plural *Edain*) ficou especialmente associado a eles, de modo que era raramente aplicado a outros Homens que chegaram mais tarde a Beleriand, ou que estariam habitando além das Montanhas. Mas na fala de Ilúvatar (71) o significado é "Homens (em geral)". 71, 150, 201; *Edain* 201–02, 205–08, 217–19, 265, 267, 316, 341–43, 367

Aulë Um Vala, um dos Aratar, o ferreiro e mestre dos ofícios, esposo de Yavanna; ver especialmente 53–5, 68–9 e, sobre como ele criou os Anãos, ver capítulo 2, 68.   44, 46, 52–4, 57–9, 63–4, 68–70, 73–7, 83–5, 94, 97, 100, 106, 118, 125, 135, 144, 343

Avallónë Porto e cidade dos Eldar em Tol Eressëa, assim chamada, de acordo com o "Akallabêth", "pois é de todas as cidades a mais próxima a Valinor". 342, 346–47, 354–65, 368–69, 382, 387

Avari "Os Indesejosos, os Que Recusam", nome dado a todos aqueles Elfos que se recusaram a se juntar à marcha para oeste a partir de Cuiviénen. Ver *Eldar* e *Elfos Escuros*. 85–6, 137–38, 144, 375

Avathar "As Sombras", terra abandonada na costa de Aman ao sul da Baía de Eldamar, entre as Pelóri e o Mar, onde Melkor encontrou Ungoliant. 111–12, 119, 147

Azaghâl Senhor dos Anãos de Belegost; feriu a Glaurung nas Nirnaeth Arnoediad e foi morto pelo dragão. 262–63

Azevim Ver *Eregion*.

ÍNDICE DE NOMES

Balada de Leithian O longo poema acerca das vidas de Beren e Lúthien do qual foi derivado o relato em prosa de *O Silmarillion*. *Leithian* é um termo traduzido como "Libertação do Cativeiro". 223, 226, 231, 234, 236, 254

Balanz Nome de Bëor, o Velho, antes que ele oferecesse seus serviços a Finrod. 200

Balar A grande baía ao sul de Beleriand na qual desaguava o rio Sirion. 83, 87, 91, 172. Também o nome da ilha nessa baía, que diziam ser a ponta leste de Tol Eressëa que se quebrou, onde Círdan e Gil-galad habitaram depois das Nirnaeth Arnoediad. 83, 87, 91–2, 136, 172, 221, 266, 325–26

Balrog "Demônio de Poder", forma em sindarin (em quenya, *Valarauko*) do nome dos demônios de fogo que serviam a Morgoth. 212, 262, 263, 324–25

Barad-dûr "A Torre Sombria" de Sauron em Mordor. 29, 351, 355, 368, 382, 385, 395–96

Barad Eithel "Torre da Nascente", a fortaleza dos Noldor em Eithel Sirion. 263

Barad Nimras "Torre do Chifre Branco", erigida por Finrod Felagund no cabo a oeste de Eglarest. 172, 266

Baragund Pai de Morwen, esposa de Húrin; sobrinho de Barahir e um de seus doze companheiros em Dorthonion. 207, 216, 222, 268, 334

Barahir Pai de Beren; resgatou Finrod Felagund na Dagor Bragollach e recebeu dele seu anel; foi morto em Dorthonion. Para a história posterior do anel de Barahir, que se tornou uma herança da Casa de Isildur, ver *O Senhor dos Anéis*, Apêndice A, I, iii. 152, 207, 211, 215–16, 222–25, 228–30, 232–33, 253, 256, 269, 310, 334

Baran Filho primogênito de Bëor, o Velho. 200–01

Baranduin "O Rio Castanho" em Eriador, que desaguava no Mar ao sul das Montanhas Azuis; o Brandevin do Condado em *O Senhor dos Anéis*. 380

Bar-en-Danwedh "Casa do Resgate", nome que Mîm, o Anão, deu à sua habitação no Amon Rûdh quando a cedeu a Túrin. 274, 277–78

O SILMARILLION

Batalhas de Beleriand A primeira batalha: 139–40. A segunda batalha (a Batalha-sob-as-Estrelas): ver *Dagor-nuin-Giliath*. A terceira batalha (a Batalha Gloriosa): ver *Dagor Aglareb*. A quarta batalha (a Batalha das Chamas Repentinas: ver *Dagor Bragollach*. A quinta batalha (Lágrimas Inumeráveis): ver *Nirnaeth Arnoediad*. *A Grande Batalha*: 333–35.

Bauglir Um dos nomes de Morgoth: "o Opressor". 151, 269, 284, 311, 338

Beleg Grande arqueiro e chefe dos guardiões das marcas de Doriath; chamado de *Cúthalion*, "Arcoforte"; amigo e companheiro de Túrin, por quem foi morto. 218–19, 252–53, 257, 269, 270–73, 276, 278–82, 303

Belegaer "O Grande Mar" do Oeste, entre a Terra-média e Aman. Chamado de *Belegaer* 66, 131, 319; mas muito frequentemente designado como *o (Grande) Mar*, também de *Mar do Oeste* e *a Grande Água*.

Belegost "Grande Fortaleza", uma das duas cidades dos Anãos nas Montanhas Azuis; tradução para o sindarin do termo anão *Gabilgathol*. Ver *Magnoforte*. 135–36, 138, 163, 188, 258, 262, 275, 310, 313

Belegund Pai de Rían, esposa de Huor; sobrinho de Barahir e um de seus doze companheiros em Dorthonion. 207, 216, 222, 268

Beleriand Afirma-se que o significado do nome era "o país de Balar" e que ele teria designado, inicialmente, as terras em volta das fozes do Sirion que davam para a Ilha de Balar. Mais tarde, o nome ampliou seu uso para incluir toda a antiga costa do Noroeste da Terra-média, ao sul do Estreito de Drengist, e todas as terras do interior ao sul de Hithlum, seguindo para o leste até os sopés das Montanhas Azuis, dividida pelo rio Sirion em Beleriand Leste e Oeste. Beleriand foi destroçada pelos tumultos do fim da Primeira Era e invadida pelo mar, de modo que apenas Ossiriand (Lindon) restou. *Passim*: ver especialmente 170–77, 335, 373–74

Belfalas Região da costa sul de Gondor defronte à grande baía do mesmo nome; *Baía de Belfalas*. 380

ÍNDICE DE NOMES

Belthil "Radiância divina", nome da imagem de Telperion feita por Turgon em Gondolin. 180

Belthronding O arco de Beleg Cúthalion, que foi enterrado com ele. 281

Bëor Chamado "o Velho"; líder dos primeiros Homens a adentrar em Beleriand; vassalo de Finrod Felagund; progenitor da Casa de Bëor (também chamada de *Mais Antiga Casa dos Homens* e *Primeira Casa dos Edain*); ver *Balan*. 197–201, 207–09, 232. *Casa de, Povo de, Bëor.* 201–02, 204, 207–09, 211, 218, 222

Bereg Neto de Baran, filho de Bëor, o Velho (isso não está dito no texto); um líder das dissensões entre os Homens de Estolad; atravessou as montanhas de volta a Eriador. 202–04

Beren Filho de Barahir; cortou uma Silmaril da coroa de Morgoth, a qual serviu de dote para o Rei Thingol por Lúthien, sua filha; foi morto pelo lobo Carcharoth de Angband; mas, retornando dos mortos, único caso entre os Homens mortais, viveu depois com Lúthien em Tol Galen, em Ossiriand, e lutou com os Anãos em Sarn Athrad. Bisavô de Elrond e Elros e ancestral dos Reis númenóreanos. Também chamado de *Camlost, Erchamion* e *Uma-M*ão. 152, 176, 207, 222–23, 225–32, 234–35, 237–38, 240–57, 268–69, 284, 310–16, 328

Bór Um dos chefes dos Lestenses, seguidor, junto com seus três filhos, de Maedhros e Maglor. 218, 258. *Filhos de Bór.* 262

Borlach Um dos três filhos de Bór; morto, junto com seus irmãos, nas Nirnaeth Arnoediad. 218

Borlad Um dos três filhos de Bór; ver *Borlach*.

Boromir Bisneto de Bëor, o Velho, avô de Barahir, pai de Beren; primeiro senhor de Ladros. 207

Boron Pai de Boromir. 207

Borthand Um dos três filhos de Bór; ver *Borlach*.

Bragollach Ver *Dagor Bragollach*.

Brandir Cognominado o Coxo; governante do Povo de Haleth depois da morte de Handir, seu pai; enamorou-se de Nienor; morto por Túrin. 291, 296–303

O SILMARILLION

Brecha de Maglor A região entre os braços do Gelion no norte, onde não havia colinas que pudessem servir de defesa contra o Norte. 177, 213

Bregolas Pai de Baragund e Belegund; morto na Dagor Bragollach. 207, 211, 216

Bregor Pai de Barahir e Bregolas. 207

Brethil A floresta entre os rios Teiglin e Sirion, lugar onde moravam os Haladin (o Povo de Haleth). 172, 204, 215, 218–20, 241, 258–60, 265, 271, 275, 277, 286, 281–92, 295–97, 302–03, 307–08

Brilthor "Torrente Faiscante", o quarto dos tributários do Gelion em Ossiriand. 175

Brithiach O vau sobre o Sirion a norte da Floresta de Brethil. 183, 188, 201, 215, 275, 302–03

Brithombar Nos Portos da Falas, o que ficava mais ao norte na costa de Beleriand. 88, 152, 168, 262, 323

Brithon O rio que desaguava no Grande Mar em Brithombar. 262

Brodda Lestense de Hithlum que, depois das Nirnaeth Arnoediad, tomou Aerin, parenta de Húrin, como esposa; morto por Túrin. 264, 286

Cabed-en-Aras Desfiladeiro profundo do rio Teiglin, onde Túrin matou Glaurung e onde Nienor saltou para a sua morte; ver *Cabed Naeramarth*. 298, 300–01, 303

Cabed Naeramarth "Salto do Destino Horrendo", nome dado ao *Cabed-en-Aras* depois que Nienor saltou de suas encostas. 301, 307–08

Calacirya "Fenda da Luz", passo aberto nas montanhas das Pelóri no qual foi erguida a colina verdejante de Túna. 94, 97, 109, 122, 148, 330

Calaquendi "Elfos da Luz", aqueles que viviam ou tinham vivido em Aman (os Altos Elfos). Ver *Moriquendi* e *Elfos Escuros*. 86, 152, 156

Calenardhon "A Província Verdejante", nome de Rohan quando integrava a região norte de Gondor; conferir *Ard-galen*. 388

ÍNDICE DE NOMES

Camlost "Mão-vazia", epíteto adotado por Beren depois que retornou ao Rei Thingol sem a Silmaril. 251, 253

Campos de Lis Tradução parcial de *Loeg Ningloron*; as grandes extensões de caniços e lis na região do Anduin, onde Isildur foi morto e o Um Anel se perdeu. 386, 394

Caragdûr O precipício do lado norte do Amon Gwareth (o monte de Gondolin) do qual Eöl foi lançado para morrer. 195

Caranthir O quarto filho de Fëanor, cognominado o Moreno; "o mais rude dos irmãos e o mais rápido para a raiva"; governava Thargelion; morto durante o assalto a Doriath. 95, 124, 162–63, 176–77, 184, 188, 200, 204–05, 213, 218, 317

Carcharoth O grande lobo de Angband que mordeu e arrancou a mão de Beren que carregava a Silmaril; morto por Huan em Doriath. O nome é traduzido no texto como "a Goela Vermelha". Também chamado de *Anfauglir*. 245–48, 250, 252–53

Cardolan Região ao sul de Eriador, parte do Reino de Arnor. 380

Carnil Nome de uma estrela (vermelha). 79

Casacava Tradução de *Nogrod*: "habitação oca" (do inglês arcaico *bold*, substantivo relacionado ao verb *build* [construir]). 135

Casadelfos Ver *Eldamar*.

Celeborn (1) "Árvore de Prata", nome da Árvore de Tol Eressëa, rebento de Galathilion. 94, 346

Celeborn (2) Elfo de Doriath, parente de Thingol; desposou Galadriel e com ela permaneceu na Terra-média depois do Fim da Primeira Era. 165, 314, 337, 390

Celebrant "Veio-de-Prata", rio que corria do Espelhágua e passava por Lothlórien até chegar ao Anduin. 390

Celebrimbor "Mão de Prata", filho de Curufin, que permaneceu em Nargothrond quando seu pai foi expulso. Na Segunda Era, tornou-se o maior dos artífices de Eregion; criador dos Três Anéis dos Elfos; morto por Sauron. 241, 375, 377

Celebrindal "Pé-de-Prata"; ver *Idril*.

O SILMARILLION

Celebros   "Espuma de Prata" ou "Chuva de Prata", um riacho de Brethil que se lançava no Teiglin perto das Travessias. 296

Celegorm   O terceiro filho de Fëanor, cognominado o Alvo; até a Dagor Bragollach, foi senhor da região de Himlad junto com Curufin, seu irmão; habitou em Nargothrond e aprisionou Lúthien; mestre de Huan, o lobeiro; foi morto por Dior em Menegroth. 95, 97, 124, 155, 176, 187–88, 171, 212, 232–34, 236–37, 241–43, 250, 257, 317, 375

Celon   Rio que corria para o sudoeste, saindo do Monte de Himring, um tributário do Aros. O nome significa "riacho que corre a partir de elevações". 140, 176, 187–88, 191, 200, 205, 217

Círdan   "O Armador"; Elfo telerin, senhor da Falas (costas de Beleriand Oeste); com a destruição dos Portos, depois das Nirnaeth Arnoediad, escapou com Gil-galad para a Ilha de Balar; durante a Segunda e a Terceira Eras, foi guardião dos, Portos Cinzentos no Golfo de Lhûn; com a chegada de Mithrandir, confiou a ele Narya, o Anel de Fogo. 92, 134, 136, 140–41, 155, 163, 173, 183, 222, 266, 285, 326–28, 337, 385, 389–92, 397

Círculo do Julgamento   Ver *Máhanaxar*. 67, 83, 84, 107, 117, 119, 122, 126, 143

Cirith Ninniach   "Fenda do Arco-íris" pela qual Tuor chegou ao Mar do Oeste; ver *Annon-in-Gelydh*. 318

Cirith Thoronath   "Fenda das Águias", um passo elevado nas montanhas ao norte de Gondolin onde Glorfindel lutou com um Balrog e caiu no abismo. 324

Cirth   As Runas inventadas por Daeron de Doriath. 139

Ciryon   Terceiro filho de Isildur, morto ao lado dele nos Campos de Lis. 386

Colar dos Anãos   Ver *Nauglamír*.

Colinas do Norte   Em Eriador, local onde foi construída a cidade númenóreana de Fornost. 380

Conselho Branco   O Conselho dos Sábios na Terceira Era, formado para defesa contra Sauron. 392–95

Corollairë   "O Teso Verdejante" das Duas Árvores de Valinor; também chamado de *Ezellohar*. 67

ÍNDICE DE NOMES

Covanana "Escavação dos Anãos"; tradução de *Khazad-dûm* (*Hadhodrond*). 135

Crissaegrim Os picos ao sul de Gondolin, onde ficavam os ninhos de Thorondor. 173, 214, 219, 249, 271, 306

Cuiviénen "Água do Despertar", o lago na Terra-média onde os primeiros Elfos despertaram e onde foram encontrados por Oromë. 80–3, 85–6, 89, 123, 312

Culúrien Um dos nomes de Laurelin. 67

Curufin O quinto filho de Fëanor, chamado o Matreiro; pai de Celebrimbor. Para a origem de seu nome, ver *Fëanor*; e sobre a história dele, ver *Celegorm*. 95, 124, 176, 187, 191–92, 212, 232–34, 236-37, 241–43, 249–50, 257, 317, 375

Curufinwë Ver Fëanor. 98, 106

Curunír "Aquele de artifícios astutos", nome élfico de Saruman, um dos Istari (Magos). 391–96

Cúthalion Arcoforte; ver *Beleg*.

Daeron Menestrel e principal mestre-de-saber do Rei Thingol; criador das Cirth (Runas); enamorou-se de Lúthien e a traiu duas vezes. 139, 163, 228, 236, 250, 337

Dagnir Um dos doze companheiros de Barahir em Dorthonion. 216

Dagnir Glaurunga "Ruína de Glaurung", Túrin. 207, 304

Dagor Aglareb "A Batalha Gloriosa", terceira das grandes batalhas das Guerras de Beleriand. 166–67, 169, 178

Dagor Bragollach "A Batalha das Chamas Repentinas" (também dita simplesmente *a Bragollach*), quarta das grandes batalhas das Guerras de Beleriand. 210, 216, 219, 257, 266, 285

Dagorlad "Planície da Batalha", lugar do grande confronto, ao norte de Mordor, entre Sauron e a Última Aliança de Elfos e Homens no fim da Segunda Era. 384, 386

Dagor-nuin-Giliath "A Batalha-sob-as-Estrelas", segunda batalha das Guerras de Beleriand, que ocorreu em Mithrim depois da chegada de Fëanor à Terra-média. 155

Dairuin Um dos doze companheiros de Barahir em Dorthonion. 216

Deldúwath Um dos nomes posteriores de Dorthonion (Taur-nu-Fuin), com o significado de "Horror da Sombra-da--Noite". 215

428

O SILMARILLION

Denethor Filho de Lenwë; líder dos Elfos nandorin que chegaram afinal a atravessar as Montanhas Azuis e habitaram em Ossiriand; morto no Amon Ereb na Primeira Batalha de Beleriand. 87, 138–41, 175

Despossuídos, Os A Casa de Fëanor. 130, 160

Dias Antigos A Primeira Era; também chamada de *Dias Mais Antigos*. 57, 67, 150, 165, 281, 283, 310, 314, 323, 397

Dias de Fuga 379

Dimbar A terra entre os rios Sirion e Mindeb. 173, 187, 219, 241, 271–73, 276–77, 279, 306

Dimrost As quedas do Celebros na Floresta de Brethil; nome traduzido no texto como "a Escada Chuvosa". Mais tarde chamadas de *Nen Girith*. 296

Dior Chamado de *Aranel* e também de *Eluchíl*, "Herdeiro de Thingol"; filho de Beren e Lúthien e pai de Elwing, a mãe de Elrond; chegou a Doriath vindo de Ossiriand depois da morte de Thingol e recebeu a Silmaril depois da morte de Beren e Lúthien; morto em Menegroth pelos filhos de Fëanor. 256, 314–17, 321, 325, 328, 333, 335, 337

Dol Guldur "Monte de Feitiçaria", fortaleza do Necromante (Sauron) no sul de Trevamata na Terceira Era. 391–95

Dolmed "Cabeça úmida", uma grande montanha nas Ered Luin, perto das cidades dos Anãos, Nogrod e Belegost. 134–35, 141, 262, 315

Dor Caranthir "Terra de Caranthir"; ver *Thargelion*. 177

Dor-Cúarthol "Terra do Arco e do Elmo", nome da região defendida por Beleg e Túrin de seu covil sobre o Amon Rûdh. 277

Dor Daedeloth "Terra da Sombra do Horror", a terra de Morgoth no norte. 155, 157–58, 160

Dor Dínen "A Terra Silenciosa", onde ninguém habitava, entre as águas a montante do Esgalduin e do Aros. 173

Dor-Firn-i-Guinar "Terra dos Mortos que Vivem", nome daquela região, em Ossiriand, onde Beren e Lúthien habitaram depois de seu retorno dos mortos. 256, 315

Doriath "Terra da Cerca" (*Dor Iâth*), referência ao Cinturão de Melian, antes chamada de Eglador; reino de Thingol e

429

Melian nas florestas de Neldoreth e Region, governado de Menegroth, no rio Esgalduin. Também chamada de *Reino Oculto*. *Passim*; ver especialmente 139, 173–74

Dorlas Um Homem dos Haladin em Brethil; acompanhou Túrin e Hunthor no ataque a Glaurung, mas recuou, tomado pelo medo; morto por Brandir, o Coxo. 281–92, 296–98, 301. A esposa de Dorlas, cujo nome não é citado, 301

Dor-lómin Região do sul de Hithlum, o território de Fingon oferecido como feudo à Casa de Hador; lar de Húrin e Morwen. 132, 170, 172, 207, 215, 219–20, 222, 259, 264, 268–69, 276, 282, 285, 288–92, 301–02, 307, 309. *A Senhora de Dor-lómin*: Morwen. 268

Dor-nu-Fauglith "Terra sob Cinza Sufocante"; ver *Anfauglith*. 213, 249

Dorthonion "Terra de Pinheiros", os grandes planaltos cobertos de florestas na fronteira norte de Beleriand, depois chamados de Taur-nu-Fuin. Conferir a canção de Barbárvore em *As Duas Torres,* III, 4: "Aos pinheiros do planalto de Dorthonion subi no Inverno..." 83, 140, 155, 161, 166–67, 171, 173, 175–76, 201, 207, 210, 212–13, 215, 222–26, 258

Dragões 262, 287–89, 292–94, 297–304, 309, 319

Draugluin O grande lobisomem morto por Huan em Tol-in--Gaurhoth e em cuja forma Beren entrou em Angband. 239, 244–46

Drengist Longo estreito que atravessava as Ered Lómin, a barreira oeste de Hithlum. 87, 119, 132, 142, 154, 167, 170, 222

Duas Árvores de Valinor 67, 76–8, 84–6, 90, 92–4, 96–7, 102–03, 108, 110, 114–15, 117, 139, 142–47, 150, 180, 313, 320, 326, 358

Duas Gentes Elfos e Homens. 254–55, 329, 331, 341

Duilwen Quinto tributário do Gelion em Ossiriand. 175

Dúnedain "Os Edain do Oeste"; ver *Númenóreanos*.

Dungortheb Ver *Nan Dungortheb*.

Durin Senhor dos Anãos de Khazad-dûm (Moria). 75, 384

Eä O Mundo, o Universo material; *Eä*, em élfico com o significado de "É", ou "Que seja", é a palavra usada por Ilúvatar quando o Mundo começou sua existência. 45–6, 51–2, 57, 64, 68, 73, 79, 81, 90, 109, 113, 117, 128, 130, 143–44

Eärendil   Chamado "o Meio-Elfo", "o Abençoado", "o Luzente" e "o Marinheiro"; filho de Tuor e Idril, filha de Turgon; escapou do saque de Gondolin e desposou Elwing, filha de Dior, nas Fozes do Sirion; velejou com ela a Aman e pediu ajuda contra Morgoth; posto a navegar os céus em seu navio Vingilot portando a Silmaril que Beren e Lúthien trouxeram de Angband. O nome significa "Amante do Mar". 153, 206, 322–27, 332–34, 338, 341, 343, 347–48, 355, 362, 366, 374. *Balada de Eärendil*. 329, 343

Eärendur (1)   Um senhor de Andúnië em Númenor. 353

Eärendur (2)   Décimo Rei de Arnor. 386

Eärnil   Trigésimo segundo Rei de Gondor. 388–89

Eärnur   Filho de Eärnil; último Rei de Gondor, com o qual a linhagem de Anárion chegou ao fim. 388

Eärrámë   "Ala-do-mar", nome do navio de Tuor. 326

Eärwen   Filha de Olwë de Alqualondë, irmão de Thingol; desposou Finarfin dos Noldor. Graças a Eärwen, tinham Finrod, Orodreth, Angrod, Aegnor e Galadriel sangue telerin e, portanto, receberam permissão para entrar em Doriath. 95, 161, 184

Echoriath   "As Montanhas Circundantes" em volta da planície de Gondolin. 165, 195, 306–07

Ecthelion   Senhor-élfico de Gondolin que, durante o saque da cidade, matou Gothmog, Senhor de Balrogs, e foi morto por ele. 156, 264, 320, 324

Edain   Ver *Atani*.

Edrahil   Chefe dos Elfos de Nargothrond que acompanharam Finrod e Beren em sua demanda e morreram nas masmorras de Tol-in-Gaurhoth. 234

Eglador   Nome original de Doriath, antes que fosse cercada pelo Cinturão de Melian; provavelmente ligado ao nome *Eglath*. 141

Eglarest   O porto sul da Falas, na costa de Beleriand. 92, 140, 156, 172, 174, 266, 327

Eglath   "O Povo Abandonado", nome que os Elfos telerin que permaneceram em Beleriand procurando Elwë (Thingol) deram a si mesmos quando a hoste principal dos Teleri partiu para Aman. 93, 309

Eilinel   A esposa de Gorlim, o Infeliz. 223–24

Eithel Ivrin   "Nascente de Ivrin", a fonte do rio Narog sob as Ered Wethrin. 282, 286

Eithel Sirion   "Nascente do Sirion" do lado leste das Ered Wethrin, onde ficava a grande fortaleza de Fingolfin e Fingon (ver *Barad Eithel*). 155–56, 170, 172, 212, 222, 258, 260

Ekkaia   Nome élfico do Mar de Fora, que circundava Arda; também chamado de *Oceano de Fora* e *Mar Circundante*. 66, 70, 131

Elbereth   Nome usual de Varda em sindarin, "Rainha-das--Estrelas"; conferir *Elentári*. 52, 70

Eldalië   "O Povo-élfico", usado como equivalente de *Eldar*. 48, 86, 91, 102, 179, 228, 250, 254–55, 259, 273, 337

Eldamar   "Casadelfos", a região de Aman na qual os Elfos habitavam; também o nome da grande Baía nesse local. 92–4, 94–8, 105–06, 109, 111, 127, 190, 240, 329

Eldar   De acordo com as lendas élficas, o nome *Eldar*, "Povo das Estrelas", foi dado a todos os Elfos pelo Vala Oromë (81). Entretanto, passou a ser usado para designar apenas os Elfos dos Três Clãs (Vanyar, Noldor e Teleri) que partiram na grande marcha para o oeste, saindo de Cuiviénen (tendo eles permanecido ou não na Terra-média), e exclui os Avari. Os Elfos de Aman e todos os Elfos que algum dia habitaram lá eram chamados de Altos Elfos (*Tareldar*) e Elfos da Luz (*Calaquendi*); ver *Elfos Escuros*, Úmanyar. *Passim*; ver o verbete *Elfos*.

Eldarin   Dos Eldar; usado em referência à(s) língua(s) dos Eldar. As ocorrências do termo, de fato, referem-se ao quenya, também chamado de *alto-eldarin* e *alto-élfico*; ver *quenya*.

Eledhwen   Ver *Morwen*.

Elemmirë (1)   Nome de uma estrela. 78

Elemmirë (2)   Elfo vanyarin, autor do *Aldudénië*, o Lamento pelas Duas Árvores. 114

Elendë   Um nome de Eldamar. 96, 126, 160

Elendil   Cognominado o Alto; filho de Amandil, último senhor de Andúnië em Númenor, descendia de Eärendil e Elwing,

O SILMARILLION

mas não era da linhagem direta dos Reis; escapou com seus filhos, Isildur e Anárion, da Submersão de Númenor e fundou os reinos númenóreanos na Terra-média; morreu ao lado de Gil-galad ao derrotar Sauron no fim da Segunda Era. O nome pode ser interpretado tanto como "Amigo-dos-Elfos" (conferir *Elendili*) ou como "Amante-das-estrelas". 357–58, 361–63, 366–67, 380–86, 389, 396. *Herdeiros de Elendil* 389

Elendili "Amigos-dos-Elfos", nome dado àqueles Númenóreanos que não se afastaram dos Eldar nos dias de Tar-Ancalimon e dos reis posteriores; também chamados *os Fiéis*. 350–53, 356–59, 361–62, 381–82

Elendur Filho mais velho de Isildur, morto junto com ele nos Campos de Lis. 386

Elenna Nome (em quenya) de Númenor, "Rumo-à-estrela", por causa da orientação trazida aos Edain por Eärendil durante a viagem deles a Númenor, no começo da Segunda Era. 343, 365, 368

Elentári "Rainha-das-Estrelas", um dos nomes de Varda como criadora das Estrelas. Ela é chamada assim no lamento de Galadriel, em Lórien, *A Sociedade do Anel*, II, 8. Conferir *Elbereth, Tintallë*. 66

Elenwë Esposa de Turgon; pereceu na travessia do Helcaraxë. 133, 190

Elerrína "Coroada de Estrelas", nome de Taniquetil. 66

Élfico-cinzento Ver *sindarin*.

Elfos Ver especialmente 69–72, 75–8, 83–7, 134–37, 151–53, 350; e ver também *Filhos de Ilúvatar, Eldar, Elfos Escuros*. *Elfos da Luz*: ver *Calaquendi*.

Elfos Abandonados Ver *Eglath*. 313

Elfos-cinzentos Ver *Sindar*. 90, 134, 156, 163, 168, 171, 177, 211, 227, 268, 276, 302, 314, 318

Elfos da Floresta Ver *Elfos Silvestres*.

Elfos Escuros Na língua de Aman, todos os Elfos que não cruzaram o Grande Mar eram Elfos Escuros (*Moriquendi*), e o termo às vezes é usado dessa maneira, 151, 162; quando Caranthir chamou Thingol de Elfo Escuro, a intenção era lhe

ÍNDICE DE NOMES

causar opróbrio, especialmente porque Thingol havia estado em Aman "e não era contado entre os Moriquendi" (162). Mas, no período do Exílio dos Noldor, o termo era usado amiúde para designar os Elfos da Terra-média que não eram Noldor nem Sindar, sendo, portanto, praticamente o mesmo que Avari (151, 175). Diferente, por outro lado, é o título de Elfo Escuro atribuído ao Elfo sindarin Eöl, 188, 191, 272; mas na página 194 Turgon sem dúvida quis dizer que Eöl era um dos *Moriquendi*.

Elfos Silvestres Também chamados de *Elfos da Floresta*. Parecem ter se originado daqueles Elfos nandorin que nunca chegaram ao lado oeste das Montanhas Nevoentas, mas permaneceram no Vale do Anduin e em Verdemata, a Grande; ver *Nandor*. 374

Elfos-verdes Tradução de *Laiquendi*; os Elfos nandorin de Ossiriand. Sobre sua origem, ver 138–39 e, para o nome, 141.   141, 163, 176–77, 197, 200, 213, 265, 315–16

Elmo-de-dragão de Dor-lómin Herança da Casa de Hador, usado por Túrin; também chamado de *Elmo de Hador*. 269, 276, 309

Elostirion Mais alta das torres sobre as Emyn Beraid, na qual foi colocado uma *palantír*. 382

Elrond Filho de Eärendil e Elwing, o qual, no fim da Primeira Era, escolheu pertencer aos Primogênitos e permaneceu na Terra-média até o fim da Terceira Era; mestre de Imladris (Valfenda) e guardião de Vilya, o Anel do Ar, que ele tinha recebido de Gil-galad. Chamado de *Mestre Elrond* e *Elrond Meio-Elfo*. O nome significa "Domo-de-estrelas". 153, 327–29, 337, 344, 374–75, 377, 385–87, 389–93 *Filhos de Elrond* 394

Elros Filho de Eärendil e Elwing que, no final da Primeira Era, escolheu ser contado entre os Homens e se tornou o primeiro Rei de Númenor (com o título *Tar-Minyatur*), vivendo até idade avançadíssima. O nome significa "Espuma-de-estrelas". 327–29, 337, 344, 350, 352–54, 357, 374, 380

Elu Forma sindarin de Elwë. 90, 134, 156, 312

Eluchíl "Herdeiro de Elu (Thingol)", nome de Dior, filho de Beren e Lúthien. Ver *Dior.*

Eluréd Filho mais velho de Dior; pereceu no ataque a Doriath feito pelos filhos de Fëanor. O nome significa o mesmo que *Eluchíl.* 314–17

Elurín Filho mais novo de Dior; pereceu junto com seu irmão Eluréd. O nome significa "Lembrança de Elu (Thingol)". 314–17

Elwë Cognominado *Singollo*, "Manto-gris"; líder, junto com seu irmão Olwë, das hostes dos Teleri na jornada para o oeste, saindo de Cuiviénen, até que se perdeu em Nan Elmoth; mais tarde, tornou-se Senhor dos Sindar, governando Doriath com Melian; recebeu a Silmaril de Beren; morto em Menegroth pelos Anãos. Chamado de (*Elu*) *Thingol* em sindarin. Ver *Elfos Escuros, Thingol.* 85–6, 88–90, 92–3, 134, 313

Elwing Filha de Dior que, escapando de Doriath com a Silmaril, casou-se com Eärendil nas Fozes do Sirion e foi com ele a Valinor; mãe de Elrond e Elros. O nome significa "Borrifo-de-estrelas"; ver *Lanthir Lamath.* 153, 207, 314, 316–17, 325, 327–33, 337

Emeldir Chamada "do Coração-de-homem"; esposa de Barahir e mãe de Beren; tirou as mulheres e as crianças da Casa de Bëor de Dorthonion depois da Dagor Bragollach. (Ela própria também era descendente de Bëor, o Velho, e o nome de seu pai era Beren; isso não consta do texto.) 215, 222

Emyn Beraid "As Colinas das Torres" no oeste de Eriador; ver *Elostirion.* 380–82

Endor "Terra do Meio", Terra-média. 131

Engwar "Os Enfermiços", um dos nomes élficos para os Homens. 150

Eöl Chamado o Elfo Escuro; grande ferreiro que habitava em Nan Elmoth e que tomou Aredhel, irmã de Turgon, como esposa; amigo dos Anãos; forjou a espada Anglachel (Gurthang); pai de Maeglin; executado em Gondolin. 135, 188–95, 272

Eönwë   Um dos mais poderosos dos Maiar; chamado de Arauto de Manwë; líder da hoste dos Valar no ataque a Morgoth no fim da Primeira Era. 57, 330, 332–33, 335–36, 342, 373

Ephel Brandir   "A barreira circundante de Brandir", habitações dos Homens de Brethil sobre o Amon Obel; também chamada *a Ephel*. 291, 296–97

Ephel Dúath   "Cerca de Sombra", a cadeia de montanhas entre Gondor e Mordor; também chamada de *Montanhas de Sombra*. 382

Erchamion   "Uma-Mão", epíteto de Beren depois de sua fuga de Angband. 249, 252, 268, 316

Erech   Um monte a oeste de Gondor, onde ficava a Pedra de Isildur (ver *O Retorno do Rei, V, 2*). 381

Ered Engrin   "As Montanhas de Ferro" no extremo norte. 169

Ered Gorgoroth   "As Montanhas de Terror", a norte de Nan Dungortheb; também chamadas *as Gorgoroth*. 121, 140, 173, 187, 226

Ered Lindon   "As Montanhas de Lindon", outro nome das *Ered Luin*, as Montanhas Azuis. 176–77, 190, 197, 204, 265, 311, 314–15

Ered Lómin   "As Montanhas Ecoantes", que formavam a barreira oeste de Hithlum. 154, 170

Ered Luin   "As Montanhas Azuis", também chamadas *Ered Lindon*. Depois da destruição no fim da Primeira Era, as Ered Luin formavam a região costeira do noroeste da Terra-média. 87–8, 134, 138, 162, 175

Ered Nimrais   As Montanhas Brancas (*nimrais* "chifres brancos"), a grande cordilheira que ia, de leste a oeste, ao sul das Montanhas Nevoentas. 138

Ered Wethrin   "As Montanhas de Sombra", "As Montanhas Sombrias", a grande cadeia curva nas fronteiras de Dor-nu- -Fauglith (Ard-galen) no oeste, formando a barreira entre Hithlum e Beleriand Oeste. 154, 156, 167, 170–71, 179, 202, 210, 212, 222, 234, 239, 258, 261, 264, 285–86, 291, 306

Eregion   "Terra do Azevinho" (chamada de *Azevim* pelos Homens); reino noldorin na Segunda Era, nos sopés das

Montanhas Nevoentas, onde os Anéis élficos foram feitos. 374, 376–77

Ereinion "Rebento de Reis", o filho de Fingon, sempre conhecido por seu epíteto *Gil-galad*. 215, 266, 325

Erellont Um dos três marinheiros que acompanharam Eärendil em suas viagens. 329

Eressëa Ver *Tol Eressëa*.

Eriador A terra entre as Montanhas Nevoentas e as Azuis, na qual ficava o Reino de Arnor (e também o Condado dos Hobbits). 87–8, 135, 138, 204, 351, 380, 386, 388, 395

Eru "O Uno", "O que é Só": Ilúvatar. 39, 51–4, 57, 74–5, 77, 126, 130, 143, 344, 351–54, 357, 367; também em *Filhos de Eru*.

Esgalduin O rio de Doriath, dividindo as florestas de Neldoreth e Region e desaguando no Sirion. O nome significa "Rio sob Véu". 136, 173–74, 187, 227, 251–53, 294, 314

Espada Negra Ver *Mormegil*. 283, 285, 290, 297, 300, 302

Espectros-do-Anel Escravos dos Nove Anéis dos Homens e principais serviçais de Sauron; também chamados de *Nazgûl* e Úlairi. 351, 378, 387, 392

Estë Uma das Valier, esposa de Irmo (Lórien); seu nome significa "Repouso". 52, 55, 58, 99, 145–46

Estolad A terra ao sul de Nan Elmoth onde os Homens dos séquitos de Bëor e Marach habitaram depois de cruzarem as Montanhas Azuis e entrarem em Beleriand; traduzido no texto como "o Acampamento". 200–02, 204–05

Estrada dos Anãos Via que descia até Beleriand saindo das cidades de Nogrod e Belegost, atravessando o Gelion no vau de Sarn Athrad.

Ezellohar O Teso Verdejante das Duas Árvores de Valinor; também chamado de *Corollairë*. 67, 77, 114, 117–18

Faelivrin Nome dado a Finduilas por Gwindor. 283

Falas As costas do oeste de Beleriand, ao sul de Nevrast. 92, 108, 137, 140–41, 155, 172, 222, 259, 266, 275, 285

Falathar Um dos três marinheiros que acompanharam Eärendil em suas viagens. 329

ÍNDICE DE NOMES

Falathrim   Os Elfos telerin da Falas cujo senhor era Círdan. 92

Falmari   Os Elfos-do-mar; nome dos Teleri que partiram da Terra-média e foram para o Oeste. 86

Fëanor   Filho mais velho de Finwë (filho único de Finwë e Míriel), meio-irmão de Fingolfin e Finarfin; o maior dos Noldor e líder de sua rebelião; inventor da escrita fëanoriana; criador das Silmarils; foi morto em Mithrim durante a Dagor-nuin-Giliath. Seu nome era *Curufinwë* (*curu* "engenho"), e ele deu o mesmo nome a seu quinto filho, Curufin; mas ele próprio era conhecido pelo nome que sua mãe lhe deu, *Fëanáro*, "Espírito de Fogo", que recebeu a forma sindarin *Fëanor*. Capítulos 5–9 e 13 *passim*; ver especialmente 95, 97–9, 101, 142. Alhures, seu nome ocorre principalmente na expressão *os filhos de Fëanor*.

Fëanturi   "Mestres de Espíritos", os Valar Námo (Mandos) e Irmo (Lórien). 54–5

Felagund   Nome pelo qual o Rei Finrod passou a ser conhecido depois do estabelecimento de Nargothrond; na origem, vinha da língua anânica (*felak-gundu* "escavador de cavernas", mas traduzido no texto como "Senhor de Cavernas", 96). Para referências, ver *Finrod*.

Fiéis, Os   Ver *Elendili*.

Filhos de Fëanor   Ver *Maedhros, Maglor, Celegorm, Caranthir, Curufin, Amrod, Amras*. As referências frequentemente são feitas a eles como um grupo, em especial após a morte de seu pai.

Filhos de Ilúvatar   Também *Filhos de Eru*; traduções de *Híni Ilúvataro, Eruhíni*; os Primogênitos e os Seguidores, Elfos e Homens. Também *Os Filhos, Filhos da Terra, Filhos do Mundo*. *Passim*: ver especialmente 40, 43–4, 46–8, 56–8, 66, 71, 75, 79, 82–3, 101, 103, 113, 143, 207, 227–28, 254, 313, 342

Finarfin   O terceiro filho de Finwë, o mais jovem dos meios- -irmãos de Fëanor; permaneceu em Aman depois do Exílio dos Noldor e governou o remanescente de seu povo em Tirion. Entre os príncipes noldorin, só ele e seus descendentes tinham cabelos dourados, herdados de sua mãe, Indis, que era uma Elfa vanyarin (ver *Vanyar*). 95–6, 100, 106–07, 124–27,

O SILMARILLION

130, 148, 230, 240–41, 333. Muitas outras ocorrências do nome de Finarfin estão relacionadas a seus filhos ou a seu povo.

Finduilas Filha de Orodreth, amada por Gwindor; capturada no saque de Nargothrond e morta por Orques nas Travessias do Teiglin. 283–84, 287–89, 291, 295, 302

Fingolfin O segundo filho de Finwë, o mais velho dos meios-irmãos de Fëanor; Alto Rei dos Noldor em Beleriand, habitando em Hithlum; morto por Morgoth em combate singular. 95–6, 100, 105–08, 114, 124–26, 128, 131–33, 146, 154, 157–60, 162–64, 166–67, 170, 173, 179, 184, 186, 190, 201, 207, 209, 212–16, 257, 267. Muitas outras ocorrências do nome de Fingolfin estão relacionadas a seus filhos ou a seu povo.

Fingon O filho mais velho de Fingolfin, cognominado o Valente; resgatou Maedhros das Thangorodrim; Alto Rei dos Noldor depois da morte de seu pai; morto por Gothmog nas Nirnaeth Arnoediad. 95, 124–26, 128, 131–32, 159, 160, 167, 170, 173, 186, 196, 212, 215, 222, 226, 257–66, 325, 374

Finrod O filho mais velho de Finarfin, chamado "o Fiel" e "o Amigo dos Homens". Fundador e Rei de Nargothrond, donde seu nome *Felagund*; encontrou, em Ossiriand, os primeiros Homens a cruzar as Montanhas Azuis; resgatado por Barahir na Dagor Bragollach; cumpriu seu juramento a Barahir ao acompanhar Beren em sua missão; morto na defesa de Beren nas masmorras de Tol-in-Gaurhoth. As seguintes referências incluem aquelas em que apenas o termo *Felagund* é usado: 96, 124, 127, 132, 158, 161, 163–65, 171–74, 177, 180, 182, 184–85, 197, 202, 211–12, 232, 235, 238, 240, 275, 277, 309–10, 312

Finwë Líder dos Noldor na jornada para o oeste a partir de Cuiviénen; Rei dos Noldor em Aman; pai de Fëanor, Fingolfin e Finarfin; assassinado por Morgoth em Formenos. 85, 88–9, 92–100, 102, 105–09, 114, 117–18, 122, 181; outras referências são sobre seus filhos ou sua casa.

Fírimar "Mortais", um dos termos élficos que designam os Homens. 150

Foice dos Valar   Ver *Valacirca*.

Formenos   "Fortaleza do Norte", a praça-forte de Fëanor e seus filhos no norte de Valinor, construída depois que Fëanor foi banido de Tirion. 108–09, 114, 118–20, 181

Fornost   "Fortaleza do Norte", cidade númenóreana nas Colinas do Norte em Eriador. 380

Fratricídio   A matança dos Teleri pelas mãos dos Noldor em Alqualondë. 129, 131–32, 181, 196, 199, 217

Frodo   O Portador-do-Anel. 396

Fuinur   Númenóreano renegado que ganhou poder entre os Haradrim no fim da Segunda Era. 383

Gabilgathol   Ver Belegost. 134

Galadriel   Filha de Finarfin e irmã de Finrod Felagund; uma das líderes da rebelião dos Noldor contra os Valar; desposou Celeborn de Doriath e com ele permaneceu na Terra-média depois do fim da Primeira Era; guardiã de Nenya, o Anel da Água, em Lothlórien. 96, 124, 133, 164–65, 180–82, 185, 202, 232, 314, 337, 389–92

Galathilion   A Árvore Branca de Tirion, imagem de Telperion feita por Yavanna para os Vanyar e os Noldor. 94, 346

Galdor   Chamado o Alto; filho de Hador Lórindol e senhor de Dor-lómin depois dele; pai de Húrin e Huor; foi morto em Eithel Sirion. 207, 212, 215, 219–22, 268, 282, 309, 334

galvorn   O metal inventado por Eöl. 188

Gandalf   Nome entre os Homens de Mithrandir, um dos Istari (Magos); ver *Olórin*. 391

Gelion   O grande rio de Beleriand Leste, que nascia em Himring e no Monte Rerir e era alimentado pelos rios de Ossiriand, que vinham das Montanhas Azuis. 88–9, 134, 135, 140–41, 162, 173–77, 197, 200, 204, 213, 256, 311, 313–15

Gelmir (1)   Elfo de Nargothrond, irmão de Gwindor, capturado na Dagor Bragollach e depois executado defronte a Eithel Sirion como forma de provocar seus defensores, antes das Nirnaeth Arnoediad. 257, 260

Gelmir (2)   Elfo do povo de Angrod que, junto com Arminas, veio a Nargothrond avisar Orodreth do perigo que corria. 285

O SILMARILLION

Gelo Pungente Ver *Helcaraxë*. 157, 167, 184

Gildor Um dos doze companheiros de Barahir em Dorthonion. 216

Gil-Estel "Estrela de Esperança", nome sindarin para Eärendil levando a Silmaril em seu navio Vingilot. 332

Gil-galad "Estrela de Radiância", nome pelo qual Ereinion, filho de Fingon, ficou conhecido mais tarde. Depois da morte de Turgon, ele se tornou o último Alto Rei dos Noldor na Terra-média e permaneceu em Lindon depois do fim da Primeira Era; líder, junto com Elendil, da Última Aliança de Homens e Elfos e morto ao lado dele no combate contra Sauron. 215, 266, 325, 328, 337, 382–85, 389

Gimilkhâd Filho mais novo de Ar-Gimilzôr e Inzilbêth e pai de Ar-Pharazôn, o último Rei de Númenor. 353–54

Gimilzôr Ver *Ar-Gimilzôr*.

Ginglith Rio em Beleriand Oeste que desaguava no Narog acima de Nargothrond. 232, 286

Glaurung O primeiro dos Dragões de Morgoth, chamado de *o Pai de Dragões*; presente na Dagor Bragollach, nas Nirnaeth Arnoediad e no Saque de Nargothrond; lançou seu feitiço sobre Túrin e sobre Nienor; morto por Túrin em *Cabed-en-Aras*. Também chamado de *a Grande Serpe* e *a Serpe de Morgoth*. 167, 207, 210, 213, 262, 302-03, 307, 309, 319, 323

Glingal "Chama Balouçante", a imagem de Laurelin feita por Turgon em Gondolin. 180

Glirhuin Um menestrel de Brethil. 308

Glóredhel Filha de Hador Lórindol de Dor-lómin e irmã de Galdor; desposou Haldir de Brethil. 219

Glorfindel Elfo de Gondolin que caiu para a morte em Cirith Thoronath, durante combate com um Balrog, depois de escapar do saque da cidade. O nome significa "Cabelos-dourados". 264, 324

Golodhrim Os Noldor. *Golodh* era a forma sindarin do quenya *Noldo*, e *-rim* uma desinência do plural coletivo; conferir *Annon-in-Gelydh*, o Portão dos Noldor. 190

Gondolin "A Rocha Oculta" (ver *Ondolindë*), cidade secreta do Rei Turgon, protegida pelas Montanhas Circundantes (Echoriath). 95, 156, 179–80, 186–87, 190–93, 195–96, 214–15, 219–21, 249, 258–59, 261, 263–64, 266–67, 278, 306–07, 318, 326, 328, 331, 338, 344

Gondolindrim O povo de Gondolin. 195, 221, 261

Gondor "Terra de Pedra", nome do reino númenóreano do sul na Terra-média, estabelecido por Isildur e Anárion. 380–83, 385–88, 395–97. *Cidade de Gondor*: Minas Tirith. 396–97

Gonnhirrim "Mestres de Pedra", um nome sindarin para os Anãos. 134

Gorgoroth (1) Ver *Ered Gorgoroth*.

Gorgoroth (2) Um platô em Mordor, entre a convergência das Montanhas de Sombra e das Montanhas de Cinza. 384–85, 387

Gorlim Cognominado o Infeliz; um dos doze companheiros de Barahir em Dorthonion, que foi enganado por um espectro imitando sua esposa, Eilinel, e revelou a Sauron o esconderijo de Barahir. 216, 223–25

Gorthaur O nome de Sauron em sindarin. 59, 216, 373

Gorthol "Elmo Temível", nome que Túrin adotou como um dos Dois Capitães na terra de Dor-Cúarthol. 278

Gothmog Senhor de Balrogs, alto-capitão de Angband, matou Fëanor, Fingon e Ecthelion. (O mesmo nome era usado na Terceira Era pelo Lugar-tenente de Minas Morgul; *O Retorno do Rei*, V, 6.) 156, 263–65, 324

Grande Gelion Um dos dois ramos tributários do rio Gelion no norte, com nascentes no Monte Rerir. 175

Grande Rio Ver *Anduin*.

Grandes Terras Terra-média. 346

Grond A grande maça de Morgoth com a qual ele enfrentou Fingolfin; chamada de Martelo do Mundo Ínfero. O aríete usado contra o Portão de Minas Tirith recebeu o mesmo nome (*O Retorno do Rei*, V, 4). 214

Guilin Pai de Gelmir e Gwindor, Elfos de Nargothrond. 257, 260, 279, 282, 286

Gundor Filho mais novo de Hador Lórindol, senhor de Dor-lómin, morto ao lado de seu pai em Eithel Sirion durante a Dagor Bragollach. 207, 212, 334

Gurthang "Ferro da Morte", nome da espada de Beleg, Anglachel, depois que foi reforjada para Túrin em Nargothrond; por causa dela, Túrin passou a ser chamado de *Mormegil.* 283, 288, 291, 298–99, 301, 303

Gwaith-i-Mírdain "Povo dos Joalheiros", nome da sociedade de artífices de Eregion, entre os quais o maior era Celebrimbor, filho de Curufin. 374

Gwindor Elfo de Nargothrond, irmão de Gelmir; foi escravizado em Angband, mas escapou e ajudou Beleg a resgatar Túrin; trouxe Túrin a Nargothrond; amava Finduilas, filha de Orodreth; morto na Batalha de Tumhalad. 257, 259–61, 279–86

Hadhodrond O nome sindarin de Khazad-dûm (Moria). 135, 374

Hador Chamado de *Lórindol* "Cabeça-dourada", também de *Hador dos Cabelos-dourados*; senhor de Dor-lómin, vassalo de Fingolfin; pai de Galdor, que é pai de Húrin; morto em Eithel Sirion durante a Dagor Bragollach. A Casa de Hador era chamada de *Terceira Casa dos Edain.* 207, 212, 215, 218, 222. *Casa de, Povo de, Hador.* 207, 218–19, 222, 258, 263–65, 269, 278, 290, 305, 331. *Elmo de Hador*: ver *Elmo-de-dragão de Dor-lómin.*

Haladin O segundo povo dos Homens a adentrar Beleriand; depois chamado de *Povo de Haleth*, habitando na Floresta de Brethil, também *os Homens de Brethil.* 199–200, 204–05, 215, 218–19, 222, 261, 265

Haldad Líder dos Haladin quando se defendiam do ataque de Orques em Thargelion e morto lá; pai da Senhora Haleth. 204, 206

Haldan Filho de Haldar; líder dos Haladin depois da morte da Senhora Haleth. 205

Haldar Filho de Haldad dos Haladin, irmão da Senhora Haleth; morto com seu pai durante a incursão dos Orques em Thargelion. 204–06

ÍNDICE DE NOMES

Haldir   Filho de Halmir de Brethil; desposou Glóredhel, filha de Hador de Dor-lómin; morreu nas Nirnaeth Arnoediad. 219, 258–59, 261, 265

Haleth   Chamada de Senhora Haleth; líder dos Haladin (que, por causa dela, passaram a ser chamados o Povo de Haleth), trazendo-os de Thargelion para as terras a oeste do Sirion. 204–06 *Casa de, Povo de, Haleth.* 208, 218–19, 258, 291, 297, 298

Halmir   Senhor dos Haladin, filho de Haldan; com Beleg de Doriath, derrotou os Orques que vieram para o sul do Passo do Sirion depois da Dagor Bragollach. 218–19, 258

Handir   Filho de Haldir e Glóredhel, pai de Brandir, o Coxo; senhor dos Haladin depois da morte de Haldir; foi morto em Brethil em batalha contra os Orques. 265, 286, 291

Haradrim   Os Homens de Harad ("o Sul"), as terras ao sul de Mordor. 383

Hareth   Filha de Halmir de Brethil; desposou Galdor de Dor-lómin; mãe de Húrin e Huor. 219, 222

Hathaldir   Cognominado o Jovem; um dos doze companheiros de Barahir em Dorthonion. 216

Hathol   Pai de Hador Lórindol. 207

Haudh-en-Arwen   "O Túmulo-da-Senhora", montículo funerário de Haleth na Floresta de Brethil. 206

Haudh-en-Elleth   O teso no qual Finduilas foi enterrada, perto das Travessias do Teiglin. 291–92, 295–96, 300, 302

Haudh-en-Ndengin   "O Monte dos Mortos" no deserto de Anfauglith, onde foram empilhados os corpos dos Elfos e Homens que morreram nas Nirnaeth Arnoediad. 267–68

Haudh-en-Nirnaeth   "O Monte das Lágrimas", outro nome do *Haudh-en-Ndengin.* 267

Helcar   O Mar Interno do nordeste da Terra-média, onde antes ficava a montanha da lamparina de Illuin; o lago de Cuiviénen, onde os primeiros Elfos despertaram, é descrito como uma baía desse mar. 80, 86

Helcaraxë   O estreito entre Araman e a Terra-média; também citado como *o Gelo Pungente.* 83, 119, 131, 133, 190

Helevorn   "Vidro Negro", um lago no norte de Thargelion, sob o Monte Rerir, onde Caranthir habitava. 162, 177, 213

Helluin   A estrela Sirius. 80, 100

Herumor   Um Númenóreano renegado que se tornou poderoso entre os Haradrim no fim da Segunda Era. 383

Herunúmen   "Senhor do Oeste", nome em quenya do rei Ar-Adûnakhôr. 352

Hildor   "Os Seguidores", "Os Que Vieram Depois", nome élfico usado para designar os Homens como os Filhos Mais Novos de Ilúvatar. 144–45, 150

Hildórien   A terra no leste da Terra-média onde os primeiros Homens (*Hildor*) despertaram. 150–51, 199

Himlad   "Planície Fria", a região onde Celegorm e Curufin habitavam ao sul do Passo do Aglon. 176, 186–88, 191

Himring   O grande monte a oeste da Brecha de Maglor na qual ficava a fortaleza de Maedhros; traduzido no texto como "Sempre-frio". 162, 175–76, 187, 212–13, 241, 250, 258

Hírilorn   A grande faia com três troncos na qual Lúthien foi aprisionada, em Doriath. O nome significa "Árvore da Senhora". 236, 253

Hísilómë   "Terra da Bruma", nome de Hithlum em quenya. 170

Hithaeglir   "Linha de Picos Nevoentos": as Montanhas Nevoentas (A forma *Hithaeglin* no mapa de *O Senhor dos Anéis* está errada.) 87

Hithlum   "Terra da Bruma" (ver 170), a região cuja divisa a leste e a sul são as Ered Wethrin e no oeste são as Ered Lómin; ver *Hísilómë*. 83, 121, 154, 156–58, 161, 166, 170–71, 173, 175, 186, 201, 210–18, 222, 248, 258–61, 264–66, 264–70, 279, 304–06, 318

Homem-selvagem das Matas   Nome adotado por Túrin quando ele passou a viver entre os Homens de Brethil. 281

Homens   Ver especialmente 69–70, 103–04, 149–50, 196–98, 207, 343–44, 349–51; e ver também *Atani, Filhos de Ilúvatar, Lestenses.*

Homens do Rei   Númenóreanos hostis aos Eldar e aos Elendili. 350–51, 353

Homens Tisnados   Ver *Lestenses*. 218

Huan   O grande cão lobeiro de Valinor que Oromë deu a Celegorm; amigo e ajudante de Beren e Lúthien; matou Carcharoth e foi morto por ele. O nome significa "grande cão, mastim". 236–46, 248–49, 252–53

Hunthor   Um Homem dos Haladin em Brethil que acompanhou Túrin em seu ataque a Glaurung, no Cabed-en-Aras, e foi morto lá pela queda de uma pedra. 298–99

Huor   Filho de Galdor de Dor-lómin, marido de Rían e pai de Tuor; foi a Gondolin com Húrin, seu irmão; morto nas Nirnaeth Arnoediad. 179, 207, 219–21, 259, 263–64, 268, 318, 320, 322, 325, 334

Húrin   Cognominado *Thalion*, "o Resoluto", "o Forte"; filho de Galdor de Dor-lómin, marido de Morwen e pai de Túrin e Nienor; senhor de Dor-lómin, vassalo de Fingon. Foi com Huor, seu irmão, a Gondolin; capturado por Morgoth nas Nirnaeth Arnoediad e colocado no alto das Thangorodrim por muitos anos; depois de ser libertado, matou Mîm em Nargothrond e levou o Nauglamír ao Rei Thingol. 179, 207, 219–22, 259–61, 263–64, 266–70, 272, 278–79, 281–82, 284, 287–92, 296, 299–303, 305–12, 318, 322, 334

Hyarmentir   A mais alta montanha nas regiões ao sul de Valinor. 112

Iant Iaur   "A Ponte Antiga" sobre o Esgalduin na fronteira norte de Doriath; também chamada de *Ponte do Esgalduin*. 173

Ibun   Um dos filhos de Mîm, o Anão-Miúdo. 274, 277–78

Idril   Chamada de *Celebrindal*, "Pé-de-Prata"; única filha de Turgon e Elenwë; esposa de Tuor, mãe de Eärendil, escapou com eles de Gondolin e foi para as Fozes do Sirion; partiu de lá com Tuor para o Oeste. 180, 190, 193, 195–96, 320–21, 331, 338, 344

Ilha Solitária   Ver *Tol Eressëa*.

Ilhas Encantadas   As ilhas postas pelos Valar no Grande Mar a leste de Tol Eressëa no tempo da Ocultação de Valinor. 148, 329

Illuin Uma das Lamparinas dos Valar feitas por Aulë. Illuin ficava na parte norte da Terra-média e, depois da derrubada da montanha por Melkor, o Mar Interno de Helcar se formou lá. 63–5, 80, 91

Ilmarë Uma Maia, a acompanhante de Varda. 57

Ilmen A região acima do ar onde ficam as estrelas. 144–47, 369

Ilúvatar "Pai de Tudo", Eru. 35–44, 51–2, 55–8, 66, 68–9, 71–7, 79–83, 103–05, 113, 117, 125, 132, 143, 145, 150, 152, 207, 227, 228, 254, 255, 284, 313, 331, 334, 342–45, 348–49, 358, 365–66

Imlach Pai de Amlach. 203

Imladris "Valfenda" (literalmente, "Vale Profundo da Fenda"), habitação de Elrond num vale das Montanhas Nevoentas. 27, 29, 377, 384, 386–87, 389–90, 396

Indis Elfa vanyarin, tinha parentesco próximo com Ingwë; segunda esposa de Finwë, mãe de Fingolfin e Finarfin. 95, 100–01, 106

Ingwë Líder dos Vanyar, a primeira das três hostes dos Eldar na jornada para o oeste a partir de Cuiviénen. Em Aman, habitava em Taniquetil e era considerado Alto Rei de todos os Elfos. 85, 92, 94, 97, 100, 148, 333

Inziladûn Filho mais velho de Ar-Gimilzôr e Inzilbêth; recebeu depois o nome *Tar-Palantir*. 353

Inzilbêth Rainha de Ar-Gimilzôr; da casa dos senhores de Andúnië. 353

Irmo O Vala normalmente chamado de Lórien, nome do lugar de sua morada. *Irmo* significa "O Que Deseja" ou "Mestre do Desejo". 54–5, 58, 99

Isengard Tradução (representando a língua de Rohan) do nome élfico *Angrenost*. 381, 392, 394–96

Isil Nome da Lua em quenya. 145

Isildur Filho mais velho de Elendil que, com seu pai e seu irmão, Anárion, escapou da Submersão de Númenor e fundou na Terra-média os reinos númenóreanos no exílio; senhor de Minas Ithil; cortou o Anel Regente da mão de Sauron; morto por Orques no Anduin quando o Anel escorregou de seu dedo. 358, 363, 367, 380–83, 387, 389, 393, 396–97. *Herdeiros de Isildur* 393, 397. *Herdeiro de Isildur* = Aragorn. 394–96

Istari Os Magos. Ver *Curunír, Saruman, Mithrandir, Gandalf, Olórin, Radagast.* 391–92

Ivrin O lago e as quedas d'água sob as Ered Wethrin onde nascia o rio Narog. 170, 283. *Lagoas de Ivrin* 163, 283 , 290, 319. *Quedas de Ivrin* 172, 234. Ver *Eithel Ivrin.*

kelvar Uma palavra élfica que foi mantida nas falas de Yavanna e Manwë no Capítulo 2: "animais, coisas vivas que se movem". 76–7

Kementári "Rainha da Terra", um título de Yavanna. 50, 63, 69, 77

Khazâd O nome dos Anãos em sua própria língua (*khuzdul*). 134

Khazad-dûm As grandes mansões dos Anãos da raça de Durin nas Montanhas Nevoentas (*Hadhodrond, Moria*). Ver *Khazâd; dûm* é provavelmente um plural ou coletivo, com o signifi-cado de "escavações, salões, mansões". 75, 135, 374

Khîm Filho de Mîm, o Anão-Miúdo, morto por um membro do bando de proscritos de Túrin. 274

Ladros As terras a nordeste de Dorthonion que foram dadas aos Homens da Casa de Bëor pelos Reis noldorin. 207

Laer Cú Beleg "A Canção do Grande Arco", composta por Túrin em Eithel Ivrin em memória de Beleg Cúthalion. 282

Laiquendi "Os Elfos-verdes" de Ossiriand. 141

Lalaith "Riso", filha de Húrin e Morwen que morreu na infân-cia. 268

Lammoth "O Grande Eco", região ao norte do Estreito de Drengist, que recebeu esse nome por causa dos ecos do grito de Morgoth em sua luta com Ungoliant. 120–21, 154

Lanthir Lamath "Queda d'água das Vozes que Ecoam", onde Dior tinha sua casa em Ossiriand, e que inspirou o nome de sua filha Elwing ("Borrifo-de-estrelas"). 314, 316

O SILMARILLION

Laurelin "Canção D'Ouro", a mais nova das Duas Árvores de Valinor. 67–8, 96, 113, 144–45, 147, 180

Legolin O terceiro dos tributários do Gelion em Ossiriand. 175

lembas Nome sindarin do pão-de-viagem dos Eldar (da forma mais antiga *lenn-mbass*, "pão-de-jornada"; em quenya, *coimas*, "pão-da-vida"). 273, 276, 279, 281

Lenwë O líder dos Elfos da hoste dos Teleri que se recusaram a cruzar as Montanhas Nevoentas na jornada para o oeste saindo de Cuiviénen (os Nandor); pai de Denethor. 87, 138

Lestenses Também chamados de *Homens Tisnados*; entraram em Beleriand vindos do Leste na época que se seguiu à Dagor Bragollach e lutaram de ambos os lados nas Nirnaeth Arnoediad; receberam Hithlum como local de assentamento graças a Morgoth, onde oprimiram o remanescente do Povo de Hador. 218, 262, 265, 268, 290, 305, 318

Lhûn Rio de Eriador que desaguava no mar no Golfo de Lhûn. 374, 380

Linaewen "Lago das aves", o grande charco de Nevrast. 171

Lindon Um dos nomes de Ossiriand na Primeira Era; ver 176. Depois dos tumultos do fim da Primeira Era, o nome foi mantido para designar as terras a oeste das Montanhas Azuis que ainda permaneciam acima do Mar: 176–77, 190, 197, 204, 265, 311, 314, 315, 374–75, 379–80, 389

Lindórië Mãe de Inzilbêth. 353

Loeg Ningloron "Lagoas das flores aquáticas douradas"; ver *Campos de Lis.* 386

lómelindi Palavra em quenya que significa "cantores-do-ocaso", rouxinóis. 89

Lómion "Filho do Crepúsculo", o nome em quenya que Aredhel deu a Maeglin. 189

Lórellin O lago em Lórien, na terra de Valinor, onde Estë dorme durante o dia. 55

Lorgan Chefe dos Homens Lestenses de Hithlum depois das Nirnaeth Arnoediad, responsável por escravizar Tuor. 318

Lórien (1) Nome dos jardins e local de habitação do Vala Irmo, que também era chamado comumente de Lórien. 52, 54–5, 58, 89, 99, 136, 145, 146, 314, 389

Lórien (2)   A terra governada por Celeborn e Galadriel entre os rios Celebrant e Anduin. Provavelmente o nome original dessa terra foi alterado para assumir a forma do nome quenya Lórien, dos jardins do Vala Irmo em Valinor. No termo *Lothlórien* a palavra sindarin *loth* "flor" foi usada como prefixo.

Lórindol   "Cabeça-dourada"; ver *Hador*. 207, 222

Losgar   O lugar da queima dos barcos dos Teleri a mando de Fëanor, na embocadura do Estreito de Drengist. 132, 142, 154, 158, 170, 181, 184

Lothlann   "A vasta e vazia", nome da grande planície ao norte da Marca de Maedhros. 176, 213, 281

Lothlórien   "Lórien da Flor"; ver *Lórien (2)*. 390

Luinil   Nome de uma estrela (que brilhava com uma luz azul). 79

Lumbar   Nome de uma estrela. 79

Lúthien   A filha do Rei Thingol e de Melian, a Maia, a qual, depois do cumprimento da Demanda da Silmaril e da morte de Beren, escolheu se tornar mortal e compartilhar a sina dele. Ver *Tinúviel*. 24–5, 36, 134, 139, 176, 206, 223, 227–32, 235–257, 268, 313–16, 328, 331, 338, 344

Mablung   Elfo de Doriath, principal capitão de Thingol, amigo de Túrin; cognominado "o da Mão Pesada" (que é o significado do nome *Mablung*); morto pelos Anãos em Menegroth. 163, 251–53, 257, 271, 292–95, 304–05, 310, 325

Maedhros   O filho mais velho de Fëanor, chamado de o Alto; resgatado por Fingon das Thangorodrim; governava o Monte de Himring e as terras em volta dele; formou a União de Maedhros, que terminou nas Nirnaeth Arnoediad; levou uma das Silmarils consigo quando morreu no fim da Primeira Era. 95, 124, 132, 157–63, 166–67, 170, 173–77, 197, 204, 212–13, 218, 241, 256–62, 265, 317, 328, 332, 335–36

Maeglin   "Olhar Aguçado", filho de Eöl e de Aredhel, irmã de Turgon, nascido em Nan Elmoth; tornou-se poderoso em Gondolin e a traiu, ajudando Morgoth; foi morto por Tuor durante o saque da cidade. Ver *Lómion*. 135, 189–96, 220, 263, 273, 320–24

Maglor O segundo filho de Fëanor, um grande cantor e menestrel; tinha as terras conhecidas como Brecha de Maglor; no fim da Primeira Era, junto com Maedhros, pegou as duas Silmarils que restavam na Terra-média e lançou a que estava consigo no Mar. 95, 124, 129, 163, 166, 168, 176–77, 197, 213, 218, 250, 262, 328–29, 332, 335–37

Magnoforte Tradução de *Belegost*: "grande fortaleza". 135

Magor Filho de Malach Aradan; líder dos Homens do séquito de Marach que adentraram Beleriand Oeste. 202, 207

Magos Ver *Istari*.

Mahal Nome dado a Aulë pelos Anãos. 75

Máhanaxar O Círculo do Julgamento do lado de fora dos portões de Valmar, no qual foram postos os tronos dos Valar, onde se sentavam em concílio. 67, 83–4, 107, 117, 119, 122, 126, 143,

Mahtan Um grande ferreiro dos Noldor, pai de Nerdanel, a esposa de Fëanor. 100, 106

Maiar Ainur de menor grau que os Valar (singular *Maia*). 51, 57–9, 64, 93, 113, 122, 135, 139, 145, 316, 344

Malach Filho de Marach; recebeu o nome élfico *Aradan*. 201, 207

Malduin Tributário do Teiglin; o nome provavelmente significa "Rio Amarelo". 277

Malinalda "Árvore D'Ouro", um dos nomes de Laurelin. 67

Mandos O lugar da habitação, em Aman, do Vala cujo nome correto era Námo, o Juiz, embora seu nome fosse pouco usado, e ele mesmo seja citado normalmente como Mandos. Com o nome do Vala: 52, 54, 57, 79, 84, 101, 104, 107–09, 118, 129–30, 144, 149, 160, 254–55, 331. Com o nome do lugar de sua habitação (incluindo *Salões de Mandos;* também *Salões da Espera, Casas dos Mortos*): 55, 72, 75, 93, 99, 152, 156, 254, 314. Com referência à Condenação dos Noldor e à Maldição de Mandos: 179, 184–85, 196, 199, 230, 233, 241, 320

Manto-gris Ver *Singollo, Thingol*. 86, 90, 134

Manwë O chefe dos Valar, também chamado de *Súlimo, o Rei Antigo*, o *Governante de Arda. Passim;* ver especialmente 44, 52, 69, 101, 105, 151-52

ÍNDICE DE NOMES

Mar Circundante Ver *Ekkaia*. 131

Mar de Fora Ver *Ekkaia*.

Marach Líder da terceira hoste dos Homens a entrar em Beleriand, ancestral de Hador Lórindol. 200-02, 209

Marca de Maedhros As terras abertas ao norte das cabeceiras do rio Gelion, protegidas por Maedhros e seus irmãos contra ataques a Beleriand Leste; também chamada de *a Marca oriental*. 162, 176

Mardil Cognominado o Fiel; primeiro Regente Governante de Gondor. 388

Mar-nu-Falmar "A Terra sob as Ondas", nome de Númenor depois da Queda. 368

Meio-Elfo Tradução do sindarin *Peredhel*, plural *Peredhil*, aplicada a Elrond e Elros, 25, 31, 327, 337, 344, 374, 377; e a Eärendil, 322

Melian Uma Maia, que deixou Valinor e veio à Terra-média; mais tarde, a Rainha e esposa do Rei Thingol em Doriath, em volta da qual ela pôs um cinturão de encantamento, o Cinturão de Melian; mãe de Lúthien e ancestral de Elrond e Elros. 58, 89–90, 93, 134–37, 139–42, 152, 161, 165, 173–74, 180–82, 184, 187–88, 202, 205–06, 211, Capítulo 19 *passim*, 256–57, 270, 272–73, 276–77, 281, 285, 290–92, 295, Capítulos 21, 22 *passim*, 338, 344

Melkor Nome em quenya do grande Vala rebelde, o princípio do mal; em sua origem, o mais poderoso dos Ainur; mais tarde chamado *Morgoth, Bauglir, o Senhor Sombrio*, o *Inimigo* etc. O significado de *Melkor* era "Aquele que se levanta em Poder"; a forma em sindarin era *Belegûr*, mas nunca era usada, salvo na forma deliberadamente alterada *Belegurth*, "Grande Morte". *Passim* (depois do roubo das Silmarils, normalmente chamado de *Morgoth*); ver especialmente 40–4, 46–8, 52, 54–9, 63–6, 68–73, 169, 179–80, 267, 277, 390

Menegroth "As Mil Cavernas", salões ocultos de Thingol e Melian no rio Esgalduin em Doriath; ver especialmente 136–38. 90, 136–39, 140–42, 156, 161, 164–65, 174, 185, 228, 231, 236, 244, 249–51, 253, 256, 271–75, 278, 293, 295, 311–18

Meneldil   Filho de Anárion, Rei de Gondor. 385–87

Menelmacar   "Espadachim do Céu", a constelação Órion. 80

Meneltarma   "Pilar do Céu", a montanha no meio de Númenor, sobre cujo cume ficava o Santuário de Eru Ilúvatar. 344–45, 350, 353–54, 357, 364, 366, 368–69

Mereth Aderthad   A "Festa da Reunião", celebrada por Fingolfin perto das Lagoas de Ivrin. 163

Mil Cavernas, As   Ver *Menegroth*.

Mîm   O Anão-Miúdo em cuja casa (*Bar-en-Danwedh*), sobre o Amon Rûdh, Túrin habitou com o bando proscrito e por quem o covil deles foi entregue aos Orques; foi morto por Húrin em Nargothrond. 273–78, 309

Minas Anor   "Torre do Sol" (também simplesmente *Anor*), mais tarde chamada de Minas Tirith; a cidade de Anárion, nos sopés do Monte Mindolluin. 381–83, 385, 387–88, 397

Minas Ithil   "Torre da Lua", mais tarde chamada de Minas Morgul; a cidade de Isildur, construída numa encosta da Ephel Dúath. 381, 383, 387–88

Minas Morgul   "Torre de Feitiçaria" (também simplesmente *Morgul*), nome de Minas Ithil depois que ela foi capturada pelos Espectros-do-Anel. 388

Minastir   Ver *Tar-Minastir*. 351, 354

Minas Tirith (1)   "Torre de Guarda", construída por Finrod Felagund em Tol Sirion; ver *Tol-in-Gaurhoth*. 171, 216–18, 277

Minas Tirith (2)   Nome posterior de Minas Anor. 388 Chamada de *a Cidade de Gondor*. 396–97

Mindeb   Tributário do Sirion, entre Dimbar e a Floresta de Neldoreth. 173, 271

Mindolluin   "Altíssima Cabeça-azul", a grande montanha detrás de Minas Anor. 381, 397

Mindon Eldaliéva   "Elevada Torre dos Eldalië", a torre de Ingwë na cidade de Tirion; também simplesmente *a Mindon*. 94, 127

Míriel (1)   A primeira esposa de Finwë, mãe de Fëanor; morreu depois do nascimento do filho. Chamada de Serindë, "a Bordadeira". 95, 98–100, 106

ÍNDICE DE NOMES

Míriel (2) Filha de Tar-Palantir, forçada a se casar com Ar-Pharazôn, e como rainha dele recebeu o nome de *Ar-Zimraphel*; também chamada de *Tar-Míriel*. 354, 366

Mithlond "Os Portos Cinzentos", ancoradouros dos Elfos no Golfo de Lhûn; também chamados de *os Portos*. 374

Mithrandir "O Peregrino Cinzento", nome élfico de Gandalf (Olórin), um dos Istari (Magos). 391– 97

Mithrim O nome do grande lago do leste de Hithlum e também da região em volta dele e das montanhas a oeste, separando Mithrim de Dor-lómin. A palavra originalmente se referia aos Elfos sindarin que habitavam ali. 154–58, 160–62, 170, 268, 318

Montanha Branca Ver *Taniquetil*.

Montanha de Fogo Ver *Orodruin*.

Montanhas Azuis Ver *Ered Luin* e *Ered Lindon*.

Montanhas Nevoentas Ver *Hithaeglir*.

Montanhas Circundantes Ver *Echoriath*.

Montanhas Ressoantes Ver *Ered Lómin*.

Montanhas de Aman, de Defesa Ver *Pelóri*; *do Leste*, ver *Orocarni*; *de Ferro*, ver *Ered Engrin*; *Nevoentas*, ver *Hithaeglir*; *de Mithrim*, ver *Mithrim*; *de Sombra*, ver *Ered Wethrin* e *Ephel Dúath*; *de Terror*, ver *Ered Gorgoroth*. 66, 78, 91, 94, 238

Montanhas de Ferro Ver *Ered Engrin*.

Montanhas Sombrias Ver *Ered Wethrin*.

Monte da Perdição Ver *Amon Amarth*.

Mordor "A Terra Negra", também chamada de *Terra da Sombra*; reino de Sauron a leste das montanhas da Ephel Dúath. 28–30, 34, 351, 368–88, 395–96

Morgoth "O Inimigo Sombrio", nome de Melkor, dado a ele pela primeira vez por Fëanor depois do roubo das Silmarils. 58–9, 102, 118 e daí por diante *passim*. Ver *Melkor*.

Morgul Ver *Minas Morgul*. 388, 396

Moria "O Abismo Negro", nome mais tardio de Khazad-dûm (Hadhodrond). 27, 135, 374, 377, 384

Moriquendi "Elfos das Trevas"; ver Elfos Escuros. 86, 90, 134, 156

Mormegil "O Espada Negra", nome dado a Túrin como capitão da hoste de Nargothrond; ver *Gurthang*. 283–85, 291–92

Morwen Filha de Baragund (sobrinho de Barahir, o pai de Beren); esposa de Húrin e mãe de Túrin e Nienor; cognominada *Eledhwen* (termo traduzido no texto como "Brilho-élfico") e *Senhora de Dor-lómin*. 207, 216, 222, 267–68, 283, 285, 288–90, 292–93, 295, 302, 307–08, 310

Música dos Ainur Ver *Ainulindalë*.

Nahar O cavalo do Vala Oromë, que os Eldar diziam ter ganhado esse nome por causa do som de sua voz. 56, 71, 81, 82, 86, 115, 139

Námo Um Vala, um dos Aratar; normalmente chamado de *Mandos*, o lugar de sua habitação. *Námo* significa "Aquele que Ordena, Juiz". 54

Nandor Termo que significaria "Aqueles que voltam atrás": os Nandor eram aqueles Elfos da hoste dos Teleri que se recusaram a cruzar as Montanhas Nevoentas durante a jornada para o oeste a partir de Cuiviénen, mas dos quais uma parte, liderada por Denethor, atravessou muito depois as Montanhas Azuis e foi habitar em Ossiriand (os Elfos-verdes). 87, 138, 175, 270

Nan Dungortheb Também apenas *Dungortheb*; termo traduzido no texto como "Vale da Morte Horrenda". O vale ficava entre os precipícios das Ered Gorgoroth e o Cinturão de Melian. 121, 173, 187, 241

Nan Elmoth A floresta a leste do rio Celon onde Elwë (Thingol) foi encantado por Melian e se perdeu; mais tarde, o lugar da morada de Eöl. 89–90, 93, 135, 188–89, 191–92, 200, 273, 313

Nan-tathren "Vale-salgueiro", traduzido como "a Terra dos Salgueiros", onde o rio Narog desaguava no Sirion. Na canção de Barbárvore em *As Duas Torres*, III, 4 são usadas formas em quenya do nome: *em meio aos salgueiros de Tasarinan*; *Nan-tasarion*. 172, 265, 325

Nargothrond "A grande fortaleza subterrânea do rio Narog", fundada por Finrod Felagund e destruída por Glaurung;

também o reino de Nargothrond, que se estendia a leste e a oeste do Narog. 165, 171–72, 174–75, 180, 185, 197, 200, 206, 211–12, 216, 219, 221, 231–35, 237–38, 241, 250, 257, 259–61, 265, Capítulo 21 *passim,* 309–10, 312, 319, 321, 375

Narn i Hîn Húrin "O Conto dos Filhos de Húrin", longa balada da qual o Capítulo 21 foi derivado; atribuída ao poeta Dírhaval, um Homem que vivia nos Portos do Sirion nos dias de Eärendil e pereceu no ataque dos filhos de Fëanor. *Narn* significa um conto composto em verso, mas para ser falado, não cantado. 269

Narog O principal rio de Beleriand Oeste, que nascia em Ivrin, sob as Ered Wethrin, e desaguava no Sirion em Nan-tathren. 140, 163–65, 172, 174, 231–32, 234, 274–75, 282, 285, 287, 289, 293, 309

Narsil A espada de Elendil, forjada por Telchar de Nogrod, que se quebrou quando Elendil morreu em combate com Sauron; foi reforjada, a partir dos pedaços, para Aragorn, recebendo o nome de Andúril. 384, 386

Narsilion A Canção do Sol e da Lua. 144

Narya Um dos Três Anéis dos Elfos, *o Anel de Fogo* ou *o Anel Vermelho*; usado por Círdan e, mais tarde, por Mithrandir. 377

Nauglamír "O Colar dos Anãos", feito para Finrod Felagund pelos Anãos; trazido de Nargothrond por Húrin para Thingol e causa da morte do Rei. 165, 310–16

Naugrim "O Povo Mirrado", nome dos Anãos em sindarin. 134–39, 163, 188, 191, 257, 262, 314

Nazgûl Ver *Espectros-do-Anel.*

Neithan Nome que Túrin deu a si mesmo entre os proscritos, traduzido como "O Injustiçado" (literalmente "aquele de quem tiraram algo"). 271

Neldoreth A grande floresta de faias que formava a parte norte de Doriath; chamada de *Taur-na-Neldor* na canção de Barbárvore em *As Duas Torres,* III, 4. 89, 134, 136, 140–41, 174, 227, 236, 268, 314

Nénar Nome de uma estrela. 79

Nen Girith "Água do Estremecer", nome dado a Dimrost, as quedas do Celebros na Floresta de Brethil. 296–99, 301

Nenning Rio em Beleriand Oeste, que chegava ao mar no Porto de Eglarest. 172, 266, 285

Nenuial "Lago do Crepúsculo" em Eriador, onde o rio Baranduin nascia e ao lado do qual a cidade de Annúminas foi construída. 380

Nenya Um dos Três Anéis dos Elfos, o Anel da Água, usado por Galadriel; também chamado de *Anel de Adamante*. 377

Nerdanel Chamada a Sábia; filha de Mahtan, o ferreiro, esposa de Fëanor. 100, 102, 106

Nessa Uma das Valier, irmã de Oromë e esposa de Tulkas. 51–2, 56, 65, 260, 262, 331, 351

Nevrast A região a oeste de Dor-lómin, além das Ered Lómin, onde Turgon habitava antes de sua partida para Gondolin. O nome, com o significado de "Costa de Cá", originalmente era o de toda a costa noroeste da Terra-média (o oposto sendo *Haerast*, "a Costa de Lá", o litoral de Aman). 164–65, 170–71, 178, 180, 186, 266, 318–19, 325

Nienna Uma das Valier, contada entre os Aratar; Senhora da piedade e do luto, irmã de Mandos e Lórien; ver especialmente 57. 51, 57–8, 67, 101, 118, 144

Nienor "Pranto", filha de Húrin e Morwen e irmã de Túrin; enfeitiçada por Glaurung em Nargothrond, por ignorar seu passado desposou Túrin em Brethil usando o nome de Níniel; jogou-se no Teiglin. 269, 285, 288, 290, 292, 295, 300, 302

Nimbrethil Matas de bétulas em Arvernien, no sul de Beleriand. Conferir a canção de Bilbo em Valfenda: "buscou madeira pro navio em Nimbrethil e foi além…" (*A Sociedade do Anel*, II, 1). 327

Nimloth (1) A Árvore Branca de Númenor, da qual um fruto foi tirado por Isildur antes que ela fosse cortada — esse fruto deu origem à Árvore Branca de Minas Ithil. *Nimloth*, "Flor Branca", é a forma sindarin do termo quenya *Ninquelótë*, um dos nomes de Telperion. 94, 346, 358–59, 395

Nimloth (2) Elfa de Doriath que desposou Dior, Herdeiro de Thingol; mãe de Elwing; morta em Menegroth durante o ataque dos filhos de Fëanor. 316–18

ÍNDICE DE NOMES

Nimphelos A grande pérola dada por Thingol ao senhor dos Anãos de Belegost. 136

Níniel "Donzela-das-lágrimas", o nome que Túrin deu à sua irmã, ignorando seu parentesco com ela; ver *Nienor*.

Ninquelótë "Flor Branca", um dos nomes de Telperion; ver *Nimloth (1)*. 67

niphredil Uma flor branca que desabrochava em Doriath sob a luz das estrelas quando Lúthien nasceu. Crescia também em Cerin Amroth, em Lothlórien (*A Sociedade do Anel*, II, 6). 134

Nirnaeth Arnoediad "Lágrimas Inumeráveis" (também simplesmente *as Nirnaeth*), o nome dado à ruinosa quinta batalha das Guerras de Beleriand. 195, 261, 265, 268, 279, 282, 321

Nivrim A parte de Doriath que ficava na margem oeste do Sirion. 174

Noegyth Nibin Anãos-Miúdos (ver também o verbete *Anãos*). 275

Nogrod Uma das duas cidades dos Anãos nas Montanhas Azuis; tradução para o sindarin de *Tumunzahar*. Ver *Casacava*. 135, 137, 163, 188, 190, 242, 258, 275, 310, 312–13, 315

Noldolantë "A Queda dos Noldor", um lamento feito por Maglor, filho de Fëanor. 129

Noldor Os Elfos Profundos, segunda hoste dos Eldar na jornada para o oeste saindo de Cuiviénen, liderados por Finwë. O nome (quenya *Noldo*, sindarin *Golodh*) significava "os Sábios" (mas sábios no sentido de possuir conhecimento, não no sentido de possuir sagacidade ou discernimento sólido). Sobre o idioma dos Noldor, ver *quenya*. *Passim*; ver especialmente 69, 85, 91, 109–11, 169, 380

Nóm, Nómin "Sabedoria" e "os Sábios", nomes que os Homens do séquito de Bëor deram a Finrod e seu povo em sua própria língua. 198

Nulukkizdîn Nome de Nargothrond na língua anânica. 309

Númenor (A forma completa em quenya é *Númenórë* 345, 374). "Ociente", "Terra do Oeste", a grande ilha preparada pelos Valar como lugar para a morada dos Edain depois do fim da Primeira Era. Também chamada de *Anadûnê*, *Andor*,

Elenna, a Terra da Estrela e, depois de sua queda, *Akallabêth, Atalantë* e *Mar-nu-Falmar*. 94, 207, 345, 347–49, 358, 362, 368–76, 383, 386, 394

Númenóreanos Os Homens de Númenor, também chamados de *Dúnedain*. 343, 352, 354–55, 359–60, 362, 365, 367, 379, 388, 392

Nurtalë Valinóreva "A Ocultação de Valinor". 148

Ociente Ver *Anadûnê, Númenor*. 343, 350, 355, 383, 386

Ohtar "Guerreiro", escudeiro de Isildur que trouxe os pedaços da espada de Elendil para Imladris. 386

Oiolossë "Sempre-branca-neve", o nome mais comum empregado pelos Eldar para Taniquetil, traduzido para o sindarin como *Amon Uilos*; mas, de acordo com o "Valaquenta", era "a última torre de Taniquetil". 52, 66

Oiomúrë Região de névoas perto do Helcaraxë. 119

Olórin Um Maia, um dos Istari (Magos); *Mithrandir, Gandalf* e conferir *As Duas Torres*, IV, 5: "Olórin fui em minha juventude no Oeste que está esquecido." 58

olvar Uma palavra élfica que foi mantida nos discursos de Yavanna e Manwë no Capítulo 2, com o significado "coisas que crescem com raízes na terra". 76–7

Olwë Líder, junto com seu irmão Elwë (Thingol), das hostes dos Teleri na jornada para o oeste, saindo de Cuiviénen; senhor dos Teleri de Alqualondë em Aman. 36–7, 90, 92–3, 95–7, 127–30, 138, 161, 181

Ondolindë "Canção da Pedra", nome original em quenya para Gondolin. 178

Orfalch Echor A grande ravina através das Montanhas Circundantes pela qual era possível se aproximar de Gondolin. 320

Ormal Uma das Lamparinas dos Valar feita por Aulë. Ormal ficava no sul da Terra-média. 63, 65

Orocarni As Montanhas do Leste da Terra-média (o nome significa "As Montanhas Vermelhas"). 80

Orodreth Segundo filho de Finarfin; guardião da torre de Minas Tirith em Tol Sirion; Rei de Nargothrond depois da morte de Finrod, seu irmão; pai de Finduilas; morto na Batalha de Tumhalad. 96, 124, 171, 216, 234, 237, 241, 257, 283–84, 286, 291

Orodruin   "Montanha do Fogo Ardente", em Mordor, na qual Sauron forjou o Anel Regente; também chamada de *Amon Amarth*, "Monte da Perdição". 382–83, 385

Oromë   Um Vala, um dos Aratar; o grande caçador que guiou os Elfos que saíam de Cuiviénen, esposo de Vána. O nome significa "Soprador-de-trompa" ou "Som de Trompas", conferir *Valaróma*; em *O Senhor dos Anéis* aparece na forma sindarin *Araw*. Ver especialmente. 52, 54–7, 65, 71, 78–82, 85–7, 91, 95, 97, 109, 111–13, 115, 123, 136, 139, 145, 213, 236, 253

Oromet   Um monte perto do porto de Andúnië, no oeste de Númenor, no qual foi construída a torre de Tar-Minastir. 354

Orques   Criaturas de Morgoth. *Passim*; para a origem deles, ver 82

Orthanc   "Elevação Bifurcada", a torre númenóreana no Círculo de Isengard. 381–82, 392

Osgiliath   "Fortaleza das Estrelas", principal cidade da antiga Gondor, disposta dos dois lados do rio Anduin. 381–83, 388

Ossë   Um Maia, vassalo de Ulmo, com quem ele adentrou as águas de Arda; amigo e mentor dos Teleri. 56–8, 70, 92–3, 96, 129, 171, 266, 343

Ossiriand   "Terra dos Sete Rios" (sendo esses o Gelion e seus tributários que desciam das Montanhas Azuis), a terra dos Elfos-verdes. Conforme a canção de Barbárvore em *As Duas Torres,* III, 4: "Passeei no Verão entre os olmeiros de Ossiriand. Ah! A luz e a música no Verão junto aos Sete Rios de Ossir!" Ver *Lindon*. 138, 140–41, 163, 173, 175–76, 197, 200–01, 211, 213, 256, 265, 314–16, 374

Ost-in-Edhil   "Fortaleza dos Eldar", a cidade dos Elfos em Eregion. 374, 376

Palantíri   "Aquelas que observam ao longe", as sete Pedras Videntes trazidas por Elendil e seus filhos de Númenor; criadas por Fëanor em Aman (ver *As Duas Torres,* III, 11). 382

Pastores das Árvores   Ents. 77, 315

Pedra dos Desafortunados   Memorial de pedra de Túrin e de Nienor perto de Cabed Naeramarth, no rio Teiglin. 308

Pedras Videntes   Ver *Palantíri*.

Pelargir   "Clausura de Navios Reais", o porto númenóreano acima do delta do Anduin. 351

Pelóri   "As alturas que cercam ou defendem", também chamadas de *Montanhas de Aman* e *Montanhas de Defesa*, erguidas pelos Valar depois da destruição de sua morada em Almaren; elas tinham a forma de um crescente de norte a sul, perto da costa leste de Aman. 66, 68, 94, 111–12, 119, 146, 148

Pequeno Gelion   Um dos dois ramos tributários do rio Gelion no norte, com nascentes no Monte de Himring. 175

Pequenos   Tradução de *Periannath* (Hobbits). 395

Periannath   Os Pequenos (Hobbits). 395–97

Pharazôn   Ver *Ar-Pharazôn*.

Planície Protegida   Ver *Talath Dirnen*.

Ponte do Esgalduin   Ver *Iant Iaur*.

Portões do Verão   Um grande festival de Gondolin, em cuja véspera a cidade foi atacada pelas forças de Morgoth. 323

Porto-cisne   Ver *Alqualondë*. 333

Portos, Os   Brithombar e Eglarest, na costa de Beleriand: 155, 163, 172, 215, 266. Os Portos do Sirion no fim da Primeira Era: 318, 327–38, 335. Os Portos Cinzentos (*Mithlond*) no Golfo de Lhûn: 379, 389–91, 397. Alqualondë, o Porto dos Cisnes ou Porto-cisne, também chamado simplesmente de *o Porto*: 127, 130

Portos Cinzentos   Ver (*Os*) *Portos, Mithlond*. 26, 374, 389

Povo de Haleth   Ver *Haladin* e *Haleth*.

Primogênitos, Os   Os Filhos Mais Velhos de Ilúvatar, os Elfos. 20, 43, 45, 48, 68, 70, 74, 77, 79–80, 331, 337, 343–44, 346, 348, 374–75, 389, 397

Profecia do Norte   A Condenação dos Noldor, revelada por Mandos na costa de Araman. 129

Que Vieram Depois, Os   Os Filhos Mais Novos de Ilúvatar, os Homens; tradução de *Hildor*. 150

Quendi Nome élfico original dos Elfos (de todos os clãs, incluindo os Avari), com o significado de "Aqueles que falam com vozes". 71, 80–4, 89, 93, 104, 106, 144–45, 152, 198

Quenta Silmarillion "A História das Silmarils". 375

quenya A língua antiga, comum a todos os Elfos, na forma que assumiu em Valinor; trazida à Terra-média pelos exilados noldorin, mas abandonada por eles como fala diária, especialmente depois do édito do Rei Thingol contra seu uso; ver especialmente 163–64, 184–85. Não é chamada dessa forma neste livro, mas as referências a ela incluem termos como *eldarin*, 54, 345, 368; *alto eldarin* 343–44; *alto-élfico* 292, 352; *a língua de Valinor*, 184–85, 189; *a fala dos Elfos de Valinor* 179; *a língua dos Noldor*, 184-85, 189; *a Alta Fala do Oeste*, 185

Radagast Um dos Istari (Magos). 392, 394

Radhruin Um dos doze companheiros de Barahir em Dorthonion. 216

Ragnor Um dos doze companheiros de Barahir em Dorthonion. 216

Ramdal "Fim da Muralha" (ver *Andram*), onde a queda que dividia Beleriand ao meio cessava. 175, 213

Rána "O Viandante", um nome da Lua entre os Noldor. 145

Rathlóriel "Leito D'Ouro", nome posterior do rio Ascar, depois que o tesouro de Doriath foi afundado nele. 175, 315

Rauros "Borrifo que Ruge", nome das grandes quedas d'água do rio Anduin. 388

Region A densa floresta que formava a parte sul de Doriath. 89, 136, 140–41, 174, 188, 313–14

Rei Antigo Manwë. 331, 335

Reino Abençoado Ver *Aman*. 68, 86, 94, 98–9, 103, 112, 118, 130, 132, 147, 149, 152, 236, 255, 316, 330, 344–46, 348, 365

Reino Guardado Ver *Valinor*.

Reino Oculto Nome dado tanto a Doriath, 165, como a Gondolin, 186, 228, 302, 322

Rerir Montanha ao norte do Lago Helevorn onde nascia o maior dos dois ramos tributários do Gelion. 162, 175, 177, 213

Rhovanion "Terras-selváticas", a vasta região a leste das Montanhas de Névoa. 380

Rhudaur Região do nordeste de Eriador. 380

Rían Filha de Belegund (sobrinho de Barahir, o pai de Beren); mulher de Huor e mãe de Tuor; depois de morte de Huor, morreu de tristeza sobre o Haudh-en-Ndengin. 207, 216, 222, 268, 318

Ringil A espada de Fingolfin. 214

Ringwil Riacho que desaguava no rio Narog em Nargothrond. 174

Rio Seco Curso d'água que antes passava por baixo das Montanhas Circundantes, vindo do lago primevo onde depois se formou Tumladen, a planície de Gondolin. 193, 306

Rivil Riacho que descia de Dorthonion na direção norte e desaguava no Sirion no Pântano de Serech. 260, 264. *Nascente do Rivil* 225

Rochallor O cavalo de Fingolfin. 213

Rohan "O País-de-cavalos", nome mais tardio dado, em Gondor, à grande planície cheia de relva antes chamada de Calenardhon. 388, 396

Rohirrim "Os Senhores-de-cavalos" de Rohan. 388

Rómenna Porto na costa leste de Númenor. 352, 357–58, 362, 366

Rota Reta, Caminho Reto A rota pelo Mar para o Antigo ou Verdadeiro Oeste, na qual os navios dos Elfos ainda podiam navegar depois da Queda de Númenor e da Mudança do Mundo. 369, 374

Rothinzil Nome adûnaico (númenóreano) do navio de Eärendil, Vingilot, com o mesmo significado, "Flor-de-espuma". 341, 343

Rúmil Um sábio noldorin de Tirion, o primeiro inventor de caracteres de escrita (conferir *O Senhor dos Anéis*, Apêndice E, II); a ele é atribuído o "Ainulindalë". 98–9

Saeros Elfo nandorin, um dos principais conselheiros de Thingol em Doriath; insultou Túrin em Menegroth e foi perseguido por ele até morrer. 270

ÍNDICE DE NOMES

Salmar Um Maia que adentrou Arda com Ulmo; fez as grandes trompas de Ulmo, as *Ulumúri*. 70

Salões da Espera Os Salões de Mandos. 103

Sarn Athrad "Vau das Pedras", onde a estrada dos Anãos, vinda de Nogrod e Belegost, cruzava o rio Gelion. 135, 197, 311, 315

Saruman "Homem de Engenho", nome entre os Homens de *Curunír* (um termo é a tradução do outro), um dos Istari (Magos). 391–92

Sauron "O Abominado" (em sindarin, era chamado de *Gorthaur*); maior dos serviçais de Melkor, em sua origem era um Maia de Aulë. 26–34, 59, 79, 84, 199, 216, 223–26, 234–36, 238–41, 244, 351, 355–61, 363–64, 366–68, 373, 375

Seguidores, Os Os Filhos Mais Novos de Ilúvatar, os Homens; tradução de *Hildor*. 20

Segundos Filhos, Os Os Filhos Mais Novos de Ilúvatar, os Homens. 77

Senhor das Águas Ver *Ulmo*.

Senhor Sombrio O termo é usado para designar Morgoth, 305, e Sauron 378, 390, 394

Senhores do Oeste, Os ver *Valar*. 77, 330, 333, 341–42, 345, 347, 350, 352, 363–64, 373, 379–80, 391

Serech O grande pântano ao norte do Passo do Sirion, onde o rio Rivil desaguava, vindo de Dorthonion. 155, 211, 225, 260, 263–64, 307

seregon "Sangue de Pedra", uma planta com flores de um vermelho forte que crescia no Amon Rûdh. 274, 278

Serindë "A Bordadeira"; ver *Míriel (1)*.

Sete Pais dos Anãos Ver *Anãos*.

Sete Pedras Ver *Palantíri*.

Silmarien Filha de Tar-Elendil, o quarto Rei de Númenor; mãe do primeiro senhor de Andúnië e antepassada de Elendil e de seus filhos, Isildur e Anárion. 353

Silmarils As três joias feitas por Fëanor antes da destruição das Duas Árvores de Valinor e repletas da luz delas; ver especialmente 102–04, 108–09, 114, 117–23, 147, 151, 160, 166, 181, 230, 232–33, 237, 246–47, 269, 326, 335–37

Silpion   Um nome de Telperion. 67

Sindar   Os Elfos-cinzentos. O nome era aplicado a todos os Elfos de origem telerin que os Noldor, retornando à Terra-média, encontraram em Beleriand, com exceção dos Elfos-verdes de Ossiriand. Os Noldor podem ter cunhado esse nome porque os primeiros Elfos dessa origem que encontraram viviam no norte, sob os céus cinzentos e as névoas em volta do Lago Mithrim (ver *Mithrim*); ou talvez porque os Elfos-cinzentos não fossem nem da Luz (de Valinor), nem das Trevas (Avari), mas eram *Elfos do Crepúsculo* (90). Mas acreditava-se que o nome vinha do epíteto de Elwë, *Thingol* (em quenya *Sindacollo, Singollo*, "Capa-gris"), já que ele era reconhecido como alto rei de toda a região e seus povos. Os Sindar chamavam a si mesmos de *Edhil*, singular *Edhel*. 56, 66, 90, 134, 138–39, 151–52, 163, 168, 170–72, 179, 182, 185, 193, 201, 217–18, 316, 373

sindarin   A língua élfica de Beleriand, derivada da fala élfica comum, mas muito transformada, por causa da passagem das longas eras, se comparada ao quenya de Valinor; passou a ser usada pelos exilados noldorin em Beleriand (ver 163, 192–95). Também chamada de *língua élfico-cinzenta, a língua dos Elfos de Beleriand* etc. 69, 94, 163, 170, 178, 185, 206, 216, 275, 341

Singollo   "Capa-gris", "Manto-gris"; ver *Sindar, Thingol.*

Sirion   "O Grande Rio" que corria de norte a sul e dividia Beleriand Oeste e Beleriand Leste. *Passim*; ver especialmente 83, 171, 173. *Quedas do Sirion* 231, 310. *Pântanos do Sirion* 231, 310. *Portões do Sirion* 165, 170–76, 211, 221, 243, 261–64, 266, 271. *Portos do Sirion* 318, 329, 335. *Fozes do Sirion* 91–2, 170, 216, 221, 266, 318, 326, 328–29. *Passo do Sirion* 165, 170–76, 211, 221, 243, 261, 263–64, 266, 271. *Vale do Sirion* 165, 170–76, 211, 221, 243, 261, 263–64, 266, 270.

Soronúmë   Nome de uma constelação. 80

Súlimo   Nome de Manwë, traduzido no *Valaquenta* como "Senhor do Alento de Arda" (literalmente "Aquele que Respira"). 52, 69, 126

ÍNDICE DE NOMES

Talath Dirnen   A Planície Protegida, ao norte de Nargothrond. 205, 231, 286

Talath Rhúnen   "O Vale Leste", nome mais antigo de Thargelion. 177

Taniquetil   "Alto Pico Branco", maior das montanhas das Pelóri e de Arda, sobre cujo cume estão Ilmarin, as mansões de Manwë e Varda; também chamada de *Montanha Branca*, *Montanha Sacra* e *Montanha de Manwë*. Ver *Oiolossë*. 52, 66, 69, 80, 83, 97, 112–13, 115, 119, 124, 127, 159, 330, 365

Tar-Ancalimon   Décimo quarto Rei de Númenor, em cuja época os Númenóreanos ficaram divididos em dois partidos opostos. 350

Taras   Montanha num promontório de Nevrast; debaixo dela ficava Vinyamar, a habitação de Turgon antes que ele fosse para Gondolin. 170–71, 319

Tar-Atanamir   Décimo terceiro Rei de Númenor, com quem vieram ter os Mensageiros dos Valar. 349

Tar-Calion   Nome em quenya de Ar-Pharazôn. 354, 379

Tar-Ciryatan   Décimo segundo Rei de Númenor, "o Construtor de Navios". 353

Tar-Elendil   Quarto Rei de Númenor, pai de Silmarien, de quem Elendil descendia. 349

Tar-Minastir   Décimo primeiro Rei de Númenor, que auxiliou Gil-galad contra Sauron. 351

Tar-Minyatur   Nome de Elros Meio-Elfo como primeiro Rei de Númenor. 357

Tar-Míriel   Ver *Míriel (2)*.

Tarn Aeluin   O lago de Dorthonion onde Barahir e seus companheiros fizeram seu covil, e onde foram mortos. 223, 225

Tar-Palantir   Vigésimo quarto Rei de Númenor, que se arrependeu dos caminhos dos Reis e voltou a usar um nome em quenya, cujo significado é "Aquele que olha para longe". Ver *Inziladûn*. 353–54, 358

Taur-en-Faroth   Os planaltos cobertos de matas a oeste do rio Narog, acima de Nargothrond; também chamados de *os Altos Faroth*. 174, 231

Taur-im-Duinath "A Floresta entre Rios", nome da região selvagem ao sul do Andram entre o Sirion e o Gelion. 175, 213

Taur-nu-Fuin Nome posterior de Dorthonion: "A Floresta sob a Noite". Conferir *Deldúwath*. 215, 234, 240, 243, 244, 249, 251, 271, 279, 281

Tauron "O Mateiro" (traduzido no *Valaquenta* como "Senhor das Florestas"), um nome de Oromë entre os Sindar. Conferir *Aldaron*. 56

Teiglin Um tributário do Sirion que nascia nas Ered Wethrin e era a fronteira da Floresta de Brethil, ao sul; ver também *Travessias do Teiglin*. 172, 174, 206, 219, 270, 277, 279, 286, 289, 291–92, 295–98, 300–02, 304, 307, 309

Telchar O mais renomado dos ferreiros de Nogrod, fez Angrist e (de acordo com Aragorn em *As Duas Torres,* III, 6) também Narsil. 137, 242

Telemnar Vigésimo sexto Rei de Gondor. 383

Teleri A terceira e maior das três hostes dos Eldar na jornada para o oeste, saindo de Cuiviénen, liderada por Elwë (Thingol) e Olwë. O nome que davam a si mesmos era *Lindar*, os Cantores; o nome *Teleri*, Os Que Chegam por Último, Os Últimos, foi-lhes dado por aqueles que estavam na frente deles na marcha. Muitos dos Teleri não deixaram a Terra-média; os Sindar e os Nandor eram Elfos de origem telerin. 70, 85–90, 92–3, 95–6, 102, 110–11, 114–15, 127–29, 132, 138, 142, 148, 189–90, 194, 329, 331, 333, 337, 374

Telperion A mais antiga das Duas Árvores de Valinor. 67–8, 79, 94, 113, 144–45, 273, 346, 381 Chamada de *a Árvore Branca*. 94

Telumendil Nome de uma constelação. 80

Terra da Estrela Númenor. 360, 362

Terra da Sombra Ver *Mordor*. 376

Terra dos Mortos Que Vivem Ver *Dor Firn-i-Guinar*.

Terra-média As terras a leste do Grande Mar; também chamadas de *Terras de Cá, Terras de Fora,* as *Grandes Terras* e *Endor*. Passim.

Terra Negra Ver *Mordor*. 28, 380, 384, 386–87

Terras de Cá A Terra-média (também chamada de *Terras de Fora*). 89, 91–2, 320, 327, 333, 337, 345

Terras de Fora A Terra-média (também chamada de *Terras de Cá*). 69–70, 79, 119, 133, 146, 331

Terras Imortais Aman e Eressëa; também chamadas de *as Terras Sem-Morte*. 342, 346

Terras Sem-Morte Ver *Terras Imortais*.

Thalion "Resoluto, Forte"; ver *Húrin*.

Thalos O segundo dos tributários do Gelion em Ossiriand. 175, 197

Thangorodrim "Montanhas de Tirania", erguidas por Morgoth acima de Angband; destroçadas na Grande Batalha no fim da Primeira Era. 11, 121, 140, 156–59, 166, 169–70, 209–10, 212, 243, 248, 259, 261, 267, 280, 334, 341, 373, 383

Thargelion "A Terra além do Gelion", entre o Monte Rerir e o rio Ascar, onde Caranthir habitava; também chamada de *Dor Caranthir* e *Talath Rhûnen*. 177, 188, 200, 204, 213

Thingol "Capa-gris", "Manto-gris" (em quenya *Sindacollo, Singollo*), nome pelo qual Elwë, líder, junto com seu irmão Olwë, da hoste dos Teleri de Cuiviénen e depois Rei de Doriath, era conhecido em Beleriand; também chamado de *o Rei Oculto*. Ver *Elwë*. 35, 89–90, 134–41, 156, 161, 164–65, 173–75, 180–82, 184–85, 187–88, 202, 206–07, 211, 218, 226–32, 236–37, 244, 249–54, 256–57, 269–73, 285, 292–93, 295, 305, 310–314, 316, 321, 338

Thorondor "Rei das Águias". Conferir *O Retorno do Rei*, VI, 4: "O Velho Thorondor, que construiu seus ninhos nos picos inacessíveis das Montanhas Circundantes quando a Terra-média era jovem." Ver *Crissaegrim*. 160, 178, 214–15, 219–20, 248–49, 306, 321, 324–25, 334

Thranduil Elfo sindarin, Rei dos Elfos Silvestres no norte de Verdemata, a Grande (Trevamata); pai de Legolas, que foi da Sociedade do Anel. 391

Thuringwethil "Mulher da Sombra Secreta", mensageira de Sauron em Tol-in-Gaurhoth que tomava o aspecto de um grande morcego e em cuja forma Lúthien adentrou Angband. 244–45

Tilion Um Maia, timoneiro da Lua. 145–48

Tintallë "A Inflamadora", nome de Varda como criadora das Estrelas. É chamada assim no lamento de Galadriel em Lórien, presente em *A Sociedade do Anel*, II, 8. Conferir *Elbereth, Elentári*. 79

Tinúviel O nome que Beren deu a Lúthien: palavra poética que designa o rouxinol, "Filha do Crepúsculo". Ver *Lúthien*.

Tirion "Grande Torre-de-vigia", a cidade dos Elfos no monte de Túna, em Aman. 94, 96–98, 105–06, 108–09, 113–14, 122, 125–127, 148, 165, 178, 180–81, 233, 321, 330, 381

Tol Eressëa "A Ilha Solitária" (também simplesmente *Eressëa*), na qual os Vanyar e os Noldor, e mais tarde os Teleri, foram levados através do oceano por Ulmo e que, por fim, foi ancorada na Baía de Eldamar, perto das costas de Aman. Em Eressëa os Teleri permaneceram por muito tempo antes de irem para Alqualondë; e ali habitavam muitos dos Noldor e dos Sindar depois do fim da Primeira Era. 93–4, 96, 149, 329, 337, 343, 369

Tol Galen "A Ilha Verde" no rio Adurant, em Ossiriand, onde Beren e Lúthien moraram depois de seu retorno dos mortos. 176, 256, 314–15

Tol-in-Gaurhoth "Ilha dos Lobisomens", nome de Tol Sirion depois de ser tomada por Sauron. 216, 235, 238

Tol Morwen Ilha no mar que surgiu depois da submersão de Beleriand, na qual ficava a pedra memorial de Túrin, Nienor e Morwen. 308

Tol Sirion Ilha no rio, perto do Passo do Sirion, na qual Finrod construiu a torre de Minas Tirith; depois de ser tomada por Sauron, recebeu o nome de Tol-in-Gaurhoth. 164, 171, 216

Travessias do Teiglin No sudoeste da Floresta de Brethil, onde a antiga estrada para o sul vinda do Passo do Sirion cruzava o Teiglin. 206, 281, 279, 291–92, 295, 300, 302, 307

Trevamata Ver *Verdemata, a Grande*.

Tulkas Um Vala, "o maior em força e feitos de bravura", que chegou por último a Arda; também chamado de *Astaldo*. 52, 55–6, 63–5, 79, 83–4, 101, 108–09, 111, 116–17, 123

ÍNDICE DE NOMES

Tumhalad   Vale da terra entre os rios Ginglith e Narog onde a hoste de Nargothrond foi derrotada. 286–87

Tumladen   "O Vasto Vale", o vale oculto nas Montanhas Circundantes no meio do qual ficava a cidade de Gondolin. (*Tumladen* mais tarde foi usado para designar um vale em Gondor: *O Retorno do Rei*, V, 1). 165, 178, 190, 219, 249, 320, 324

Tumunzahar   Ver *Nogrod*. 134–35

Túna   A colina verdejante no Calacirya sobre a qual Tirion, a cidade dos Elfos, foi construída. 96–98, 106, 109, 122, 126–27, 130, 165, 178, 330, 346, 365

Tuor   Filho de Huor e Rían, adotado pelos Elfos-cinzentos de Mithrim; entrou em Gondolin trazendo a mensagem de Ulmo; desposou Idril, filha de Turgon, e com ela e seu filho, Eärendil, escapou da destruição da cidade; em seu navio Eärrámë velejou para o Oeste. 207, 268, 318–27, 331

Turambar   "Mestre do Destino", o último nome adotado por Túrin durante seus dias na Floresta de Brethil. 292, 295–303, 305, 309

Turgon   Cognominado o Sábio; o segundo filho de Fingolfin; habitou em Vinyamar, na região de Nevrast, antes que partisse em segredo para Gondolin, que governou até sua morte, durante o saque da cidade; pai de Idril, mãe de Eärendil; chamado (tal como Thingol) *o Rei Oculto*. 95, 124, 131, 133, 164–65, 170–71, 178–80, 185–87, 190, 193–96, 215, 219–21, 249, 258–59, 261, 263–64, 266–67, 273, 306–07, 318–322, 324–25, 331, 338

Tûr Haretha   O teso funerário da Senhora Haleth, na Floresta de Brethil (ver *Haudh-en-Arwen*). 206

Túrin   Filho de Húrin e Morwen; principal assunto da balada que leva o nome "Narn i Hîn Húrin", da qual foi derivado o Capítulo 21. Para seus outros nomes, ver *Neithan, Gorthol, Agarwaen, Mormegil, Homem-selvagem das Matas, Turambar*. 207, 233, 268–92, 296, 298–303, 305, 309–10

Uinen   Uma Maia, a Senhora dos Mares, esposa de Ossë. 53, 70, 92, 129

Úlairi Ver *Espectros-do-Anel*.

Uldor Cognominado o Maldito; filho de Ulfang, o Negro; morto por Maglor nas Nirnaeth Arnoediad. 218, 259, 262, 264, 334

Ulfang Chamado o Negro; um chefe dos Lestenses o qual, com seus três filhos, tornou-se seguidor de Caranthir e se revelou infiel nas Nirnaeth Arnoediad. 218, 258, 262

Ulfast Filho de Ulfang, o Negro, morto pelos filhos de Bór nas Nirnaeth Arnoediad. 218, 262

Ulmo Um Vala, um dos Aratar, chamado de *Senhor das Águas* e *Rei do Mar*. O nome era interpretado pelos Eldar como tendo o significado de "O Derramador" ou "O Que Faz Chover". Ver especialmente 53, 70. 44–6, 57–8, 70, 76, 83–4, 91–3, 96, 101, 127, 146, 150–51, 164–65, 171, 174, 176, 178–79, 181, 216, 219, 266–67, 281, 285, 318–322, 325–26, 328, 331

Última Aliança A liga criada no fim da Segunda Era entre Elendil e Gil-galad para derrotar Sauron. 383

Ulumúri As grandes trompas de Ulmo, feitas pelo Maia Salmar. 53

Ulwarth Filho de Ulfang, o Negro, morto pelos filhos de Bór nas Nirnaeth Arnoediad. 218, 262

Úmanyar Nome dado àqueles Elfos que seguiram na viagem para o oeste saindo de Cuiviénen, mas não alcançaram Aman. "Aqueles que não são de Aman", por oposição a *Amanyar*, "Aqueles de Aman". 86, 90

Úmarth "Mau-fado", nome fictício que Túrin criou para designar seu pai em Nargothrond. 283

Umbar Grande porto natural e fortaleza dos Númenóreanos ao sul da Baía de Belfalas. 355

Ungoliant A grande aranha que se uniu a Melkor para destruir as Árvores de Valinor. Laracna em *O Senhor dos Anéis* era "a última filha de Ungoliant a atormentar o mundo infeliz" (*As Duas Torres,* IV, 9). 111–16, 118–21, 131, 139–40, 147, 173, 187, 226, 330

União de Maedhros A liga formada por Maedhros para tentar derrotar Morgoth que terminou nas Nirnaeth Arnoediad. 257

ÍNDICE DE NOMES

Urthel   Um dos doze companheiros de Barahir em Dorthonion. 216

Urulóki   Palavra em quenya que significa "serpente-de-fogo", dragão. 167, 286

Utumno   A primeira grande fortaleza de Melkor, no norte da Terra-média, que foi destruída pelos Valar. 65, 70, 78, 82–4, 112, 122, 145, 169

Vairë   "A Tecelã", uma das Valier, esposa de Námo Mandos. 52, 55

Valacirca   "A Foice dos Valar", nome da constelação da Ursa Maior. 80, 238

Valandil   Filho mais novo de Isildur; terceiro Rei de Arnor. 386

Valaquenta   "Relato dos Valar", obra curta tratada como uma entidade distinta d'*O Silmarillion* propriamente dito.

Valar   "Aqueles com Poder", "Os Poderes" (singular *Vala*); nome dado àqueles grandes Ainur que adentraram Eä no princípio do Tempo e assumiram a função de guardar e governar Arda. Também chamados *os Grandes, os Regentes de Arda, os Senhores do Oeste, os Senhores de Valinor. Passim*; ver especialmente 45-7, 71, 113, e ver também *Ainur, Aratar*.

Valaraukar   "Demônios de Poder" (singular *Valarauko*), forma em quenya correspondente ao sindarin *Balrog*. 59

Valaróma   A trompa do Vala Oromë. 56, 71, 116, 139

Valfenda   Tradução de Imladris. 377, 389

Valier   "As Rainhas dos Valar" (singular *Valië*); termo usado apenas no *Valaquenta*. 51–2, 56, 58

Valimar   Ver *Valmar*.

Valinor   A terra dos Valar em Aman, além das montanhas dos Pelóri; também chamada *o Reino Guardado. Passim*; ver especialmente 66, 148

Valmar   A cidade dos Valar em Valinor; o nome também ocorre na forma *Valimar*. No lamento de Galadriel em Lórien (*A Sociedade do Anel*, II, 8), Valimar é considerada equivalente a Valinor. 67, 82–3, 89, 96, 101, 107–09, 113–15, 125, 148

O SILMARILLION

Vána   Uma das Valier, irmã de Yavanna e esposa de Oromë; cognominada *a Sempre-jovem*. 52, 56, 58, 145

Vanyar   A primeira hoste dos Eldar na jornada para o oeste saindo de Cuiviénen, sob a liderança de Ingwë. O nome (singular *Vanya*) significa "os Louros", em referência aos cabelos dourados dos Vanyar; ver *Finarfin*. 69, 85, 87, 91, 93–4, 97, 102, 113, 115, 122, 143, 145, 148, 185, 193, 333, 337

Varda   "A Excelsa", "A Elevada"; também chamada de *a Senhora das Estrelas*. Maior das Valier, esposa de Manwë, habitava com ele sobre Taniquetil. Outros nomes de Varda, como criadora das Estrelas, são *Elbereth, Elentári, Tintallë*. Ver especialmente 52, 54. 79, 80, 85, 94, 103–04, 113, 115, 117, 124, 144, 146–47, 238, 336, 338

Vása   "O Que Consome", um nome do Sol entre os Noldor. 145

Vau das Pedras   Ver *Sarn Athrad*. 135, 311, 315

Vaus do Aros   Ver *Arossiach*. 173, 187, 188, 191, 192

Verdemata, a Grande   A grande floresta a leste das Montanhas Nevoentas, mais tarde chamada de Trevamata. 380, 386, 390

Vilya   Um dos Três Anéis dos Elfos, o Anel do Ar, usado por Gil-galad e mais tarde por Elrond, também chamado *o Anel de Safira*. 377

Vingilot   (Na forma completa em quenya, *Vingilótë*). "Flor-de--espuma", o nome do navio de Eärendil; ver *Rothinzil*. 327, 329, 332, 334, 341

Vinyamar   A casa de Turgon em Nevrast sob o Monte Taras. O significado é provavelmente "Nova Morada". 165, 171, 179, 185, 319–20

Voronwë   "O Resoluto", Elfo de Gondolin, único marinheiro a sobreviver da tripulação dos sete barcos enviados ao Oeste depois das Nirnaeth Arnoediad; encontrou-se com Tuor em Vinyamar e o guiou até Gondolin. 266, 319

Wilwarin   Nome de uma constelação. A palavra tinha o significado de "borboleta" em quenya, e a constelação talvez fosse a de Cassiopeia. 80

DE AULË E YAVANNA

Yavanna "Provedora dos Frutos"; uma das Valier, contada entre os Aratar; esposa de Aulë; também chamada de *Kementári*. Ver especialmente 54. 52, 54, 56–7, 63–4, 67, 69–70, 75–9, 89, 94, 113, 117, 119,121, 134, 144, 146, 151, 343, 346, 381

Apêndice

Elementos de nomes em quenya e em sindarin

Estas notas foram compiladas para aqueles que têm interesse nas línguas eldarin, e *O Senhor dos Anéis* é amplamente usado como fonte para ilustrar cada caso. Os verbetes são, necessariamente, muito resumidos, o que cria um ar de certeza e finalidade que não é totalmente justificado; e eles também são muito seletivos, o que depende tanto de considerações de tamanho quanto das limitações do conhecimento do editor. Os verbetes não estão organizados sistematicamente por raízes ou por formas em quenya ou sindarin, mas de modo um pouco arbitrário, já que o objetivo é fazer com que os elementos componentes dos nomes sejam identificáveis com a maior facilidade possível.

adan (plural *Edain*) em *Adanedhel, Aradan, Dúnedain*. Para o significado e a história da palavra, ver *Atani* no Índice.

aelin "lago, lagoa" em *Aelin-uial*; conferir *lin* (1).

aglar "glória, brilho" em *Dagor Aglareb, Aglarond*. A forma em quenya, *alkar*, tem uma transposição das consoantes: ao sindarin *aglareb* corresponde o quenya *Alkarinquë*. A raiz é *kal-* "brilhar".

aina "sagrado" em *Ainur, Ainulindalë*.

alda "árvore" (quenya) em *Aldaron, Aldudenië, Malinalda*, correspondendo ao sindarin *galadh* (presente em *Caras Galadhon* e no nome dos *Galadhrim* de Lothlórien).

alqua "cisne" (sindarin *alph*) em *Alqualondë*; derivado da raiz *alak-* "mover-se rápido", que ocorre também em *Ancalagon*.

amarth "destino" em *Amon Amarth, Cabed Naeramarth*, Úmarth e na forma sindarin do nome de Túrin "Mestre do

Destino", *Turamarth*. A forma em quenya da palavra aparece em *Turambar*.

amon "monte, colina", palavra sindarin que ocorre como primeiro elemento de muitos nomes; plural *emyn* em *Emyn Beraid*.

anca "mandíbula" em *Ancalagon* (para o segundo elemento nesse nome, ver *alqua*).

an(d) "comprido, longo" em *Andram, Anduin*; também em *Anfalas* ("Costa-comprida") em Gondor, *Cair Andros* ("barco de espuma-comprida"), uma ilha no Anduin, e em *Angerthas* "fileiras compridas de runas".

andúnë "pôr do sol, oeste" em *Andúnië*, correspondente ao termo sindarin *annûn*, conferir *Annúminas* e *Henneth Annûn* "janela do pôr do sol" em Ithilien. A raiz antiga dessas palavras, *ndu*, com o significado "para baixo, vindo de cima", aparece também no quenya *númen* "o caminho do pôr do sol, oeste" e no sindarin *dûn* "oeste", conferir *Dúnedain*. O adûnaico *adûn* em *Adûnakhôr, Anadûnê* era um empréstimo da fala eldarin.

anga "ferro", sindarin *ang*, em *Angainor, Angband, Anghabar, Anglachel, Angrist, Angrod, Anguirel, Gurthang*; *angren* "de ferro" em *Angrenost*, plural *engrin* em *Ered Engrin*.

anna "dádiva, presente" em *Annatar, Melian, Yavanna*; a mesma raiz aparece em *Andor* "Terra da Dádiva".

annon "grande porta ou portão", plural *ennyn*, em *Annon-in--Gelydh*; conferir *Morannon*, o "Portão Negro" de Mordor e *Sirannon*, o "Riacho-do-portão" de Moria.

ar- "ao lado, do lado de fora" (daí o quenya *ar* "e", em sindarin *a*), provavelmente em *Araman* "fora de Aman"; conferir também (*Nirnaeth*) *Arnoediad* "(Lágrimas) além da conta".

ar(a)- "elevado, nobre, realengo" aparece em muitíssimos nomes, como *Aradan, Aredhel, Argonath, Arnor* etc.; o radical estendido *arat-* aparece em *Aratar* e em *aráto* "campeão, homem eminente", por exemplo: *Angrod*, de *Angaráto*, e *Finrod*, de *Findaráto*; também *aran* "rei", em *Aranrúth*. *Ereinion* "rebento de reis" (nome de Gil-galad) tem a forma plural de *aran*; conferir *Fornost Erain* "Norforte dos Reis" em Arnor. O prefixo *Ar-* dos nomes adûnaicos dos Reis de Númenor foi derivado desse radical.

476

arien (a Maia do Sol) é uma palavra derivada da raiz *as-* presente também na palavra em quenya árë "luz do sol".

atar "pai" em *Atanatári* (ver *Atani* no Índice), *Ilúvatar*.

band "prisão, calabouço" em *Angband*; da forma original *mbando*, cuja variante em quenya aparece em *Mandos* (sindarin *Angband* = quenya *Angamando*).

bar "habitação" em *Bar-en-Danwedh*. A antiga palavra *mbár* (quenya *már*, sindarin *bar*) queria dizer "lar" tanto de pessoas como de povos e, portanto, aparece em muitos nomes de lugares, como *Brithombar*, *Dimbar* (o primeiro elemento da palavra significa "triste, sombrio"), *Eldamar*, *Val(i)mar*, *Vinyamar*, *Mar-nu-Falmar*. *Mardil*, nome do primeiro dos Regentes Governantes de Gondor, significa "devotado à casa" (isto é, dos Reis).

barad "torre" em *Barad-dûr*, *Barad Eithel*, *Barad Nimras*; a forma plural aparece em *Emyn Beraid*.

beleg "poderoso, magno" em *Beleg*, *Belegaer*, *Belegost*, *Laer Cú Beleg*.

bragol "repentino" em *Dagor Bragollach*.

brethil provavelmente significa "bétula prateada"; conferir *Nimbrethil*, as matas de bétulas em Arvernien, e *Fimbrethil*, uma das Entesposas.

brith "cascalho" em *Brithiach*, *Brithombar*, *Brithon*.

(*Para muitos nomes que começam com C, ver verbetes da letra K*)

calen (galen) a palavra usual em sindarin para "verde", em *Ard-galen*, *Tol Galen*, *Calenardhon*; também em *Parth Galen* ("Gramado Verde"), perto do Anduin, e *Pinnath Gelin* ("Encostas Verdes") em Gondor. Ver *kal-*.

cam (de *kambā*) "mão", mas especialmente a mão posta em concha na atitude de receber ou segurar, em *Camlost*, *Erchamion*.

carak- Essa raiz aparece na palavra em quenya *carca* "canino, presa", cujo equivalente sindarin *carch* ocorre em *Carcharoth* e também em *Carchost* ("Forte Presa", uma das Torres dos Dentes na entrada de Mordor). Conferir *Caragdûr*, *Carach*

APÊNDICE

Angren ("Mandíbulas de Ferro", o baluarte e o dique que guardavam a entrada de Udûn, em Mordor), e *Helcaraxë*.

caran "vermelho", quenya *carnë*, em *Caranthir*, *Carnil*, *Orocarni*; também em *Caradhras*, derivado de *caran-rass*, o "Chifre-vermelho" nas Montanhas Nevoentas, e *Carnimírië* "de joias vermelhas", a sorveira na canção de Tronquesperto. A tradução de *Carcharoth* no texto, "Goela Vermelha", deve depender da associação com essa palavra; ver *carak-*.

celeb "prata" (quenya *telep*, *telpë*, como em *Telperion*) em *Celeborn*, *Celebrant*, *Celebros*. *Celebrimbor* significa "punho--de-prata", do adjetivo *celebrin* "prateado" (não com o significado "feito de prata", mas "semelhante à prata, em coloração ou valor") e *paur* (quenya *quárë*), "punho", muitas vezes usado com o significado de "mão"; a forma em quenya do nome era *Telperinquar*. *Celebrindal* contém *celebrin* e *tal*, *dal* "pé".

coron "teso, montículo artificial" em *Corollairë* (também chamado de *Coron Oiolairë*, cuja segunda palavra significa "Sempre-verão", conferir *Oiolossë*); conferir *Cerin Amroth*, o grande teso de Lothlórien.

cú "arco" em *Cúthalion*, *Dor Cúarthol*, *Laer Cú Beleg*.

cuivië "despertar" em *Cuiviénen* (sindarin *Nen Echui*). Outras palavras derivadas da mesma raiz são *Dor Firn-i-Guinar*, *coirë*, a parte inicial da Primavera, em sindarin *echuir*, que consta em *A Sociedade do Anel*, Apêndice D; e *coimas*, "pão-da-vida", nome em quenya do *lembas*.

cul- "vermelho-dourado" em *Culúrien*.

curu "engenho, habilidade" em *Curufin(wë)*, *Curunír*.

dae "sombra" em *Dor Daedeloth* e, talvez, em *Daeron*.

dagor "batalha"; a raiz é *ndak-*, conferir *Haudh-en-Ndengin*. Outra palavra derivada é *Dagnir* (*Dagnir Glaurunga*, "Perdição de Glaurung").

del "horror" em *Deldúwath*; *deloth* "abominação" em *Dor Daedeloth*.

dîn "silencioso" em *Dor Dínen*; conferir *Rath Dínen*, a Rua Silenciosa em Minas Tirith, e *Amon Dîn*, um dos montes em que ficavam os faróis de Gondor.

dol "cabeça" em *Lórindol*; muitas vezes aplicado a colinas e montanhas, como em *Dol Guldur, Dolmed, Mindolluin* (também *Nardol*, uma das colinas dos faróis em Gondor, e *Fanuidhol*, uma das Montanhas de Moria).

dôr "terra" (isto é, terra firme, por oposição ao mar), forma derivada de *ndor* que ocorre em muitos nomes em sindarin, como *Doriath, Dorthonion, Eriador, Gondor, Mordor* etc. Em quenya o radical foi misturado e confundido com uma palavra bem distinta, *nórë*, que significa "povo"; originalmente, *Valinórë* era estritamente "o povo dos Valar", mas *Valandor* era "a terra dos Valar" e, do mesmo modo, *Númen(n)órë* "povo do Oeste", mas *Númendor* "terra do Oeste". Em quenya, *Endor* "Terra-média" vem de *ened* "meio" e *ndor*; em sindarin a palavra virou *Ennor* (conferir *ennorath* "terras do meio" no hino *A Elbereth Gilthoniel*).

draug "lobo" em *Draugluin*.

dú "noite, escuro" em *Deldúwath, Ephel Dúath*. Derivado da forma mais antiga *dōmē*, de onde vem o quenya *lómë*; assim, temos o sindarin *dúlin* "rouxinol", correspondente a *lómelindë*.

duin "rio (comprido)" em *Anduin, Baranduin, Esgalduin, Malduin, Taur-im-Duinath*.

dûr "escuro, sombrio" em *Barad-dûr, Caragdûr, Dol Guldur*; também em *Durthang* (um castelo em Mordor).

ëar "mar" (em quenya) em *Eärendil, Eärrámë* e muitos outros nomes. A palavra sindarin *gaer* (em *Belegaer*) aparentemente é derivada do mesmo radical original.

echor em *Echoriath*, "Montanhas Circundantes" e *Orfalch Echor*; conferir *Rammas Echor* "a grande muralha do círculo externo" em volta dos Campos do Pelennor em Minas Tirith.

edhel "elfo" (sindarin) em *Adanedhel, Aredhel, Glóredhel, Ost--in-Edhil*; também em *Peredhil* "Meios-Elfos".

eithel "nascente, poço" em *Eithel Ivrin, Eithel Sirion, Barad Eithel*; também em *Mitheithel*, o rio Fontegris em Eriador (que recebe o nome de sua nascente). Ver *kel-*.

êl, elen "estrela". De acordo com as lendas élficas, *ele* era uma interjeição primitiva com o sentido de "vê!", pronunciada

APÊNDICE

pelos Elfos quando viram pela primeira vez as estrelas. Dessa origem derivam as antigas palavras *êl* e *elen*, com o significado de "estrela", e os adjetivos *elda* e *elena*, que significam "das estrelas". Esses elementos aparecem em muitíssimos nomes. Para o uso posterior do nome *Eldar*, ver o Índice. O equivalente sindarin de *Elda* era *Edhel* (plural *Edhil*); mas a forma estritamente correspondente era *Eledh*, que ocorre em *Eledhwen*.

er   "um, sozinho", em *Amon Ereb* (conferir *Erebor*, a Montanha Solitária), *Erchamion*, *Eressëa*, *Eru*.

ereg   "espinheiro, azevinho" em *Eregion*, *Region*.

esgal   "cobertura, ocultação" em *Esgalduin*.

falas   "costa, linha de espuma" (quenya *falassë*) em *Falas*, *Belfalas*; também *Anfalas*, em Gondor. Conferir *Falathar*, *Falathrim*. Outra forma derivada dessa raiz é o quenya *falma* "onda (com crista)", de onde vem *Falmari*, *Mar-nu-Falmar*.

faroth   palavra derivada de uma raiz com o sentido de "caçar, perseguir"; na "Balada de Leithian", os *Taur-en-Faroth* acima de Nargothrond são chamados de "Morros dos Caçadores".

faug-   "arreganhar a boca" em *Anfauglir*, *Anfauglith*, *Dor-nu--Fauglith*.

fëa   "espírito" em *Fëanor*, *Fëanturi*.

fin-   "cabelo" em *Finduilas*, *Fingon*, *Finrod*, *Glorfindel*.

formen   "norte" (em quenya) em *Formenos*; sindarin *forn* (também *for*, *forod*) em *Fornost*.

fuin   "treva, escuridão" (em quenya, *huinë*) em *Fuinur*, *Taur--nu-Fuin*.

gaer   "mar" em *Belegaer* (e em *Gaerys*, nome sindarin de Ossë). Afirma-se que a palavra deriva da raiz *gaya*, "assombro, terror", e que teria sido o nome criado para designar o vasto e aterrorizante Grande Mar quando os Eldar chegaram pela primeira vez às suas costas.

gaur   "lobisomem" (da raiz *ngwaw-*, "uivo") em *Tol-in-Gaurhoth*.

gil   "estrela" em *Dagor-nuin-Giliath*, *Osgiliath* (*giliath* "hoste de estrelas"); *Gil-Estel*, *Gil-galad*.

girith "estremecimento" em *Nen Girith*; conferir também *Girithron*, nome do último mês do ano em sindarin (*A Sociedade do Anel*, Apêndice D).

glîn "brilho" (particularmente quando aplicado aos olhos) em *Maeglin*.

golodh é a forma sindarin do quenya *Noldo*; ver *gûl*. Plural *Golodhrim* e *Gelydh* (em *Annon-in-Gelydh*).

gond "pedra" em *Gondolin, Gondor, Gonnhirrim, Argonath, seregon*. O nome da cidade oculta do Rei Turgon foi criado por ele, em quenya, como *Ondolindë* (quenya *ondo* = sindarin *gond*, e *lindë* "canto, canção"); mas sempre foi conhecida nas lendas pela forma sindarin *Gondolin*, que provavelmente era interpretada como *gond-dolen*, "Rocha Oculta".

gor "horror, terror" em *Gorthaur, Gorthol*; *goroth*, com o mesmo significado e com *gor* duplicado, aparece em *Gorgoroth, Ered Gorgoroth*.

groth (grod) "escavação, morada subterrânea" em *Menegroth, Nogrod* (provavelmente também em *Nimrodel*, "senhora da caverna branca"). *Nogrod* originalmente era *Novrod* "escavação oca" (daí a tradução *Casacava*), mas foi alterada sob a influência da palavra *naug* "anão".

gûl "feitiçaria" em *Dol Guldur, Minas Morgul*. Essa palavra deriva do mesmo radical antigo *ngol-* que aparece em *Noldor*; conferir o quenya *nólë* "longo estudo, saber, conhecimento". Mas a palavra sindarin adquiriu sentido mais sombrio por seu uso frequente no composto *morgul* "artes negras".

gurth "morte" em *Gurthang* (ver também *Melkor* no Índice).

gwaith "povo" em *Gwaith-i-Mírdain*; conferir *Enedwaith* "Gente-do-meio", nome da terra entre o Rio Cinzento e o Isen.

gwath, wath "sombra" em *Deldúwath, Ephel Dúath*; também em *Gwathló*, o Rio Cinzento em Eriador. Formas relacionadas aparecem em *Ered Wethrin, Thuringwethil*. (Essa palavra em sindarin se refere à luz tênue, não às sombras dos objetos lançadas pela luz; essas eram chamadas de *morchaint* "formas escuras".)

hadhod em *Hadhodrond* (tradução de *Khazad-dûm*), trata-se de uma reprodução de *Khazâd* com sons típicos do sindarin.

APÊNDICE

haudh "teso, montículo artificial" em *Haudh-en-Arwen, Haudh-en-Elleth* etc.

heru "senhor" em *Herumor, Herunúmen*; sindarin *hîr* em *Gonnhirrim, Rohirrim, Barahir, híril* "senhora" em *Hírilorn.*

him "fresco, frio" em *Himlad* (e *Himring*?).

híni "filhos" em *Eruhíni* "Filhos de Eru"; *Narn i Hîn Húrin.*

hîth "névoa, bruma" em *Hithaeglir, Hithlum* (também em *Nen Hithoel,* um lago no Anduin). *Hithlum* tem a forma de uma palavra sindarin, adaptada do nome quenya, *Hísilómë,* dado ao local pelos exilados noldorin (quenya *hísië* "névoa, bruma", conferir *Hísimë,* o nome do décimo primeiro mês do ano, *O Senhor dos Anéis,* Apêndice D).

hoth "hoste, horda" (quase sempre em um sentido ruim) em *Tol-in-Gaurhoth*; também em *Loss(h)oth,* os Homens-da-neve de Forochel (*O Senhor dos Anéis,* Apêndice A, I, iii) e *Glamhoth* "horda barulhenta", um nome dos Orques.

hyarmen "sul" (quenya) em *Hyarmentir*; sindarin *har-, harn, harad.*

iâ "vazio, abismo" em *Moria.*

iant "ponte" em *Iant Iaur.*

iâth "cerca" em *Doriath.*

iaur "velho" em *Iant Iaur*; conferir o nome élfico de Bombadil, *Iarwain.*

ilm- Esse radical aparece em palavras como *Ilmen, Ilmarë* e também em *Ilmarin* ("mansão dos altos ares", a morada de Manwë e Varda sobre Oiolossë).

ilúvë "o todo, a completude" em *Ilúvatar.*

kal- (gal-) Essa raiz, com o significado de "brilhar", aparece em *Calacirya, Calaquendi, Tar-calion*; *galvorn, Gil-galad, Galadriel.* Os últimos dois nomes não têm conexão com o sindarin *galadh* "árvore", embora no caso de Galadriel tal ligação aparecesse com frequência, levando o nome a ser alterado para *Galadhriel.* Na fala alto-élfica o nome dela era *Al(a)táriel,* derivado de *alata* "radiância" (sindarin *galad*) e *riel* "donzela com grinalda" (da raiz *rig-* "enrolar, trançar"): o significado completo, "donzela coroada com grinalda radiante", referia-se ao cabelo dela. *Calen* (*galen*) "verde", é etimologicamente "brilhante", e vem dessa raiz; ver também *aglar*.

káno "comandante": essa palavra em quenya é a origem do segundo elemento dos nomes *Fingon* e *Turgon*.

kel- "ir embora", ou "correr para longe, para baixo" no caso de água, no nome *Celon*; da combinação *et-kelë*, "água brotando, nascente", derivou-se, com transposição das consoantes, o quenya *ehtelë*, sindarin *eithel*.

kemen "terra" em *Kementári*; uma palavra em quenya que se refere à terra como um assoalho plano debaixo de *menel*, os céus.

khelek- "gelo" em *Helcar, Helcaraxë* (quenya *helka* "gélido, frio como gelo"). Mas em *Helevorn* o primeiro elemento é o sindarin *heledh* "vidro", empréstimo do khuzdul *kheled* (conferir *Kheled-zâram* "Espelhágua"); *Helevorn* significa "vidro negro" (conferir *galvorn*).

khil- "seguir" em *Hildor, Hildórien, Eluchíl*.

kir- "cortar, separar" em *Calacirya, Cirth, Angerthas, Cirith* (*Ninniach, Thoronath*). Do sentido "atravessar rapidamente" foi derivada a palavra em quenya *círya,* "navio de proa afilada", e esse significado aparece também em *Círdan, Tar-Ciryatan* e, sem dúvida, no nome do filho de Isildur, *Ciryon*.

lad "planície, vale" em *Dagorlad, Himlad*; *imlad* é um vale estreito com encostas íngremes, como em *Imladris* (conferir também *Imlad Morgul* na Ephel Dúath).

laurë "ouro" (referência à luz e a cor com esse tom, não ao metal) em *Laurelin*; as formas em sindarin aparecem em *Glóredhel, Glorfindel, Loeg Ningloron, Lórindol, Rathlóriel*.

lhach "chama que salta" em *Dagor Bragollach* e, provavelmente, em *Anglachel* (a espada que Eöl fez com ferro de meteorito).

lin (1) "lagoa, lago" em *Linaewen* (que contém *aew* (quenya *aiwë*) "avezinha"), *Teiglin*; conferir *aelin*.

lin- (2) Essa raiz, com o significado de "cantar, produzir som musical", ocorre em *Ainulindalë, Laurelin, Lindar, Lindon, Ered Lindon, lómelindi*.

APÊNDICE

lith "cinza" em *Anfauglith*, *Dor-nu-Fauglith*; também em *Ered Lithui*, as Montanhas de Cinza, que formavam a fronteira norte de Mordor, e *Lithlad* "Planície de Cinzas" nos sopés das Ered Lithui.

lok- "curvar-se, enrolar" em *Urulóki* (quenya *(h)lókë* "cobra, serpente", sindarin *lhûg*).

lóm "eco" em *Dor-lómin*, *Ered Lómin*; formas aparentadas são *Lammoth*, *Lanthir Lamath*.

lómë "ocaso" em *Lómion*, *lómelindi*; ver *dú*.

londë "porto aninhado na terra" em *Alqualondë*; a forma sindarin *lond* (*lonn*) aparece em *Mithlond*.

los "neve" em *Oiolossë* (quenya *oio* "sempre" e *lossë* "neve, branco como a neve"); sindarin *loss* em palavras como *Amon Uilos* e *Aeglos*.

loth "flor" em *Lothlórien*, *Nimloth*; quenya *lótë* em *Ninquelótë*, *Vingilótë*.

luin "azul" em *Ered Luin*, *Helluin*, *Luinil*, *Mindolluin*.

maeg "aguçado, penetrante" (quenya *maika*) em *Maeglin*.

mal- "ouro" em *Malduin*, *Malinalda*; também em *mallorn* e no Campo de *Cormallen*, que significa "círculo dourado" e recebeu esse nome por causa das árvores *culumalda* que cresciam lá (ver *cul-*).

mān- "bom, abençoado, imaculado" em *Aman*, *Manwë*; formas derivadas de *Aman* aparecem em *Amandil*, *Araman*, *Úmanyar*.

mel- "amor" em *Melian* (de *Melyanna* "dádiva querida"); esse radical também é visto na palavra sindarin *mellon* "amigo", na inscrição do Portão Oeste de Moria.

men "caminho" em *Númen*, *Hyarmen*, *Rómen*, *Formen*.

menel "os céus" em *Meneldil*, *Menelmacar*, *Meneltarma*.

mereth "festa" em *Mereth Aderthad*; também em *Merethrond*, o Salão das Festas em Minas Tirith.

minas "torre" em *Annúminas*, *Minas Anor*, *Minas Tirith* etc. O mesmo radical ocorre em outras palavras que se referem a coisas isoladas e proeminentes, por exemplo: *Mindolluin*, *Mindon*; provavelmente tem relação com o termo em quenya *minya* "primeiro" (conferir *Tar-Minyatur*, o nome de Elros como primeiro Rei de Númenor).

484

mîr "joia" (quenya *mírë*) em *Elemmírë, Gwaith-i-Mírdain, Míriel, Nauglamír, Tar-Atanamir.*

mith "cinzento" em *Mithlond, Mithrandir, Mithrim*; também em *Mitheithel*, o rio Fontegris em Eriador.

mor "escuro, sombrio" em *Mordor, Morgoth, Moria, Moriquendi, Mormegil, Morwen* etc.

moth "crepúsculo" em *Nan Elmoth.*

nan(d) "vale" em *Nan Dungortheb, Nan Elmoth, Nan Tathren.*

nár "fogo" em *Narsil, Narya*; presente também nas formas originais de *Aegnor* (*Aikanáro* "Chama Afiada" ou "Fero Fogo") e *Fëanor* (*Fëanáro* "Espírito de Fogo"). A forma sindarin era *naur*, como em *Sammath Naur*, as Câmaras de Fogo em Orodruin. Deriva da mesma raiz antiga, *(a)nar*, o nome do Sol, em quenya *Anar* (também em *Anárion*), sindarin *Anor* (conferir *Minas Anor, Anórien*).

naug "anão" em *Naugrim*; ver também *Nogrod* no verbete *groth.* Outra palavra aparentada é o termo sindarin para "anão", *nogoth*, plural *noegyth* (*Noegyth Nibin* "Anãos-Miúdos") e *nogothrim.*

-(n)dil é uma terminação muito frequente de nomes pessoais, como *Amandil, Eärendil* (forma encurtada *Eärnil*), *Elendil, Mardil* etc.; implica "devoção", "amor desinteressado" (ver *Mardil* no verbete *bar*).

-(n)dur em nomes como *Eärendur* (encurtado para *Eärnur*), tem sentido similar ao de *-(n)dil.*

neldor "faia" em *Neldoreth*; mas parece que mais propriamente esse era o nome de *Hírilorn*, a grande faia com três troncos (*neldë* "três" e *orn*).

nen "água", usado para se referir a lagos, lagoas e rios menores, em *Nen Girith, Nenning, Nenuial, Nenya; Cuiviénen, Uinen*; também em muitos nomes de *O Senhor dos Anéis*, como *Nen Hithoel, Bruinen, Emyn Arnen, Núrnen. Nîn* "molhado" em *Loeg Ningloron*; também em *Nindalf.*

nim "branco" (de uma forma anterior *nimf, nimp*) em *Nimbrethil, Nimloth, Nimphelos, niphredil* (*niphred* "palidez"), *Barad Nimras, Ered Nimrais.* A forma em quenya era *ninquë*; assim, *Ninquelótë = Nimloth.* Conferir também *Taniquetil.*

APÊNDICE

orn "árvore" em *Celeborn, Hírilorn*; conferir *Fangorn* "Bar-bárvore", e *mallorn*, plural *mellyrn*, as árvores de Lothlórien.

orod "montanha" em *Orodruin, Thangorodrim, Orocarni, Oromet*. O plural *ered* ocorre em *Ered Engrin, Ered Lindon* etc.

os(t) "fortaleza" em *Angrenost, Belegost, Formenos, Fornost, Mandos, Nargothrond* (de *Narog-ost-rond*), *Os(t)giliath, Ost-in-Edhil*.

palan (quenya) "muito ao longe" em *palantíri, Tar-Palantir*.

pel- "dar a volta, circundar" em *Pelargir, Pelóri* e *Pelennor*, a "terra cercada" de Minas Tirith; também em *Ephel Brandir, Ephel Dúath* (*ephel* vem de *et-pel* "cerca externa").

quen- (quet-) "dizer, falar" em *Quendi* (*Calaquendi, Laiquendi, Moriquendi*), *quenya, Valaquenta, Quenta Silmarillion*. As for-mas sindarin têm *p* (ou *b*) no lugar de *qu*; por exemplo: *pedo* "diga" na inscrição do Portão Oeste de Moria, correspondente ao radical *quet-* em quenya, e as palavras de Gandalf diante do portão, *lasto beth lammen* "ouça as palavras de minha língua", em que *beth* "palavra" corresponde ao quenya *quetta*.

ram "muralha" (quenya *ramba*) em *Andram, Ramdal*; tam-bém em *Rammas Echor*, a muralha em volta dos Campos do Pelennor em Minas Tirith.

ran- "vagar, desgarrar-se" em *Rána*, a Lua, e em *Mithrandir, Aerandir*; também no nome do rio *Gilraen* em Gondor.

rant "curso, trajeto" nos nomes dos rios *Adurant* (com *adu* "duplo") e *Celebrant* ("Veio-de-Prata").

ras "chifre" em *Barad Nimras*, também em *Caradhras* ("Chifre--vermelho") e *Methedras* ("Último Pico"), nas Montanhas Nevoentas; plural *rais* em *Ered Nimrais*.

rauko "demônio" em *Valaraukar*; sindarin *raug, rog* em *Balrog*.

ril "brilho" em *Idril, Silmaril*; também em *Andúril* (a espada de Aragorn) e *mithril* (prata-de-Moria). O nome de Idril na forma em quenya era *Itarillë* (ou *Itarildë*), derivado do radical *ita-* "luzir".

rim "grande número, hoste" (quenya *rimbë*) era um termo usado comumente para formar plurais coletivos, como *Golodhrim, Mithrim* (ver o Índice), *Naugrim, Thangorodrim* etc.

ring "frio, gelado" em *Ringil, Ringwil, Himring*; também no nome do rio *Ringló* em Gondor e em *Ringarë*, designação em quenya do último mês do ano (*A Sociedade do Anel*, Apêndice D).

ris "cortar" parece ter se misturado com o radical *kris-*, de sentido similar (um derivativo da raiz *kir-* "decepar, cortar"); daí *Angrist* (e também *Orcrist* "Cortadora-de-Orques", a espada de Thorin Escudo-de-carvalho), *Crissaegrim, Imladris*.

roch "cavalo" (quenya *rokko*) em *Rochallor, Rohan* (de *Rochand* "terra de cavalos"), *Rohirrim*; também em *Roheryn* "cavalo da senhora" (conferir *heru*), a montaria de Aragorn, assim chamada porque lhe foi dada por Arwen (*O Retorno do Rei*, V, 2).

rom- Um radical usado para designar o som de trombetas e trompas que aparece em *Oromë* e *Valaróma*; conferir *Béma*, o nome desse Vala no idioma de Rohan, conforme representado pelo anglo-saxão em *O Senhor dos Anéis*, Apêndice A, II: anglo-saxão *bëme* "trombeta".

rómen "soerguer, nascer do sol, leste" (quenya) em *Rómenna*. As palavras em sindarin para "leste", *rhûn* (em *Talath Rhúnen*) e *amrûn*, tinham a mesma origem.

rond tinha o significado de teto abobadado ou com arcos ou de um grande salão ou câmara com teto desse tipo; tem-se então *Nargothrond* (ver *ost*), *Hadhodrond, Aglarond*. Podia ser aplicado aos céus, daí o nome *Elrond*, "domo-de-estrelas".

ros "espuma, respingo, borrifo" em *Celebros, Elros, Rauros*; também em *Cair Andros*, uma ilha do rio Anduin.

ruin "chama vermelha" (quenya *rúnya*) em *Orodruin*.

rûth "raiva" em *Aranrúth*.

sarn "pedra (pequena)" em *Sarn Athrad* (o *Vau Sarn* no Brandevin é uma meia tradução do nome); também em *Sarn Gebir* ("esporões de pedra": *ceber*, plural *cebir*, "estacas"), corredeiras no rio Anduin. Uma forma derivada é *Serni*, um rio de Gondor.

sereg "sangue" (quenya *serkë*) em *seregon*.

sil- (e a variante *thil-*) "brilhar (com luz branca ou prateada)" em *Belthil, Galathilion, Silpion* e no quenya *Isil*, sindarin *Ithil*, a Lua (de onde vem *Isildur, Narsil; Minas Ithil, Ithilien*). A palavra *Silmarilli*, em quenya, derivaria do nome *silima*, que Fëanor deu à substância da qual elas eram feitas.

sîr "rio", da raiz *sir-* "fluir" em *Ossiriand* (o primeiro elemento está ligado ao numeral "sete", quenya *otso*, sindarin *odo*), *Sirion*; também em *Sirannon* (o "Riacho-do-portão" de Moria) e *Sirith* ("um fluir", assim como *tirith* "vigia" de *tir*), um rio em Gondor. Com a mudança de *s* para *h* no meio de palavras, está presente em *Minhiriath* "entre os rios", a região entre o Brandevin e o Rio Cinzento; em *Nanduhirion* "vale de riachos escuros", o Vale do Riacho Escuro (ver *nan(d)* e *dú*); e em *Ethir Anduin*, o desaguar ou delta do Anduin (de *et-sîr*).

sûl "vento" em *Amon Sûl, Súlimo*; conferir *Súlimë*, nome em quenya do terceiro mês do ano (*O Senhor dos Anéis*, Apêndice D).

tal (dal) "pé" em *Celebrindal*, e com o significado de "fim" em *Ramdal*.

talath "terras planas, planície" em *Talath Dirnen, Talath Rhúnen*.

tar- "alto" (quenya *tára*, "altivo"), prefixo dos nomes em quenya dos Reis númenóreanos; também em *Annatar*. O feminino, *tári*, "aquela que é elevada, Rainha" aparece em *Elentári, Kementári*. Conferir *tarma* "pilar" em *Meneltarma*.

tathar "salgueiro"; o adjetivo *tathren* está presente em *Nan-ta-thren*; quenya *tasarë* em *Tasarinan, Nan-tasarion* (ver *Nan-tathren* no Índice).

taur "mata, floresta" (quenya *taurë*) em *Tauron, Taur-im-Dui-nath, Taur-nu-Fuin*.

tel- "finalizar, terminar, ser o último" em *Teleri*.

thalion "forte, que não se intimida" em *Cúthalion, Thalion*.

thang "opressão" em *Thangorodrim*, também em *Durthang* (um castelo em Mordor). A palavra *sanga* em quenya significava "aglomeração, multidão", daí *Sangahyando* "Corta-multidão", nome de um homem em Gondor (*O Senhor dos Anéis*, Apêndice A, I, iv).

thar- "de través, cruzado" em *Sarn Athrad, Thargelion*; também em *Tharbad* (de *thara-pata* "encruzilhada"), onde a antiga estrada de Arnor e Gondor cruzava o Rio Cinzento.

thaur "abominável, detestável" em *Sauron* (derivado de *Thauron*), *Gorthaur*.

thin(d) "cinza" em *Thingol*; quenya *sinda* em *Sindar, Singollo* (*Sindacollo*: *collo* = "capa").

thôl "elmo" em *Dor Cúarthol, Gorthol*.

thôn "pinheiro" em *Dorthonion*.

thoron "águia" em *Thorondor* (quenya *Sorontar*), *Cirith Thoronath*. A forma em quenya talvez esteja presente no nome da constelação *Soronúmë*.

til "ponta, chifre" em *Taniquetil, Tilion* ("o Cornudo"); também em *Celebdil*, "Pico-de-prata", uma das Montanhas de Moria.

tin- "faiscar" (quenya *tinta* "fazer faiscar", *tinwë* "faísca") em *Tintallë*; também em *tindómë* "crepúsculo estrelado" (*A Sociedade do Anel*, Apêndice D), de onde vem *tindómerel* "filha do crepúsculo", um nome poético para o rouxinol (sindarin *Tinúviel*). Aparece também no sindarin *ithildin* "lua-estrela", a substância com a qual foram feitos os caracteres no Portão Oeste de Moria.

tir "observar, guardar, vigiar" em *Minas Tirith, palantíri, Tar- -Palantir, Tirion*.

tol "ilha" (erguendo-se com encostas íngremes do mar ou de um rio) em *Tol Eressëa, Tol Galen* etc.

tum "vale" em *Tumhalad, Tumladen*; quenya *tumbo* (conferir Barbárvore e a palavra *tumbalemorna* "vale negro e profundo", *As Duas Torres,* III, 4). Conferir *Utumno*, sindarin *Udûn* (Gandalf, em Moria, chamou o Balrog de "Chama de Udûn"), um nome depois usado para designar o vale profundo de Mordor entre o Morannon e o Boca-ferrada.

tur "poder, domínio" em *Turambar, Turgon, Túrin, Fëanturi, Tar-Minyatur*.

uial "crepúsculo" em *Aelin-uial, Nenuial*.

ur- "calor, esquentar" em *Urulóki*; conferir *Urimë e Urui*, nomes em quenya e sindarin do oitavo mês do ano (*O Senhor dos Anéis,* Apêndice D). Uma palavra aparentada em quenya é *aurë* "luz do sol, dia" (conferir o grito de Fingon antes das

APÊNDICE

Nirnaeth Arnoediad), sindarin *aur*, o qual, na forma *Or-*, serve como prefixo para os nomes dos dias da semana.

val- "poder" em *Valar*, *Valacirca*, *Valaquenta*, *Valaraukar*, *Val(i)mar*, *Valinor*. O radical original era *bal-*, preservada em sindarin em *Balan*, plural *Belain*, "os Valar", e em *Balrog*.

wen "donzela" é uma desinência frequente, como em *Eärwen*, *Morwen*.

wing "espuma, borrifo" em *Elwing*, *Vingilot* (e apenas nesses dois nomes).

yávë "fruto" (quenya) em *Yavanna*; conferir *Yavannië*, nome em quenya do nono mês do ano, e *yávië* "outono" (*O Senhor dos Anéis*, Apêndice D).

Nota sobre as Inscrições em *Tengwar* e em Runas e suas Versões em Português

Por Ronald Kyrmse

Nas edições originais, em inglês, das obras de J.R.R. Tolkien *O Hobbit*, *O Senhor dos Anéis*, *O Silmarillion* e *Contos Inacabados* existem diversas inscrições — especialmente nos frontispícios — grafadas em *tengwar* (letras-élficas) e *tehtar* (os sinais diacríticos, sobre e sob os *tengwar*, que indicam vogais, nasalização e outras modificações), ou então em runas. Nesta última categoria, é preciso destacar que em *O Hobbit*, o autor usou runas anglo-saxônicas, ou seja, do nosso Mundo Primário, para representar as runas-anânicas, assim como o idioma inglês representa a língua comum da Terra-média, e o anglo-saxão, a língua dos Rohirrim, mais arcaica que aquela. Nas demais obras, a escrita dos anãos é coerentemente representada pelas runas-anânicas, ou *cirth*, de organização bem diversa.

A seguir estão mostradas essas inscrições traduzidas para o português (em coerência com o restante do texto das edições brasileiras) e suas transcrições para as escritas élficas ou anânicas usadas nos originais. Está indicada em cada caso a fonte usada para transcrever.

O processo pode ser resumido nas seguintes operações (exemplo para texto em *tengwar* no original):

Dessa forma, temos as seguintes frases em inglês, e traduzidas para o português, em runas e em *tengwar*:

NOTA SOBRE AS INSCRIÇÕES EM *TENGWAR* E EM RUNAS

CAPA EM PORTUGUÊS:

ᚾᚻᛉᚱᚦ·ᚳᛁᛒᚾᛏᛁᚻᛏᛁᛚᛉ·ᚦ·ᛁᚳᚱᛚᛏᛁᚦ·ᚠᚦᚳ·ᚳᛁᛒᚾᛏᛁᚳ

Quenta Silmarillion a história das silmarils

RUNAS DA CAPA EM INGLÊS:

ᚾᚻᛉᚱᚦ·ᚳᛁᛒᚾᛏᛁᚻᛏᛁᛚᛉ·ᚦ·ᚻ·ᚳᛁᚳᚱᛚᛏᛁ·ᚳᛁᛒᚾᛏᛁᚳ

Quenta Silmarillion the history of the silmarils

FRONTISPÍCIO SUPERIOR EM INGLÊS:

The tales of the First Age when Morgoth dwelt in Middle-earth and the elves made war upon him for the recovery of the Silmarils,

---

FRONTISPÍCIO INFERIOR EM INGLÊS:

to which are appended the Downfall of Númenor and the History of the Rings of Power and the Third Age in which these tales come to their end

---

FRONTISPÍCIO SUPERIOR EM PORTUGUÊS:

Os contos da Primeira Era quando Morgoth habitava na Terra-média e os elfos moveram guerra contra ele para recuperarem as Silmarils, aos

---

FRONTISPÍCIO INFERIOR EM PORTUGUÊS:

quais estão anexadas a Queda de Númenor e a História dos Anéis do Poder e da Terceira Era em que estes contos chegam ao seu fim.

Nota sobre as Ilustrações da Capa

J.R.R. Tolkien: *Halls of Manwë on the Mountains of the World above Faerie (Taniquetil)*, 1928. Aquarela.

Publicada originalmente em *The J.R.R. Tolkien Calendar 1974* e, novamente, em *The Silmarillion Calendar 1978*, esta aquarela de J.R.R. Tolkien retrata a montanha sagrada cujo topo abriga os Salões de Manwë e Varda, também chamada de Oiolossë. Além do navio telerin, é possível ver a cidade portuária de Alqualondë na base da montanha.

NOTA SOBRE AS ILUSTRAÇÕES DA CAPA

J.R.R. Tolkien: *Beleg Finds Flinding in Taur-na-Fuin*, 1928. Aquarela.

Pintada originalmente em *The Book of Ishness*, esta obra retrata o momento em que o elfo Beleg, de Doriath, encontra o elfo Gwindor caído em Taur-na-Fúin (nome posteriormente alterado para Taur-nu-Fuin, como aparece neste livro). É interessante observar que, posteriormente, esta arte foi redesenhada à tinta e chamada de *Mirkwood*, para integrar o portfólio de ilustrações de *O Hobbit*. Depois disso, foi publicada no *The J.R.R. Tolkien Calendar 1974* com o consentimento de Tolkien e com novo título: *Fangorn Forest*.

Este livro foi impresso em 2024, pela Ipsis, para a HarperCollins Brasil.
A fonte usada no miolo é Garamond corpo 11.
O papel do miolo é pólen bold 70 g/m^2.